rororo

Charlotte Link, 1963 in Frankfurt a. M. geboren, begann schon als Jugendliche mit dem Schreiben. Bereits ihr erster historischer Roman, «Cromwells Traum oder Die schöne Helena», wurde ein großer Erfolg. Heute ist sie eine der erfolgreichsten deutschsprachigen Autorinnen überhaupt; sie hat mit großen Gesellschaftsromanen ebenso Erfolg wie mit großartig erzählten psychologischen Spannungsromanen. 2007 erhielt Charlotte Link für ihr literarisches Werk die Goldene Feder.

Mit ihrer Familie und drei Hunden lebt Charlotte Link im Taunusgebiet.

Charlotte Link

Wenn die Liebe nicht endet

Roman

Rowohlt Taschenbuch Verlag

7. Auflage März 2026
Veröffentlicht im Rowohlt Taschenbuch Verlag,
Rowohlt Verlag GmbH, Kirchenallee 19, 20099 Hamburg

Neuausgabe Mai 2012
Zuerst veröffentlicht im Rowohlt Taschenbuch Verlag,
Reinbek bei Hamburg, Februar 1998
Die Originalausgabe erschien 1986
im Rowohlt Verlag GmbH,
Reinbek bei Hamburg

Umschlaggestaltung any.way, Barbara Hanke / Cordula Schmidt
(Umschlagabbildung: The Gallery Collection / Corbis;
The Art Archive / Pushkin Museum Moscow / Superstock)
Satz ITC New Baskerville PostScript (InDesign)
bei Pinkuin Satz und Datentechnik, Berlin
Printed in Germany
ISBN 978-3-499-25878-7

Kontaktadresse nach EU-Produktsicherheitsverordnung:
produktsicherheit@rowohlt.de

Für meine Schwester Franziska

Wie endet Liebe?
Die war's nicht, der's geschah.
Jean Paul

Erstes Buch

1

Glühende Hitze lastete über dem Land. Keine Wolke schob sich vor die Sonne, kein Seufzen des Windes war zu vernehmen, und auch kein leises Rascheln der Blätter. Hoch über weitflächigen Kornfeldern kreisten Raubvögel, in blühenden Wiesen zirpten Myriaden Grillen ihren endlosen Gesang. In den Bächen floss das Wasser nur mehr flach und langsam über die hellen Kieselsteine, und die Zweige der Weidenbäume, die sonst in die Fluten tauchten, hingen reglos und trocken herab. Auf heißen, schmalen Feldwegen wirbelte der Staub in kleinen Luftspiralen, welke Löwenzahnblätter lagen flach am Boden. Im Schatten der ermatteten Laubbäume ruhten vereinzelt Kühe, schlafend oder wiederkäuend, geduldig und ergeben.

Ein Augusttag im Jahre 1619 – über Bayern wölbte sich seit Wochen ein hoher Himmel. Sein helles Blau gab dem Münchner Land mit seinen sanftgewellten, reichen Wiesen und glitzernden Seen, seiner üppigen Blumenpracht und den winzigen Dörfern eine friedvolle Schönheit. Alles war schön. Nur selten brauten sich des Abends grauschwarze Wolken am Horizont zusammen, warfen Blitze aus ihrer Mitte zur Erde herab, entluden sich in einem prasselnden Regen. Doch am nächsten Morgen stand die Sonne wieder strahlend am Himmel, ragten die Alpen wieder weithin sichtbar in die klare Luft: Die fernsten Gipfel schneebedeckt, als wollte die Natur ihren ganzen Reichtum gleichzeitig vorführen, Sommer und Winter.

Auf einer der Wiesen lagen an diesem Augusttag im Schatten eines Apfelbaumes drei Mädchen im Gras neben einem Vorrat roter Äpfel, den sie zuvor gepflückt und neben sich aufgeschichtet hatten. Die Hitze hatte sie schläfrig gemacht, ein Gespräch wollte sich nicht entwickeln. Sie aßen Äpfel; das wohlige Geräusch dieser Beschäftigung umfing sie, dann und wann ein behagliches Seufzen, dazwischen auch ärgerliche Laute, wenn Bienen und Wespen sich zu nahe heranwagten. Alle drei Mädchen waren etwa fünfzehn Jahre alt, und sie sahen auffallend gesund aus, was zu jener Zeit im Deutschen Reich keine Selbstverständlichkeit war. Aber sie hatten das Glück, im Herzogtum Bayern zu leben, einem Land, dem es wirtschaftlich gut ging, das von Herzog Maximilian, dem einflussreichen Wittelsbacher, umsichtig und geschickt verwaltet wurde. Überdies stammten sie aus reichen adeligen Familien. Obwohl sie in dunklen, mörderischen Zeiten heranwuchsen, hatten sie Not und Leid noch nicht am eigenen Leib erfahren. Ihre Kleidung wies sie als Klosterschülerinnen aus. Sie kamen dort mit einem gerade noch als förderlich erachteten Maß an Bildung in Berührung und äußerst reichlich mit der christlichen Religion. Sie lernten, einen Haushalt zu führen, übten sich in Selbstbeherrschung und Geduld und galten am Ende der Klosterzeit als wohlvorbereitet für die Ehe und den standesgemäßen Mann, den ihre Eltern in der Zwischenzeit für sie ausgesucht hatten. In diesem sorgfältig geplanten Leben bedeutete der erzwungene Aufenthalt im Kloster für viele der Mädchen die einzige wirkliche Jugendzeit, die Zeit der Freundschaften, des Vergnügens und der kleinen Freiheiten.

Die Mädchen auf der hochsommerlichen Wiese lebten in dem Kloster St. Benedicta, einem einsamen alten Gemäuer, eine Tagreise südlich von München gelegen. Sie trugen lange, hochgeschlossene Kleider aus graublauem Leinen, schwarze Schuhe und um den Hals das goldene Kreuz. Die

Haare mussten zurückgekämmt und zu einem Zopf geflochten werden, doch alle drei hatten es verstanden, durch ein paar herausgezupfte Locken die Strenge der frommen Frisur aufzulockern. So versuchten sie, die unvorteilhafte Kleidung auszugleichen, in der sie sich wie Vogelscheuchen fühlten.

Eines der Mädchen hatte soeben den letzten Apfel gegessen und richtete sich auf. Sie war so groß wie ihre Gefährtinnen, doch schmaler und zarter. Trotz der schläfrigen Stimmung, die über dem Land brütete, war ihr Blick wach und klar, als sie sich umsah. Ihr schmales Gesicht mit den großen blauen Augen wirkte lieblich, wenn auch kindlich, aber die dichten Wimpern, die gerade, feine Nase und die Weichheit ihres Mundes wiesen reizvoll auf die Schönheit einer jungen Frau. Im Augenblick schien es ihr zu warm zu sein. Mit der einen Hand fächelte sie ihrem Gesicht ein wenig Luft zu, mit der anderen griff sie nach ihrem hellblonden Zopf und zog ihn nach vorn; unter dem schweren Haar war ihr Hals nass geworden.

«Wirklich», sagte sie, «es ist entsetzlich heiß!»

Sofort setzte sich ihre Nachbarin auf und stöhnte leise.

«Weiß Gott», meinte sie, «man kann kaum atmen!»

Sie war ein etwas plumpes Mädchen, zu dick, um wahrhaft hübsch zu sein, aber anziehend mit ihren tiefschwarzen Haaren und dunklen Augen, mit dem runden, sanften, wenngleich etwas einfältigen Gesicht. Zu ihr sagte das dritte Mädchen, das noch im Gras lag:

«Natürlich hängt das mit deinem Gewicht zusammen, Clara. Wenn ich so dick wäre wie du, könnte ich auch nicht atmen!»

Das war übertrieben. Claras Wangen röteten sich. Sie kannte derlei Kränkungen, und immer wieder schmerzten sie aufs Neue.

«Wie hartherzig du bist, Angela», stieß sie hervor, «und wie grausam. Du bist …»

«Das stimmt, das war eine sehr unfreundliche Bemerkung», mischte sich das blonde Mädchen ein, «du solltest dich entschuldigen, Angela!»

«Margaretha, unser Friedensengel», spottete Angela, «aber gut. Clara, es tut mir leid. Verzeihst du mir?»

Diese Worte waren so leicht und spöttisch dahingesagt, dass sie kaum wie eine Entschuldigung klangen, aber es blieb Clara nichts anderes übrig, als sie anzunehmen. Schniefend unterdrückte sie ihre Tränen.

«Ja», sagte sie schließlich, «ich verzeihe dir. Aber nur, wenn du niemals wieder …»

«Angela wird sich zusammennehmen», unterbrach Margaretha. Sie wusste, dass Clara nie aufhören konnte zu quengeln, wenn ihr Unrecht geschehen war, und sie kannte auch Angelas Ungeduld. Es war besser, den Streit gleich im Keim zu ersticken.

«Im Übrigen», fuhr sie fort, «kann ich auch kaum Luft holen. In diesen entsetzlichen Kleidern ist das unmöglich.»

«Da hörst du es», rief Clara, «auch Margaretha sagt, dass …»

«Wir können die Kleider ja ausziehen», schlug Angela gelassen vor. Die anderen starrten sie an.

«Wie meinst du das?», fragte Margaretha.

«Nun, wie soll ich es meinen? Wenn wir die Kleider ausziehen, haben wir immer noch genug an. Und es sieht uns doch niemand.»

«Aber das ist unmöglich», sagte Clara, «wir können nicht am helllichten Tag auf einer Wiese unsere Kleider ausziehen!» Allein der Gedanke ließ sie erschauern. Nur Angela konnte so etwas vorschlagen.

Doch auch Margaretha schien von der Idee überzeugt.

«Es müsste herrlich kühl sein», meinte sie sehnsüchtig, «und … wie hübsch würden wir aussehen!» Auch wenn niemand sie bewundern konnte, fühlte sich Margaretha entzückt, wenn sie an das bezaubernde Bild dachte, das sie abgeben mussten. Wenn Angela es tut, versprach sie sich im Stillen, tu ich es auch! Natürlich tat Angela es. Sie besaß ein ungeheuer vorlautes Mundwerk, aber sie konnte sich das leisten, denn unweigerlich folgten ihren Worten auch die Taten. Mit einem Satz sprang sie auf und begann sich auszuziehen.

Margaretha und Clara beobachteten sie bewundernd. Angela erregte bei Freunden, Fremden und selbst bei Feinden Bewunderung, denn sie war so außergewöhnlich schön, dass sie jeden Blick an sich fesselte. Sie war nicht älter als ihre Freundinnen, doch ungleich reifer und überlegener, und so strahlte sie eine überwältigende Selbstsicherheit aus. Sie wirkte weder unbeholfen wie Clara noch kindlich wie Margaretha, sondern besaß ein ausdrucksstarkes Gesicht mit spöttischen Zügen. Ihre Augen waren hellbraun, und ihr gerader Blick vermittelte dem, der ihm standhielt, den Eindruck außergewöhnlicher Willenskraft.

Das Schönste aber waren Angelas Haare. Sie glänzten in sanftem Rotblond, und selbst der fest geflochtene Zopf vermochte ihre Locken nicht zu bändigen.

Es dauerte nicht lange, und Angela hatte sich des graublauen Gewands sowie der Schuhe entledigt und stand wie ein Engel vor ihnen. Sie trug nur noch zwei bauschige weiße Unterröcke, die über den Knöcheln endeten. Das dazu gehörende Oberteil bestand aus weißen Spitzen, es ließ die Hälfte der Arme, den Hals und den obersten Teil der Brust frei. Seine Unschicklichkeit wurde durch das goldene Kreuz am Hals in keiner Weise gemildert, sondern eher noch verstärkt.

Margaretha und Clara hatten ihre Freundin schon oft in diesem reizenden Aufzug erlebt, nämlich jeden Morgen und Abend im Schlafsaal, doch was inmitten der hohen Klostermauern ganz natürlich wirkte, schien hier auf der Wiese unglaublich sündhaft.

Dennoch folgte Margaretha sofort ihrem Beispiel und schließlich, ein wenig zögernd, auch Clara. Die Kleider falteten sie sorgfältig zusammen und legten sie auf einen Stapel unter den Apfelbaum. Nach den ersten unbehaglichen Minuten begann Margaretha, sich herrlich zu fühlen. Wie schön, wie unglaublich schön war die Wärme der Sonne auf ihren bloßen Armen, wie weich das Gras unter ihren nackten Füßen, wie leicht war es auf einmal zu atmen, ja zu leben. Mit einem tiefen Seufzer streckte sie ihren Körper. Sie nahm ihren Zopf zwischen die Finger und dann, mit einer entschlossenen Bewegung, löste sie die Schleife und schüttelte ihren Kopf, bis die Haare in einer dichten Mähne bis zur Taille fielen. Das war ein wunderbares, beinahe herausforderndes Gefühl, und Margaretha genoss es zutiefst. Sie lächelte die anderen an.

«Ist es nicht schön?», fragte sie, und in der Frage verbarg sich nicht Eitelkeit, sondern Glück.

Angela und Clara waren beeindruckt und befreiten ihrerseits ihre Haare. Selbst Clara fiel das nun nach dem ersten entscheidenden Schritt nicht mehr schwer. Sie machte einige tänzelnde Bewegungen.

«Ich gehe ans Wasser», verkündete sie, «kommt ihr mit?»

Die anderen nickten, und nebeneinander liefen sie in großen Sprüngen über die Wiese. Am Fuß eines Abhangs floss der Bach, ein klares Gewässer, dessen Spiegel sich zwar in den vergangenen Wochen gesenkt hatte, das aber immer noch kühl und unbeirrt dahineilte. Am Ufer wuchs das Gras dick und saftig, gesprenkelt von Gänseblümchen und Kleeblüten. An einigen Stellen wurde der Bach so schmal, dass man leicht darüber hinwegspringen konnte, doch die Mädchen suchten sich ein breiteres Stück, kletterten den Hang hinab und wateten ins Wasser.

Margaretha lachte leise. Sie legte den Kopf in den Nacken, das Gesicht der Sonne zugewandt, und unter halbgesenkten Wimpern blinzelte sie in den blauen Himmel. Ein eindringliches Gefühl von Lebensfreude durchströmte sie, und sie wünschte sich, ihr Leben möge immer so sein wie jetzt. Keine Angst und kein Leid, dachte sie, nur Sommertage voll Licht und Wärme zusammen mit den Freundinnen. Ich möchte immer hier stehen und die Sonne auf mein Gesicht scheinen lassen und Angela und Clara zuhören, wie sie reden und lachen. Wenn ich doch nie heiraten und fortgehen und ernst und würdig sein müsste! Wenn mein Leben doch mir ganz allein gehören dürfte.

Da wurde sie jäh von einem schrillen Schrei aus ihren Gedanken gerissen, sie drehte sich um und erblickte Clara, die ausgerutscht und mitten im Bach saß. Hinter ihr stand Angela, sie lachte laut und hemmungslos. Es war ihr ungezügeltes Lachen, das die Schwestern im Kloster zur Verzweiflung trieb. Die Hände in die Hüften gestemmt, stieß sie hervor:

«Oh, mein Gott, Clara!»

Auch Margaretha konnte sich nicht beherrschen und prustete los. Clara saß regungslos im Wasser, die kurzen Beine weit von sich gestreckt, die Arme in einer hilflosen Geste vom Körper gespreizt, Verständnislosigkeit im Blick: Ein nasser Tölpel.

«Ihr seid so grausam», schluchzte sie, «ich bin nass und ihr lacht!» Sie weinte, und mitleidig sagte Margaretha:

«Komm, gib mir deine Hand, ich helfe dir beim Aufstehen. Du Ärmste, wie konnte das nur geschehen?»

«Ich fürchte, es war meine Schuld», bekannte Angela, aber sie sah keineswegs zerknirscht aus, «ich wollte sie nur ein wenig anstoßen, aber ich dachte nicht daran», ihre Augen blitzten auf, «dass Leute wie Clara es so schwer haben, das Gleichgewicht zu wahren!»

«Hör jetzt auf damit!», fuhr Margaretha sie an. «Du bist gehässig!» Sie reichte ihrer Freundin die Hand und zog sie hoch.

«Hör auf zu weinen, es ist doch alles in Ordnung.» Clara wischte sich die Tränen ab. Unterhalb der Taille war sie völlig nass.

«Es tut mir wirklich leid», sagte Angela, «aber du legst dich einfach in die Sonne, und im Nu ist alles wieder trocken!»

«Ja, siehst du, es ist doch wirklich nicht so schlimm», redete auch Margaretha ihr zu. Clara nickte, durch die allgemeine Anteilnahme nun doch etwas getröstet. Sie wollte soeben aus dem Wasser und den Uferhang hinaufklettern, als sie plötzlich innehielt.

«Was ist das?», fragte sie erschrocken.

«Was?», erwiderten die anderen und hörten es im selben Moment auch. Deutlich waren Hufgetrappel und einzelne Stimmen zu vernehmen, Margaretha erbleichte.

«Lieber Himmel», flüsterte sie, «Fremde!»

«Männer», murmelte Clara atemlos.

Selbst Angela wurde unruhig.

«Wir müssen zu unseren Kleidern», sagte sie.

«Zu spät», meinte Margaretha, «sie würden uns sehen. Wir können uns nur ruhig verhalten und hoffen, dass sie weiterreiten.»

«Unsere Kleider liegen unter dem Apfelbaum», entgegnete Angela, «jeder kann sie sehen.»

«Was werden sie tun?», fragte Clara, vor Schreck nahe

daran, abermals ins Wasser zu fallen. Hilfesuchend griff sie nach Margarethas Hand.

«Sie werden gar nichts tun», antwortete sie, «vermutlich reiten sie einfach weiter.»

Doch das Hufgetrappel kam näher, die Stimmen wurden lauter.

«He!», rief jemand. «Seht mal, was dort liegt!»

«O Teufel, welch ungewöhnliche Beute!»

«Drei Kleider – und das mitten in der Wildnis!»

«Hässliche Kleider sind es!»

Angela ließ einen Laut der Empörung vernehmen.

«Unglaublich», zischte sie, «diese eingebildeten Kerle. Am liebsten würde ich …»

«Sei doch ruhig», flüsterte Margaretha, «willst du sie unbedingt auf uns aufmerksam machen?»

Lautes Lachen klang über die Wiese.

«Vielleicht ist der entflogene Inhalt der Kleider weniger hässlich», sagte eine etwas leichtsinnig klingende Stimme. Zustimmende Rufe antworteten.

«Die Damen müssen doch irgendwo in der Nähe sein!»

«Na, da werden wir wohl mal suchen müssen.»

Die Stimmen näherten sich. Die Mädchen duckten sich tiefer. Jede Einzelne von ihnen durchlebte in diesen Momenten Gefühle der heftigsten Angst. Es herrschte Krieg in Europa. Flugblätter erzählten von Räubern und Mördern, die durch alle Wälder streiften und unschuldige Menschen überfielen, ausraubten oder grausam töteten. Margaretha kamen all die grausigen Geschichten in den Sinn, die die Nonnen darüber erzählt hatten, und sie fing an zu zittern.

«Es müssen mindestens fünf Männer sein», murmelte sie mit blassem Gesicht, «und einer von ihnen spricht mit fremdem Akzent.»

Clara begann leise zu weinen. Angela stieß sie ungeduldig an.

«Wir dürfen keine Angst zeigen», mahnte sie, «und im Notfall werden wir uns bis zum Äußersten verteidigen.»

Margaretha schloss die Hände um ihr goldenes Kreuz.

«Es müssen keine Verbrecher sein», meinte sie.

Die Schritte kamen näher, genau auf die Mädchen zu. Dann fielen lange Schatten über sie.

«Oh, Gott im Himmel», schrie jemand, «was haben wir denn da?»

Die Mädchen richteten sich auf und blickten hoch. Über ihnen am Ufer standen fünf Männer. Sie waren gut gekleidet und trugen Stiefel aus weichem Leder, doch darüber lag eine Schicht von Dreck und Staub, und ein starker Geruch nach Pferden ging von ihnen aus. Die Gesichter wirkten trotz ihrer Heiterkeit abgespannt, sie sahen müde unter ungekämmten Haaren hervor. Keiner der Männer war wohl über dreißig Jahre alt, und sie wirkten, fand Margaretha, trotz ihrer Waffen – Degen und Dolche – gar nicht sehr bedrohlich.

«Drei badende Engel», sagte einer, «wie kommt ihr denn in eine so einsame Gegend?»

«Das könnte ich Sie auch fragen», entgegnete Angela zornig, «weit und breit ist keine Straße und kein Weg, und Sie reiten hier einfach entlang!»

Die Männer starrten sie verblüfft an. Margaretha war beinahe stolz auf ihre Freundin. Angela sah so mutig aus, wie sie dort im Wasser stand, den Kopf hocherhoben, die Locken zurückgeworfen. Wenn sie Angst hatte, so ließ sie sich nichts davon anmerken.

«Nun, meine Dame», lenkte einer der Männer ein, «Sie müssen uns nicht wie Banditen behandeln. Wir sind ohne böse Absichten hier.»

Offensichtlich war er der Anführer. Margaretha betrachtete ihn. Er war recht groß, seine Haltung, auf sehr berechnete Weise nachlässig und elegant, wies ihn als einen Mann aus, der sich nicht nur zu Pferde, sondern ebenso häufig an fürstlichen Höfen bewegte. Auf dem Kopf trug er einen schwarzen Hut, von dem zwei lange weiße Federn wehten, darunter fielen seine schwarzen Haare in dichten Locken bis auf die Schultern hinab. Er trug ein hüftlanges dunkelbraunes Gewand aus Samt, um dessen Mitte eine breite rote Schärpe mit schwarzen Fransen an den Enden geschlungen war. An der Schärpe war sein Degen befestigt, ein langes, blitzendes Eisen mit vergoldetem Griff, in welchen ein prunkvolles Familienwappen, Tiere und Blumen eingeätzt waren. Um Hals und Schultern lag ein weiter, ehemals weißer, inzwischen verschmutzter Spitzenkragen, halb bedeckt von einem schwarzen, schwingenden Mantel, der über Obergewand und Hose bis zu den kniehohen Lederstiefeln reichte.

Viel zu warm!, dachte Margaretha und wunderte sich über sich selbst – sie war beeindruckt von diesem Fremden, und das in einem Moment unbestimmter Gefahr für sich selbst und ihre Freundinnen.

Ohne Zweifel, dachte sie, stammt er aus einer vornehmen Familie.

«Nachdem Sie uns nun betrachtet haben», sagte Angela, «können Sie ja weiterreiten!»

«Vielleicht haben wir Sie noch nicht lange genug betrachtet», meinte der Anführer, «wir sehen so etwas auch nicht alle Tage!»

Sein Blick glitt von Angela zu den beiden anderen hinüber. Margaretha war darauf gefasst, dass er sie mit oberflächlichem Interesse wahrnehmen und dann zu Angela zurückkehren würde. Doch seine Augen blieben an Margaretha hängen, er starrte sie an, als habe sie ihn gefesselt. Sie fühlte sich zutiefst verwirrt und wollte die Augen niederschlagen, doch sie konnte es nicht. Zum ersten Mal in ihrem Leben wurde sie so angesehen, und sie fand es herrlich. Wenn es ihr doch nur gelänge, ein wenig selbstbewusster vor diesem Mann zu stehen! Doch sie war unsicher und verlegen, und sicher fand er, sie sähe aus wie ein dummes Schaf.

Endlich wandte er sich ab. Seine Stimme klang mit einem Mal nicht länger keck, sondern streng.

«Ich bitte Sie höflichst, dieses Gewässer zu verlassen», sagte er, «denn wir möchten jetzt gern ein Bad nehmen.»

Seine Männer lachten hämisch, und die Mädchen fürchteten sich wieder. Eilig kletterten sie die Uferböschung hinauf. Die Männer streckten ihnen die Hände entgegen, um ihnen zu helfen. Margaretha ergriff die Hand des Anführers, und er zog sie zu sich hinauf. Ohne es recht zu wollen, hob sie ihren Blick und sah abermals in seine dunkelbraunen Augen. Er lächelte.

«Ich hoffe, wir haben Sie nicht zu sehr erschreckt», sagte er.

«Oh … aber nein … überhaupt nicht», log Margaretha. Der Mann ließ ihre Hand los.

«Leben Sie hier in der Nähe?», fragte er.

«Ja, in einem Kloster, dort hinter den Hügeln. Aber … wir sind natürlich keine Schwestern von dort», setzte sie hinzu und erschrak gleich darauf.

«Wie schön», erwiderte der Fremde, «Sie gehören auch weit eher in das weltliche als in das geistliche Leben!»

«Wir sollten jetzt nach Hause gehen», sagte Clara, die sich in ihren nassen Kleidern äußerst unwohl fühlte. Diese ganze Situation war so unschicklich, dass sie ihr rasch entfliehen wollte.

«Ja, wir werden gehen», sagte auch Angela. «Adieu!»

«Einen Augenblick noch», bat der Anführer, «können Sie mir sagen, ob hier irgendwo in der Nähe der Sandlinger Hof liegt?»

«Ja», antwortete Margaretha, «dort hinten. Mit dem Pferd sind Sie ganz schnell dort.»

«Vielen Dank», der Mann verneigte sich leicht. Ein anderer sagte etwas in einer fremden Sprache zu ihm, woraufhin der Anführer ihm in ähnlich sonderbar klingenden Lauten antwortete. Sie hatten die Mädchen wohl schon vergessen, und diese liefen nun eilig zu dem Apfelbaum, unter dem ihre Kleider lagen. So sahen sie auch die Pferde der Fremden.

«Die Pferde wirken abgekämpft», stellte Margaretha fest.

«Ja, aber schau nur ihr Zaumzeug an!», sagte Angela.

Die Pferde trugen schmale Halfter aus weichem Leder, die hinter den Ohren als Stoffgurte entlangliefen und mit leuchtenden Seidenfäden bestickt waren. Bei einigen führten von dort aus zwei scharlachrote Seidenquasten rechts und links vom Hals entlang bis zum Sattel, wo sie in großen goldenen Ringen endeten. Die Sättel lagen auf hellen, zotteligen Felldecken, befestigt durch einen Ledergurt und geflochtene Seidenschnüre, die über den Rücken der Pferde liefen und sich um die Schwanzwurzel schlangen. Nach vorn führten außerdem Lederbänder, die sich über der Brust trafen und dort mit schweren goldenen Schnallen gehalten wurden.

«Diese Männer müssen sehr reich sein», meinte Margaretha.

«Offensichtlich. Aber noch etwas ist mir aufgefallen. Habt ihr gehört, in welcher Sprache sie sich unterhielten?», fragte Angela, während sie in ihr Kleid schlüpfte.

«Ich konnte es nicht verstehen.»

«Es war Tschechisch!»

«Tschechisch?»

«Ja. Ich bin sicher, die Männer kommen aus Böhmen. Das würde auch erklären, warum sie gleichzeitig Deutsch sprechen.»

«Aber was tun sie hier?», fragte Clara.

«Nun», meinte Angela gedehnt, «die Sache ist jedenfalls verdächtig. Vielleicht gehören sie zu den protestantischen Aufständischen.»

«Protestanten?», fragte Margaretha entsetzt.

«Das ist doch ganz unwichtig. Wir müssen unbedingt nach Hause», drängte Clara, «wir werden nicht mehr rechtzeitig zur Abendmesse kommen!»

«Dafür hatten wir einen unterhaltsamen Tag», entgegnete Angela ungerührt, «wir werden natürlich von alldem nichts erzählen.»

«Wir sagen, wir seien unter einem Apfelbaum eingeschlafen und zu spät wieder aufgewacht», schlug Margaretha vor. Die anderen waren einverstanden. Sie strichen die zerknitterten Kleider glatt und machten sich auf den Heimweg.

Der heiße Hochsommertag neigte sich kaum merklich seinem Ende zu. Ein ganz leichter Wind kam auf, spielte mit den hohen Grashalmen und in den dicht belaubten Zweigen der Bäume. Sanft rötete sich der Himmel im Westen, warf seinen Schimmer auf die weißen Gipfel der Alpen und auf das glitzernde Wasser des Bachs. Die reine, weiche Luft, die mattere Kraft der Sonne legten sich auch besänftigend auf die Gemüter der Mädchen, sodass selbst Angela nicht gegen Clara stichelte. Alle hingen ihren Gedanken nach. Margaretha dachte noch immer an den fremden Mann. Sein Blick, der sie zunächst verwirrt hatte, verlor in der Erinnerung an Schrecken und wurde immer schmeichelhafter. Wenn er sie wirklich schön gefunden hatte, dann war dies ein wundervolles Erlebnis gewesen. Jedoch, Angela mochte recht haben, es konnte sich bei ihm um einen böhmischen Protestanten handeln. Die Schwestern hatten stets vor den Angehörigen des anderen Glaubens gewarnt und gesagt, die Mädchen dürften nie mit Protestanten Freundschaft schließen. Aber obwohl Margaretha das wusste, fand sie die Vorstellung plötzlich traurig, den Fremden niemals wiederzusehen.

Sie waren schnell gelaufen und langten bald am Kloster an. Es lag in einer flachen Talmulde, nach drei Seiten von Wiesen umgeben, eine Seite dem Wald zugewandt. Das graue Gemäuer war beinahe zweihundert Jahre alt und wie eine Festung um einen weiten Innenhof gebaut; es wurde an seinen vier Ecken von kleinen, runden Türmen begrenzt, zwischen denen sich die geraden Häuser mit ihren vielen Fensterscheiben entlangzogen. Auf einer Seite schloss sich ein fast endloser Garten an, der dicht bepflanzt war mit Obstbäumen, Gemüse und Blumen. St. Benedicta war reich, die adeligen Mädchen, die hier lebten, stammten aus wohlhabenden Familien, die für die Erziehung ihrer Töchter gut zahlten. Zudem gehörte dem Kloster großer Landbesitz in der Umgebung, der von Pächtern verwaltet wurde, dessen Erträge aber fast vollständig den Schwestern zufielen.

Als die Mädchen herankamen, tauchte zwischen den Blumen des Klostergartens eine Gestalt auf, ein rundes, freundliches Gesicht unter einer schwarzen Haube. Schwester Josepha war wie immer mit ihren Pflanzen beschäftigt. Sie galt als die beliebteste Nonne in St. Benedicta; stets bewies sie großen Eifer, den Mädchen alles zu erklären, was mit ihrem geliebten Garten zusammenhing. Sie kannte die vielen geheimnisvollen Methoden, mit denen man Rosen, Rittersporn, Geißblatt und Glockenblumen, aber auch Kamille, Minze und tausend andere Kräuter aufzog. So säte und pflanzte sie nur bei zunehmendem Mond, sah niemals in den Wind, wenn sie erntete, und pflückte Blumen nur mit der linken Hand. Einmal, als Margaretha Zahnschmerzen quälten, war sie mit ihr bei Sonnenuntergang in den Garten gegangen, hatte leise vor sich hin murmelnd die Wurzel des Kreuzkrautes ausgegraben, gegen den bösen Zahn gehalten und dann murmelnd wieder eingegraben. Margaretha schien das alles etwas unheimlich, doch die Schmerzen hörten tatsächlich auf. Die Oberin des Klosters durfte von solchen Dingen natürlich nie etwas erfahren, doch Schwester Josepha konnte sich auf die Verschwiegenheit der Mädchen völlig verlassen.

«Aber Kinder!», rief sie jetzt aus. «Wo wart ihr denn? Ich habe euch bei der Messe vermisst!»

«Ach, Schwester Josepha, es tut uns so leid», sagte Angela. Sie eignete sich am besten dafür, Ausreden hervorzubringen, ohne sich durch ein lügenhaftes Flattern in ihrem unschuldigen Blick zu verraten.

«Wir sind unter einem Apfelbaum eingeschlafen.»

Schwester Josepha sehnte sich heimlich nach den genüsslichen Seiten des Lebens und begriff sofort den Zauber eines Schlafes unter einem Apfelbaum.

«Nun, so habt ihr doch einen hübschen Nachmittag gehabt», sagte sie mit beinahe denselben Worten wie vorhin Angela, «geht jetzt hinein. Es gibt Birnenkompott zum Abendessen.» Sie nickte den dreien noch einmal zu, bevor diese durch eine kleine Seitenpforte in den Innenhof liefen und durch das große Portal das Gebäude betraten. Die hohe Eingangshalle mit ihrem steinernen Fußboden, der gewölbten Decke und den bunten Glasfenstern, durch die das Licht gedämpft einfiel, empfing sie wohltuend kühl. Im Gegensatz zu vielen anderen Bauten in Europa, die der Witterung nur unzulänglich trotzten, ließ es sich in diesem Kloster komfortabel leben: Im Sommer schützten die dicken

Mauern vor der Hitze, im Winter wurde aus dem Bestand der eigenen Wälder so ausgiebig geheizt, dass niemand frieren musste.

In der Halle begegneten die Mädchen zu ihrem Unglück der Oberin des Klosters, Schwester Gertrud. Sie sah die drei streng an.

«Ihr seid zu spät.»

Angela, die wie die beiden anderen tief geknickst hatte, versuchte es abermals.

«Es tut uns so leid», begann sie, «wir …»

Schwester Gertrud machte eine gebieterische Handbewegung, die sie sofort zum Schweigen brachte.

«Ich will nichts hören. Ihr geht jetzt in die Kapelle und betet. Und ich möchte nicht, dass so etwas noch einmal geschieht!»

«Nein, Ehrwürdige Schwester», versicherten alle. Rasch liefen sie weiter.

Wie gut, dass sie uns nicht das Abendessen gestrichen hat, dachte Margaretha. Der Duft des Birnenkompotts zog durch das ganze Haus, roch süß, vertraut und heimatlich. In dem Frieden des Sommerabends empfand sie das alte Kloster wie ein sicheres, beschützendes Zuhause.

Die Mädchen waren ein paar Schritte weit gekommen, als die Stimme der Oberin abermals erklang.

«Einen Moment», sagte sie, «beinahe hätte ich etwas vergessen: Ich habe zwei sehr wichtige Neuigkeiten für euch. Zuerst – ich erhielt heute Nachricht von deinen Eltern, Margaretha. Sie wollen dich sehen, und wie ich dem Brief entnehmen konnte, werden sie schon in den nächsten Tagen hier eintreffen.»

«Oh», erwiderte Margaretha nur. Sie freute sich nicht besonders. Sie war selten daheim gewesen und vermisste ihre Familie nicht. Sie wusste, dass eine Reise immer mit vielerlei

Strapazen verbunden war, und Misstrauen keimte in ihr auf: Warum kamen ihre Eltern? Musste dies nicht eine schlechte Bedeutung haben?

«Die zweite Neuigkeit», sagte derweil Schwester Gertrud, «ein Bote brachte Nachricht von der Kaiserwahl in Frankfurt. König Ferdinand von Böhmen ist zum Kaiser gewählt worden. Das Heilige Römische Reich Deutscher Nation hat einen neuen Kaiser!»

Die Reihenfolge, in der Schwester Gertrud die beiden Neuigkeiten vorbrachte, war wohl etwas ungewöhnlich, für ihr Verständnis aber völlig richtig. Von allen denkbaren Ereignissen waren die wichtigsten die, die im direkten Zusammenhang mit St. Benedicta und seinen Bewohnern standen. Alles Übrige, jeder Kaiser und König, jeder Krieg und alle Taten der Großen und Mächtigen, hatte an zweiter Stelle zu stehen.

Weder die Mädchen noch Schwester Gertrud ahnten, welche Folgen diese Krönung in den kommenden Jahren nach sich ziehen würde.

2

Margaretha von Ragnitz war fünfzehn Jahre alt, und sie besaß all das, was einem Mädchen ihrer Zeit den Eintritt in ein gutes und verhältnismäßig gesichertes Leben ermöglichen konnte. Sie sah sehr hübsch und gesund aus, und vor allem stammte sie aus einer reichen, angesehenen Familie. Ihr Vater, Wilhelm von Ragnitz, war Abkömmling eines seit Jahrhunderten in Bayern ansässigen Adelsgeschlechts, Herr über ein prachtvolles Schloss und großer Ländereien. Er genoss das ganze Vertrauen des Herzogs Maximilian –

mehr noch, er durfte sich als dessen guter Freund bezeichnen und war ein ruhiger und ernster Mann voller Verantwortungsbewusstsein, der durch die stetige Erfüllung seiner Pflichten auffiel. Es gab in seinem Leben keine bemerkenswerten Höhen und Tiefen. Er liebte seine Frau Regina mit derselben Ernsthaftigkeit und Treue, mit der er alles, was er für wichtig hielt, bedachte. In seine Liebe mischten sich Verehrung und Bewunderung, denn er empfand Regina als eine unerschütterliche Quelle der Kraft und Überlegenheit. Alles, was für ihn schwierig und unlösbar schien, bewältigte sie mit einer Willensstärke, die ihm beinahe unheimlich war. Er wusste, dass er sie brauchte und war jeden Tag von neuem dankbar für ihre Gegenwart. Doch gab es einen Kummer, von dem beide nie sprachen, unter dem Regina beinahe noch mehr litt als ihr Mann: Der Name Ragnitz würde aussterben, die lange Linie verlöschen. Unter Lebensgefahr und Schmerzen hatte Regina drei Töchter geboren, und danach hatte der Arzt ihr verboten, jemals wieder Kinder zu bekommen. Es bestand daher keine Aussicht mehr auf einen Erben, und Wilhelm von Ragnitz blieb nur noch, die Mädchen so aristokratisch wie möglich zu verheiraten, um sich an edelblütigen Enkelkindern erfreuen zu können. Doch war ihm auch hier das Schicksal nicht allzu freundlich gesonnen. Die Älteste, die zwanzigjährige Adelheid, hatte ein Jahr zuvor geheiratet, doch ihr Mann, der Baron von Sarlach, hatte sich seines alten Namens und der langen Ahnenreihe unwürdig gezeigt. Er entpuppte sich als kümmerlicher, kleingeistiger Opportunist, der unentwegt damit beschäftigt war, seinen Vorteil zu suchen und ihn sich dann kriecherisch zu erschleichen. Außerdem spielte er und machte Schulden, die sein Schwiegervater schließlich bezahlen musste. In seinem verwahrlosten Haus fanden wüste Trinkgelage statt, zur Verzweiflung von Adelheid. In dem einen Jahr ihrer Ehe war sie von einem ohnehin trübsinnigen Mädchen zu einer verbitterten Frau geworden. Ihrem Vater tat das Herz weh, wenn er ihr Unglück sah, und er wünschte inbrünstig, dieser Ehe nie zugestimmt zu haben. Kinder aus dieser Verbindung konnten nie würdige Nachfahren werden.

Aber auch für seine jüngste Tochter konnte er keine glanzvolle Zukunft erhoffen. Bernada war zehn Jahre alt, ein reizendes, lebhaftes Kind, ebenso schön wie ihre Mutter, aber sie war seit fünf Jahren ganz und gar auf die Hilfe anderer Menschen angewiesen. Als kleines Mädchen war sie in der Eingangshalle des Schlosses von der oberen Galerie gestürzt, als sie dort auf dem Geländer herumkletterte. Niemand hatte geglaubt, sie werde überleben, denn beinahe jeder Knochen ihres Körpers war gebrochen. Doch schließlich konnte ihr Leben gerettet werden. Von der Taille an bis zu den Füßen aber vermochte Bernada sich nicht mehr zu bewegen. In den langen, harten Wintern, da es überall feucht und kalt wurde, musste sie ständig quälende Schmerzen ertragen. Trotz allem blieben ihre Schönheit und ihre Heiterkeit unzerstörbar.

Wilhelm von Ragnitz wusste, dass sich kaum jemand finden würde, der sie heiraten wollte. Also blieb nur Margaretha, und er schwor sich, bei ihr nicht denselben Fehler zu begehen wie bei Adelheid.

Margaretha war von allen drei Kindern die Unabhängigste. Adelheid, die nicht gerade hübsch aussah und sich oft unsicher fühlte, hatte sich bis zu ihrer Heirat nicht aus der Geborgenheit ihrer Familie herausgewagt, und Bernada war durch ihre Krankheit immer an die Mutter gefesselt. Doch Margaretha ging von Anfang an ihren eigenen Weg, in einer fortwährenden, zähen Rebellion gegen Regina, die nach ihrem Empfinden wie ein Feldherr ihre Familie beherrschte.

Erleichtert reagierte Margaretha, als sie zur Vervollkommnung ihrer Erziehung ins Kloster sollte, da sie sich davon ungeahnte Freiheiten versprach. Zu Hause war es so öde und langweilig, sie fühlte sich oft eingesperrt. Den Vater in seiner ernsten Art verstand sie nicht; sie fand ihn manchmal sogar unheimlich, von ihrer Mutter fühlte sie sich bedrängt. Das Leben im Kloster erschien ihr dagegen fröhlich und einfach. Manche der Schwestern waren streng, und unter vielen Regelungen und Pflichten stöhnten die Mädchen, aber untereinander hatten sie Spaß, und nichts konnte ihre Lebenslust stören.

Der September 1619 begann ebenso heiß und trocken wie der August geendet hatte. Im Kloster regten sich alle Hände, um das Obst, unter dessen Last sich die Bäume fast zur Erde bogen, zu ernten und für den Winter einzumachen. Alle fünfzehn Mädchen des Klosters halfen voller Eifer, da die Tätigkeit draußen in der Sonne ihnen Spaß machte. Oftmals wurden sie so albern, dass die Oberin selbst herbeieilte und sie zur Ruhe mahnte, was ein beinahe aussichtsloses Unterfangen war.

Auch Margaretha genoss diese Tage, ein wenig getrübt durch die bevorstehende Ankunft ihrer Eltern. Sie war fest davon überzeugt, dass sie eine unangenehme Nachricht brachten, und sie glaubte auch zu ahnen, was es sein könnte. Sicher hatten sie einen Mann für sie ausgewählt und kamen nun, um sie auf einen baldigen Abschied vom Kloster vorzubereiten oder gar, um sie gleich mitzunehmen. Doch alles in ihr sträubte sich dagegen. Sie hatte gesehen, was aus Adelheid geworden war und wie kummervoll ihre ältere Schwester lebte, und so malte sie sich aus, wie die Ehe ihr eigenes Dasein verändern würde. Ein düsteres Schloss, eine Horde widerspenstiger Dienstboten, ein rücksichtsloser Gatte. Sie aber wollte leben wie bisher, höchstens noch aufregender.

Seit der schöne Mann auf der Wiese Margaretha angesehen hatte, glaubte sie, dass in seinen Augen das lag, wonach sie sich schon seit einiger Zeit auf unbestimmte Weise gesehnt hatte. In ihrer Unerfahrenheit war sie von seinem Blick völlig überwältigt worden, zugleich ließ ihre Angst vor den möglichen Plänen ihrer Eltern sie immer heftiger an den Fremden denken. Sie hätte ihn so gern wiedergesehen. Endlich, vier Tage nach jenem Nachmittag am Bach, ergab sich dazu eine Gelegenheit. Sie kam gegen Abend aus dem Schlafsaal hinauf und traf in der Halle die nervöse kleine Schwester Antonie, die aufgeregt hin und her lief. Als sie Margaretha entdeckte, eilte sie auf sie zu.

«Ach, Margaretha, mein liebes Kind», rief sie, «wie gut, dass ich dich sehe. Kannst du mir helfen?»

«Was ist denn geschehen?»

Schwester Antonie seufzte.

«Die Medizin», jammerte sie, «was soll ich nur tun?»

Margaretha versuchte, die Nonne zu beruhigen und Klarheit in ihre wirren Reden zu bringen. Schließlich erfuhr sie, dass Schwester Antonie für die Bäuerin vom Sandlinger Hof eine Arznei gegen Husten gebraut hatte und nun nicht wagte, den Weg zu ihr allein zu machen, um ihr das Getränk zu bringen.

«Es ist ja schon fast dunkel», klagte sie.

Margaretha fand, dass es noch recht hell sei, doch sie wusste, dass Schwester Antonie hinter jedem Baum eine Gefahr vermutete. Die Erwähnung des Sandlinger Hofs hatte sie unruhig gemacht.

«Nun, Schwester Antonie», sagte sie, «natürlich werde ich das für Sie tun. Ein Abendspaziergang macht mir Spaß!»

«Ich weiß nicht, ob es der Oberin recht wäre ...»

«Wir müssen es ihr nicht sagen, dann regt sie sich auch nicht auf. Lassen Sie mich ruhig gehen.»

Schwester Antonie war viel zu dankbar, nicht selbst aufbrechen zu müssen, als dass sie noch lange Einwände gemacht hätte. Sie holte einen Korb, in den sie die Flasche mit der Medizin legte, überredete Margaretha, noch ein Tuch mitzunehmen, da es kühl werden würde, und schickte sie dann endlich auf den Weg.

Margaretha schritt rasch voran. Sie glaubte kaum daran, den jungen Fremden auf dem Hof zu treffen, denn er war bestimmt längst fort, aber sie genoss den Spaziergang als ein kleines Abenteuer. Der Abend war klar, und in der Luft lag bereits der Herbst. Einige Blätter hatten schon zartgelbe Spitzen, und die Berge schienen so nah wie sonst im Sommer.

Der Weg führte zunächst am Klostergarten entlang, dann über einen Steg hinweg auf die andere Seite des Bachs, durch einen dichten Wald hindurch und schließlich über eine hügelige Wiese, auf welcher der Hof stand. Dieser gehörte zum Besitz eines Grafen, war jedoch an die Sandlingers verpachtet. Man munkelte, die Familie hätte viele Jahre zuvor zum protestantischen Glauben übertreten wollen, sei aber vom Grafen zur Beibehaltung der katholischen Konfession gezwungen worden, und seitdem herrschte Unfrieden.

Margaretha, der durch den Kopf ging, was man sich im Kloster und im nahe gelegenen Dorf erzählte, dachte daran, was Angela gesagt hatte. Wenn die Fremden aus Böhmen kamen, gehörten sie vielleicht wirklich zu den protestantischen Aufständischen, und das würde erklären, warum sie seinerzeit nach dem Sandlinger Hof fragten. Nur – was suchten die Männer denn in Bayern, wo doch fast alle Menschen katholisch und kaisertreu waren?

Als Margaretha sich dem Hof näherte, sah sie bereits

hinter einem der Fenster das misstrauische Gesicht der Bäuerin. Es dauerte eine ganze Weile, bis die Frau die Tür öffnete und langsam hinaustrat. Sie war von magerer, etwas furchteinflößender Gestalt.

«Wer kommt denn da?», rief sie. Margaretha trat heran. Die Züge der Bäuerin wurden etwas freundlicher.

«Ah, eine der jungen Damen aus dem Kloster», sagte sie, «welche Ehre.» Es lag leiser Spott in ihrer Stimme. Margaretha vernahm ihn wohl.

«Schwester Antonie schickt Ihnen Medizin», sagte sie und reichte der Frau die Flasche. Dabei spähte sie an ihr vorbei ins Haus, doch sie konnte keinen Menschen entdecken.

«Wie freundlich von Ihnen, nur deswegen hierherzukommen», sagte die Frau nun schon etwas herzlicher, «alle meine Kinder haben Husten. Wenn Sie trotzdem eintreten möchten …»

Margaretha wusste, dass die Bäuerin eine Ablehnung erwartete. Ein adeliges Mädchen betrat nicht ohne Not ein Bauernhaus und schon gar nicht allein, aber es war vielleicht eine Gelegenheit, jenen Mann wiederzusehen.

«Vielen Dank», sagte sie daher, «ich bin recht durstig und wäre dankbar für einen Schluck Wasser.»

Frau Sandlinger ließ Margaretha eintreten und brachte auch gleich einen großen Krug mit Wasser. Sie begann eifrig zu reden, von ihrem Hof, den Tieren, den Kindern und dem schlechten Leben, das sie immer ungerecht behandelt hatte. Margaretha sah sich währenddessen um. Sie war nicht zum ersten Mal in einem Bauernhaus, denn an den Kirchenfesttagen besuchten die Mädchen mit den Nonnen gemeinsam die Armen und Kranken der Umgebung in ihren armseligen Hütten. Dieses Haus war aus grauen Feldsteinen gebaut, es duckte sich unter ein zerfranstes Strohdach und besaß nicht einmal Glas vor den winzigen Fenstern, sondern nur verstaubte Stoffreste. In dem flachen Raum, in den Margaretha gebeten worden war, konnte man nur geduckt stehen, und überdies herrschte ein abscheulicher Gestank nach Schweiß und Fäulnis. Das Leben der vielköpfigen Familie beschränkte sich auf dieses Zimmer, und die Ausdunstungen der Menschen mischten sich mit denen der Küken, die in engen Kästen unter der Ofenbank gehalten wurden, und mit dem Geruch des alten Heus, das an Stelle eines Teppichs den Fußboden bedeckte. Im schwachen Schein des Talglichts sah Margaretha die blassen Gesichter einiger Kinder, die aus einem strohgefüllten Verschlag in der Wand hervorsahen, der ihnen als Bett diente. Sie husteten, und eines jammerte, denn offenbar wurde es von seinen stärkeren Geschwistern fast zerquetscht. Die Bäuerin achtete kaum darauf. Sie klagte über ihre Arbeit, über ihre schlechten Augen, mit denen sie beinahe nichts mehr sehen konnte, wenn sie Flachs oder Wolle spann, über den ewigen Kohl mit Rüben zu allen Mahlzeiten. Doch Margaretha hörte nur noch mit halbem Ohr zu. Sie fand das alles äußerst langweilig, zumal sie vergeblich gehofft hatte und niemand sich blicken ließ. Endlich stand sie auf.

«Ich glaube, ich muss nun gehen», meinte sie, «man macht sich sonst Sorgen um mich.»

«Danke, dass Sie vorbeigekommen sind», sagte die Bäuerin. Sie öffnete die Haustür. Margaretha erschrak, als sie aus der niedrigen Stube hinaustrat. Sie hatte überhaupt nicht bemerkt, wie dunkel es geworden war. Soeben versank die Sonne, und feuchte Dämmerung lag über den Wiesen. Daheim musste längst die Abendmesse begonnen haben.

«Auf Wiedersehen», sagte sie hastig, «ich muss mich sehr beeilen!»

Frau Sandlinger verneigte sich mehrmals. Margaretha lief, so rasch sie konnte, über den Hof, aber sie musste vorsichtig sein, um nicht über einen der vielen Maulwurfshügel oder über Steine und Äste zu stolpern. Arme Schwester Antonie, wie sie sich ängstigen würde. Wie konnte sie aber auch so die Zeit vergessen! Nur um zu warten, ob dieser Fremde wiederkam. Sie begann sich zu schämen, weil sie wie ein dummes Ding dagesessen und sich die Augen nach einem Mann ausgeschaut hatte. Sie schwor sich, so etwas nie wieder zu tun. Sie hatte gerade den Wald erreicht, und ihr schauderte ein wenig vor seiner schweigenden Dunkelheit, als neben ihr ein Schatten auftauchte. Urplötzlich war da eine hoch gewachsene männliche Gestalt, deren Gesicht sie nicht sofort erkennen konnte. Margaretha war vor Angst wie gelähmt. Eine tiefe Stimme sagte:

«Guten Abend, Mademoiselle!»

Die französische Anrede deutete auf einen jungen, gebildeten Adeligen hin, aber Margaretha war zu erschrocken, um das zu bemerken. Sie glaubte sich einem Landstreicher gegenüber und schrie entsetzt auf. Sie wollte weglaufen, aber ihre Beine bewegten sich nicht.

«Oh, bitte, schreien Sie doch nicht», bat der Fremde, «ich versichere Ihnen noch einmal, dass ich kein Bandit bin. Offenbar habe ich nur die unglückselige Angewohnheit, Sie immer wieder zu erschrecken.»

Margaretha starrte ihn an. Endlich begriff sie.

«Ach, Sie sind es», ihre Stimme zitterte vor Erleichterung, «ich habe Sie überhaupt nicht erkannt!»

«Ich hoffe, das liegt nur an der Dunkelheit und nicht daran, dass Sie mich bereits vergessen haben.»

«Aber nein, ich habe Sie nicht vergessen», antwortete Margaretha und bereute ihre Freimütigkeit im selben Moment.

«Gott sei Dank. Darf ich mich Ihnen vorstellen? Richard von Tscharnini.»

«Margaretha von Ragnitz.»

«Ich freue mich, Sie nun richtig kennenzulernen», sagte Richard, «wissen Sie, Sie haben mich neulich sehr beeindruckt, als Sie in diesem Bach standen, mit riesigen, erschrockenen Augen und in diesem bezaubernden weißen … Kleid.»

Margaretha wurde verlegen bei der Erinnerung an diesen Moment.

«Ich weiß gar nicht, wie wir so dumm sein konnten», sagte sie, «ein verrückter Einfall! Und dann mussten Sie und Ihre Leute kommen. Es war so peinlich!»

«Aber stellen Sie sich vor, wir wären nicht gekommen! Ich hätte Sie niemals getroffen!»

Margaretha lächelte. Sie fühlte sich unsicher und der Situation nicht ganz gewachsen. Sie war überzeugt, dass es keine der Schwestern gutheißen würde, dass sie hier im Wald stand und sich mit einem fremden Mann unterhielt. Außerdem schüchterte er sie ein. Um irgendetwas zu sagen, meinte sie: «Meine Freundin glaubte, Sie seien aus Böhmen.»

«Die junge Dame mit den rotblonden Haaren?»

Margaretha bejahte. Richard nickte anerkennend.

«Ein schlaues Mädchen. Ja, sie hat recht, ich komme aus Prag. Ich wäre Ihnen aber dankbar, wenn Sie meine Herkunft nirgends erwähnen würden.»

«Nein, natürlich nicht», versicherte Margaretha. Sie war fest entschlossen, dieses Geheimnis für sich zu behalten, obwohl sie nicht recht wusste warum. Der Mann faszinierte sie ebenso wie an dem Tag, da sie ihn zum ersten Mal gesehen hatte. Hier im Dunkeln vielleicht sogar noch mehr. Aber bestimmt war er von ihr enttäuscht, jetzt, wo sie das unmögliche Kleid trug und ihre Locken nicht mehr zu sehen waren. Obwohl sie die Begegnung mit ihm so herbeigewünscht hatte, wollte sie schnell fort.

«Ich muss weiter», sagte sie daher, «ich habe mich schon sehr verspätet.»

«Sie erlauben, dass ich Sie begleite?», fragte Richard. «Sie sollten in der Nacht nicht allein durch den Wald gehen. Es gibt zu viele Räuber in unserer Zeit.» Sein Lächeln sah sie nicht.

Es war inzwischen so dunkel, dass sie sich allein gefürchtet hätte. Zwischen den Wipfeln der Bäume konnte sie keine Sterne hindurchschimmern sehen. Wind zog auf und rauschte in den Blättern. Margaretha erschien die ganze Situation unwirklich. Sie kam sich selber so fremd vor, dass sie nicht den Eindruck hatte, als sei sie selbst das Mädchen, das dort durch den Wald ging. Gleichzeitig war sie durch die Nähe des Fremden so beunruhigt, dass sie sich unwohl fühlte. Sie fürchtete, dass alles, was sie an diesem Abend getan hatte und was sie jetzt tat, eine Sünde sein müsse, und nahm sich vor, bei der nächsten Beichte Abbitte zu leisten.

«Wundern Sie sich nicht, wo ich plötzlich herkam?», fragte Richard.

«Nein – merkwürdig. Ich habe darüber nicht nachgedacht», gab Margaretha zu.

«Ich hatte Sie auf dem Sandlinger Hof gesehen. Als Sie fortgingen, machte ich mich auch auf den Weg, aber mit einer Abkürzung, und wartete am Wald auf Sie.»

«Warum taten Sie das?»

«Ich wollte Sie wiedersehen. Ich habe in den letzten Tagen oft an Sie gedacht und Sie vor mir gesehen, so wie Sie neulich waren – so klein und verwirrt und ängstlich. Ich hatte Sie nicht sofort bemerkt, aber dann nahm ich nur noch Sie wahr.»

«Zuerst sahen Sie Angela!»

«Wenn Sie Ihre rothaarige Freundin meinen, ja, sie ist sehr auffällig.»

«Sie ist schön. Wir alle finden das. Und sie ist so viel erwachsener als wir anderen!»

«Sie schwärmen von ihr, um von sich abzulenken», sagte Richard spöttisch, «ich finde Sie aber viel schöner!»

Margaretha antwortete nicht. Schweigend gingen sie weiter. Einmal lief ein Hase vor ihnen über den Weg, und sie mussten plötzlich beide lachen. Margaretha merkte, dass ihr kalt geworden war. Sie griff in den Korb und zog das Tuch hervor, das ihr Schwester Antonie gegeben hatte.

«Frieren Sie?», fragte Richard.

«Ein bisschen.»

Er nahm ihr das Tuch aus den Händen, schlang es um ihre Schultern und zog sie dabei zu sich heran. Sie blieb ganz willenlos und nachgiebig dabei, nur ihr Herz ging etwas schneller. Richard küsste ihre Stirn, ihre Wangen, strich mit den Fingern über ihre Augenlider. Nach einem kurzen Zögern beugte er sich noch einmal herab und küsste ihren Mund.

Als er sie losließ, trat sie einige Schritte zurück. Sie sah in sein Gesicht, fand es schön und klar und zärtlich. Von der Geübtheit seines Vorgehens hatte sie überhaupt nichts gemerkt und stand hingerissen vor der Einmaligkeit dieser Situation.

«Habe ich dich schon wieder erschreckt?», fragte Richard leise.

«Nein», flüsterte Margaretha. Sie hatte laut sprechen wollen, aber ihre Stimme war heiser. Sie räusperte sich.

«Ich muss unbedingt nach Hause», sagte sie, «wahrscheinlich suchen schon alle nach mir.»

«Ich möchte, dass wir uns wiedersehen!»

«Bleiben Sie denn noch hier in der Gegend?»

«Ja, noch einige Zeit. Geht es morgen Abend?»

Margaretha wusste, dass es eigentlich nicht ging. Würde

sie von einer der Schwestern entdeckt, müsste sie wahrscheinlich das Kloster verlassen. Aber der Zauber der vergangenen Minuten war stärker als jede Vorsicht.

«Können Sie morgen um diese Zeit am Kloster sein?», fragte sie. «Ich komme hinaus.»

«Ich werde da sein», versprach er.

«Dann gehen Sie jetzt. Der Wald ist hier zu Ende, und ich möchte nicht, dass wir gesehen werden.»

«Gute Nacht.» Er lächelte ihr noch einmal zu, wandte sich um und verschwand in der Dunkelheit. Margaretha rannte mit pochendem Herzen über die Wiese. Noch war ihr so leicht zumute, dass der Gedanke an eine erzürnte Schwester Gertrud keinen Schrecken für sie hatte. In diesem Hochgefühl hätte sie jeder Gefahr leichthin die Stirn geboten.

Als sie den Klostergarten erreichte, löste sich von der Mauer ein heller Schatten – es war Angela in ihrem Spitzennachthemd, eine Decke um die Schultern gehängt. Ihr Gesicht war verzerrt vor Kälte und Zorn.

«Was, zum Teufel, denkst du dir?», fuhr sie die erschrockene Margaretha an. «Wo warst du denn bloß? Schwester Antonie ist ganz krank vor Sorge.»

«Angela! Was tust du hier?»

«Was ich hier tue? Ich warte auf dich, und zwar schon sehr lange. Ich bin fast erfroren!»

«Warum wartest du?»

«O Gott, was ist denn los mit dir? Du kommst mitten in der Nacht nach Hause und fragst mich ganz unschuldig, warum ich hier warte! Ich bin hier, um dich abzufangen, damit du nicht durch das Haupttor hineinspazierst, sondern mit mir durch die Seitenpforte kommst!»

«Aber», stotterte Margaretha verwirrt, «wissen denn nicht schon alle, dass ich nicht da bin?»

«Nein, weil ich dich gedeckt habe. Als du zur Abendmesse nicht da warst, dachte ich, du seist im Garten und hättest die Zeit vergessen. Damit die Oberin nicht böse wird, habe ich behauptet, du hättest dich mit Kopfschmerzen ins Bett gelegt. Nach der Messe traf ich Schwester Antonie, die am Tor stand und Ausschau nach dir hielt. Sie erzählte mir alles. Es gelang mir gerade noch, sie davon abzuhalten, zur Oberin zu gehen. Wir mussten dann alle ins Bett, aber ich schlich mich hinaus, um auf dich zu warten.»

Margaretha war ihrer Rede atemlos gefolgt.

«Angela», sagte sie, «du bist eine so treue Freundin. Dich hier in die Dunkelheit zu stellen.»

«Vor allem in die Kälte», ergänzte Angela zähneklappernd.

«Du glaubst nicht, was ich erlebt habe!» Margaretha hatte das Gefühl, dieses Geheimnis doch nicht ganz für sich behalten zu können. Während sie durch den Garten eilten, sagte sie: «Ich habe mich tatsächlich die meiste Zeit mit der Bäuerin vom Sandlinger Hof unterhalten. Doch dann, auf dem Rückweg, Angela, habe ich ihn getroffen, weißt du, den schwarzhaarigen Mann …»

«Wen?»

«Den Anführer der Männer, die uns neulich überraschten!»

«Ach, ihn meinst du. Ist der denn noch hier?»

«Ja, und er hat auf mich gewartet. Ich glaube, er liebt mich. Er hat mich geküsst.»

Angela blieb stehen.

«Nein», sagte sie.

«Doch», beharrte Margaretha, «aber was starrst du denn so?»

«Das kann doch nicht sein», sagte Angela. «Margaretha, du lässt dich von ihm auf irgendwelchen Wiesen in der Dunkelheit küssen?»

«Ach, du bist nur neidisch. Du wirst noch sehen, dass er

viel besser zu mir passt, als du glaubst. Außerdem ist er nicht irgendein Mann. Er stammt aus einer adeligen Familie!»

«Wie heißt er?»

«Richard von Tscharnini.»

«Ha, wenn das nicht ein böhmischer Name ist! Du hast da bestimmt einen Protestanten kennengelernt!»

Sie hatten die kleine Pforte erreicht, traten in den Innenhof und gelangten durch einen weiteren Nebeneingang in das Gebäude. Die Eingangshalle wurde nur von drei Kerzen schwach erleuchtet.

«Vielleicht ist es wirklich nicht schlimm», meinte Angela, «ein so kurzes Erlebnis.»

«Es ist nicht so kurz», entgegnete Margaretha zaghaft, «wir wollen uns morgen Abend wieder treffen!»

Angela presste die Lippen zusammen.

«Ich fürchte, du tust etwas Dummes», sagte sie, «erzähle den anderen nichts, vor allem nicht Clara. Sie kann nie den Mund halten.»

«Nein, natürlich nicht.»

«Geh hinauf. Ich werde nur noch schnell Schwester Antonie mitteilen, dass du zurück bist!» Sie verschwand in einem Seitengang.

Margaretha lief eilig und leise die knarrende Holztreppe hinauf. Oben stand, in eine Wandnische gedrückt, Clara, die dunklen Augen weit aufgerissen.

«Endlich, Margaretha», rief sie, «ich hatte solche Angst um dich! Wo warst du?»

«Leise, du weckst ja alle auf», mahnte Margaretha, «ich habe mich nur verspätet, weil ich so lange mit der Bäuerin auf dem Sandlinger Hof gesprochen habe!»

«Wirklich?», fragte Clara ungläubig.

«Ja, was sollte ich denn sonst getan haben? Komm, wir gehen schlafen!»

Sie betraten den Schlafsaal. Wenn Margaretha gehofft hatte, einen dunklen Raum vorzufinden, in dem nur die gleichmäßigen Atemzüge friedlich schlafender Klosterschülerinnen zu hören waren, so hatte sie sich getäuscht. Alle Kerzen brannten, und in den Betten saßen aufrecht die Mädchen und sahen ihr entgegen.

«Margaretha, wo kommst du her?»

«Warum kommst du erst jetzt?»

«Was ist denn nur geschehen?»

So zischte es nicht gerade leise aus allen Ecken. Margaretha seufzte.

«Mein Gott, regt euch nicht so auf. Ich habe der Sandlinger Bäuerin Medizin gebracht, mich mit ihr unterhalten und dabei die Zeit vergessen!»

«Das glaube ich nicht», erklärte Ignatia, ein kleines, boshaftes Geschöpf. Margaretha funkelte sie an.

«Was glaubst du dann?», fragte sie. Ignatia zuckte mit den Schultern.

«Nun lasst sie in Ruhe», mahnte die vernünftige Paula, «es ist spät, wir wollen schlafen!»

Die anderen stimmten ihr zu. Margaretha sprang rasch ins Bett und zog die Decke bis zum Hals. Sie wollte, dass es endlich dunkel und still wurde und sie sich beruhigen konnte.

Angela trat ein und nieste zweimal hintereinander. Margaretha sah sie schuldbewusst an. Nun wurde die arme Angela ihretwegen vielleicht noch krank!

Paula blies die letzten Kerzen aus. Kurze Zeit war noch leises Geflüster und Gekicher zu hören und ein Niesen von Angela. Dann wurden sie alle schließlich von der Müdigkeit überwältigt und sanken rasch und leicht in tiefen Schlaf.

Nur Margaretha blieb wach. Sie sah durch das winzige Bogenfenster hinaus in den schwarzen, sternenübersäten

Himmel und dachte daran, dass sie heute etwas getan hatte, was ihre Eltern und die Nonnen als im höchsten Maße unschicklich bezeichnen würden. Sie war erstaunt, dass sie gerade bei diesem Gedanken ein so erhebendes Gefühl verspürte.

3

Am nächsten Morgen war Angela heftig erkältet, aber sie weigerte sich, im Bett zu bleiben. Ein Taschentuch vor die Nase gepresst, lief sie durch die Gänge von St. Benedicta, gefolgt von Margaretha, die ihr schuldbewusst jeden Handgriff abzunehmen versuchte. Es tat ihr entsetzlich leid, dass Angela krank geworden war, doch sie wünschte sich keinen Augenblick des vergangenen Abends ungeschehen.

Clara war zutiefst beleidigt, denn sie war fest davon überzeugt, dass Margaretha ihr nicht die Wahrheit gesagt hatte und sich mit Angela gegen alle übrigen verschwor. Sie nahm sich vor, nie wieder ein Wort mit ihrer Freundin zu sprechen, doch zu ihrem Kummer bemerkte es Margaretha überhaupt nicht. Ihre Augen blickten gänzlich abwesend drein, als sei sie mit ihren Gedanken nicht auf dieser Erde.

Als der Abend kam, wurde sie noch unruhiger. Sie besprach sich mit Angela.

«Die anderen werden merken, dass ich nicht im Schlafsaal bin», sagte sie, «ich weiß, ich verlange viel, aber könntest du ihnen erzählen, ich sei bei Schwester Antonie, um etwas mit ihr zu besprechen?»

«Ich finde wirklich nicht gut, was du tust», erwiderte Angela mit ihrer verschnupften Stimme.

«Bitte, Angela!»

«Nun gut. Aber bleib bitte nicht zu lang.»

«Nein, natürlich nicht. Danke.»

Nach der Abendmesse, als alle der Oberin eine gute Nacht gewünscht hatten, gelang es Margaretha in einem unbeobachteten Moment, in den Garten hinauszuschlüpfen. Es war schon recht dunkel und sie empfand es als seltsam, über die vertrauten Wege zu gehen, auf denen sie noch vor wenigen Stunden mit ihren Freundinnen spaziert war. Sie lief durch den ganzen Garten, ohne jemanden zu treffen, und eine entsetzliche Angst stieg in ihr auf, er könne sie vergessen haben oder niemals ernsthaft an ihr interessiert gewesen sein. Aber dann war er da, so unerwartet wie am Abend zuvor. Er trat aus dem Schatten der Bäume auf sie zu und schloss sie in die Arme. Heute kam ihr das schon beinahe vertraut vor. Sie fühlte sich großartig, als sie Arm in Arm über die Wiesen schlenderten. Dies alles schien so aufregend, weil es dunkel war und sie heimlich hinauslaufen musste, weil sie etwas tat, was die anderen nicht wagten.

In den wenigen Stunden ihres Zusammenseins erzählte ihr Richard viel von sich. Er stammte aus einer reichen böhmischen Adelsfamilie, deren Mitglieder seit der Reformation überzeugte Lutheraner waren. Sie hatten immer für die Unabhängigkeit Böhmens vom habsburgischen Herrscherhaus gekämpft, im Gegensatz zu den anderen vornehmen Familien, die sich trotz der Glaubenskonflikte an die Habsburger hielten, weil sie sich von ihnen Schutz vor den Calvinisten im eigenen Land versprachen. Böhmen war klein, zu viele Familien teilten sich zu wenig Land, und die Calvinisten fielen immer wieder durch höchst kämpferisch hervorgebrachte Gebietsansprüche auf. Immerhin, die Glaubensfreiheit war allen Böhmen durch ein Edikt des Kaisers Rudolf II., den Majestätsbrief, zuerkannt worden. Doch schon Rudolfs Nachfolger, Kaiser Matthias, zeigte Neigung, gegen Bestandteile des Majestätsbriefes zu verstoßen, wenn er es auch nie wirklich wagte. Als aber bekannt wurde, dass dem kinderlosen Kaiser Matthias der Erzherzog Ferdinand von Steiermark auf den Thron folgen würde, empörte sich der gesamte böhmische Adel. Ferdinand war Katholik mit despotischen Neigungen, und Toleranz trauten ihm die misstrauischen Böhmen nicht zu.

«Wir hätten möglicherweise seine Wahl verhindern können», berichtete Richard, «aber wir waren untereinander zu uneinig. Lutheraner, Calvinisten, fanatische Nationalisten – es gab keine einheitliche politische Linie. Und wir hatten den unfähigsten Führer, den man sich vorstellen kann. Graf Thurn, der nur mit dem Mund groß war!»

In ganz Böhmen brodelte es unter einer noch ruhigen Oberfläche. Die Königswahl stand unmittelbar bevor, ohne dass es einen Kandidaten gab, der gegen Ferdinand antrat. Die Protestanten konnten keinen herbeischaffen, und ihre Führer stimmten schließlich für Ferdinand in dem Glauben, man werde ihn später zu einer toleranteren Haltung zwingen können.

Doch bald wurde klar, dass es nicht in Ferdinands Absicht lag, die religiöse Freiheit der Reformierten anzuerkennen. Es kam zu Unruhen, als seine Soldaten protestantische Bürger am Bau einer Kirche hinderten und sie dann noch in ein Gefängnis warfen. Dies endlich reichte aus, die innere Spaltung des Landes zu überwinden. Alle waren sich einig in ihrem Zorn gegen einen willkürlichen Herrscher.

Richard berichtete von der Versammlung der Protestanten in Prag im Mai des Jahres 1618.

«Natürlich ging ich auch hin», sagte er, «der erste Tag verlief recht ruhig, aber noch in der folgenden Nacht beschlossen Graf Thurn und einige seiner Anhänger die Hinrichtung der Statthalter Martinitz und Slavata. Ihnen war ein angebliches Schreiben des Kaisers in die Hände gelangt, in dem die sofortige Auflösung der böhmischen Ständeversammlung befohlen wurde, aber sie vermuteten zu Recht, dass dieses Schreiben in Wahrheit von Martinitz und Slavata verfasst worden war. Zudem wussten wir, dass beide seinerzeit Ferdinand heftig bedrängt hatten, dem Majestätsbrief seine Anerkennung zu versagen. Graf Thurn verlangte Tod durch Defenestration.»

«Durch was, bitte?», fragte Margaretha.

«Fenstersturz. Sehr beliebt für Volksverräter. Nun, wir zogen am nächsten Morgen auf den Hradschin, und es gelang uns schnell, zu den Verurteilten vorzudringen. Martinitz und Slavata zitterten wie Espenlaub und versuchten, uns von ihrer Unschuld zu überzeugen, aber es nützte ihnen nichts. Sie und einer ihrer Schreiber wurden gepackt und nacheinander aus dem Fenster in den Burggraben gestürzt.»

«Ja, die Leute haben hier davon erzählt», sagte Margaretha. «Immerhin kamen sie mit dem Leben davon.»

«Sie sind in einen Misthaufen gefallen, alle drei. Martinitz konnte später entkommen, Slavata wurde Gnade gewährt. Du weißt, wie schließlich alles endete. Ferdinand wurde abgesetzt und Friedrich von der Pfalz zum König gewählt.»

«Und wie kamst du hierher?», fragte Margaretha.

«Ich zog mit Graf Thurn im Frühjahr gegen Wien, danach schloss ich mich General Mansfeld an. Und nun ...»

«Und nun?»

«Ich wurde nach Bayern mit einem geheimen Auftrag gesandt. Es geht um Waffen, die wir hier über Verbündete bekommen sollen.»

Er sah Margaretha ernst an.

«Ich überschreite alle meine Befugnisse, indem ich dir das erzähle», sagte er, «Mansfeld und Graf Thurn würden mir den Kopf abschlagen, wenn sie das wüssten. Einer überzeugten Katholikin und Untertanin des kaisertreuen bayerischen Herzogs unsere militärischen Geheimnisse mitzuteilen! Versprich mir, dass du es nie weitersagen wirst!»

«Aber glaubst du, ich würde dich verraten? Und wenn du gegen alles kämpftest, was mir wertvoll ist, ich würde immer zu dir stehen.»

Richard lächelte und strich sacht mit den Fingern über die Linien ihrer Wangen.

«Margaretha», murmelte er, «du bist so jung und so sehr bereit, alles für deine Liebe zu tun. Ich wünschte, du könntest mit mir kommen.»

«Wann wirst du wieder aufbrechen müssen?»

«Ich fürchte bald. In wenigen Tagen.»

Margaretha lehnte ihren Kopf gegen seine Schulter. Ihr war elend zumute.

«Kann ich wirklich nicht mitkommen?», fragte sie.

Richard nahm ihre Hand.

«Aber, kleine Margaretha», sagte er, «du kennst mich erst wenige Tage und willst einen so großen Schritt tun? Das Kloster verlassen, deine Freunde, deine Familie, dein Land? Ich glaube, du kannst nicht abschätzen, was das bedeutet! Und außerdem gibt es beim Heer keinen Platz für dich.»

«Es gibt Frauen, die ihre Männer begleiten!»

«Das sind andere Frauen, stärker und erfahrener, als du es bist, und die sterben noch wie die Fliegen. Kälte und Seuchen – du würdest es nicht durchhalten.»

«Aber werden wir uns denn nie wiedersehen?»

Margaretha sah ihn an, in ihren Augen standen Tränen. Richard legte beide Arme um sie.

«Was denkst du denn? Natürlich werden wir uns sehen. Ich komme zurück und hole dich.»

«Wann?»

«Im nächsten Frühjahr.»

Margaretha war getröstet. Sie hätte gewünscht, dass alles so bliebe wie bisher, die Sicherheit des Klosters und daneben die aufregenden geheimen Treffen. Aber wenn er gehen musste, dann konnte sie sich doch an den Gedanken seiner Rückkehr klammern.

Sie trafen sich noch einige Male frühmorgens, weil Angela abends keine Ausreden mehr ersinnen konnte. Margaretha schlich sich fort, wenn alle noch schliefen. Mit Richard lief sie über die taufeuchten Wiesen, und ihr Atem hing in der kalten Morgenluft. Der Herbst drängte herbei, und wenn auch die Tage noch warm waren, so waren die Abende und Morgen voll Klarheit und Kälte.

Als Richard Margaretha dann eines Morgens sagte, dies sei das letzte Mal, dass sie einander sahen, weil er noch am Nachmittag fortgehen müsse, da erschrak sie zutiefst. Sie standen auf einem kleinen Hügel, blickten nicht wie sonst in eine leuchtend rote Sonne, die über dem Wald aufging, sondern beobachteten einen bleichen grauen Tag, der sich zwischen regenschweren Wolken herankämpfte. Margaretha war sehr blass.

«Du wirst bestimmt wiederkommen?», fragte sie.

Richard drückte sie an sich.

«Ich komme wieder», versprach er, «im nächsten Frühjahr bin ich hier. Und dann gehen wir zusammen fort!»

«Meine Eltern werden nie ihre Einwilligung zu einer Heirat geben.»

«Meine Familie wird das auch nicht tun. Aber wir heiraten dennoch. Warum sollen wir auf die Einwände anderer Rücksicht nehmen?»

Margaretha seufzte. Es wäre so viel schöner, wenn sie eine ehrenvolle Hochzeit feiern dürften und nicht durchbrennen müssten wie zwei Verbrecher. Das Herz tat ihr weh, wenn sie daran dachte, welchen Kummer sie ihrer Familie zufügen wollte. Warum nur war Richard Protestant? Und warum sollte dies ausreichen, sie beide zu trennen, wenn sie einander doch liebten.

«Ach, Richard», murmelte sie, «so viele Monate soll ich warten. Weißt du, es ist gefährlich. Meine Eltern können jeden Tag hier eintreffen, und ich bin sicher, dass sie einen Ehemann für mich gefunden haben. Vielleicht werden sie mich zwingen, mit ihnen zu kommen …»

«Du musst sie hinhalten», beschwor sie Richard, «zeige dich nachgiebig, aber erbitte dir einen Aufschub. Und erzähle ihnen nichts von mir!»

«Nein. Aber es wird schwer sein. Ich werde jede Minute an dich denken.»

«Und ich an dich. Ich liebe dich, Margaretha, und wenn du wartest, werde ich kommen.»

Er neigte sich zu Margaretha herab, um sie zu küssen, doch heute, da er es zum Abschied tat, geschah es anders als sonst. Seine Augen funkelten, er küsste ihre Lippen und dann ihren Hals, und für einen Moment legte er seinen Kopf auf ihre Brust. Die Heftigkeit seiner Bewegungen beunruhigte sie, zugleich wurde sie sich selbst einer seltsamen Sehnsucht bewusst, und der Schmerz darüber, dass er sie verlassen würde, schien ihr die Kehle zuzuschnüren. Sie blickte ihm nach, wie er davonging, ebenso aufrecht und siegessicher wie an dem Tag, da sie ihn das erste Mal traf. Er war von einem Augenblick zum anderen in ihrem Leben erschienen, und ebenso schnell verschwand er wieder, aber er ließ sie zurück voll nie gekannter Empfindungen. Sie und die Mädchen um sie herum waren so abgeschlossen von der Welt groß geworden, dass sie das, was sie erlebt hatte, nicht leicht nehmen konnte. Es musste ihr als das Wunderbarste ihres Lebens erscheinen. Den ganzen restlichen Tag über sah sie so traurig aus, dass selbst Clara ihren Ärger vergaß und sie hilflos fragte, was denn geschehen sei. Margaretha antwortete nicht, sondern brach in Tränen aus. Sie wusste nicht, wie sie die nächsten Monate überstehen sollte, doch schon bald musste sie sich zusammennehmen und ihre Gefühle verbergen. Denn zwei Tage später trafen ihre Eltern ein.

Regina und Wilhelm von Ragnitz waren ein gut aussehendes Paar. Dass sie aber, sobald sie einen Raum betraten, alle Blicke auf sich zogen, verdankten sie Regina. Wilhelm sah sehr würdevoll aus mit seinen silbrigen Haaren, dem schlohweißen Bart und seinem müden, nachdenklichen Gesicht, dessen helle Augen stets in weite Ferne gerichtet schienen. Meist trug er einen schwarzen Mantel und einen schwarzen, hohen Hut und wirkte so, als sei er gar nicht anwesend. Regina aber war voller Leben. In ihren Bewegungen, ihrer Stimme, ihrem Lachen lag so viel Energie, dass einfach niemand sie übersehen konnte. Ihr Mann genoss still nur den Ruhm, ihr Begleiter zu sein.

Margaretha, die Herzklopfen gehabt hatte vor dieser Begegnung, befiel beim Anblick ihrer Eltern nun doch ein Gefühl der Rührung und der Sehnsucht. Seit eineinhalb Jahren sah sie sie zum ersten Mal wieder. Ihr wurde plötzlich bewusst, wie sehr sie sie liebte. Sie rannte die Treppe hinauf und warf sich in die Arme ihrer Mutter.

«Mutter, ich bin so glücklich, Sie zu sehen», rief sie, «oh, und Vater …» Sie umarmte und küsste auch ihn überschwänglich.

Wilhelm von Ragnitz betrachtete seine Tochter voller Stolz. Er hatte sie nicht so hübsch in Erinnerung gehabt. Sie war bei ihrem letzten Abschied viel kindlicher gewesen, doch nun war sie größer und schlanker, ihr Gesicht hatte klare Züge bekommen.

Auch Regina freute sich. Früher hätte niemand sagen können, ob Margaretha einmal besonders attraktiv sein würde, und manchmal hatte sie Angst gehabt, das Mädchen könnte werden wie Adelheid. Sie verbot sich selbst immer schlechte Gedanken über ihre älteste Tochter, aber sie konnte nicht umhin festzustellen, dass Adelheids schlechte Ehe auch mit ihrem unansehnlichen Äußeren zusammenhing. Sie hatte einfach keine Auswahl gehabt. Mit Margaretha würde das einfacher sein.

«Ach, mein Liebling», sagte sie daher erleichtert, «wie hübsch du bist und wie erwachsen. Du bist viel reifer geworden!»

Margaretha hatte plötzlich das Verlangen, sich abermals in die Arme ihrer Mutter zu stürzen und ihr alles zu erzählen. Sie wollte ihr sagen, dass sie Richard getroffen hatte und dass sie einander liebten, dass sie mit ihm fortgehen würde und dass sie es kaum ertrüge, ihre Familie damit zu kränken.

Aber sie sagte nichts. Regina war zu ehrgeizig und beherrscht, als dass sie Margarethas Gefühle nicht als kindisch abgetan hätte. Schließlich wusste ganz allein sie, wo das Glück ihrer Kinder lag.

Wilhelm von Ragnitz und seine Frau wurden von der Oberin selbst in ihr Zimmer geleitet, wo sie sich von der Reise erholen sollten.

Margaretha ging unterdessen unruhig im Garten umher. Es hatte geregnet, aber nun brachen ein paar Sonnenstrahlen zwischen den Wolken hervor und ließen die vielen Tropfen an Zweigen und Gräsern glitzern. Einige überreife Mirabellen hingen noch an den Bäumen, Margaretha pflückte sie gedankenverloren und schob sie in den Mund. Dann, als sie bemerkte, dass sie schon seit einiger Zeit am Ende des Gartens stand und zu den Bergen hinüberstarrte, ohne etwas zu sehen, beschloss sie, ins Haus zu gehen und Angela und Clara zu holen. Sie wollte sich gerade auf den

Weg machen, da sah sie eine Gestalt auf sich zukommen. Es war ihre Mutter.

Sie hatte offenbar nach Margaretha Ausschau gehalten und entdeckte sie in diesem Moment, denn sie kam rascher heran, und ihr Gesicht drückte Erleichterung aus.

«Ach, Margaretha», sagte sie, «Angela meinte, du könntest hier draußen sein. Ich dachte schon, ich finde dich nicht.» Sie stellte sich neben sie und blickte über die Wiesen. «Welch ein herrliches Land. Sicher bist du glücklich hier?»

«O ja», erwiderte Margaretha, «ich bin sehr glücklich. Auch weil ich mich mit all meinen Freundinnen so gut verstehe.»

«Das freut mich. Es ist schön, wenn man auf eine solche Zeit zurückblicken kann.»

«Zurückblicken?»

«Nun», Regina strich sich ein paar Haare aus dem Gesicht, die der Wind herumflattern ließ, «die Kindheit ist nur kurz. Sie geht sehr schnell vorüber.»

«Ja, ich weiß», sagte Margaretha leise.

«Und du bist schon kein Kind mehr. Du bist ein sehr schönes junges Mädchen. Dieses Kloster ist nicht länger der Ort, an dem du dich aufhalten solltest.»

«Was wollen Sie mir damit sagen, Mutter?»

Regina nahm den Arm ihrer Tochter, und sie gingen nebeneinander über die aufgeweichten Wege. Margaretha wusste genau, was Regina ihr sagen wollte, aber sie versuchte, unbefangen zu erscheinen. Sie musste jetzt Richard vertrauen. Darauf, dass er sie holen würde und dass alles, was Regina auch immer mitzuteilen hatte, bedeutungslos war.

«Du ahnst es sicher», sagte Regina, «dein Vater und ich ... wir glauben, dass du erwachsen bist. Und wir haben jemanden gewählt, den du heiraten sollst!»

Sie hatte die letzten Worte hastig gesprochen und sah Margaretha nun unsicher an. Sie hoffte, sie würde nicht entsetzt sein und anfangen, sich gegen dieses Ansinnen zu wehren. Aber Margaretha blieb sehr ruhig.

«Wer ist es?», fragte sie.

«Du kennst ihn», erwiderte Regina, «ihr habt euch früher schon manchmal gesehen. Es ist Albrecht von Malden.»

Margaretha dachte zurück an vergangene Tage im Schloss ihrer Eltern, als der Graf und die Gräfin von Malden öfter am Nachmittag oder Abend zu Gast waren. Und der Sohn, er war ganz hübsch, meinte sie sich zu erinnern.

«Du kennst ihn doch, nicht?», fragte Regina.

«Ja, natürlich. Wir haben viel zusammen gespielt. Wie alt ist er jetzt?»

«Er ist zweiundzwanzig. Er ist ein ziemlich begehrter Mann. Nicht wie …»

«Wie Adelheids Mann?»

«Oh, sprich nicht von ihm. Von Tag zu Tag wird er verabscheuungswürdiger! Und Adelheid ist ganz elend. Sie war nie strahlend wie du, aber nun scheint sie nur noch ein bleicher Schatten zu sein.»

Margaretha schämte sich beinahe ihres eigenen Kummers, als sie von Adelheids Schicksal hörte.

«Vielleicht ist sie vor allem deshalb so unglücklich, weil sie mit dieser Heirat etwas tun musste, was sie nicht tun wollte!»

«Adelheid hat sich nicht gewehrt», widersprach Regina.

«Das wäre wohl auch nutzlos gewesen.»

Regina sah ihre Tochter an.

«Mir gefällt dein Ton nicht», sagte sie, «ich habe für Adelheid getan, was ich nur konnte!»

«Natürlich.»

«Außerdem ist eine Heirat auch Politik.»

«Politik», wiederholte Margaretha, «ja, das ist es wohl.

Aber doch gibt es immer wieder Menschen, die sich dagegen auflehnen.»

«Du sprichst doch jetzt nicht etwa von dir?», fragte Regina.

«Nein.»

«Das freut mich. Du willigst also ein in das, was Vater und ich beschlossen haben?»

Margaretha hätte gern gefragt, ob auch eine ehrliche Antwort akzeptiert würde, aber sie hatte bereits genug Verdacht erregt. So sagte sie nur: «Ja, Mutter, ich werde Albrecht heiraten. Aber bitte nicht sofort! Lassen Sie mich noch den Winter und den Frühling über hier bleiben, und im nächsten Sommer werde ich dann tun, was Sie verlangen.»

Sie sprach klar und ruhig und überzeugend, und in Regina keimte kein Misstrauen, obwohl diese Fügsamkeit sie hätte stutzig machen müssen. Margaretha hatte von klein auf immer nur widersprochen. Doch Regina kannte ihre Kinder viel schlechter, als sie dachte. Sie zog Margaretha enger an sich.

«Gut, meine Kleine», sagte sie, «und, nicht wahr, du weißt, dass ich immer dein Glück im Auge habe!»

Margaretha presste ihr Gesicht in Reginas weiche Haare, damit die Mutter ihr Gesicht nicht sehen konnte. Manchmal, in Momenten wie diesem, überkam sie ein Gefühl heftigster Verachtung für diese Frau. Wie konnte sie sich so allwissend und erfahren dünken! Und wie konnte sie mit so viel Überzeugungskraft die fürsorgliche Mutter spielen, obwohl jeder ihren Machthunger durchschaute! Vielleicht aber glaubte sie selber an ihre Güte. Doch zugleich liebte Margaretha sie noch immer, und schon jetzt glaubte sie den Schmerz zu fühlen, den sie selbst durchleiden würde, wenn sie wegliefe und ihre Eltern einfach und ohne Abschied zurückließe.

Wilhelm von Ragnitz zeigte sich hocherfreut, als Regina ihm mitteilte, Margaretha werde keine Schwierigkeiten machen. Er hasste nichts so sehr wie hysterische Szenen.

«Ich danke dir, Regina, dass du diese Sache übernommen hast», sagte er, «und dass du so wunderbar auf Margaretha eingewirkt hast.»

«Ach, es war einfach», erwiderte Regina, «ich glaube, sie freut sich sogar. Nun, sie wird ja auch eine Gräfin. Wir werden sehr stolz sein können auf diese Tochter, Wilhelm. Man wird uns um sie beneiden! Wir müssen über hundert Gäste einladen ...»

So reisten Margarethas Eltern nach einigen Tagen wieder ab, beruhigter und entspannter, als sie gekommen waren. Im nächsten Frühjahr würden sie Margaretha holen und eine glanzvolle Hochzeit feiern. Im Geist entwarf Regina bereits das Kleid, in dem die Braut wie ein Prinzessin aussehen sollte.

4

Nach dem heißen Sommer schien der Winter den Herbst zu überspringen, die Blätter fielen rasch von den Bäumen, der Wind wehte heftig und kalt. Schon im November schneite es, und im Dezember lag ganz Bayern wie vergraben unter einer dicken, endlosen Schneedecke.

Für die Mädchen in St. Benedicta begann eine entbehrungsreiche Zeit. Zwar lagen sie nachts unter Felldecken, aber meist zog es doch so sehr durch die Fensterritzen, dass sie froren. In aller Frühe hieß es aufstehen, und oft standen sie in Dunkelheit und klirrender Kälte im Hof und hackten zitternd die Eisdecke auf, die nachts über das Trogwasser am

Brunnen gefroren war. Nasen und Ohren fühlten sich an wie Eisklumpen, und die Zähne taten weh von der frostigen Luft. Das Wasser schnitt in die Haut, aber kein Mädchen konnte der Morgenwäsche entkommen, denn eine Nonne beaufsichtigte sie mit größter Wachsamkeit.

Später erst loderten große Feuer in allen Kaminen und heizten auch den hohen Raum, in dem die Mädchen auf harten Holzbänken saßen, in ihren Bibeln lasen, französische Gedichte lernten oder Lieder sangen. Bei manchen Schwestern verliefen diese Stunden recht anstrengend, bei anderen, wie Schwester Josepha, brauchte nur Angela mit großen Augen und sanfter Stimme zu bitten:

«Ach, Schwester, lassen Sie uns doch einen Moment lang einfach plaudern!», und schon wurde dieser Wunsch gewährt.

Mittags versammelten sie sich an den langen schwarzen Tischen im Speisesaal: Zwar gab es noch Fleisch, Eier und Milch, doch immer öfter nur Gemüse, Brot und Wasser. Der Krieg, der so entfernt tobte, sog das Land aus, und auch das wohlhabende Kloster spürte die Not immer mehr. An Fastentagen fiel es den Mädchen schwer, ruhig und aufrecht auf ihren Bänken zu sitzen, zu sticken, zu weben oder zu spinnen und sich von einer Nonne Geschichten vorlesen zu lassen.

Am liebsten mochte es Margaretha, wenn sie abends in den Keller des Klosters hinunterstiegen, dessen dunkle Gewölbe von flackernden Kerzen beleuchtet wurden und wo sie sich dann in der Küche drängten, in der riesige, kupferne Kessel über mehreren offenen Herdfeuern hingen und es überall nach Kräutern und Gewürzen roch. Schwester Josepha eilte mit glühenden Wangen hin und her, rührte eifrig in den Gefäßen, probierte hier und da, murmelte leise vor sich hin. Sie braute dort unten Arzneien gegen jedes nur denkbare Übel: gegen Husten und Fieber, für Pocken- und Scharlachkranke, gegen Rheuma und Magenschmerzen, und all ihr Wissen gab sie an die Mädchen weiter.

«Wie vornehm ihr auch heiratet», sagte sie immer, «einmal werdet ihr euch an meine Rezepte erinnern, um euch selbst oder anderen zu helfen.»

Bisweilen mussten die Schülerinnen hinaus, um im Wald Holz zu sammeln, und trotz der eisigen Kälte drängte sich jede nach dieser Pflicht. Es war lustig, durch den Schnee zu stapfen. Nur Clara zog es vor, vor dem Kamin sitzen zu bleiben – was ihr dank einer erstaunlichen Auswahl an Ausreden stets gestattet wurde.

Nicht alle Menschen im Umkreis hatten so viel Feuerholz wie die Nonnen von St. Benedicta. Die meisten froren in ihren ungeschützten Häusern ganz erbärmlich. Eine schwere Grippe sprang in diesen kalten Wochen von Dorf zu Dorf und erfasste beinahe jeden Einwohner. Viele standen nie wieder auf, und vor allem Kinder erlagen ihr schnell. Täglich läuteten die Sterbeglocken der Kirchen, die Menschen mieden einander.

Die Nonnen hatten viel zu tun in dieser Zeit. Sie besuchten die Kranken, brachten ihnen auch Nahrung, Medizin und warme Kleider, trösteten sie und beteten mit ihnen.

«Es ist unsere heilige Aufgabe, Not und Elend der katholischen Christen zu lindern», sagte Schwester Gertrud jeden Morgen in der Messe, und die Mädchen wurden erfüllt von dem frommen Wunsch, ebenfalls zu helfen. So durften sie die Schwestern gelegentlich bei ihren Samariterdiensten begleiten.

Als Einzige hegte Margaretha in diesem Winter eine fast panische Furcht vor Krankheit und Tod. In all den vergangenen Jahren hatte sie eine ebenso große Sorglosigkeit erfüllt wie die anderen Mädchen, nun mit einem Mal begriff sie ihr Leben als etwas Kostbares, das sie um jeden Preis verteidigen wollte. Denn seit sie sich in Richard verliebt hatte und auf ihn wartete, musste sie daran denken, dass ihr Leben plötzlich beendet sein könnte, bevor es wirklich begonnen hatte. Sie empfand, dass alles, was sie bisher getan hatte, unwichtig war und dass erst jetzt die Wirklichkeit für sie anbrach.

Mit ihrer Liebe zu Richard war in Margaretha eine bisher nicht gekannte Liebe zu sich selbst erwacht. Nicht selbstgefällig, sondern geradezu selig betrachtete sie sich. Wenn sie morgens aufstand, saß sie noch für einen Moment auf dem Bettrand und bewunderte ihre langen Beine. Sie strich sich über die weiche Haut, fühlte die Schwere ihres blonden Haares im Nacken, berührte mit den Fingern die sanft geschwungenen Spitzen ihrer langen Augenwimpern. Sie mochte es, zu reden und dabei auf ihre Stimme zu lauschen, sie genoss es, ihr eigenes Lachen zu hören, weil sie fand, dass es zärtlicher klang als früher. Gern hätte sie auch ihr Gesicht betrachtet, aber es gab im ganzen Kloster keinen Spiegel. Nur morgens, wenn sie am Brunnen standen, gelang es Margaretha manchmal, ihr Bild auf der zitternden Oberfläche des Wassers zu erspähen, und sein lächelnder Ausdruck gefiel ihr.

Auch ihr Unternehmungsgeist wuchs, seit sie auf Richard wartete. War früher Angela die stillschweigend anerkannte Führerin bei jedem Abenteuer gewesen, so löste Margaretha sie nun ab. An einem sonnigen, kalten Februartag im neuen Jahr zog sie gemeinsam mit Angela und Clara zum nächsten Dorf. Sie hatten erfahren, dass dort Markttag sei. Schausteller, Zigeuner und fahrendes Volk wurden erwartet, und die Mädchen waren begierig, das zu sehen. Tatsächlich gab ihnen Schwester Gertrud die Erlaubnis.

Es hatte seit vielen Tagen nicht mehr geschneit, aber die

alte Schneedecke war nicht getaut, sondern verharscht und eisig überfroren. Es war mühsam für die drei Mädchen, voranzukommen, denn bei jedem Schritt sanken sie ein, aber das vermochte ihre gute Laune nicht zu trüben. Selbst Clara quengelte weniger als sonst.

Sie mussten beinahe zwei Stunden laufen. Das Dorf lag hinter einem Wald, eine verschachtelte Ansammlung spitzgiebeliger Häuser, entlang schmalen, dumpfen Gassen, in denen Hunde und Katzen herumstreunten, zerlumpte Frauen mit Körben an den Ecken standen und tratschten, Kinder im braunen Schneematsch spielten. Sie alle starrten neugierig auf die Klosterschülerinnen, denn das Leben in den trüben Sträßchen verlief eintönig, und jeder Neuankömmling bot willkommene Abwechslung.

Rund um das Dorf lagen noch einige Gehöfte, trist anzusehen zwischen den jetzt kahlen Bäumen. Ihre Armseligkeit wurde vom funkelnden Weiß kaum verdeckt. Auf dem Anger, der nun eine Schneefläche war, standen einige Planwagen, behängt mit vielerlei Gerät. Pfannen, Schüsseln und Teller, Schmuck aus Glas und Holz, bunte Stoffe, Felle, scharfe Messer, getrocknete Blumen, Flaschen mit verschiedenfarbigen Flüssigkeiten, Körbe und Kerzen. Die Marketender waren notdürftig bekleidete, müde dreinblickende Menschen; sie standen fast hoffnungslos neben ihrer Ware – es kamen nicht viele Leute, denen sie ihre kargen Schätze anbieten konnten. Die Zigeuner hielten sich schon zu lange an diesem Ort auf und weckten kein Interesse mehr, aber eine Weiterreise durch den verkrusteten Schnee scheuten sie. Die Frauen blickten verdrießlich, bis an die Ohren in Decken gehüllt, aus den Wagen hervor und schimpften hin und wieder mit ihren Kindern, die am gefrorenen Bach herumtobten. Eine rührte geistesabwesend in einem großen Kessel, der über einem Feuer hing und aus dem ein köstlicher Geruch über den Platz zog. Eine andere hatte soeben, ganz unbewegt, als sei sie es gewohnt, ihr Baby begraben, das in der Kälte der vergangenen Nacht erfroren war.

Ein Schauspieler in Narrenkleidung führte Späße vor, beobachtet von einigen kichernden Dorfmädchen. Er jonglierte mit Kieselsteinen, ließ ein Ei verschwinden und wieder auftauchen und wackelte mit den Ohren. Ein dicker Wirt bot erwärmtes, schäumendes Bier an, das er aus einer Holzschale in Becher schöpfte, daneben arbeiteten ein Schuhmacher und ein Seifensieder. Ein Kupferschmied hämmerte auf einem Stück glänzenden Kupfers herum, und ein Leintuchkrämer breitete große saubere Leinwandbahnen auf Brettern aus und pries nicht vorhandenen Zuhörern die Vorzüge der Stoffe.

Die drei Mädchen schlenderten von einem Wagen zum anderen. Sie waren so lange nicht mehr aus dem Kloster herausgekommen, dass ihnen alles neu und aufregend schien. Fasziniert blickten sie auf die Frauen, die in den Wagen saßen, auf verhärmte Gesichter, in denen sie nicht die Entbehrungen und das Elend sahen, sondern nur den Zauber des Reisens und der Abenteuer.

Im ganzen Reich sind sie schon gewesen, dachte Margaretha, wie großartig muss es sein, so weit herumzukommen!

Und schließlich blieben sie lange vor einem Stand stehen, an dem Schmuck verkauft wurde. Es funkelte alles so bunt im kalten Winterlicht. Margaretha wünschte sich ein Paar Ohrringe mit Steinen aus grünem Glas, Clara konnte sich nicht sattsehen an einem breiten Armband, mit Glasstücken besetzt, und Angela strich über eine zweireihige Kette aus silbrigem Blech. Ein kleiner, dunkelhaariger Mann trat heran.

«Gefällt Ihnen die Kette?», fragte er. Seine Stimme hatte einen fremdländischen Klang.

«Sie ist wunderschön», entgegnete Angela. Der Mann ergriff die Kette und hängte sie Angela um den Hals. Er trat einen Schritt zurück.

«Wie ein Engel», sagte er ehrfürchtig.

Auch die anderen fanden das. Der Schmuck unterstrich auf wunderbare Weise Angelas edle Gesichtszüge.

«Darf ich Ihnen die Kette schenken?», fragte der Mann.

Angela seufzte.

«Wir dürfen so etwas leider nicht tragen», meinte sie, «außerdem kann ich das nicht annehmen.»

«Aber Sie würden mir eine große Freude damit machen», drängte der Händler. Er sah Angela bittend an. Er war ein Zigeuner, fromm und katholisch, und die Klosterschülerinnen trugen in seinen Augen beinahe Züge der heiligen Madonna selber, besonders natürlich die schöne Angela. Weil ihn der Gedanke, ihr etwas zu schenken, so zu beglücken schien, gab Angela schließlich nach. Sie bedankte sich überschwänglich und zog mit den anderen weiter.

«Im Kloster darfst du sie aber nicht zeigen», meinte Clara etwas neidisch, «Schwester Gertrud hätte das nie erlaubt!»

«Natürlich zeige ich sie dort nicht», erwiderte Angela, «ich verstecke sie unter meinem Kopfkissen und betrachte sie jeden Abend.»

«Immer passiert Angela so etwas», meinte Margaretha, «von ihr ist jeder Mann so entzückt, dass sie bekommt, was sie will!»

«Nun, was Männer betrifft, bist du auch nicht ganz erfolglos», sagte Angela, aber sie sprach so leise, dass nur Margaretha sie verstand.

Sie gingen noch etwas weiter, doch die Stimmung über dem ganzen Platz und unter den Menschen war so trübsinnig, dass sie bald beschlossen, den Heimweg anzutreten. Sie wollten gerade den Markt verlassen, als laute Rufe und

Geschrei ihre Aufmerksamkeit fesselten. Sie wandten sich um und erblickten einen Zug von Menschen, der sich in Richtung Marktplatz bewegte. Er bestand aus einem ungeordneten Haufen von Männern und Frauen, die Unverständliches johlten, dazwischen lachten und keiften. Margaretha konnte nicht erkennen, was los war, aber sie spürte die Bedrohlichkeit der entfesselten Horde.

«Kommt, ich möchte wissen, warum sie so schreien», schlug Angela aufgeregt vor.

«O nein, nicht», bat Clara sofort. Sie verspürte dieselbe Furcht, die Margaretha befallen hatte. Doch Angelas Augen blitzten, sie wollte nicht nachgeben, und so folgten ihr die anderen schließlich zögernd.

Schon wurden sie überholt von sensationshungrigen Dörflern, die aus allen Häusern und Gassen zusammenströmten. Sie drängelten, stießen und schoben einander zur Seite. Es war nicht zu glauben, dass in einem so kleinen Dorf so viele Menschen lebten.

Auch die Mädchen kamen näher, konnten aber nichts erkennen. Angela sprach eine junge Frau an.

«Was haben die Leute?», fragte sie. Die Frau wandte sich um, sie grinste boshaft.

«Sie verbrennen Amanda», antwortete sie, «eine Hexe und Diebin!»

Margaretha stieß einen leisen Laut des Schreckens aus. Natürlich wusste sie, dass immer und überall Hexen verbrannt wurden, dass Menschen gehenkt oder auf eine andere Weise hingerichtet wurden, aber nie hatte sie dies so nah erlebt. Sie schauderte und wollte Angela bitten fortzugehen, doch diese bahnte sich bereits einen Weg durch die Menge. Fast willenlos folgten ihr die Kameradinnen. Es gelang ihnen, bis zur Mitte hin vorzudringen, wo die Menge sich um ein Gefährt scharte, das sich langsam bewegte. Es handelte sich um einen hölzernen Schlitten, der von zwei Männern gezogen wurde; darauf saß ein junges Mädchen, das an den Händen gefesselt war. Sie konnte nicht älter sein als vierzehn, war sehr klein und zierlich. Die dunklen Haare fielen ihr zerzaust und struppig über den Rücken, und ihre borstige Fülle ließ das Gesicht noch bleicher erscheinen. Sie musste jämmerlich frieren in ihrem dünnen, ärmellosen grauen Gewand, aber vielleicht bemerkte sie die Kälte überhaupt nicht, so erstarrt wirkte sie bereits, so fern und abwesend der Blick der dunklen Augen. Sie schien die Rufe der Menge nicht zu verstehen und die grausamen Gesichter nicht zu sehen.

«Was hat sie denn getan?», fragte Angela laut. Eine dicke Frau drehte sich zu ihr um.

«Sie ist eine Hexe», sagte sie, «in fünf Häusern ist sie gewesen, und immer war dort am nächsten Morgen jemand tot. Und gestohlen hat sie auch!» Sie wandte sich wieder dem Schlitten zu und schrie mit heiserer Stimme: «Tötet sie! Verbrennt diese Hexe!»

«Wurde sie verurteilt?», fragte Margaretha.

Die Alte nickte.

«Im Nachbardorf stand sie vor dem Richter. Selbst auf der schlimmsten Folter hat sie ihre Sünden nicht bekannt. Das beweist doch, dass sie mit dem Satan im Bunde ist, sonst hätte sie es nicht ausgehalten, nicht wahr? Sie hat seit vielen Tagen nichts mehr zu essen bekommen und musste in einem eiskalten Keller schlafen, aber sie hat nie gejammert. Der Richter hat gesagt, sie soll verbrannt werden!»

Margaretha wurde schwindlig. Diese Schauprozesse fanden täglich und überall statt, und sie wusste davon. Doch mit einem Mal schien alles so unwirklich. Wahrscheinlich war dieses Mädchen tatsächlich eine Hexe. Die Nonnen warnten vor diesen Geschöpfen, nannten sie die «Töchter des Satans», verantwortlich für das Böse auf Erden. Dann war es richtig, dass diese Frauen vernichtet werden mussten. Aber dieses großäugige, blasse Kind dort auf dem Schlitten, es sah so elend aus, so traurig. Margaretha fühlte, wie sich ihr ganzer Körper zusammenzog in Mitleid und Angst, wie jahrelange Lehren von der Pflicht, das Böse zu bekämpfen, von ihr abfielen und sie nur noch den Wunsch hatte, diesen Menschen, kaum jünger als sie selbst, zu retten. Es wunderte sie, dass sie keinen Abscheu gegen die Hexe verspürte, sondern nur Zorn und Ekel, wenn sie die tobende Menge betrachtete. Diese niederen, hässlichen Menschen! Wie abstoßend sie aussahen, die geifernden Weiber, früh gealtert über vielen Entbehrungen, mit dünnen Haaren und schwarzen Zähnen, wie verzückt sie waren, endlich eine Sensation zu erleben. Margaretha fand sie fast noch schlimmer als die Männer, die ihrer Entrüstung durch wüstes Geschrei Ausdruck gaben und sich an der kaum verhüllten Blöße der Delinquentin weideten.

Margaretha bemerkte, dass auf dem Platz von vielen eiligen Händen ein Scheiterhaufen errichtet worden war, auf dem die Unglückliche ihr Leben lassen sollte.

Angela ballte die Fäuste: «Mörder!», stieß sie hervor.

Clara blickte sie erschrocken an.

«Sei leise», flüsterte sie, «das Mädchen ist eine Hexe!»

«O nein! Sie ist genauso wenig eine Hexe wie du oder ich. Sieh sie dir doch an. Sie hat bestimmt nichts Böses getan!»

In diesem Moment richteten sich die Augen der Verurteilten auf die drei Mädchen, und der starre Blick wurde lebendig. Es waren Altersgenossinnen, die dort standen, sorgfältig gekleidet und gut genährt, und was immer ihnen die Zukunft bringen mochte, so besaßen sie doch wenigstens eine Zukunft! Als würde der Hexe nun plötzlich die ganze Tragik ihres Geschicks klar, sterben zu müssen, noch ehe sie ein Leben begonnen hatte, fing sie an, ihre Umgebung wahrzunehmen. Die grausamen Gesichter der Menschen, das kalte, weite Schneefeld, den Scheiterhaufen, und nun waren in ihrem Gesicht Leid und Angst zu lesen. Sie öffnete den Mund und jammerte leise. Die Menge johlte höhnisch. Nichts, gar nichts wird jemals in diesen Bestien Mitleid erwecken, dachte Margaretha, und doch tun sie das alles im Namen Gottes!

Angela griff sich plötzlich an den Hals und riss die Kette ab, die sie gerade geschenkt bekommen hatte. Sie drängte sich dicht an den Wagen heran und drückte der zum Tode Verurteilten den Schmuck in die Hand. Diese presste das Geschenk fest an sich, ihre Lippen verzogen sich zu einem leichten, dankbaren Lächeln. Dann wurde der Schlitten schneller weitergezogen, die nachfolgende Menge stieß Angela zur Seite. Sie kehrte zu ihren Freundinnen zurück.

«Lasst uns heimgehen», sagte Margaretha, «wir können nichts mehr tun.»

Schweigend stapften sie durch den Schnee in die einbrechende Dunkelheit. Clara weinte, und Angela wirkte gänzlich abwesend. Margaretha konnte die Augen nicht vergessen, die sie so verzweifelt angeblickt hatten, und sie hasste ihre eigene Hilflosigkeit. Sie fror am ganzen Körper, doch sie wusste, dass dies nicht nur an der Kälte lag. Es war die Unsicherheit, die plötzlich in ihr Leben kam. Seit dem letzten Sommer bedrängte sie das beunruhigende Gefühl, dass ihre bislang ganz und gar fest gefügte Welt zu wanken begann.

5

Der Frühling des Jahres 1620 kam nur zögernd, immer wieder zurückgetrieben von Stürmen und Schneefällen. Noch der April war kalt und regnerisch, die wenigen Sonnenstrahlen vermochten kaum etwas zum Blühen zu erwecken. Es war, als habe sich auch das Wetter von der düsteren, kriegsschweren Stimmung anstecken lassen, die über Europa lastete.

Seit im vergangenen Oktober der pfälzische Kurfürst Friedrich zum König von Böhmen gekrönt worden war, tobten politischer Streit und kriegerische Auseinandersetzungen in ganz Deutschland. Herzog Maximilian von Bayern war zornig über einen protestantischen Herrscher auf dem böhmischen Thron, denn er hatte sich gewünscht, die Aufständischen zur Vernunft zu bringen und dabei womöglich noch die katholische Liga und die protestantische Union zu vereinigen. Er schlug sich nun auf die Seite Ferdinands, der zwar deutscher Kaiser geworden war, aber immer noch verbittert seiner böhmischen Krone nachtrauerte. Er versprach dem Kaiser Truppen und Waffen, um ihm die Rückeroberung seines Throns zu ermöglichen – dafür beharrte er freilich auf dem obersten Heereskommando.

Ferdinand befand sich in dieser Zeit in einer ungünstigen Lage. Wo er auch hinblickte, das Schicksal hatte sich gegen ihn entschieden. Der grausame König Bethlen Gabor von Ungarn zog mit einem Heer gegen Wien, verwüstete und plünderte auf dem Weg dorthin das Land, belagerte dann die mit Flüchtlingen überfüllte Stadt, in der eine Hungersnot herrschte und die Pest wütete. Gleichzeitig wurde König Friedrich von den protestantischen Ländern Europas offiziell als König Böhmens anerkannt, und natürlich hielten auch die Fürsten der Union zu ihm, jedoch ohne ihm mit wirklicher Hilfe zur Seite zu stehen. Dies war der einzige Punkt, an dem Kaiser Ferdinand Hoffnung schöpfen durfte. Friedrich war akzeptiert, aber seine Freunde kümmerten sich nicht um ihn, sondern taten so, als sähen sie keinerlei Schwierigkeiten für sein neues Land. In Wahrheit hegten die meisten dunkle Befürchtungen um blutige Entwicklungen in Böhmen und wollten so wenig wie möglich in die drohenden Auseinandersetzungen verwickelt werden. Ferdinand hingegen hatte durch sein Bündnis mit Maximilian die gesamte katholische Liga hinter sich. Im März rief er deren Vertreter zu einer Versammlung, und ohne Ausnahme erschienen die Geladenen. Gemeinsam beschlossen sie, dass Böhmen zum Reich gehöre, dass Friedrich also, weil er von den Aufständischen gekrönt worden war, des Reichsfriedensbruchs für schuldig befunden werden müsse. Der Kaiser setzte ihm das Ultimatum, bis zum Juni 1620 Böhmen zu verlassen; wenn er sich weigere, werde mit Waffengewalt gegen ihn vorgegangen.

Friedrich, jung, unerfahren und kindlich glücklich im Glanz des Prager Hofes, an dem er eine unglaubliche Verschwendung betrieb, erkannte lange Zeit nicht seine miserable Lage. Er hatte Ferdinand in zahllosen Schwierigkeiten gesehen, bemerkte aber nicht, dass diese längst beigelegt waren. Der Kaiser hatte starke Freunde, Fürsten, die zu ihm standen.

An einem kühlen Tag Anfang Mai schlenderten Margaretha und Clara durch die Wiesen in der Nähe des Klosters. Beide trugen große Körbe, in denen eine Menge Blumen und Gräser lagen, und sie waren damit beschäftigt, nach weiteren Pflanzen Ausschau zu halten. Bei der ungewöhnlich kalten Witterung in diesem Jahr fiel es nicht leicht, etwas zu finden, doch sie suchten unverdrossen. Der siebzigste Geburtstag von Schwester Gertrud, der Oberin, stand bevor, daher sollte das ganze Kloster geschmückt werden. Alle wussten, dass die Nonne, auch wenn sie das Gegenteil sagte, eine glanzvolle Ehrung erhoffte. So sollten Margaretha und Clara Blumen herbeischaffen.

Nachdem sie nun schon einige Zeit unterwegs waren, stellten sie fest, dass sie über ihren eifrigen Gesprächen fast die Arbeit vergessen hatten.

«Wir suchen getrennt weiter, bis jeder Korb gefüllt ist», schlug Margaretha vor, «wer fertig ist, kommt hierher und wartet auf den anderen.»

Clara war einverstanden und beide Mädchen gingen in entgegengesetzte Richtungen.

Margaretha arbeitete nun schnell. Sie überquerte mit raschen Schritten die Wiese und pflückte, was sie sah. Sie hatte keine Lust, sich allzu viel Zeit zu lassen, denn das Wetter war ungemütlich. Über den schwarzblauen Alpen ballten sich dunkle Wolken, von Westen trieb eine schwarze Regenwand heran. Nein, das war wirklich kein Frühling. Wie sehnsüchtig wartete Margaretha, wie sehr drängte die Zeit! Aber Richard hatte versprochen zu kommen, und keinen Moment zweifelte sie an ihm. Nur – wäre er nicht bald da, so würde es zu spät sein und ihre Eltern holten sie.

Ständig dachte sie an Richard. In jeder einsamen Sekunde glitten ihre Gedanken zu ihm. Und so war sie nicht überrascht, dass sie in einiger Entfernung einen Reiter erblickte, als sie sich vom Pflücken aufrichtete, um sich auf den Heimweg zu machen. Er war noch sehr weit fort, aber sie war überzeugt, dass es Richard sein musste. Sie ließ ihren Korb fallen, ohne es zu merken, und lief ein paar Schritte. Der Reiter wurde schneller. Gleichmäßig und rasch trabte sein Pferd den Hügel herunter. Beim

Näherkommen konnte Margaretha das vertraute Gesicht erkennen. Zu ihrem Ärger zitterte sie leicht. Über Monate hinweg hatte sie sich diesen Moment ausgemalt und im Geist hundertfach erlebt, aber jetzt stand sie wie gelähmt. Ihr Mund war so trocken, dass sie kein Wort hervorbrachte. Sie starrte Richard nur an, der sein Pferd anhielt und aus dem Sattel sprang.

Er war schmaler geworden in den vergangenen acht Monaten, müder wirkte er, aber als er Margaretha nun ansah, verwandelte sich sein Gesicht – er strahlte vor Glück. Von Margaretha fiel die erste Scheu ab. Ohne zu zögern, lief sie auf ihn zu und schlang ihre Arme um ihn, nun von einer wunderbaren Ruhe durchströmt. Er war nicht zu spät gekommen.

«Du kommst mir sogar zum Empfang entgegen», sagte Richard. Er hielt sie fest und schaute sie an. Er fand, dass sie verändert aussah, aber das mochte auch daran liegen, dass er sie damals im Sommer getroffen hatte, als sie in Wärme und Sonne lebte. Nun lag ein langer, harter Winter hinter ihr, der sie wie alle Menschen ermüdet hatte. Sie war zarter und zerbrechlicher geworden. Endlich lächelte sie.

«Lieber Himmel», sagte sie, «du hast dir viel Zeit gelassen.»

«Du hast hoffentlich nicht daran gezweifelt, dass ich kommen würde?»

«Nein, aber es hätte wohl nicht mehr viel gefehlt und es wäre zu spät gewesen!»

«Na, jetzt bin ich jedenfalls da. Und ich habe dich sofort gefunden. Ich dachte, ich müsste dich aus dem Kloster locken, und wusste nicht, wie ich das tun sollte.»

«Ich bin zum Blumenpflücken hier herausgeschickt worden.»

«Ich weiß. Ich traf deine Freundin auf der anderen Seite

des Hügels, dieses schwarzhaarige Mädchen. Ich erkannte sie und sprach sie an!»

«Hat sie dich auch erkannt?»

«Ich glaube nicht. Sie war furchtbar erschrocken und hielt mich sicher für einen Halunken. Sie erklärte voller Panik, ihre Freundin sei ganz in der Nähe und wies mir dabei auch die Richtung. Ich dachte, das könntest du sein und suchte nach dir.»

Margaretha musste lachen, als sie an die arme Clara dachte.

«Kommst du aus Prag?», fragte sie.

«Nein, ich war in Paris», erklärte Richard, «ich habe den Herzog von Bouillon besucht, einen Onkel König Friedrichs. Er war ein Günstling von König Ludwig, und wir hofften, durch ihn den französischen Hof für uns gewinnen zu können. Leider ist Bouillon ein Schwachkopf. Er hat längst jede Macht verloren und prahlt mit Kompetenzen, die er nicht mehr besitzt.»

«Dann ist von Frankreich keine Hilfe für euch zu erwarten?»

«Nein, aber das war vorauszusehen.»

Margaretha seufzte. Die Politik war ihr dermaßen gleichgültig, dass es ihr nicht schwer fiel, sich auf Richards Seite zu schlagen, auch wenn das gegen die Ansicht ihrer Familie geschah.

«Steht das böhmische Volk noch hinter seinem König?», fragte sie.

Richard schüttelte den Kopf.

«Er verspielt mit viel Dummheit alle Sympathien», antwortete er, «die Leute haben ihn willkommen geheißen und waren überwältigt von dem Prunk, mit dem er Hof hielt. Aber inzwischen begreift jeder, dass der Staat kein Geld hat und von allen Seiten bedroht wird. Sie wollen einen König sehen, der eine vernünftige, klare Politik betreibt. Aber Friedrich erkennt das nicht. Er amüsiert sich weiter.»

Richard hatte ernst gesprochen, aber nun lächelte er wieder.

«Was reden wir davon», sagte er leichthin, «es ist gar nicht wichtig. Du willst sicher wissen, wann wir aufbrechen.»

«Wird es bald sein?»

«Ziemlich bald. Morgen Abend.»

Margaretha versuchte, nicht allzu erschreckt auszusehen.

«Das ist aber sehr schnell», sagte sie beklommen.

«Ich muss nach Prag! Man erwartet mich dort, ich darf keine Zeit verlieren.» Richard sah sie zärtlich an.

«Ich möchte nicht, dass du unglücklich bist», sagte er, «wenn dir der Abschied von allem, was dir hier vertraut ist, das Herz bricht, dann sag es mir. Vielleicht ...»

«Es gibt doch keinen anderen Weg für uns», erwiderte Margaretha, «meine Familie wird mir keine Einwilligung geben, dich zu heiraten, also muss ich es heimlich tun. Nur wenn du ohne mich fortgingst, würde mir das Herz brechen.»

«Ich danke dir. Du gibst so viel auf, aber ich schwöre dir, du wirst es nie bereuen. Wir werden zunächst auf das Schloss meiner Familie gehen.»

«Und wann heiraten wir?»

«Wenn ich dich meiner Familie vorgestellt habe. Ich will ihnen die Möglichkeit geben, dich zu akzeptieren.»

Margaretha fühlte sich nicht sehr wohl bei dem Gedanken, einer ihr vermutlich feindlich gesonnenen Familie gegenüberzutreten, aber sie sagte nichts. Über diese Dinge könnte sie später nachdenken.

Richard trug ihr auf, sie solle am nächsten Abend nach Einbruch der Dunkelheit am hinteren Ende des Klostergartens sein.

«Nimm nicht zu viel Gepäck mit», mahnte er, «denn du

musst zunächst reiten. Ich weiß nicht, ob ich irgendwann eine Kutsche besorgen kann.»

«Wird man uns ungehindert über alle Grenzen reisen lassen?», fragte Margaretha ängstlich. Richard wies auf seinen Degen.

«Der hat mir schon manchen Weg erkämpft», sagte er, «aber wahrscheinlich brauche ich ihn gar nicht. Wir sehen sehr harmlos aus.»

Margaretha hätte ihm gern noch länger zugehört und ihm viele Fragen über seine Heimat und seine Familie gestellt, aber unbemerkt war eine Regenwolke herangekommen. Richard und Margaretha waren im Nu durchnässt, und in dieser unbehaglichen Lage dachte Margaretha endlich an Clara, die schon lange an der vereinbarten Stelle warten musste. Sie nahm Richards Hand.

«Ich werde morgen Abend pünktlich sein», versprach sie, «aber jetzt muss ich gehen. Clara ist sicher schon in Tränen aufgelöst.»

Zum Abschied küssten sie sich zärtlich, dann stieg Richard auf sein Pferd und verschwand im Regen. Margaretha hob ihren Korb auf. Wenigstens war er einigermaßen voll geworden.

So schnell sie konnte, lief sie zu dem Platz, wo sie sich mit Clara treffen wollte. Die Freundin stand bereits dort, nass und frierend. Sie sah erbärmlich aus in ihrem durchweichten Kleid und mit den dünn gewordenen Zöpfen.

«Wo warst du denn?», fragte sie weinerlich. «Ich bin ganz nass, und ich warte seit Stunden, und wir werden zu spät kommen, und alle werden schimpfen!»

Zum ersten Mal, seit sie Clara kannte, wurde Margaretha bei ihrem Jammern nicht von Gereiztheit befallen. Nun, da sie wusste, dass sie das Quengeln vielleicht zum letzten Mal hörte, liebte sie es beinahe.

«Du Ärmste, du bist ganz nass», sagte sie mitleidig, «aber schau, ich bin es auch. Wir sollten schnell nach Hause gehen.»

Sie machten sich auf den Weg. Dabei erzählte Clara von ihrem schrecklichen Erlebnis, als ein fremder Mann erschienen war – ein gefährlicher, verwahrloster Landstreicher.

Im Kloster mussten sie eine lange Strafpredigt über sich ergehen lassen, weil sie viel zu spät und ganz nass zurückkehrten. Sie wurden hinaufgeschickt, um sich umzuziehen, und dann sollten sie die Kapelle schmücken. Bei dieser Arbeit gelang es Margaretha, sich unbemerkt in den Schlafsaal zu stehlen. Sie wollte heute schon ihre Tasche packen, denn sie wusste nicht, ob sie bei der morgigen Geburtstagsfeier Gelegenheit dazu fände. Sicher war ihre elegante Samttasche nicht geeignet für eine so weite Reise, aber sie hatte nichts anderes. Wenigstens musste sie keine qualvollen Entscheidungen treffen, was sie mitnehmen sollte, denn den Mädchen war im Kloster fast kein Eigentum erlaubt. Sie beschloss, ihr braunes Reisekleid anzuziehen, in die Tasche ihre Wäsche, ihren schwarzen Mantel und ihr schönes Festkleid aus hellgrüner Seide zu packen, das so wunderbar duftig und prunkvoll aussah und dessen Ausschnitt Margaretha überaus sündhaft vorkam. Ihr Klostergewand würde sie zurücklassen.

Sie lief wieder hinauf, um den anderen zu helfen, sie lachte und plauderte mit ihnen, aber sie fühlte Wehmut, wenn sie sie vom Sommer reden hörte und von all den Plänen, die sie erfüllten. Sie selbst wäre dann schon längst nicht mehr bei ihnen, aber wo, fragte sie sich ängstlich, würde sie stattdessen sein?

Am nächsten Tag stürmte und regnete es. Margaretha sah immer wieder sorgenvoll aus dem Fenster. Wenn das schlechte Wetter anhielt, könnte die Reise nach Prag äußerst beschwerlich werden. Schwester Gertrud war sichtlich geschmeichelt von dem aufwendig geschmückten Haus, wenn sie auch, wie es ihre Art war, ihre Freude nicht zeigte.

«Ihr wisst doch, dass ich solchen Prunk nicht liebe», tadelte sie, aber es klang fast freundlich, und am Nachmittag ließ sie alle Mädchen und Schwestern mit Kuchen bewirten. Es gelang Margaretha, einige Stücke in ihrer Tasche verschwinden zu lassen. Wer wusste, wann sie und Richard wieder etwas zu essen bekämen.

Den ganzen Tag über wurde viel gebetet, für das Wohl Schwester Gertruds, um Heil und Segen für St. Benedicta und alle seine Bewohner, um den Sieg der katholischen Kirche in der Welt und den schmählichen Tod ihrer Feinde. Am späten Nachmittag hielt Schwester Gertrud eine Rede. Sie berichtete zunächst von den bedeutenden Aufgaben des Klosters und der Kirche, erzählte von ihrem Leben als Nonne und von der tiefen Befriedigung, die sie darin gefunden hatte. Dann wandte sie sich direkt an die Mädchen.

«Liebe Schülerinnen», sprach sie, «heute ist der Zeitpunkt gekommen, um euch einige Regeln mit auf den Weg zu geben, die für eure Zukunft wichtig sein werden. Ihr bleibt nicht mehr lange hier. Die erste von euch wird schon bald von ihren Eltern abgeholt und verheiratet werden, und auch ihr anderen werdet bald aus diesen Mauern gehen. Ich weiß nicht, ob jemand von euch in den Orden eintreten wird oder ob ihr alle dem weltlichen Leben zuneigt, aber ganz gleich, was ihr tut: Wählt einen Weg, der euch und eurer Erziehung angemessen ist, moralisch angemessen. Einen Weg, den ihr hocherhobenen Hauptes beschreiten könnt. Und wenn ihr gewählt habt, dann nehmt an, was Gott euch als Schicksal zugedacht hat und tragt es ohne Murren und Klagen!»

Schwester Gertrud hielt inne und ließ ihren Blick durch

den Raum schweifen. Die Mädchen sahen sie ehrfürchtig an, nur Margaretha senkte die Augen.

Oh, ihr wisst, wie man Schuldgefühle entfacht, dachte sie. Was ihr Wählen nennt, das ist nur das Annehmen dessen, was ihr uns vorbestimmt habt, und unsere Fügsamkeit erlangt ihr, indem ihr uns mit der Moral traktiert. Ihr seid geschickt, denn schon beginne ich nachzudenken, ob ich das, was ich vorhabe, hocherhobenen Hauptes tun kann.

«Ihr lebt in unsicheren Zeiten», fuhr Schwester Gertrud fort, «Deutschland ist voller Unruhen, überall flammen Kriege auf, und ist der eine erstickt, so brandet bereits woanders ein neuer. In diesen Konflikten um Glauben und Macht kann es vielleicht Jahre, viele Jahre dauern, bis Europa in Frieden lebt. Und auch ihr, liebe Mädchen, werdet vielleicht in den nächsten Jahren dem Schrecken von Angesicht zu Angesicht gegenüberstehen. Es mögen euch Situationen begegnen, in denen ihr nicht mehr wisst, was gut ist und was schlecht, und was ihr tun müsst, um dem allmächtigen Herrn zu gefallen. In solchen Momenten schließt eure Augen und besinnt euch nur auf euch. Wenn ihr eine Entscheidung trefft, und ihr könnt sie vor Gott und eurem katholischen Glauben rechtfertigen, dann ist sie richtig. Könnt ihr es nicht, dann betet um Erlösung von euren bösen Gedanken.» Schwester Gertrud schwieg noch einmal und lächelte. Sie sah sehr sanft aus.

«Behaltet meine Worte in eurer Erinnerung», bat sie.

Alle Mädchen waren tief beeindruckt von den Worten der Oberin, aber keine fühlte sich so tief getroffen wie Margaretha.

Schwester Gertrud glaubt fest an das, was sie sagt, dachte sie. Es war ihr, als sei nur für sie gesprochen worden. Brachte sie nicht Kummer und Schande über ihre Familie, lief sie nicht blind in ihr eigenes Unglück? Mit den Augen der kirchlichen Moral betrachtet, war sie schlecht, doch ihre Liebe zu Richard war so stark, dass sie nur gut sein konnte!

Ich werde immer versuchen, vor mir selbst zu bestehen, gelobte sie im Stillen, ich will in meinem Leben nichts tun, was ich nicht rechtfertigen kann.

Sie war entschlossen, ihrem Plan zu folgen und mit Richard nach Böhmen zu gehen. Am Ende des Abendessens stieß sie so ungeschickt gegen den Tisch, dass ihr Becher mit Milch umfiel und sich über ihr Kleid ergoss. Erschrocken stand sie auf.

«Wie dumm von mir», sage sie. «Ich muss es mit ein wenig Wasser auswaschen. Ich werde gleich hinaufgehen.»

«Die Messe beginnt jetzt», erinnerte Angela.

«Ich weiß. Könntest du bitte Schwester Gertrud sagen, dass ich sofort komme?» Nicht einmal Angela mochte Margaretha alles gestehen, denn sie fürchtete, dass diese versuchen würde, sie zurückzuhalten.

Doch die Freundin schöpfte keinen Verdacht. Sie schlenderte munter über den Gang der Kapelle zu. Margaretha sah ihr nach. Würde sie ihr einmal wiederbegegnen, oder war dieser Abschied endgültig? Warum nur musste alles so heimlich geschehen.

Margaretha lief hinauf in den Schlafsaal. Blitzschnell zog sie ihr Klostergewand aus und ihr Reisekleid an. Sie zerrte ihre Tasche unter dem Bett hervor, und ohne den Raum noch eines Blickes zu würdigen, lief sie hinaus. Das Treppenhaus war still und leer. Leiser Gesang drang aus der Kapelle herüber. Noch konnte sie kehrtmachen, diesen unsagbar verrückten Plan aufgeben. Aber sie dachte an Richard, der draußen wartete und den sie nie wieder sehen würde, wenn sie ihren Ängsten nachgab. Ohne sich mit weiteren Gedanken zu quälen, ohne rührseligen Abschied von dem Haus zu nehmen, das ihr so viele Jahre lang Heimat gewesen war, rannte sie leise zur Pforte, schlüpfte in den Hof und dann in den Garten. Der Sturm heulte, er trieb ihr eisigen Regen ins Gesicht. Es war unheimlich draußen und dunkler als gewöhnlich. Die alten Bäume ächzten, das Gras wurde vom Wind zu Boden gedrückt. Margaretha kam nur schwer vorwärts. Die Tasche fest an sich gepresst, hastete sie über die Wege und hielt trotz des Regens die Augen weit offen. Dann sah sie Richard. Er saß auf seinem Pferd und hielt ein weiteres am Zügel. Er sprang ab und ging Margaretha entgegen.

«Da bist du ja», bemerkte er fast gleichmütig, als wisse er nicht, welch ungeheuren Schritt Margaretha gerade tat. Aber seine Gelassenheit half ihr, die eigenen wehen Gedanken zu verscheuchen.

«Du hast ja sogar einen Damensattel für mich», sagte sie.

«Ich habe ihn besorgt», erklärte Richard, und Margaretha fragte vorsichtshalber nicht, wie ihm das gelungen war. Beide stiegen auf.

«Ich kenne den Weg, den wir jetzt nehmen», sagte er, «ein flacher, ebener Pfad ohne Hindernisse. Wir können unbesorgt galoppieren, dann kommen wir, ehe es hell wird, ein großes Stück weiter. Wirst du das durchhalten?»

«Natürlich», versicherte Margaretha. Seine Nähe gab ihr Kraft, sein Selbstvertrauen machte ihr Mut. Ihre Abenteuerlust wuchs. Sie war überzeugt, das Richtige zu tun, weil sie gar nichts anderes tun konnte. Sie lenkte ihr Pferd hinter das seine, das nun antrabte, schneller wurde und schließlich mit kraftvollen Sprüngen in die stürmische Nacht jagte. Hinter den Bäumen blieben in der Dunkelheit die schwach schimmernden Lichter des alten Klosters zurück.

6

Sie ritten bis auf wenige Unterbrechungen die ganze Nacht durch, machten erst am Morgen eine längere Rast unter ein paar hohen Bäumen, die sie kaum gegen den Regen schützten, und setzten ihren Weg dann fort bis zum Abend. Es stürmte die ganze Zeit, und keinen Moment hörte es auf zu regnen. Margaretha, nass bis auf die Haut und völlig durchgefroren, hätte weinen können vor Erleichterung, als sie endlich in der anbrechenden Dämmerung irgendwo zwischen Wiesen und Wäldern ein einsames Haus erblickten. Über dem Eingang hing ein verrostetes Schild mit der verheißungsvollen Aufschrift Zum weißen Schwan. Sie trabten in den Hof, und Margaretha rutschte kraftlos aus dem Sattel. Richard wirkte wesentlich weniger erschöpft. Er war es gewöhnt, auch bei schlechtem Wetter stundenlang zu reiten, daher spürte er seine Knochen nicht so sehr wie Margaretha.

«Wenn wir etwas gegessen und uns aufgewärmt haben, wird es dir besser gehen», meinte er. «Aber pass gut auf: kein Wort davon, dass wir nach Böhmen gehen! Dort herrscht zu viel Unruhe, und hier sind die meisten Leute kaisertreu. Wir wollen keine Streitigkeiten anfangen.»

Der Wirt, ein dicker, rotgesichtiger Mann, freute sich über die späten Gäste. Es sei außer ihm, einem Knecht und dem Mädchen niemand im Haus, berichtete er, und er fühle sich recht einsam.

«Die Zeiten sind zu gefährlich zum Reisen», meinte er vertraulich, während er den wuchtigen Eichenholztisch näher an den Kamin rückte und die Gäste mit einer Handbewegung aufforderte, daran Platz zu nehmen.

«Überall Räuber in den Wäldern, Pack und Gesindel.

Jesus Maria, ein einfacher Mensch kann seines Lebens nicht mehr sicher sein.»

Er schleppte einen Krug mit Wasser herbei, stellte hölzerne Teller und Becher auf den Tisch, daneben ein Brett, auf dem Brot und Käse lagen, und brachte schließlich sogar eine Schüssel mit Bier, aus der sich die Reisenden mit einer Schöpfkelle so viel nehmen sollten, wie sie nur wollten.

«Das wird Sie stärken nach der langen Reise!», meinte er. Er sah neugierig zu, wie die beiden Gäste aßen und nahm erfreut deren Lob über die gute Mahlzeit und sein gemütliches Haus entgegen. Margaretha wollte nicht unhöflich sein, aber das Essen schmeckte ihr trotz des großen Hungers nicht besonders, und alles um sie herum war so ungewohnt. Der niedrige, weißgekalkte Raum, durch dessen kleine Fenster die tiefschwarze Nacht hereinkam und an dessen Wänden die unheimlich zuckenden Schatten des Feuers tanzten, wirkte bedrohlich auf sie. Daheim hielten die Freundinnen nun Abendandacht, bewacht von den strengen Augen Schwester Gertruds, und auf einmal überkam sie eine heftige Sehnsucht nach der Geborgenheit des Klosters. Ehe jemand merken konnte, dass ihr Tränen in die Augen traten, hob sie schnell ihren Becher an den Mund und trank in großen Zügen. Der Wirt beobachtete sie.

«So ein junges Mädchen», sagte er, «haben Sie keine Angst vor einer so weiten Reise zu Pferde?»

Margaretha schüttelte den Kopf. Vor den Räubern zumindest, die er meinte, hatte sie keine Angst – nur vor ihrem Heimweh. Richard wies auf seine Pistole, die neben ihm auf dem Tisch lag.

«Ich werde uns schon verteidigen», versicherte er.

«Wo wollen Sie überhaupt hin, wenn ich das fragen darf?»

«Nach Regensburg», erwiderte Richard, ohne mit der Wimper zu zucken, «wir besuchen Verwandte dort.»

«Regensburg, aha. Schon recht nah an der Grenze zu Böhmen, nicht? Ja, was da wohl noch alles passieren wird. Was denken Sie denn über die Protestanten, die Aufständischen?»

«Nun … ja, natürlich glauben sie sich im Recht. Ich meine, dass es zwischen dem Herrscherhaus und den Ständen eines Landes immer schnell Streit um die Politik geben kann. Und wenn man bedenkt, wie hart in Böhmen die Konfessionen aufeinander treffen. Der alteingesessene Adel des Landes ist protestantischen Glaubens, der frühere König Ferdinand, nunmehr unser Kaiser, ist katholisch. Alles zusammen …»

«Wissen Sie, Herr, ich sage Ihnen, was ich denke», der Wirt lehnte sich etwas vor, «ich bin nicht so klug wie die Fürsten, die alles lenken und regieren, aber glauben Sie mir: was dort in Prag geschieht, das wird sich ausbreiten, und es wird Kämpfe geben, über viele Jahre. Und alles Übel kommt von den Protestanten, von den Ketzern! Sie sind im Bund mit dem Bösen, denn sie verdrehen unsere Heilige Schrift und bringen Unruhe unters Volk … Gott sei uns gnädig!» Er bekreuzigte sich rasch, und Margaretha tat es ihm gewohnheitsmäßig nach. Richards Miene hatte sich verfinstert.

«Es geht ja nicht nur um den Glauben», sagte er. «Die Stände in Böhmen wurden gerade in den letzten Jahren ständig von jeder politischen Einflussnahme ausgeschlossen. Warum nur hat man nicht zugelassen, dass Böhmen zu einem Wahlkönigtum wurde und die Städte ihren Regenten mitbestimmen durften? Ferdinand wurde damals gegen den Willen des Adels eingesetzt, und was hatte man davon?» Er brach ab, als ihn Margarethas Fuß unter dem Tisch traf. Er sah sie an und bemerkte ihren besorgten Gesichtsausdruck. Er hätte sich nicht auf die Frage des Wirts einlassen sollen.

Vorsichtig wechselte Richard das Thema und klagte über das viel zu kalte Wetter. Der Wirt, dem die kurze Spannung im Raum glücklicherweise entgangen war, ging bereitwillig darauf ein. Sie plauderten über den vergangenen frostigen Winter, den Regen, die schlechten Ernteaussichten, und endlich fiel Richard auf, dass Margaretha wie ein Häufchen Elend auf ihrem Stuhl kauerte und den Gesprächen offenbar schon lange nicht mehr folgen mochte. Entschlossen stand er auf.

«Der Tag war anstrengend», sagte er, «ich glaube, wir sollten schlafen gehen.»

«Natürlich. Ich werde Ihnen sofort Ihr Zimmer zeigen.»

Ohne dass sie länger darüber nachgedacht hätte, warf Margaretha ein: «Wir hätten gern zwei Zimmer, bitte.»

Der Wirt blickte Richard unsicher an, doch dieser nickte. Über eine steile, knarrende Treppe gelangten sie in den ersten Stock des Hauses. Der Wirt öffnete zwei nebeneinander liegende Türen, die in enge, dunkle Zimmer führten. Mit seiner Kerze zündete er ein Licht auf dem Gang an.

«Hier können Sie Feuer holen», sagte er, «ich wünsche Ihnen dann eine gute Nacht.» Sein Blick ruhte voller Neugier auf Margaretha. Bisher hatte er geglaubt, sie sei die Frau des jungen Herrn, aber darin hatte er sich wohl getäuscht.

«Gute Nacht, mein Fräulein», murmelte er, ehe er sich umwandte und schnaufend die steile Treppe wieder hinabstieg. Kaum war er verschwunden, griff Richard nach Margarethas Händen.

«Warum denn zwei Zimmer?», fragte er.

Margaretha sah ihn erschrocken an.

«Wir ... sind doch noch nicht verheiratet.»

«Wir werden bald verheiratet sein.»

«Ja, aber jetzt können wir doch nicht einfach ...»

Er lächelte, und sie verstummte. Sie war verwirrt, denn

noch nie war sie in der Situation gewesen, etwas zu tun, was die Nonnen als Unkeuschheit bezeichneten und wovon sie nur wenig wusste. Aber Angela, die aus geheimnisvollen Gründen auch verbotene Dinge immer mitbekam, hatte ihr manches erzählt, sodass sie wenigstens eine ungefähre Vorstellung besaß. Daher wusste sie, dass sie nicht mit Richard in einem Raum übernachten konnte, ohne ihre Keuschheit zu verlieren.

«Ich weiß nicht …», begann sie erneut, aber dann sah sie im gleichen Moment wie Richard einen Schatten am Fuß der Treppe.

«Der Wirt lauscht», murmelte Richard, «und er braucht ja nicht zu erfahren, dass du aus einem Kloster davongelaufen bist. Darf ich für einen Augenblick in dein Zimmer kommen?»

Sie trat vor ihm in den Raum, er folge ihr mit der Kerze in der Hand und schloss die Tür.

«Ein lausiges Zimmer», meinte er und sah angewidert in eine feuchte Ecke, in der ein paar Käfer herumkrochen, «leider wird es die meiste Zeit unserer Reise so sein. Hoffentlich hältst du das alles durch?»

«Ich glaube schon», antwortete Margaretha. Sie stellte ihre Tasche auf einen Stuhl und blieb dann mitten im Raum stehen. Richard trat dicht an sie heran, und sie spürte, wie er beide Arme um sie legte und sie an sich zog.

«Wovor hast du Angst?», fragte er leise. «Vor Schwester Gertrud?»

«Nein, natürlich nicht vor der Oberin. Sie …»

«… liegt in St. Benedicta in ihrem Bett und schläft. Es ist niemand hier, der dir irgendetwas zu sagen hätte.»

«Aber trotzdem. Es ist alles noch so nah. Ich bin erst gestern Abend fortgegangen, und wir sind nun einmal nicht verheiratet, und …»

«Wir werden es aber bald sein.»

«Aber jetzt sind wir es nicht!»

Richard beugte sich zu ihr hinab und küsste ihr Haar. Draußen heulte der Sturm, und Regen trommelte gegen die Fensterscheiben. Bei aller Müdigkeit und trotz ihrer Unsicherheit merkte Margaretha, wie sie insgeheim wünschte, Richard möge dableiben und seine Arme nicht mehr von ihr nehmen. Unglücklich blickte sie auf.

«Ich kann nicht», sagte sie. Richard nickte und trat einen Schritt zurück.

«Im Moment ist Schwester Gertrud wohl noch stärker als ich», meinte er, «aber vielleicht ist es besser, wenn du jetzt schläfst. Du wirst noch viel Kraft brauchen, ehe wir in Böhmen sind.» Er ging zur Tür.

«Solltest du dich fürchten – ich bin ja nebenan. Gute Nacht.» Er verschwand. Margaretha begann sich mit steifen Fingern die Kleider vom Leib zu streifen. Sie fürchtete, ihr würden gleich die Tränen kommen vor Heimweh und Verwirrung. Doch dann, als sie im Bett lag und die Kerze ausgeblasen hatte, merkte sie, dass sie selbst zum Weinen keine Kraft mehr hatte. Die Erschöpfung der vergangenen, durchwachten Nacht und des langen Tages überfiel sie, dass sie sich nicht einmal mehr Angelas und Claras Gesichter zum Trost vorstellen konnte. Es dauerte nur wenige Augenblicke, dann schlief sie ein.

Die Reise dauerte viele Wochen. Richard wollte lästigen Fragen über seine Person ausweichen, und so benutzten sie nur einsame Wege. Sie mieden Dörfer und Städte und übernachteten bei Bauern, denen sie leicht glaubhafte Märchen erzählen konnten. Hatten sie die Angst vor den unbekannten Reisenden überwunden, wurden sie in ihrer Freude über eine Abwechslung freundlich und zutraulich. Außerdem gab es keine Nachbarn, die misstrauische Fragen stellten.

Richard hielt es für ratsam, weiterhin zu Pferd zu reisen, denn so waren sie beweglicher, zumal sie ständig mit Wegelagerern rechnen mussten, die ihre Opfer nicht nur ausraubten, sondern oft auch am nächsten Baum aufhängten. Richard dachte nicht daran, welche ungewohnte Strapaze jeder Tag auf dem Pferd für Margaretha sein musste. Nach kurzer Zeit taten ihr die Knochen so weh, dass sie hätte weinen mögen. Jeder einzelne Muskel schmerzte, es gelang ihr nur mit äußerster Willensanstrengung, aufrecht auf dem Pferd sitzen zu bleiben. Immer wenn Richard vorschlug, sie könnten wieder ein Stück galoppieren, hätte sie ihn am liebsten angeschrien:

«Glaubst du, ich sei ein alter Soldat, der in seinem Leben nichts anderes getan hat, als zu reiten? Ich kann einfach nicht mehr!»

Aber da ihr klar war, dass sie schnell vorankommen mussten, biss sie die Zähne aufeinander, und kein Wort kam über ihre Lippen. Zum ersten Mal in ihrem Leben wusste sie wirklich zu schätzen, was es bedeutet, am Abend ein Bett zu haben, in das sie hineinsinken und die müden Glieder weit von sich strecken konnte. Solch eine tiefe körperliche Müdigkeit hatte sie nie zuvor erlebt, und ihr verging sogar der Ekel vor den oftmals abscheulich verdreckten Quartieren, die sie nicht selten mit Mäusen, Ratten und allerhand Ungeziefer teilen musste. Manchmal wusch sie abends noch etwas Wäsche, um sich nicht ganz so ungepflegt fühlen zu müssen und schlief dabei fast im Stehen ein. In solchen Augenblicken, völlig erschöpft und in fremden, verwahrlosten Zimmern, überkam Margaretha immer wieder das Heimweh. Sie sah St. Benedicta vor sich und ihre Freundinnen, die Nonnen und ihre Eltern, und sie fragte sich, was um alles in der Welt sie hier wollte, an einem dunklen Abend irgendwo zwischen München und Prag. Wenn ein Spiegel im Zimmer hing, sah sie darin ein mageres Mädchen mit übergroßen Augen und einer viel zu gebräunten Haut. Es schien in diesem Mai zwar selten die Sonne, aber kam sie ab und zu heraus, war es umständlich, sich vor ihr zu schützen. Im nächsten Winter, so tröstete sich Margaretha, würde ihre vornehme Blässe schon wiederkommen. Nein, dies bedrückte sie nicht. Es waren die Schmerzen, die Müdigkeit und das Gefühl, so weit fort von allem Vertrauten und Gewohnten zu sein. Ihr wurde immer stärker bewusst, was alles sie in jener regnerischen Nacht zurückgelassen hatte. Aber wenn sie sich morgens noch völlig zerschlagen aus dem Bett gequält und ihr staubiges, zerknittertes Kleid angezogen hatte, dann stand sie Richard gegenüber, und sie wusste, warum sie all das auf sich nahm. Das Zusammenleben mit ihm wog alles Heimweh, allen Kummer und ihre Sorge um die Zurückgebliebenen auf. Wenn sie ihn vor sich sah, konnte sie die endlosen Tage auf dem schwankenden Pferderücken ertragen, Regen und Wind, brennende Sonne, Hunger und Durst. Mit aller Kraft glaubte sie daran, dass sie in Prag eine neue Heimat finden könnte. Sie würde mit Richard eine Familie gründen und die alte Geborgenheit wieder finden.

Sie kamen an Regensburg vorbei, das, wie Richard sagte, direkt südlich der Grenze zur Pfalz lag, dem Kurfürstentum des jetzt so bedrängten Königs Friedrich von Böhmen. Kurz darauf mussten sie die Donau überqueren. Margaretha wusste, dass sie nun schon beinahe Böhmen erreicht hatten. Die Landschaft war hügelig und dicht bewaldet, und sie änderte sich auch nicht, als sie dann schließlich die Grenze überschritten hatten. Margaretha war froh, dass sie gar nicht bemerkte, wie sie Bayern verließen, da sie anderenfalls bestimmt das Heimweh hemmungslos überfallen hätte. Doch auch so erschöpften sich ihre seelischen Kräfte langsam. Sie war so entsetzlich müde, fühlte sich so dreckig und zerschlagen, wurde von schleichender Traurigkeit befallen. Richard schien sich Sorgen um sie zu machen.

«Du wirkst bedrückt, Margaretha», sagte er, «du hast dich verändert und lächelst so selten. Bist du unglücklich?»

Nein, ich bin sehr glücklich, wollte Margaretha schnell antworten, doch sie besann sich und entgegnete: «Ich bin froh, dass ich mit dir fortgegangen bin und würde es auch sofort wieder tun. Aber ich vermisse meine Heimat.»

Richard blickte sie verständnisvoll an.

«Ich kann mir vorstellen, was du fühlst», erwiderte er, «aber du hast doch mich. Solange ich bei dir bin, solltest du nie wieder Heimweh haben.»

Zumindest das Land gefiel Margaretha. Zwar strahlte Böhmen nicht die fruchtbare Üppigkeit Bayerns aus und natürlich gab es auch keine schneebedeckten Gipfel am Horizont, doch dafür sanft ansteigende Berge mit dunklen, nach Harz duftenden Wäldern und weichen Moosteppichen. Trotz des vielen Regens nahte nun, Ende Mai, der Sommer. Sonnenstrahlen fielen durchs Geäst, und es machte Spaß, auf sonnigen Lichtungen zu sitzen, die durchgerüttelten Knochen auszustrecken und das Essen zu verschlingen, das Richard auf den umliegenden Höfen gegen einige der sonst sorgfältig in seine Kleidung eingenähten Münzen getauscht hatte. Margaretha verspürte ständig einen rasenden Hunger, sie konnte Mengen essen, über die sie früher den Kopf geschüttelt hätte. Doch bis auf die harten Muskeln an Armen und Beinen blieb sie dabei mager.

Ich muss wirklich bezaubernd schön aussehen, dachte sie spöttisch. Lieber Himmel, wenn ich nur nicht so braun gebrannt wäre. Was wird Richards Familie denken!

Aber nicht nur an der Landschaft, auch an den Menschen, die sie trafen, merkte Margaretha, dass sie nicht mehr in Bayern waren. Wenn sie etwa ein Stück der Wegstrecke gemeinsam mit anderen Reisenden zurücklegten oder auf einem Bauernhof Essen eintauschen wollten und zu einer gemeinsamen Mahlzeit ins Haus gebeten wurden. Margaretha empfand die Tschechen als ein sehr gastfreundliches, aber auch stolzes und selbstbewusstes Volk. Kein Gespräch verging, ohne dass über die Politik der Habsburger und ihre Einmischung in alle böhmischen Angelegenheiten geschimpft worden wäre. Sogar die Bauern, die den adeligen Ständen ansonsten nicht gerade freundlich gegenüberstanden, verteidigten die Aufständischen. Meist konnte Margaretha allen Reden folgen, da die Leute Deutsch sprachen, wenn sie erfuhren, dass das junge Mädchen kein Tschechisch verstand. Aber als sie wieder einmal inmitten einer Horde von Kindern am Tisch saßen und Margaretha ständig überlegte, wie sie nur die halb garen Erbsen hinunterwürgen sollte, die die Bäuerin ihr so freundlich anbot, da schlug der Bauer plötzlich mit der Faust auf den Tisch und stieß einen Schwall unverständlicher Worte hervor. Richard antwortete in derselben Sprache, und so ging das eine Weile hin und her, bis Margaretha eine kurze Pause nutzte und fragte:

«Was ist denn los?»

«Er sprach über die Katholiken», erklärte Richard, «er mag sie nicht besonders. Er sagte, eher würde er seine Tochter mit einem Bettler und Landstreicher verheiraten, als mit einem Katholiken!»

«Wie freundlich von ihm!», meinte Margaretha schwach. Doch der Bauer schien überhaupt nicht auf die Idee zu kommen, einer seiner Gäste könnte katholisch sein, denn sonst wäre er nie so unhöflich geworden.

Später, als sie allein weiterritten, erkundigte sich Margaretha: «Was hast du ihm geantwortet?»

«Dem Bauern? Nun, ich schimpfte ebenfalls und bestätigte ihm, wie recht er habe», antwortete Richard lässig. Margaretha fühlte sich verletzt. Sie fand es nicht schön von Richard, solche Dinge zu sagen, selbst wenn er sie damit nur schützen wollte. Er hätte sich etwas mehr zurückhalten können.

«Mich machen diese ständigen Hetzreden ganz krank», sagte sie, «und am liebsten würde ich diesen Menschen laut und deutlich erklären, wer ich bin, dann könnten sie sehen, dass kein Teufel vor ihnen steht.»

«Margaretha, mach keinen Unsinn, bitte. Du würdest alles nur unnötig schwierig machen. Als wir noch in Bayern waren, musste ich auch immer ruhig bleiben, ganz gleich, was die Leute redeten. Mit zu viel Ehrlichkeit macht man sich in manchen Situationen eben Unannehmlichkeiten.»

Margaretha sah ihn an, sein lebhaftes, waches Gesicht, das so entspannt wirkte, seit sie nach Böhmen gekommen waren, und ein Gefühl des Ärgers stieg in ihr auf. Richard mochte recht haben mit dem, was er sagte, aber es störte sie, dass er seine eigene Haltung so selbstverständlich fand und voraussetzte, dass sie sich in allem anpasste.

«Du würdest nicht unangenehm auffallen, wenn du ein bisschen weniger auf die Katholiken schimpfen würdest», entgegnete sie gereizt auf seine letzte Antwort. Richard schaute erstaunt auf.

«Du bist ja richtig böse auf mich», stellte er fest, «ich glaube, es wird Zeit, dass wir zu Hause ankommen und wieder etwas Ruhe finden. Du wirst sehen, wir werden nur noch schöne Dinge erleben. Wir gehen auf Bälle und geben Empfänge, auf denen jeder deine Schönheit sehen und bewundern kann. Alle werden dich lieben, Margaretha.» Er reichte ihr seine Hand, und eine Weile ritten sie so nebeneinander her. In Momenten wie diesem schwand Margarethas Ärger so schnell, dass sie kaum noch wusste, wie sie ihm je böse sein konnte. Richards Zärtlichkeit machte sie völlig wehrlos.

Nachdem sie, wie ihr schien, endlos lange durch die böhmischen Wälder geritten waren, sagte Richard an einem regnerischen Morgen: «Wenn das Wetter nicht schlechter wird, werden wir heute noch Schloss Tscharnini erreichen. Es liegt nahe bei Rokitzan.»

«Ist deine Familie jetzt im Schloss?», fragte Margaretha.

«Nein, ich glaube nicht. Sie sind in Prag.»

«Werden wir dorthin weiterreisen?»

«Du wirst bleiben und dich erholen. Ich reite nach Prag, um mich mit einem Beauftragten General Mansfelds zu treffen. Wenn ich wiederkomme, bringe ich meine Familie mit.»

Margaretha war über diesen Aufschub erfreut. Nach allem, was sie auf ihrer Reise über das Verhältnis zwischen Katholiken und Protestanten erfahren hatte, war sie mittlerweile darauf gefasst, dass schon aus diesem Grund die Tscharninis mit Richards Wahl nicht einverstanden sein könnten und vielleicht sogar versuchen würden, eine Heirat zu verhindern. Nach einer kurzen Erholung wäre sie besser in der Lage, einer vierköpfigen Feindesschar zu trotzen.

Richard hatte genug von seiner Familie erzählt, um Margaretha damit unbeabsichtigt Angst eingeflößt zu haben. Wenn Richard auch alle Eigenarten sehr humorvoll beschrieb, klangen sie keineswegs harmlos. Seinen Vater, Ludwig von Tscharnini, bezeichnete er als einen weißhaarigen, etwas rauen, sich gern furchteinflößend gebärdenden alten Mann, der im Grunde seines Herzens nicht so hart war, wie er sich gab. Seine Frau war die Einzige, die genau wusste, wie man mit ihm umzugehen hatte. Richard schilderte seine Mutter Caroline als streng und energisch, dabei aber mütterlich und entschlossen, das Wohl ihrer Familie mit gefletschten Zähnen zu verteidigen. Was nicht unbedingt günstig für mich ist, dachte Margaretha insgeheim.

«Und dann habe ich noch zwei Schwestern», berichtete Richard, «beide jünger als ich. Sophia ist zwanzig. Sie ist sehr schön und lebhaft, aber einige Leute fürchten sie ein wenig, weil sie eine mitunter scharfe und rücksichtslose Zunge hat. Doch ihre Freunde können sich immer und ewig auf sie verlassen.»

«Wird sie mich mögen?»

«Aber ja. Sie mag Mädchen, die hübsch sind und Verstand haben. Und mit Marie wirst du auch gut zurechtkommen. Sie ist fünfzehn, die Jüngste in der Familie, verstehst du, und daher ein wenig verwöhnt und eigensinnig, aber auch zärtlich und anhänglich.»

Margaretha fand das alles nicht beruhigend. Sie hatte bereits eine recht genaue Vorstellung von Richards Familie: Fünf eigenwillige Charaktere, zwischen denen sicher häufig Stürme tobten, aber nach außen zu einer festen Sippe zusammengeschlossen und bereit, gegen jeden unerwünschten Eindringling zu kämpfen. Und da kam sie, die katholische Ausreißerin, ohne Mitgift, mit einem Namen, der hier nichts bedeutete, und sie wollte Richard, den einzigen Sohn der Tscharninis. Es würde nicht leicht sein, hocherhobenen Hauptes auf ihrem Willen zu beharren, und möglicherweise müssten sie ohne den Segen der Familie heiraten. Aber das konnte ihr schließlich gleich sein.

Schloss Tscharnini lag weitab von jeder menschlichen Siedlung. Ein unbekannter Bauherr hatte es vor beinahe hundert Jahren auf einem bewaldeten Berg errichten lassen, ein kleines, ehemals weißes, jetzt graues Gebäude im Stil der frühen Renaissance mit ihren klaren Linien, gewölbten Decken, hohen Bogenfenstern, ineinander verschachtelten Innenhöfen. Es war nur ein kleines Anwesen, aber gerade deshalb so reizend anzusehen, dass jeder Gast sich dort schnell zu Hause fühlte. Der weitläufige Park zog sich zunächst auf dem Bergrücken entlang und erstreckte sich dann den Hügel hinab. Im Schlossgarten gab es kiesbestreute Wege und kurz geschnittenes Gras, auch Bäume und Büsche durften nicht ungehemmt wuchern. Doch immer stärker setzte sich die Wildnis wieder durch, ergriff der Wald Besitz von dem ihm abgerungenen Land, krochen dornige Hecken, Moos und Farn den Hügel hinauf.

Richard und Margaretha ritten einen gewundenen Pfad entlang, der in Schlangenlinien bis hoch zum eisernen Eingangstor in der Schlossmauer führte. Wieder einmal regnete es. Die nassen Gräser und die dunkel glänzenden Baumstämme, die von perlenden Tropfen bedeckten Blätter ließen die Welt so feucht und frisch erscheinen, dass sie fast bezaubernder schien, als an einem strahlenden Sommertag. Aber Margaretha war bereits zu nass und verfroren, um diese Eindrücke in sich aufzunehmen. Mehr noch als nach Nahrung, verlangte ihr Körper nach einem Bett, in dem sie sich einem endlosen Schlaf hingeben konnte. Heimweh und die Angst vor der neuen Umgebung verblassten und machten der müden, zufriedenen Seligkeit Platz, endlich am Ziel zu sein.

Auf dem kleinen Vorhof am Haupteingang eilte ihnen ein junger Mann entgegen. Er strahlte Richard glücklich an.

«Oh, der junge Herr ist da!», rief er aus. «Wie schön, dass Sie gesund sind!»

Sein Blick glitt zu Margaretha hinüber, erst erstaunt, dann ebenso freundlich wie zuvor. Offenbar übertrug er die Liebe zu seinem Herrn auch auf dessen Begleitung.

«Guten Tag, Jaroslaw», sagte Richard und sprang von seinem Pferd. Er half Margaretha beim Absteigen und erklärte: «Unser treuer Diener Jaroslaw. Er lebt schon seit einigen Jahren hier. Jaroslaw, dies ist Fräulein von Ragnitz. Sie ist mein Gast.»

Jaroslaw hätte sicher gern mehr über die Art der Beziehung zwischen Richard und der fremden Frau erfahren, doch er wusste, dass er solche Fragen nicht zu stellen hatte. So sagte er nur: «Seien Sie sehr willkommen, verehrte Dame!»

Margaretha lächelte ihn so herzlich und gewinnend an, wie sie es nur vermochte. Sie hatte das Gefühl, in ihrer Lage Verbündete zu brauchen, auch wenn es ein Diener von offenbar kindlichem Gemüt war.

«Die Familie ist in Prag?», erkundigte sich Richard. Jaroslaw nickte.

«Ich habe sie seit einigen Wochen nicht gesehen», antwortete er, «ich weiß auch nicht, wann sie wiederkommen. Ich konnte jedoch erfahren, dass Fräulein Sophia sich verlobt hat.»

«Ach, wirklich?» Richard sah ihn interessiert an. «Mit wem denn?»

«Mit Herrn Julius von Chenkow. Er stammt ebenfalls aus Prag und …»

«Danke, ich kenne die Chenkows. Reiche Familie, großer politischer Einfluss», Richard lachte. «Die Kleine hat Geschick bewiesen», meinte er anerkennend.

Margaretha fand seine Worte roh und fühlte sich mit einem Mal sehr elend. Sie war müde und hasste den Regen. Zum Glück bemerkte Richard in diesem Augenblick, dass es ihr nicht gut ging. Er griff nach ihrem Arm.

«Jaroslaw, ist Lioba da?», fragte er.

«Natürlich, Herr. Sie wird sich sicher gern um die junge Dame kümmern.»

«Das glaube ich auch. Margaretha, Lioba ist eine wundervolle Frau. Ich kenne sie, seit ich ein kleiner Junge war. Du wirst sie mögen.»

Margaretha folgte Richard einige Stufen hinauf in einen hohen Vorraum. Es war kalt dort, und auf dem steinernen Fußboden hallten die Schritte. Aber da wurde bereits eine Tür geöffnet, und auf der Schwelle erschien eine kleine alte Frau mit einem mageren, scharfgeschnittenen Gesicht, einer gewaltigen Säbelnase und himmelblauen Augen, die wach und klug unter großen, schweren Lidern hervorsahen. Sie trug ein weißes Leinentuch um den Klopf geschlungen, so fest, dass keine einzige Haarsträhne darunter hervorsah; darüber lag, einer umgestülpten Schüssel gleich, eine Haube aus leuchtendgrünem und rotem Stoff, die bis über die Ohren hinabreichte. Die alte Dienerin steckte in einem blassroten, einfachen Kleid, das bis unter das Kinn geschlossen war, umhüllt von einem bauschigen Mantel aus weichem Wollstoff, mit roten und grünen Mustern bestickt. Ihre ganze Erscheinung ließ Margaretha sofort erkennen, dass sie der Frau gegenüberstand, in deren Händen die Fäden dieses ganzen Hauswesens zusammenliefen.

Als Lioba Richard erblickte, stieß sie einen Schrei aus, der Margaretha zusammenzucken ließ.

«Herr Richard!» Sie eilte auf ihn zu und ergriff seine Hände. «Herr Richard, du heiliger Himmel, dass Sie zurück sind!»

Richard lachte auf.

«Aber, Lioba», meinte er, «so lange war ich doch nicht fort!»

«Ich bin immer traurig, wenn Sie nicht da sind, und mache mir Sorgen», sagte Lioba, «doch nun ist ja alles wieder gut!»

«Du musst meine Begleiterin begrüßen, Lioba», verlangte Richard, «das ist Fräulein Margaretha von Ragnitz.»

Lioba richtete ihren Blick langsam auf Margaretha. Diese wollte lächeln, aber ihr Mund erstarrte, und sie schluckte krampfhaft. Denn Liobas Augen, die soeben noch leuchtend vor Liebe und Bewunderung an Richards Gesicht gehangen hatten, wurden plötzlich hart. Sie starrte Margaretha mit einer solchen Verachtung an, dass diese ihrem Blick ausweichen und zu Boden sehen musste. Lioba lächelte. Welch ein leichter Sieg!

«Ich grüße Sie, Fräulein ... äh, wie heißen Sie doch?», fragte sie unhöflich.

«Fräulein von Ragnitz, merke dir das, Lioba», sagte Richard ärgerlich.

Lioba nickte.

«Natürlich, Herr», erwiderte sie.

«Sie ist sehr müde», fuhr Richard fort, «bring sie in eines der Schlafzimmer.»

«In Fräulein Sophias Raum?»

«Ja, gut, er ist am schönsten.» Richard wandte sich an Margaretha: «Geh mit Lioba hinauf», sagte er, «du kannst schlafen, solange du magst. Du wirst hier schnell deine alten Kräfte wiedererlangen.»

Margaretha nickte. Lioba nahm ihr die kleine Tasche aus der Hand.

«Haben Sie noch mehr Gepäck, Fräulein?», erkundigte sie sich.

«Nein, nur das.»

Liobas Schweigen war kränkender als jedes Wort. Sie hielt die verschmutzte Tasche ein Stück von sich fort, um zu zeigen, wie sehr sie diese Armseligkeit verachtete. Margaretha bemerkte, dass sie zornig wurde. Sie stammte aus einer reichen, vornehmen Familie, und diese alte, hässliche Krähe hatte nicht das Recht, sie so zu behandeln. Sie warf ihre Haare zurück und reckte die Nase hoch in die Luft.

«Zeig mir das Zimmer, Lioba», befahl sie kühl, «und dir, Richard, wünsche ich eine gute Nacht!» Sie küsste ihn länger als gewöhnlich, denn sie wollte, dass Lioba sie als die nicht mehr zu verdrängende Frau an Richards Seite begriff. Sie folgte der Alten eine steile Wendeltreppe hinauf, die auf einen schmalen Gang führte. An seinem Ende öffnete Lioba eine Tür. Margaretha trat an ihr vorbei in das geräumige Zimmer. Es dämmerte schon, aber sie konnte deutlich den gewebten Teppich auf dem Boden erkennen, das breite Bett mit seinen dicken, weichen Matratzen, den schneeweißen Leintüchern darüber und der schweren Brokatdecke. Sie sah geräumige Wandschränke aus edlem Holz vor einer goldverzierten Tapete und ein kleines Tischchen mit einem großen Spiegel darüber. Hinter den geschlossenen Fenstern rauschte der Regen. Das anheimelnde Geräusch weckte in Margaretha heimatliche Gefühle.

Lioba ging herum und zündete die vielen Kerzen an, die in goldenen Haltern an den Wänden befestigt waren. Sie blieb vor dem Kamin stehen.

«Es ist kühl», bemerkte sie, «möchten Sie Feuer haben?»

«Nein. Ich gehe gleich zu Bett.»

«Haben Sie Hunger?»

Margaretha fühlte sich durchaus hungrig, aber gleichzeitig auch zu müde, um zu essen. So lehnte sie ab. Lioba zeigte keine Regung.

«Dann werde ich Ihnen nur etwas Wasser zum Waschen bringen», sagte sie und verschwand. Margaretha ließ sich schwer auf das Bett fallen. Sie versank beinahe in den weichen Decken. Behaglich seufzend, dachte sie daran, wie bequem sie es hier hatte, im Vergleich zu den vielen Wirtshäusern. Wie wunderbar, in einem gepflegten Zimmer zu sein, in dem keine Mäuse über den Fußboden flitzten. Sie zog ihre braunen Stiefel aus und bewegte die Zehen. Auf bloßen Füßen tappte sie zu einem Fenster, dessen Flügel sie weit öffnete. Gleich war der Regen lauter zu hören, und würzige, feuchte Waldluft drang herein. Der Blick, den Margaretha von hier aus hatte, ging in den verwilderten Teil des Parks und bis weit über die umliegenden Wälder. Eine riesige alte Eiche stand direkt vor dem Fenster, ihre knorrigen Äste ragten fast bis ins Fenster. Sie spürte plötzlich, dass sie bereits begann, dieses Schloss zu lieben, und überlegte, wie hübsch es wäre, hier mit Richard nach ihrer Heirat zu leben. Sie wandte sich vom Fenster ab, denn gerade öffnete sich die Tür, und Lioba trat ein. Sie trug einen großen Krug mit Wasser.

«Hier ist Ihr Wasser, Fräulein», sagte sie.

«Danke schön. Stell es dort auf den Tisch.»

Lioba tat, was ihr gesagt worden war, blieb aber noch unschlüssig im Raum stehen. Offenbar wollte sie noch etwas fragen. Margaretha bemerkte es.

«Ist etwas?», kam sie ihr entgegen.

«Nun ...» Lioba zögerte, dann setzte sie eine herausfordernde Miene auf und fragte: «Wollen Sie den jungen Herrn von Tscharnini heiraten?»

Margaretha, bereits auf eine solche Frage gefasst, wollte die Dienerin mit einer scharfen Entgegnung zurechtweisen. Aber sie besann sich und antwortete: «Ja, Lioba. Sobald ich der Familie vorgestellt bin, werden wir heiraten.»

Lioba starrte sie an. Sie begann seltsam zu lächeln.

«Ich denke», sagte sie mit sanfter Stimme, «dass die Baronin dies mit allen Mitteln verhindern wird!»

«Oh, und ich denke», erwiderte Margaretha wütend, «dass dich das alles überhaupt nichts angeht!»

«Natürlich nicht, Fräulein. Gute Nacht!» Lioba verließ das Zimmer. Margaretha sah ihr nach. Wie konnte eine Dienerin sich bloß so benehmen? Sie schien sich ziemlich stark zu fühlen, sonst hätte sie es kaum gewagt, so zu ihrer künftigen Herrin zu sprechen. Diese dumme, unwissende Alte; Margaretha verwünschte sie im Stillen.

Die langsam in ihr aufgekeimte Sicherheit war fast wieder verflogen. Teilnahmslos blickte sie sich um, aber dann riss sie sich zusammen. Sie war übermüdet, und morgen ginge es ihr sicher schon viel besser. Sie zog sich aus, löschte die Kerzen und kuschelte sich tief in die nach Lavendel duftende Bettwäsche. Bevor der Schlaf sie übermannte, galt ihr letzter Gedanke Richard. Im Eindämmern hörte sie noch von fern den Regen und roch den Wald, vermischt mit dem Rauch der verglühenden Kerzen.

Am nächsten Morgen regnete es noch immer. Als Margaretha sich schläfrig umsah, stellte sie fest, dass Lioba wohl schon ganz früh da gewesen sein musste, denn die Fenster waren geschlossen, im Kamin brannte ein Feuer, über einen Stuhl gebreitet lag frische Wäsche und daneben stand ein neues Paar Schuhe. Margaretha stieg aus dem Bett. Sie sah aus dem Fenster und schüttelte sich. Was für ein Sommer! Nichts als Regen und Kälte, dabei wäre es so schön gewesen, bei Sonnenschein in der neuen Heimat anzukommen. Sie wusch sich ausgiebig und zog dann ihr grünes Seidenkleid an, das sie aus dem Kloster mitgebracht hatte. Es sah etwas zerknittert aus, doch wenn sie es anhatte, merkte man es kaum. Zu schade, dass sie überhaupt keinen Schmuck besaß, außer dem goldenen Kreuz. Alles war im Schloss ihrer Eltern geblieben.

Nach einem wohlgefälligen Blick in den Spiegel verließ Margaretha das Zimmer und traf in der Halle Jaroslaw, der mit verdreckten Stiefeln und Stroh an den Kleidern ganz offensichtlich aus dem Stall kam. Er lächelte, als er Margaretha erblickte.

«Guten Morgen, gnädiges Fräulein!», rief er.

«Guten Morgen, Jaroslaw. Ist Herr von Tscharnini schon wach?»

Sie folgte dem Burschen durch einen Gang in ein kleines Zimmer. Es war ein halbdunkler Raum mit vielen Schränken, in denen kostbare Bücher standen, schwere in Leder gebundene Bände mit Metallbeschlägen und versilberten Schließen versehen. Vor den Fenstern hingen lange dunkelrote Samtvorhänge, und in dem gemauerten Kamin brannte ein Feuer. Richard saß am Tisch. Er stand auf und kam Margaretha lächelnd entgegen.

«Guten Morgen, Liebste», sagte er, «du siehst heute wunderschön aus.»

Margaretha küsste ihn, wobei es ihr beinahe schon so vorkam, als begrüße sie ihren eigenen Mann. Wie bezaubernd musste es sein, immer in diesem Schloss zu leben und Richard jeden Tag so zu sehen, wie er heute war: lachend und selbstsicher, ausgeruht und gut gelaunt. Sein Selbstbewusstsein, das er ohne große Worte und übertriebene Gesten ausstrahlte, wies ihn als hoffnungsvollen Nachkömmling einer der einflussreichsten böhmischen Familien aus.

«Setz dich zu mir», sagte er nun, «und frühstücke. Du musst Hunger haben!»

«Mein Magen knurrt entsetzlich!», gab Margaretha zu. Sie häufte sich, was sie nur kriegen konnte, auf den Teller, weiches weißes Brot, Roggenmehlmus, Milchgrütze und Rosinen, und verschlang es gierig. Jeder Bissen schmeckte herrlich. Dazu trank sie Unmengen süßen, heißen Kakaos, verspürte endlich ein angenehm sattes Gefühl und lehnte sich in ihrem Stuhl zurück.

«Was musst du von mir denken», sagte sie, «ich habe geschlungen wie ein Wolf. Nicht einmal Clara war so hemmungslos gierig.»

«Clara war deine kleine dunkelhaarige Freundin, nicht?»

«Ja. Sie hatte immer Hunger, und Angela verspottete sie fürchterlich deswegen. Clara fing jedes Mal zu weinen an, sobald sie wieder davon anfing.» In Erinnerung daran lachte Margaretha. «Ob ich sie alle je wieder sehe?», meinte sie gedankenverloren.

«Natürlich siehst du sie wieder. Eines Tages, wenn wir schon lange verheiratet sind, werden sie dir vergeben, dich vielleicht sogar verstehen, und du kannst sie besuchen.»

«Ach ja, das wäre schön. Dann reisen wir zusammen nach Bayern!»

«Ja, das tun wir. Aber jetzt hör zu, Margaretha: Ich werde heute noch nach Prag aufbrechen. Ich weiß nicht, wie lange ich mich dort aufhalten muss, aber vermutlich komme ich in vier oder fünf Tagen zurück.»

«Musst du wirklich heute schon fort?», fragte Margaretha traurig.

«Es tut mir leid. Du weißt, man erwartet mich. Und ich muss meine Familie von unseren ... Plänen unterrichten.»

«Dann werden sie wohl bald herbeieilen, um mich zu besichtigen!»

Richard sah sie aufmunternd an.

«Wer so reizend ist wie du, sollte nichts gegen ihre Besichtigung einzuwenden haben», meinte er. Er erhob sich und nahm Margarethas Hand.

«Komm mit. Es hat aufgehört zu regnen. Ich zeige dir den Park.»

Hand in Hand liefen sie hinaus. Die Wolken rissen gerade auf, und dazwischen schimmerte der blaue Himmel, ab und zu leuchtete das Land sogar im Sonnenlicht. Sie gingen einmal um das ganze Schloss, wobei Margaretha entzückt feststellte, dass die Südseite des Hauses mit dichtem Weinlaub bewachsen war. Unter der mächtigen Eiche, die vor Margarethas Zimmerfenster stand, befand sich ein Stall, in dem zwei Pferde standen.

«Sonst haben wir keine Tiere hier», erklärte Richard, «wir bekommen alles von den umliegenden Bauernhöfen.»

Sie wanderten nun durch den Park und über die wildwuchernde Wiese bis hin zum Waldrand. Nasses Gras schlug um ihre Beine, feuchte Äste streiften ihre Wangen. Immer wieder blieb Richard stehen und küsste Margaretha. Bald würden sie verheiratet sein und sie würde ihm endlich ganz gehören. In seinen Armen fühlte sie sich wunderbar sicher. Mochte seine Familie kommen, mochte sie noch so feindlich sein, gemeinsam mit Richard war sie stark genug, die anderen zum Nachgeben zu zwingen.

Nach dem Mittagessen brach Richard auf. Margaretha begleitete ihn den Berg hinauf, dann sah sie ihm nach, bis sein Pferd zwischen den Bäumen verschwand. Wenn er nur bald zurückkäme! Sie fühlte sich nicht wohl mit der mürrischen Lioba, deren Blick ihr unablässig und verschlagen folgte. Margaretha, die sich zu der Alten zunächst freundlich verhalten hatte, zeigte jetzt deutlich ihren Ärger und stellte immer wieder klar, dass Lioba sich nach ihren Anweisungen zu richten habe. Sie behandelte sie hart und unhöflich, obwohl ihr das eigentlich unangenehm war und sie sehr unter der angespannten Atmosphäre litt. Wenigstens wurde das Wetter besser, sodass Margaretha viel hinausgehen konnte. Sie streifte oft im Park herum, meist gefolgt von Jaroslaw, den offenbar eine tiefe Verehrung für sie ergriffen hatte. Wenn er sich in ihrer Nähe befand, betete er sie an, und Margaretha gewann ihn ebenfalls lieb. Sie erfuhr, dass er Liobas Enkel war.

«Meine Mutter ist tot», berichtete er, «schon viele, viele Jahre. Da hat Großmutter mich zu sich genommen. Sie ist schon immer bei Herrn Richard. Ich bin so froh darüber!»

Sein kindliches Gesicht strahlte. Margaretha betrachtete ihn gerührt. Es schien ihr nicht verwunderlich, dass er Richard so anbetete, denn Geborgenheit konnte er bei der alten Frau kaum finden. Sie versuchte, von Jaroslaw noch mehr über die Familie Tscharnini zu erfahren, aber sie brachte nicht viel heraus, außer, dass die Baronin sehr schön sein musste und Jaroslaw vor dem Baron und vor Fräulein Sophia offenbar ein bisschen Angst hatte.

Die Tage verflogen schnell. Die Sonne und die Wärme taten Margaretha gut. Sie erholte sich von den Strapazen und nahm wieder an Gewicht zu. Und nach acht Tagen, als sie gerade in ihrem grünen Kleid auf dem Kiesweg vor dem Schloss herumspazierte, hörte sie plötzlich Wagengeräusche und Pferdewiehern und sah eine Kutsche den Berg heraufkommen. Sie presste eine Hand auf ihr wild schlagendes Herz. Ihre Zuversicht war verflogen. Voller Angst, nur mühsam zur Ruhe gezwungen, stand sie in der Sonne und wartete auf das, was nun kommen sollte.

7

Als die Kutsche hielt, sah Margaretha zunächst nur Richard, der auf seinem Pferd hinter dem Wagen auftauchte. Ihr Blick klammerte sich förmlich an ihm fest, als er auf sie zuritt. Er sprang aus dem Sattel und nahm ihre Hand.

«Da bin ich wieder», sagte er, «und ich habe meine ganze Familie mitgebracht!»

Der Kutscher öffnete eben die Wagentür und half den Insassen beim Aussteigen. Zuerst erschien ein alter, weißhaariger Mann mit zerfurchtem Gesicht, in dem die tiefdunklen Augen etwas bedrohlich unter den buschigen Brauen wirkten. Er war ziemlich dick und etwas schwerfällig. Das musste der Baron von Tscharnini sein, obgleich er nicht die allergeringste Ähnlichkeit mit Richard aufwies. Ihm folgte Caroline, seine Frau. Margaretha war sofort fasziniert von der hochgewachsenen, schlanken Dame mit dem schönen, gütigen Gesicht, den wachen braunen Augen, einem schmalen Mund und dichten schwarzen Haaren. Sie trug, bis auf eine dünne silberne Halskette, keinen Schmuck, auch ihr blaues Samtkleid war einfach geschnitten, doch gerade dies betonte ihre edlen Züge. Unmittelbar hinter ihr sprang ein junges Mädchen aus dem Wagen, wohl die Jüngste, Marie. Diese zerrte an der Hand ihre Schwester Sophia mit sich. Margaretha glaubte, nun endlich der vollzähligen Familie gegenüberzustehen, doch es stiegen noch zwei junge Herren aus, von denen sie nicht wusste, um wen es sich handelte. Aber sie kam auch nicht dazu, darüber nachzudenken, denn Richards Mutter löste sich von der Gruppe und trat auf sie zu. Sie lächelte.

«Margaretha von Ragnitz?», fragte sie mit sanfter Stimme. Margaretha hätte sie umarmen mögen vor Erleichterung. Diese Frau war gut und warmherzig, und sie musste sich nicht fürchten. Voller Dankbarkeit küsste sie ihr die Hand.

«Ja, gnädige Frau», antwortete sie, «ich bin Margaretha von Ragnitz.» Stolz schwang in ihrer Stimme, als sie ihren Namen nannte, denn ihr Selbstvertrauen war zurückgekehrt. Die Baronin blickte ihren Sohn an.

«Welch ein schönes junges Mädchen», sagte sie.

«Ich danke Ihnen», erwiderte Richard.

«Wie Sie sich denken können, bin ich Richards Mutter und dies ist mein Mann, Baron Tscharnini», fuhr Caroline fort, wobei sie Richards Vater herbeiwinkte. Dieser lächelte nicht, sondern musterte Margaretha scharf.

«Sie sind katholisch», sagte er barsch, «das stimmt doch, oder?»

Margaretha schluckte nervös.

«Ich ... nun ...», begann sie stockend, aber dann, wie meistens bei ihr in Situationen der Angst, wurde sie ärgerlich und antwortete trotzig: «Ja, Herr Baron!»

Der Baron brummte irgendetwas, aber seine Frau mischte sich schnell ein.

«Darüber sprechen wir später. Marie und Sophia, kommt bitte her!»

Die beiden Mädchen kamen näher. Margaretha erkannte auf den ersten Blick, dass sie sich mit Marie nicht verstehen würde. Sie war sehr klein, zart und großäugig, von körperlicher Schwäche, weswegen sie ganz offenbar immer verwöhnt worden war. Marie lächelte Margaretha nicht an, sondern reichte ihr nur die Hand und wandte sich dann ab.

Sophia wirkte sympathischer. Sie hatte ein offenes Gesicht mit sehr schönen Augen. Ihr Verhalten wirkte viel natürlicher als das ihrer Schwester.

«Willkommen bei uns», grüßte sie freundlich, «und bitte nenn mich Sophia!»

Margaretha freute sich über dieses Angebot, denn schließlich war Sophia vier Jahre älter als sie.

«Danke», erwiderte sie, «und ich bin Margaretha.» Beide sahen sich an. Margaretha hatte das sichere Gefühl, eine Freundin gefunden zu haben.

Die beiden jungen Herren kamen nun näher, und Sophia stellte einen von ihnen als ihren Verlobten Julius von Chenkow und den anderen als Friedrich von Lekowsky, einen Freund der Familie, vor. Beide sahen sie sehr freundlich an, aber, wie Margaretha misstrauisch fand, auch ein wenig mitleidig.

«Ich möchte mich ausruhen», verkündete die Baronin.

«Ludwig, komm bitte mit!» Ihr Mann folgte ihr ohne Zögern.

Sie wollen über mich sprechen, dachte Margaretha, und fand diese Vorstellung höchst unbehaglich. Sie stand etwas verloren herum, denn Richard hatte soeben Julius und Friedrich gefragt, ob sie mit ihm zur Begrüßung ein Glas Wein trinken wollten, und alle drei gingen ins Haus. Auch Marie verschwand. Doch da legte sich eine Hand auf Margarethas Schulter.

«Möchtest du mit mir hinaufkommen?», fragte Sophia. «Richard hat mir erzählt, dass du in meinem Zimmer wohnst. Du kannst mir beim Auspacken helfen!»

«Ich werde natürlich jetzt in ein anderes Zimmer umziehen», bot Margaretha höflich an. Doch Sophia wollte davon nichts wissen.

«Nein, wir bringen ein zweites Bett hinüber und schlafen zusammen», sagte sie, «es wird schön sein, mit einem vernünftigen Menschen über alles Mögliche plaudern zu können. Mit Marie kann ich es nicht. Sie ist eine alberne Gans!»

Margaretha fand es erstaunlich, wie offen Sophia über ihre Schwester sprach, aber ihr fiel ein, dass sie für ihre Unverblümtheit bekannt sein sollte. Sie folgte ihr ins Haus. Im Gang konnte sie aus einem Zimmer die laute Stimme des Barons vernehmen. Er sprach Tschechisch und schien sehr wütend zu sein. Margaretha konnte kein Wort verstehen, aber sie war sicher, dass es um sie ging.

Oben im Zimmer standen schon Sophias Koffer, die Jaroslaw heraufgetragen hatte. Sie waren im ganzen Raum verteilt, worüber Sophia den Kopf schüttelte.

«Jaroslaw ist das unpraktischste Wesen der Welt», sagte sie, «ich muss feststellen, du hast dich hier nicht sehr ausgebreitet!» Sie öffnete einen Wandschrank.

«Wo sind deine Kleider?», fragte sie erstaunt.

«Ich habe außer diesem nur noch eins. In dem Kloster, in dem ich lebte, durften wir nicht viel besitzen.»

«Nein? Nun, in den Schränken hier hängen noch ein paar alte Kleider von mir, die kannst du gerne haben. Sie sind nicht unmodern, sie sind mir nur zu eng geworden. Du bist dünner als ich.»

Sophia begann rasch auszupacken. Sie besaß wunderschöne Kleider aus Samt und Seide und kostbaren Schmuck. Sie ging mit diesen Sachen fast ein wenig nachlässig um, wie ein Mensch, der an Reichtum gewöhnt ist.

«Ich konnte keine Zofe mitbringen», erklärte sie, «es war kein Platz in der Kutsche. Und ehe ich mich an Lioba wende …»

«Magst du sie nicht?», fragte Margaretha hoffnungsvoll. Sophia gab einen Laut des Abscheus von sich.

«Altes, intrigantes Weib», sagte sie, «niederträchtig und voller Neid! Ich hasse sie.»

«Ich mag sie auch nicht. Von Anfang an ist sie mir feindselig begegnet.»

«Das wundert mich nicht. Wahrscheinlich ist sie eifersüchtig wegen Richard.»

«Wegen Richard?»

«Sie liebt ihn. Mehr als nur mütterlich, mehr als ein Kind, das sie großgezogen hat. Das allein könnte zwar auch schon zu Uneinigkeiten führen, aber Lioba liebt Richard wie eine Frau einen Mann liebt.»

«Ist so etwas möglich?», fragte Margaretha entsetzt. «Sie ist fast dreimal so alt wie er!»

Sophia zuckte mit den Schultern.

«Offenbar ist es möglich. In diesem Fall zumindest ist es so. Und keineswegs ungefährlich. Alte Frauen, die sich verlieben und deren Liebe nicht erwidert wird, sind unberechenbar.»

«Ich werde wohl noch mehr Schwierigkeiten mit ihr bekommen», sagte Margaretha, «wenn Richard und ich erst verheiratet sind.»

Sophia, die gerade in einer Tasche gewühlt hatte, richtete sich auf und starrte Margaretha an. Irritiert blickte diese zurück.

«Was ist denn?», fragte sie unwillig. «Habe ich etwas Falsches gesagt?»

«Liebes Kind, glaubst du denn wirklich, dass er dich heiraten wird?»

«Natürlich ... natürlich glaube ich das!»

Sophia seufzte.

«Meine Mutter», sagte sie langsam, «wird es niemals zulassen.»

«Deine Mutter ist eine sehr gütige Frau, und sie mag mich. Sie hat mich angelächelt, als sei ich bereits ihre Schwiegertochter!»

«O ja, das berühmte Lächeln der Baronin Tscharnini. Ganz Prag kennt und bewundert es. Aber ich sage dir, Margaretha, sie würde es auch ihrem ärgsten Feind schenken, ihn umarmen und ihm dabei einen Dolch in den Rücken bohren!»

«Nein, das glaube ich nicht!»

«Ich kenne meine Mutter besser als du.»

«Nun gut. Aber selbst, wenn sie und der Baron ihre Zustimmung verweigern, werden wir dennoch heiraten.»

«Hat Richard das gesagt?»

Margaretha nickte heftig. Sie bekam Angst vor dem nachdenklichen Ausdruck in Sophias Augen.

«Du bist ihm gefolgt, weil du fest geglaubt hast, er werde dich heiraten?», fragte Sophia. Margaretha blickte sie zornig an.

«Ja», rief sie, «ja, deshalb bin ich ihm gefolgt! Und du redest, als zweifeltest du an Richards Wort!»

Sophia setzte sich auf ihr Bett und streckte die Hände aus.

«Komm her zu mir», bat sie.

Margaretha rührte sich nicht.

«Erst möchte ich wissen, warum du so merkwürdige Dinge erzählst», verlangte sie.

«Ich will es dir ja erklären. Sag mir, liebst du Richard wirklich?»

«Ja! Ich liebe ihn. Ich liebe ihn mehr als alles auf der Welt. Alles was ich hatte, habe ich für ihn aufgegeben, weil er mir mehr bedeutet, als mein ganzes bisheriges Leben. Es war ein entsetzlich schwerer Abschied für mich, aber der Gedanke, für immer bei ihm zu sein, hat alles aufgewogen!»

Sophia stand langsam wieder auf.

«Ach, Margaretha», sagte sie, «ich habe in den letzten Tagen viel darüber nachgedacht, wie das Mädchen wohl sein mag, das meinem Bruder so weit gefolgt ist. Ich glaubte, du seiest eine Abenteurerin, die einfach die erste Gelegenheit wahrgenommen hat, um sich dem Zugriff ihrer Familie zu entziehen. Aber nun sehe ich ... du liebst ihn ja wirklich!»

Margaretha antwortete nicht.

«Du liebst ihn», fuhr Sophia fort, «aber du weißt ja gar nicht, wie viele Mädchen sich schon in Richard verliebt haben. Und wie vielen er schon den Hof gemacht hat.»

«Diesmal ist es anders!»

«Margaretha, ich bin bekannt dafür, dass ich mich nie scheue, die Wahrheit zu sagen, aber diesmal fällt es mir schwer. Ich mag dich sehr gern, ich finde, dass du mutig bist und stark. Aber Richard wird dich niemals heiraten, niemals! Ich kann dir bei Gott schwören, dass er es nicht tun wird!»

In Margaretha stieg eine leise Angst auf. Ihr Vertrauen zu Richard war so stark, dass sie keinem anderen Glauben geschenkt hätte, aber Sophia blickte sie so ruhig und sicher an, dass sie schwankend wurde. Doch sie versuchte, nichts von ihren Gedanken preiszugeben. Hochmütig sah sie die andere an.

«Vielleicht sprichst du von Dingen, die du nicht verstehst», sagte sie. «Ich habe erlebt, wie Richard sich mir gegenüber verhält, und ich weiß, dass er mich liebt!»

«Nun, das glaube ich dir», erwiderte Sophia, «Richard verliebt sich schnell, und er liebt mit ganzem Herzen. Aber immer und zuallererst wird er an sein eigenes Wohl denken. Er wird nicht – nicht für dich und für niemanden sonst – sein Erbe ausschlagen. Und das müsste er tun, wollte er dich heiraten. Du stammst aus einer guten Familie, doch du kommst aus Bayern und bist katholisch, und es würde nicht einmal reichen, wenn du die Konfession wechseltest. Für meine Eltern bist du kein makelloses Mädchen, hingegen haben sie in Prag genügend Auswahl!»

Margaretha stiegen die Tränen in die Augen.

«Wie kannst du es wagen, so zu reden?», rief sie. «Kannst du dir nicht …»

«Sei bitte nicht so laut!»

«Kannst du dir nicht vorstellen, dass Richard, wenn er wirklich nur an sich denkt, mich vielleicht für das Wichtigste und Begehrenswerteste in seinem Leben ansieht? Dass er alles andere nicht mehr braucht und sich über die Wünsche der Familie hinwegsetzt?»

«Warum sollte er das? Du bist jung und schön, aber überschätze das nicht! Es gibt viele schöne junge Mädchen. So viel Ärger wird er sich für dich nicht aufladen!»

Dies war absichtlich erbarmungslos gesagt und es war mehr, als Margaretha im Augenblick vertragen konnte. Sie entgegnete nichts mehr, sondern verließ nur, so schnell sie konnte, den Raum. Draußen stürzten ihr die Tränen aus den Augen. Sie fühlte sich verwirrt, und Angst überfiel sie. Wenn Sophia recht hatte, dann bedeutete es für Margaretha das Ende. Denn wo, um Gottes willen, sollte sie denn hingehen? Sie konnte niemals in ihre Heimat zurückkehren; nicht als ein Mädchen, das mit einem Mann fortgegangen und dann von ihm abgewiesen worden war. Doch sie kannte auch keinen Menschen in Prag. Bei dem Gedanken an die Ausweglosigkeit ihrer Lage rannen ihre Tränen wie Sturzbäche. Sie weinte und weinte, bis ihr undeutlich in den Sinn kam, wie ungünstig es wäre, wenn jemand sie so sähe. Sie musste hinaus in den Park und sich beruhigen. Rasch lief sie die Treppe hinauf. Ohne ein Familienmitglied zu treffen, gelangte sie ins Freie. Es war sehr warm, die helle Sonne und der blaue Himmel trösteten Margaretha ein wenig. Der Park sah so freundlich aus, einladend und schattig. Margaretha drängte sich durch dichte Büsche in das unwegsame Dickicht. Sie lief schnell, blieb manchmal mit ihrem Kleid hängen, eilte aber unbeirrt weiter. Sie wollte unbedingt allein sein. Die letzten Minuten mit Sophia kamen ihr gespenstisch vor. Aber hier draußen wuchs ihre Zuversicht bereits wieder. Sie hatte bis jetzt fest an Richard geglaubt, und als sie sich all die Momente ins Gedächtnis rief, in denen er vor ihr gestanden und sie so zärtlich angesehen hatte, da lächelte sie über ihre Zweifel. Sie kannte diese fremde junge Frau nicht länger als eine halbe Stunde, doch sie wäre beinahe bereit gewesen, ihren düsteren Worten Glauben zu schenken. Was wusste sie schon, was gab ihr das Recht zu solchen Behauptungen? Wie dumm, dass sie Richards Schwester so lange zugehört hatte!

Margaretha blieb stehen. Sie war am Ende des Parks angelangt und stand vor einer steinernen, verfallenen Mauer. An einer Stelle war sie so niedrig, dass sich Margaretha leicht hinaufschwingen konnte. Hinter der Mauer sah sie auf eine kleine Lichtung, die die Sonne ungehindert bescheinen konnte. Von irgendwoher klang das Plätschern eines Bachs, direkt über ihr im Baum sang laut ein Vogel. Margaretha beschloss, sich diesen Ort zu merken und auch Richard einmal hierherzuführen. Wie schön musste es sein, mit ihm auf dieser Mauer zu sitzen.

Sie war so in Gedanken versunken, dass sie vor Schreck leise aufschrie, als ein Ast knackte und ein Mann aus dem Wald trat. Es war Friedrich von Lekowsky, der die Familie gemeinsam mit Sophias Verlobtem begleitet hatte.

«Oh, verzeihen Sie», sagte Margaretha, «ich wollte nicht schreien. Ich habe niemanden hier vermutet!»

«Es tut mir leid», meinte Friedrich gleichzeitig, «ich hatte nicht die Absicht, Sie zu erschrecken.» Sie lachten beide, weil ihre Entschuldigungen im Chor so merkwürdig geklungen hatten.

«Kommen Sie oft hierher?», fragte Friedrich.

«Nein, das ist das erste Mal. Ich habe den Platz gerade erst entdeckt.»

«Ich kenne ihn schon länger. Wissen Sie, ich habe schon oft etliche Wochen als Gast im Schloss verbracht.»

Margaretha wies neben sich auf die Mauer.

«Setzen Sie sich doch», bat sie. Friedrich dankte und nahm neben ihr Platz. Margaretha betrachtete ihn unauffällig. Er war so groß wie Richard, hatte blonde Haare und schöne grüne Augen. Er sah gut aus, doch ein wenig zu weich und zu verträumt, um wirklich reizvoll zu sein. Er war ein Mann, von dem sich Margaretha vorstellen konnte, dass er heimlich Gedichte schrieb und mit glühendem Herzen unerreichbare, verheiratete Frauen anbetete.

Er hatte sie offenbar auch genau angesehen, denn er sagte verlegen: «Ich möchte nicht aufdringlich sein – aber mir scheint, Sie haben geweint!»

Margaretha fuhr sich rasch über die Augen.

«Ich hatte einen kleinen Streit», erklärte sie. Friedrich nickte verständnisvoll.

«Eine schwierige Familie», sagte er.

«Kennen Sie sie schon lange?», fragte Margaretha.

«O ja. Ich bin seit meiner Kindheit mit Richard befreundet. In unserer Jugend waren wir fast immer zusammen.»

«Ich kenne Richard erst seit einem Jahr. Er war plötzlich da – und mein ganzes Leben veränderte sich.»

«Ja, er ist so ein Mensch. Er tritt auf, und alle Herzen fliegen ihm zu. Schon immer ...» Friedrich brach ab und schwieg. Margaretha erriet, was er hatte sagen wollen.

«Es haben sich schon viele Mädchen in ihn verliebt», vollendete sie.

«Nun ja ... aber es war wohl nie so ernst.»

«Natürlich nicht. Denn mich will er ja heiraten!»

Friedrich hörte deutlich den trotzigen Ton in ihrer Stimme.

«Natürlich ist es diesmal anders», sagte er, «und ich bin froh darüber. Seien Sie mir nicht böse, aber Sie passen gut in diese auffällige Familie. Sie ... sind sehr schön. Ich habe noch niemals so herrliches blondes Haar gesehen.»

Margaretha lachte. Diese Situation war sehr ungewohnt für sie, und sie überlegte kurz, was wohl die Schwestern in St. Benedicta dazu sagen würden. Sie saß hier mit einem fremden Mann in einem Park, und er machte ihr herrliche Komplimente. Wie so oft in der letzten Zeit wünschte sie Angela herbei, um ihr alles erzählen zu können, um wie früher mit ihr zu plaudern und sie auch um Rat zu fragen. Gerade jetzt, in dieser Unsicherheit, hätte sie ihre Freundin so dringend gebraucht.

«Sie sehen sehr nachdenklich aus», sagte Friedrich, «ich hoffe, Sie haben keine Sorgen?»

«Aber nein», versicherte Margaretha, doch sie wusste, dass er ihr nicht glaubte. Er hatte ihre verweinten Augen gesehen und war ein Mensch, der in seiner Empfindsamkeit bestimmt spürte, was in anderen vorging.

«Wissen Sie», fuhr er nun fort, «wenn irgendetwas nicht so geschieht, wie Sie es sich vorgestellt haben, dann kommen Sie nach Prag, und fragen Sie nach Luzia von Lekowsky. Sie ist meine Schwester. Sie wird Sie immer gern für einige Zeit bei sich aufnehmen.»

Margaretha rutschte schnell von der Mauer.

«Danke schön», entgegnete sie, «das ist sehr freundlich von Ihnen. Ich muss nun ins Schloss zurück.»

Sie drehte sich um und bemühte sich, ruhig und selbstsicher durch das Gebüsch davonzuschreiten. In ihr mischten sich Ärger und Angst mit einem Gefühl der Demütigung. Denn bereits zum zweiten Mal an diesem Tag hatte sie mit einem fremden Menschen über Richard gesprochen, und in Sophias kühlen wie in Friedrichs sanften Augen hatte sie dasselbe unverhohlene Mitleid gelesen.

Die nächsten Tage empfand Margaretha als seltsam, weil alle sich benahmen wie eine Familie, die gemeinsam mit einigen Gästen geruhsame Ferien auf einem Landschloss verbringt. Offenbar dachte keiner darüber nach, weshalb Richard seine Eltern hierhergebeten hatte und wie grausam quälend diese Zeit für Margaretha sein musste. Caroline behandelte sie freundlich und zuvorkommend wie einen Gast, ging ihr aber nach Möglichkeit aus dem Weg und ließ sich selten blicken. Auch Ludwig blieb meist verborgen, er nahm sogar die Mahlzeiten getrennt von der Familie ein. Die jungen Leute hingegen verbrachten die Tage gemeinsam. Das Wetter war so bezaubernd schön, dass sie von morgens bis abends draußen blieben, im Park oder in den umliegenden

Wäldern. Sie ritten aus, gingen spazieren oder saßen auf der Wiese vor dem Schloss und unterhielten sich. Für Margaretha bedeutete das ein ganz neues Erlebnis. Sie hatte bisher ihre Freizeit nur mit Mädchen verbracht, und wenn das auch lustig war, so wurde es nun durch die drei jungen Männer noch weitaus vergnüglicher. Sie selbst war natürlich meistens mit Richard zusammen, ebenso wie Sophia mit Julius. Friedrich hatte sich Marie angeschlossen, die sich ebenso launisch und trotzig benahm wie am ersten Tag und von Margaretha überhaupt nicht beachtet wurde. Ansonsten aber verstanden sich alle wunderbar. Hätte Margaretha nicht ständig eine beklemmende Angst um ihre Zukunft gespürt, sie hätte diese Zeit von ganzem Herzen genossen. Einmal spielten sie Verstecken, und sie und Richard wollten sich gemeinsam einen Platz suchen. Als sie allein, Hand in Hand, durch den Wald liefen, da fasste sie Mut und fragte: «Hast du schon mit deinem Vater über unsere Heirat gesprochen?»

Richard blieb stehen.

«Aber ja, Liebling», sagte er, «ich habe alles erzählt, schon damals, als ich meine Familie abholte.»

«Und was sagen sie nun? Unterstützen sie uns? Sind sie einverstanden, dass wir heiraten?»

«Sie haben noch nichts entschieden. Aber mach dir keine Sorgen. Ich glaube, dass sie dich mögen.»

«Ich mache mir aber Sorgen! Keiner sagt mir, was geschehen wird!»

Margaretha sah plötzlich zornig aus.

Richard seufzte.

«Lass uns jetzt nicht streiten», bat er, «ich verstehe, dass diese Situation für dich unangenehm ist. Ich werde morgen mit meinem Vater sprechen.»

«Kann ich dabei sein?»

«Nein, es ist vielleicht besser, ich rede allein mit ihm. Aber ich komme dann sofort zu dir!»

Margaretha war beruhigt. Das Gespräch, wie immer es verlaufen mochte, würde sie endlich aus der schrecklichen Ungewissheit befreien. Abends, als sie in ihrem Bett lag, in die Dunkelheit starrte und den Atemzügen der schlafenden Sophia lauschte, wurde ihr deutlich, wie viel ihr daran lag, von Baron Tscharnini ehrenvoll in seine Familie aufgenommen zu werden. Sie hatte sich in der vergangenen Woche gegen jeden im Haus von ihrer liebenswürdigsten Seite gezeigt, war aufmerksam, höflich und strahlender Laune gewesen. In den reizenden, bunten Kleidern Sophias und mit deren Schmuck, mit Perlen, Armbändern und Ringen, musste sie hübsch ausgesehen haben. Friedrich hatte ihr dies ein ums andere Mal durch seine Komplimente bestätigt. Warum sollte irgendjemand etwas gegen sie einzuwenden haben? Am nächsten Morgen war sie sehr zuversichtlich und blieb es auch den ganzen Vormittag über. Sie ging mit Sophia im Park spazieren, sie plauderten und tratschten über einige vornehme Familien in Prag, von denen Sophia atemberaubende Skandalgeschichten zu berichten wusste. Ohne dass eine von ihnen es ausgesprochen hatte, herrschte zwischen ihnen die Übereinkunft, das heikle Thema in ihren Unterhaltungen auszusparen. Gegen Mittag, als sie zum Schloss zurückkehrten, sah Margaretha auf einer Bank Friedrich, Julius und Marie sitzen. Richard war nicht bei ihnen.

«Wissen Sie, wo Richard ist?», fragte sie so beiläufig wie nur möglich.

«Ich glaube, er hat eine wichtige Unterredung mit Vater», erwiderte Marie. Ihr kleines, spitzes Gesicht funkelte vor Bosheit. Sie wusste offenbar genau, worum es in dieser Unterredung ging, und die anderen wussten es auch. Sie blickten verlegen drein und schienen nicht recht zu wissen, was sie sagen sollten. Margaretha fand diese Situation unerträglich.

«Ich gehe hinauf», sagte sie ruhig, wandte sich um und verschwand im Haus. Sie war entschlossen, in das schöne, friedliche Zimmer zu gehen, die Tür hinter sich zu schließen und das Schicksal walten zu lassen. Doch als sie durch den Gang lief, hörte sie, genau wie damals am Ankunftstag der Familie, erregte Stimmen. Diesmal nicht in unverständlichen, fremden Lauten, sondern auf Deutsch. Margaretha hatte nicht vorgehabt zu lauschen, im Gegenteil, nichts schien ihr im Augenblick so widerlich. Doch nun, als sie hier stand, im dämmrigen Halbdunkel des steinernen Gangs, da war es ihr unmöglich, ihre Beine zu bewegen. Wie von einer unheimlichen Macht gebannt, blieb sie stehen, atemlos, eine Wange an die kühle Wand gedrückt und die feuchten Hände wie zum Gebet gefaltet. Deutlich, ganz deutlich, erkannte sie die Sprechenden.

«Welch eine kindische, unüberlegte Tat war das», sagte soeben Caroline. Ihre Stimme klang noch immer sanft, doch ihre scharfen Worte verrieten ihre Unduldsamkeit. Von Ludwig war ein zustimmendes Brummen zu vernehmen.

«Mein Handeln schien mir in jenem Moment nicht unüberlegt», entgegnete Richard, «ich habe mich sehr in Margaretha verliebt und wollte sie heiraten.»

«Ah. Und das wolltest du nach den acht Monaten eurer Trennung noch immer?»

«Ja, Mutter, noch immer. Was Ihnen beweisen sollte, dass ich lange über alles nachgedacht hatte, bevor ich sie mitnahm. Was ich für Margaretha empfand, war mehr als eine kurze, flatterhafte Verliebtheit!»

«Es war Unsinn!» Carolines Stimme wurde nun schrill, und offenbar wandte sie sich an ihren Mann.

«Sag doch bitte auch etwas, Ludwig!»

«Ich habe alles gesagt. Meine Einwilligung bekommen die beiden nicht. Niemals!»

«Sag Richard, dass er sie auch ohne unsere Einwilligung nicht heiraten darf?»

Richard lachte leise und bitter.

«Deine Mutter hat recht!», fuhr ihn sein Vater an. «Gehst du diese Ehe gegen unseren Willen ein, dann wirst du das Familienerbe nicht antreten. Dafür werde ich sorgen!»

«Finden Sie das richtig, Vater?»

«Du wirst es mir überlassen müssen, was ich für richtig halte!»

«Nun», das war wieder Caroline, «wärest du bereit, diesen Verzicht auf dich zu nehmen und in Armut zu leben?»

Margaretha presste ihre nassen Handflächen gegen die Wand. Sie sah deutlich vor sich, wie Richard jetzt den Kopf hochreckte, seine schwarzen Haare zurückwarf und herausfordernd seine Absage an alle irdischen Güter verkünden würde. Sie lauschte, aber es dauerte lange, bis Richard etwas erwiderte. Schließlich sagte er:

«Ich habe ihr geschworen, ich nähme das alles auf mich.»

«Ich weiß», erwiderte Caroline, «und ich finde, dass du wie ein Schuft gehandelt hast. Denn wenn du nun ganz ehrlich darüber nachdenkst: Warst du jemals ernsthaft entschlossen, alles für diese Liebe zu opfern?»

Margaretha fühlte, wie ihr schwindlig wurde. Es war ihr, als zöge die Angst alles Blut aus ihrem Kopf. Ein einziger Gedanke hämmerte in ihr schmerzhaft und drängend: Ja, ja, natürlich war er ernsthaft entschlossen. Natürlich, und er ist auch jetzt ernsthaft entschlossen, also fragen Sie nicht so dumm, Frau Baronin, er ist es, und er war es immer …

«Nun, hattest du jemals vor, für Margaretha notfalls auf dein Erbe zu verzichten?», fragte Caroline.

«Ich glaube nicht», erwiderte Richard nach einer Weile, «nein, dazu war ich wohl nicht wirklich entschlossen. Ich hoffte …»

«Ja, du hofftest. Du hoffst immer und denkst und glaubst – aber du triffst nie eine wirklich durchdachte Entscheidung. Du hast das Mädchen mitgenommen, im Überschwang deiner bekanntlich oft unsteten Gefühle, und du hast damit vermutlich ihr Leben zerstört. Doch das ist dir gleichgültig!»

«Wenn ihr Leben zerstört würde, so nicht durch meine Schuld. Wenn Sie nachgäben, Mutter …»

«Du weißt, dass ich das nicht kann.»

«Was haben Sie gegen Margaretha einzuwenden? Sie ist schön und vornehm, sie stammt aus einer guten Familie. Sie wäre unseres Namens würdig!»

«Ja, sie ist ein reizendes Mädchen, und sie verfügt über ausgezeichnete Manieren. Aber sie ist katholisch und stammt aus Bayern. Und ich dulde keinen, verstehst du, keinen einzigen Makel auf dem Namen unserer Familie!»

Caroline schien das Gespräch für beendet anzusehen, denn Schritte näherten sich und die Tür wurde aufgerissen. Margaretha konnte gerade noch um die Ecke huschen und mit weichen Knien auf eine Treppenstufe sinken. Caroline war im Türrahmen stehen geblieben.

«Du kannst gehen», sagte sie, «und ihr mitteilen, dass euer Plan undurchführbar ist und sie ihn vergessen muss.»

«Ich weiß nicht, wie ich ihr das sagen soll», meinte Richard. Seine Stimme verriet tiefstes Unbehagen. «Wo soll sie denn hingehen?»

«Sie darf einige Zeit hier im Schloss bleiben, bis sie meint, dass sie nach Hause zurückkehren kann.»

«Oh, Mutter, Sie wissen, dass sie nach allem, was geschehen ist, nicht zu ihrer Familie zurückkann.»

«Das kann nicht unsere Sorge sein.» Caroline schien die Tür wieder geschlossen zu haben, denn die Stimmen klangen erneut gedämpft.

«Du musst es ihr aber sagen», wiederholte sie energisch.

«Nicht sofort. Ich sage es ihr heute noch, aber nicht jetzt», kam Richards unglückliche Antwort. Der Baron brummte wieder irgendetwas, aber Margaretha hörte nicht länger zu. Sie erhob sich langsam, und nun war es ihr, als ströme all ihr Blut nun wieder in den Kopf zurück. Das ganze Haus schien zu schwanken, und ihr Verstand weigerte sich, das Gehörte zu begreifen. Richard hatte sie verraten. Er hatte sie niemals wirklich geliebt. Für einen Moment wurde ihr schwarz vor Augen, und sie glaubte, zusammenzubrechen unter dem entsetzlichen Schmerz, der ihr fast körperlich wehtat. Doch gleichzeitig stieg eine grenzenlose, wahnsinnige Wut in ihr auf, ein Hass, dessen Heftigkeit Margaretha erschrecken ließ. Sie sah Richard vor sich, seine eindringlichen dunklen Augen, sie hörte seine sanfte, lockende Stimme, und sie hatte wieder jenen Septemberabend in Erinnerung, da er sie auf dem düsteren Waldweg küsste und zum Mittelpunkt ihres Lebens wurde. Sie hatte an seinen Lippen gehangen, all seinen Versprechungen geglaubt und war ihm schließlich hierher gefolgt. Erinnerungen an die Reise tauchten auf und an die düsteren Wirtshäuser, an seine Zärtlichkeiten und sein Drängen. O Gott, wenn sie daran dachte, dass sie beinahe ... Das wenigstens hatte er nicht bekommen, aber sonst alles, was er nur wollte. Ohne Zögern hatte sie für ihn zurückgelassen, was ihr wichtig war. Wieder brach der Zorn über sie herein, wie ein unaufhaltsamer, reißender Strom. Sie raffte ihre Röcke und war in ihrem besinnungslosen Kummer bereit, in das Zimmer zu stürzen und Richard anzufallen, wie eine bis aufs Blut gereizte Katze. Er sollte spüren, was er ihr angetan hatte! Doch gerade da hörte sie

Schritte, und Julius und Friedrich tauchten neben ihr auf. Julius lachte.

«Margaretha, Sie werden nicht glauben …», begann er, doch er brach ab, als er ihr Gesicht sah. Mit wirrem Blick und bebenden Lippen starrte sie die beiden Männer an, die entsetzt einen Schritt zurücktraten. Niemals zuvor hatten sie eine Frau erlebt, die so völlig verstört und dabei gefährlich zornig war.

«Ist etwas geschehen?», fragte Friedrich hilflos. Margaretha versuchte tief durchzuatmen.

«Nein», erwiderte sie, «es ist alles in Ordnung.» Sie wandte sich ab.

«Margaretha, Sie sehen … sehr seltsam aus», sagte Julius beschwörend, «sind Sie sicher, dass alles …»

«Nein, wirklich, machen Sie sich keine Sorgen.» Margaretha lächelte schwach. Sie konnte nicht mehr sagen, da sie ihre ganze Kraft aufbieten musste, um nicht die Besinnung zu verlieren. Sie hörte Friedrich noch irgendetwas sagen, während sie mit zitternden Knien die Treppe hinaufhastete.

8

Glücklicherweise war das Zimmer, das Margaretha mit Sophia teilte, leer. Mit keinem Menschen hätte sie jetzt über das Geschehene sprechen können, ebenso wenig wäre sie fähig gewesen, jemandem vorzuspielen, es sei alles in Ordnung. Noch immer fühlte sie sich wie betäubt, als sie auf das breite, weiche Bett sank. Der Schmerz überwältigte sie fast; die rasende, aufbegehrende Verzweiflung einer enttäuschten Liebe. Margaretha barg ihr Gesicht im Kopfkissen, und die bislang noch mühsam zurückgehaltenen Tränen stürzten hervor. Ihr Körper bebte vor Schluchzen und durch das Kissen drangen qualvolle, gedämpfte Jammerlaute. Nie, niemals, das wusste sie, konnte sie je einen Mann so lieben wie Richard. Niemals würde sie ihn vergessen. Denn sie liebte ihn wie am ersten Tag, da sie ihn getroffen hatte, und alles Leid, das er ihr antat, konnte das nicht ändern. Sie begriff selbst nicht, als sie dort lag und weinte, wie sie einen solchen Hass und zugleich eine so heiße, wilde Liebe empfinden konnte. Warum nur, warum hatte er sie verraten und im Stich gelassen? Wie konnte etwas, das sie für Liebe hielt, bei ihm nur ein leicht zu erschütterndes Gefühl sein? In keinem Moment hatte er wirklich vorgehabt, sie entgegen allen möglichen Schwierigkeiten zu heiraten, und dabei hatte er doch zugesehen, wie sie in blindem Vertrauen für dieses Ziel ihre ganze Vergangenheit hinter sich ließ. Nie wieder konnte sie nach Hause zurückkehren. Sie war bei Nacht fortgelaufen, hatte ihre Eltern und das Kloster in heller Aufregung zurückgelassen, und schon deswegen durfte sie es nicht wagen, ihnen jemals wieder unter die Augen zu treten. Sie hatte alle Ehrbarkeit verloren. Alle Freunde und Bekannten der Familie würden sie meiden, nachdem sie mit einem böhmischen Protestanten durchgebrannt war, und erst recht konnte kein Mann der höheren Gesellschaft es sich leisten, ein Mädchen mit ihrer Vergangenheit zur Frau zu nehmen.

«Er hat meine ganze Zukunft zerstört», wimmerte sie leise und fühlte gleichzeitig, dass die Angst um ihr Schicksal nicht so schwer wog wie der Schmerz darüber, dass Richard sie getäuscht hatte. Sie richtete sich langsam auf. Die Tränen versiegten, denn sie hatte zu lange und zu heftig geweint, und Erschöpfung überfiel sie. Sie erhob sich und trat vor den Spiegel. Ihr Kleid, das eigentlich Sophia gehörte, war scheußlich zerknittert und ihre Haare zerzaust. Am schlimmsten aber sah das Gesicht aus, das ihr aus dem Rahmen entgegenblickte: eine weiße, verzerrte, fremde Maske mit verquollenen roten Augen.

Ich werde heute nicht zum Abendessen hinuntergehen können, dachte sie, aber das war völlig unsinnig, denn der Abend lag noch fern und nichts schien ihr gleichgültiger als das Essen. Sie trat ans Fenster und blickte in das tiefe Blau des Himmels. Die dicht belaubten Bäume wiegten sich sanft im Licht des Sommernachmittags. Sie wurde ruhiger, der Kummer erfüllte ihren ganzen Körper, doch ihr Verstand arbeitete klarer. Richard würde kommen und mit ihr sprechen, und sie hoffte, sie würde in der Lage sein, ihm ohne Geschrei und Tränen zu sagen, dass sie ihn für einen zutiefst verachtenswerten Menschen hielt. In ihrer Trostlosigkeit konnte sie so wenigstens noch versuchen, ihren Stolz zu wahren und sich ihm nicht als zitterndes, weinendes Bündel zu zeigen.

Margaretha wusste nicht, wie lange sie hinausgesehen hatte, als sie plötzlich Richard erblickte, der aus dem Haus trat und den Hof überquerte. Ohne dass sie lange darüber nachdachte, überkam sie der Wunsch, die Unterredung mit ihm selbst herbeizuführen und nicht zu sitzen und zu warten, bis er sich die passenden Worte überlegt hatte. Schnell riss sie das Fenster auf und lehnte sich hinaus.

«Richard!», rief sie mit erstaunlich klarer Stimme. Er blieb stehen und sah sich suchend um.

«Hier oben bin ich!»

Endlich entdeckte er sie und winkte ihr zu. Margaretha winkte nicht zurück.

«Komm bitte hinauf!», bat sie.

«Warum denn?», fragte Richard zurück. Er wirkte nicht sehr begeistert.

«Ich möchte mit dir sprechen. Komm bitte gleich!»

Er sah ein, dass er sich fügen musste, nickte und ging ins Haus.

Margaretha schloss das Fenster. Sie ordnete vor dem Spiegel ihre Haare, wobei sie bemerkte, dass ihr Gesicht nicht mehr so schlimm aussah, wenn auch jeder feststellen konnte, dass sie geweint hatte. Sie reckte die Schultern, stand kerzengerade mitten im Zimmer. Aber dann, als sie Schritte hörte und die Tür aufging, als Richard so elegant und lächelnd eintrat wie immer, da fühlte sie wieder den maßlosen Schmerz um ihren Verlust. Sie wusste, dass sie das Gespräch nicht durchstehen konnte, ohne zu weinen.

Richard schloss hastig die Tür hinter sich, als er Margaretha sah.

«Um Gottes willen», sagte er erschrocken, «was ist denn geschehen? Du siehst ja fürchterlich aus.»

«Wirklich?»

«Ja. Was hast du? Du bist so merkwürdig.»

Margaretha gelang ein kleines, bitteres Lächeln.

«Du Argloser», sagte sie, «kannst du dir gar nicht denken, was geschehen ist?»

Einen Moment lang blickte Richard verwirrt drein, dann dämmerte es ihm, und er wurde blass.

«Du weißt alles», vermutete er. Margaretha nickte. Richard machte ein paar Schritte auf sie zu.

«Bitte versteh …» Er brach ab. Er schien nicht zu wissen, wo er seine Hände lassen sollte, und bot ein trauriges Bild der Verlegenheit und Unsicherheit.

«Hast du gelauscht?», fragte er. Wieder erwiderte Margaretha nichts. Mit keinem einzigen Wort wollte sie ihm zur Hilfe kommen, auch fühlte sie sich ihrer Stimme nicht ganz sicher.

«Wenn du alles mit angehört hast», fuhr Richard fort,

«dann weißt du ... dann musst du doch wissen, wie entsetzlich schwer es für mich war und wie sehr ...»

Abermals fand er keine Worte.

«Sag etwas, Margaretha», bat er, und als sie schwieg, schrie er plötzlich: «Rede doch, so rede doch endlich!»

«Schrei mich nicht an!»

«Sei nicht so kalt und so furchtbar starr!»

«Oh, was hättest du denn lieber?», fragte Margaretha. «Dass ich dich anklage und du dich verteidigen kannst? Nein, nein, wir wollen die Rollen nicht vertauschen. Du bist der Angreifer und der Schuft in diesem jämmerlichen Spiel!» Sie war selbst erstaunt, wie klar ihre Stimme klang, eiskalt und spröde.

«Es war nicht richtig von dir zu lauschen», meinte Richard schließlich schwach.

«Findest du, dass du noch das Recht für dich beanspruchen kannst, über das Verhalten anderer Menschen zu urteilen?»

«Du bist seltsam ... deine Worte sind so kalt und so gefühllos.»

Margaretha strich sich mit der Hand über die Stirn. In ihren Schläfen pochte es. Merkst du nicht, dachte sie, dass sich hinter meiner Kälte rasende Verzweiflung verbirgt und dass ich ohne diesen eisigen Schutzwall zusammenbräche. Ich werde es ohnehin nicht mehr lange durchstehen. Ich liebe dich, Richard, ich liebe dich, und ich möchte vor dir auf die Knie fallen und dich anflehen, mich nicht zu verlassen. So tief würde ich mich erniedrigen, wenn ich dich damit halten könnte.

«Warum antwortest du mir denn nicht?», fragte Richard. «Bist du so furchtbar böse auf mich, dass du Hass empfindest und sonst nichts mehr?»

«Ich weiß nicht. Ich will nur eins von dir hören: Ist es

wahr, dass du nie ernsthaft vorhattest, mich gegen den Willen deiner Familie zu heiraten?»

«Ich war immer überzeugt, sie würden einwilligen!»

«Das ist keine Antwort. Ich habe dich gefragt, ob du nie bereit warst, für meine Liebe notfalls auf dein Erbe zu verzichten.»

«Du hast an der Tür gelauscht, du weißt doch alles.»

«Ich will es von dir hören. Du sollst es mir ins Gesicht sagen und mir dabei in die Augen sehen.»

Richard ging zum Fenster. Plötzlich wandte er sich wieder zu Margaretha um, und ein Rest von Stolz trieb ihn, diese unwürdige Situation zu beenden.

«Gut», meinte er, «ich gestehe es dir: Ich hatte niemals vor, dich zu heiraten, wenn mein Vater uns nicht seinen Segen gibt!»

«Dann erübrigt sich wohl meine zweite Frage», entgegnete Margaretha und begann zu weinen. Angesichts Richards wiedergekehrter Stärke brach ihre eigene mühsam aufrechterhaltene Beherrschung zusammen.

«Welche Frage wolltest du mir noch stellen, Margaretha?»

«Ich wollte wissen», vor Schluchzen fiel es ihr nun schon schwer zu reden, «ich wollte wissen, ob du mich liebst.»

«Zweifelst du daran?»

Margaretha blickte ihn ungläubig an.

«Mein Gott!», schrie sie. «Ja! Verdammt noch mal, ja! Ich zweifle an dir, wie ich bisher an keinem Menschen gezweifelt habe!»

«Margaretha», Richard ergriff ihre Hand. «Margaretha, ich liebe dich! Ich liebe dich so sehr, aber ich kann dir nicht die Gunst meiner Familie opfern, ich kann das einfach nicht!»

Margaretha entriss ihm ihre Hand. Mit hochrotem Kopf

fuhr sie ihn an: «Aber ich konnte das! Ich durfte das! Bei mir hast du ruhig zugesehen, wie ich alles, aber auch alles für dich aufgab! Du hast dich nicht gescheut, mir dieses Opfer abzuverlangen und dabei die ganze Zeit gewusst, dass eine Lüge mich dazu gebracht hat!»

«Ich wollte doch alles versuchen. Ich vertraute darauf, die Zustimmung meiner Familie notfalls zu erzwingen. Und ich werde weiter kämpfen. Ich werde immer wieder mit meinem Vater reden!»

«Du verstehst überhaupt nicht, worum es geht!» Margaretha atmete tief, um ihre Beherrschung wieder zu finden und sprechen zu können.

«Es geht darum», sagte sie, «dass du mich betrogen hast. Ich nehme es dir nicht so sehr übel, dass du es nicht fertig bringst, auf deinen Besitz zu verzichten. Aber du hast die Grenzen deiner Treue von Anfang an gekannt, und du hättest mich darüber aufklären müssen. Ich hätte wohl geweint und mich für einige Tage im Kummer verzehrt, dich vielleicht sogar verachtet, aber ich wäre darüber hinweggekommen. Doch du warst zu schwach und hast lieber zugesehen, wie ich mein ganzes bisheriges Leben gutgläubig und hoffnungsfroh zurückließ, um dir zu folgen.»

«Weil ich dich liebe, konnte ich nichts sagen. Ich wollte unter allen Umständen, dass du hier bist, wenn ich mit meinem Vater spreche. Ich glaubte, dann könnte ich ihn zum Nachgeben bewegen. Verstehst du, das alles geschah nur, weil ich dich liebe!»

«Nein», Margaretha schüttelte den Kopf, «du machst es dir zu leicht. Einen geliebten Menschen stürzt man nicht in ein solches Unglück, und ganz abgesehen davon: Wenn du mich liebtest, würden dir Geld und gesellschaftlicher Rang nicht mehr bedeuten als ich. Meinen Namen und meinen Ruf habe ich für dich aufs Spiel gesetzt, aber du wolltest nicht die Frau fürs Leben, sondern nur ein kurzes, amüsantes Abenteuer!»

«Du stellst mich als einen entsetzlichen Schuft hin», entgegnete Richard wütend, «wenn ich so wäre und wirklich nur ein Abenteuer gewollt hätte …»

«Ach», unterbrach Margaretha, «soll ich dir jetzt heißen Dank dafür aussprechen, dass du das vermieden hast, was die ganze Sache für dich vielleicht noch unangenehmer gemacht hätte? Dass du deine Verführungskünste nicht stärker eingesetzt hast, um mich noch vor unserer Hochzeit zu deiner Frau zu machen? Aber davor hat mich deine Angst beschützt, dass ich schwanger werden könnte. Mich dann sitzen zu lassen, hätte deinem Ruf doch zu sehr geschadet!»

«Nein, so habe ich nicht gedacht. Aber da wir bei diesem Punkt sind: So völlig gutgläubig kannst auch du nicht gewesen sein, dass alles klappt wie geplant, sonst hättest du dich bestimmt nicht so zurückhaltend gezeigt. Aber diesen letzten Trumpf wolltest du wohl behalten und hast dich mir nicht hingegeben, obwohl du es manches Mal gern getan hättest. Oder sollte ich mich da täuschen?»

«Wie gemein du doch bist», flüsterte Margaretha, «wie niedrig und schlecht. Niemals, das schwöre ich, habe ich dir gegenüber berechnend gehandelt. Du hättest das nur gern, weil es deine eigene Feigheit und Hinterhältigkeit rechtfertigen würde!»

Sie verstand selber nicht, wie sie so giftig und bitter sprechen konnte, aber ihre Demütigung und ihr Zorn waren zu groß, um Gelassenheit bewahren zu können.

«Eines weiß ich mittlerweile», fuhr sie atemlos fort, «der Körper und die Schönheit einer Frau sind es nicht, was Männer reizt und verlockt und womit man sie in der Hand hat!»

«Ach, wirklich?», erwiderte Richard böse. «Woher nimmst du nur all diese Erfahrungen?»

«Schau dich doch um oder schau in den Spiegel. Mehr als Schönheit, Liebe und Glück begehrt ein Mann Geld und einen Titel, Ansehen und Macht! Allein dafür lebt ihr, darum führt ihr Kriege, mordet, streitet, tötet und vernichtet ihr. Über alles in der Welt stellt ihr die Macht …»

Wieder begann Margaretha zu weinen, und schluchzend schrie sie: «Eher überlässt du mich einem trostlosen, ungewissen Schicksal, riskierst mein Leben, als auf das zu verzichten, was dich zum einflussreichen Prager Edelmann macht!»

Sie fingerte nach ihrem Taschentuch, aber es gelang ihr nicht, die Tränenflut einzudämmen. Sie gönnte Richard dieses Schauspiel nicht, das ihn in seiner Überlegenheit noch bestärkte, doch sie schien mit ihrer Kraft am Ende zu sein. Die Ungewissheit und die Angst der vergangenen Tage hatten sie mehr geschwächt, als sie geglaubt hatte, und Schmerz übermannte sie. Margaretha bebte und zitterte, es war ihr jetzt gleichgültig, wie sie auf Richard wirkte. Plötzlich fühlte sie seine Arme um sich und spürte, wie er sie an sich zog. Die alte Vertrautheit überkam sie, sie sah wieder nur ihn, dem sie sich hingeben und bei dem sie alles vergessen durfte. Sie lehnte ihren schweren, schmerzenden Kopf an seine Schulter. Für einen Moment erlag sie der Versuchung zu glauben, es könnte sich alles noch zum Guten wenden und Richard werde dafür sorgen, dass ihr niemand mehr etwas antun könne.

«Sei ruhig», murmelte er, «bitte, liebe kleine Margaretha, weine nicht, mein Liebling.» Er strich ihr sanft übers Haar. Sie wurde ruhiger, die Tränen verebbten langsam.

«Du bist jetzt ganz nass», sagte sie. Er lächelte.

«Das ist nicht schlimm», meinte er, «deine Tränen sind kostbar. Nur solltest du sie nicht meinetwegen vergießen!»

Sie blickte ihn voll Trostlosigkeit an.

«Weswegen sonst? Es ist alles zu Ende. Du wirst ein anderes Mädchen heiraten und mich vergessen, und ich werde … ja, ich weiß nicht, was ich tun werde. Wahrscheinlich gar nichts.»

«Sei nicht so verzweifelt. Wir können nicht heiraten, aber wir müssen uns nicht trennen. Siehst du, ich bin sehr reich, und ich kann für dich sorgen. Ich werde dir eine Wohnung in Prag mieten, und wir treffen uns dort, wann immer ich kann!»

Margaretha zuckte zurück. Ihre Augen wurden schmal.

«Als was sollte ich denn in dieser Wohnung leben?», fragte sie. «Als deine Geliebte, für die du dir hin und wieder Zeit nimmst, die geduldig darauf wartet, dass du sie heimlich besuchst?»

«Hör endlich auf mit diesen ungerechten Angriffen», sagte Richard. Er schob Margaretha von sich.

«Ich kann nichts anderes tun», meinte er, «wenn du mich unbedingt falsch verstehen willst …»

«O nein, ich verstehe dich ganz richtig», erwiderte Margaretha. Durch ihre Verzweiflung hindurch hatte Richard ihren Stolz getroffen und verletzt, und obwohl sie in ihrer Liebe zu ihm zu allem bereit gewesen wäre, ließ ihr Verstand sie dieses Ansinnen ablehnen.

«Für diese Rolle bin ich mir zu schade», sagte sie, «und ich kann so nicht leben. Ich möchte dich überhaupt nicht mehr wiedersehen. Ich werde selbst für mich sorgen. Ich werde unabhängig sein, von dir und von deiner Gnade!»

«Das ist doch keine Gnade», Richards Stimme klang weich und bittend, «denn ich liebe dich und will dich nicht verlieren.»

«Du liebst mich nicht», entgegnete Margaretha. Mit aller Macht musste sie gegen den eigenen Wunsch ankämpfen, schwach zu werden.

«Geh jetzt», bat sie, «geh und sei gewiss, dass unsere gemeinsame Zeit vorbei ist. Für immer!»

«Weißt du genau, was du sagst?»

«Ja.»

Richard schlug die Augen nieder.

«Ich wünschte, es wäre anders gekommen», sagte er hilflos, «ich habe gehofft, es könnte …»

«Geh jetzt!» Margaretha wusste nicht, wie lange sie ihre Fassung noch bewahren konnte. Richard sah nur ihr versteinertes Gesicht. Er drehte sich um und verließ mit schnellen Schritten den Raum.

Die nächsten Wochen waren entsetzlich. Margaretha hätte am liebsten alle Türen hinter sich zugeschlagen und keinen Menschen mehr angesehen, aber da sie gezwungen war, im Schloss zu bleiben, musste sie für diese Gastfreundschaft sogar noch eine gewisse Dankbarkeit zeigen. Ihr größter Zorn galt der ewig lächelnden Caroline. Sie hätte sich abwenden mögen, wann immer sie ihr begegnete. Doch durfte sie das natürlich nicht tun, wenn sie gleichzeitig in deren Haus lebte. Sie musste höflich bleiben, und das verstärkte noch die entsetzliche Demütigung. Die meiste Zeit hielt sie sich in Sophias Zimmer auf und stahl sich nur hin und wieder hinaus, um in der warmen Sonne spazieren zu gehen. Sie erschien nur äußerst ungern zu den Mahlzeiten und sah daher dünn und ausgezehrt aus. Richards Gesellschaft mied sie völlig. Sah sie ihn irgendwo allein, so machte sie sich schnell aus dem Staub, und es gelang ihr, ihn nur dann zu treffen, wenn andere dabei waren. Am liebsten suchte sie die Nähe von Julius und Friedrich. Obwohl die jungen Männer wussten, was geschehen war, sprachen sie nicht davon, sondern zeigten nur stillschweigende Anteilnahme. Auch Sophia stand auf Margarethas Seite.

«Er ist ein selbstgefälliger, charakterschwacher Schuft», sagte sie zornig am Abend jenes ereignisreichen Tages, als sie und Margaretha in ihren Betten lagen und aus Margarethas Kissen immer wieder ein unterdrücktes Schluchzen zu hören war, «er ist nur auf seinen Vorteil bedacht. Das Schlimmste ist, dass er von Kindheit an die Menschen mit seinem Charme und seiner Schönheit nachsichtig gestimmt hat. Sie haben ihm sein Verhalten niemals wirklich übel genommen.»

«Ich verurteile ihn», murmelte Margaretha und setzte heftiger hinzu: «Ich wünschte nur, er käme eines Tages zu mir und brauchte mich aus irgendeinem Grund. Ich würde ihm alles, alles heimzahlen!»

«Nun verzehre dich nicht in Rachegelüsten», mahnte Sophia, «Hass ist ein ebenso starkes Gefühl wie Liebe. Erst wenn Richard dir gleichgültig ist, wenn du seinen Namen hörst und dabei nichts empfindest, dann bist du über alles hinweg.»

«Ich werde diese Kränkung nie verwinden.»

«Du musst. Denn sosehr du auch weinst – es ist letztlich ein Glück, dass es so gekommen ist. Du bist hundertmal zu schade für meinen Bruder, das wusste ich gleich, als ich dich sah. Zu ihm gehört ein kleines, hübsches, dummes Ding und nicht ein Mädchen, das so klug und feinfühlig ist wie du!»

Sophias Worte klangen gut und vernünftig, aber sie konnten Margaretha nicht lange trösten. Viel zu heftig hatte sie sich verliebt, zu viele Hoffnungen hatte sie mit Richard verknüpft, als dass die Wunde rasch verheilt wäre.

Ende Juni traf die Nachricht auf Schloss Tscharnini ein, dass der spanische Edelmann Spinola von seinem König mit einem Heer ausgestattet worden war sowie mit der Order, gegen die Pfalz zu ziehen und sie zu besetzen. Unter den Protestanten des Reiches herrschte schon lange die Angst vor Spanien, man munkelte von Bestechungsgeldern am kaiserlichen Hof, die Ferdinands wichtigste Berater in Abhängigkeit vom spanischen König hielten, und es hieß, dass dort keine Entscheidung ohne Befragung des spanischen Botschafters gefällt wurde. In der spanischen Politik besaß Spinola großen Einfluss, und er galt als fanatischer Katholik und Protestantenhasser. Wenn er nun auch noch einen Vorposten in der Pfalz bekam, konnte er der Union einige Schwierigkeiten bereiten.

«Die protestantischen Reichsfürsten sollten König Friedrich jetzt endlich beistehen», meinte Julius zornig, «Spinola gewinnt zu viel Boden, und das werden sie später teuer bezahlen!»

Doch zeigten einige Fürsten immer noch Angst, sich einzumischen; andere, die selbst gern in Prag residieren würden oder die meinten, Friedrich habe als König von Böhmen und als pfälzischer Kurfürst ohnehin zu viel Macht, hielten sich aus Neid und Eifersucht von ihm fern.

Also trat niemand Spinola entgegen, und schließlich verbreitete sich auch noch das Gerücht, Herzog Maximilian von Bayern rüste seinerseits ein Heer, um gen Prag zu marschieren. Dieser Gedanke erzeugte bei Margaretha ein tiefes Unbehagen, denn sie empfand eine ganz unvernünftige Mitverantwortung für das, was ihr Herzog tat; die junge Bayerin fühlte sich, als habe sie den Böhmen persönlich den Krieg erklärt.

«Welch ein Unsinn», sagte Sophia dazu kurz, aber Margaretha zuckte jedes Mal zusammen, wenn Richard, Julius und Friedrich von der drohenden Kriegsgefahr sprachen.

«Wir werden diesem Maximilian natürlich entgegentreten», meinte Julius lebhaft.

«Und ihn zurückschlagen», ergänzte Friedrich mit leuchtenden Augen, «wir werden ...» Doch er brach taktvoll ab, als er Margarethas gequälten Blick bemerkte.

Im Übrigen schien es zweifelhaft, ob es König Friedrich gelingen würde, ein entschieden kämpfendes Heer hinter sich zu versammeln. Mit erschreckender Geschwindigkeit sank seine Beliebtheit bei der Bevölkerung, und in diesem Sommer verspielte er fast alle der ihm verbliebenen Sympathien.

Auf dem Schloss traf für einige Tage eine befreundete Familie der Tscharninis ein, die in Prag lebte, und sie berichtete empört über den Lebenswandel des jungen Herrschers.

«Obwohl die Staatskasse leer ist, werden im Prager Schloss Abend für Abend Scharen von Gästen empfangen, werden die erlesensten Speisen und teuersten Weine angeboten, brennen Hunderte von Kerzen, wird Musik gespielt, gelacht und getanzt. Ohne Christian von Anhalt wäre alles dort längst zusammengebrochen, denn der König kümmert sich um nichts. Er unterhält einen riesengroßen Hofstaat und schafft – Gott weiß woher – Juwelen und Geschmeide für die Königin herbei. Er scheut sich auch nicht, in der Öffentlichkeit Dinge zu tun, die ... nun», die Erzählerin senkte ihre Stimme und zischte: «Ich hörte, er habe kürzlich in der Moldau gebadet, ohne eine einzige Faser am Leib, und dies in Anwesenheit der Königin und ihrer Hofdamen!»

Sophia lachte.

«Wäre ich nur dabei gewesen!», rief sie, was Caroline veranlasste, ihre Tochter ungehalten anzufahren:

«Verlasse sofort das Zimmer und komme mir nicht wieder unter die Augen, bis sich dein Benehmen gebessert hat!»

Noch immer lachend, ging Sophia hinaus.

Doch nur wenige betrachteten die Handlungsweisen des

Königs mit so viel Humor, und seine Lage wurde äußerst ernst und gefährlich.

Kurz darauf bestätigte sich das Gerücht, dass Maximilian von Bayern den Oberbefehl für das bereits aufgestellte Heer dem Freiherrn von Tilly übertragen hatte.

«Ich werde nach Prag zurückkehren», verkündete Ludwig. «Ich will den König der unbedingten Unterstützung unserer Familie versichern.»

«Selbstverständlich kommen wir mit», entgegnete Caroline, «in diesen unsicheren Zeiten sollte sich eine Familie nicht trennen.»

Margaretha wurde elend bei diesen Worten, denn ihr war klar, dass sie nun bald eine Entscheidung treffen musste. Sie konnte nicht ewig als geduldeter Gast im Schloss leben, schon gar nicht, wenn die Familie fort war. Ihr fiel ein, was Friedrich von seiner Schwester gesagt hatte, doch gefiel ihr diese Lösung wenig. Wieder würde sie sich fremden Menschen aufdrängen und zudem jemandem, der nichts mit all diesen Geschehnissen zu tun hatte. Die Tscharninis, dachte sie trotzig, haben wenigstens eine Verantwortung für mich, weil sie meine Lage verursacht haben!

Wenige Tage vor der Abreise der Familie erschien Caroline bei Margaretha. Sie trug ein schwarzes Kleid und weiße Perlen im Haar und war wieder ganz die liebenswürdige Dame, die Margaretha wie einen geschätzten Gast behandelte.

«Mein liebes Kind», sagte sie lächelnd und legte ihre schlanke Hand mit den kostbaren Granatringen leicht auf Margarethas Arm. «Sie wissen, wie froh wir sind, Sie bei uns zu haben!»

«Danke, Frau Baronin», erwiderte Margaretha und lächelte willenlos zurück. Sie musste daran denken, was Sophia ihr gesagt hatte: Mit sanften Augen mordet sie ihre Gegner!

Caroline schritt langsam zum Fenster, die Schleppe ihres Kleids schleifte raschelnd hinter ihr her, und sie wirkte so vornehm, dass Margaretha kaum zu atmen wagte.

«Ich bin glücklich», fuhr Caroline fort, «dass Ihnen unser Schloss gefällt. Sie wissen, es ist seit Generationen im Besitz unserer Familie, und wir lieben es sehr.» Sie ließ ihre Finger über den samtenen Stoff der Vorhänge gleiten, über das Seidendeckchen auf dem Fensterbrett und über die Rosenblüten in der kostbaren Kristallvase. In ihren Bewegungen lag ebenso viel Zärtlichkeit wie Kraft.

«Dieses Schloss», sagte sie, «verkörpert die Tradition unserer Familie und die typischen Eigenschaften der Tscharninis. Es strahlt Reichtum, Schönheit und Unvergänglichkeit aus.» Ihr Gesicht wandte sich wieder Margaretha zu. In die dunkelbraunen Augen trat Entschlossenheit und Härte, während das zarte Lächeln nicht von ihren Lippen wich. Richards Mutter musste nicht aussprechen, was sie dachte, Margaretha verstand sie auch so. Von nichts und niemandem auf der Welt würde die Baronin Tscharnini es hinnehmen, dass der Glanz ihres Namens durch einen Schandfleck getrübt würde.

«Natürlich», sagte sie freundlich, ohne ihren Blick zu verändern, «können Sie bleiben, solange Sie möchten.»

«Ich will Ihnen nicht zur Last fallen ...»

«Um Himmels willen, wie könnten Sie das!» Caroline vollführte mit ihren schlanken Armen eine großzügige Geste. «Wir haben genug Platz hier! Wenn Sie mögen, bleiben Sie den ganzen Sommer, auch wenn es vielleicht ein wenig einsam ist. Aber Lioba bleibt hier, und so sind Sie nicht allein.»

«Das ist sehr gütig ...»

«Wenn es Herbst wird, können Sie ja dann daran denken, in Ihre Heimat zurückzukehren. Wir würden Ihnen selbstverständlich eine Kutsche besorgen!» Carolines Stimme klang unverändert, und doch war ein Ton darin, der Margaretha sagte, dass dieser freundliche Vorschlag in Wahrheit als unabänderlicher Befehl verstanden werden musste.

Diese Frau weiß genau, was Richard getan hat, dachte sie zornig, und sie meint, wenn ich hier zwei oder drei Monate leben darf, sei alle Schuld getilgt und die Tscharninis hätten alles getan, um die Ordnung wiederherzustellen.

Sie beobachtete Caroline, wie sie auf dem kleinen Tisch am Fenster ein paar Gegenstände zurechtrückte, so als wolle sie deutlich machen, dass Margaretha als Gast in diesem Haus Veränderungen weder einführen noch hinterlassen werde. Sie biss die Zähne zusammen, um nicht zu schreien, so sehr erregte sie diese schlanke, schöne und grausame Frau, die noch immer lächelte.

«Frau Baronin», sagte sie mit dem Mut der Verzweiflung, «Sie wissen vielleicht, dass ich nie wieder nach Hause kann.»

«Aber Kind, reden Sie doch nicht! Natürlich wird Ihre Familie Ihnen verzeihen. Es ist ja nichts geschehen!» Hier kniff Caroline die Augen zusammen und sah Margaretha eindringlich an: «Es ist doch nichts geschehen, was Ihnen noch Unannehmlichkeiten bereiten könnte?»

Margarethas Stolz verbot ihr, die Baronin mit einer Lüge umzustimmen; ohnehin, das fühlte sie, hätte sie wenig damit bewirkt.

«Nein, Ihr Sohn verhielt sich äußerst korrekt», erwiderte sie spitz und fügte sehr ernst hinzu: «Dennoch wird man mir nicht verzeihen. Ich kann nicht nach Hause.»

«Nun», Caroline wandte sich halb zur Tür, um anzudeuten, dass sie kein langes Gespräch wünschte, «Sie sehen ein, dass Sie einen übereilten Schritt getan haben.»

«Ich sehe ein, dass mein Vertrauen in Ihren Sohn vielleicht als kindisch zu bezeichnen ist», entgegnete Margaretha bissig. Caroline zuckte mit den Schultern.

«Wie dem auch sei», meinte sie, «in jedem Fall können Sie gern bis September oder Oktober hier leben, und dann wird sich eine Möglichkeit finden.»

«Das hoffe ich, Madame.»

Caroline verließ gemessenen Schrittes den Raum, und Margaretha wusste nicht, ob sie weinen oder die vor ihr stehende Wasserkaraffe an die Wand werfen sollte. Sie nahm ihr Taschentuch und riss es in der Mitte entzwei, aber auch das vermochte nicht das Bild der lächelnden Caroline aus ihrem Gehirn zu verbannen und ihren Hass auf diese Frau zu mildern.

Zwei Tage später erschien auch Richard bei Margaretha, um sich von ihr zu verabschieden. Er wirkte verlegen, was ihm weniger gut stand, als seine sonstige Unbekümmertheit.

«Du bist mir in den letzten Wochen aus dem Weg gegangen», sagte er, «ich verstehe, dass du böse auf mich bist, aber ich wünschte doch, dass ...» Er hob in einer hilflosen Geste die Hände.

«Was wünschtest du?»

«Nun, dass wir nicht so auseinander gehen müssten.» Er fuhr sich mit der rechten Hand über das Gesicht, und Margaretha hatte den Eindruck, dass er sich der augenblicklichen Situation nicht gewachsen fühlte. Sie beobachtete ihn und dachte, wie seltsam es sei, dass er trotz der äußerlichen Ähnlichkeit ganz anders wirkte als seine Mutter. Seine Augen waren von gleicher Farbe und gleichem Schnitt wie die Carolines, aber statt Entschlossenheit lag ein eigentümlicher Ausdruck von Schwäche darin. Merkwürdig, dass ihr das bisher nie aufgefallen war. Vielleicht, weil Richard für gewöhnlich so viel Heiterkeit und Lebenslust ausstrahlte, dass hinter dieser Fassade nichts anderes mehr auszumachen war.

Jetzt konnte er nicht einmal ihrem Blick standhalten. Er sah zur Seite.

«Du glaubst es mir wahrscheinlich nicht», sagte er leise, «aber ich liebe dich sehr.»

«Ach, Richard», Margaretha machte eine unsichere Handbewegung, «so viele schöne Worte! Weißt du, ich glaube, du betest dich einfach selber zu sehr an, und in Wirklichkeit bist du nur darum besorgt, dass es dir an nichts fehlt und dass es dir gut geht.»

«Du willst dich also in ewiger Feindschaft von mir trennen?», fragte Richard betroffen.

«Nein. Ich will nicht deine Feindin sein. Ich will dich vergessen.»

«Das scheint mir fast noch schrecklicher, aber es ist dein Recht.» Richard ergriff Margarethas Hand und zog sie an seine Lippen. «Leb wohl», sagte er. Seine Stimme bekam den zärtlichen Klang, den Margaretha so gut kannte. Sie kniff die Lippen zusammen und fühlte, dass er wieder ganz in seinem Element war.

«Ich jedenfalls werde dich nie vergessen», fuhr er fort, «und ich möchte auch, dass du weißt, wie leid mir das alles tut.»

«Lebe wohl, Richard, es war –», sie rang sich die Worte mühsam ab –, «es war eine schöne Zeit mit dir.»

Er lächelte ihr noch einmal zu, dann ging er davon, mit leichteren Schritten, als er gekommen war.

Einen kleinen Triumph erlebte Margaretha noch am Morgen des Abreisetages, als Sophia plötzlich erklärte, sie wolle ebenfalls den Sommer im Schloss verbringen.

«Ich mag Margaretha sehr gern», sagte sie rundheraus, «und ich finde, dass unsere Familie einiges an ihr gutzumachen hat. Wir können sie jetzt nicht einfach hier zurücklassen!»

«Meine Liebe, wer gibt dir das Recht ...», begann Caroline, im selben Moment, da Margaretha rasch sagte:

«Niemand muss meinetwegen hierbleiben. Ich komme allein zurecht.»

«Ich möchte aber hierbleiben», erwiderte Sophia, «warum soll ich den Sommer in Prag verbringen, wenn es hier viel schöner ist?» Jeder verstand die Verurteilung, die sie damit gegen die Familie aussprach. Richard und Caroline pressten die Lippen aufeinander, während Julius bekümmert meinte:

«Dann werde ich dich sehr lange nicht sehen, Sophia.»

«Ich bin rechtzeitig zu unserer Hochzeit wieder in Prag», versprach seine Verlobte. Sie sah so entschlossen aus, dass Caroline keine weiteren Einwände wagte. Sie hasste nichts so sehr, wie laute Streitgespräche in Gegenwart anderer, wusste aber, dass Sophia keinerlei Rücksicht nahm.

«Nun gut, Kind», sagte sie daher, «du musst wissen, was du tust.» Sie und die anderen nahmen in der Kutsche Platz, Richard bestieg sein Pferd. Friedrich beugte sich zu Margaretha hinaus.

«Denken Sie an meine Schwester Luzia in Prag», flüsterte er. Margaretha sah ihn dankbar an. Sie mochte ihn sehr und war von Herzen froh, in diesem Land doch einen Menschen gefunden zu haben, der ihr in der Not zur Seite stehen würde. Sie hoffte, dass Richard nicht mehr zu ihr käme, doch er ritt zu ihr heran.

«Vielleicht sehe ich dich heute zum letzten Mal», sagte er leise, «ich möchte dir ein Andenken schenken ...» Er streifte einen breiten goldenen Ring vom Finger und hielt ihn Margaretha hin. Sie rührte sich nicht.

«Nimm ihn, bitte!», drängte Richard.

«Nein. Begreifst du deinen Hohn nicht, mit dem du mir ausgerechnet einen Ring schenken willst?»

«So war es nicht gemeint. Nicht höhnisch. Niemals.»

«Du weißt, dass ich dich vergessen will. Ohne das geringste Andenken.»

Er wollte ihr den Ring in die Hände legen, doch sie trat zurück und das Schmuckstück fiel in den Staub zu ihren Füßen. Richard schien noch etwas sagen zu wollen, hielt sich jedoch zurück. Er wandte sein Pferd zur Seite und ritt davon, ohne sich noch einmal umzudrehen. Auch die Kutsche setzte sich in Bewegung. Nacheinander verschwanden sie um die Wegbiegung, und nur noch das Klappern der Hufe und das Rasseln der Räder war zu vernehmen.

«So», sagte Sophia, «nun sind sie fort. Und du, Margaretha, darfst jetzt nie wieder an Richard denken!»

«Ich werde nie wieder an ihn denken», erwiderte Margaretha. Ihre Augen blieben trocken, aber es war ihr, als weinte ihr Herz. Niemals hatte sie Richard so verzweifelt geliebt, wie in diesem Moment, da er so entschlossen und rücksichtslos von ihr ging.

9

Der Sommer des Jahres 1620 war entsetzlich kalt. Es regnete häufig und Jaroslaw war ständig damit beschäftigt, Brennholz herbeizuschaffen, um die großen Öfen im Schloss zu heizen. Er bemühte sich, beiden Mädchen den Aufenthalt so angenehm wie nur möglich zu machen, wozu seine Liebe zu Margaretha ebenso viel beitragen mochte wie seine Scheu vor Sophia. Auch Lioba arbeitete viel, hier wusste Margaretha allerdings sicher, dass es um Sophias willen geschah. Dem katholischen Gast gegenüber zeigte sich die Alte ebenso kalt wie am ersten Tag, doch leuchteten ihre

Augen jetzt boshaft und hämisch dabei. Vor ihr verriet Margaretha nicht die geringste Trauer wegen Richards Verhalten, aber auch in Sophias Gegenwart jammerte sie nicht. Sophia war nicht der Mensch, der zum Ausweinen ermutigte. Heimlich aber hatte Margaretha Richards Ring aufgehoben und trug ihn an einem Band um den Hals. Sie fand dies selbst unvernünftig, aber in den Wochen nach der Abreise der Familie kreisten ihre Gedanken ohnehin fast ausschließlich um den treulosen Geliebten. Über ihren vielen Grübeleien wäre sie sicher in schreckliche Stimmungen verfallen, wenn nicht Sophia so viel geredet hätte. Mit scharfer Zunge und ohne Hemmungen zog sie über die Menschen ihrer Umgebung her, oftmals so treffend und komisch, dass Margaretha lachen musste. Sophia brachte sie auch dazu, jeden Tag und bei jedem Wetter spazieren zu gehen. Oft verließen sie sogar den Schlosspark, und Sophia zeigte Margaretha einige umliegende Höfe, deren Bewohner für die Tscharninis arbeiteten und ihnen zum großen Teil in Leibeigenschaft angehörten. Durch das viele Laufen wurde Margaretha müde und war froh, abends schnell einschlafen zu können. Vor der Dunkelheit fürchtete sie sich am meisten, denn dies war die Zeit, da alle düsteren und traurigen Gedanken herbeidrängten und die Erinnerung sie wieder einholte.

Der Juli ging dahin und auch der August. Die Gerüchte um einen bevorstehenden Kampf um Prag verdichteten sich. Das Heer des Herzogs Maximilian kam näher; es zog durch Österreich, und man berichtete, dass die Soldaten das Land grausam verwüsteten, in der Bevölkerung plünderten und mordeten. Graf Spinola, der Spanier, hatte die Pfalz erreicht und besetzte Mainz. Überall im Reich schienen sich Unruhe und Krieg auszubreiten, und viele Menschen lebten in der ständigen Bereitschaft zur Flucht.

«Du wirst natürlich nicht nach Hause reisen», sagte Sophia zu Margaretha, «auch wenn meine Mutter wollte, dass du im Herbst nach Bayern zurückkehrst. Es hieße, den Tod herauszufordern, sich jetzt zwischen all den Truppen hindurchzuschlagen. Du bleibst hier, wenn nötig bis zum nächsten Frühjahr!»

«Ja, etwas anderes kann ich kaum tun», meinte Margaretha zögernd, «sowieso fürchte ich …»

«Du hast Angst vor deiner Familie, nicht? Schon deshalb ist es gut, wenn du wartest.»

Zu Margarethas Kummer kam die Zeit immer näher, da Sophia nach Prag zurückkehren musste. Mitte September traf eine Nachricht von Caroline ein, in der sie ihrer Tochter mitteilte, die Hochzeitsvorbereitungen seien beinahe abgeschlossen und Julius erwarte seine Braut sehnsüchtig.

«Er will mich schnell heiraten, weil er dann vielleicht in den Krieg muss», sagte Sophia. «Großartig, zwei Wochen nach der Hochzeit vielleicht schon wieder Witwe zu sein!»

Margaretha zuckte zusammen, doch dann sah sie am Gesicht ihrer Freundin, dass diese höhnischen Worte nur ihre Angst überdecken sollten.

Es wäre zwar schrecklich, dachte sie, aber dann hat Sophia den Mann, den sie liebt, doch wenigstens für kurze Zeit gehabt und konnte sich seiner Liebe sicher sein. So viel werde ich niemals besitzen.

Es war ein trauriger Abschied, als Sophia aufbrach. Sie hatte in der nahe gelegenen Stadt eine Kutsche gemietet und ließ sich zu ihrem Schutz von Jaroslaw begleiten. So musste Margaretha mit Lioba allein zurückbleiben, eine Vorstellung, die ihr Unbehagen verursachte.

Sophia versprach, bald wieder nach ihr zu sehen, dann küssten die Mädchen einander, und wieder stand Margaretha auf dem kiesbestreuten Platz vor dem Schloss und winkte einem Wagen nach. Diesmal blieb sie wirklich allein zurück.

Die kalten, verregneten Septembertage musste Margaretha im Haus verbringen. Mit mürrischem Gesicht heizte Lioba jeden Morgen den Kamin im oberen Zimmer und ebenso schlecht gelaunt servierte sie die Mahlzeiten, an denen Margaretha jedoch nichts aussetzen konnte. Manchmal fühlte sie eine seltsame, abergläubische Furcht. In ihren Träumen sah sie Lioba als Unheil bringende, kichernde Hexe, die ihr nach dem Leben trachtete und unter geheimnisvollen Beschwörungsformeln giftige Kräuter ins Essen mischte, bevor sie es hinaufbrachte. Immer wenn Margaretha den ersten Löffel zum Mund führte, probierte sie vorsichtig, ob sie etwas Fremdes, Bitteres herausschmecken konnte, und dabei schimpfte sie innerlich auf ihre überreizte Phantasie. Einmal träumte sie, die Alte stehe neben ihrem Bett und berühre sie mit ihren dürren Fingern. Schreiend erwachte sie und setzte sich auf. Kalter Schweiß stand ihr auf der Stirn, und ihr Herz jagte, aber alles war dunkel und ruhig. Sie legte sich wieder hin, doch es dauerte lange, bis sie einschlafen konnte.

Ende September drang Tilly mit seinem Heer in Böhmen ein. Er schien vorzuhaben, in gerader Linie auf Prag zuzumarschieren. Margaretha, die sich bislang wenig um die Gefahr gekümmert hatte und sie nur dankbar als einen Grund sah, nicht abreisen zu können, wurde nun auch von Unruhe ergriffen. Die Nachrichten verbreiteten sich schnell. Bauern, die zum Schloss kamen, um Gemüse und Eier abzuliefern, berichteten, wie grauenvoll die Truppen auf ihrem Vormarsch hausten. Wo immer sie gewesen waren, hatten sie Verwüstungen hinterlassen.

«Ja, was erwartet ihr, es sind Bayern», meinte Lioba boshaft. Margaretha biss sich auf die Lippen. Sie fand ihre Lage abscheulich, und sie wusste, dass sie nicht einmal von der Tatsache Schutz erhoffen durfte, dass die Feinde ihre eigenen Landsleute waren. Vermutlich würde man ihr gar nicht glauben, dass sie selbst aus Bayern stammte, und ihr wohl gar nicht erst zuhören.

Im Oktober erhielt Margaretha einen Brief von Sophia. Sie beschrieb ihre Hochzeit als ein glanzvolles Fest, jedoch bereits überschattet von den drohenden Ereignissen. Es sei wunderschön, mit Julius zu leben, schrieb sie, und sie fühle sich sehr glücklich. Doch am Ende des Briefes wurde sie ernst.

«Meine Liebe, ich bitte dich, verweile nicht zu lange im Schloss. Du hast dort überhaupt keinen Schutz. Ich meine nicht, dass du schon in unmittelbarer Gefahr schwebst, denn die Feinde sind noch weit fort, aber warte nicht bis zum letzten Moment! Komm mit Lioba nach Prag. Die Stadt wird verteidigt, aber selbst wenn wir den Kampf verlieren, wird es ordentliche Übergabebedingungen geben und der Bevölkerung wird kein zu großes Leid geschehen. Ich wohne leider mit Julius bei meiner Familie, so kann ich dich nicht aufnehmen, doch Friedrich lässt dir sagen, dass du noch immer gerne zu seiner Schwester kommen kannst. Sie freut sich auf dich!»

Margaretha war dankbar, dass sich Sophia so um sie sorgte. Aber noch wollte sie die Gastfreundschaft der fremden Frau nicht annehmen. Im Stall standen zwei starke Kutschpferde sowie ein neuer Wagen. Sie konnten jederzeit fliehen.

«Sie müssen wissen, wann es an der Zeit ist», sagte Lioba gleichmütig, als Margaretha ihr den Brief zeigte. Margaretha vermutete, dass die Alte keineswegs so gelassen war, wie sie tat, dass es ihr aber Spaß machte, das unsichere junge Mädchen mit dieser schweren Entscheidung allein zu lassen.

Nun, ich brauche ihren Rat und ihre Hilfe nicht, dachte Margaretha, ich komme auch ohne die alte Hexe zurecht.

Eines klaren, kalten Oktobertages, als die Bäume schon voll bunter Blätter hingen und die Wälder in allen Farben leuchteten, erschien ein Bauer im Schloss.

«Gnädiges Fräulein, raten Sie mal, was geschehen ist!», rief er freudestrahlend, als er Margaretha erblickte. «Die Bayern sind in der Gegend von Pilsen von General Mansfeld zurückgeschlagen worden! Prag ist gerettet!»

«Ist das wirklich wahr?» Margaretha wollte es kaum glauben, doch der Bauer beteuerte immer wieder, dass nun alle Gefahr ausgestanden sei.

«Vermutlich werden sich die Truppen bald ganz zurückziehen», meinte er, «es wäre wirklich schön, wieder ruhig schlafen zu können.»

«Dann können Sie ja noch vor dem Winter nach Bayern reisen, Fräulein», schlug Lioba hoffnungsvoll vor.

«Ich werde so lange warten, bis die Gefahr wirklich vorüber ist», erwiderte Margaretha kurz und zog sich zurück.

Es war der letzte sonnige Tag in jenem Jahr gewesen, dessen Sommer ihr mit seiner Kälte und Nässe schon zu schaffen gemacht hatte. Es begann zu regnen, fast ununterbrochen, und wenn es aufhörte, dann heulte und toste ein scharfer Wind. Als sollte der Winter bereits im Oktober hereinbrechen, glaubte Margaretha, Schnee in der Luft zu riechen, wenn sie morgens ihr Fenster öffnete. Die grauen Wolken legten sich auf ihr Gemüt, und oft stand sie stundenlang da und starrte ihnen nach, wenn sie sturmzerzaust über das Schloss hinwegzogen.

An einem dieser Tage saß Margaretha in ihrem Zimmer auf dem Bett. In einer Kommode hatte sie ein kleines weißes Stück Stoff gefunden, das irgendjemand mit Blumen zu besticken begonnen und dann wohl vergessen hatte. Nun war sie dabei, die abgebrochene Arbeit zu vollenden. Sie hatte für derlei Tätigkeiten nie viel übrig gehabt, aber jetzt vermittelte ihr das Handarbeiten eine willkommene Beschäftigung. Alles war besser als die endlose Langeweile. Margaretha schreckte hoch, als sie schnelles, hartes Hufgetrappel vor dem Haus hörte. Ein Reiter näherte sich in höchster Eile, aber sie konnte sich beim besten Willen nicht vorstellen, wer es sein könnte. Am Nachmittag kamen selten Bauern hierher und ohnehin niemals so eilig.

Margaretha stand rasch auf. Sie lief die Treppe hinauf und langte gleichzeitig mit Lioba an der Haustür an.

«Lioba, was ist passiert?», rief sie aufgeregt. Die Alte zuckte mit den Schultern.

«Woher soll ich das wissen? Wir werden es gleich erfahren.»

Die beiden Frauen traten hinaus. Direkt vor ihnen stand ein schaumbedecktes, schnaubendes Pferd, und auf seinem Rücken hing ein erschöpfter, atemloser Reiter. Margaretha erkannte in ihm den jungen Mann, der in einer Holzfällerhütte im tiefsten Wald lebte. Er war ihr immer durch sein fröhliches Wesen aufgefallen, doch in diesem Moment stand in seinem verzerrten Gesicht nichts als Angst.

«Gnädiges Fräulein», keuchte er, «packen Sie ein paar Sachen. Sehen Sie zu, dass Sie nach Prag kommen. In den Wäldern sind überall Feinde!»

«Was?!»

«Tillys Soldaten. Sie sind hier, und sie hausen wie die Barbaren. Nur eine befestigte Stadt kann uns noch schützen.»

«Aber ich verstehe das nicht! Sie wurden doch zurückgeschlagen!»

«Ein jämmerliches Gerücht, an dem nichts stimmt. Sie sind hier. Aber noch steht zwischen den verdammten Bayern und Prag das Heer von König Friedrich. Sehen Sie zu, dass Sie in die Stadt kommen!»

Margaretha fühlte, wie ihr schwindlig wurde vor Angst. Sie krallte sich an die Zügel des Pferdes und sah mit schneeweißem Gesicht zu dem Reiter auf.

«Nimm uns mit», bat sie, «wir können es allein nicht schaffen. Bitte, du musst uns nach Prag bringen!»

Der Mann schüttelte bedauernd den Kopf.

«Ich gehe nicht nach Prag», erwiderte er, «ich versuche, zu unseren Truppen zu gelangen und mich ihnen anzuschließen.»

«Aber, du lieber Gott, was soll dann aus uns werden?»

Der Reiter blickte mitleidig auf Margaretha herab. Er hatte nicht viel übrig für die reichen Leute, aber Fräulein von Ragnitz war immer so freundlich zu ihm gewesen. Er hätte ihr gern geholfen.

«In dieser Richtung liegt Prag», sagte er und wies mit dem Finger nach Nordosten, «Sie werden die Stadt schon erreichen, da bin ich sicher. Aber nun muss ich weiter!» Er hob grüßend die Hand und galoppierte so schnell, wie er gekommen war, wieder davon. Margaretha wandte sich um.

«Lioba, was sollen wir tun?», fragte sie atemlos. Lioba blieb ruhig.

«Wir packen die notwendigsten Sachen ein», befahl sie, «und dann machen wir uns auf den Weg. Ich weiß, wie wir nach Prag kommen!»

«Wirklich? Oh, Lioba, du Engel!» Margaretha stellte dankbar fest, dass die drohende Gefahr sie einander näher zu bringen schien. Lioba brauchte Margaretha jetzt ebenso wie das umgekehrt der Fall war, und das ließ sie zu Verbündeten werden.

«Gehen Sie hinauf, packen Sie Kleider und Decken zusammen», fuhr Lioba fort, «ich werde Essensvorräte suchen.»

«Ja, ja, natürlich!» Margaretha war schon an der Treppe, blieb aber noch einmal stehen.

«Wer spannt die Pferde ein?», fragte sie.

«Ich mache das schon. Ich gehe gleich in den Stall.»

Margaretha nickte und lief schnell in ihr Zimmer. Sie suchte die Reisetasche hervor, mit der sie vor einigen Monaten hier angekommen war und begann sie voll zu packen. Es handelte sich dabei zum Teil um ihre eigenen und zum Teil um Sophias Sachen, denn es schien ihr richtig, auch die Besitztümer der Freundin mitzunehmen und sie nicht der Plünderung zu überlassen. So raffte sie auch Schmuckstücke zusammen, ein Bündel Briefe und ein Miniaturbildnis Carolines, das am Fenster gestanden hatte. Das leichte Kleid, das sie trug, kam ihr zu fein vor für eine Flucht, so zog sie es aus und schlüpfte stattdessen in ihr altes, dunkles Reisegewand. Im Schrank fand sie einen Mantel, den sie umhängte. Hoffentlich hielt er sie ein wenig warm. Sie würde ihn brauchen bei dem entsetzlich feuchten und kalten Wetter, das draußen herrschte. Sie ergriff noch ein paar Wolldecken, mit denen sie vielleicht ein Lager im Wagen bauen konnten, um abwechselnd zu schlafen, falls es ihnen überhaupt gelänge, ein Auge zuzutun.

Das Packen und Umziehen hatte einige Zeit gebraucht, dennoch blickte sich Margaretha ein letztes Mal im Zimmer um. In den vergangenen Monaten war es ihr Zuhause gewesen, und trotz der vielen Tränen, die sie hier geweint hatte, hing sie daran. Sie hoffte von ganzem Herzen, die Soldaten würden das Schloss nicht plündern oder gar niederbrennen. Vielleicht kehrte sie ja irgendwann einmal zurück.

«Falls ich Prag lebend erreiche», sagte sie halblaut zu sich selbst.

Allein bei dem Gedanken, sich in die dunklen Wälder zu wagen und unbekannten Gefahren zu begegnen, stockte ihr fast das Blut in den Adern. Nur sie und Lioba, allein, ohne jeden Schutz, verzweifelt darauf angewiesen, nicht entdeckt zu werden. Denn wer wusste, wie weit sich die feindlichen Soldaten bereits verstreut hatten, ob nicht schon auf dem Weg nach Prag vereinzelte Truppen standen.

Margaretha nahm ihre Tasche und eilte die Treppe hinauf. Hoffentlich war Lioba fertig. Die Zeit drängte und ihre Lage wurde immer gefahrvoller. Sie mussten sofort los.

Unten im Haus herrschte Stille. Margaretha rannte durch die Gänge, unheimlich hallten ihre Schritte.

«Lioba!» Sie bekam keine Antwort. Nur das Hämmern eines Spechtes drang hohl aus dem Wald. Margaretha trat in die Küche. Sie war sauber aufgeräumt, das Feuerholz sorgfältig neben dem Herd aufgeschichtet, der Fußboden ordentlich gewischt. Der große Weidenkorb, der sonst in der Ecke an der Wand hing, fehlte.

«Lioba!», rief Margaretha, und als immer noch alles still blieb, schrie sie lauter: «Lioba! Lioba, wo bist du? Gib Antwort!»

Von einer plötzlichen, rasenden Angst erfüllt, machte Margaretha kehrt und rannte den Flur zurück bis zur Haustür. Lioba musste im Stall bei den Pferden sein. Der Kies knirschte unter Margarethas Füßen. So schnell sie konnte, lief sie auf den Stall zu. Eine Tür stand offen. Schwer atmend blieb sie stehen.

«Lioba!»

Ihre Augen gewöhnten sich nicht sofort an das Dämmerlicht. Der Stall war nicht groß und ganz aus Feldsteinen gebaut. Er war wunderbar gemütlich, gefüllt mit duftendem Heu und knisterndem Stroh und dem vertrauten Pferdegeruch. Es fiel wenig Licht durch das Fenster, aber deutlich war zu erkennen, dass nur noch ein Pferd an der Futterkrippe stand und dass der hölzerne Wagen verschwunden war. Noch langsamer als ihre Augen vermochte Margarethas Verstand zu begreifen, was geschehen war. Ein Pferd und der Wagen fort, und keine Spur von Lioba. Das konnte nicht sein; der furchtbare Gedanke, der sich ihr aufdrängte, durfte doch nicht wahr sein!

«Lioba!», schrie sie. In ihrer Hysterie schlug ihre Stimme über und wurde zum schrillen Kreischen.

«Lioba! Lioba! Lioba!» Sie wollte es nicht glauben. Sie lief um den Stall herum, sie lief zum Haus zurück. Kopflos in ihrer Panik jagte sie von Zimmer zu Zimmer, riss alle Türen auf, schrie nach der Dienerin. Schweigende, kalte Räume blickten ihr entgegen. Das einzig Lebendige war eine kleine Maus, die erschrocken in einer Mauerritze verschwand. Durch irgendeines der Zimmer gelangte Margaretha wieder hinaus. Erschöpft lehnte sie sich gegen die Hauswand. Es hatte zu regnen begonnen und dicke, schwere Tropfen schlugen ihr ins Gesicht. Sie bemerkte es kaum. Langsam begriff sie, dass sie von Lioba im Stich gelassen worden war, dass die alte Hexe sich heimlich aufgemacht und Margaretha ihrem Schicksal überlassen hatte. Vor Angst und Ausweglosigkeit begann sie hemmungslos zu weinen, stand wie gelähmt im heftiger werdenden Regen, war unfähig, ihre Kräfte zu sammeln und ihren Verstand wieder einzuschalten.

«Richard», schluchzte sie, «ach, Richard, hilf mir doch. Hilf mir doch!»

Neben ihr erhob sich ein großer Vogel von der hohen Mauer und flog kreischend davon. Entsetzt schrie Margaretha auf. Ihre Nerven waren bereits so schwach, dass sie überall Feinde sah und barsche Stimmen hörte. Aber der eigene laute Schrei brachte sie wieder zur Vernunft. Ihr Herzschlag beruhigte sich etwas, und ihre Gedanken ordneten sich. Sie konnte nicht hier stehen bleiben, sie musste fort. Lioba konnte noch nicht allzu weit sein, vielleicht gelang es ihr, sie einzuholen. Margaretha eilte zurück in den Stall. Wo befanden sich nur Sattel und Zaumzeug? Ließ sich so ein Kutschpferd überhaupt reiten? Sie entdeckte eine Trense und einen Sattel und schleppte beides mühsam heran. Sie wusste nicht einmal, wie das Pferd hieß, aber sie konnte es «Varus» nennen, so hatte einmal ein Hengst ihres Vaters geheißen.

«Varus, komm, nimm das hier ins Maul!» Varus sträubte sich beharrlich gegen die Trense. Er biss seine harten gelben Zähne aufeinander, warf eigenwillig den Kopf zurück, trat unruhig auf der Stelle und schnaubte.

«Bitte, bitte, mach mir doch keine Schwierigkeiten!» Margaretha brach schon wieder in Tränen aus. Sie lehnte ihr nasses Gesicht gegen den warmen Hals des Pferdes. Varus brummte behaglich. Wie von Mitleid ergriffen, öffnete er plötzlich sein Maul, und es gelang Margaretha, die Trense anzulegen. Nun blieb nur noch der Sattel. Für welches Pferd er auch immer gedacht war, es musste winzig sein. Auf Varus' breitem Rücken schwebte er weit oben, und natürlich war der Gurt nicht zu schließen. Margaretha gab diese Bemühung auf. Sie musste eben ohne Sattel reiten, vielleicht kam sie auf diese Weise sowieso schneller voran. Sie ergriff Varus' Zügel, um ihn dicht an eine Mauer zu führen. Von dort aus kletterte sie mit einiger Mühe auf das Pferd, ängstlich erwartend, es werde sie wieder abwerfen. Aber Varus blieb geduldig stehen, als sei er in seinem Leben schon oft geritten worden. Margaretha nahm die Zügel auf. Vor sich hielt sie ihre Tasche, auf die sie gut aufpassen musste. Wenn sie herabfiele, würde es gefährlich für sie, da sie ohne Hilfe kaum wieder aufsteigen konnte.

«Komm, Varus, lauf!» Sie trieb ihn vorwärts. Erleichtert stellte sie fest, dass er sich nicht wehrte. Mit großen, schaukelnden Schritten stapfte er den Berg hinauf, wobei er trotz des nassen Grases und des glitschigen Laubs kein einziges Mal stolperte. Margaretha war noch nie ohne Sattel geritten. Am Anfang machte es ihr noch Mühe, das Gleichgewicht zu halten, aber da sie sonst eine gute Reiterin war, konnte sie sich endlich dem Rhythmus anpassen und brauchte sich nicht länger krampfhaft an der Mähne des Pferdes festzuhalten. Sie empfand die ganze Situation wie einen entsetzlichen Albtraum. Wie in einem bösen Märchen fühlte sie sich, allein in einem riesigen Wald, belauert von furchtbaren Gefahren, ganz und gar von jedem Menschen verlassen. Diese Verlassenheit war so fremd für sie. Margaretha von Ragnitz hatte sich in ihrem ganzen Leben noch nie schutzlos fühlen müssen. Immer waren Menschen da, zuerst in der Familie, später im Kloster, die sie behüteten, sich um sie kümmerten und sorgten. Ganz selbstverständlich hatte sie das entgegengenommen, und wie ein böses Erwachen kam es ihr nun vor, allein zu sein und zu wissen, dass niemand sie retten würde, dass niemand bemerken würde, wenn ihr etwas geschah.

«Ach, wenn doch wenigstens Angela hier wäre», stöhnte sie. Fast wäre sie lieber umgekehrt und hätte auf Schloss Tscharnini der Dinge geharrt, die kommen sollten. Es erschien ihr weniger schrecklich, als durch die Wälder zu irren und darauf zu warten, dass plötzlich Fremde auftauchen würden. Aber durch ihre Angst hindurch spürte Margaretha, wie ihr Verstand wieder klarer wurde und sich der Wille in ihr durchsetzte, alles zu versuchen, um heil nach Prag zu kommen.

Margaretha hatte den Fuß des Berges erreicht. Ihr fiel mit einem Mal auf, dass sie trotz der aufgeweichten Erde keine Wagenspuren auf ihrem Weg gesehen hatte. Lioba konnte nicht hier entlang gekommen sein, sie musste sich nach der anderen Seite aufgemacht haben. Dies erklärte auch, warum Margaretha keine Geräusche im Kies gehört hatte, die der schwere Wagen sicher verursacht hätte, und es machte ihr außerdem deutlich, dass sie die Dienerin wohl kaum noch einholen konnte. Sie würde die nordöstliche Richtung einschlagen, in die der junge Holzfäller vorhin gezeigt hatte, in der schwachen Hoffnung, auf diese Weise irgendwann nach Prag zu gelangen.

Varus trottete gleichmütig voran. Er konnte nicht schnell laufen, dazu war es zu nass. Aber mit gesenktem Kopf schritt er ohne Zögern durch Äste, Büsche und Sträucher, schien weder Dornen zu spüren noch den ewigen, harten Regen, den die Bäume kaum abfingen. Margaretha war zutiefst dankbar für die ruhige Zuverlässigkeit des Pferdes. Ein nervöses Tier hätte ihre Kräfte endgültig überfordert. Oft musste sie, um dem Dickicht auszuweichen, ihren Oberkörper ganz flach nach vorn legen. Dann verbarg sie ihren Kopf in der Mähne des Pferdes, und eine tröstende Ruhe ging von dem warmen Fell aus. Immer wieder dachte sie: Wenn du mich sicher nach Prag trägst, dann trenne ich mich, so lange du lebst, nicht von dir, das verspreche ich. Und wenn ich hungern müsste, ich teilte alles mit dir!

Es gab keinen richtigen Weg, dem Margaretha folgen konnte, nur einen kaum erkennbaren, schmalen Pfad, der ungefähr in die richtige Richtung zu führen schien. Sie wollte nicht nach einem breiten Weg suchen, da dort die Möglichkeit, Soldaten zu treffen, noch größer war.

Nach etwa einer Stunde lichtete sich der Wald und Margaretha stand vor einem kleinen Gehöft. Sie kannte das Haus von einem Spaziergang mit Sophia und wusste auch, wer die Bewohner waren. Einen kurzen Moment lang schlug ihr Herz freudig schneller, weil sie hoffte, die Familie wäre noch nicht geflohen und sie könne sich ihr anschließen. Aber im Näherkommen bemerkte Margaretha, dass alle Fensterladen geschlossen waren, kein Vieh sich in den Ställen regte und kein Rauch aus dem Schornstein kam. Die Bauern waren bereits fort, niemand war zurückgeblieben. Margaretha stiegen vor Enttäuschung Tränen in die Augen. Sie wollte schon weiter, als sie einen leisen, klagenden Laut vernahm. Sie blickte sich um und sah vor der Haustür ein winziges schwarzweißes Kätzchen, das schwach und matt auf dem Boden lag. Es konnte erst ein paar Tage alt sein.

Trotz ihrer Angst rutschte Margaretha von Varus herab und trat auf das Kleine zu. Mitleidig hob sie es auf. Es war nicht größer als ihre Hand.

«Du Armes», flüsterte sie, «hab keine Angst, jetzt bin ich ja da.»

Das Kätzchen maunzte und leckte mit seiner kleinen Zunge über Margarethas Hand. Es hatte Hunger, doch im Augenblick gab es nichts, womit sie es hätte füttern können. Margaretha öffnete ihre Tasche und legte das weiche Fellbündel auf ihre Kleider. Sie wollte es mitnehmen, dann starb es doch wenigstens nicht auf diesem kalten, einsamen Hof.

Durch den stärker werdenden Regen setzte sie ihren Ritt fort. Sie hatte nur noch die Hoffnung, auf Menschen zu stoßen, die sie mitnahmen. Allein, das wusste sie immer sicherer, konnte sie die fremde, ferne Stadt nicht erreichen.

10

Als es Nacht wurde, fühlte sich Margaretha am Ende ihrer Kräfte und ihres letzten verzweifelten Mutes angelangt. Sie konnte beinahe nichts mehr sehen in dem dichten Wald, der Regen hämmerte auf sie ein. Es schien ihr, als sei sie bereits halb tot, und nur noch dumpf spürte sie die Angst vor den Feinden; sie verblasste immer mehr hinter der augenblicklichen Wirklichkeit. Es war Margaretha beinahe gleichgültig, ob sie auf fremde Soldaten stieße oder nicht und welche Gefahren noch in den Wäldern lauerten. Mit überwältigender Sehnsucht verlangte es sie nur nach Wärme und Trockenheit, nach irgendeinem Ort, wo sie ihren schmerzenden, stechenden, pochenden Kopf niederlegen und ihrer ausweglosen Situation entschlafen konnte. Was je sie an Kraft besessen haben mochte, war verbraucht. Auch Varus wirkte erschöpft. Er konnte den Weg, der von Gestrüpp überwuchert war, nicht mehr erkennen, und er war seit dem Mittag auf den Beinen. Zwar hatte er zwischendurch etwas Gras fressen können, aber Kälte und Nässe mussten auch ihn quälen. Es war besser, ihn nicht zu überanstrengen. Da Margaretha selbst nicht weiterkonnte, beschloss sie anzuhalten und sich auszuruhen.

«Bleib stehen, Varus», bat sie. Ihre Stimme genügte, das Pferd anhalten zu lassen. Es tat keinen Schritt mehr, sondern ließ nur den großen Kopf schwer herabhängen.

Mit steifen Gliedern rutschte Margaretha von seinem Rücken und kam weich im nassen Laub auf. Einige Augenblicke stand sie ganz still, weil jede Bewegung Kälteschauer durch ihren Körper laufen ließ und weil sie sich so elend fühlte. Dann griff sie vorsichtig in ihre Tasche. Sie spürte den Pelz der Katze und ihren regelmäßigen Atem. Gott sei Dank hatte sie wenigstens bis jetzt überlebt.

Margaretha stellte die Tasche unter eine große Fichte, die den Regen weitgehend abhielt. Sie ging zu Varus zurück, um ihm das Zaumzeug abzunehmen. Er würde sicher nicht weglaufen, und es war bequemer für ihn ohne die harte Trense im Maul. Es machte ihr in der Dunkelheit einige Schwierigkeiten, die vielen Schnallen und Schnüre zu lösen; ihre Hände waren klamm und das Leder hart. Sie sprach leise zu dem Pferd und rieb hin und wieder ihre Wange an seiner Nase. Sie war so dankbar für seine Gegenwart und Treue.

Margaretha nahm ihre Tasche und kroch schwerfällig tiefer in das Dickicht hinein. Ihre Kleider, vollgesogen mit Nässe, schienen ihr bleischwer. Zweige und Blätter schlugen ihr ins Gesicht, Wasser floss ihren Rücken hinab wie ein eisiges Rinnsal. Diese Kälte war das Schlimmste.

Ich werde sterben, dachte sie fast gleichgültig, ich werde vor Kälte sterben, und vielleicht merke ich es gar nicht. Ich schlafe ein und wache niemals wieder auf.

Sie fand einen hohen, dicht belaubten Baum, unter dem es ihr nicht so nass schien wie an allen übrigen Stellen. Sie lehnte sich dagegen und rutschte langsam mit dem Rücken am Stamm entlang zur Erde, bis sie auf dem Boden kauerte. Mit beiden Armen umklammerte sie ihre Beine. Wenn sie nur die Wolldecken mitgenommen hätte! Aber die waren bei ihrem überstürzten Aufbruch irgendwo im Schloss liegen geblieben.

Margaretha legte ihr Gesicht auf die Knie. Sie fragte sich, ob je ein Mensch so sterbensmüde und elend gewesen war wie sie jetzt. Sollte dies das Ende ihres Weges sein, den sie damals in jener Nacht an Richards Seite so hoffnungsfreudig betreten hatte und auf dem inzwischen so viele Träume zerbrochen waren? War es ihr bestimmt, unter einem Baum im Wald zu sterben, von keinem Menschen beachtet? Wenn sie jetzt stürbe, würde Richard es dann erfahren, und was würde es ihm bedeuten?

Margaretha versuchte sich vorzustellen, was er gerade tat. Vielleicht zog er mit dem böhmischen Heer den bayerischen Truppen entgegen und musste diese Nacht auch im Freien verbringen. Dann hatte er aber doch ein Feuer, an dem er sich die Hände wärmen konnte, Kameraden, die mit ihm sprachen und irgendetwas zu essen. Margaretha hatte natürlich nicht daran gedacht, sich Verpflegung mitzunehmen.

Die Katze miaute leise. Margaretha hielt ihr einen Finger hin, an dem sie eifrig leckte. Sie begann kaum hörbar zu schnurren. Margaretha lächelte. Das Vertrauen des Kätzchens rührte sie. Zum ersten Mal suchte ein Wesen Schutz bei ihr, und nicht sie konnte in die Arme eines Stärkeren flüchten. Sie lauschte eine Weile dem Schnurren und wollte gerade aufstehen, um Arme und Beine zu bewegen, als ein fremdes Geräusch an ihr Ohr drang. Sie meinte, in einiger Entfernung das harte Knacken eines Astes vernommen zu haben, aber da es wieder ruhig wurde, glaubte sie sich getäuscht zu haben. Doch in diesem Moment wieherte ein Pferd, und es war zweifellos nicht Varus.

Margaretha sprang auf, blieb ohne Regung stehen. Mit aufgerissenen Augen starrte sie in die Dunkelheit. Wer kam da, wie viele kamen, und: Waren es Feinde? Sie hörte ein Brausen in ihren Ohren, zugleich schien ihr wild hämmerndes Herz fast zu zerspringen. Sie musste sich verstecken, sie musste tief, tief ins Gebüsch kriechen. Aber Varus stand dort irgendwo, sicher bereit, das fremde Pferd freudig zu begrüßen. Wenn die Feinde ihn fanden, dann wussten sie, dass jemand in der Nähe war und durchkämmten vielleicht das Dickicht.

Lieber Gott, hilf mir, betete Margaretha lautlos, o bitte, rette mich. Vergib mir alle meine Sünden und verlasse mich jetzt nicht!

So leise wie möglich tastete sie sich um den Baum herum. Sie konnte so wenig sehen und wusste nicht, aus welcher Richtung die Gefahr kam, ob sie vor ihr weg- oder ihr entgegenlief. Deutlich vernahm sie Hufschläge und abermals ein kurzes Schnauben. Ganz offensichtlich handelte es sich um nur ein Pferd, es konnte aber auch eine Vorhut sein.

Margaretha verhielt sich ganz ruhig. Es war nicht anzunehmen, dass der Fremde unmittelbar an ihr vorbeiritt, und wenn sie still blieb, konnte er sie ebenso wenig sehen wie sie ihn. Aber in diesem Augenblick wieherte Varus laut und deutlich. Sofort blieb das andere Pferd stehen. Margaretha stellte sich vor, wie der Reiter nun ebenfalls angespannt in die Dunkelheit lauschte und die Gefahr auszumachen versuchte. Handelte es sich um einen Soldaten, so besaß er wesentlich mehr Erfahrung in solchen Situationen als sie selbst. Vielleicht schlich er sich jetzt schon an sie heran. Es war entsetzlich, dazustehen und darauf zu warten, dass eine Hand sich von hinten um ihren Hals schlingen und kaltes Eisen ihre Haut berühren könnte. Margaretha hatte solche Angst, dass sie sich, um diesem Schrecken zu entgehen, fast lieber bemerkbar gemacht und ergeben hätte. Doch gelähmt lehnte sie an ihrem Baum, starrte in die Dunkelheit, sah Schatten, von denen sie nicht wusste, ob sie Einbildung oder Wirklichkeit waren. Sie meinte, vor Angst ohnmächtig werden zu müssen, und hielt sich nur mit Mühe aufrecht.

Er kann sich nicht heranschleichen, denn ich würde ihn hören, sagte sie sich, doch das stimmte nicht ganz. Der eben noch stille Wald schien plötzlich lebendig zu werden. Der Regen plätscherte, Zweige und Äste knackten, eine Maus raschelte durch das Laub. Und irgendwo dort in der schwarzen Nacht verharrte bewegungslos ein Reiter und wartete auf eine Bewegung seines Opfers. Obwohl Margaretha sich dessen bewusst war, beging sie den Fehler rasch. Wegen ihrer schmerzenden Muskeln verlagerte sie ihr Gewicht vorsichtig von einem Bein auf das andere. Dabei trat sie auf einen Ast, der laut knackend brach. Mit angehaltenem Atem stand sie wieder still. Nun musste jeder ihren Standort kennen.

Da hörte sie schon den schnellen Trab eines Pferdes und

ein Schnauben. Sie presste sich dichter an den Baum und überlegte entsetzt, was dies bedeutete und warum sich der Fremde auf einmal gar nicht mehr scheute, seine Anwesenheit zu verraten. Plötzlich fühlte sie sich am Arm gepackt und zur Seite gerissen, eine harte Hand hielt sie umklammert und eine Stimme rief barsch:

«Wirf dein Schwert weg!»

Margaretha schrie auf. Sie war zu Tode erschrocken, gleichzeitig löste sich aber der fürchterliche Krampf der letzten Minuten. Wenigstens stand sie nun der Gefahr unmittelbar gegenüber. Offenbar hatte der Schrei ihren Gegner irritiert. Bereits etwas sanfter drehte er sie zu sich herum. Schwach konnte Margaretha einen Mann erkennen, der vor ihr stand und sie ansah.

«Wer sind Sie denn?», fragte er. Glücklicherweise sprach er Deutsch, und das auch ohne jede fremdländische Färbung. Seine tiefe Stimme klang etwas kratzig, so als sei er erkältet.

«Ich bin auf dem Weg nach Prag», sagte Margaretha. Sie zitterte am ganzen Körper, vor Kälte und wegen des ausgestandenen Schreckens. Und doch war es gut, dass die Gefahr endlich ihre Unwirklichkeit verloren hatte.

«Sind Sie ganz allein?», fragte der Fremde ungläubig. Er ließ sie endlich los. Margaretha legte beide Arme um ihren Körper, um das Zittern zu verbergen, aber es gelang ihr nicht. Ihre Zähne schlugen laut klappernd aufeinander.

«Ja, ich bin allein», erwiderte sie, «wirklich, es ist niemand sonst hier. Ich … ich war auf einem Schloss bei Rokitzan. Meine … Verwandten sind längst in Prag.» Zu ihrem eigenen Entsetzen begann sie zu weinen.

«Ich habe Sie wohl furchtbar erschreckt», meinte der Mann, «bitte, weinen Sie nicht. Sie müssen keine Angst haben!»

«Es tut mir leid.» Margaretha wischte sich mit den Händen über das Gesicht. «Ich glaube, ich bin ein bisschen überempfindlich», sagte sie.

«Das würde mich nicht wundern. Wie lange sind Sie denn schon unterwegs?»

«Seit heute Mittag.»

«Haben Sie seitdem etwas gegessen?»

«Nein.»

«Sie müssen sehr hungrig sein und völlig übermüdet. Ich habe etwas zu essen in meinen Satteltaschen. Ich werde es holen.» Er wollte gehen, drehte sich aber noch einmal um und griff nach Margarethas Hand.

«Warum zittern Sie denn so?», fragte er freundlich. «Haben Sie etwa immer noch Angst?»

«Nein, es ist nur die Kälte.»

«Sie sind ganz nass, nicht wahr? Sie sollten sich umziehen. Haben Sie trockene Kleider bei sich?»

Margaretha sah auf die durchweichte Tasche.

«Vielleicht ganz innen eines, das trockener ist als das, was ich anhabe.» Sie lächelte unter Tränen. «Und ein Kätzchen trage ich auch noch mit mir herum.»

«Wirklich? Nun, ziehen Sie sich schnell um. Ich werde Ihnen dann eine Decke geben, die Sie vor dem Regen schützen wird.»

«Vielen Dank. Das ist sehr nett von Ihnen», murmelte Margaretha. Der Fremde lächelte. Er hatte einen Feind erwartet und sah sich nun einem schmutzigen, nassen, frierenden Mädchen gegenüber. In der Dunkelheit konnte er nicht allzu viel von ihr erkennen, aber er bemerkte, dass sie fast noch ein Kind sein musste.

«Ich hole jetzt die Decke», sagte er und verschwand zwischen den Bäumen. Margaretha griff in die Tasche und hob vorsichtig die Katze heraus. Sie setzte sie auf den Waldboden, wo sie als schwaches kleines Bündel liegen blieb.

Margaretha fand tatsächlich ein Kleid, das ihr noch halbwegs trocken schien. So schnell wie möglich begann sie sich umzuziehen. Es war nicht leicht, den nassen Stoff vom Körper zu streifen, und es wurde grauenhaft kalt. Sie konnte nicht aufhören zu zittern. Als sie sich wieder anzog, brauchte sie dafür doppelt so lange wie gewöhnlich. Doch sie fand es wundervoll, wieder etwas Trockenes am Leib zu haben, und sie freute sich schon fast, dass dieser Mann aufgetaucht war. Margaretha fühlte sich zu elend, um noch darüber nachdenken zu können, ob er nicht doch eine Gefahr für sie werden könnte. Im Augenblick schenkte er ihr, was sie am meisten ersehnte: Wärme, Nahrung und eine menschliche Stimme.

Sie hatte gerade die Katze wieder eingepackt, als der fremde Soldat auftauchte. Er reichte ihr eine große Decke.

«Legen Sie die um Ihre Schultern», befahl er, «sie wird Sie warm und einigermaßen trocken halten.»

Margaretha wurde nicht sofort warm, aber ein Gefühl der Geborgenheit und Hoffnung überkam sie. Von dem Mann ging etwas aus, das ihr Vertrauen weckte, und voll Dankbarkeit spürte sie die schwere Bürde der Verantwortung für ihr Leben von sich abgleiten. Nun konnte er sich darum kümmern, dass sie nicht erfror und von Feinden überfallen wurde. Ob er wollte oder nicht, er musste sie jetzt beschützen.

«Bitte, folgen Sie mir», sagte er, «ich habe dort hinten einen Platz entdeckt, der uns besser vor dem Regen schützen wird.»

«Oh, das ist wunderbar. Aber ich muss noch mein Pferd holen.» Margaretha blickte angestrengt in die Dunkelheit.

«Va…», rief sie laut, aber ehe sie das Wort beenden konnte, war der Fremde neben ihr und presste seine Hand auf ihren Mund.

«Still!», zischte er. Dann ließ er sie wieder los. Margaretha sah sich um.

«Was ist denn?», fragte sie verstört.

«Merken Sie sich bitte eines: In diesen Zeiten sollte man niemals nachts quer durch einen Wald schreien. Das kann unangenehme Folgen haben.»

«Meinen Sie, dass Feinde in der Nähe sind?»

An dem Aufblitzen seiner Zähne bemerkte sie, dass er lächelte.

«Wen verstehen Sie denn als Feind?», fragte er.

«Nun, die Bay…» Sie brach erschrocken ab.

«Die Bayern?», ergänzte er. «Sie sind eine Anhängerin von König Friedrich?»

«Ja, das heißt eigentlich …» Sie wusste nicht recht, was sie sagen sollte. Der Mann war kein Bayer, das hörte sie an seiner Aussprache, aber wahrscheinlich war er ein Gegner Friedrichs.

«Sehen Sie nicht so ängstlich drein», meinte der Fremde, «glauben Sie, ich töte Sie jetzt, wenn ich erfahre, dass Sie auf einer anderen Seite stehen als ich?»

«Nein.»

«Gut, dann hören Sie auf, sich zu fürchten. Ich werde Ihr Pferd später holen.»

Er ging vor ihr her, und Margaretha folgte ihm. Ihre Müdigkeit war so groß, dass sie nicht einmal mehr darüber nachdenken mochte, wer der Fremde wohl sei und was er in dieser Gegend zu tun hatte. Willenlos stolperte sie hinter ihm her und dachte nur einmal kurz, wie merkwürdig es sei, dass er seinen Weg trotz des vielen Gestrüpps und der Dunkelheit so sicher fand. Irgendwann sagte er plötzlich:

«Ducken Sie sich!», und zog sie hinauf. Sie gelangten in eine schützende Höhle von drei dicht beieinander stehenden Fichten. Es war trocken dort, auch mussten einige untere Äste entfernt worden sein, denn es gab genügend Platz. Margaretha seufzte erleichtert.

«Wie haben Sie das nur gefunden?», fragte sie.

«Ich kenne die Höhle von früher», erwiderte der Fremde. Hier herrschte eine solche Dunkelheit, dass Margaretha überhaupt nichts mehr von ihm sehen konnte. Nur seine Bewegungen nahm sie noch wahr.

«Wickeln Sie sich in Ihre Decke und schlafen Sie», sagte er, «wir haben morgen noch ein ganzes Stück vor uns.»

«Sie kommen wirklich mit nach Prag?»

«Natürlich. Ich will selbst dorthin. Aber jetzt schlafen Sie. Ich kümmere mich um Ihr Pferd.»

«Wissen Sie, wo es ist?»

«Aber ja. Es hat laut genug gewiehert.»

Margaretha hörte Laub rascheln, der Mann entfernte sich. Sie tastete nach ihrer Tasche, hob das Kätzchen heraus und presste es dicht an sich.

«Du sollst dich nicht fürchten allein in der Dunkelheit», flüsterte sie. Es war der letzte klare Gedanke, den sie in dieser Nacht fasste. Im Hinwegdämmern dachte sie bloß noch verschwommen an Richard, aber dann war schon der Schlaf da, und die Wirklichkeit mit ihrer Angst und ihrer Unsicherheit verblasste.

Obwohl der vergangene Tag so mühevoll und aufregend gewesen war, erwachte Margaretha früh. Das ungewohnt harte Lager und bewegte Träume hatten sie nur unruhigen Schlaf finden lassen, und fast widerwillig öffnete sie ihre Augen. Ihr war nicht kalt, aber ihre Glieder schmerzten und das Genick war steif geworden. Leise stöhnend richtete sie sich auf, befühlte vorsichtig ihren Körper. Wie sollte sie nur nachher auf ihr Pferd kommen?

Es herrschte immer noch Dämmerung in der Höhle,

doch Tageslicht drang hinein, und durch die kleine Öffnung sah Margaretha den grauen Nebel des Oktobermorgens. Es konnte wirklich noch nicht spät sein, sonst hätte der Fremde sie sicher geweckt. Er war nicht hier, aber vielleicht vor der Höhle.

Sie schob die Decke fort und kroch auf allen vieren dem Ausgang zu. Sie hielt einen Moment inne. Ihr schwarzes Kleid war völlig zerdrückt, und ohnehin musste sie entsetzlich aussehen. Mit gespreizten Fingern versuchte sie, ihre langen Haare ein wenig zu entwirren. Es war zwecklos, alle Strähnen schienen sich ineinander verschlungen zu haben, und ihre Farbe schien eher grau als blond in diesem trüben Licht. Aber schließlich brauchte sie das jetzt wohl nicht zu kümmern.

Margaretha schob einige Zweige beiseite, ehe sie nach draußen krabbelte. Sie blinzelte. Es war heller, als sie geglaubt hatte. Vor ihr lag eine winzige Lichtung, und dort saß, auf einem Stein und in eine Decke gehüllt, der Fremde. Er hatte ein Feuer angezündet, über dem er sich die Hände wärmte. Neben ihm grasten Varus und das andere Pferd. Es regnete nicht mehr, dafür war die Luft kälter geworden. Der Mann hatte Margaretha schon gehört und sah zu ihr herüber. Er lächelte freundlich.

«Sind sie wirklich schon wach?», fragte er.

«Ja, und ich fühle mich ganz ausgeschlafen.» Margaretha stand etwas zu hastig auf, was sie gleich darauf schmerzerfüllt das Gesicht verziehen ließ. Der Mann nickte verständnisvoll.

«So eine Nacht strengt an», meinte er, «kommen Sie, setzen Sie sich neben mich.» Er rückte zur Seite, und Margaretha nahm neben ihm auf dem Stein Platz.

«Es wird Zeit, dass ich mich vorstelle», sagte der Fremde, «ich hoffe, Sie verzeihen mir, dass ich es gestern vergaß. Ich bin Maurice Graf Lavany. Ich komme aus Prag.»

Margaretha wandte ihm ihr Gesicht zu. Sie lächelte und betrachtete ihn dabei schnell. Er konnte nicht mehr jung sein, dazu war das Gesicht nicht glatt und unerfahren genug. Er hatte feine Narben auf Stirn und Wangen, und die hellen, schmalen Augen, die angespannt wirkenden Lippen waren von einer Wachsamkeit, die nur ein unruhig geführtes Leben erzeugen kann. In den dunklen Haaren glitzerte es silbrig. Er trug ein schwarzes Gewand, das bis über die Hüften reichte, darunter sahen schwarze Hosen hervor, die in hohen Lederstiefeln steckten. Auf dem Kopf saß ein breiter Hut, und um die Schultern hing ein Mantel aus feinem schwarzem Tuch. Alles sah nach dieser Nacht ein wenig feucht und zerdrückt aus, war jedoch offenbar – wie der Besitzer – von vornehmer Herkunft.

«Ich heiße Margaretha von Ragnitz», stellte Margaretha sich nun vor, «und ich bin in Bayern geboren.»

Maurice sah sie verwundert an.

«Tatsächlich? In Bayern?»

«Ja, ich … ich habe Verwandte hier besucht.» Margaretha wollte nicht den wahren Grund für ihren Aufenthalt in Böhmen verraten. Maurice war ohne Argwohn.

«Ich hoffe, Sie nehmen es mir nicht übel», bemerkte er, «aber ich finde es ein wenig verantwortungslos von Ihren Verwandten, Sie hier so allein herumirren zu lassen. Sie können nicht älter als fünfzehn Jahre sein.»

«Ich bin sechzehn», erklärte Margaretha würdevoll. Maurice zeigte sich davon nicht sonderlich beeindruckt.

«Das ist nicht viel besser», meinte er, «aber es geht mich wohl nichts an.» Er griff neben sich, hob ein großes Stück Brot auf und reichte es Margaretha.

«Essen Sie. Als ich Ihnen gestern noch etwas geben wollte, schliefen Sie bereits. Ich hielt es für besser, Sie nicht zu wecken.»

Beim Anblick des Brotes bemerkte Margaretha, welch entsetzlichen Hunger sie hatte. Seit vierundzwanzig Stunden hatte sie nichts mehr zu sich genommen, aber von all der Aufregung war ihr Magen wie betäubt gewesen. Nun griff sie gierig zu und biss große Stücke ab.

«Ich habe übrigens Ihre Katze gerettet», sagte Maurice, «gestern Abend kroch sie verstört unter Ihrer Decke hervor. Zum Glück, denn sie hätten sie leicht heute Nacht zerquetschen können.»

Margaretha hielt im Kauen inne und wurde blass.

«O Gott», murmelte sie, «wo ist sie denn jetzt?»

«Bei mir.» Maurice schlug die Decke, die um seine Schultern hing, ein Stück zurück, und Margaretha erblickte das friedlich auf seinem Schoß schlafende Kätzchen.

«Ich habe ihr die letzte Milch, die ich bei mir hatte, gegeben», erklärte Maurice. «Wir haben nichts zu trinken, aber vielleicht kommen wir bald an einen Bach.»

Margaretha sah die Katze schuldbewusst an.

«Ich verstehe das nicht», meinte sie, «ich habe sie ganz vergessen.»

«Das ist doch verständlich. Sie waren so müde.» Maurice sah ihr zu, während sie weiter aß. Er war nicht sicher, ob er ihr die Geschichte von den Verwandten glauben sollte. Er konnte sich schwer vorstellen, dass diese sie völlig allein gelassen hatten, doch sah das Mädchen auch nicht wie eine Lügnerin aus. Sie wirkte sehr zart und sehr jung, und vermutlich wäre sie sogar hübsch, wenn sie sich waschen und kämmen würde. Margaretha fühlte, dass sie beobachtet wurde und blickte auf. Maurice wurde nicht verlegen davon. Er war siebenundvierzig Jahre alt, was ihm nicht nur genügend Selbstsicherheit verlieh, sondern ihm auch ein Gefühl für die natürliche Distanz gab, die zwischen ihm und dem jungen Mädchen lag.

«Wenn Sie fertig sind», sagte er, «brechen wir auf.»

Margaretha schob das letzte Stück Brot in den Mund.

«Geben Sie mir die Katze», bat sie, «sie kommt wieder in die Tasche.» Vorsichtig packte sie das Tier ein. Sie fühlte sich bereits besser. Nur ihre Knochen schmerzten noch genauso wie beim Aufstehen. Aber vielleicht, so dachte sie naiv, würde das beim Reiten besser.

Maurice besaß ein sehr schönes dunkelbraunes Pferd, neben dem Varus besonders plump wirkte. Doch er hielt seinen Kopf aufrecht und blickte hochmütig drein, als sei er sich seines unschätzbaren Wertes für Margaretha bewusst.

Es dauerte nicht lange, bis sie sich auf den Weg machten. Maurice hob Margaretha auf ihr Pferd, wobei sie jeden Schmerzenslaut unterdrückte, um nicht verweichlicht zu erscheinen. Sie würde durchhalten und wenn sie auf Varus ohnmächtig würde.

Maurice ritt voran, immer zügig und des Weges offenbar kundig. Margaretha hatte nichts anderes zu tun, als auf ihrem Pferd zu sitzen und die Tasche mit der Katze festzuhalten. Sie sah auf die Gestalt des Mannes vor ihr, und immer wieder durchströmte sie eine tiefe, warme Erleichterung. Sie hätte nicht gewusst, was sie ohne ihren Retter hätte tun sollen. Es war so wunderbar, dass Gott ihr gerade diesen Mann geschickt hatte, der so unendlich sicher und Vertrauen erweckend war. Wenn sie nach Prag kam, ohne zu erfrieren, sich zu verirren oder von Soldaten aufgegriffen zu werden, dann hatte sie das nur ihm zu verdanken.

Manchmal, wenn sie Wiesen überquerten oder der Pfad breiter wurde, ritten sie nebeneinander und unterhielten sich. Margaretha passte auf mit dem, was sie sagte, und versuchte eher, Maurice zum Sprechen zu bewegen. Sie erfuhr, dass die Lavanys eine alte Familie aus Königgrätz waren, die nun aber zersplittert lebte und sich nur selten auf dem Stammsitz am Riesengebirge traf.

«Meine Mutter war Französin», berichtete Maurice, «sie stammte aus Nantes, und auch nach der Heirat mit meinem Vater verlor sie nie ihr Heimweh. Als er starb, ging sie dorthin zurück.»

«Lebt sie noch?»

«Nein, sie ist schon einige Jahre tot.»

«Von ihr haben Sie Ihren französischen Vornamen, nicht?»

«Ja, denn sie klammerte sich mit allen Mitteln an ihre Heimat. Sie hat meistens Französisch mit mir gesprochen. Eigentlich», Maurice machte eine kurze, nachdenkliche Pause, «eigentlich war sie wohl sehr unglücklich.» Er sah schnell wieder auf, schüttelte die Gedanken ab.

«Sie haben sich ja auch recht weit von Ihrer Familie entfernt», sagte er. Margaretha nickte.

«Wissen Sie», erwiderte sie, «ich wurde in einem Kloster erzogen und wollte nun für einige Zeit etwas selbständig sein. Leider habe ich mir offenbar den falschen Ort dafür ausgesucht.»

«In diesen Zeiten ist jeder Ort gefährlich. Überall herrscht Krieg oder es droht einer auszubrechen. Man fragt sich, wie das einmal enden soll.»

«Ich würde gern wissen», sagte Margaretha, «ob der Ketzer Martin Luther seine Reformation auch dann durchgeführt hätte, wenn er gewusst hätte, wie viel Krieg und Elend die Glaubensspaltung über die Welt bringt!»

«Ich bin mir nicht sicher, ob wir das alles darauf zurückführen sollten», meinte Maurice, «auf den ersten Blick scheinen es Glaubenskriege zu sein, doch wenn man näher hinsieht, entdeckt man höchst irdische Intrigen und persönliche Machtgelüste. Solche Dinge haben niemals nur einen Ursprung.»

Sie ritten eine Weile schweigend, und Margaretha dachte über seine Worte nach. Schwester Gertrud hatte Luther immer als Teufel bezeichnet, als ein Verderben für die Menschheit und als Verführer, dessen unheilvollem, über seinen Tod hinaus wirkendem Einfluss man jeden nur erdenklichen Widerstand entgegenhalten solle. Und war er nicht verantwortlich für die Finsternis der Zeit, in der sie leben musste? Auf jeden Fall, dachte Margaretha, hätten Richard und ich heiraten können, wenn er die Kirche nicht gespalten hätte.

«Sagen Sie», unterbrach Maurice die Stille, «wie heißen Ihre Verwandten in Prag? Vielleicht kenne ich sie.»

«Tscharnini», entgegnete Margaretha, ohne zu überlegen. Maurice sah sie sehr erstaunt an.

«Die Tscharninis?», fragte er. «Die überzeugtesten Lutheraner in ganz Böhmen?»

Margaretha begriff sofort ihren Fehler. Sie hatte sich zu ihrem Katholizismus bekannt, sodass es nun merkwürdig erschien, wie es innerhalb einer Familie so entgegengesetzte Glaubensrichtungen geben konnte.

«Ach, wir sind nur sehr entfernt verwandt», stotterte sie und merkte, dass er ihr nicht glaubte. Um ihn abzulenken, fragte sie: «Sie kennen die Familie?»

«Jeder hier kennt sie. Gesellschaftlich zählen sie zu den vornehmsten Kreisen in Prag, auch haben sie sich bei dem Aufstand sehr hervorgetan. Sie gehören zu den letzten Getreuen von König Friedrich.»

«Sie mögen sie nicht!»

«Das will ich nicht sagen», entgegnete Maurice, «politisch sind wir Gegner, ich habe mich aber früher bei festlichen Anlässen sehr gut mit einzelnen Familienmitgliedern unterhalten.»

«Ach, ja?», fragte Margaretha gespannt. Sie hoffte auf ein paar Worte über Richard. «Kennen Sie Sophia?»

«Ja. Sie ist äußerst interessant. Von Grund auf ehrlich.»

«Ja, nicht wahr? Ich mag sie auch gerne. Und kennen Sie auch … Richard?»

Maurice lachte ein wenig spöttisch.

«Der schöne Richard», sagte er, «wer sollte ihn nicht kennen? Ohne seine Liebschaften hätte Prag ja nichts zu tratschen!»

Margaretha spürte, wie sie blass wurde.

«Sind es wirklich so viele?», fragte sie, hoffend, dass Maurice das Beben in ihrer Stimme nicht bemerkt hatte. Er sah sie scharf an.

«Ehrlich gesagt», erwiderte er, «kümmere ich mich nicht darum.»

«Natürlich nicht», sagte Margaretha leise. Sie musste jetzt wieder hinter Maurice reiten, wofür sie dankbar war, denn so konnten sie nicht weitersprechen. Sie überlegte, was Maurice nun von ihr dachte, nachdem er ihre alte Geschichte nicht länger zu glauben schien. Dankbar nahm sie aber zur Kenntnis, dass er taktvoll genug war, keine Fragen zu stellen.

Trotz der bitteren Kälte kamen sie gut voran, Maurice ritt über kaum erkennbare Pfade oder quer durch die Wildnis, aber immer mit größter Sicherheit. Einmal machten sie eine Pause, während der Margaretha ihren Begleiter fragte, weshalb er nach Prag reise, wenn er doch ein Gegner des böhmischen Königs sei.

«Ich erfülle einen Auftrag des Kaisers», lautete die kurze Antwort.

Margaretha hatte sich inzwischen daran gewöhnt, dass sich offenbar jeder Mann nur noch damit beschäftigte, geheime Botschaften zu überbringen, und so fragte sie auch nicht weiter.

Es wurde Nachmittag, und die frühe Dämmerung brach bereits herein, als sie den oberen, bewaldeten Kamm einer lang gestreckten Hügelkette erreichten. Vor ihnen breitete sich ein weites Tal aus, das sie durch eine Schneise hindurch überblicken konnten. Dichter Nebel lag über der Niederung, hüllte alles in seine weißen Schleier, gab der Landschaft zusammen mit der sich langsam herabsenkenden Dunkelheit etwas Unwirkliches und Gespenstisches. Aber im schwachen Licht konnte Margaretha Mauern erkennen, gebaut aus dunklem Stein, und feste Türme, Dächer und Tore. Geisterhaft sahen sie aus dem Dunkel hervor, und es war kaum vorstellbar, dass dort Menschen lebten. Kein Laut war zu hören, und Margaretha atmete nach den Anstrengungen dieses Tages tief durch. Die feuchte Kälte roch herbstlich nach modrigem Laub, Pilzen, nasser Rinde und Tannennadeln. Aus den Nüstern der Pferde quollen weiße Atemwolken. Margaretha blickte zu Maurice hin, der ahnte, was sie fragen wollte und nickte.

«Das ist Prag», sagte er.

11

Die Bewohner der Stadt hatten sich an diesem kalten Nachmittag schon früh in ihre Häuser zurückgezogen. Aus manchen Wohnungen schimmerte gedämpftes Licht, vereinzelt drang der Schein eines Herdfeuers in die Dunkelheit. Die Gassen, die während des Tages erfüllt sein mussten von Lachen und Flüchen, dem Geschwätz und den eiligen Schritten der Bürger, lagen wie ausgestorben. In einiger Entfernung rasselte ein Wagen über das Pflaster, unter einer Treppe balgten sich quietschend die Ratten. Margaretha bemerkte schaudernd die Berge von Abfällen, die sich, von den Einwohnern einfach aus den Fenstern gekippt, rechts und links der Straße türmten und einen widerwärtigen fauligen Geruch verströmten. Eine Katze schnupperte darin herum, bevor sie blitzschnell durch ein Kellerfenster verschwand. Von weither drang ein kurzes, heiseres Lachen.

Margaretha und Maurice ritten nebeneinander. Die Hufe ihrer Pferde klapperten über das Kopfsteinpflaster, und dieses Geräusch klang inmitten der Stille so laut, dass es Margaretha fast unangenehm war. Sie wünschte, sie wären endlich am Ziel, nicht nur, weil sie sich müde fühlte, sondern weil die nebelverhangenen, engen Straßen sie bedrückten. Sie hatte sich danach gesehnt, die Stadt zu erreichen, nun schien sie ihr wie eine Falle. Düstere Vorahnung befiel sie.

«Es ist so ruhig», sagte sie schaudernd, «als warteten die Menschen auf ein unweigerlich hereinbrechendes Unheil.»

«Sie wissen, dass die Bayern kommen», antwortete Maurice, «und in den Familien hat man Angst um die Männer, die dem feindlichen Heer entgegenziehen.»

Sie kamen an einem Haus vorüber, vor dem eine trüb flackernde Laterne hing, und für einen Moment konnte Maurice Margarethas bleiches, angstvolles Gesicht erkennen. Sie ritten dicht nebeneinander, sodass er kurz ihre Hand ergreifen konnte.

«Es wird nicht die ganze Welt zusammenstürzen», sagte er beruhigend, «machen Sie sich keine Sorgen!» Er ließ sie wieder los, aber Margaretha fühlte sich schon getröstet. Sie kannte keinen Menschen, der so viel Sicherheit ausstrahlte wie Maurice. Er wusste auch, wo das Haus der Tscharninis lag, denn Margaretha hatte natürlich keine Ahnung. Sie hoffte von ganzem Herzen, dass Sophia da wäre und sie zu Friedrichs Schwester bringen könnte. Allein wäre ihr das zutiefst peinlich gewesen, empfand sie es doch ohnehin als demütigend, wie eine abgerissene Bettlerin um eine Unterkunft bitten zu müssen. Noch vor wenigen Monaten hatte sie das Gewicht ihres guten Namens und ihrer Herkunft geschützt, doch nun ahnte sie, wie unbedeutend solche Dinge in der Fremde werden konnten, wo niemand um ihre Bedeutung wusste.

Sie bogen in eine breitere Gasse ein, in der die Häuser weiter zurücktraten und größer schienen als zuvor. Hier begann die vornehmere Gegend der Stadt, wo die wohlhabenden Bürger lebten und ein Stück weiter auch die Adelsfamilien. Der Nebel jedoch ließ alles unterschiedslos düster erscheinen. Margaretha war bereits jetzt davon überzeugt, dass sie Prag niemals lieben würde.

Vor einem hohen, schmalen Haus blieben sie stehen. Margaretha erkannte viele kleine Fenster, eine breite, hölzerne Eingangstür mit einigen Steinstufen davor und reich verziertes Fachwerk. Aber alles lag so still und dunkel, dass sie von Schrecken befallen wurde.

«Ist dies das Haus der Tscharninis?», fragte sie. Maurice nickte.

Margaretha blickte unsicher an der Fassade hinauf. «Ob jemand da ist?», meinte sie zweifelnd.

«Ich wüsste nicht, wo sie sonst sein sollten», entgegnete Maurice, «klopfen Sie doch einfach an.»

«Ja, das werde ich tun.» Margaretha reichte ihrem Begleiter die Hand.

«Sie müssen nicht in der Kälte stehen bleiben und warten», sagte sie, «Sie haben schon so viel für mich getan. Ohne Sie wäre ich niemals hierhergekommen. Ich danke Ihnen!»

«Aber ich gehe doch jetzt nicht weg, ohne zu wissen, ob Ihre Verwandten wirklich zu Hause sind», erwiderte Maurice. Er sprang vom Pferd, trat zu Margaretha und hob sie herab.

«Ich bleibe, bis Sie ganz und gar in Sicherheit sind», sagte er.

Margaretha seufzte. Wie peinlich, wenn Richard die Tür öffnete. Sie war sicher, dass Maurice ihre Geschichte längst durchschaute, aber trotzdem wäre es ihr unangenehm, wenn er diese Begegnung miterleben würde.

Sie betätigte zaghaft den eisernen Klopfer, der an der Tür hing. Wenn nur Sophia erschiene! Nach einer Weile näherten sich Schritte und ein junges Mädchen in Dienstbotenkleidung öffnete.

«Ja?», fragte sie misstrauisch. Margaretha lächelte gewinnend.

«Ist Fräulein Sophia von Tscharnini zu Hause?», fragte sie.

Das Mädchen sah sie hochnäsig an.

«Meinen Sie vielleicht Sophia Baronin Chenkow?»

«O ja, natürlich. Ich vergaß ganz … Ist sie da?»

«Was möchten Sie denn von ihr?» Der Ton des Mädchens wurde immer herablassender; Maurice trat aus dem Schatten hervor.

«Bestellen Sie bitte der Baronin Chenkow», sagte er, «dass Fräulein Margaretha von Ragnitz und Graf Lavany sie zu sprechen wünschen.»

Der letztgenannte Name verfehlte nicht seine Wirkung. Das Mädchen erbleichte und schluckte.

«Graf Lavany», wiederholte sie, «ich werde sofort … möchten sie nicht hereinkommen?»

«Nein, wir warten lieber draußen», erwiderte Margaretha rasch. Das Mädchen verschwand. Maurice sah aus, als wolle er etwas fragen. Zweifellos glaubte er inzwischen gar nichts mehr.

Es dauerte nicht lange, bis Sophia erschien. Sie stieß einen leisen Schrei aus und schloss Margaretha in die Arme.

«Margaretha!», rief sie. «Ach, ich habe nicht mehr geglaubt, dass du noch kommen würdest!»

«Ich glaubte es selber nicht. Ich wäre bestimmt verloren gewesen, hätte ich nicht den Grafen getroffen!» Margaretha wandte sich zu Maurice um, und Sophia folgte ihrem Blick. Sie verzog spöttisch, aber nicht unfreundlich, den Mund.

«Sieh an», sagte sie, «Maurice! Sie sind nun ganz oben, nicht wahr? Die Protestanten Böhmens stehen vor ihrer Niederlage.»

«Ich würde es bedauern, Madame, wenn uns dies zu Gegnern machte», erwiderte Maurice mit einer leichten Verbeugung.

«Ah, mein Lieber, Sie wissen genau, dass ich immer viel für Sie übrig hatte. Ich mag es, wenn Menschen treu für das kämpfen, was sie für richtig halten. Selbst wenn sie katholisch sind.»

«Vielen Dank. In diesem Fall geht es mir nur um den König. Als Herrscher Böhmens hielt ich ihn von Anfang an für untauglich.»

Sophia lachte.

«Soll ich Ihnen etwas verraten?», fragte sie. «Obwohl mein Mann und mein Bruder gerade dabei sind, für diesen König ins Feld zu ziehen und ich Loyalität beweisen sollte, habe ich von ihm dieselbe Meinung wie Sie. Er ist ein Schwächling!»

«Richard und Julius sind mit dem Heer gezogen?», erkundigte sich Margaretha.

«Ja, schon vor einiger Zeit. Es muss abscheulich sein bei der Kälte.» Sophia sah sich suchend um.

«Wo ist denn Lioba?»

Margaretha stieß einen verächtlichen Laut aus.

«Lioba hat sich aus dem Staub gemacht, als die Lage gefährlich wurde», sagte sie, «und mich hat sie zurückgelassen.»

«Ist das wahr? Dieses teuflische alte Weib soll sich vorsehen, wenn sie mir noch einmal begegnet!», drohte Sophia zornig.

«Sie ist nicht hier?»

«Nein. Sie hat es wohl nicht geschafft, doch das scheint mir nur gerecht. Aber nun komm», Sophia ergriff Margarethas Hand, «ich bringe dich zu Luzia von Lekowsky!»

«Bist du sicher, dass sie nichts dagegen haben wird?»

«Nein, hör endlich auf damit. Luzia ist ein Engel.»

«Möchten Sie, dass ich Sie begleite?», fragte Maurice.

«Nein, vielen Dank. Wir haben nur wenige Schritte zu gehen. Aber ich danke Ihnen, dass Sie Margaretha hierhergebracht haben.»

«Sie haben mir das Leben gerettet», sagte Margaretha, «ich werde Ihnen das niemals vergessen, so lange ich lebe!»

«Es war selbstverständlich, und ich habe es gern getan», erwiderte Maurice freundlich.

«Werden wir uns wiedersehen?», fragte Margaretha.

«Das glaube ich schon. Vielleicht sind die Umstände dann weniger dramatisch als jetzt.» Er stieg auf sein Pferd.

«Leben Sie wohl», sagte er, «und haben Sie keine Angst. Hier in Prag sind Sie ziemlich sicher!» Er hob grüßend die Hand, dann ritt er davon, und der Nebel verschluckte ihn schnell, so als sei er nie da gewesen. Sophia sah ihm nach.

«Du hattest großes Glück», meinte sie, «Graf Lavany ist einer der vornehmsten und erfahrensten Männer Böhmens. Du musst einen Schutzengel haben, dass du gerade ihn trafst!»

«Nun, es waren jedenfalls grauenhafte Tage», entgegnete Margaretha schaudernd, «ich hatte solche Angst und es war so kalt …»

«Du Ärmste, wie unaufmerksam von mir! Ich rede und rede, dabei siehst du ganz verfroren aus. Wir gehen gleich zu Luzia, da kannst du dich aufwärmen.»

Sophia nahm Varus am Zügel, und beide Mädchen gingen mit schnellen Schritten nebeneinander die Gasse hinauf. Unterwegs gab Sophia der Freundin noch einige Anweisungen.

«Wir haben Luzia nichts davon erzählt, dass du mit Richard nach Böhmen gekommen bist. Wir denken …»

«Ich verstehe», meinte Margaretha etwas bitter, «Richards Name soll sauber bleiben.»

«Du darfst nicht böse sein», bat Sophia, «wenn es nach mir ginge – den Teufel würde ich mich um Richards Namen scheren. Aber meine Mutter würde sich schrecklich aufregen, und das will ich ihr ersparen.»

«Ich bin dir doch nicht böse. Aber was soll ich Luzia sagen?»

«Du bist eine alte Freundin von mir», erklärte Sophia, «wir lernten uns vor vielen Jahren kennen, als ich mit meiner Familie nach Bayern reiste. Nun solltest du mit einem Mann verheiratet werden, der dir zutiefst zuwider ist, und daher …»

«Das ist nicht mal so völlig erlogen», murmelte Margaretha.

«Nein? Siehst du, das macht die Sache noch einfacher. Du bist weggelaufen und hast dich auf abenteuerlichen Wegen nach Böhmen durchgeschlagen. Meine Familie heißt dein Verhalten aber natürlich nicht gut und will dich nicht aufnehmen, und so lebst du bei Luzia. Wie findest du den Plan?»

«Er ist gut.»

Sophia ergriff Margarethas Arm.

«Warum bist du so schrecklich trübsinnig?», fragte sie.

Margaretha seufzte.

«Ach, Sophia», ihre Stimme bebte, «Sophia, siehst du, ich komme in diese Stadt und alles ist so grau und kalt, und ich muss bei Fremden Unterschlupf suchen, und ich weiß genau, ich werde niemals nach Hause zurückkehren können. Ich werde die Menschen, die ich liebte, nicht wiedersehen, und sie werden nicht wissen, was ich tue und wie ich lebe. Sie werden nicht einmal erfahren, wenn ich sterbe!»

«Ich kann mir vorstellen, wie dir zumute ist», entgegnete Sophia, «und ich weiß auch, wie viel Schuld meine Familie an dem trägt, was passiert ist. Aber, Margaretha, es ist geschehen und auf irgendeine Weise musst du damit leben oder du versinkst in Verzweiflung. Vielleicht hat alles, was du jetzt erleidest, einen Sinn, der dir später aufgehen wird und der womöglich dein Glück bedeuten kann!»

Margaretha nickte, nicht überzeugt, aber bereits wieder gefasst. Wenigstens lebte sie noch, und das war nach den Ereignissen der letzten Tage alles andere als selbstverständlich.

Zwei Straßen entfernt lag das Haus von Luzia. Es unterschied sich kaum von dem der Tscharninis, war nur noch breiter und behäbiger.

«Die Lekowskys sind äußerst wohlhabend», erläuterte Sophia, «und nach dem Tod der Eltern waren Friedrich und Luzia die einzigen Erben.» Sie betätigte den Klopfer. Es dauerte nicht lange, bis Schritte erklangen, dann wurde die Tür geöffnet. In der Dunkelheit konnte Margaretha nur erkennen, dass eine Frauengestalt heraustrat.

«Guten Abend, Luzia», sagte Sophia, «ich bringe dir Margaretha von Ragnitz.»

«Guten Abend, Sophia … und Margaretha!» Margaretha fühlte sich an die Hand genommen. Die sanfte Stimmte fuhr fort: «Ich freue mich so, dass Sie bei mir wohnen möchten.»

Margaretha schluckte, ganz überwältigt von der Güte, die ihr entgegengebracht wurde. Sie sah zu Sophia hin, die zufrieden nickte.

«Ich habe dir gesagt, dass Luzia ein Engel ist», meinte

sie, «Luzia, dieses dumme Mädchen glaubt, es fiele dir zur Last!»

«Das ist wirklich dumm», sagte Luzia lachend, «ich lebe im Moment ganz allein in diesem Haus und freue mich über Besuch. Aber», sie trat zurück, «kommen Sie doch herein!»

«Gern, vielen Dank. Nur mein Pferd ...»

«Der Stalljunge wird sich darum kümmern. Bleibst du auch noch etwas, Sophia?»

Sophia lehnte bedauernd ab.

«Man wird sich um mich sorgen», meinte sie, «aber morgen besuche ich dich, Margaretha.» Sie küsste ihre Freundin, bevor sie mit schnellen Schritten nach Hause ging. Margaretha trat in einen schwach erleuchteten Vorraum. Wunderbare Wärme schlug ihr entgegen und der sanfte Duft von gutem Essen. Sie atmete tief und schloss kurz die Augen.

«Sie sind müde», erklang Luzias Stimme, «was müssen Sie durchgemacht haben in den letzten Tagen!»

Margaretha blickte die junge Frau an, die sie erst jetzt richtig erkennen konnte. Sofort fiel ihr die erstaunliche Ähnlichkeit mit Friedrich auf. Luzia besaß dieselben dunkelblonden, etwas farblos wirkenden Haare und dieselben graugrünen Augen in einem blassen, spitzen Gesicht. Wie ihr Bruder strahlte sie Sanftmut und Mitgefühl aus, auch war ihr dieselbe ungewöhnliche Mischung aus kindlicher Scheu und gütiger Reife zu Eigen. Sie war viel kleiner und zarter als Margaretha und verstärkte ihre Unscheinbarkeit noch durch das hellgraue Kleid, das sie trug. Sie war weder schön noch attraktiv zu bezeichnen; das einzig Auffällige an ihr war ihre Zerbrechlichkeit, doch hätte es raffinierterer Mittel bedurft, diese so herauszustellen, dass Männer darauf aufmerksam geworden wären.

Sie gehört zu den Frauen, die immer zurückstehen müssen, dachte Margaretha. Sie empfand sofort große Sympathie für sie.

«Ich danke Ihnen, dass Sie mich aufnehmen», sagte sie, «ich hätte sonst nicht gewusst …»

«Ich bin doch glücklich darüber», unterbrach Luzia, «wir werden eine schöne Zeit haben. Kommen Sie, ich zeige Ihnen Ihr Zimmer!» Mit einer Kerze in der Hand und mit weichen, graziösen Schritten ging sie voraus, und Margaretha folgte ihr dankbar.

Wie Luzia es sich gewünscht hatte, verliefen die nächsten Tage überaus harmonisch. Draußen fiel Schnee, aber im Haus war es warm und trocken. Von ihren Eltern hatten Luzia und Friedrich ein sehr schönes Haus geerbt, ungewöhnlich breit, aber sonst im üblichen Stil gebaut. Es bestand aus einem Vorderhaus, das mit einigen vornehm eingerichteten, aber selten benutzten Salons zum Empfang von Gästen diente. Ein langer, wohnlicher Raum, in dem man sich tagsüber aufhielt, verband das Vorderhaus mit dem Hinterhaus, wo sich die Küche und alle weiteren Räume befanden. Dahinter schloss sich ein großer, ummauerter Hof an, in dessen Mitte eine ausladende Kastanie stand. Luzia berichtete, dass es im Sommer sehr schön sei, in ihrem Schatten zu sitzen, abgeschirmt vom Trubel der Straße und umgeben von blühenden Blumen.

Gleich am ersten Tag ließ sich Margaretha von Luzias Zofe einen großen, hölzernen Waschzuber vor das offene Kaminfeuer im Wohnzimmer rücken und nahm ein langes Bad im warmen, nach Rosmarin duftenden Wasser. Nach der kräftezehrenden Reise genoss sie die Annehmlichkeiten des von Luzia umsichtig geführten Hauses mit besonderer Dankbarkeit. Alle Räume waren mit weichen Teppichen ausgelegt, die Decken mit weißgekalktem, kunstvollem Stuck verziert, alle Möbel aus edlem Nussbaumholz gefertigt. Es faszinierte Margaretha besonders, dass Luzia eine eigene Wasserleitung in ihrer Küche hatte, eine schmale Röhre aus Eisen, um die sich buntbemalte, eiserne Blumengirlanden wanden und aus der sie jederzeit klares, kaltes Wasser pumpen konnte. Nur wenige der wohlhabenden Prager Familien besaßen diesen Luxus; die anderen mussten ihre Dienstboten täglich zu den öffentlichen Wasserleitungen in der Stadt schicken.

Zum Essen brachte Luzia Geschirr aus reinem Silber auf den Tisch, nicht Zinn wie die Tscharninis oder Holz wie die Nonnen früher im Kloster. Es machte Spaß, Waffeln zu essen, Wein zu trinken und dabei vor dem Kamin in weichen Lehnsesseln zu sitzen und zu plaudern.

Luzia konnte überraschend lebhafte Unterhaltungen führen, dabei war sie an allem interessiert, was Margaretha erzählte. Sie wollte alles hören, vom Kloster, von Angela und Clara, von Margarethas Reise nach Böhmen und ihrer Flucht nach Prag. Sie zeigte sich als eine so aufmerksame und mitfühlende Zuhörerin, dass Margaretha oft nahe daran war, ihr die ganze Wahrheit über sich und Richard zu gestehen. Doch sie erinnerte sich immer noch rechtzeitig an ihr Versprechen, das sie Sophia gegeben hatte. Aber immer wieder versuchte sie, das Gespräch wie zufällig auf Richard zu bringen, und dann lauschte sie atemlos und begierig. Glücklicherweise zeigte sich Luzia arglos und offen. Sie schien gern von den Tscharninis zu berichten, die sie seit ihrer Kindheit kannte.

«Friedrich und ich haben unsere ganze Jugend mit Richard, Sophia und Marie verbracht», erzählte sie, «jeden Sommer hielten wir uns auf unserem Landsitz oder in Schloss Tscharnini auf. Diese Sommer ... ach, wenn es irgendetwas gibt, was ich noch einmal erleben möchte, so sind es die Sommer.» Luzias Stimme und ihr Blick waren voll Sehnsucht.

«Wir genossen jede Freiheit», fuhr sie fort, «wir spielten und spielten. Ohne Ende, ohne Zeitgefühl. Wir liefen durch die Wälder, tobten über die Wiesen, krochen durch Kornfelder, taten, was wir wollten. Einmal, ich weiß nicht mehr, wie alt ich war, brach in einigen Teilen Böhmens die Pest aus. Unsere Familien beschlossen, vorsichtshalber nicht nach Prag zurückzukehren. Wir durften bis weit in den Herbst auf Schloss Tscharnini bleiben. Du hast den Herbst dort erlebt, nicht wahr? Diese ungeheure, buntflammende Wildnis. Damals brachte Richard mir das Reiten bei. Er nahm mich vor sich auf sein Pferd, und wir ritten und ritten, schneller als der Wind, so schien es mir, und ich hatte gar keine Angst. Ich war nur glücklich und wünschte, die Pest dauere ewig, damit wir immer weiter reiten könnten. Ich war ja dumm und wusste nichts.» Luzia schwieg und setzte nachdenklich hinzu: «Das war wohl das Schönste, diese vollkommene Unwissenheit um das Schlechte in der Welt!»

Margaretha durchlief ein Schauer. Sie fühlte sich ergriffen von der Wehmut, mit der Luzia sprach, und sie verstand sie so gut!

«Ich weiß», sagte sie, «ich habe das alles selbst erlebt. Aber es ist vorbei, wir sind keine Kinder mehr, und wir können nichts zurückholen.»

«Ach, vielleicht ist es nicht so schlimm», meinte Luzia. Ihr Gesicht sah wieder fröhlich aus.

«Wenn die Bayern wieder abgezogen sind, können wir im nächsten Frühling für einige Monate aufs Land ziehen. Wir beide, Friedrich und einige Freunde. Wir werden uns dort wundervoll amüsieren.»

«Ja, das wäre herrlich», rief Margaretha. Sie wusste, dass es nicht gut war, dort vielleicht mit Richard zusammenzutreffen, aber die Gespräche mit Luzia hatten all ihre Gefühle für ihn wieder erweckt.

An vielen Nachmittagen erschien auch Sophia. Sie war immer über alle Neuigkeiten unterrichtet und konnte den beiden anderen davon berichten. Die Lage der Heere, die des bayerischen ebenso wie die des böhmischen, schien äußerst schlecht zu sein. Die entsetzliche Kälte und Nässe zermürbte die Soldaten, viele erkrankten, litten Hunger und besaßen schon jetzt kaum noch Kraft zu kämpfen.

«Außerdem wird das ganze Land um Prag herum von den Truppen dieses Ungarn Bethlen Gabor terrorisiert», sagte Sophia. «Er kam, um dem König zu helfen, aber seine Leute haben nichts anderes zu tun, als die Bauernhöfe zu plündern und alles leerzufressen. Sei froh, Margaretha, dass du hier in Sicherheit bist!»

Sie unterhielten sich noch eine Weile, bis die Dunkelheit kam und Sophia sich verabschiedete. Margaretha sah aus dem Fenster. Am Morgen hatte es getaut, nun tanzten bereits wieder kleine Flocken vom Himmel herab.

«Seht nur, es schneit!», rief sie. Gemeinsam blickten die drei Frauen hinaus. Luzia traten Tränen in die Augen.

«Unsere armen Soldaten», flüsterte sie, «wie müssen sie leiden! Mein armer Friedrich, der nie kämpfen wollte ... ach, warum nur kann es keinen Frieden geben?»

Sophia hatte einen bitteren Zug um den Mund. Sie war erst so kurz verheiratet, und schon hatte ihr Mann sie verlassen müssen.

Und ich?, fragte sich Margaretha. Was empfinde ich? Es ist eine quälende, brennende Angst um Richard. Bei allem, was er mir angetan hat, ich liebe ihn, und ich will, dass er am Leben bleibt. Obwohl ich ihn verloren habe, könnte ich seinen Tod nicht ertragen. Ich weiß nicht, warum ich ihn noch liebe, aber es ist so, und ich werde niemals damit aufhören.

Sie sah auf den Schnee, der als feine, pulvrige Schicht liegen blieb und nur langsam höher stieg. Es fiel schwer, sich vorzustellen, dass es einmal wieder Frühling sein würde, mit mildem Sonnenlicht und zartgrünen Blättern. Dennoch fühlte sie plötzlich eine seltsame, unbestimmte Hoffnung in sich aufsteigen, den Glauben daran, noch nicht besiegt zu sein.

In den ersten Novembertagen traf Margaretha unvermutet Maurice Lavany. Es war ein nebelverhangener, feuchter Nachmittag, an dem die ganze Welt trostlos schien, und der Schneematsch unter den Füßen spritzte. Margaretha hatte plötzlich Lust verspürt, sich ein wenig an der frischen Luft zu bewegen und war daher zu einem Spaziergang durch die Stadt aufgebrochen. Es herrschte lebendiges Treiben auf den Straßen. Frauen mit Einkaufskörben eilten hin und her, Wagen holperten durch die Gassen, man tauschte lauthals Neuigkeiten aus.

In einem Hauseingang pries ein grobschlächtiger Barbier marktschreierisch falsche Zähne aus Elfenbein an, daneben stand einer seiner Kollegen über ein jämmerlich schreiendes Opfer gebeugt und entfernte mit einer riesigen Eisenzange dessen schwarze Zahnstümpfe aus dem blutenden Mund. Spielleute drängten sich trotz der Kälte an allen Ecken und fiedelten schräge, muntere Weisen auf ihren einfachen Geigen. Ein Possenreißer lehnte im Handstand an einer Mauer, wackelte mit den Ohren und schnitt die scheußlichsten Grimassen, dabei fand er kaum Beachtung. Die meisten Müßiggänger hatten sich um einen flachen, hölzernen Käfig versammelt, in dem zwei bunte Hähne aufeinander losgingen. Die Menge johlte dazu und schloss Wetten auf den Sieger ab. Nur ein junges Mädchen wandte sich entsetzt ab, weil es den grausigen Anblick der blutenden Tiere nicht mehr ertragen konnte. Margaretha, die ebenfalls angewidert vorübereilte, wurde von einem aufdringlichen Händler festgehalten, der Körbe voll getrockneter Kräuter und Tiegel mit verschiedenen Salben feilbot.

«Reines Schmalz mit den Blüten der Ringelblume, mein hübsches Täubchen», schnurrte er, «das macht die Haut weich und zart wie Samt!»

Ein anderer drängte herbei, seine Brust war behängt mit glitzernden Ketten und winzigen, emaillierten Döschen daran, auf denen bunte Glassteine glänzten.

«Eine schöne Kette für eine schöne Frau», bot er lächelnd an.

Margaretha entging der Versuchung nur dadurch, dass sie rasch fortlief. Es gab so hübsche Sachen hier in der Stadt, Schachspiele und Kränze aus getrockneten Blumen, goldfarbene Perücken mit schweren Zöpfen und Lauten mit polierten Elfenbeinintarsien.

Margaretha konnte sich gar nicht sattsehen an all den schönen Dingen, doch dann entdeckte sie etwas, was ihre Stimmung schlagartig trübte. In der Mitte des Marktplatzes stand ein Schandpfahl, an den die armselige Gestalt eines alten Mannes gebunden war. Man hatte ihm die Zunge aus dem Hals gerissen und die Augen geblendet, doch noch immer bewarfen ihn johlende Straßenjungen mit Steinen und Unrat, und alte Weiber riefen ihm üble Schimpfworte zu.

Über dem alltäglichen Treiben in den Straßen lag Unruhe; die Lebhaftigkeit der Stadt war in Hektik und Nervosität umgeschlagen. Es war kein Tag wie jeder andere, und die Menschen spürten das. Irgendwo draußen vor den Toren standen die Heere einander gegenüber, und wenn es den Kaiserlichen gelang, die Böhmen zurückzutreiben, würde Prag nicht lange zu halten sein. Die Stadt war überfüllt, die Menschen brauchten Holz und Lebensmittel. Letztere begannen bereits knapp zu werden. Viele Bauern waren von ihren Höfen vertrieben worden, andere wagten die Reise in die Stadt nicht, sodass auf dem Markt heute kaum etwas Essbares feilgeboten wurde. Laut keifend stritten einige Frauen um die Waren, beschimpften einander und wurden nicht selten sogar handgreiflich.

Margaretha beobachtete amüsiert zwei dicke Küchenmägde, die ein großes Brot an je einem Ende festhielten und nicht gewillt waren, die Beute freizugeben. Die feisten Gesichter hatten sich gerötet vor Anstrengung und Wut, die weißen Häubchen waren vom Kopf gerutscht, und wirre Haarsträhnen hingen auf die Schultern. Abwechselnd schimpften sie in Deutsch und in Tschechisch, wobei sie Worte benutzten, die Margaretha nie zuvor gehört hatte.

«Schlimmer als die Kinder», sagte eine männliche Stimme hinter Margaretha. Sie drehte sich um und gewahrte Maurice. Er zog höflich seinen Federhut.

«Guten Morgen», grüßte er, «ich freue mich sehr, Sie zu sehen.»

«Ach, Graf Lavany!», rief Margaretha. «Sie sind noch in der Stadt?»

«Ja, und eben auf dem Weg zu den Beratern des Königs. Ich muss ihnen eine Nachricht überbringen.»

«Wirklich?»

«Ja, obwohl ich glaube, dass es nicht viel nützen wird. Es geht um die anrückenden Soldaten … aber reden wir nicht vom Krieg. Sehen Sie nur», Maurice wies auf die beiden Frauen. Eine von ihnen hatte unerwartet nachgegeben, sodass die andere mitsamt dem Brot in den Schneematsch gefallen war. Dies führte zu allgemeinem Geschrei und Gelächter auf dem ganzen Platz. Maurice griff nach Margarethas Arm.

«Kommen Sie», sagte er, «wir sehen lieber zu, dass wir von hier fortkommen. Die Anhängerschaft beider Damen wird gleich erbittert aufeinander losgehen, und ich kann Ihnen versichern, dass ein Religionskrieg dagegen eine Kleinigkeit ist!»

Margaretha lachte auf. Rasch verschwanden sie in einer Nebengasse.

«Ich werde Sie ein Stück begleiten», sagte Margaretha, «ich habe heute ohnehin nichts vor.»

«Das ist sehr nett von Ihnen. Ich bin schon lange nicht mehr mit einer so hübschen jungen Frau durch die Straßen geschlendert», erwiderte Maurice galant. Margaretha strahlte über dieses Kompliment. Sie war froh, dass sie gestern die Haare gewaschen hatte und heute einen Mantel von Sophia trug. Wenn sie ehrlich war, fand sie sich selber hübsch.

«Als Sie mich das erste Mal sahen, müssen Sie entsetzt gewesen sein», meinte sie. «Ich habe später im Spiegel gesehen, wie völlig verdreckt und zerzaust ich war!»

«Oh, das stimmt zwar, aber trotzdem sahen Sie reizend aus.»

«Nun ja. Jedenfalls fühle ich mich inzwischen wohler. Nur», ihr Gesicht wurde ernst und besorgt, «nur Angst habe ich. Ich sorge mich um die Männer dort draußen, um das, was mit Prag und uns geschehen wird.»

Maurice blieb stehen.

«Fürchten Sie sich nicht zu sehr», bat er. «Sie können damit nichts ändern und malen sich nur alles viel schrecklicher aus, als es sein wird.»

«Aber es wird so viele Tote geben!»

«Ist jemand dabei, um den Sie besonders bangen?»

Margaretha nickte.

«Freunde», sagte sie.

«Böhmische Freunde, nicht wahr?»

«Ja. Es ist seltsam, finden Sie nicht auch? Ich komme aus

Bayern und bin katholisch, aber ich zittere um das Leben böhmischer Protestanten. Es ist eigentlich widersinnig.»

«Nein», erwiderte Maurice, «Sie sehen einzelne Menschen, nicht Religion und politische Machtkämpfe. Das ist verständlich bei einem so jungen Mädchen wie Ihnen. Jeder Krieg ist unsinnig, der nur Hass und neue Missverständnisse erzeugt. Wenn in den nächsten Jahren nicht eine Veränderung vor sich geht, verblutet das Deutsche Reich. Und zwar von innen.»

«Glauben Sie, dass Prag nur der Anfang ist?»

«Es kann ein Anfang sein. Ebenso gut aber auch das explosive Ende einer komplizierten Entwicklung, der Anstoß zur Lösung eines schon zu lange währenden Konflikts.»

Ein alter Bettler stolperte ihnen entgegen. Maurice warf ihm ein Geldstück zu.

«Aber wahrscheinlich wird die Welt niemals von der Vernunft regiert werden», meinte Margaretha zweifelnd.

«Wohl kaum. Aber in einzelnen Punkten müssen die Menschen einfach zu einer Einigung kommen, bevor sie sich bis auf den letzten Mann totgeschlagen haben. Diese Glaubensspaltung ... irgendwann wird man damit leben müssen. Wir können nicht die nächsten fünfhundert Jahre damit verbringen, uns gegenseitig nach Leben und Besitz zu trachten. Ich bin davon überzeugt, dass der Tag kommen wird, an dem Katholiken und Protestanten im Reich friedlich miteinander auskommen und sich verwundert fragen werden, warum sie sich jemals so erbittert bekriegt haben. Nur leider sind bis dahin schon zu viele Menschen gestorben, und außerdem wird man inzwischen einen neuen Anlass zur Uneinigkeit gefunden haben.»

«Ja, und so geht es bis in alle Ewigkeit.»

«Zweifellos. Und man kann nur versuchen, in seiner eigenen Umgebung zu retten, was noch zu retten ist. Zum

Beispiel wenigstens das eigene Leben.» Maurice seufzte. «Auf jeden Fall werde ich mit dem König sprechen», sagte er, «ich nehme an, dass er bald das Heer verlässt und in die Stadt zurückkehrt. Ich werde versuchen, ihn zur Flucht zu bewegen.»

«Ist seine Lage so ernst?»

«Zumindest sollte er vorsichtig sein. Ich stehe nicht auf seiner Seite, aber sein Tod könnte neue Konflikte verursachen.»

Sie waren am Fuße des Hradschin, des Schlossbergs, angekommen. Margaretha reichte Maurice die Hand.

«Ich wünsche Ihnen alles Glück für die nächsten Tage», sagte sie.

«Wir werden es schon überstehen», entgegnete Maurice. «Hoffentlich sehen wir uns bald wieder.» Er lächelte ihr zu, und sie sah ihm nach, wie er fortging. Sie bemerkte, dass es schon wieder zu schneien begann. Schaudernd zog sie ihren Mantel fester um die Schultern und machte sich auf den Heimweg.

12

Die Entscheidung über einen möglichen Angriff musste in der ersten Novemberwoche fallen. Keines der Heere konnte länger aushalten, so schnell griffen Fieberepidemien, Seuchen und der Hunger um sich. Die Böhmen zogen sich bei Nacht und Nebel bis unmittelbar vor die Mauern der Hauptstadt auf den Weißen Berg zurück, denn sie rechneten mit einem baldigen Sturm der kaiserlichen Truppen auf Prag. Denen entging dieser Rückzug allerdings nicht, und sie folgten dem Feind sofort. Die bayerischen Soldaten standen nun am unteren Berghang, an der denkbar ungünstigsten Stelle sollten sie angegriffen werden. Doch Freiherr von Tilly wartete nicht so lange, sondern begann seinerseits eine wilde Attacke, die für die Böhmen unerwartet kam und sie in ein heilloses Durcheinander stürzte. Sie hatten keine klaren Befehle erhalten, da ihre Anführer, Christian von Anhalt, Graf Thurn und General Bucquoy untereinander so zerstritten waren, dass sie sich auf keine einheitliche Order hatten einigen können. Zudem meuterten einige Soldaten, da sie schon seit längerem keinen Sold mehr bekommen hatten, zermürbt waren und die ganze Schlacht als sinnlos ansahen. König Friedrich galt als zu unbeliebt, als dass sein Heer für ihn zu äußerster Anstrengung bereit gewesen wäre; auch hatte er selbst sich längst in die schützenden Mauern Prags zurückgezogen. Von den Männern auf dem Weißen Berg waren ihm nur noch wenige wirklich ergeben, nämlich die in geringer Zahl vertretenen Abkömmlinge der protestantischen Adelsfamilien, auf deren unbedingte Loyalität er sich stützen konnte. Der Rest setzte sich zusammen aus einfachem Volk, aus Leuten, die sich nur des Soldes wegen dem Heer angeschlossen hatten und der ganzen Sache schon längst überdrüssig waren. So trafen die Bayern auf geringen Widerstand, durchbrachen die Linien ohne größere Schwierigkeiten und mit solcher Gewalt, dass die Böhmen die Flucht ergriffen. Nur einige Männer um den Sohn Christians von Anhalt leisteten Widerstand und bemühten sich, die Truppen zurückzuhalten. Es war der Versuch, einen letzten Rest der Würde und Ehre Böhmens zu bewahren. Doch die meisten dieser tapferen Männer fielen, die Überlebenden mussten schließlich aufgeben. Das ganze böhmische Heer befand sich, vereinzelt und zerstreut, auf der Flucht, unbarmherzig gejagt und niedergemacht von den Feinden.

Die Nachricht von der großen Niederlage Böhmens an diesem 8. November 1620 verbreitete sich in Windeseile innerhalb der Stadtmauern. Eine dumpfe Stille legte sich über Prag. Die wenigen Menschen, die einander auf den leeren Straßen begegneten, flüsterten nur einige Worte, hasteten dann rasch weiter und verschanzten sich wieder in ihren Häusern.

Margaretha und Luzia waren schon früh aufgestanden. Sie hatten ihr Frühstück noch nicht beendet, als sich eine blasse, unausgeschlafene Sophia zu ihnen gesellte.

«Ich halte es zu Hause nicht aus», sagte sie, «meine Mutter spricht kein Wort, sondern sitzt wie versteinert herum. Ich habe Marie bei ihr gelassen. Ich selbst bin zu unruhig zum Stillsitzen, ich habe solch entsetzliche Angst um Julius!»

Zum ersten Mal erlebte Margaretha, dass Sophia den Tränen nahe war. Das lange Warten musste sie völlig zermürbt haben, die Angst schien sie allmählich an den Rand ihrer Kräfte zu bringen. Luzia bemühte sich rührend, sie ein wenig abzulenken, sprach mit ihr über gemeinsame Bekannte, über Bälle, auf denen sie vor Jahren getanzt und sich mit Freunden amüsiert hatten. Dabei war sie selbst schneeweiß und bangte um das Leben ihres Bruders Friedrich.

Immer wieder blickten die jungen Frauen zum Fenster hinaus. Das Haus stand unweit der Stadtmauer, sodass man normalerweise von hier aus auf den schwach bewaldeten Weißen Berg sehen konnte, doch heute herrschte ein solcher Nebel, dass sie kaum die Straße zu erkennen vermochten. Was immer dort draußen geschah, sie mussten darauf warten, dass man ihnen Nachricht davon brachte.

Am späteren Vormittag, als sie vor dem Kamin saßen, schweigend in die Flammen starrten und trüben Gedanken nachhingen, wurden sie plötzlich aufgeschreckt durch gedämpftes Artilleriefeuer. Gespenstisch dröhnte es durch den Nebel, brach kurz ab, um dann wieder langanhaltend einzusetzen. Luzia sprang auf.

«Was ist das?», rief sie entsetzt. Margaretha schluckte schwer.

«Sie schießen», flüsterte sie, «der Kampf scheint in vollem Gange zu sein.»

Alle liefen ans Fenster, um hinauszulauschen. Unten auf der Straße flehte eine Frau mit gellender Stimme um Gottes Hilfe. In den Häusern entstand Bewegung, Köpfe erschienen an den Fenstern, Menschen lugten durch Türritzen, Kinder weinten. Ein Hund bellte, und ein Mann fluchte lautstark. Luzia krallte ihre Hände in das hölzerne Fensterbrett.

«O nein», stieß sie hervor, «sie kämpfen. Sie töten sich. Oh, Sophia, Margaretha, es sind die tapfersten Männer Böhmens, die jetzt dort sterben!»

Die anderen schwiegen. Sie wussten, dass dort draußen Männer ihr Leben ließen, weil sie zum König und damit zu Böhmen standen, bedingungslos und zu allen Opfern bereit. Mit ihrem Tod musste das Land unweigerlich in Abhängigkeit und Knechtschaft fallen.

«Ich wünschte, ich wäre bei ihnen», schluchzte Luzia, «wenn sie sterben müssen, dann will ich es auch. Sie sind so tapfer und so jung!» Sie griff nach Sophias Händen, und beide hielten einander fest. Margaretha fühlte sich ausgeschlossen. Diese beiden konnten ihrer Verzweiflung freien Lauf lassen. Luzia bangte um den einzigen Bruder, der dort draußen stand, Sophia um den Bruder und um ihren Mann. Nur Margarethas Angst durfte keinen Namen haben. Denn Richard gehörte ihr nicht, und was zwischen ihnen gewesen war, sollte niemand mehr wissen.

Endlich verstummte das Gefechtsfeuer, aber die einsetzende Stille wirkte beinahe noch bedrohlicher. Auf unsinnige Weise hatte ihnen das Lauschen auf die Artilleriesalven das Gefühl gegeben, am Schicksal der Kämpfenden teilzunehmen. Jetzt schien alles wieder wie an jedem gewöhnlichen Novembertag zu sein, dabei wussten sie doch, dass die Schlacht noch nicht beendet sein konnte.

Um sich zu zerstreuen, aßen die Mädchen etwas Kuchen und tranken zur Beruhigung und zur Kräftigung jede ein kleines Glas Wein. Als es auf der Straße unruhig wurde, rannten sie abermals zum Fenster, rissen es auf und lehnten sich hinaus.

Ein Mann auf einem Pferd trabte die Straße entlang, seine Kleider waren zerrissen, das Tier schnaufte. Leute umringten ihn, er schlug mit seinem Hut wahllos auf sie ein, um freizukommen, und dabei schrie er: «Lasst mich zum König! Die Schlacht ist verloren! Tausende sind gefallen!»

Sofort setzten Weinen und Wehklagen ein. Die Menge ließ den Boten weiterziehen, aber dieser konnte dennoch kaum vorankommen. Die Bürger strömten aus allen Häusern, ungeachtet der Kälte und des Nebels, und füllten die Gassen. Jeder wollte mehr über die Geschehnisse erfahren, und schnell verbreiteten sich die haarsträubendsten und abenteuerlichsten Gerüchte. Weinen und Flüche klangen durch die Straßen, viele schimpften auf den König und auch auf die, die für ihn gekämpft hatten.

«Nur seinetwegen hat Böhmen diese Niederlage erlitten!», schrie ein Mann wütend. «Der König ist es, der uns in dieses Verhängnis gestürzt hat!»

«Fortjagen sollte man ihn!», verlangte eine schrille Frauenstimme.

«Seine Schuld ist es, wenn das Katholikenpack jetzt über unsere letzten Vorräte herfällt!», keifte ein altes Marktweib.

«Wir müssen den Bayern zeigen, dass wir diesem König nicht treu sind», rief ein Mann. «Ihm nicht und nicht seinen Soldaten!» Zustimmendes Gemurmel antwortete ihm. Oben schloss Luzia schnell das Fenster.

«Habt ihr das gehört?», flüsterte sie. «Was, um Himmels willen, erwartet das Heer, wenn es geschlagen zurückkehrt?»

«Diese niederträchtigen Bestien», murmelte Sophia. «Die dort draußen sind für Böhmens Unabhängigkeit gefallen und so dankt man es ihnen!» Ihr Gesicht bekam einen entschlossenen Ausdruck. Sie griff nach ihrem Mantel.

«Wir gehen hinaus», bestimmte sie, «vielleicht können wir irgendetwas tun, wenn unsere Soldaten zurückkommen.»

Die beiden Freundinnen folgten ihr sofort. Mit zitternden Händen zog Margaretha sich warm an. Tausende gefallen, hämmerte es in ihrem Kopf, Tausende gefallen! Warum sollte gerade Richard nicht dabei sein, warum sollte ausgerechnet er dem Tod entgangen sein? Sie liefen die Treppe hinauf und traten aus dem Haus.

Auf den Straßen herrschte ein unvorstellbares Gewühl. Dicke Köchinnen in braunen Kleidern und mit weißen Häubchen auf dem Kopf stürzten aus den Häusern, gefolgt von neugierigen Dienstmädchen. Aus den Wirtsstuben kamen Männer, denen noch Rauch und Bierdunst in den Mänteln hing, andere verließen in höchster Eile ihre Arbeitsstätten und standen mit toten Hühnern, Besen oder halb fertigen Möbelteilen in der Hand herum. Vornehme Damen in Pelzmänteln stiegen vorsichtig über die Abfälle am Straßenrand, aber heute nahm niemand Rücksicht auf sie, und bald wurden sie ebenso grob hin- und hergestoßen wie alle anderen. Dazwischen liefen weinende Kinder, die ihre Mütter im Gedränge verloren hatten. Irgendjemand schrie, der König habe die Stadt bereits verlassen und die Flucht ergriffen. Diese Nachricht wurde mit wütendem Geheul beantwortet. In ihrer Angst sah die Bevölkerung nur noch den Ausweg, die Schuld einer einzigen Person zuzuschieben und diese mit ihrer Rache zu verfolgen. Seit dem Eintreffen des ersten Boten war einige Zeit vergangen, da flackerte erneut Unruhe auf. Margaretha drängte sich tiefer in die Menge, um zu hören, was gesprochen wurde.

«Die Überlebenden nähern sich der Stadt, verfolgt von den kaiserlichen Truppen.»

«Man darf sie nicht einlassen, sonst sind wir verloren! Prag muss sich ergeben!»

«Wir können doch nicht einfach die Tore schließen!»

Margaretha wurde schwach vor Schrecken, bei dem, was sie da vernahm. Sie sprach einen jungen Mann an.

«Bitte, von wo müssen unsere Leute kommen?», fragte sie. Der Mann zuckte mit den Schultern.

«Durch das westliche Tor, wenn überhaupt», erwiderte er. Luzia und Sophia drängten herbei.

«Wir müssen dorthin!», rief Sophia und zeigte nach Westen. «Vielleicht können wir den Verletzten helfen.»

Dies war leicht gesagt, aber sie mussten feststellen, dass sie nur schwer vorankamen. Der Weg wurde zu einem mühsamen Kampf mit der Menschenmenge. Wagen kamen ihnen entgegen, die gefährlich über das Pflaster schaukelten, Pferde, die nervös schnaubten und tänzelten, Menschen, die rannten oder in dichten Trauben die Gasse verstopften. Die Mädchen mussten sich durch Lücken schlängeln, Leute beiseite schieben und aufpassen, dass sie nicht unter Pferdehufe oder Wagenräder gerieten. Wenn Luzia und Sophia jemanden entdeckten, den sie kannten, fragten sie nach den Soldaten, doch niemand konnte eine klare Auskunft geben. Manche behaupteten, es werde niemand eingelassen, andere sagten, sie hätten bereits Soldaten im Inneren der Stadt gesehen und zumindest einigen müsse die Flucht geglückt sein. An diese schwache Hoffnung klammerten sich die drei jungen Frauen. Vielleicht rettete das Schicksal gerade Richard, Friedrich und Julius.

Endlich kamen sie am Westtor an. Hier war die Straße schwarz von Menschen. Niemandem konnte es gelingen, bis zu den Wachen vorzudringen. Doch auch von weit hinten war deutlich zu sehen, dass die riesigen, hölzernen Flügel geschlossen waren, mit einem Eisenriegel versehen und durch die dichte Masse von menschlichen Körpern unbarmherzig verstellt. Sophia schnappte entgeistert nach Luft bei diesem Anblick.

«Ich kann es nicht glauben», rief sie, «sie sperren unsere Soldaten aus! O Gott, wie … können sie das denn tun?»

Luzia schloss erschüttert die Augen.

«Oh, wie unsagbar grausam», flüsterte sie, «sie fliehen vor ihren Feinden und finden die Tore ihrer Heimatstadt verschlossen!»

Eine Frau wandte sich zu ihnen um, ihr Gesicht war tränenüberströmt.

«Sie sagen, die Stadt will sich ergeben und daher keine bewaffneten Männer einlassen», schluchzte sie, «aber es ist so entsetzlich! Sie werden verfolgt und niedergemacht, erzählen die Leute. Viele … wurden in der Moldau ertränkt …» Sie begann fassungslos zu weinen. Ein Mann mit langem, verzotteltem Bart und dunklen, blitzenden Augen sah sie zornig an.

«Niemand hat denen gesagt, dass sie für den König ins Feld ziehen», schimpfte er, «und Prag ins Unglück stürzen sollen!»

Margaretha, die schon seit einigen Minuten mit einem heftigen Schwindelgefühl kämpfte, spürte eine heiße Welle von Wut durch ihren Körper fluten. Sie trat einen Schritt vor.

«Wie können Sie es wagen, so zu sprechen», fuhr sie den

Mann an. «Diese Männer da draußen sind tausendmal mehr wert als Sie und diese ganze verdammte Stadt! Wenn man sie sterben lässt, erleidet Böhmen einen Verlust, von dem es sich nie erholen wird!»

«Erlauben Sie ...», protestierte der Mann, doch Sophia kam ihrer Freundin schon zu Hilfe.

«Ihnen und allen, die verantwortlich sind, dass die Tore geschlossen bleiben», zischte sie, «Ihnen wünsche ich, dass Sie dafür bezahlen müssen, und wenn es Ihr Leben kostet!»

Luzia legte ihr beruhigend die Hand auf den Arm.

«Bitte, Sophia», bat sie, «lass uns lieber sehen, ob unter den Geretteten jemand ist, den wir kennen.»

Sie drängten in eine Nebenstraße, doch sie hatten keine Ahnung, wo sie suchen sollten. In dem furchtbaren Gewühl sah sich Margaretha plötzlich von ihren Freundinnen getrennt. Suchend blickte sie sich um und entdeckte dabei Julius, der auf seinem Pferd die Straße entlangkam. Rücksichtslos jeden Widerstand zur Seite drängend, lief sie, so schnell sie konnte, auf ihn zu und griff in die Zügel des Tieres.

«Baron Chenkow!», rief sie. Julius erkannte sie sofort.

«Margaretha!», sagte er. «Sie sind in Prag? Wissen Sie, wo meine Frau ...?»

«Ja, sie sucht auch nach Ihnen. Dort drüben steht sie. Oh, sie hat uns gesehen!»

Julius sprang vom Pferd. Sophia eilte herbei und fiel, ohne sich darum zu kümmern, wo sie waren, in seine Arme. Sie hielten einander eng umschlungen, Sophia flüsterte immer wieder etwas, und Julius antwortete ihr. Margaretha biss sich auf die Lippen. Sie gönnte Sophia ihr Glück und ihre Erleichterung, aber wie wundervoll wäre es, wenn auch Richard auftauchte und wohlbehalten neben ihr stünde. Julius hatte offenbar keine Verletzung davongetragen, doch er sah sehr mitgenommen aus, mit struppigen Haaren, unrasiert und in verdreckter, zerrissener Kleidung. Er schien Margaretha sehr viel älter als im Sommer, als sie ihn zum letzten Mal gesehen hatte.

Nach einer Weile ließ er Sophia los. Diese hatte sich, ihrem Wesen entsprechend, gleich wieder unter Kontrolle und besann sich auf das, was im Moment wichtig war.

«Sind Richard und Friedrich in der Stadt?», fragte sie.

«Ich wünschte, ich wüsste es», erwiderte Julius, «ich habe sie nicht gesehen. Schon zu Beginn des Kampfes wurden wir getrennt und jeder musste sich allein durchschlagen. Lieber Gott», er griff sich an den Kopf, «nie im Leben will ich wieder eine derart ungeordnete Schlacht kämpfen!»

«Ich glaube, wir sollten nach Hause gehen», meinte Luzia, «wir können hier nichts tun. Wenn Friedrich und Richard in der Stadt sind, werden sie zu uns kommen.»

Schweigend und bedrückt machten sie sich auf den Heimweg. Wieder kämpften sie sich durch das immer dichtere Gewühl, bis sie schließlich erleichtert bei Luzias Haus anlangten und die Tür vor dem Getöse auf der Straße schließen konnten. Zum Glück brannte noch Feuer im Kamin. Sie rückten die Sessel näher heran, streckten die Füße gegen die Flammen und rieben ihre klammen Hände. Niemand sagte ein Wort. Julius starrte vor sich hin, erschöpft und gequält. Seine Augen waren rotumrändert und nun, da die Anspannung sich langsam löste, schien er völlig in sich zusammenzufallen.

Sophia unterbrach einmal die Stille, als sie ihn fragte, ob er sich nicht hinlegen wolle, aber er schüttelte den Kopf.

«Ich könnte nicht schlafen», sagte er.

«Möchten Sie uns alles erzählen?», fragte Luzia. «Es würde Sie vielleicht erleichtern!»

«Nein, besser nicht», antwortete er.

Sie schwiegen wieder. Mit dem Einbruch der Dunkelheit

wurde es draußen ruhiger. Die Menschen froren zu sehr, als dass Sensationshunger und Angst sie länger auf den Straßen gehalten hätten. Am frühen Abend klopfte es an der Tür. Sophia, Luzia und Margaretha sprangen auf, um zu öffnen, doch es war nur ein Dienstmädchen der Tscharninis. Im Auftrag Carolines bat es Sophia, nach Hause zu kommen.

«Es geht der Frau Baronin nicht gut», berichtete sie, «die Aufregung war zu viel für sie. Und ich soll sagen, dass die Stadt sich ergeben hat. Herzog Maximilian ist schon auf dem Hradschin. Der König und die Königin sind geflohen.»

Nach einem kurzen Moment des Schweigens fragte Luzia heftig: «Und was ist mit unseren Soldaten? Wo sind sie?»

«Ich weiß nicht», entgegnete das Mädchen hilflos, «die meisten sind wohl tot!»

«Wir müssen Friedrich und Richard suchen. Wenn sie noch leben, dann befinden sie sich irgendwo in der Stadt. Vielleicht sind sie verwundet und brauchen unsere Hilfe!» Ganz erregt wollte Luzia ihren Mantel anziehen. Aber Julius hielt sie zurück.

«Es hätte keinen Zweck», sagte er, «es ist viel zu dunkel. Außerdem ist es gefährlich. Die fremden Soldaten treiben sich schon in der Stadt herum.»

«Ja, Sie haben recht.» Luzia hängte den Mantel wieder fort und schlich still ins Zimmer zurück. Sophia schnalzte ärgerlich mit der Zunge.

«Ich möchte eigentlich nicht nach Hause», sagte sie, «dass es Mutter nicht gut geht, ist doch nur eine Ausrede. Sie kann es nicht ertragen, wenn sich nicht alle um sie scharen.»

Margaretha gab ihrer Freundin im Stillen recht, während Julius einzulenken versuchte.

«Wir sollten nach Hause gehen», meinte er, «vielleicht braucht sie dich tatsächlich.»

Sophia gab schließlich nach. Nachdem die beiden verschwunden waren, wirkte das Haus noch trüber und leerer als zuvor. Luzia brütete still vor sich hin. Margaretha lief unruhig durch alle Räume, starrte auf die schwarze Straße hinaus und lauschte auf jedes Geräusch, das von draußen hereindrang. Endlich, als sie an einem der vorderen Fenster stand, konnte sie unten vor der Haustür zwei schattenhafte Gestalten erkennen. Sie blieben genau vor ihrem Haus stehen, ein wenig schwankend und unsicher. Schnell lief Margaretha hinauf und öffnete. Es kam ihr keinen Moment in den Sinn, dass es Feinde sein könnten, die dort standen, und sie hatte sich nicht getäuscht. Zwar war ihr der eine Mann fremd, doch stützte er den schwer verwundeten Friedrich, der sich allein nicht aufrecht halten konnte. Sein Gesicht, die Brust und ein Bein waren blutüberströmt. Mühsam hob er den Kopf, blickte Margaretha unter halbgeschlossenen Lidern an und lächelte.

«Margaretha», murmelte er, dann verlor er das Bewusstsein und wäre schwer zu Boden gefallen, hätte der andere ihn nicht mit aller Kraft hochgehalten. Nun kam auch Luzia. Sie unterdrückte mühsam einen Schreckensschrei, als sie ihren Bruder sah.

«Lebt er?», fragte sie entsetzt.

«Ja, er lebt», erwiderte der Soldat, «aber es geht ihm sehr schlecht. Ich dachte, er sei tot, als ich ihn sah, aber dann hob er ganz schwach die Hand. Ich schleppte ihn zur Stadt, hielt mich bis zum Abend verborgen, und dann zeigte er mir den Weg zu diesem Haus.»

«Wie soll ich Ihnen danken?», rief Luzia. «Sie haben meinem Bruder das Leben gerettet. Wären Sie nicht gewesen …»

«Das war selbstverständlich», wehrte der Mann ab. «Soll ich ihn nun hereinbringen?»

«Ja, bitte. Vielen Dank.»

Zu dritt schleppten sie den bewusstlosen Friedrich die Treppe hinauf und legten ihn auf das Sofa im Wohnzimmer. Margarethas Katze Lilli, die ruhig auf einem der Kissen geschlafen hatte, purzelte erschreckt auf die Dielen und verkroch sich unter einem Sessel.

«Wollen Sie noch bleiben und etwas essen?», fragte Luzia den Soldaten, doch der lehnte ab.

«Ich will gleich nach Hause», sagte er, «meine Familie glaubt mich sicher tot!»

Margaretha begleitete ihn zur Haustür, aber bevor er ging, fragte sie ihn noch: «Wissen Sie vielleicht, ob Richard von Tscharnini unter den Überlebenden ist?»

Der Fremde schüttelte den Kopf.

«Ich kenne ihn», antwortete er, «aber ich habe ihn seit dem Morgen nicht mehr gesehen. Das muss jedoch nichts Schlimmes bedeuten.»

«Natürlich nicht. Ich danke Ihnen. Gute Nacht.»

Der Mann verabschiedete sich. Margaretha schloss die Tür, verharrte einen Moment mit gefalteten Händen. Gott hatte Julius und Friedrich zurückgebracht, dann musste auch Richard überlebt haben! Wenn sie es nur erfahren könnte. Wie sollte sie diese Nacht aushalten!

Es zeigte sich, dass ihr keine Zeit blieb, in Ängste oder Grübeleien zu versinken. Friedrichs Zustand war so Besorgnis erregend, dass weder sie noch Luzia zum Schlafen oder Denken kamen. Das Dienstmädchen musste Eimer mit heißem Wasser und unzählige Leinentücher herbeischaffen, sodass sie Friedrich waschen und seine Wunden verbinden konnten. Am Kopf und an der Schulter hatte ein feindlicher Degen ihn tief getroffen, während die Verletzung am Bein rasch verkrustete. Doch die anderen beiden Wunden wollten nicht aufhören zu bluten. Die Mädchen hatten dicke feste Verbände angelegt, doch zu ihrem großen Entsetzen dauerte es nicht lange, bis das Leinen dunkelrot und feucht wurde und nach kurzer Zeit nur noch ein bluttriefender Lappen war.

«Es hört nicht auf», stöhnte Luzia. Sie lösten die Verbände, warfen sie neben sich, erneuerten sie, immer und immer wieder. Luzia weinte fast, arbeitete aber schnell und umsichtig. Margaretha brachte die blutigen Fetzen fort und wischte ab und zu mit einem feuchten Tuch über Friedrichs Gesicht oder Luzias schweißglänzende Stirn. Ihr Kleid war schon voller Blut, aber das war nicht schlimm. Als viel entsetzlicher empfand sie, mitansehen zu müssen, wie Friedrich vielleicht sterben würde. Kein Mensch konnte so viel Blut verlieren und dabei am Leben bleiben. Sie kam sich so überflüssig und nutzlos vor, wie sie hier stand und auf das graue, eingefallene Gesicht sah. Alles schien im Blut zu ertrinken. Luzias Arbeit hatte etwas Verzweifeltes und Hoffnungsloses, und sie konnte ihr nicht helfen. Sie konnte nur Handreichungen leisten, die das nutzlos scheinende Handeln unterstützen.

Kurz nach Mitternacht erwachte Friedrich aus seiner Bewusstlosigkeit. Er bewegte ganz leicht die Lippen, ohne sich verständlich machen zu können, aber Luzia war überzeugt, dass er um etwas zu trinken bat.

«In der Küche ist Milch», sagte sie zu Margaretha, «das Mädchen soll sie etwas wärmen und herbringen.»

Margaretha rannte in die Küche hinauf, scheuchte das Mädchen auf, das auf einem Stuhl eingenickt war, und brachte dann die Milch herauf. Vorsichtig flößten sie Friedrich einige Löffel ein, aber dann übermannte ihn die Schwäche erneut, und er schloss die Augen.

Luzia beugte sich zu ihm hinab.

«Friedrich», flüsterte sie, «Friedrich, hörst du mich?»

Er öffnete langsam die Augen.

«Friedrich, weißt du, ob Richard lebt?»

Margaretha trat näher und lauschte voller Spannung. Doch Friedrich sagte nichts, sondern ließ den Kopf zur Seite fallen.

Luzia stand entschlossen auf.

«Ich hole den Doktor», erklärte sie, «er stirbt sonst.»

«Es ist zu gefährlich für dich allein. Ich komme mit.»

«Du musst bei Friedrich bleiben, falls er jemanden braucht. Das Küchenmädchen ist unfähig. Bitte, bleib bei ihm!»

Margaretha nickte. Sie suchte ihre Angst zu verbergen, die Angst, mit einem schwer verletzten Mann zurückzubleiben, der vielleicht unter ihren Händen starb. Sie lauschte auf Luzias Schritte, die sich in der Nacht verloren, und es blieben nur die rasselnden Atemzüge des Verwundeten. Margaretha kniete neben ihm nieder und hielt seine Hand. Sie war nicht müde, aber ihre Kräfte schienen erschöpft. Die verlorene Schlacht und die Besetzung Prags hatten an diesem Tag so viel Verzweiflung über die Bewohner der Stadt gebracht. Sie konnte die Trauer der Frauen und Mütter so gut nachempfinden. Wenn Richard gefallen war, dann müsste auch sie ihren letzten Rest Hoffnung mit ihm begraben.

In ihre trüben Gedanken versunken, bemerkte Margaretha erst nach einer Weile, dass Friedrichs Wunden aufgehört hatten zu bluten. Ihr erstes Gefühl war tiefe Erleichterung, aber dann sah sie das Gesicht mit den geschlossenen Augen, und die Angst überkam sie erneut. Er war so bleich, als sei er bereits tot. Margaretha schnippte mit den Fingern vor seinem Gesicht, um zu erkennen, ob er wach war, aber er regte sich nicht. Verzweifelt stand sie auf und trat ans Fenster. Wo blieb bloß Luzia mit dem Doktor?

Es dauerte noch lange, bis Luzia zurückkehrte, einen

übernächtigten, unrasierten Arzt hinter sich herziehend. Seit dem Mittag hatte er sich um Verwundete gekümmert, zertrümmerte Gliedmaße geschient, Wunden verbunden und Toten die Augen zugedrückt. Schwerfällig stapfte er die Treppe herauf. Luzia eilte sofort zu ihrem Bruder.

«Doktor», rief sie, «schnell! Er lebt ja kaum noch!»

Der Doktor kam heran und schüttelte nachdenklich den Kopf.

«Ich kann nicht viel tun», sagte er, «er ist äußerst geschwächt. Offenbar hat irgendein hirnloser Pfuscher die Wunde mit schwarzem Holunderöl ausgebrannt, völlig veraltete Methode, die armen Kerle sterben dabei fast an den Schmerzen. Vorher dürfte er ihn mit einem Alrauneaufguss betäubt haben … und davon ein bisschen zu viel kann einen Menschen verdammt schnell ins Jenseits befördern. Ich geben Ihnen etwas …» Er zog eine Schachtel aus der Tasche, die er Luzia reichte.

«Eine Salbe», erklärte er, «Rosenöl, Terpentin und Eidotter. Tragen Sie sie immer wieder auf die Wunde auf. Und hier ein Pulver, Balsamkraut und Basilikum. Geben Sie es ihm mit etwas Wein zu trinken, das wird ihn kräftigen.»

«Meinen Sie, dass er überleben wird?», fragte Margaretha angstvoll.

«Das kann ich nicht sagen. Wenn er morgen früh noch atmet, dann haben Sie Hoffnung. Achten Sie darauf, dass er ruhig liegen bleibt!» Der Doktor nickte und verließ bereits wieder das Haus. Es warteten noch viele auf ihn in dieser Nacht.

Kaum war er fort, bereitete Luzia schon die Medizin und rieb seine Wunden ein. Sie setzte sich neben Friedrich, und wann immer sie glaubte, dass er ein wenig mehr zu sich kam, flößte sie ihm einige Löffel Kräuterwein ein. Margaretha hatte sich in ihrem Sessel zurückgelehnt. Sie war fest entschlossen wachzubleiben, aber dann nickte sie doch ein. Sie wachte erst auf, als Luzia sie leicht rüttelte. Ein grauer Tag sah durch die Fenster, aber Luzias Gesicht strahlte.

«Es geht ihm besser», sagte sie, «sein Atem ist ganz gleichmäßig!»

«Gott sei Dank!» Margaretha wollte sofort aufstehen, doch Luzia hielt sie zurück.

«Ich habe noch eine gute Nachricht. Ganz früh kam ein Bote von den Tscharninis. Richard lebt und ist unverletzt. Er ist schon bei seiner Familie.»

Diesmal brachte Margaretha nur ein leises Stöhnen hervor. Die entsetzliche Spannung der letzten Stunden fiel von ihr ab.

Richard lebte! Wenn nur ihr Gesicht sie nicht verriet! Mit trockener Zunge fuhr sie sich über die Lippen. Sie sah zu Luzia und gewahrte dabei das Leuchten in den Augen der Freundin und die warme Zärtlichkeit in ihren Zügen. Ihr war klar, dass sie nie darüber sprechen würden, doch sie ahnte, dass Luzia längst alles begriffen hatte und dass sie Margaretha deswegen nicht verurteilte.

13

In den folgenden Tagen bekamen die Bürger Prags die Auswirkungen der Niederlage schmerzlich zu spüren. Glanzvoll und selbstbewusst hielten die Sieger ihren Einzug. Die Führer nahmen Quartier auf dem Hradschin, die Soldaten verteilten sich in allen Straßen und Gassen. Noch am Abend des Kampfes hatte sich das Königspaar verkleidet aus der Stadt bringen lassen und befand sich nun auf der Flucht, wobei es Friedrich nicht versäumt hatte, die kostbarsten Stücke der Kronjuwelen mitzunehmen. Aber auch ohne diese barg die Stadt an der Moldau genügend verlockende Besitztümer. Die Soldaten, müde, hungrig und verfroren, dabei zornig und siegestrunken, bebten vor Gier. Herzog Maximilian kam ihren unausgesprochenen Wünschen nach. Er ließ alle Stadttore schließen und gab die Häuser der Bürger zur Plünderung frei. Die Männer durften eindringen, wo sie nur wollten, mitnehmen, was sie tragen konnten, und niemand wagte, Einspruch zu erheben. Ohnmächtig und stumm ertrugen die Menschen die Plünderung ihrer Stadt, einer der reichsten Europas.

Auch Luzia und Margaretha mussten hilflos mitansehen, wie eines Tages fremde Soldaten durch ihr Haus stampften und alles an sich rissen, was ihnen wertvoll erschien. Sie wurden von einem jungen, stämmigen Hauptmann angeführt, der einen breiten Federhut auf dem Kopf trug und dessen völlig verdreckte Lederstiefel auf allen Teppichen Spuren hinterließen.

«Wo ist der Hausherr?», fuhr er Margaretha an. Er sprach ein Bayrisch, bei dessen heimatlich vertrautem Klang Margaretha zusammenzuckte, doch ihr Gegenüber musterte sie voller Kälte. Für sie war sie eine böhmische Adelige und gehörte zu jenen aufständischen Leuten, derentwegen sie hier eingreifen mussten, um die Interessen des Kaisers zu vertreten.

«Friedrich von Lekowsky wurde im Kampf verwundet», erwiderte sie, «er kann nicht aufstehen.» Anscheinend war ihr Dialekt nicht mehr herauszuhören, denn der Offizier erkannte sie nicht als Bayerin. Sie wollte sich ihren Landsleuten nicht offenbaren. Es wäre schwierig für sie gewesen, ihren Aufenthalt in Prag und ihr freundschaftliches Verhältnis zu einer protestantischen Familie zu erklären, und vielleicht würde man sie für eine Verräterin halten.

Es schmerzte sie, was sie hier erleben musste, und mehr denn je hatte sie das Gefühl, durch ihre Flucht im vergangenen Jahr heimatlos geworden zu sein. Denn neben dem Kummer darum, dass sie sich verstellen musste, empfand sie denselben Zorn, mit dem auch Luzia auf die Plünderer blickte. Wie eine Horde von Barbaren fielen die Soldaten über die sauberen, ordentlichen Zimmer her. Verwahrlost sahen sie aus von dem langen Feldzug, in zerrissenen Jacken und Hosen, mit völlig verfilzten Haaren und gierigen, rotgeränderten Augen. Sie schleppten Gemälde fort, Teppiche, Silbergeschirr und Schmuck. Sie brachen alle Schränke auf und warfen rücksichtslos zu Boden, was ihnen nicht wertvoll genug schien. Luzia und Margaretha versuchten sich so weit wie möglich im Hintergrund zu halten, aber die meisten Männer wurden dennoch auf sie aufmerksam. Sie musterten sie abschätzend und machten anzügliche Bemerkungen, auf die Luzia kalt, Margaretha patzig reagierte. Einer trat dicht an Margaretha heran und fasste nach ihrem Arm.

«Prag hat schöne Frauen», sagte er lächelnd, «wirklich … so ein hübsches, blondes Mädchen habe ich lange nicht gesehen. Was ist, möchtest du nicht mit mir kommen? Du wärest eine niedliche Beute, wahrhaftig!»

Margaretha machte sich frei.

«Lassen Sie mich los», gab sie spröde zurück. Der Mann griff sofort wieder nach ihr.

«Oh, meine Dame, Bayern ist schön. Würde dir gefallen dort. Nicht wahr», wandte er sich an seine Kameraden, «es würde der Kleinen bei uns gefallen!» Lautes Gejohle antwortete ihm.

«Natürlich, nimm sie mit», rief ein anderer, «aber du weißt – wir teilen alles, was wir kriegen!»

Margaretha schüttelte die Hand ab und verschwand im

Nebenzimmer. Luzia folgte ihr mit blassem Gesicht. Sie merkte, dass Margaretha mit den Tränen kämpfte.

«Sei nicht traurig», bat sie, «ich weiß, dass das alles sehr schwer für dich sein muss, aber es wird vorübergehen!»

«Sie sind nicht alle so, Luzia, das kannst du mir glauben. Weißt du, Bayern ist wirklich schön, und es gibt so viele gute Menschen dort …»

«Das weiß ich», erwiderte Luzia, «und ich bin davon überzeugt, dass viele Tschechen in bayerischen Städten genauso handeln würden. So ist das nun einmal.»

Im Übrigen ertrug Luzia die Plünderung ihres Elternhauses recht gelassen.

«Das meiste befindet sich ohnehin auf unserem Landsitz», erklärte sie Margaretha, «uns können sie nicht arm machen.»

Angst hatte sie nur um Friedrich, der noch immer schwach war und völlige Ruhe gebraucht hätte. Er regte sich auf, weil er glaubte, sein Haus gegen die Feinde verteidigen zu müssen, und sich dabei von seinem Lager doch nicht erheben konnte.

«Seid ihr schon wieder da?», fragte er einmal mühsam. Ein fremder Soldat trat zornig auf ihn zu.

«Sei vorsichtig», schrie er ihn an, «sonst schicke ich dich doch noch zu deinem Schöpfer, verstehst du?» Er machte eine drohende Gebärde.

«Wie mutig von Ihnen», sagte Margaretha spitz. Er funkelte sie wütend an und verschwand. Es war das einzige Mal, dass Margaretha die Konfrontation suchte. Sonst hielt sie sich zurück und lauschte den Gesprächen der Männer. Aber sie erfuhr nichts über Menschen, die sie kannte, und sie hielt vergeblich Ausschau nach vertrauten Gesichtern. Doch dann, in der Woche nach der Schlacht, traf sie einen Mann, den sie schon ganz aus ihrer Erinnerung verdrängt hatte.

Es war ein kalter Tag. Sie hatte angeboten, einige Besorgungen zu machen, denn das Dienstmädchen tat aus lauter Angst vor den Soldaten keinen Schritt auf die Straße, und Luzia mochte Friedrichs wegen das Haus für keinen Moment verlassen. Alle Tore wurden noch immer streng bewacht, nichts und niemand gelangte in die Stadt. Es würde also kaum frische Nahrungsmittel geben, aber Margaretha wollte es versuchen. Ihr und Luzia machte es nichts aus, sich bescheidener zu ernähren, aber Friedrich brauchte gutes, gehaltvolles Essen, um gesund zu werden. Sie schlenderte die Straße entlang und beobachtete das bunte Treiben, das hier trotz der verlustreichen Niederlage und der fremden Soldaten herrschte. Über eine Mauer hinweg wehte ein Fetzen Papier vor Margarethas Füße, und als sie ihn neugierig aufhob, erkannte sie darauf boshafte Zeichnungen von fetten Priestern und Mönchen, die einer Schar armer, gläubiger Christen das Blut aus den Adern saugten, gleichzeitig das Kreuz schwangen und die Tugenden der katholischen Kirche priesen. Margaretha ließ das Flugblatt fallen, als habe sie sich die Finger daran verbrannt. Es konnte schlimme Folgen haben, beim Lesen einer solchen Hetzschrift von den Kaiserlichen oder ihren Sympathisanten ertappt zu werden.

Erst nach einer Weile wagte sie wieder, sich umzusehen, und ihr Blick blieb an einem dunkelhaarigen Mann hängen, der gerade hungrig in ein Stück Brot biss. Sie erkannte ihn sofort, ungeachtet der vielen Jahre, die sie ihn nicht gesehen hatte. Es war Albrecht von Malden, der Freund aus ihrer Kinderzeit und der von ihren Eltern für sie ausgesuchte Ehemann!

Margaretha zuckte zusammen; sie wollte ohne einen Blick an ihm vorbeigehen, um der drohenden Begegnung auszuweichen, doch er hatte seine Augen schon auf sie gerichtet. Die maßlose Überraschung in seinen Zügen verriet, dass er ebenfalls wusste, wen er vor sich hatte. Beide brauchten einen Augenblick, um sich zu fassen. Margaretha lächelte zögernd. Albrecht ließ ein Fuhrwerk an sich vorüberrollen, dann überquerte er die Straße. Er war nicht viel größer als sie, noch ebenso zart und schmal wie früher, fast kindlich in seiner Gestalt. Dennoch wirkte er sehr reif und älter, als er tatsächlich sein konnte.

«Margaretha», sagte er erstaunt und ohne zu lächeln.

«Albrecht», erwiderte Margaretha. Es schien ihr dumm, wie sie beide dort standen und nichts zu sagen wussten, und so setzte sie hinzu: «Ich hätte nie geglaubt, Sie hier zu treffen.» Eine weniger förmliche Begrüßung wäre ihr merkwürdig vorgekommen, so fremd fühlte sie sich dem Freund aus ihrer Kinderzeit.

«Nun, der Grund für meinen Aufenthalt in Prag ist einfach zu erklären – ganz im Gegensatz zu dem Ihren!», antwortete Albrecht distanziert.

«Wie meinen Sie das?» Er lachte bitter.

«Wollen Sie Theater spielen?», fragte er. «Die Art, in der Sie hier stehen und mich unschuldsvoll ansehen, vermittelt mir fast diesen Anschein.»

Margaretha schluckte.

«Wenn Sie glauben …», begann sie.

«Ach, ich glaube gar nichts», unterbrach Albrecht, «und denken Sie nicht, ich sei zu einer freundschaftlichen Plauderei aufgelegt. Vielleicht sollten wir besser so tun, als kennten wir einander nicht.»

Er zog den Hut und wollte gehen, doch Margaretha hielt ihn zurück.

«Albrecht», sagte sie bittend. Er blieb stehen.

«Was ist?», fragte er.

«Ich möchte nur, dass Sie einen Moment bleiben. Verstehen Sie … Sie kommen aus meiner Heimat!»

«Oh, haben Sie Heimweh? Sie konnten doch damals nicht schnell genug fortkommen!»

Margaretha hätte nie geglaubt, dass er so verbittert sein könnte.

«Ich weiß, dass ich auch Sie enttäuscht habe», sagte sie.

Albrecht sah zu Boden, dann blickte er sie wieder an, und auf einmal war sein Gesicht voller Zorn.

«Sie haben mich lächerlich gemacht», stieß er hervor. «Verlacht und verspottet hat man mich Ihretwegen. Wissen Sie, das war viel mehr als nur eine Enttäuschung. Der Bräutigam sitzt arglos zu Hause, und die Braut brennt unterdessen mit einem anderen Mann durch! Das wird mir mein Leben lang anhängen!» Verletztheit und die Kränkung seines männlichen Ehrgefühls klang aus diesen Worten.

«Ich habe Ihnen nie ein Versprechen gegeben», erwiderte Margaretha leise.

«Ich besaß das Wort Ihrer Eltern und jeder wusste es. Ganz abgesehen davon teilte Ihre gnädige Frau Mutter mir mit, die geplante Heirat finde auch Ihre Zustimmung!»

«Plötzlich gab es einen anderen Mann …»

«Und? Hat er Sie geheiratet? Dann wäre Ihr Leben ja jetzt in Ordnung.»

«Ja … es ist nun alles so, wie ich es wollte …» Margaretha lächelte mühsam, aber sie war so ungeschickt im Lügen, dass Albrecht sie sofort durchschaute.

«Erzählen Sie mir keine Märchen», sagte er, «ich glaube nicht, dass Sie verheiratet sind. So sehen Sie nicht aus. Ich frage mich, wovon Sie leben. Aber vielleicht ist das in diesen Zeiten für ein Mädchen gar nicht so schwer!»

Margarethas Augen funkelten wütend.

«Dafür werden Sie sich entschuldigen!», fuhr sie ihn an, so laut, dass eine vorübergehende Marktfrau sich umwandte. Albrecht nickte.

«Es tut mir leid», sagte er.

«Was ich auch getan habe», fuhr Margaretha mit Tränen in den Augen fort, «ich habe kein Verbrechen begangen. Ich habe mich nur plötzlich verliebt. Und das allein scheint euch allen das Recht zu geben, mich zu verurteilen.»

Albrecht schwieg, und sie fragte mit unsicherer Stimme:

«Nicht wahr, alle verachten mich, und meine Familie hat mich verstoßen.»

«Ich glaube schon», antwortete Albrecht. Er sprach weniger hart als zuvor, denn das blasse, ängstliche Mädchen rührte ihn.

«Ihre Eltern waren der Schande ebenso ausgesetzt wie ich. Es war keine leichte Zeit für sie.»

«Und wie geht es ihnen? Sind sie gesund?»

«Sie waren es wenigstens, als ich sie das letzte Mal sah. Bernada hat natürlich Schmerzen wie immer, aber sie ist dennoch das reizendste, freundlichste Geschöpf, das ich kenne. Der Baron lässt sich selten in der Öffentlichkeit blicken, aber das war wohl früher auch schon so. Und Ihre Mutter ...»

«Sie hat es am härtesten getroffen, nicht?»

Albrecht nickte.

«Sie hatte sich von dieser Hochzeit viel versprochen», meinte er, «Sie wissen, Adelheids Ehe ist ein einziges Unglück und Bernada wird nie heiraten. So setzte sie alle Hoffnung auf Sie!»

«Ja, Mutter hat geplant wie ein General», erwiderte Margaretha böse, «manchmal denke ich ... ach, das ist unwichtig. Albrecht», sie lächelte schwach, «Albrecht, ich möchte, dass Sie mir glauben, dass es nicht Ihretwegen geschah. Ich meine, ich bin nicht vor Ihnen davongelaufen. Ich bin mit diesem Mann gegangen. Wäre er nicht gewesen, ich wäre gern Ihre Frau geworden.» Es war nicht ganz aufrichtig, was sie sagte, aber das schien Albrecht auch nicht zu interessieren. Nach seinem kurzen, heftigen Ausbruch hatte er sich nun wieder völlig gefasst, als sei für ihn alles lange überwunden. Unbeweglich sagte er:

«Ich will nicht behaupten, dass es mich freut, Sie getroffen zu haben, aber da es ein so merkwürdiges Spiel des Schicksals war, sollte ich mich nicht darüber ärgern. Zu Hause werde ich nichts erzählen von dieser Begegnung. Ich nehme an, ich komme damit Ihren Wünschen entgegen?»

«Ja, danke.»

«Nun denn, leben Sie wohl, Margaretha. Trotz allem, ich wünsche Ihnen aufrichtig, dass Sie glücklich werden.» In seiner Höflichkeit schwang mehr Verachtung als in seinem Zorn.

Für ihn bin ich fast schon ein Straßenmädchen, dachte Margaretha unglücklich, doch dann hob sie trotzig den Kopf. Was interessierte er sie denn schon? Ebenso höflich wie er sagte sie: «Ich wünsche auch Ihnen ein glückliches Leben. Bestimmt wird es schöner, als wenn Sie es mit mir geteilt hätten. Ich glaube jetzt, dass wir einander nicht sehr gut verstanden hätten.»

«Das ist möglich.» Albrecht betrachtete sie noch einmal. Er fand, sie habe sich sehr verändert. Als er sie zuletzt gesehen hatte, war sie dreizehn Jahre alt gewesen, und er hatte ihr Gesicht und den Ausdruck ihrer Augen als zart und reizvoll empfunden. Heute, drei Jahre später, meinte er, davon kaum noch etwas zu entdecken. Sie war zwar schöner und sinnlicher als damals, doch in ihrem Wesen schien sich eine neue Traurigkeit mit einem Anflug von Zynismus zu mischen. Was immer ihr widerfahren war, es hatte ihr jenen unschuldigen Liebreiz genommen, der ihn an ihr fasziniert hatte. Er war plötzlich überzeugt, dass sie verkommen würde, und sie tat ihm leid. Aber dann, mit einem Gefühl der

Selbstgerechtigkeit, sagte er sich, dass sie die Möglichkeit für ein gutes und ehrenhaftes Leben schließlich selbst vertan hatte. Sie verabschiedeten sich voneinander wie zwei flüchtige Bekannte, die einander zufällig getroffen und sich nicht viel zu sagen hatten. Albrecht ging fort, ohne sich umzudrehen, ein Teil von Margarethas Heimat. Statt Vertrautheit und Wärme hatte er ihr jedoch nur eisige Kälte gebracht. Es gab nun keinen Zweifel mehr, wie ihre Familie über sie dachte.

Es war das letzte Mal, dass Margaretha Albrecht sehen sollte. Auf dem Rückzug des Heeres nach Bayern wurde er von einer der vielen Epidemien hinweggerafft.

Friedrich gesundete nur langsam. Ganz knapp war er dem Tod entkommen, und dieser Kampf hatte all seine Kräfte verbraucht. Er blieb über Wochen schwach und bleich, hatte kaum Appetit und ermattete bei der geringsten Anstrengung. Luzia wurde vor Sorge fast selber krank. Als der Dezember kam und es Friedrich noch nicht besser ging, beschloss sie, dass etwas geschehen müsse.

«Hier wird er sich niemals erholen», sagte sie zu Margaretha und Sophia, «er muss aufs Land. Wir werden daher so bald wie möglich zu unserem Landsitz aufbrechen. Margaretha kommt natürlich mit. Und Sophia und Julius, wenn sie Lust haben, auch.»

«Das ist ja wundervoll!», rief Margaretha. «Wie herrlich, Weihnachten auf dem Land!» Sophia stimmte ebenfalls sofort zu.

«Ich bin sicher, auch Julius wird uns begleiten», sagte sie, «unser Heer ist zersplittert, dort hat er also nichts mehr zu tun, und die Verwaltung der Güter kann er für einige Zeit anderen überlassen. Außerdem ist Prag in diesem Winter arm und unwirtlich wie nie zuvor.»

Zunächst hatten sie Angst, sie würden nicht fahren dürfen. Alles war ungeordnet und unsicher, der Kaiser hatte noch keine weiteren Befehle über das Schicksal der Stadt erlassen. Manche sprachen von Vertreibungen und Verhaftungen, doch niemand wusste Genaues. Es gelang Sophia, für sie alle eine Erlaubnis zur Abreise zu erhalten. Richard kam nicht mit. Margaretha, die angstvoll auf diese Entscheidung gewartet hatte, fühlte sich enttäuscht. Sie hatte Richard seit seinem Abschied von Schloss Tscharnini nicht mehr gesehen, und obwohl sie nicht wusste, wie sie sich bei einem Zusammentreffen verhalten sollte, fühlte sie eine große Sehnsucht.

Mich vermisst er offenbar gar nicht, dachte sie bitter. Vermutlich war es Caroline, die ihn zurückhielt, aber warum, zum Teufel, ließ er sich so von ihr beherrschen!

Sie reisten in mehreren Kutschen, da viel Gepäck vorhanden war und außer Luzias Dienstmädchen noch einige Dienstboten von Sophia und Julius mitfuhren. Luzia und Sophia hatten schöne Winterkleider und schwere Pelzmäntel eingepackt, die Männer Reitkleidung und Waffen zum Jagen. Außerdem brauchten sie Medizin für jeden nur denkbaren Notfall, Kräutermixturen, getrocknete Wurzeln, Salben, dazu eine Menge Schönheitsmittelchen, Cremes, Badesalze, Parfums, sogar Perücken und Haarteile. Die Dienstboten hatten auch die Bettdecken und Kissen einpacken müssen, außerdem Geschirr, Bilder, Kerzen, Spiele, Karten und Bücher. Es wurden viele Kisten voll gepackt, aber Luzia sagte, es seien weniger als sonst, weil vieles den Plünderern anheim gefallen war.

Nach einer mehrstündigen Fahrt erreichten sie das Schloss, das östlich von Prag nahe dem Ort Lipan lag, umgeben von weiten, glitzernden Schneefeldern und dunklen Nadelwäldern. Margaretha war entzückt von dem steinernen Bau, der nicht klein und fast verspielt auf einem Berg thronte wie Schloss Tscharnini, sondern würdevoll und herrschaftlich inmitten der jetzt weißen Ebene stand. Durch eine Allee von mächtigen Eichen fuhren sie auf den weitläufigen Schlosshof.

Schon nach wenigen Tagen wusste Margaretha, dass der Aufenthalt hier nicht nur für Friedrich, sondern für sie alle gut sein würde. Tagsüber hielten sie sich meist draußen auf. Friedrich musste noch vorsichtig sein und durfte nicht reiten, aber er ging viel mit Luzia im Park spazieren. Margaretha schloss sich ihnen manchmal an, doch lieber ritt sie mit Sophia und Julius aus. Es war das Herrlichste auf der Welt, durch die verschneite Landschaft zu galoppieren, wenn sich hoch und klar der Himmel über Böhmen wölbte und sie die Ereignisse der vergangenen Wochen und Monate hinter sich lassen konnte. Wenn sie ritt, vergaß sie alles. Sie verlor die Angst und fühlte sich eins mit dem Pferd, hingegeben an die Schnelligkeit, mit der sie über den Schnee dahinflogen. Es war schön, später im Schritt zum Schloss zurückzureiten, dabei mit Julius und Sophia zu plaudern. Julius verwand langsam die Schrecken der Schlacht am Weißen Berg und war sehr guter Laune. Margaretha mochte ihn immer mehr. Sie fand seine Ernsthaftigkeit und Zuverlässigkeit anziehend. Nie hätte sie geglaubt, dass jemand diese Eigenschaften, die sie bisher für bieder und langweilig gehalten hatte, so selbstbewusst und völlig selbstverständlich zur Schau tragen konnte. Zudem berührte sie, wie deutlich er seine Liebe zu Sophia zeigte. Immer wieder blieb sein Blick strahlend auf seiner jungen Frau liegen, wenn sie beisammen waren, und mit einem einzigen Blick konnten sie über einen ganzen Raum hinweg lächelnd ihre Zusammengehörigkeit zeigen, die keiner Worte bedurfte. Margaretha wurde auch ein bisschen traurig, wenn sie diese Zärtlichkeit sah. Sie wünschte sich selbst so sehr, Geborgenheit bei einem anderen Menschen zu finden. Wie gut Sophia dieses Leben bekam! Sie sah schöner und gesünder aus denn je. Wenn sie auf ihrem Pferd herangaloppierte, mit lachendem Gesicht, blitzenden, dunklen Augen und zerzausten schwarzen Locken, dann beneideten Luzia und Margaretha sie oft um ihr kraftvolles Wesen. Margaretha war sicher, dass Sophias Glück zum Teil auch daher kam, dass sie endlich ihrer Mutter entronnen war und nicht mehr unter ihrer Herrschaft leben musste.

Weihnachten kam heran, ein Tag, den Margaretha gefürchtet hatte, denn sie glaubte, Heimweh und Kummer würden sie gnadenlos überfallen. Doch dann wurde es so gemütlich und harmonisch, dass niemand eine Träne vergießen musste. Sie saßen alle um den Kamin, in ihren schönsten Kleidern, aßen Nüsse und tranken Wein, und wenn sie nicht sprachen, dann war nur das Knacken der Holzscheite im Feuer zu hören. Draußen sank lautlos Flocke um Flocke vom Himmel herab. Margaretha betrachtete die anderen mit einem warmen Gefühl der Freundschaft und Liebe. Sie kannte diese Menschen noch nicht lange, aber ihre Gesichter erschienen ihr schon ganz vertraut. Sie hatten so viel für sie getan in den vergangenen Monaten und waren ihre Freunde geworden. Ich möchte sie alle ein Leben lang nicht verlieren, dachte sie plötzlich. Ich möchte mir ihre Freundschaft erhalten, ihnen irgendwann ihre Hilfsbereitschaft vergelten und noch viele solche Abende erleben. Bei allem, was ich verloren habe, dies habe ich doch wenigstens gewonnen.

«Jetzt ist das Jahr bald zu Ende», sagte Luzia sinnend, «und was hat es uns gebracht?»

«Viel Krieg», entgegnete Sophia, «Krieg im ganzen Reich, und niemand weiß, wann er aufhört.»

«Immerhin», meinte Julius, «leben wir noch. Diesen Triumph haben wir. Wir haben das Jahr überlebt!»

«Ja», Margaretha sah nachdenklich in die Flammen, deren Schein sich in ihren Augen spiegelte, «vielleicht ist das der einzige Sinn gewesen. Man versucht, allen Gefahren zu trotzen und bleibt am Leben. Wer weiß, wie lange das noch so gehen wird.»

«Oje!» Sophia trank ein paar große Schlucke Wein. «Wir müssen von etwas anderem sprechen. Margaretha wird schon ganz melancholisch. Dabei gibt es wichtige Dinge, über die wir reden sollten. Zum Beispiel: Wollen wir zu Neujahr einen Ball im Schloss veranstalten?»

«Einen Ball?», fragte Margaretha aufgeregt. «Oh, meinst du wirklich? Wisst ihr, ich war noch nie auf einem Ball.»

Luzia sah sie erstaunt an.

«Noch niemals? Dann müssen wir es schon deshalb tun!»

«Du kannst doch aber tanzen?», erkundigte sich Sophia.

«Ja, das habe ich gelernt. Nur im Kloster war ja nie Gelegenheit dazu.»

«Gut», entschied Sophia, «dann laden wir zu Neujahr alle ein, die wir kennen. Sie werden froh sein über die Abwechslung.»

Alle redeten und lachten und planten. Margaretha hörte ihnen gespannt zu. Welch wunderbarer Anfang für ein neues Jahr! Ein Ball mit Kerzen und Musik, mit Wein und seidenen Kleidern! Ach, sie wollte schön sein, so wunderschön und bezaubernd wie nie zuvor. Denn Richard würde kommen, und wenn er sie sähe, dann müsste er überwältigt sein, dann dürfte es keine Überlegung mehr für ihn geben. Mit großen Augen sah Margaretha zum Fenster, hinter dem noch immer die Schneeflocken herabfielen. Die Hoffnung, die schon seit Wochen und Monaten in ihr aufkeimte, wurde zur Sicherheit. Sie war erst sechzehn Jahre alt – und was auch geschehen war, wie bitter es gewesen sein mochte, es hatte ihr grenzenloses Vertrauen in sich selbst und in ihr Schicksal noch nicht zerstören können.

Eine Woche nur blieb ihnen für alle Vorbereitungen. Die beiden Männer hielten sich geschickt abseits und tauchten nur zu den Mahlzeiten und abends auf. Die Dienstboten mussten das ganze Schloss putzen und den Ballsaal schmücken, Kerzen aufstecken, Teppiche bürsten. Sie rannten den ganzen Tag treppauf, treppab und plapperten pausenlos. Einige halfen den Mädchen bei der Vorbereitung ihrer Kleider. Margaretha bekam von Luzia einen großen Ballen leuchtender blaugrüner Seide geschenkt.

«Die ist für dich, damit du zu deinem ersten Ball besonders hübsch bist», sagte sie. «Ich habe sie vor langer Zeit gekauft, aber ich wäre viel zu blass darin. Dir müsste sie wunderschön stehen.»

«Aber das kann ich doch nicht annehmen», protestierte Margaretha, «du solltest dir selber ein Kleid daraus machen.»

«Ach nein, es ist wirklich nicht meine Farbe. Ich würde wie ein Käse darin aussehen. Aber zu dir passt es, weil deine Augen genauso leuchten. Und dazu dein blondes Haar!»

Natürlich ließ Margaretha sich nur zu gern überreden. Nie hatte sie einen so schönen, zarten Stoff besessen. Sie tänzelte damit vor dem Spiegel herum. Luzia hatte recht, die Farbe stand ihr und ließ ihre Augen strahlen. In diesem Kleid wäre sie jeder Frau überlegen.

«Oh, ich danke dir, Luzia», rief sie und umarmte die Freundin, «was hätte ich ohne dich getan?»

Die große Nähstube des Schlosses wurde in den nächsten Tagen der wichtigste Aufenthaltsort für die Mädchen. Im Kamin brannte ein helles Feuer, überall lagen bunte Stoffe, seidene Fäden, Spitzentücher, Fächer und Seidenschals herum; dazwischen saßen ein paar Dienstmädchen auf niedrigen Hockern, nähten, lachten und schwatzen. Die Schneiderin, die aus Prag gekommen war, trieb sie unermüdlich zur Eile an und erspähte mit scharfen Augen jeden unsauberen Stich. Stundenlang standen Margaretha, Luzia und Sophia auf ihren Schemeln, ließen sich wieder und wieder die Kleider anprobieren, ändern, aus- und wieder anziehen. Trotz der stickigen Luft hielten sie durch, und so wurden die Ballroben wirklich am Vorabend des 31. Dezember fertig. Margaretha nähte zuletzt noch selber Goldborten an den Ausschnitt, und Luzia versprach ihren geerbten Schmuck aus Gold und Türkisen.

14

Nichts mehr, so dachte Margaretha, als sie an diesem Abend zu Bett ging, konnte nun noch schief gehen. Und wie immer galten ihre letzten Gedanken vor dem Einschlafen Richard.

Der letzte Tag des Jahres 1620 war sonnig und klar. Hätte man das prachtvolle Wetter als Omen für das neue Jahr betrachtet, versprach es Hoffnung auf glücklichere Tage. Als Margaretha aufwachte, lief sie gleich ans Fenster, öffnete es, lehnte sich hinaus und atmete die eiskalte Luft. Sie fühlte sich so siegesgewiss, so aufgeregt! Sie wusste kaum, wie sie die Zeit bis zum Abend herumbringen sollte. Beim Frühstück musste sie sich einige Neckereien wegen ihrer nervösen Fröhlichkeit gefallen lassen.

«Wie ein Kind am Tag vor seinem Geburtstag», sagte Julius. «Nun, Margaretha, sind Sie schon sehr gespannt?»

«Wäre ich sonst so unruhig?», erwiderte sie lachend. «Ach, wenn es nur erst so weit wäre!»

«Erstaunlich viele haben zugesagt», meinte Friedrich, «trotz der schlechten Zeit.»

«Gerade wegen der schlechten Zeit», behauptete Sophia, «sie alle hoffen auf ein glückliches neues Jahr.»

«Hoffentlich reden die Männer nicht den ganzen Abend über Politik», sagte Luzia. «Friedrich und Julius, bitte seid so lieb und versucht, das zu verhindern!»

Beide versprachen, sich zu bemühen. Luzia stand auf, um in der Küche noch einmal nach dem Essen zu sehen. Es war nicht so üppig wie sonst bei solchen Gelegenheiten, denn einige erlesene Genussmittel standen in diesem Winter selbst den Reichen nicht zur Verfügung, doch die Köchin hatte mit viel Geschick einige Köstlichkeiten zubereitet.

Margaretha und Sophia begaben sich hinauf, um letzte Hand an ihre Garderobe zu legen. Margaretha strich mit beiden Händen über den Türkisschmuck, den Luzia ihr ins Zimmer gelegt hatte. Wenn ihr diese Dinge nur helfen könnten, ihren Richard ganz für sich zu gewinnen! Die Tür ging auf und Sophia kam herein. Sie lächelte liebevoll.

«Bist du glücklich über diesen Ball?», fragte sie.

«Ich freue mich so sehr!», entgegnete Margaretha. «Ich habe so etwas noch nie erlebt! Diesen Glanz und diese Aufregung!»

«Ja, du bist auch noch jung!», meinte Sophia etwas wehmütig. «Mit sechzehn Jahren erschien mir jeder Ball wie ein strahlender Höhepunkt meines Lebens. Sieh mich jetzt an ...!» Sie trat vor den Spiegel und verzog den Mund.

«Einundzwanzig und verheiratet! Ich sage dir, die ganze Sache ist dann weniger spannend. Ich kann nie wieder dreist hinter den jungen Männern herblicken und schamlos mit ihnen flirten, mich über die empörten Blicke der alten

Damen freuen. Ich tanze mit meinem Mann, und vielleicht fordern mich noch ein oder zwei würdige Herren auf: Die übrige Zeit sitze ich in der Ecke bei den langweiligen Matronen!»

Margaretha musste lachen, weil die Freundin in solch komischer Verzweiflung sprach, aber schließlich lachte diese auch.

«Nun ja», sagte sie, «jedenfalls ist es schön, jung zu sein! Du kannst tanzen, so viel du willst und flirten, mit wem du willst – und dir dabei wunderbar verrucht vorkommen! Ach, Margaretha, genieße diesen Abend und genieße deine Freiheit!»

«Weißt du, ich wäre lieber an deiner Stelle», erwiderte diese. Nachdenklichkeit legte sich über ihr fröhliches Gesicht. «Du hast einen sicheren Platz im Leben, du weißt immer genau, wo du hingehörst. Aus der Geborgenheit deiner Familie bist du in die der Ehe gegangen, und du kannst dir gar nicht vorstellen, was es bedeutet, niemanden zu haben. Keinen Schutz vor der Welt, keinen Rückhalt!»

«O Margaretha», ungewohnt zärtlich nahm Sophia sie in die Arme, «merkst du denn nicht, wie sehr wir dich lieben? Uns allen bist du wie eine Schwester! Glaube doch endlich, dass es nicht nur Familienbande sind oder die meist von anderen gestiftete Ehe, die dir Liebe und Geborgenheit sichern. Du selbst gestaltest dein Leben mit deinen Fähigkeiten und deinen Zielen und gewinnst damit Freunde fürs Leben!»

«Ich weiß, Sophia. Aber bitte versteh doch, ich möchte etwas, was mir ganz gehört, einen Mann, Kinder. Ich will eine Familie, die mir niemand nehmen kann.» Margaretha, die ernst zum Fenster hinausgeblickt hatte, lächelte plötzlich wieder.

«Aber es wird mir auch gelingen», sagte sie, «es wird mir

gelingen, und ich werde nie wieder heimatlos sein. Ich habe so viel Zuversicht für das neue Jahr. Vielleicht schon für diese Nacht. In diesem herrlichen Kleid …»

Sophia sah sie freundlich, doch etwas zweifelnd an.

«Margaretha», sagte sie vorsichtig, «du bist so fröhlich und hoffnungsvoll. Ich will dir das nicht nehmen, aber ich möchte doch wissen … es ist nicht Richard, auf den deine Träume und Pläne gründen?» Für Sophia war diese Frage außergewöhnlich zaghaft gestellt, aber dennoch fühlte Margaretha heftigen Ärger in sich aufsteigen. Ihr Gesicht bekam einen abweisenden Ausdruck.

«Ich weiß nicht, wie du darauf kommst», sagte sie, «ich habe dir doch gesagt, dass ich Richard vergessen will!»

«Ich hoffe, es stimmt.»

«Sophia, du musst dir keine Sorgen machen. Ich freue mich auf diesen Abend, aber nicht wegen Richard, sondern nur, weil es mein erster Ball ist!»

«Nun gut. Ich glaube dir.» Sophias Gesicht verriet deutlich, dass sie kein Wort glaubte. Sie ging zur Tür.

«Ich werde jetzt baden», erklärte sie, «und, Margaretha, das war eben keine Verdächtigung, nur ein dringlicher Rat!» Die Tür fiel hinter ihr zu, die Schritte verklangen. Margaretha starrte einen Augenblick unschlüssig vor sich hin, dann warf sie mit einer so heftigen Bewegung den Kopf zurück, dass sich die locker aufgesteckten Haare lösten und über die Schultern fielen.

«O nein», sagte sie laut, «ich lasse mich nicht gängeln und nicht abschrecken!» Sie stützte sich auf die Platte ihres Frisiertisches und lehnte den Kopf an das Spiegelglas. Sie sah ihre glänzenden Augen in dem zarten, blassen Gesicht, das wilde, blonde Haar. Sie fand es wundervoll, erwachsen zu werden, und sie war sich plötzlich bewusst, dass ihr Körper und ihre Schönheit einmalige, unschlagbare Waffen darstellten. Und nur um eines beneidete sie andere gleichaltrige Mädchen: Dass jeder Ball für diese über Jahre hinweg ein lustiges Spiel sein durfte, für sie aber eine verzweifelte, notwendige Schlacht. Doch solche Gedanken verdrängte sie gleich wieder, um sich umso mehr auf das große Ereignis zu freuen.

Der Abend kam schließlich schneller, als sie alle erwartet hatten. Lautlos senkte sich Dämmerung über das Land, und gleichzeitig strahlten im ganzen Haus alle Lichter auf, und der Schein unzähliger Kerzen warf seinen Glanz hinaus in den Park. Eine prachtvolle, warme Insel inmitten der kalten Finsternis, so wirkte das Schloss auf die, die sich ihm durch den tiefen Schnee näherten.

Margaretha stand in ihrem Zimmer vor dem Spiegel, zitternd vor Freude und Aufregung. Lisa, das Dienstmädchen, hatte ihr soeben das Kleid angezogen und hier und dort zurechtgezupft. Nun trat sie mit verzücktem Gesicht einen Schritt zurück und faltete andächtig die Hände.

«Wie ein leibhaftiger Engel», murmelte sie, «wie ein Engel!»

Lisa war leicht in Begeisterung zu versetzen von allem, was glitzerte und funkelte, doch diesmal teilte Margaretha voller Unbescheidenheit ihre Ansicht. Das Kleid war bezaubernd, und es passte zu ihr, weil es genauso aussah, wie sie sich an diesem Abend fühlte. Es war leuchtend und üppig, auffallend und strahlend, es betonte ihre schmale Taille, ließ die ebenmäßigen Schultern und die runden Oberarme sehen. Es verkörperte ihre Unruhe und ihre aufgeregten Träume. Viele Frauen ließen sich zu festlichen Anlässen falsche Zöpfe und Locken in die Haare einflechten oder trugen gepuderte Perücken, aber Margarethas Haare waren so lang und dicht, dass sie lieber auf derlei Hilfsmittel verzichtete. Sie wandte halb den Kopf, um sich auch von der Seite zu begutachten und lächelte zufrieden. Im gleichen Augenblick betrat Sophia den Raum, wunderbar anzusehen in einem Kleid aus feuerrotem Satin, dessen Oberteil sich eng an ihren Körper schmiegte, um dann in einen weiten Rock mit langer Schleppe überzugehen. Das tiefe Dekolleté wurde durch einen gelben, durchsichtigen Seidenschal, der um die Schultern lag, noch betont. Am Hals schimmerte eine goldene Kette, an der ein flacher Anhänger mit einem tiefschwarzen Stein hing, so dunkel und glühend wie Sophias Augen.

«Margaretha, wie hübsch du bist!», sagte sie. «Warte, ich lege dir den Schmuck an.» Sie trat hinter ihre Freundin, schloss das Collier um ihren Hals, streifte ihr Armbänder und Ringe über. Von draußen hörten sie Glockenläuten.

«Ein Schlitten!», rief Lisa aufgeregt. «Die ersten Gäste!»

«Ja, wir gehen gleich hinauf. Hoffentlich ist Luzia fertig. Sie …»

Doch ehe Sophia den Satz beenden konnte, wirbelte Luzia in den Raum, so nervös, wie Margaretha sie selten erlebt hatte. Die Aufregung hatte ihr Farbe gegeben, was ihr gut stand, und sie sah elegant aus in ihrem unauffälligen silbergrauen Kleid.

«Die ersten Gäste kommen!», rief sie ebenso aufgeregt wie zuvor Lisa. «Kommt schnell mit hinauf. Julius und Friedrich warten schon!»

Margaretha stand rasch auf, strich noch einmal ihren Rock glatt und nahm ihren Fächer. Luzia blickte sie an.

«Wirklich, Margaretha, du siehst …»

«Ja, sie ist die schönste Frau heute Abend», unterbrach Sophia. «Wir werden auf sie achtgeben müssen!» Nacheinander verließen sie das Zimmer und schritten die breite Treppe hinauf. Die Schleppen ihrer Kleider raschelten über die Stufen. Aus dem Saal drang Musik, aus der Eingangshalle hörte man Stimmen und Gelächter.

Für ihren ersten Ball hätte sich Margaretha keinen festlicheren Rahmen wünschen können. Viele vornehme Familien des protestantischen böhmischen Adels waren erschienen, und in ihren prächtigen Kleidern, mit wertvollem Schmuck und stolzem Lächeln trotzten sie dem Elend des vergehenden Jahres. Von den Familien, die Angehörige auf dem Weißen Berg verloren hatten, waren etliche ferngeblieben, doch alle, die hier waren, hatten Plünderung und Demütigung ertragen. Gerade darum schienen sie den Kopf so hoch wie nie zuvor zu tragen, plauderten und lachten, beherrschten den Schmerz, der dennoch in ihren Augen stand. Es schien fast, als spielten sie ein Fest, eine große, siegesfrohe Feier zum Beginn des Jahres 1621. Margaretha sah in ihrer Jugend und Unerfahrenheit mit großen, entzückten Augen den leuchtenden Schein dieser vornehmen Gesellschaft, glaubte jedem Wort, jedem Blick, jedem Lachen. Sie begriff nicht und konnte auch nicht begreifen, dass sie an diesem Abend einem tragischen Ereignis beiwohnte. Hätte sie wirklich gelauscht, so wären ihr die Gespräche über drohende Enteignungen aufgefallen, über Verhaftungen und Gerichtsprozesse, über die Zerschlagung der böhmischen Stände. Ihr wäre zu Bewusstsein gekommen, dass hier eine Gesellschaft, die vor ihrem Zusammenbruch stand, einen ebenso prachtvollen wie verzweifelten Abschied feierte. Die Menschen, die in dieser Nacht zusammengekommen waren, wussten, dass sie vielleicht bald schon sich und ihre Ideale verleugnen mussten, um zu überleben. Doch Margaretha stand inmitten von Kerzen und Musik und bebte vor Aufregung. Mit ihren Freunden zusammen hatte sie ihren Platz am Ende des Saals, wo sie die Gäste empfingen. Der Saaldiener schlug jedes Mal, wenn jemand ankam, mit einem schweren goldenen Stab auf den Boden und nannte mit lauter Stimme die Namen. Flöten und Schalmeien spielten lebhafte Melodien, und alle Blicke wandten sich zur Tür. Unter schärfster Beobachtung, die sich hinter beiläufigem Interesse verbarg, schritten die Neuankömmlinge über einen roten Läufer auf die Gastgeber zu, wurden von ihnen begrüßt und tauschten überschwängliche Komplimente. Margaretha bemerkte mit Vergnügen, dass sie einige Aufmerksamkeit erregte. Sie war vielen noch fremd und auffallend schön. Die Männer blickten sie bewundernd an, die Frauen flüsterten und tuschelten und fragten einander, wer die Fremde sei. Vorgestellt wurde sie als eine Cousine von Friedrich und Luzia, die für einige Monate bei ihren Verwandten lebe und aus der Pfalz stamme. Niemand durfte erfahren, dass sie aus Bayern kam und katholisch war. Margaretha fand es lustig, eine fremde Rolle zu spielen und versuchte, ihrem Gesicht einen geheimnisvollen Ausdruck zu geben. Sie merkte, dass sie für diesen Abend viele Verehrer finden würde, doch der einzige, nach dem sie wirklich Ausschau hielt, war noch nicht erschienen. Nahezu alle Gäste hatten sich versammelt, als endlich die ersehnten Namen erklangen:

«Der Baron und die Baronin Tscharnini! Baron Richard und Baronesse Marie Tscharnini!»

Der rote Vorhang, der den Eingang versperrte, wurde beiseite geschoben, damit das eleganteste Paar des Abends eintreten konnte. Der Baron und die Baronin waren beide ganz in Schwarz gekleidet, eine Farbe, die Ludwig verwegen, Caroline verführerisch erscheinen ließ. Sie blieben einen Augenblick stehen, den Caroline nutzte, um dem ganzen Saal ein liebliches Lächeln zu schenken, dann erst schritten sie erhaben zwischen den Reihen entlang zum Ende des Saales. Ihnen folgten nebeneinander Richard und Marie. Marie trug ein zitronengelbes Kleid, das etwas zu üppig für ihre Jugend war. Neben ihrem Bruder verblasste sie ohnehin. Richard sah atemberaubend schön aus in einem Hemd aus weißer Seide, über dem er eine dunkelgrüne Samtjacke trug, deren weitgebauschte Ärmel mit goldenen und roten Mustern bestickt waren. Um den Hals schloss sich ein breiter, die Schultern bedeckender Spitzenkragen, die Hüften wurden von einer leuchtendroten Seidenschärpe betont. Richards Gesicht wirkte ernst, und er stach damit vorteilhaft gegen das gespreizte Auftreten seiner Eltern ab. Die Blicke aller Mädchen begannen zu flackern. Margarethas Herz schlug schnell und hart, ihre Augen hingen wie gebannt an den seinen. Ihre Gefühle für ihn, das wusste sie jetzt mit aller Klarheit, waren um nichts schwächer geworden. Er war alles, was sie liebte, heute noch genauso wie an jenem fernen Sommertag, als er sie beim Baden im Bach überraschte, ihr die Hand reichte und sie zu sich hinaufzog. Seitdem hatte sich so viel verändert, nicht aber ihre Empfindungen für ihn.

Ludwig und Caroline kamen heran. Caroline begrüßte Friedrich, Luzia und Julius, dann hielt sie ihrer Tochter die rechte Wange hin, damit diese ihr einen Kuss geben konnte.

«Wie gut du aussiehst, mein Liebling», sagte sie zärtlich.

«Danke. Sie sind ebenfalls sehr schön, Mutter», erwiderte Sophia höflich und kalt. Caroline wandte sich an Margaretha. Ihr Lächeln vertiefte sich.

«Sie sind noch hier?»

«Ich genieße die Gastfreundschaft der Lekowskys.»

«Wie schön, Sie wiederzusehen. Ich hätte Sie längst in der Heimat vermutet!»

Und das wäre Ihnen auch weitaus lieber gewesen, hätte Margaretha beinahe spöttisch geantwortet, doch sie schwieg und knickste nur. Als sie wieder aufblickte, stand schon Richard vor ihr, beugte sich über ihre Hände, sah sie an. Sie konnte keinen Ton hervorbringen, nur die Lippen verzogen sich gewohnheitsmäßig zu einem schwachen Lächeln. Er war ihr nah! Sie hätte die Augen schließen und sich fallen lassen mögen. Heiter und strahlend, lebhaft und geistvoll wollte sie an diesem Abend sein, um ihn zu betören. Doch sie ahnte, dass sie das kaum fertig bringen würde. Vor ihm gab es keine Verstellung. Sie liebte ihn so maßlos, und das brauchte sie ihm nicht einmal zu sagen, denn es war in ihrem Gesicht zu lesen.

«Du bist so schön heute Abend», sagte Richard leise, «noch schöner, als ich dich in Erinnerung hatte.»

«Du hast dich an mich erinnert?», fragte Margaretha, ohne kokett zu sein.

«Jeden Tag. Ich habe gewünscht, dich in Prag wiederzusehen, aber ich wagte nicht, dich aufzusuchen. Du …»

«Richard!» Es war Caroline, die rief. «Richard, du musst die anderen Gäste begrüßen!»

«Ich komme!» Richard verbeugte sich vor Margaretha. «Verzeih mir. Wir sehen uns heute Abend noch.» Er verschwand in der Menge. Margaretha starrte ihm nach, aufgewühlt bis ins Innerste. Sie zuckte zusammen, als Sophia plötzlich neben ihr stand.

«Du siehst ja ganz verstört aus», flüsterte sie ihr zu, «und ich weiß genau warum. Margaretha, wenn dieser Abend quälend für dich ist, dann zieh dich lieber zurück. Noch würde es kaum auffallen.»

«Mich zurückziehen?» Margaretha lachte. «Warum denn? Ich will die ganze Nacht tanzen!»

«Und ich will, dass du nicht den Verstand verlierst und etwas sagst oder tust, was du später bereust.»

«Wenn du davor Angst hast, hättest du es dir früher überlegen müssen!»

«Ich wusste nicht, dass du noch immer …» Zu Margarethas Erleichterung konnte Sophia den Satz nicht beenden, denn jetzt begann der erste Tanz. Ein junger Mann kam auf Margaretha zugeeilt.

«Würden Sie mit mir tanzen?», fragte er eifrig.

«Aber ja, sehr gerne!» Ohne Sophia noch einmal anzusehen, schritt Margaretha am Arm des Fremden davon.

Der Ballsaal des Schlosses sah besonders festlich aus an diesem Abend. Alle Teppiche, nun sogar der rote Läufer, waren fortgenommen worden, sodass sich die Tänzer ungehindert auf dem hellen Marmorboden bewegen konnten. Die Wände waren mit dünnen, leuchtend bunten Teppichen bespannt, die Tanz- und Jagdszenen darstellten. Hunderte von Kerzen von gewaltigen Kronleuchtern überstrahlten die Feiernden. An allen Seiten des Saals standen samtgepolsterte Lehnstühle, auf denen die würdigen Matronen saßen und den jüngeren Leuten beim Tanzen zusahen, wobei sie hinter juwelengeschmückten Fächern über sie tuschelten. Auf einem Balkon befanden sich die Musikanten mit ihren Instrumenten, mit Harfen, Lauten, Violen, Flöten und Trommeln. Spinett und Oboen spielten die Pavane, den spanischen Gesellschaftstanz, mit dem jeder Ball eröffnet wurde. Die Tanzenden schritten gravitätisch im Takt der Musik umeinander, berührten sich hin und wieder mit den Fingerspitzen, knicksten oder verbeugten sich. Die Paare wechselten ständig. Danach, bei der lebhafteren Gaillarde, stieg die Stimmung. Viele Gäste, die zuvor noch keine Gelegenheit gefunden hatten, sich zu begrüßen, holten dies nun lautstark nach. Margaretha wirbelte zwischen ihnen herum. Sie sah ein Dutzend Männergesichter, die ihr gefielen, und mehr als einmal legten sich fremde Arme enger um ihre Taille, als es notwendig gewesen wäre. Sie fand das wunderbar, lachte strahlender als alle anderen. Und dann traf sie beim Tanz mit Richard zusammen, der sie so ernst anblickte wie zuvor, und auch ihr Lächeln zerfiel bei der geringsten

Berührung mit ihm. Ehe sie aber etwas sagen konnte, wurden sie wieder getrennt.

Als die Musik aufhörte zu spielen, hatten alle Paare wieder zusammengefunden. Margaretha warf einen unauffälligen Blick zur Seite, um zu sehen, wen Richard aufgefordert hatte. Sie sah ein sehr hübsches Mädchen mit rötlichbraunen Haaren, blauen Augen und einem zarten Gesicht. Gerade sah sie Richard an und sagte etwas, worauf er lächelnd antwortete. Margaretha hatte das unangenehme Gefühl, dass eine gewisse Vertrautheit zwischen den beiden herrschte, doch sie sagte sich schnell, dass es ihre Eifersucht war, die unwahre Eindrücke heraufbeschwor. Sie durfte sich nicht verkrampfen, denn sie hatte andere Frauen beobachtet, deren Eifersucht sich unübersehbar deutlich auf den Gesichtern breit machte und sie spitz, hässlich und gierig scheinen ließ. Sie wollte nicht herumschleichen wie ein lauernder Schatten, sondern ihre Züge mussten weich und jung bleiben. Und so gab sie in den ersten Stunden dieses Balls nicht länger auf Richard acht, ließ keinen Tanz aus, trank Wein, plauderte und lachte. Jedem Mann, mit dem sie sprach, gab sie das Gefühl, ihn unglaublich anziehend zu finden. Der ungewohnte Glanz, der sie umgab und Richards Nähe ließen sie schließlich genauso lebenshungrig wirken, wie sie es gewünscht hatte. Aber dabei blieb sie sich merkwürdig fremd. Ihr war, als stünde ihr wahres Ich, ihr Verstand und ihre Seele, abseits und betrachtete mit erstaunlicher Nüchternheit die Menschen und Geschehnisse. Sie sah ganz deutlich, dass Caroline mit Ludwig tuschelte und dabei zu ihr herüberblickte, dass Marie sie verachtungsvoll musterte. Sie nahm Besorgnis in Sophias Augen wahr, eine merkwürdige Gespanntheit bei Luzia, Arglosigkeit bei Friedrich und Julius. Sie bemerkte auch, dass Richard sie nicht aus den Augen ließ, vermochte dies aber nicht zu deuten. Sie befand sich in einem seltsamen Zustand, den sie nicht begriff. Zeitweise meinte sie sogar, die Musik trenne sie und die übrigen Gäste wie ein rauschender Vorhang.

Welch eine Nacht, dachte sie, ach, ich glaube, ich habe zu viel getrunken und zu schnell getanzt.

Sie beschloss, sich für einige Minuten auszuruhen und drängte sich zwischen den Gästen hindurch zu einer Bank am Fenster. Durch die geschlossenen Fensterladen und die Vorhänge drang ein wenig kalte Luft, und sie atmete erleichtert auf. Es war ihr wirklich schwindelig gewesen in den letzten Minuten, doch langsam wurde ihr Kopf klarer. Sie blickte in den Saal und gewahrte Richard, der neben dem braunhaarigen Mädchen und einem älteren Herrn stand. Aber zuvor hatte er noch zu ihr herübergesehen, das hatte sie bemerkt. Neben sich hörte sie plötzlich ein Räuspern und schaute auf. Der junge Mann stand dort, mit dem sie vorhin getanzt hatte, doch sein Name fiel ihr nicht mehr ein. Sie lächelte freundlich.

«Ach», sagte sie, «wie nett, Sie zu sehen!»

«Darf ich mich zu Ihnen setzen», fragte er, und sie nickte. Er nahm Platz und strich sich über die gepflegten Locken. «Wissen Sie», sagte er, «ich habe Sie den ganzen Abend beobachtet. Sie sind allen aufgefallen. Sie geben sich so anders als die anderen Damen.»

Margaretha zog spöttisch die Augenbrauen hoch.

«Meinen Sie, dass ich mich schlecht benommen habe?», fragte sie. Der Mann machte eine abwehrende Geste.

«Nein, Gott bewahre», sagte er erschrocken, «im Gegenteil. Sie waren zauberhafter als jede andere!»

Margaretha hatte gewisse Mühe, seinen Worten zu folgen und verwünschte im Stillen den Wein. Warum nur war dieser Abend so sonderbar? Dort hinten stand Richard, aber jetzt sprach er mit einer anderen Dame.

«Es ist bald Mitternacht.» Das war wieder die Stimme ihres Nachbarn. Sie wandte sich ihm zu.

«Ja», erwiderte sie, «und dann beginnt ein neues Jahr.»

«1621. Ich bin immer so hoffnungsvoll, wenn ein neues Jahr beginnt. Geht es Ihnen auch so?»

«Ja, doch.» Sie konnte den Baron sehen, der etwas zu Friedrich sagte, woraufhin dieser den Musikern zunickte. Sie beendeten das Stück, das sie gerade spielten, dann verstummten die Instrumente. Das Stimmengewirr klang eigenartig ohne seinen Hintergrund. Die Gäste wurden still, ein Frauenlachen scholl laut durch den Raum.

«Können Sie sich vorstellen, dass wir uns im neuen Jahr öfter sehen? Wenn Ihre Verwandten es gestatten, würde ich Ihnen gern die Umgebung von Prag zeigen. Würden Sie mir diese Freude machen?»

«Sicher, ja.» Margaretha blickte ihren Nachbarn an.

«Warum hört die Musik auf?», fragte sie.

«Ich weiß es nicht. Fräulein von Ragnitz, Sie fühlen sich in Böhmen sicher noch ein wenig fremd, nicht wahr? Ich dachte mir, dass Sie vielleicht gern etwas Gesellschaft haben würden während Ihres Aufenthalts hier. Natürlich kümmern sich Ihre Verwandten sicher sehr freundlich um Sie. Aber Sie haben wohl sonst noch nicht viele neue Menschen kennengelernt?»

«Nein …»

«Sie können ja in Prag bisher auch kaum etwas anderes als Angst und Schrecken erlebt haben. Ich … würde Ihnen gern helfen, dies alles zu vergessen …»

Ludwig durchschritt den Saal bis zu einem Podest, auf dem zwei riesige Vasen mit Seidenblumen standen. Alle Blicke richteten sich auf ihn.

«Darf ich Sie also besuchen, wenn Sie wieder in Prag weilen?» Der junge Mann sah seine Nachbarin abwartend an. Margaretha hatte kaum etwas von seinem Gerede aufgenommen. Sie erhob sich.

«Ich glaube, Baron Tscharnini möchte etwas verkünden», sagte sie, «lassen Sie uns etwas weiter nach vorne gehen, damit wir es auch verstehen.»

Ihr Verehrer nickte.

«Aber, nicht wahr», bat er, «Sie werden darüber nachdenken?»

«Ich verspreche es Ihnen», antwortete Margaretha. Es gelang ihr, sich durch die Reihen hindurchzuschlängeln, bis sie beinahe ganz vorne stand. Der Baron räusperte sich, ehe er zu sprechen begann.

«Meine verehrten Anwesenden», sagte er. «Natürlich möchte ich den festlichen Trubel nicht lange unterbrechen, und ich weiß auch, dass es nicht üblich ist, auf fremden Festen eigene Angelegenheiten ... bekannt zu geben. Doch denke ich, dass wir nicht so bald wieder versammelt sein werden, daher erbat ich mir von unserem großzügigen Gastgeber die Erlaubnis, jetzt zu Ihnen zu sprechen. Ich tue es aus einem sehr schönen und bewegenden Grund.» Er hielt für einen Moment inne und blickte zu seiner Frau, die ihm sanft lächelnd zunickte.

«Nun also», fuhr er fort, «wenige Minuten vor Mitternacht möchte ich Ihnen eine glückliche Nachricht überbringen, die für meine Familie und mich das neue Jahr glanzvoll einläutet.»

«Der Baron macht es spannend», flüsterte eine Frau, die neben Margaretha stand, ihrem Mann zu, «nichts liebt er so sehr, wie die Tscharninis in den Mittelpunkt der allgemeinen Aufmerksamkeit zu stellen.»

«Sie sorgen aber auch immer für Neuigkeiten. Ich frage mich, was es diesmal ist!»

«Ich habe die große Freude», sagte Ludwig überschwänglich, «Ihnen die Verlobung meines Sohnes Richard mit Theresia Baronesse Makowitz bekannt zu geben!»

Er sagte dies so pathetisch, dass im ersten Moment alles im Saal schwieg. Doch dann geschahen hundert Dinge gleichzeitig: Ein lebhaftes Gemurmel hob an, einzelne Stimmen waren herauszuhören, neidvolle, gerührte und spöttische Bemerkungen.

«Guter Gott, Richard von Tscharnini kehrt dem süßen Leben den Rücken zu! Wie traurig für Böhmens Frauen!»

«Wie hat die kleine Theresia das nur gemacht?»

«Jetzt wird er zahm!», war der erleichterte Kommentar eines Mannes.

«Na, sie sollte sich das zweimal überlegen! Einer wie Richard wird nie treu sein!»

Das braunhaarige Mädchen trat an Richards Seite, und jeder sah, dass sie die Erwählte war, so zärtlich blickte sie ihn an.

Margaretha wurde so sterbenselend, dass sie meinte, nicht länger atmen zu können. Unklar drangen die vielen Stimmen an ihr Ohr, aber ganz deutlich bemerkte sie, dass sie der Anziehungspunkt vieler Blicke war, dass sieben Augenpaare keine ihrer Reaktionen unbeobachtet ließen. Sie sah Carolines kalten Triumph, das Siegeslächeln Ludwigs, ein hämisches Aufstrahlen bei Marie, Fassungslosigkeit in Sophias Gesicht, heftiges Mitleid bei Friedrich und Julius. Wirbelnd drehte sich der Saal um sie. Und plötzlich fühlte sie, wie Richard sie ansah, und es war ihr, als wolle er sie um Verzeihung bitten. Ihr wurde übel, sie fühlte Demütigung und Empörung in sich aufwallen. In diesen Minuten verblasste ihr Entsetzen über die Verlobung vor der Qual, hier stehen und den Blicken standhalten zu müssen. Sie wusste nicht mehr, wie sie das alles durchhalten sollte, doch gerade da wandte sich alle Aufmerksamkeit Luzia zu, die mit aschgrauem Gesicht und entfärbten Lippen ohnmächtig zu Boden fiel.

«Du lieber Himmel, schnell, ein Riechfläschchen!»

Alle drängten sich um die Bewusstlose. Ohne lange nachzudenken, nutzte Margaretha die Gunst des Augenblicks. Mit wenigen Schritten erreichte sie die Tür und huschte hinaus in den dunklen Gang.

Hier war es kühl und ruhig. Die Stimmen drangen als gedämpftes Murmeln an ihr Ohr, und nur eine einzige Kerze flackerte. Margaretha lehnte sich an eine Säule. Sie war von Kopf bis Fuß schweißnass, zitterte noch immer und hatte ein taubes Gefühl in den Händen. Nur ganz allmählich kam sie zur Besinnung. Der Abend, den sie so benommen durchlebt hatte, zersplitterte in klare, harte Wirklichkeiten. Die Helligkeit des Saals, die laute Musik, die vielen Stimmen schmerzten in der Erinnerung. Die schnellen Bewegungen lebten als Schwindel in ihr fort, und der erst so köstliche Wein hatte einen schalen, bitteren Nachgeschmack hinterlassen. Ihr Kopf schmerzte. Wie grausam waren die letzten Minuten gewesen! Die Blicke, der Hohn, das Mitleid. Richard war verlobt und verloren. Es war nicht viel mehr, was sie denken konnte, als nur: Verlobt und verloren! Für alle Zeit. Um Gottes willen, war es denn möglich, dass sie getanzt hatte und gelacht, dass sie ein Kleid genäht und Pläne geschmiedet, dass sie gehofft hatte zu einer Zeit, da alles bereits entschieden war? Dass sie nach den Ereignissen des letzten Sommers die Dummheit besessen hatte, triumphierend vor dem Spiegel zu stehen und an die Unbesiegbarkeit von Lachen und Schönheit zu glauben. Blind war sie gewesen und zudem so unklug, ihr Vorhaben nicht besser zu tarnen. Von Sophia bis Caroline musste jeder wissen, welchem Zweck ihr Glanz dienen sollte, und sie alle konnten sich jetzt an ihrer Niederlage weiden. Und Richard, ihr Richard, war Zeuge gewesen. Sein Mitleid musste sie den ganzen Abend begleitet haben, wenn er sah, wie sie sich bemühte und er dabei wusste, was kurz vor Mitternacht geschehen würde.

Mitternacht! Margaretha lauschte hinaus. Von der Schlosskapelle klang leises, helles Läuten herüber. Ihr Ton verkündete durch die Winternacht, dass das alte Jahr seinen Abschied nahm und ein neues seinen Einzug hielt. Es kam kalt und frostig und klar. Margaretha konnte durch ein Fenster hinausspähen und den hohen schwarzen Himmel mit seinen vielen, goldblitzenden Sternen erkennen, darunter das leuchtende Weiß des harschigen Schnees. Fast wäre sie ihrem Wunsch gefolgt, hinauszulaufen und fortzurennen, so weit ihre Füße sie nur trugen. Aber da hörte sie Schritte auf dem Gang. Ein Mädchen und ein Mann, flüsternd, lachend, Hand in Hand. Als sie Margaretha sahen, ließen sie einander erschrocken los.

«Alles Glück für das neue Jahr!», wünschten sie fröhlich.

Glück! Margaretha fuhr sich mit der Zunge über die trockenen Lippen.

«Ein gutes neues Jahr», gab sie mit heiserer Stimme zurück. Das Paar sah sie erstaunt an, dann lief es weiter, durch eine Seitentür in den Park hinaus. Auch von der anderen Seite des Gangs kamen jetzt Stimmen. Es schien die Zeit zu sein, in der die Verliebten den Saal verließen, um sich ungestörtere Orte zu suchen. Margaretha merkte, dass sie hier fort musste. Sie wollte nicht auffallen und womöglich Fragen beantworten müssen. Schnell lief sie zur Treppe und rannte atemlos die Stufen hinauf, dieselben, die sie vor wenigen Stunden lächelnd und stolz hinabgeschritten war. Nur niemandem begegnen! Der obere Flur war leer. Sie trat in ihr Zimmer und horchte, ob Lisa vielleicht da wäre. Doch aufatmend stellte sie fest, dass sie allein war. Nur die Katze

Lilli lag auf dem Bett, hob den Kopf und begann zu schnurren. Margaretha sank neben ihr in die Kissen, umfasste das Tier mit beiden Händen, barg den Kopf in seinem weichen Fell. Und dann brach alle Verzweiflung über ihr zusammen, der Schmerz der letzten, endgültigen Niederlage, und Lillis Pelz wurde nass von Tränen.

15

Margaretha stand mitten in Sophias Zimmer, mäßig bekleidet mit einem zerknitterten, seidenen Morgenmantel, mit wirren Haaren und bleichem Gesicht. Die geröteten Augen blitzten vor Wut. Mit kalter, hasserfüllter Stimme schleuderte sie Anschuldigung um Anschuldigung gegen ihre Freundin.

«Du hast es gewusst! Belüg mich nicht, ich weiß, du hast es gewusst! Gib es doch endlich zu!»

Sophia lehnte am Fenster, sie war ebenfalls noch nicht angezogen. Sie sah müde aus, versuchte gar nicht, Margaretha zu unterbrechen. Sie blickte hin und wieder zu Luzia hinüber, die auf dem Bett saß. Stumm starrte sie vor sich hin und schrak nur einmal zusammen, als Margaretha auch sie anfuhr.

«Und du hast es auch gewusst! Dein Ohnmachtsanfall war zwar gut gespielt, aber überraschend kam das alles nicht für dich!»

Luzia begann zu weinen.

«Ich hatte keine Ahnung», verteidigte sie sich, «wir wussten alle nichts.»

«Ich vermutete, dass meine Mutter Richard so schnell wie möglich verheiraten wollte», bemerkte Sophia, «aber warum sollte ich darüber sprechen, ohne sicher zu sein. Und was Luzia betrifft, so schwöre ich dir, dass sie nicht das Allergeringste wusste.»

«Mir ging es den ganzen Abend über nicht gut», erwiderte Luzia, «und dann plötzlich die Aufregung ...»

«Jedenfalls», sagte Sophia, «weiß Luzia nun alles über dich und Richard.»

Margaretha, die langsam die Unsinnigkeit ihrer Anschuldigungen einsah und sich schämte, entgegen ihrem Versprechen das Geheimnis rücksichtslos herausgeschrien zu haben, ließ sich schwer auf einen Stuhl fallen und stützte den Kopf in die Hände, Ernüchterung überkam sie, sie sank kraftlos in sich zusammen und fühlte sich elend. Eine verzweifelte, durchweinte Nacht lag hinter ihr, eine Wirrnis aus kurzem Schlummer, trostlosem Erwachen in eine grausige Wirklichkeit, Übelkeit und Kopfschmerzen. Dumpf hatte die Musik in das dunkle Zimmer heraufgeklungen, und als die Diener die Gäste zu ihren Schlitten führten, fiel schon der helle Schein des Morgens durch das Fenster. Irgendwann in der Nacht hatte Sophia zaghaft an die Tür gepocht und um Einlass gebeten. Aber Margaretha war liegen geblieben, hatte auf den Riegel gestarrt, der sich ein wenig bewegte, aber nicht nachgab. Sie hatte gehört, wie die Schritte sich entfernten und war dann eingeschlafen. Als sie aufwachte, schien die blasse Wintersonne ins Zimmer. Margaretha erhob sich schwerfällig, warf einen Blick in den Spiegel und stöhnte. Mit müden Bewegungen streifte sie ihr schönes Kleid vom Körper, zerrte die Rosen aus dem Haar, die dort zerdrückt und schief hingen. Nichts mehr wollte sie von diesen Dingen, in die sie eine unsinnige Hoffnung gesetzt hatte, an sich haben. Und als sie in ihren Morgenmantel schlüpfte, den Gürtel mit einer heftigen Gebärde um die Taille zerrte, da kochte wieder die Wut in ihr hoch, und wie von Sinnen stürzte sie aus ihrem Zimmer hinüber in das von Sophia. Glücklicherweise war Julius bereits fort, doch in jenem Augenblick hätte auch seine Anwesenheit Margaretha nicht zurückhalten können. Sie stellte sich vor ihre erschrockene Freundin und schrie sie an:

«Warum hast du mich nicht gewarnt? Warum hast du mich dieser Schmach ausgesetzt?»

Und nun saß sie hier auf dem Stuhl, erschöpft und beschämt. Es war merkwürdig ruhig, nachdem ihre laute Stimme verklungen war.

«Du solltest in dein Zimmer gehen und dich hinlegen», sagte Sophia schließlich, «du bist gar nicht ganz bei dir.»

Widerspruchslos fügte sich Margaretha. Sie legte sich in ihr Bett, blieb dort den ganzen Tag und den folgenden auch. Sie aß und trank kaum etwas und biss ihre Fingernägel bis auf das Fleisch ab. Erst am dritten Tag erschien sie wieder unten, blass und dünn. Sie erwähnte mit keinem Wort die Ereignisse der Neujahrsnacht, und auch die anderen sagten nichts. Die Stimmung war jedoch so gedämpft, dass sie bald wieder nach Prag zurückreisten.

Die bis vor kurzem wohlhabende, blühende Stadt schien völlig verändert. Die Feinde hatten alles, was Wert besaß, mitgenommen, sodass in Prags Mauern fast keine Unze Gold, kein Silbertaler mehr existierte. Manche Familie war gänzlich mittellos zurückgeblieben. Es gab kaum Nahrung, da das Land um Prag herum entsetzlich verwüstet, die Vorräte von den Soldaten vertilgt oder mutwillig von ihnen verdorben worden waren. Böhmen durchlitt einen harten, trostlosen Winter.

Margaretha lebte wieder bei Luzia, aber jetzt war auch Friedrich da, sodass sie sich mehr als Störenfried fühlte denn je. Sie musste einen Weg in die Unabhängigkeit finden, und wenn sie, wie sie mehr als einmal trotzig dachte, den nächsten Bauern heiratete, der ihr über den Weg lief.

Bei all ihren Sorgen konnte sie aber nicht übersehen, dass für die Böhmen die schwere Zeit noch nicht vorüber war. Als wolle Kaiser Ferdinand dem längst besiegten Feind den letzten Todesstoß versetzen, ließ er ein fürchterliches Strafgericht in Böhmen walten. Unerwartet und unvermutet ließ er Ende Februar die protestantischen Rebellen verhaften, die sich während des Aufstands am meisten hervorgetan hatten. In einer dunklen Nacht schwärmten seine Schergen aus, pochten dumpf an Dutzende von Haustüren, verlangten mit barschen Stimmen Einlass und nahmen die Unglücklichen mit, die auf ihren Listen standen. Sie wurden zu dem großen Prager Gefängnis, dem Weißen Turm, geschafft, und Verlies um Verlies füllte sich, bis selbst die Ratten, die dort lebten, kaum noch Platz fanden. Unter denen, die schon jahrelang für die Freiheit ihrer Heimat und ihrer Religion gekämpft hatten und die nun noch dieses Opfer bringen mussten, befanden sich auch Julius und Richard. Margaretha reagierte fassungslos, als sie davon hörte. Julius und Richard, deren unbeschwerte Jugend durch politische Unruhe und Krieg schon so sehr verkürzt worden war, nun elend und verzweifelt in einem schmutzigen, kalten Kerker, einem vielleicht grauenhaften Schicksal ausgeliefert.

«Warum diese beiden?», fragte sie. «Warum gerade sie?»

«Sie waren von Anfang an dabei», erklärte Sophia mit schwankender Stimme, «sie haben einige geheime Aufträge ausgeführt und das ist herausgekommen. Alles weiß man wohl nicht, sonst wären wir schon enteignet worden. Aber, ach, wie gerne gäbe ich allen Besitz, könnte ich dafür das Leben meines Mannes retten!» Sie bedeckte ihr bleiches Gesicht mit beiden Händen.

«Mein Julius», murmelte sie verzweifelt, «mein Julius!»

«Richard ist auch …», erinnerte Margaretha vorsichtig. Doch Sophia fuhr herum und erwiderte heftig:

«Mein Bruder, oh, zum Teufel mit ihm! Ich würde mich freuen, wenn er gerettet werden könnte, aber er ist wirklich ein Schuft und von allen, die dort im Gefängnis sitzen, hätte er den Tod vielleicht am ehesten verdient!» Die anderen starrten sie entsetzt an. Sophia schnaubte verächtlich.

«Ihr wisst genau, dass das die Wahrheit ist», sagte sie, «und du besonders, Margaretha!» Dann verließ sie den Raum.

Langsam und zaghaft näherte sich der Frühling, aber wenige Prager mochten in diesem Jahr die mildere Luft und die Schneeschmelze freudig begrüßen. Zu viele Familien richteten all ihre bangen Gedanken auf den Weißen Turm, in dem ihre Angehörigen schmachteten. Im März trat ein vom Kaiser gebildeter Gerichtshof zusammen, unter dem Vorsitz Karl von Liechtensteins und mit hoch stehenden Mitgliedern ausgestattet, darunter Freiherr von Tilly und der kaiserliche Hofkriegsrat Albrecht von Wallenstein. Sie sollten das Urteil über die Rebellen sprechen, und für eine kurze Zeit regte sich überall die Hoffnung auf Milde und Gnade. Doch im Grunde war nichts zu erwarten. Der Beschluss des Gerichts wurde nach Wien gesandt und dort vom Kaiser unterzeichnet. Er lautete: Tod durch das Schwert für alle Angeklagten.

Die Nachricht kam nicht überraschend, was die Verzweiflung, die sie auslöste, aber nicht milderte. Einige Familien versuchten, ihre Angehörigen freizukaufen, stießen aber auf Härte, wenn nicht auf Drohungen. Die Exekutionen fänden im Juni statt, sagte man ihnen, und sie sollten vorsichtig sein, auf einige mehr käme es nicht an.

Margaretha erlebte zum ersten Mal, wie Sophia völlig zusammenbrach. Sie sprach fast kein Wort, aß und trank nur wenig, starrte vor sich hin, ohne irgendeiner Handlung fähig zu sein. Hatte sie zunächst noch versucht, alles für ihren Mann zu tun, ihn zu besuchen, ihm Lebensmittel zu bringen, hatte sie seine Wärter beschimpft und beleidigt, so saß sie nun wie gelähmt.

«Wir haben doch vielleicht noch Hoffnung», meinte Margaretha einmal, «die Vollstreckung zögert sich hinaus, das bedeutet, dass die Verantwortlichen unentschlossen sind und ...» Sie beendete den Satz nicht, sondern wartete auf eine Erwiderung, die nicht kam.

«Denkst du nicht auch, dass sie es sich anders überlegen?», fragte sie leise.

«Nein», erwiderte Sophia.

Mehr und mehr erschien Margaretha ihr Leben wie ein Albtraum. Benommen folgte sie dem schnellen Ablauf der tragischen Ereignisse. Gab es denn, so fragte sie sich manchmal, nichts mehr, was gut war und schön und beglückend? Sie saß hier unter Fremden, heimatlos und einsam. Der Mann, den sie liebte und den sie nie haben konnte, sollte einen schmählichen Tod sterben. Es verwunderte sie, welch einen eigentümlichen Schmerz sie bei dem Gedanken empfand, Richard bald nicht mehr unter den Lebenden zu wissen. Aber dieses Gefühl war eingebettet in eine sonderbare Lethargie, die sie stumpf und bewegungslos statt, wie sonst, trotzig und zornig machte.

Doch eines Abends wurde sie aufgeschreckt und zum Handeln gezwungen. Margaretha befand sich allein im Haus, denn Luzia und Friedrich waren von Freunden eingeladen worden und würden erst spät zurückkehren. Sie saß im Wohnzimmer und sah Lilli zu, die mit einer Nussschale spielte. Gerade wollte sie ins Bett gehen, als das Dienstmädchen eintrat.

«Gnädiges Fräulein», sagte sie, «dort unten ist eine Dame, die Sie sprechen möchte.»

«Wer ist es denn?»

«Sie nannte ihren Namen nicht. Aber sie bat dringend darum, empfangen zu werden.»

«Nun, dann möchte sie bitte heraufkommen!» Margaretha war erstaunt. Sie stand auf und näherte sich der Tür, durch die gleich darauf eine schmale, ganz in Schwarz gekleidete Frau eintrat. Sie trug einen großen Hut auf dem Kopf, von dem ein zarter Spitzenschleier herabwallte und ihr Gesicht verbarg. Sie blieb zögernd stehen.

«Guten Abend», grüßte Margaretha.

«Guten Abend», gab die Fremde zurück. An der Stimme konnte Margaretha sie nicht erkennen.

«Verzeihen Sie», sagte sie, «aber ich weiß nicht genau, wer ...»

Die Frau warf einen schnellen Blick zur Tür, aber das Dienstmädchen war verschwunden. Hastig hob sie den Schleier und strich ihn über den Hut zurück. Margaretha gelang es mit Mühe, einen überraschten Ausruf zurückzuhalten. Vor ihr stand Theresia von Makowitz.

«Ich bin Theresia von Makowitz», stellte sie sich vor, im gleichen Augenblick, da Margaretha ihren Namen ausrief. «Sie kennen mich?»

«Ja, vom Neujahrsball. Bitte, setzen Sie sich doch.» Margaretha wies auf einen Sessel. Theresia nahm langsam Platz.

«Es tut mir leid, dass ich mich nicht sofort zu erkennen gab», sagte sie, «aber niemand sollte wissen, dass ich bei Ihnen bin.»

«Natürlich.» Margaretha setzte sich endlich auch. Sie bekämpfte mühsam ihre Verwirrung. Es war so merkwürdig, plötzlich der Frau gegenüberzustehen, derer sie in den letzten Wochen so oft voller Hass gedacht hatte. Nun saß sie hier, ängstlich und unsicher, aber auf eine gewisse Weise auch vertrauensvoll und spielte unruhig mit ihren seidenen

Handschuhen. Sie konnte wohl kaum wissen, in welcher Beziehung ihre Gastgeberin zu ihrem Verlobten stand. Margaretha wandte den Blick nicht von ihr. Sie musste sehr jung sein, auch nicht älter als sechzehn oder siebzehn Jahre. Sie war kleiner als Margaretha und von noch kindlicher Figur, aber sie besaß wirklich das schönste und lieblichste Gesicht, das Margaretha bisher in Prag gesehen hatte und herrliches, glänzendes Haar. In den Augen konnte Margaretha keine Raffinesse entdecken, keine Gier und keinen Triumph. Es waren unschuldsvolle Augen, wie auch das ganze Geschöpf einem reinen Engel glich. Neben ihr kam sich Margaretha plötzlich plump und schlecht vor.

«Ich weiß nicht genau, wie ich mein Anliegen vorbringen soll», begann Theresia, «Sie sollen wissen, dass ich komme, Sie um Hilfe zu bitten. Ich weiß keinen Ausweg mehr. Es geht um meinen zukünftigen Ehemann, um Richard von Tscharnini.»

«Ach», sagte Margaretha schwach und setzte mit mühsam errungener Gelassenheit hinzu: «Er ist unter den Verhafteten, nicht?»

«Ja, schon seit Februar. Ich durfte ihn kein einziges Mal sehen seitdem. Ich habe die ganze Zeit gehofft, er und die anderen würden begnadigt. Aber nun kamen die Todesurteile.» Sie brach ab, um der Tränen Herr zu werden, die ihr in die Augen stiegen. Es gelang ihr nicht, sodass sie schluchzend fortfuhr: «Fräulein von Ragnitz, ich kann doch nicht leben ohne ihn. Ich müsste sterben, wenn ihm etwas geschieht!»

Margaretha stand rasch auf, um ihre eigene Erregung zu verbergen.

«Ich weiß nicht», sagte sie, «wie ich Ihnen helfen könnte.» Aber, dachte sie, wenn es einen Weg gäbe, du ahnst nicht, was alles ich täte, ihn zu retten.

«Oh, Sie sind die Einzige, die es vielleicht könnte!», rief Theresia. Sie erhob sich ebenfalls.

«Die Baronin Tscharnini hat mir alles über Sie erzählt. Bitte, seien Sie nicht böse, aber ich weiß nun, dass Sie aus Bayern kommen und katholisch sind.»

Margaretha fuhr herum.

«Was hat sie Ihnen noch gesagt?», fragte sie. Theresia blickte sie verständnislos an.

«Nichts sonst», antwortete sie. Margaretha glaubte ihr.

«Ja», sagte sie, «es stimmt. Nur wissen Sie, ich bin hier fremd, und ich bin siebzehn Jahre alt. Ich habe nicht den geringsten Einfluss.»

«Aber Sie haben mehr Möglichkeiten als wir! Als Bayerin gelten Sie als kaisertreu, und Sie haben den ... richtigen Glauben. Und außerdem weiß ich, dass Sie Graf Lavany gut kennen.»

«Hat das auch die Baronin gesagt?»

«Ja. Sie erzählte, er habe Ihnen das Leben gerettet. Fräulein von Ragnitz, Lavany ist ein Freund Liechtensteins, und er unterhält enge Beziehungen zum Kaiser. Wenn Sie mit ihm sprechen ...»

«Warum spricht nicht Sophia mit ihm? Sie kennt ihn auch!»

«Aber sie gehört zu den Besiegten. Sie kann nicht erwarten, dass Lavany sich von ihr beeinflussen lässt. Bitte, bitte, versuchen Sie es doch!» Theresia blickte Margaretha flehend an. Aber diese nahm sie kaum wahr. Im Geist sah sie Richard vor sich, Richard auf dem Schaffott, Richard vor seinem Henker. Es hätte Theresias Bitten nicht mehr bedurft, Margaretha zu ihrem Entschluss zu bewegen.

«Ist Maurice Lavany in der Stadt?», fragte sie. Theresias Augen leuchteten auf.

«Sie wollen es tun?», fragte sie atemlos.

«Ja. Ich werde versuchen, Richard zu retten», sagte Margaretha fest. Die lethargische Verzweiflung der letzten Monate war in diesem Moment verschwunden. Endlich gab es eine Hoffnung. Wie berauscht war sie von dem Gedanken, ihm, dem Geliebten, das Leben zu erhalten. In ihrer Hand lag es nun, und sie wollte alles tun, ihn von seinem Schicksal zu erlösen.

Theresia fingerte einen zusammengefalteten Zettel aus ihrem Täschchen hervor und reichte ihn Margaretha.

«Das ist die Adresse», sagte sie.

Margaretha nahm das Papier.

«Ich gehe morgen zu ihm», versprach sie. Theresia zog den Schleier wieder vor das Gesicht und ging zur Tür.

«Ich werde Ihnen immer und ewig dankbar sein», sagte sie, «und ich möchte, dass Sie zu unserer Hochzeit kommen. Gute Nacht, Fräulein von Ragnitz!» Sie verschwand, und so konnte sie nicht sehen, dass sich Margarethas Gesicht plötzlich versteinerte. Hochzeit! Zum ersten Mal während dieses Gesprächs wurde ihr bewusst, welche einzige Konsequenz ihr Handeln am Ende haben würde. Rettete sie Richard, so verlor sie ihn doch an Theresia. Sie glaubte nicht, dass Richard sich aus Dankbarkeit ihr zuwenden und seine Verlobte verlassen würde, und auf diese Weise hätte sie ihn auch nicht gewinnen mögen. Doch natürlich kamen ihr in dieser Nacht schwarze Gedanken. Wenn sie zu Caroline ginge und Bezahlung forderte für das, was sie tun würde … ihre und Ludwigs Erlaubnis zu einer Heirat.

Aber sie schob diesen Einfall beiseite, denn sie wusste, dass sie das niemals konnte. Ihre Liebe zu Richard war zu klar und rein, als dass sie mit einer Erpressung beschmutzt werden dürfte. Sie wollte ihm helfen, aber selbstlos und gütig. Und im Innersten wusste sie, dass sie damit mehr Macht über ihn gewann, als mit einer erzwungenen Heirat.

Wie Margaretha versprochen hatte, machte sie sich am nächsten Abend auf, Maurice zu besuchen. Luzia sagte sie, sie wolle noch einen Spaziergang machen, und alle besorgten Einwände der Freundin wehrte sie ab. Es war Vollmond, ein warmer Wind wehte, es duftete nach Frühling und Erde. Nicht einmal der Abfallgestank in den Straßen konnte das verdecken.

Margaretha hatte das Haus schnell gefunden. Vorsichtig blickte sie sich um. Ein schmutzig gekleidetes Mädchen schlenderte an ihr vorüber und starrte sie neugierig an. Margaretha mochte nicht anklopfen, solange sie beobachtet wurde, denn sie wusste, morgen würde die halbe Stadt darüber sprechen, dass Maurice Lavany am späten Abend eine unbekannte Frau empfangen hatte. Sie wartete eine Weile, dann lief das Mädchen endlich weiter. Sie seufzte erleichtert auf und ging zur Tür. Ein Diener öffnete.

«Guten Abend», grüßte er, dann sah er sie abwartend an.

«Ich möchte bitte zu Graf Lavany», sagte Margaretha.

«Wen darf ich dem Herrn Grafen melden?»

«Margaretha von Ragnitz.»

Der Diener bat sie hereinzukommen, verschwand und kehrte nach kurzer Zeit wieder.

«Der Herr Graf erwartet Sie.» Er hielt ihr die Tür zu einem Nebenzimmer auf. Margaretha trat in einen kleinen, gemütlichen Raum. Maurice kam ihr entgegen.

«Fräulein von Ragnitz?», fragte er verwundert.

«Ja …»

«Ich dachte, Sie seien längst wieder nach Bayern abgereist.»

Margaretha schüttelte den Kopf.

«Ich werde noch einige Zeit in Prag bleiben», erwiderte sie.

Maurice lächelte.

«Verzeihen Sie mein Erstaunen», sagte er, «ich freue mich sehr, dass Sie hier sind. Ich hätte es bedauert, das Mädchen aus dem Wald nie wiederzusehen.»

Unaufgefordert ließ sich Margaretha in einen Sessel sinken, und Maurice nahm ihr gegenüber Platz. Ehe er in der Unterhaltung fortfahren konnte, sagte sie:

«Ich komme, weil ich eine Bitte an Sie habe.»

Maurice' Gesicht nahm einen ablehnenden Zug an.

«Ich kann mir schon denken, worum es geht», entgegnete er.

«Wirklich?»

«In den letzten Wochen saß beinahe jeden Abend jemand auf dem Platz, auf dem Sie jetzt sitzen, und sie alle richteten dieselbe Bitte an mich.»

«Welche Bitte?»

«Ach, hören Sie, Sie wissen es doch!» Maurice fuhr sich mit gespreizten Fingern durch die Haare. Er sah älter und müder aus als sonst.

«Die Frauen der Männer, die im Weißen Turm auf ihren Tod warten», erklärte er, «sie kommen zu mir und weinen und bitten und wollen nicht begreifen, dass ich nichts für sie tun kann.»

«Können Sie das wirklich nicht?»

«Nein», Maurice stand auf, «ich bin nicht der Kaiser. Ich kann nicht die Leute, die er zum Tode verurteilt hat, begnadigen. Glauben Sie mir, ich selbst halte diese Urteile … nun, wie auch immer, ich habe jedenfalls keine Macht, etwas daran zu ändern.» Er ging zum Fenster und starrte in die Dunkelheit.

«Natürlich können Sie nicht alle begnadigen», sagte Margaretha, «aber wenn Sie wegen eines einzigen, eines einzigen Mannes nur, mit Karl von Liechtenstein und dann mit dem Kaiser sprächen, würde er Ihnen diese Bitte nicht erfüllen?»

«Mein liebes Kind, wie ich bereits sagte, sind Sie nicht die erste, die mich aufsucht. Selbst wenn ich die Macht hätte, einen der Unglücklichen zu retten, wen sollte ich auswählen? Oder anders gesagt», er sah Margaretha noch immer nicht an, «glauben Sie nicht, dass eine solche Entscheidung meine Kräfte übersteigt?»

Margaretha schwieg eine lange Zeit. Schließlich sagte sie mit leiser Stimme: «Dann entscheiden Sie nicht zwischen den Gefangenen. Wählen Sie unter den Bittstellern, und wählen Sie mich. Ich sage Ihnen dann, wen Sie retten!»

Maurice lachte, halb erstaunt und halb amüsiert.

«Warum», fragte er, «sollte ich mich für Sie entscheiden?»

Er erhielt nicht gleich eine Antwort, aber dann spürte er eine Hand auf seinem Arm und sah im schwachen Kerzenschein, dass Margaretha dicht an ihn herangetreten war. Er machte eine abwehrende Bewegung.

«Bitte ...», sagte er.

«Tun Sie es für mich», bat Margaretha, «Maurice, ich möchte, dass Sie es für mich tun.» Sie hatte, bevor sie kam, keinen Moment vorgehabt, ihn auf diese Weise zu bitten. In ihrer Unerfahrenheit war es ihr gar nicht in den Sinn gekommen, sie könne andere Mittel anwenden als Worte und, im äußersten Fall, verzweifelte Tränen. Doch spätestens seit dem Neujahrsball ahnte sie, wie sehr ihre Schönheit und Jugend Männer zu verlocken vermochten. Aus Gesprächen anderer, denen sie gelauscht hatte, wusste sie, dass Maurice in einem Alter war, das ihn für junge Frauen empfänglich machte. Sie lächelte leicht.

«Bitte, Maurice», flüsterte sie.

Natürlich durchschaute er sie, und fast hätte er gelacht.

Sie besaß so wenig Übung in diesem Spiel, ihre Haltung und der Blick, mit dem sie ihn ansah, schienen fast noch kindlich. Und doch spürte er einen sanften Schauer durch seinen Körper ziehen, und zu seinem Entsetzen kam ihm der Gedanke, dass er nie einen süßeren Mund gesehen habe als den, den sie ihm bereitwillig zuwandte, halb geöffnet über den weißen Zähnen, die Lippen weich und zart gerundet. Schnell trat er einen Schritt zurück.

«Was soll ich tun?», fragte er. Margaretha strahlte.

«Sie wollen wirklich helfen?», fragte sie atemlos.

«Ja», erwiderte Maurice, selbst noch erstaunt darüber, wie schnell sein Widerstand zusammengebrochen war. Im Grunde hatte er seine ablehnende Haltung nur deshalb aufgegeben, um sich aus der Situation zu befreien, in die Margaretha ihn unversehens gebracht hatte.

«Es geht um einen meiner Freunde, der im Weißen Turm ist», sagte Margaretha.

«Aha. Um Julius von Chenkow, nehme ich an?»

«Ju…» Margaretha stockte. Die ganze Zeit über hatte sie nicht an ihn gedacht.

«Nun ja, ich dachte, Sie kämen im Auftrag der Baronin Chenkow.»

«Ach, du lieber Gott», murmelte Margaretha. Sie hatte Julius vergessen und die verzweifelte Sophia. Julius, der ihr nie etwas Böses getan hatte, den sie nur als gütigen, hilfsbereiten Freund kannte. Und dessen Frau alles für sie tat.

«Können Sie nicht zwei Männern helfen?», fragte sie.

«Wem denn noch?»

«Richard von Tscharnini. Seine Verlobte suchte mich heute auf …»

Maurice hob hilflos die Schultern.

«Jetzt verlangen Sie zu viel», sagte er, «ich kann Ihnen nicht einmal versprechen, dass ich einen Ihrer Freunde rette, aber ganz sicher nicht zwei. Sie müssen sich entscheiden!»

«Aber das kann ich nicht! Ich kann doch nicht einen … im Stich lassen!» Sie sah Sophia vor sich, ihr bleiches Gesicht mit den rot geweinten Augen. Und Julius, wie er neben ihr über die Schneefelder ritt und sie anlachte, sein Pferd an das ihre heranlenkte, um ihre Hand ergreifen zu können. Wie sehr liebte er Sophia, aber wie freundlich hatte er sich auch zu ihr, der Fremden, verhalten. Und dagegen Richard! Fast spürte sie einen bitteren Geschmack im Mund, wenn sie ihn vor sich sah, an dem Tag, da sie ihm die Frage stellte, ob er sich nun endgültig für oder gegen sie entscheiden würde. Ihr wurde noch heute übel, wenn sie an seine Verlegenheit dachte, an seine schonungslos offenbarte Unfähigkeit, mit unangenehmen Dingen fertig zu werden. Aber zugleich war es ihr unmöglich, sich aus der Anziehungskraft zu befreien, die er auf sie ausübte. Sie seufzte leise.

«Was soll ich denn bloß tun?», fragte sie. «Wie ich mich auch entscheide, ich lade doch eine entsetzliche Schuld auf mich!»

«Niemand wird Sie deswegen schuldig sprechen», sagte Maurice. «Aber ich weiß, es ist eine fürchterliche Situation!»

Julius, nur Julius hätte es verdient, zuckte es Margaretha durch den Kopf, doch kein Laut drang über ihre Lippen.

Ohne Richard kann ich nicht weiterleben. Ich könnte nicht weiterleben, wenn ich wüsste, dass er tot ist. Sie war schneeweiß geworden und zitterte. Maurice nahm ihre Hände.

«Hören Sie mir zu», begann er, doch Margaretha ließ ihn nicht weitersprechen. Sie hob den Kopf und sagte mit unruhigen Augen, aber bemüht fester Stimme:

«Ich kam zu Ihnen auf Bitten von Theresia von Makowitz. Ich spreche daher für sie. Versuchen Sie alles, um Richard von Tscharnini zu retten!»

Maurice blickte sie nachdenklich an.

«Ich werde mich bemühen», sagte er.

16

Margaretha erfuhr nie genau, wie Maurice es anstellte, auf den Kaiser Einfluss zu nehmen, welche Beziehungen er nutzte, mit welchen Argumenten er überzeugte. Doch wie auch immer es geschah, Richard wurde als Einziger der Verhafteten im Weißen Turm begnadigt. In der ersten Juniwoche kehrte er ohne Aufsehen zu seiner Familie zurück. Seine Freilassung wurde niemals offiziell bestätigt, nichts davon wurde in den Akten vermerkt. Die Verantwortlichen strichen einfach den Namen Tscharnini aus ihren Listen, und ein Gefangener dieses Namens hatte somit nicht existiert. Natürlich erfuhren einige Freunde und Bekannte von Richards Rückkehr, aber auf Fragen konnte er selbst nur antworten, es habe sich bei seiner Festnahme wohl um einen Irrtum gehandelt. Für kurze Zeit stärkte dies die Hoffnung einiger Familien auf weitere Begnadigungen, aber sie warteten vergeblich. Das Schicksal der anderen Männer war längst besiegelt.

Wie Maurice es ihr eingeschärft hatte, ließ Margaretha nirgendwo verlauten, was sie getan hatte, doch sie vergaß Theresia, die ahnungslos davon sprach. Sie hatte sich kaum von dem Freudentränenausbruch nach Richards Rückkehr erholt, als sie dem Verlobten auch schon aufgeregt berichtete, seine Rettung sei nur der reizenden Margaretha von

Ragnitz zu verdanken, die beim Grafen Lavany um sein Leben gebeten habe. Richard erstarrte. Natürlich hatte er geahnt, dass es irgendeine Ursache für seine Befreiung gegeben haben musste, doch er glaubte eher an Bestechung. In seine grenzenlose Erleichterung über die Rettung mischte sich nun ein unangenehmes Gefühl. Ausgerechnet Margaretha, gerade sie, die ihn doch eigentlich verachten müsste! Es war ihm außerordentlich peinlich, aber er wusste, dass ihm nichts anderes übrigblieb, als sie aufzusuchen und ihr zu danken. Auch Theresia drängte ihn dazu.

«Wenn wir ihr nur etwas schenken könnten», meinte sie, «ach, ich würde ihr alles, alles geben!»

«Außer mir, nehme ich an», erwiderte Richard mit einem gezwungenen Lächeln. Auch Theresia lachte auf.

«Natürlich nicht», sagte sie, «aber du bist recht eingebildet. Vielleicht würde sie dich gar nicht wollen!»

«Wahrscheinlich nicht.» Richard griff nach seinem Hut. «Dann werde ich also zu ihr gehen», sagte er.

«Soll ich dich begleiten?»

«Nein, lass nur. Ich bleibe ohnehin nicht lange.»

Gemächlichen Schrittes machte er sich auf den Weg. Er ließ sich Zeit, denn die bevorstehende Begegnung war ihm alles andere als angenehm. Am liebsten hätte er Margaretha nie mehr wiedergesehen, denn sie war wie ein Schatten, der immer wieder auf ihn fiel und ihn an seine Schuld erinnerte, die er krampfhaft zu vergessen hoffte. Es gelang ihm auch von Zeit zu Zeit, alles Vergangene zu verdrängen. Doch gerade dann traf er wieder mit ihr zusammen.

Richard besaß trotz aller Oberflächlichkeit ein ausgeprägtes Gewissen, das er nur geschickter als andere zu überhören fähig war. Als er durch die stillen Straßen schritt, machte er sich wieder einmal klar, dass Margaretha mit ihren Vorwürfen recht gehabt hatte. In erster Linie liebte er sich selbst, und es schien ihm auch zwecklos, das ändern zu wollen, weswegen er es gar nicht erst versuchte. Wie viele schöne Menschen, denen die Natur alle körperlichen Vorzüge geschenkt hatte, war er seinem eigenen Äußeren rettungslos verfallen und zwanghaft bemüht, seinen Glanz zu erhalten. Er machte sich nicht bewusst, dass er von Jugend an all sein Selbstbewusstsein nur aus seiner Attraktivität bezog und inzwischen außerstande gewesen wäre, ohne sie zu leben. Im Gefängnis hatte es für ihn zu den grausamsten Foltern gehört, dass er sich nicht waschen durfte. Doch diese Empfindsamkeit erstreckte sich auf alle Bereiche seines Lebens. Nichts Hässliches, Unangenehmes, Abstoßendes durfte in seinen Weg treten; nichts, wofür er hätte Opfer bringen, bescheiden und nachdenklich werden müssen. Alles um ihn sollte großartig sein, wie auf der Schaumkrone einer hohen Welle wollte er über Gewissensnöte, Angst, Verlust und Traurigkeit hinwegspülen. Er hatte sich in Margaretha verliebt, weil sie schön war, sehr jung und ihn in allem bestätigte, aber diese Vorzüge besaß Theresia auch, daher fiel es ihm leicht, auch sie zu lieben, zumal ihre gesellschaftliche Stellung ihm einen glatten, sicheren Lebensweg verhieß. Er wollte ja nichts als ein gutes Leben, und er fand auch, es sei unsinnig, auf etwas zu verzichten, das sich ihm so verlockend anbot.

Die Gesellschaftsschicht, in der Richard von Tscharnini lebte, erging sich nicht mehr in der fast vulgären Üppigkeit des vergangenen Jahrhunderts, aber viele Sitten und Bräuche hielten sich aufrecht, trotz Krieg und Besetzung, und die Tscharninis besaßen genug Geld, ein schönes Leben zu führen. Im Adel galt ausschweifende Maßlosigkeit beim Essen und Trinken immer noch als schick, und keine Gelegenheit wurde ausgelassen, um stundenlange Gelage zu veranstalten. Je zahlreichere Speisen und je mehr Wein der Hausherr auf den Tisch brachte, desto größer wurde sein Ansehen, und Ansehen war für die Tscharninis stets von äußerster Wichtigkeit gewesen. Auch die prunkvollen Schlösser, die komfortablen Möbel und die wundervollen Kleider waren Zeichen gesellschaftlicher Reputation. Nie hatte es so zauberhafte, so edle, so bunte Stoffe gegeben, nie so viel Schmuck. Die verzweifelte Lebenslust jener ersten Kriegsjahre schien sich in den grell geschminkten Gesichtern vieler Damen widerzuspiegeln.

Die ganze Welt ist lasterhaft, dachte Richard, während er die Steinstufen zu Luzias Haus hinaufstieg, warum dann nicht auch ich? Wahrscheinlich bin ich ein schrecklicher Schuft, aber, zum Teufel, ich morde, stehle und quäle nicht, und jeder Bettler, der mir über den Weg läuft, bekommt etwas geschenkt.

Er wusste, dass Margaretha heute allein war, denn er hatte mitbekommen, wie seine kleine Schwester Friedrich und Luzia die Einladung zu einer Spazierfahrt schickte, wobei Marie in ihrer boshaften Art Margaretha geflissentlich überging. Er hatte sie also für sich und konnte frei sprechen. Innerlich wappnete er sich gegen Margarethas Forderungen. Er war davon überzeugt, dass sie ihm nun beibringen würde, was sie als Gegenleistung für seine Befreiung erwartete. Es durfte keinen Zweifel daran geben, dass er noch immer Theresia zu heiraten gedachte.

Margaretha erschrak, als Richard, der das Hausmädchen aus dem Weg geschoben hatte, unangemeldet das Zimmer betrat. Unsicher erhob sie sich aus ihrem Sessel.

«Richard», sagte sie, «es stimmt also, was man hört. Du bist frei.»

Richard war entsetzt, wie blass und elend sie aussah und wie dünn sie geworden war, doch er hatte sich vorgenommen, seine Empfindungen zu verbergen.

«Meine Liebe», entgegnete er, «Theresia hat mir alles erzählt. Ich bin gekommen, um dir zu danken.»

«Ach, du weißt …?»

«Ja, ich weiß alles.» Er trat auf sie zu.

«Margaretha», sagte er fast zärtlich, «liebste Margaretha, warum hast du das für mich getan?»

Margaretha bemerkte ärgerlich, dass ihr Herz rasend schnell schlug. Es war unglaublich, wie dieser Mann es verstand, jede Frau schwach und hilflos werden zu lassen.

«Fräulein von Makowitz war bei mir», erklärte sie spröde, «sie bat mich um diese Gefälligkeit, und weil sie mir leid tat, half ich ihr.»

Es berührte Richard mitanzusehen, wie sie mit bleichem, starrem Gesicht und brüchiger Stimme tapfer unwahre Erklärungen abgab. Er nickte.

«Für Theresia also hast du es getan», wiederholte er.

«Ja.»

«Obwohl sie dir doch fremd ist. Wäre es nicht naheliegender gewesen, für Sophia Julius zu retten?» Gleich darauf bereute er seine Worte, denn Margarethas Augen weiteten sich entsetzt, Qual und Schrecken standen darin. Er musste sie an ihrem wundesten Punkt getroffen haben, und das hatte er nicht gewollt. Er mochte ihr nicht wehtun, aber seine Eitelkeit trieb ihn doch dazu. Er musste von Margaretha hören, dass alles, was sie getan hatte, aus Liebe zu ihm geschehen war. Es verlangte ihn danach, von ihr die Bestätigung zu bekommen, dass sie ihm trotz seines Verrats immer noch gehörte.

«Entschuldige», sagte er schnell, «ich habe eben dumm geredet. Ich wollte ja nur sicher sein, dass du es für mich getan hast. Denn das hast du doch?»

«Ja.» Margaretha presste die Lippen aufeinander, als wolle sie etwas für sich behalten, entschloss sich aber doch, es auszusprechen: «Es war nicht so dumm, was du eben sagtest», meinte sie, «sag mir doch, was du empfindest, wenn du an Julius denkst?»

«Der Gedanke an ihn scheint dich zutiefst zu quälen.»

Sie starrte ihn an, und dann schrie sie plötzlich: «Ja, verdammt, ja! Er gehört zu den liebenswertesten, mitfühlendsten Menschen, die ich jemals getroffen habe, und er ist tausendmal besser als du! Die Welt wäre nicht ärmer geworden, wenn man dich in der nächsten Woche hingerichtet hätte! Aber um Julius, du lieber Gott, um Julius werden alle zu Recht trauern!»

«Es schmeichelt mir wirklich außerordentlich, was du da sagst. Aber es klingt ein bisschen widersprüchlich. Denn schließlich, bei all deiner Zuneigung zu dem edlen Julius, hast du am Ende ja mich gerettet!»

«Aber frag mich nicht, warum ich das getan habe! Es war abscheulich und gemein … ich begreife es überhaupt nicht mehr!»

«Aber ich verstehe es», sagte Richard weich, «Margaretha, du liebst mich. Alles, was du mir androhtest, dass du mich hassen wolltest und vergessen – das kannst du ja gar nicht! Als ich dich in der Neujahrsnacht sah, warst du schön wie nie, und ich merkte deutlich, dass du mich immer noch liebtest!»

«Nein!», fauchte Margaretha zurück, vor Scham erstarrt in Erinnerung an jene unglückselige Nacht, in der sie in aller Öffentlichkeit ihre Gefühle gezeigt hatte.

«Margaretha, mein Liebling, warum streitest du es denn ab? Sag doch, was du denkst. Ich liebe dich doch auch. Ich mag ein Schuft sein, aber ich lüge dir nichts vor. Ich liebe dich!»

Margaretha schüttelte heftig den Kopf.

«Warum sagst du das jetzt?», fragte sie. «Soll es eine Belohnung sein für das, was ich getan habe? Ach, gib dir doch nicht solche Mühe! Bald heiratest du Theresia, und dann wirst du ihr sagen, dass du sie liebst, und kurz danach wirst du es einer deiner tausend Mätressen auch sagen. Ich glaube, es gibt sonst keinen Satz, der dir so glatt über die Lippen kommt wie dieser!»

Richard seufzte. Ihre Bitterkeit versperrte ihm jeden Weg zu ihr. Dabei wusste er genau, dass dahinter all ihre ungeschützten Gefühle für ihn lagen. Er spürte seine Macht über sie.

«Ich weiß», sagte er, «dass ich nun dich heiraten sollte und ...»

«Oh», Margaretha lächelte kalt und ironisch, «dir kommen aber gnadenvolle Gedanken! In Dankbarkeit und Schuld heiratest du Margaretha von Ragnitz. Ach, zum Teufel», fauchte sie plötzlich angewidert, «was glaubst du, wie jämmerlich ich bin. Ich würde dich nicht heiraten, selbst wenn du mich auf Knien darum bätest. Jetzt nicht mehr, Richard!»

Er begriff, dass er ihren Stolz unterschätzt hatte.

«Du würdest wohl gar nichts mehr von mir annehmen?», fragte er.

«Nichts!»

Richard ging langsam zur Tür. Dort drehte er sich noch einmal um.

«Du hasst mich», stellte er fest.

Margaretha blickte ihn an. Für einen kurzen Moment fiel die Maske der Kälte von ihrem Gesicht, und heftig erwiderte sie: «Ich wünschte, ich täte es nicht!»

«Sondern?»

«Ich gäbe alles darum, dich für alle Zeiten zu vergessen!»

Richard antwortete ihr nicht. Die Tür fiel hinter ihm zu, und seine Schritte verklangen. Margaretha blieb schwer atmend im Zimmer stehen. Sie wartete, dass sie wie üblich weinen würde, doch nicht einmal Tränen konnte sie noch hervorbringen.

Die Hinrichtungen waren auf den 21. Juni 1621 festgesetzt worden, sie fanden unter schärfsten Sicherheitsmaßnahmen auf dem Altstädter Ring in Prag statt. Den ganzen Morgen ritten Soldaten durch die Straßen, um die Menschen an ihre Anwesenheit zu erinnern und Aufruhr unter den Pragern im Keim zu ersticken. Man war auf Attentate und Befreiungsversuche gefasst, doch alles blieb ruhig. Dies war nicht nur der Gegenwart bewaffneter Kräfte zu verdanken, vielmehr herrschte unter den gebrochenen und zermürbten Menschen kein Widerstandsgeist mehr. Alle tapferen Kämpfer, die das protestantische Böhmen besessen hatte, waren auf dem Weißen Berg gefallen oder legten soeben ihr Haupt unter das Schwert.

Eine riesige, schwarz gekleidete Menschenmenge umstand den Schauplatz der Hinrichtung und nahm in schweigender Trauer Abschied von den Helden, deren Namen untrennbar mit der glanzvollsten und elendsten Zeit in Böhmens Geschichte verbunden waren. Dumpfe Trommeln begleiteten den traurigen Akt, um mögliches Wehklagen und Stöhnen der Opfer zu übertönen, doch die Verurteilten sahen dem Tod sehr gefasst entgegen.

Margaretha ging nicht, wie viele, zum Altstädter Ring. Sie blieb den Morgen über in ihrem Zimmer, den Kopf in die Kissen gewühlt, die Hände an die Ohren gepresst, um das grässliche, monotone Trommeln nicht hören zu müssen. Sie fühlte plötzlich, was «Sünde» bedeuten musste. Bei jeder Gelegenheit hatten die Klosterschwestern dieses Wort benutzt, und Margaretha war es immer zu großartig erschienen für den Unfug, den die Mädchen manchmal anstellten. Nun spürte sie, dass sie sich das erste Mal in ihrem

Leben wirklich versündigt hatte. Richard sollte weiterleben und in ihrer Schuld stehen, und für dieses Ziel war sie bereit, einen anderen Mann sterben zu lassen, der ihre Hilfe weit mehr verdient hatte. In welche Bahnen würde Gott nun ihr Schicksal lenken, um sie für ihren Eigennutz und ihren Egoismus zu bestrafen?

Am Mittag kam Friedrich, der auf dem Altstädter Ring von seinen Freunden Abschied genommen hatte, nach Hause. Mit schleppender Stimme erzählte er, Julius sei ruhig und gefasst gestorben. Während er den Kopf niederbeugte, habe er gebetet. Friedrich sank auf einen Stuhl, stützte den Kopf in die Hände und begann leise zu weinen. Luzia nahm den Arm der verstörten Margaretha.

«Komm», flüsterte sie, «wir lassen ihn allein. Er hat seinen besten Freund verloren, und wir können ihm nicht helfen!»

Margaretha ließ sich willig hinausführen.

«Ich muss zu Sophia», sagte sie, als sie aus dem Zimmer waren, «sie wird entsetzlich leiden. Sie weiß sicher von Theresia längst alles, und ich muss ihr erklären …»

«Geh nicht zu ihr», riet Luzia, «nicht heute. Ich bin sicher, sie will niemanden sehen.»

«Aber sie soll wissen, wie sehr mich quält, was ich getan habe. Weißt du, dass ich …?»

«Ich weiß alles. Richard hat es Friedrich erzählt. Ach, Liebling, bitte, fühl dich doch nicht schuldig!»

Margaretha starrte sie müde an. Wie sollte sie ihr erklären, was sie empfand? Was nützte es zu sagen, dass ihr Gewissen sie von Tag zu Tag mehr drückte, dass sie schon an den Tod gedacht hatte, um ihrer Schuld und dem Leben zu entfliehen. Aber dankbar nahm sie die Freundlichkeit in Luzias Augen wahr. Sie hat so unendlich viel Verständnis, dachte sie, was immer ich täte, sie hielte zu mir.

Am 1. Juli fand die Hochzeit von Richard und Theresia statt. Freunde der Familie empörten sich darüber, da sie es, so kurz nach dem tragischen Tod eines Familienmitglieds für unwürdig hielten, eine Vermählung zu feiern. Viele Gäste blieben deshalb dem Ereignis fern, darunter auch Friedrich und Luzia. Margaretha sagte ebenfalls ab, da sie den Anblick des Paares nicht hätte ertragen können. Doch in der Wohnung zu bleiben schien ihr auch unmöglich. Friedrich sprach seit Tagen kaum das Nötigste und saß mit trostloser Miene herum. Luzia verließ am Tag der Hochzeit nicht das Bett, sondern blieb mit Kopfschmerzen liegen. Margaretha schlich durch die Räume, bis sie glaubte, wahnsinnig zu werden. Kurz entschlossen verließ sie das Haus. Die Sonne stand glühend am tiefblauen Sommerhimmel. In den Straßen stank es entsetzlich, da die umherliegenden Abfälle in der Hitze verwesten. Dennoch fand Margaretha es im Freien erträglicher. Es gelang ihr, sich den Sommer in St. Benedicta vorzustellen, die weiten Kornfelder, die dicht belaubten Bäume, Schwester Josephas farbenprächtigen Blumengarten. Sie sah Claras rundes Gesicht vor sich und hörte Angelas unanständiges, mitreißendes Lachen. Noch einmal unbekümmerte Klosterschülerin sein, dachte sie sehnsüchtig, oder doch wenigstens Kinder haben! Hätte ich nur Kinder, hätte ich irgendjemanden! Kurz vor der Karlsbrücke begegnete Margaretha Sophia. Ganz in Schwarz gekleidet, kam sie ihr entgegengeritten.

«Sophia!», rief Margaretha. Die Freundin hielt ihr Pferd an.

«Ja?», entgegnete sie fragend. Sie sah schlecht aus, blass, nachlässig gekleidet und frisiert. Sie trug weder einen Hut noch ihre Reithandschuhe.

«Du bist nicht auf der Hochzeit deines Bruders?», fragte Margaretha.

«Nein.»

«Ich verstehe … Es ist etwas seltsam, dass er so rasch heiratet, nachdem …»

Sie erhielt keine Antwort. Sophia blickte sie nur unbeweglich an. Margaretha fühlte sich sehr unwohl.

«Ich wollte dich ohnehin in der nächsten Zeit besuchen», sagte sie, «ich wollte nur etwas warten, weil …»

Wieder kam keine Antwort.

«Sophia, ich muss dir so vieles erklären.»

«Du musst mir nichts erklären.»

«Doch. Theresia hat dir sicher erzählt, dass ich damals zu Graf Lavany ging und ihn bat, Richard aus dem Weißen Turm zu befreien.»

«Die Familie ist dir dafür dankbar.»

«Ja, aber …» Margaretha sah hinter einem Karren mit Bierfässern her, der laut rasselnd an ihnen vorübergerollt war. Sie wusste kaum, wie sie die richtigen Worte finden sollte.

«Sophia, du wirst bestimmt denken, dass ich bei Lavany ebenso gut um das Leben von Julius hätte bitten können.»

«Und?» Sophias Stimme klang sachlich und kalt. Auf einmal wünschte Margaretha, sie würde weinen oder klagen. Wie sollte sie mit ihr sprechen, wenn sie sich so versteinert zeigte.

«Ich hätte es gekonnt», sagte sie mit schwankender Stimme, «Lavany ließ mir die Wahl. Ich musste mich entscheiden.»

«Und das hast du getan.»

«Ja, aber bitte, du musst mir glauben …»

Ihre Erklärungen erstarben unter Sophias abweisendem Blick.

«Oh, Sophia, um Gottes willen, es tut mir so schrecklich leid», sagte sie leise.

«Warum sollte es dir leid tun?», fragte Sophia. «Du bist ein freier Mensch, und dazu gehört für dich offenbar, dass du in erster Linie dir selbst verpflichtet bist. Vielleicht würden wir alle so handeln. Du hast den Mann gerettet, den du liebst.»

«Aber du selbst musst wissen, wie schwer es mir fiel. Ach, Sophia, ich mochte Julius so sehr. Er war so gut und freundlich, der anständigste, tapferste, aufrichtigste Mann ...»

«Du musst mir seine Vorzüge nicht nennen», erwiderte Sophia mühsam beherrscht, «schließlich war ich seine Frau.»

Margaretha wollte ihre Hand ergreifen, aber sie zog sie fort.

«Ich möchte nichts mehr mit dir zu tun haben», sagte sie.

Margaretha zuckte zusammen.

«Ich habe ihn doch nicht umgebracht!», flüsterte sie. «Du darfst mich jetzt nicht hassen!»

«Ich hasse dich nicht», entgegnete Sophia, «nein, das verbiete ich mir selbst, denn du hast nichts Unrechtes getan. Du bist nur deinem Gewissen gefolgt ...»

Margaretha stöhnte, doch Sophia beachtete sie nicht.

«Es war dein Recht, so zu entscheiden», sagte sie, «und dieses Recht gestehe ich dir natürlich zu. Aber dennoch, und du kannst das als sentimental und nachtragend empfinden, dennoch möchte ich dich nicht wiedersehen. Ich kann dich nicht wieder sehen! Verstehst du das?»

Margaretha nickte.

«Ich mag dich, Sophia», murmelte sie, «noch zu Weihnachten dachte ich: Wenigstens diese Freunde habe ich, die mich nicht verlassen. Nun ist Julius tot und du ...»

«Ja, ich verlasse dich», vollendete Sophia. «Zuvor möchte ich dir aber noch etwas sagen. Ich bin nicht davon überzeugt, dass du glücklicher wirst, weil Richard weiterlebt.

Du willst ihn unter allen Umständen, aber du weißt, was er gerade jetzt tut! Er verspricht der schönen Theresia, sie bis an das Ende seines Lebens zu lieben und ihr treu zu sein – wobei du zumindest den Trost hast, dass er letzteres Versprechen nicht einhalten wird. Du könntest jederzeit seine Geliebte werden.»

«Niemals! Was auch immer geschieht, seine Geliebte werde ich nicht!»

Sophia lächelte kraftlos.

«Armes Kind», sagte sie leichthin, «du hättest im Kloster bleiben sollen. Oder du musst nun begreifen, dass die Zeit vorbei ist, da du brav und lieb auf einen Wink des Schicksals warten kannst, der natürlich mit deinen Vorstellungen von einem anständigen Leben übereinstimmen muss. Ich habe wirklich selten einen Menschen erlebt, der so ziellos ist wie du. Du buhlst um einen Mann, bist aber zu stolz zu nehmen, was er dir anbieten kann. Darf ich dir einen Rat geben? Bau dir ein eigenes Leben auf, das dich wieder unabhängig macht.»

«Danke», erwiderte Margaretha so würdevoll wie möglich, «ich weiß, was ich zu tun habe.»

«Nun gut. Dann lebe wohl!» Sophia nickte ihr zu und trieb ihr Pferd zu einem langsamen Trab an. Margaretha blickte ihr nach, verwirrt und schmerzerfüllt. Sie begriff, dass sie Sophia tatsächlich verloren hatte. Sie war eine Frau, die hielt, was sie sagte. Ihr Vertrauen und ihre Freundschaft waren zerstört. Margaretha stand wie betäubt in der Sonne. Sie schloss kurz die Augen und atmete tief. Dann ging sie weiter, mit schnellen, harten Schritten und entschlossenem Gesicht. Wer alles verloren hatte, brauchte nicht länger Angst zu haben. Was das Schicksal auch für sie bereit hielte, sie fühlte sich stark genug, es zu überstehen.

«Weißt du, Richard», murmelte sie leise, «du magst ruhig

bei deiner Theresia bleiben. Immerhin habe ich dir dein Leben geschenkt und damit das Kostbarste überhaupt!»

Deswegen, das wusste Margaretha, würde sie ihn immer besitzen. Er stand in ihrer Schuld und konnte nie wieder ganz frei von ihr sein.

17

Im September des Jahres 1621 fragte Maurice Lavany Margaretha, ob sie seine Frau werden wolle. Es kam für Margaretha so überraschend, dass es ihr im ersten Augenblick die Sprache verschlug. Den ganzen Sommer über hatte Maurice nicht die geringste Andeutung einer besonderen Zuneigung zu ihr gemacht, obwohl sie einander häufig getroffen hatten. Friedrich und Luzia waren für drei Monate auf ihr Schloss gereist, doch Margaretha hatte sie nicht begleiten wollen. Es schien ihr, als verachte Friedrich sie seit ihrer Fürsprache für Richard; ein Gefühl, das sicher nicht nur auf Einbildung zurückzuführen war. Eine unausgesprochene Spannung herrschte zwischen ihnen, ihr Umgangston war kühler und höflicher geworden. So zog Margaretha es vor, allein in der Stadt zu bleiben, trotz der Hitze und der Trostlosigkeit, die auch der Sommer nicht aus den Straßen vertreiben konnte. Prag, die einst lebendige, wohlhabende, glänzende Stadt hatte keine Kraft, sich von ihrem Schicksal zu erholen.

Maurice Lavany hatte vorgehabt, mit Albrecht von Wallenstein gegen den ungebärdigen Bethlen Gabor zu ziehen, der mit einer großen ungarischen Streitmacht Mähren bedrohte, doch zu Beginn des Sommers litt er für Wochen an einem heftigen Anfall von Herzschwäche, von dem er nur langsam genas. Er langweilte sich, war ärgerlich, fühlte sich gesund und litt dann doch wieder Schmerzen. Nichts hasste er so sehr wie das Gefühl, sich nicht völlig auf seine körperlichen Kräfte verlassen zu können.

Margaretha hatte durch ein Dienstmädchen von seiner Erkrankung erfahren, und eines Nachmittags besuchte sie ihn. Sie schuldete ihm große Dankbarkeit und hatte ohnehin nur wenig Gesellschaft. Wenn sie mit Maurice plaudern konnte, vergingen die Stunden schneller. Die Besuche wurden bald zu einer lieben Gewohnheit. Natürlich hatte sich Margaretha manchmal gefragt, ob es denn keine Frau in seinem Leben gab. Nun erfuhr sie, dass er verheiratet gewesen war und dass er seine Frau, Elisabeth Katharina, bereits vor zehn Jahren während einer Pockenepidemie verloren hatte. Es schien jedoch, als habe Maurice diesen Schicksalsschlag längst verwunden. Offenbar war es auch nie eine sehr innige, sondern eher auf Familieninteressen gegründete Verbindung gewesen.

Ihr Verhältnis zu Maurice war für Margaretha nichts anderes als das eines Kindes zu einem älteren Menschen, der durch seine Erfahrung und Klugheit Geborgenheit vermittelt. Margaretha fühlte bei Maurice nie, was sie empfunden hatte, wenn Richard ihr gegenüberstand, und sie dachte darüber auch nicht nach. Doch sie konnte jenes Gefühl nicht vergessen, das sie an dem Abend gehabt hatte, als sie um Richards Leben bat. Sie ahnte, bei Maurice ihren ersten weiblichen Triumph errungen zu haben. Dabei wusste sie kaum, was sie tat, denn wenn sie auch merkte, in welcher Weise sie auf ihn wirkte, so unterschätzte sie ihre Macht und seine Anfälligkeit doch weit. Sie war davon überzeugt, viel raffiniertere Mittel anwenden zu müssen, um ihn zu verlocken und zu gewinnen, doch lag ein Erfolg ja nicht in ihrer Absicht.

Maurice konnte Margarethas Verhalten durchaus einschätzen, aber er fühlte sich dennoch von ihr angezogen und gab irgendwann seinen inneren Widerstand dagegen auf. Als politisch denkender Mensch, den es mit aller Macht drängte, die Geschehnisse seiner Zeit mitzubestimmen, sah er die Dinge, die sein Privatleben ausmachten, sehr unkompliziert und manchmal mit der nachlässigen Arroganz des Mannes, dem keine Zeit bleibt für Nebensächlichkeiten. Nach anfänglichen Skrupeln schien ihm nun der große Altersunterschied zwischen Margaretha und ihm nicht länger als unüberwindliches Hemmnis. In den langen Wochen des Sommers verstärkte sich seine Zuneigung und sein Wunsch, sie für immer bei sich zu haben. Die Rührung, die er empfunden hatte, als er das schmutzige, halberfrorene, zitternde Kind im Wald fand, wandelte sich in die Bewunderung für ein schönes Mädchen und sogar in heftige Begehrlichkeit. Es war ihm ganz gleich, dass er inzwischen achtundvierzig Jahre alt war.

Als er Margaretha fragte, ob sie ihn heiraten wolle, erstarrte sie, einfach nur vor Überraschung. Schnell nahm er ihre Hand.

«Denken Sie ruhig ein paar Wochen darüber nach», sagte er, «ich werde warten. Aber Sie sollen wissen, dass ich Sie liebe.»

Margaretha ging benommen nach Hause und versuchte, die Gedanken zu ordnen, die sie bestürmten. Obwohl sie so oft darüber nachgedacht hatte, dass sie bald heiraten müsste, hatte Maurice nie zu denen gehört, die sie dafür in Erwägung zog. Er war ja so viel älter, und sie fand ihn gar nicht schön! Sie mochte die Narben in seinem Gesicht nicht, und seine Augen waren so hell und kalt, seine Lippen so dünn. Seine Anziehungskraft beruhte allein auf der Entschlossenheit, dem Mut, dem Selbstbewusstsein und der

Überlegenheit, die er ausstrahlte. Geborgenheit und die ersehnte Möglichkeit zum Ausruhen würde Margaretha bei Maurice finden können, nicht aber die verliebte Spannung, die sie mit Richard verbunden hatte. Trotzdem entschloss sie sich sehr schnell, Maurice ihre Zustimmung zu geben. Sie sah keinen anderen Ausweg aus ihrer Lage und im Grunde war er besser, als alle, die sonst noch in Frage kamen. Sie würde einen angesehenen Mann heiraten, der in der Gunst des Kaisers stand, Reichtum und Macht besaß und einen Grafentitel. Als Gräfin Lavany konnte sie das Leben führen, von dem sie schon immer geträumt hatte. Grimmig dachte sie an Sophia und an ihre letzten kränkenden Worte und mit wütend hämmerndem Herzen an Richard. Endlich, endlich würde sie sich seinem Mitleid entziehen können. Er sollte sehen, dass sie auch andere Männer haben konnte! Und schließlich, ihr wurde warm und bang zugleich, als sie daran dachte, würde ihr die Ehe mit Maurice eines Tages eine ehrenvolle Rückkehr in ihre Heimat ermöglichen. Sie zog Lilli zu sich auf den Schoß.

«In ein oder zwei Jahren», flüsterte sie ihr zu, «werde ich nach Bayern reisen. Verheiratet, mit einem guten Namen und einem klingenden Titel, reich – so werden sie mir alles vergeben. Mutter wird so stolz auf mich sein! Wenn ein Graf Lavany mich trotz meiner Vergangenheit heiratet, dann kann auch sie mir nichts mehr vorwerfen!»

Drei Tage später sagte sie Maurice, dass sie ihn heiraten werde. Er machte es ihr leicht, denn er schien keine überschäumenden Liebeserklärungen oder zärtliche Worte zu erwarten. Aber während er ihre Hände nahm, sie an seine Lippen führte und küsste, spürte Margaretha plötzlich einen ersten schwachen Widerwillen gegen ihn, den sie erschrocken zu verdrängen suchte. Sie schuldete ihm doch alle Dankbarkeit der Welt. Sie konnte sich ihr sonderbares

Gefühl nicht erklären. Ein bisschen schien es ihr wie verhaltene Wut darüber, dass sie sich ihm auslieferte, um sich aus einer Notlage zu befreien. Sie fand ihre eigenen Gefühle unklar, verwirrend und obendrein beschämend.

«Welcher Zeitpunkt wäre dir für unsere Hochzeit am liebsten?», fragte Maurice schließlich. Margaretha überlegte.

«Ich möchte bis zum Oktober warten», entgegnete sie dann, «wenn Friedrich und Luzia zurückkommen. Ich möchte sie einladen.»

«Gut, so machen wir es», stimmte Maurice sofort zu, «aber eine glanzvolle Feier kann es nicht werden. Nicht in einem solchen Jahr. Ich hoffe, du verstehst das.»

Margaretha war damit einverstanden, da sie dieses Ereignis selbst nicht als glanzvoll empfand.

Einige Wochen später trafen Friedrich und Luzia in Prag ein, von Margaretha sehnsüchtig erwartet. Sie brannte darauf, ihnen die große Neuigkeit mitzuteilen.

«Wie wunderschön, meine Liebe», sagte Luzia, nachdem sie der Freundin mit Verwunderung und Anteilnahme zugehört hatte, «aber seltsam, ich habe nie bemerkt, dass ihr so viel Sympathie füreinander empfindet!»

«Wir entdeckten das erst in diesem Sommer», erwiderte Margaretha. Friedrich blickte sie scharf an.

«Eine kluge Entscheidung», meinte er dann leise zu ihr, «ich hoffe nur, Sie wissen einen Mann wie Graf Lavany zu schätzen. Er ist zu gut, um für selbstsüchtige Zwecke benutzt zu werden.»

«Ich verstehe Ihre Bedenken nicht», entgegnete Margaretha kalt. «Ich habe mich nie um Maurice bemüht. Er bat mich, seine Frau zu werden!» Sie drehte sich um und ließ Friedrich einfach stehen.

Ein paar Tage später brachte ein Bote im Auftrag des

Grafen Lavany einen großen Ballen schimmernder weißer Seide. Margaretha vermutete, dass Luzia dieses Geschenk vorgeschlagen hatte, denn Maurice war nicht der Mann, dem solche Dinge von selber einfielen. Die Seide musste ihn ein Vermögen gekostet haben, da Luxusgüter knapp und ihre Preise daher hoch waren. Margaretha und Luzia beschlossen, die beste Schneiderin von Prag mit dem Nähen des Kleids zu beauftragen.

Hin und wieder musste Margaretha zur Anprobe, aber die meiste Zeit verbrachte sie mit Spaziergängen in der Stadt. Einmal traf sie dabei Theresia, die nun schon seit drei Monaten mit Richard verheiratet war und noch reizender aussah als früher. Sie stieß einen entzückten Schrei aus, als sie Margaretha sah.

«Oh, wie wundervoll!», rief sie. «Gerade gestern hörten wir von Ihrer Verlobung. Wie schön! Sicher sind Sie sehr glücklich?»

«O ja», antwortete Margaretha schon ganz gewohnheitsmäßig, denn dieselbe Frage stellte ihr auch Luzia beständig. Theresia lächelte fast zärtlich.

«Sie haben so viel für mich getan», meinte sie, «wissen Sie, daher liegt es mir so sehr am Herzen, Sie glücklich zu wissen! Wenn ich mir vorstelle, dass mein Mann ohne Sie ... ach, ich mag gar nicht daran denken. Es ist so wunderbar, mit ihm zu leben. Kein Tag ist lang genug, und selbst mein Leben kommt mir zu kurz vor für so viel Glück. Es könnte ewig währen!»

«Ich verstehe Sie.» Margaretha bekämpfte mühsam den leichten Schwindel, der sie erfasst hatte. Konnte dieses Geschöpf nicht aufhören zu plappern, bevor sie in Ohnmacht fiel oder zu weinen begann?

«Natürlich verstehen Sie mich», sagte Theresia sanft, «denn Sie empfinden sicher dasselbe. Nun aber», sie schwenkte zum Abschied ihr zierliches Sonnenschirmchen, «will ich Sie nicht länger aufhalten. Wir sehen uns ja spätestens bei der Hochzeit!»

«Wie bitte?», fragte Margaretha aufgeschreckt.

«Wir erhielten gestern die Einladung vom Grafen. Vielen Dank, wir freuen uns sehr.» Theresia nickte noch einmal freundlich, bevor sie mit graziösen Schritten weitertrippelte. Margaretha aber bog in eine Seitengasse ein und machte sich auf den Weg zu Maurice' Wohnung. Er hatte gerade Besuch von einigen Offizieren, aber er kam hinaus, als ihm Margarethas Ankunft gemeldet wurde.

«Guten Tag, Liebling», sagte er erstaunt, aber sehr freundlich, «kommst du zufällig vorbei oder hast du einen bestimmten Grund?»

«Ist es wahr, dass du Richard und Theresia von Tscharnini zu unserer Hochzeit eingeladen hast?», fragte Margaretha zurück.

«Ja. Warum fragst du?»

«Weil ... ich möchte das nicht!»

«Aber ich kann das doch jetzt nicht rückgängig machen.»

«Du hättest mich zumindest fragen müssen.»

«Aber bitte», sagte Maurice etwas ungeduldig, «ich hielt es wirklich für nicht so wichtig, wer kommt und wer nicht. Irgendjemand von den Tscharninis musste ich einladen, und nachdem es diesen ... Trauerfall in der Familie gab, hielt ich es für das Beste, das junge Paar zu wählen, dem jetzt eine Festlichkeit am ehesten zusagt.»

«Warum müssen wir denn jemanden von den Tscharninis einladen?», fragte Margaretha. «Ich verstehe das nicht!» Sie war den Tränen nahe. Maurice seufzte.

«Es ist einfach eine gesellschaftliche Verpflichtung», erklärte er, «unsere Familien waren einmal befreundet. Würde ich nun niemanden einladen, sähe das aus wie die unsagbar kleinmütige Geste des Siegers gegenüber dem Verlierer.»

«Ach ...»

Maurice sah sie prüfend an.

«Was hast du denn plötzlich gegen die Tscharninis? Ich denke, es sind Verwandte von dir, und du hast dich doch sehr für Richard und Theresia eingesetzt.»

«Es geht um einen persönlichen Streit», behauptete Margaretha. Sie wandte sich zum Gehen.

«Du hast Besuch», sagte sie, «du darfst die Leute nicht warten lassen.»

Maurice hielt sie an der Hand fest.

«Ist alles in Ordnung?», fragte er. «Du siehst so blass aus!»

«Das ist natürlich», erwiderte Margaretha mit einem schwachen Lächeln, «eine Hochzeit ist etwas Aufregendes.» Sie machte sich von ihm los und verließ schnell das Haus.

Die Hochzeit sollte am 25. Oktober stattfinden und der Priester wollte das Paar in Maurice' Haus trauen. Am Morgen dieses Tages fühlte Margaretha sich sehr elend. Sie stand früh auf, stellte sich ans Fenster und starrte hinaus. Es schien ein wundervoller Herbsttag zu werden.

«Ich möchte wirklich wissen, warum die Sonne scheint», murmelte sie. Dann erschien Luzia. Sie war sehr erstaunt, Margaretha schon hellwach vorzufinden.

«Es ist noch ganz früh», meinte sie, «ich dachte, du schläfst.»

«Ich habe überhaupt nicht geschlafen», entgegnete Margaretha kurz, «hilf mir doch bitte, das Kleid anzuziehen!»

Es dauerte eine ganze Weile, bis Margaretha fertig war, aber dann vergaß sie vor Bewunderung über ihren Anblick für einen Moment fast ihren Kummer. Das Kleid war einfach gearbeitet, mit einem spitzenverzierten, runden Ausschnitt, gebauschten Ärmeln, einer engen Taille und einem weiten Rock, der nach hinten in eine Schleppe auslief. Margaretha sah jünger aus als sonst, besonders weil sie ihre hellblonden Haare ganz offen trug und auf dem Kopf einen Kranz aus weißen Blüten und grünen Blättern. Sie war schmal und zart geworden in der letzten Zeit, ein Eindruck, der durch den übernächtigten Gesichtsausdruck noch verstärkt wurde. Luzia wurde von Rührung ergriffen.

«Wie schön du bist!», flüsterte sie. «Ach, dass du nun gar nicht mehr hier wohnen wirst!»

«Wir werden uns noch oft sehen», beruhigte Margaretha. Sie warf einen letzten Blick in den Spiegel.

«Ich denke, ich bin fertig», sagte sie, «wir können gehen!»

Eine Kutsche brachte Margaretha, Luzia und Friedrich zu Maurice' Wohnung. Die drei sprachen während der Fahrt kaum ein Wort, Luzia, weil derartige Ereignisse ihre nervlichen Kräfte überstiegen, und Friedrich, weil er das steinerne Gesicht Margarethas sah. Er, der alles über die Braut wusste, verstand, dass der heutige Tag für sie nur ein weiterer Akt einer langen Tragödie war. Als sie vor dem Haus hielten und ausstiegen, sah er, wie Margaretha einen Moment stehen blieb und die Augen schloss.

«Seien Sie tapfer», flüsterte er ihr zu, «Sie beginnen endlich ein neues Leben!» Er nahm ihre Hand und führte sie in den Salon.

Von diesem Augenblick an trat die Wirklichkeit zurück, und Margaretha hatte das Gefühl, sich in einem eigenartigen Traum zu bewegen, ähnlich wie in der Neujahrsnacht, als sie sich selbst mit kalten, fremden Augen beobachten konnte. Sie durchschritt die Reihen der Gäste, es mochten zwanzig oder dreißig sein, sie vernahm ihr leises Gemurmel, ohne es zu verstehen, sie begegnete neugierigen, freundlichen, sanften, kühlen Augenpaaren, nahm helle

Seidenstoffe und glitzernden Schmuck wahr, roch irgendein aufdringliches Parfum gemischt mit dem Duft von Blumen. Sie ging langsam, weil ihr Kleid ein wenig zu lang war und sie nicht stolpern wollte. Sie wusste, sie hätte lächeln müssen. Die Gäste, die sie scharf musterten, erwarteten, Glück, Rührung und Bewegung in ihren Augen zu entdecken, aber sie fühlte sich nicht fähig, ihre Gesichtszüge zu beherrschen.

Ich muss aussehen, als ginge ich zu meiner Hinrichtung, dachte sie. Schade, ich enttäusche sie alle.

In einem der Salons war ein Altar errichtet worden. Er bestand aus drei großen, im Halbkreis aufgebauten Gemälden, die das Abendmahl, die Kreuzigung und die Auferstehung Christi darstellten, davor standen ein mit reichen Ornamenten verziertes goldenes Reliquienkreuz und ein prunkvoller Messkelch. Ihn schmückten Kameen und schneeweiße Perlmuttminiaturen, deren Einfassungen aus ziseliertem Gold und Granaten im Licht der Kerzen und der hereinfallenden Sonne geheimnisvoll leuchteten. Überall standen große Sträuße mit Herbstblumen.

Margaretha stand vor dem Priester, und plötzlich trat Maurice neben sie. Sie bemerkte nur, dass er wie sie selbst ernst aussah, einen Umhang aus schwarzem und goldenem Brokat trug und natürlich seinen Degen. Nebeneinander knieten sie nieder, woraufhin der Priester mit eintöniger Stimme die Trauungszeremonie begann. Margaretha sah auf ihre gefalteten Hände. Sie versuchte, sich an eines der vielen Gebete zu erinnern, die man sie im Kloster gelehrt hatte, aber keines fiel ihr ein.

Schließlich schlug der Priester das Kreuz über dem Paar und hob segnend die Hände. Maurice und Margaretha erhoben sich wieder.

Jetzt bin ich seine Frau, dachte Margaretha, niemand von

meiner Familie weiß es, aber ich bin soeben Gräfin Lavany geworden.

Sie empfand nichts bei dem Gedanken, und sie empfand auch nichts, als Maurice sich nun zu ihr neigte und ihre Wange küsste. Es war das erste Mal, dass er mehr als ihre Hände mit seinen Lippen berührte. Sie legte die Hand auf seinen Arm, denn sie mussten nun gemeinsam über den langen Teppich gehen, der von den Gästen flankiert wurde. Margaretha drehte sich langsam um und sah direkt in Richards Augen. Er stand ganz vorne, fast neben dem Altar, doch sie hatte ihn zuvor nicht wahrgenommen. Wie ein Schläfer, der aus einem tiefen Traum erwacht, zuckte sie vor der Helligkeit des Lichts und vor dem durchdringenden Gemurmel um sie herum zurück. Wie gebannt hingen ihre Augen an denen Richards. Fast unmerklich lächelte er ihr zu, und schon kamen ihr die Tränen. Verzweifelt versuchte sie, sie zurückzuhalten, doch eine nach der anderen rollte über ihre Wangen, und wütend dachte sie: Warum musstest du kommen? Warum tust du das? Warum quälst du mich, wo du doch weißt, wie ich leide!

Aber ihr Zorn brach so schnell zusammen, wie er gekommen war. Nur Traurigkeit blieb zurück. Ach, Richard, du müsstest heute neben mir stehen, nur du. Wie konnte es denn geschehen, dass wir einen solchen Tag erleben müssen. Ich schreite als Gräfin Lavany an dir vorüber, und du siehst zu und mit dir deine Frau, die mich voll Liebe anlächelt, weil sie es mir ein Leben lang danken wird, dass ich dich ihr gerettet habe. Wie konnte das alles geschehen, wenn ich doch weiß, dass wir beide zusammengehören, dass es unsere Bestimmung ist, füreinander da zu sein. Bitte, glaube mir, auch jetzt gehöre ich noch immer dir, und das wird niemals anders sein!

Die Menschen sahen gerührt auf die Tränen der Braut,

denn dies galt als Omen für eine glückliche und fruchtbare Ehe. Kaum jemand kannte das junge Mädchen, niemand wusste mehr über sie, als die auf dem Neujahrsball verbreitete Geschichte, aber jeder fand sie entzückend, besonders, weil sie so ergriffen aussah.

In einem größeren Zimmer waren Tische aufgestellt worden, an denen die alte Köchin, die schon lange bei Maurice lebte, die Gäste bewirtete. Sie war glücklich darüber, dass der Graf wieder heiratete, und sie kümmerte sich voll Fürsorge um die Braut. Margaretha merkte kaum, was sie aß und trank, auch was die Leute redeten, rauschte ungehört an ihr vorbei. Sie konzentrierte sich völlig auf Richard, der in ihrer Nähe saß und mit einem ihr unbekannten Mann über Pferde sprach. Hingerissen lauschte sie seiner Stimme. Seinen Tonfall, seine Ausdrucksweise, seine Gesten während er sprach, kannte sie so gut und liebte sie so sehr.

So stark wie noch nie fühlte sie sich an jene Zeit erinnert, da sie einander begegneten, an den heißen Sommertag, auf den Wiesen um St. Benedicta, an den Abend im Wald, als er sie zum ersten Mal küsste und dann an ihre Reise nach Böhmen. Sie war sich seiner Liebe so sicher gewesen! Margaretha war völlig in eigene Gedanken versunken, aber zum Glück fiel Maurice ihre geistige Abwesenheit nicht auf. Er hatte sich längst in ein politisches Gespräch vertieft, das ihn von allem anderen ablenkte.

Der Nachmittag verging schnell. Maurice hatte Musikanten eingeladen, die die Gäste mit Volksliedern und Tänzen unterhielten, Harfen und Psalter spielten, dazu Schalmeien, Flöten, Hörner und Lauten. Eine Frau hatte an dem reich mit geschnitzten Ornamenten versehenen Spinett Platz genommen und sang gefühlvolle Lieder. Es wurde viel Wein getrunken, begleitet von Trinksprüchen auf das Wohl des jungen Paars.

Margaretha bemühte sich, zu lächeln und freundlich zu sein, dabei tat ihr das Herz so weh. Erst an diesem Tag hatte sie wirklich und endgültig das Gefühl, für immer ohne Richard leben zu müssen. Sie wünschte, einen Augenblick mit ihm allein sein zu können, doch zu viele drängten sich um die Braut. Gegen Abend zogen Wolken auf, und ein schreckliches Unwetter ging nieder. Überstürzt brachen die meisten Gäste auf, da jeder zu Hause sein wollte, ehe die zum Teil ungepflasterten Straßen völlig unpassierbar wurden. Nacheinander verabschiedeten sie sich von dem Paar. Als Richard vor Margaretha stand, erstarb ihr Lächeln.

«Ich wünsche dir alles Glück», flüsterte er, «und denk daran, dass ich dich lieben werde, solange ich lebe. Auch als Gräfin Lavany.»

Margaretha starrte ihn an, wollte etwas erwidern, doch sie kam nicht dazu. Maurice blickte herüber und jedes weitere Wort hätte sie verraten können. So reichte sie Theresia die Hand und hörte sich von dieser zum hundertstenmal an, wie glücklich sie sei, ihre Freundin so strahlend zu erleben. Sie musste über eine ungeheuerliche Einbildungskraft verfügen.

«Ich hoffe, dass wir einander oft sehen», sagte sie lächelnd, «nicht wahr, Richard?»

«Nun, einige Wochen müssen wir die beiden schon allein lassen», erwiderte Richard etwas verkrampft, «komm, lass uns jetzt gehen.»

«Ich begleite Sie zu Ihrem Wagen», bot Maurice an, denn sie waren die letzten Gäste. «Margaretha, gehst du schon hinauf? Die Köchin wird dir das Zimmer zeigen.»

«Ja», sagte Margaretha. Sie wich Richards Blick aus, aber grimmig hoffte sie, dass er nun Schmerz empfand.

Die Köchin begleitete Margaretha nach oben.

«Ich wünsche Ihnen eine gute Nacht, Frau Gräfin», sagte

sie vor der Tür, «und das ist für Sie.» Sie reichte ihr einen Becher, in dem sich eine dunkle Flüssigkeit befand.

«Lorbeersamen, Disteln, Spatenwurz und Gewürznelken in Taubenbrühe», erklärte sie geheimnisvoll, «aus dem Kräuterbuch meiner seligen Großmutter. Wenn Sie das trinken, Frau Gräfin, werden Sie ihn noch inniger lieben …»

Margaretha bezweifelte das sehr, aber sie mochte die alte Frau nicht kränken.

«Danke, Jitka», erwiderte sie daher freundlich, «gute Nacht.» Sie trat langsam in das Zimmer und schloss die Tür hinter sich. Der schwache Schein der Kerze beleuchtete einen sehr elegant eingerichteten Raum, der eher einem Salon als einem Schlafzimmer glich. Nur das breite, hohe Bett mit dem grünen Baldachin wies darauf hin.

Jitka schien jede Anweisung aus dem Kräuterbuch ihrer Großmutter gewissenhaft befolgt zu haben, um das Liebesglück des frischvermählten Paars in dieser Nacht zu fördern. Neben der Tür stand eine Schüssel voller Blüten und Kräuter, die betörend dufteten. Margaretha erkannte Verbenen, Minze, Thymian und Veilchen, alle der Venus geweiht und nach einer Volksweisheit der Liebesfähigkeit einer Frau dienlich, dazwischen Basilikum und Ginster, die Pflanzen des Mars. Vom Bett her drang der Geruch von Majoran durch den Raum, Jitka musste ganze Flaschen mit wohlriechenden Essenzen über den Laken ausgegossen haben.

Margaretha stellte den Leuchter ab, trat ans Fenster, öffnete es und kippte den Trank auf die Straße hinauf. Von dem Zeug würde ihr eher schlecht werden, als dass es irgendwelche Gefühle in ihr weckte. Draußen herrschte tiefschwarze Nacht, und es regnete immer noch heftig. Wenn nur bald wieder Frühling würde! Wenn es warm war, besaß sie viel mehr Mut und Kraft, und beides brauchte sie so sehr für ihr neues Leben. Alles vergessen, was gewesen war, und neue Hoffnung schöpfen. Sie wollte so schrecklich gern glücklich sein, zu dem vertrauten, warmen, leichten Glück vergangener Tage zurückkehren.

Margaretha sah sich im Zimmer um. Mit Widerwillen dachte sie an Maurice, der jeden Moment zu ihr kommen musste. Ach, in eine großartige Lage hatte sie sich wieder einmal gebracht! Natürlich hätte sie es weitaus schlimmer treffen können. Doch warum musste es für sie überhaupt den Zwang zu einem solchen Ausweg geben! Warum gab ihr das Schicksal nicht den einzigen Mann, den sie wollte?

18

Als Margaretha am nächsten Morgen erwachte, war das Bett neben ihr leer. Maurice musste sehr leise aufgestanden und fortgegangen sein, denn sie hatte überhaupt nichts davon bemerkt. Erleichtert richtete sie sich auf. Ihre Zuneigung für ihn hatte sich seit dem gestrigen Abend keineswegs verstärkt.

Sie stand auf und trat vor den Spiegel. Margaretha Gräfin Lavany! Sie hatte es tatsächlich erreicht, sie war eine verheiratete Frau, sie besaß einen guten Namen, ein Heim, Besitz und Achtung, und sie hatte sich ihrer Herkunft würdig erwiesen. Schon jetzt freute sie sich auf das Gesicht ihrer Mutter, wenn sie irgendwann vor sie treten würde. Und vielleicht hätte sie dann sogar schon einen Sohn, der, wenn er auch Lavany hieße, doch das Blut der Familie Ragnitz in sich hätte und ihren Vater begeistern würde. Oh, sie wollte so viele Kinder, eine riesengroße Familie, damit sie nie wieder allein sein musste. Damit sie Richard vergessen und nur noch Gräfin Lavany sein könnte. Mutter wohlgeratener Kinder, die den großen Namen ihrer Familie alle Ehre machen würden. Während sie so träumte, zog Margaretha sich an und kämmte ihr Haar. Überrascht stellte sie fest, dass sie Hunger hatte.

Unten war von Jitka bereits der Tisch gedeckt und ein Feuer im Kamin angezündet worden.

«Frau Gräfin», rief sie, als sie Margaretha erblickte, «Sie haben aber lange geschlafen! Es ist fast Mittag!» Besorgt rückte sie ihrer Herrin einen Stuhl zurecht und legte ihr Kuchen auf den Teller.

«Essen Sie nur schön, Frau Gräfin.»

«Danke, Jitka. Ist es wirklich schon so spät?»

«Sehr spät», bestätigte Jitka, «und der Herr Graf bedauert es sehr, dass er ohne Sie frühstücken musste.»

«Wo ist er denn jetzt?»

«Beim Fürsten von Liechtenstein. Ah, er ist ein großer Mann, der Herr Graf, er hat überall etwas zu sagen!» Jitka nickte bedeutungsvoll mit dem Kopf. Margaretha musste lächeln. Sie war überzeugt, mit Jitka gut auszukommen.

Nach dem Essen erforschte sie das Haus. Sie bemerkte dabei, dass alles so aussah, wie es zu Maurice passte. Jeden Raum schmückten teure, elegante Möbel, doch nichts davon besaß persönliche Ausstrahlung. Es hätte die Wohnung eines jeden böhmischen Adeligen sein können, dem sein Haus im Wesentlichen für Repräsentationszwecke diente. In einem der hinteren Salons fand Margaretha ein Gemälde von Maurice' erster Frau. Sie betrachtete das Bild interessiert, aber es enttäuschte sie. Die Gräfin sah blass, langweilig und völlig reizlos aus.

Am späten Nachmittag, als Margaretha in einem Sessel saß und stickte, kehrte Maurice zurück. Mit kältegeröteten Wangen trat er ein. Margaretha lief ihm entgegen.

«Da bist du ja», rief sie, «ich habe mir schon Sorgen gemacht!»

Maurice zögerte etwas, dann küsste er sie. Er hatte inzwischen den Eindruck gewonnen, dass sie seine Liebesbezeugungen nicht gerade glücklich entgegenahm. Aber jetzt wirkte sie entspannt und freundlich. Er trat an den Kamin, um sich die Hände zu wärmen.

«Es tut mir leid, dass ich dich gerade heute allein gelassen habe», sagte er, «aber die Versammlung war sehr wichtig. Im Übrigen habe ich dir von dort ein Geschenk mitgebracht.»

«Oh!» Margaretha konnte ihre Neugierde nicht verbergen. «Was ist es?»

«Nichts, was ich jetzt bei mir habe. Dafür ist es etwas zu groß.» Maurice wandte sich lächelnd zu ihr um.

«Es ist ein Landsitz», sagte er.

«Ein ...?» Margaretha war äußerst überrascht. «Wirklich? Ein richtiger Landsitz?»

«Ja, gar nicht weit von Prag entfernt. Er wurde mir von Karl von Liechtenstein angeboten. Das Schloss meiner Familie ist immer bevölkert von uralten, zänkischen Tanten, daher dachte ich, du freust dich über ein eigenes Haus außerhalb der Stadt.»

«Ach, Maurice, das ist ein wunderschönes Geschenk. Weißt du, ich mag Prag gar nicht besonders gern, und nun könnten wir fort von hier und auf dem Land leben. Es ist ...» Plötzlich kam ihr ein Gedanke. Ihre Miene verdüsterte sich.

«Maurice, wem gehörte das Schloss bis jetzt?», fragte sie. «Es ist doch nicht etwa ein enteigneter Besitz?»

Margaretha wusste, dass mit enteigneten Besitztümern im Augenblick reger Handel getrieben wurde. Man hatte vielen protestantischen Adeligen ihre Güter und Ländereien fortgenommen und suchte nun nach finanzkräftigen Abnehmern. Der Kaiser befand sich in einer verzweifelten finanziellen Notlage und sah dabei voraus, dass er noch jahrelang würde Krieg führen müssen, um seine Macht zu behaupten. Nichts brauchte er dafür so dringend wie Geld, und jeder verkaufte Landsitz brachte ihm einen Zuschuss. Die Käufer nutzten die Situation natürlich aus und handelten die Preise herunter, sodass oftmals die schönsten, ältesten, ertragreichsten Güter nur verschleudert wurden. Der Gewinn blieb gering und daher wurde immer weiter enteignet. Niemand unter den Protestanten konnte mehr sicher sein.

Margaretha hielt dieses Tun für unmoralisch und unwürdig. Aber Maurice beruhigte sie.

«Ich kann dir versichern», sagte er, «dass unser Haus kein enteigneter Besitz ist. Jedenfalls nicht im Zuge des Krieges enteignet. Der Besitzer war hoch verschuldet, ein heruntergekommener, haltloser Trinker, und das Gut wurde gepfändet, um seine Schulden zu bezahlen. Der Kaiser hat damit nichts zu tun, obwohl es sich um einen Protestanten handelt.»

«Da bin ich aber froh», meinte Margaretha erleichtert, «und wo liegt das Gut?»

«Nahe bei Kolin», erklärte Maurice, «also einige Meilen östlich von Prag. Es heißt Belefring.»

«Belefring», wiederholte Margaretha, «ein hübscher Name. Wann wirst du es mir zeigen?»

«So bald wie möglich», versprach Maurice.

Im November bereits verließen sie Prag, mit drei großen Kutschen, drei bewaffneten Dienern, der Köchin Jitka und der Zofe Dana, die Margaretha noch in Prag in ihre Dienste genommen hatte. Natürlich reisten auch Varus und Lilli mit, der kluge Hengst als eines der Kutschpferde, das Kätzchen in einem Weidenkorb mit Samtkissen. Obwohl sich die Wege als schlecht erwiesen und die Kutschen beängstigend schaukelten, ein eiskalter Wind blies, Straßenräuber und viele andere Gefahren lauerten, hatte Margaretha die Reise nicht abwarten können. Keinen Tag länger, so glaubte sie, hätte sie in Prag ausgehalten, in der hässlichen, verarmten Stadt, die ihr nichts als Unglück gebracht hatte und in der sie sich auch jetzt nicht wohl fühlte. Tagelang war sie allein, weil Maurice sich kaum zu Hause aufhielt, doch wenn er zurückkehrte, erleichterte sie das auch nicht. Seine Nähe war ihr nicht übermäßig angenehm. Sie empfand so wenig Liebe für ihn, dass es sie erschreckte, aber sie dachte, dass es auf dem Land besser würde, wo sie die weite Natur um sich hatten und nicht auf kleine, enge Zimmer angewiesen waren. Den letzten Ausschlag dafür, dass es sie so rasch fortzog, hatte Richard gegeben. Dreimal war sie auf Spaziergängen mit ihm und Theresia zusammengetroffen, beim ersten Mal, als sie von Maurice begleitet wurde. Er hatte sich mit Theresia unterhalten, während sie und Richard einander stumm anblickten. Noch tagelang wunderte sich Margaretha, dass Maurice die Spannung nicht bemerkt hatte, die zwischen ihnen lag.

Maurice hatte das Gut selber noch nicht gesehen und die Befürchtung gehegt, es könne, wie sein Besitzer, in heruntergekommenem Zustand sein. Doch darin hatte er sich getäuscht. Belefring bestand aus einem zauberhaften kleinen Schloss, das in einem hügeligen Tal zwischen weiten Feldern gelegen und von dichten Wäldern und endlosen Wiesen umgeben war. Die Einrichtung erwies sich als luxuriös. In allen Zimmern lagen dicke Teppiche, aus weicher Wolle gewebt und so flauschig, dass man bei jedem Schritt tief einsank. Die hohen Bogenfenster setzten sich aus vielen kleinen runden Glasscheiben zusammen, die teilweise bunt eingefärbt waren, sodass sanftes rötliches oder zartblaues Licht in die Räume einfiel. Es gab Leuchter aus Glas, lange

Bänke mit geschnitzten Rückenlehnen, Lehnstühle mit Samtpolstern, gewaltige Eichenholztische mit eingelegtem Schnitzwerk und Öfen, die bis zur Decke reichten. Ihre weiß, blau und manganbraun bleiglasierten Kacheln waren mit vielerlei seltsamen Gestalten bemalt. Wenn Margaretha sie lange genug betrachtete, konnte sie Geschichten darin lesen, meist aus der Bibel, aber auch Märchen und Sagen und uralte Fabeln. Im Treppenhaus mit seinem wurmstichigen Gebälk hingen goldgerahmte Bilder aus dem Alten Testament. Sie stellten das Leben der Tyrannenmörderin Judith dar, die schließlich den abgeschlagenen Kopf ihres Widersachers triumphierend vor sich hertrug. Margaretha drückte sich mit einem leisen Schauer daran vorüber. Fast magisch wurde sie jedoch von einem gewaltigen Gemälde angezogen, das auf der Breitseite der oberen Galerie hing und lauter blutüberströmte Menschen in einem schrecklichen Gemetzel zeigte. Sie gingen mit Schwertern und Dolchen aufeinander los und schienen ein furchtbares Schlachtfest zu feiern.

«Was, um Gottes willen, ist das?», fragte Margaretha entsetzt, als sie das düstere Bild zum ersten Mal sah.

«Das eiserne Zeitalter», erklärte Maurice, «nach der Vorstellung des Hesiod von den Weltzeitaltern. Die goldene und die silberne Epoche sind vorüber, und nun töten die Menschen einander.»

Durch ein kleines Seitenfenster fiel ein feiner, flimmernder Lichtstrahl auf einen bluttriefenden Säbel. Margaretha wandte sich rasch ab.

«Wie schrecklich», murmelte sie.

«Sollen wir es abhängen?»

«Nein ... nein», sie blickte noch immer fort, «denn ... es entspricht doch der Wirklichkeit, oder? Leben wir nicht in diesem Zeitalter?»

Oft, wenn Margaretha von einem Spaziergang oder einem Ausritt zurückkam, blieb sie auf der Treppe stehen und sah das Bild an. Seine Farben leuchteten, auch wenn nur Dämmerlicht in der Halle herrschte. Sie hatte in den vergangenen Monaten so viel über ihr eigenes Schicksal nachgegrübelt, und das Gemälde erschien ihr wie eine Mahnung. Ein schrecklicher Krieg drohte das ganze Reich zu zerstören und niemand wusste, wie lange er dauern sollte. Hatte sie in einer solchen Zeit das Recht, ihre Kräfte im Bejammern einer verlorenen Liebe zu erschöpfen? In neu erwachter Gottesfurcht begann sie, wieder in der Bibel zu lesen und abends zu beten. Sie besaß einen Rosenkranz aus Rubinen und Perlen, den sie unter ihrem Kleid um den Hals trug, und manchmal, wenn sie so auf der Treppe stand, betete sie schnell ein Ave Maria.

Doch zum Glück gab es die Zofe Dana, die verhinderte, dass Margaretha allzu schwermütig wurde und in der sie eine treue Freundin fand.

Das Mädchen war viel gescheiter und praktischer, als sie zu hoffen gewagt hatte, und ihre ewig gute Laune schien durch nichts zu trüben. Sie hörte gern zu, wenn ihre Herrin erzählte, und da sie gleichaltrig und zudem klug war, fand diese in ihr eine gute Gesprächspartnerin. Auch war Margaretha davon überzeugt, dass Dana nicht zur Schwatzhaftigkeit neigte. Sie war ein Mensch, dem man Vertrauen schenken konnte, ohne fürchten zu müssen, dass es missbraucht würde. Natürlich erzählte Margaretha ihr noch nichts von Richard, aber sie hielt es für möglich, es eines Tages zu tun.

Wenn Margaretha später an den Winter von 1621 auf 1622 zurückdachte, dann wusste sie, dass dies für lange Jahre die einzig glückliche Zeit in ihrer Ehe mit Maurice gewesen war. Was danach folgte, schien auf ein Unheil zuzutreiben, erschöpfte sich auf ihrer Seite in Abneigung, Hass,

Trauer, sogar Beleidigungen und demütigenden Angriffen, auf seiner Seite in wachsender Gleichgültigkeit. Doch diese erste Jahreswende verlief harmonisch. Sie brachte reichen Schnee, dann aber über Wochen nur blauen Himmel und Sonne. Margaretha und Maurice hielten sich viel draußen auf, was beiden gut tat. Sie schliefen morgens sehr lange, abends saßen sie vor dem Kamin, und Maurice erzählte aus seinem Leben. Er hatte einige gefährliche Abenteuer erlebt, die Margaretha noch beim Zuhören erschauern ließen. Manchmal unterbrach sich Maurice und fragte:

«Werden dir meine ewigen Kriegserlebnisse nicht langweilig?»

Aber sie schüttelte den Kopf. Mittlerweile hatte sie erkannt, dass es nicht an Maurice' Erfahrenheit und dem Altersunterschied von über dreißig Jahren lag, dass sie so schwer zueinander finden konnten. Es lag an Richard, der sie beide trennte, nur bemühte sich Margaretha stets, diese Erkenntnis zu verdrängen. Es fiel ihr immer noch leichter, Maurice für alle Schwierigkeiten verantwortlich zu machen, als ihre eigene Abhängigkeit von einem Mann, der sie verraten und verlassen hatte. Doch jedes Mal, wenn Maurice sie küsste oder umarmte, hatte sie das Gefühl, er beanspruche etwas, worauf er kein Recht habe.

Die Harmonie, die in diesem Winter zwischen ihnen herrschte, gründete sich daher nicht auf echtes Verständnis füreinander, sondern auf ein beiderseitiges höfliches Bemühen, wobei Maurice wirklich hoffte, Margaretha damit für sich zu gewinnen. Ihr zuliebe hatte er in jenen Wochen jeden Kontakt zu Prag, zur Politik und dem Kriegsgeschehen im Reich abgebrochen, ein Zugeständnis, das er natürlich nicht ewig durchhalten wollte. Aber ihre Kälte in den ersten Tagen nach der Hochzeit, die er auf seine häufige Abwesenheit schob, bewog ihn, alles zu versuchen, sie glücklich zu machen. Er begleitete sie auf Ausritte und Spaziergänge, lauschte ihren Erzählungen von Bayern und St. Benedicta voller Geduld und Interesse.

Margaretha bekämpfte ihrerseits mit aller Kraft den Widerwillen gegen Maurice, den sie selbst als albern und unangebracht empfand, ebenso wie ihre Sehnsucht nach Richard.

Unterdessen dachten die Kriegführenden nicht daran, ihr grausiges Wüten einzustellen, eher schienen sie darauf bedacht, kein Fleckchen deutschen Bodens unberührt zu lassen. Der Kaiser hatte seinen Plan, die Pfalz an sich zu reißen, nicht aufgegeben, war jedoch von König Friedrichs tüchtigem General Mansfeld bislang daran gehindert worden. Im Frühjahr des Jahres 1622 verfügte Friedrich über mehr Verbündete als jemals zuvor, er hatte die Feldherren Mansfeld, Christian von Braunschweig und den Kurfürsten von Baden mit ihren Heeren fest an seiner Seite. Doch standen alle diese Truppen weit voneinander entfernt, was den Gegnern eine Chance gab. Dem Freiherrn von Tilly sowie dem spanischen Offizier Cordoba wurde befohlen, eine Vereinigung zu verhindern.

Einen Bericht über diese Vorgänge erhielt Maurice Anfang März direkt vom Kaiser, und er wertete dies als eine Aufforderung, sich wieder am politischen Geschehen zu beteiligen. Er hatte vor, sich den Truppen Tillys anzuschließen.

«Glaubst du, dass du allein hierbleiben kannst?», fragte er Margaretha, nachdem er sie von seinen Plänen unterrichtet hatte. «Oder möchtest du lieber nach Prag?»

«O nein, nicht nach Prag. Ich bleibe hier.»

«Ich wünschte», sagte er, «ich könnte bei dir bleiben. Ohne den Krieg …»

«Natürlich», unterbrach Margaretha schnell, «ich weiß. Du kannst doch nichts dafür.»

«Wenn der Vertrag zwischen Spanien und England zustande gekommen wäre», meinte Maurice nachdenklich, «dann hätte das vielleicht das Ende des Krieges bedeutet. König Friedrich wäre unter spanischem Schulz wieder Kurfürst der Pfalz geworden, und der Kaiser hätte die Acht über ihn irgendwann aufgehoben. Doch ich fürchte fast, niemand will den Krieg beenden. Es ist wirklich nicht zu leugnen, dass es auf allen Seiten vor allem um selbstsüchtige Machtgelüste geht.»

Ob er glaubt, dass mich das interessiert, dachte Margaretha, während sie höflich zuhörte. Sie fühlte eine ständig wachsende Gereiztheit in der letzten Zeit. Sie lebte erst vier Monate mit Maurice zusammen, und es war ihr, als hätte sie ihre Geduld verbraucht. Ihre Bemühtheit brach zusammen, und vor dem Hass, der dahinterstand, schrak sie selbst zurück. Ihm, der sie aus einer ausweglosen Situation gerettet hatte, gab sie völlig grundlos die Schuld an allem, was ihr zugestoßen war. Er war verantwortlich für ihren Bruch mit Richard, für Julius' Tod, für den Kummer Sophias, er hatte ihre Lage ausgenutzt, sie zu einer Heirat zu zwingen, und er liebte sie überhaupt nicht. Margaretha wusste genau, dass sie ihm damit unrecht tat, aber selbst dieses Wissen vermochte ihre Laune nicht zu besänftigen. Ohne es selbst zu merken, verfiel sie dem typischen Hass des durch eigene Schuld zu Fall gekommenen Menschen gegen seinen Retter. Es würde gut sein, dachte sie, wenn Maurice für einige Zeit fortginge.

Nur mit halbem Ohr hörte sie ihm zu, als er von den Vorbereitungen sprach, die er für sie getroffen hatte. Der Verwalter des Gutes sei vertrauenswürdig und werde sich selbständig um alles kümmern. Mit den Bauern, die auf dem Gut arbeiteten, habe sie nichts zu tun, und im Haus habe sie die Hilfe von Dana, Jitka und drei Dienern.

«Ich glaube, es kann nichts passieren», schloss Maurice.

«Nein, was sollte denn passieren?» Margaretha hatte das Gefühl, sie müsse wenigstens ein paar freundliche Abschiedsworte mit auf den Weg geben.

«Sei bitte vorsichtig, dass dir nichts geschieht», meinte sie etwas lahm.

«Aber du weißt doch, dass ich schon viel überstanden habe», entgegnete Maurice ebenso verkrampft. Die Unterhaltung war, wie so häufig, auf die Ebene höflicher Konversation gerutscht. Margaretha nahm sich zusammen.

«Wirklich», sagte sie leise, «ich möchte, dass du gesund zurückkehrst.»

Maurice lächelte, und wie immer, wenn er das tat, bekam sein Gesicht einen sehr weichen Ausdruck.

«Du glaubst nicht», sagte er, «wie sehr ich mich darauf freue.» Er trat dicht an sie heran und nahm ihre Hände.

«Weißt du, dass ich dich liebe?», fragte er.

«Du hast es mir oft gesagt.»

«Und glaubst du mir?»

«Warum nicht?» Sie wich fast unmerklich zurück, und er ließ ihre Hände los.

«Mein kleines, schmutziges Mädchen aus dem Wald», sagte er, «ich denke, dass ich mich schon damals in dich verliebte.»

«Ich bin aber nicht mehr das kleine, schmutzige Mädchen aus dem Wald», gab Margaretha patzig zurück.

«Nein?»

«Nein! Natürlich nicht. Ich bin jetzt bald zwei Jahre älter als damals. Und überhaupt ...» Sie suchte angestrengt nach einer scharfen Entgegnung, aber ihr fiel nichts ein. «Und überhaupt bin ich es eben nicht mehr!»

«Nein», gab Maurice zu, «wenigstens schmutzig bist du nicht!» Er hatte seinen leichten Ton wiedergefunden, die plötzliche Innigkeit war wieder der Unverbindlichkeit gewichen.

Wenige Tage später verließ er Belefring, zusammen mit einigen Bauernsöhnen, die ihn in den Kampf begleiten wollten. Margaretha ging mit bis zum Tor, das den Park des Schlosses begrenzte, und winkte ihm lange nach. Die Pferde stürmten davon, als jagten sie einem Fest, nicht aber dem Krieg entgegen. Und wie Maurice' Augen geblitzt hatten zum Abschied! Er hatte viel jünger ausgesehen als sonst, und Margaretha musste die jähe Furcht, ihm könne etwas zustoßen, nicht spielen. Dennoch war sie erleichtert, dass er fortging. Es war anstrengend gewesen, die ganze Zeit gute Laune zu zeigen und den Frieden aufrechtzuerhalten.

Als Margaretha zum Haus zurückging, sah sie auf einem nahen Hügel einen Reiter, der still auf seinem Pferd verharrte und, soweit sie es zu erkennen vermochte, nach Belefring herübersah. Sie hatte ein seltsames Gefühl dabei, doch schüttelte sie es rasch ab und ging schnell hinein, denn die Märzluft war kalt, und noch immer lag Schnee auf den Wiesen.

Aber dann kam der Frühling doch. Margaretha, die sich sehr frei fühlte, fand es herrlich. Die warme, klare Luft und der sanfte Wind erleichterten ihr Herz. Wenn sie spazieren ging, nahm sie immer Dana mit. Es war zu schön, wieder eine Freundin zu besitzen. Dana erinnerte sie an Angela, denn sie besaß deren lustige, unkomplizierte Art und ein ebenso unerschütterliches Selbstvertrauen. Wenn sie lachte, klang es kindlicher, aber ebenso laut wie bei Margarethas Gefährtin aus Kindertagen. Äußerlich freilich unterschieden sie sich sehr, denn Dana konnte man nicht als schön bezeichnen. Ihre immer ein wenig unordentlichen Haare hatten eine unbestimmte, dunkelblonde Farbe, die Augen waren von blassem Grau, auf dem Gesicht erschienen nun in der Sonne unzählige Sommersprossen. Ihres Temperaments wegen hätte sie trotzdem jeder als äußerst reizvoll bezeichnet.

Margaretha merkte, wie gut Danas Gesellschaft ihr tat. In den vergangenen zwei Jahren hatte sie schlimme Dinge erlebt und viel zu wenig gelacht. Doch Dana verbreitete die Fröhlichkeit, die Margaretha so lange entbehrt hatte und von der sie sich nur allzu gern anstecken ließ. Beide waren sie neugierig darauf, die schönen und angenehmen Seiten des Lebens kennenzulernen: Dana, die nie etwas anderes als Armut erlebt hatte, und Margaretha, die mit den strengen und freudlosen Regeln des klösterlichen Lebens aufgewachsen war. Nun besaß sie Geld und dabei niemanden, der aufpasste, was sie damit machte. Die Mädchen ließen eine Schneiderin aus Prag kommen, die ihnen prunkvolle Roben schneiderte. Karmesinroter Samt, dunkelgrüner Satin, alles sei, so berichtete man ihnen, gerade große Mode in Prag. Margaretha begeisterte sich an den vielen Unterkleidern, die sich so ganz anders anfühlten als die rauen Leinenstoffe, die sie von früher kannte. Jetzt hüllte sie sich in weiche Seide, die kühl und glatt auf ihrer Haut lag und die mit wunderschönen bunten Blumen bemalt war, so zart und anmutig, dass es Margaretha leid tat, sie niemandem zeigen zu können. Sie trug Strümpfe aus weißer Spitze und Schuhe aus goldgefärbtem Leder und ließ sich sogar von der Schneiderin dazu überreden, ihre Ohrläppchen zu durchstechen.

«Es gibt so bezaubernde Ohrringe», sagte sie ihr, «die Sie ohne die Löcher alle nicht tragen können. Keine Dame der Gesellschaft würde darauf verzichten!»

So ertrug Margaretha geduldig den Schmerz, als die geschäftstüchtige Alte ihr mit einer dicken, rot glühenden Nadel das Fleisch durchbohrte und ihr geheimnisvolle Kräuter in die Wunden rieb, damit sie sich nicht entzündeten. Als alles verheilt war, kaufte sie zwei goldene Kettchen, die am unteren Ende in vergoldete Tannenzapfen mündeten und die von den Ohren bis fast auf die Schultern reichten. Als sie sich im Spiegel betrachtete, hatte sie endlich das Gefühl, einer richtigen Gräfin gegenüberzustehen.

«Ob es dem Grafen gefallen wird?», meinte sie zweifelnd zu Dana. «Ich sehe ein bisschen aufgetakelt aus, findest du nicht?»

«Man trägt das jetzt aber so, und außerdem sollte man Männer da gar nicht lange fragen», entgegnete Dana altklug. «So sehr kümmert Sie die Meinung des Grafen doch auch gar nicht, oder?»

Margaretha sah sie scharf an. Manchmal glaubte sie, Dana wisse genau, dass zwischen ihr und Maurice nicht alles in Ordnung war. Schon häufiger hatte sie beobachtet, wie das Mädchen Maurice mit einem mitleidigen Blick bedachte. Doch da er nun fort war, konnte es darüber keinen Ärger geben. Margarethas Fröhlichkeit war in dieser Zeit noch immer ganz echt, aber sie versuchte, Unangenehmes zu verdrängen, bevor es von ihr Besitz ergreifen konnte.

An einem sonnigen Apriltag lagen Margaretha und Dana bis mittags im Bett und überlegten, was sie später tun sollten. Es hatte sich zu einer festen Gewohnheit entwickelt, dass Dana, solange Maurice fort war, bei Margaretha schlief. Eine durchaus übliche Sitte, da viele Herrinnen Tag und Nacht über ihre Dienerinnen verfügen wollten. Für Margaretha und Dana bedeutete es, dass sie sich abends lange unterhalten und frühmorgens bereits herumalbern konnten. Heute mochten sie sich gar nicht dazu entschließen, das Bett zu verlassen. Dana reckte sich gähnend.

«An manchen Tagen möchte ich überhaupt nicht aufstehen», meinte sie, «da müsste schon ein Prinz unter meinem Fenster singen.»

«Prinzen kommen nie, wenn man sie sich herbeiwünscht», sagte Margaretha. «Allerdings», sie richtete sich auf und lauschte angestrengt, «fast meine ich, dein Wunsch könne in Erfüllung gehen. Ich höre ein Pferd.»

«Kommen Sie, wir sehen nach, wer es ist!» Dana schwang sich aus dem Bett und eilte zum Fenster. Margaretha folgte ihr, und neugierig sahen beide hinaus.

Vor dem Portal stand ein Schimmel, von dem ein Mann mühsam herabkletterte. Er war groß und schwerfällig, nicht mehr jung, aber nicht unattraktiv. Seine Kleidung war vornehm, wenn auch völlig verwahrlost.

«Nun, wie ein Prinz sieht er nicht aus», meinte Dana enttäuscht, «vielleicht ist er einer der Pächter.»

«Dann scheint er ziemlich unverschämt zu sein», erwiderte Margaretha. «Sieh nur, wie selbstverständlich er auf das Hauptportal zugeht!» Sie wandte sich vom Fenster ab.

«Ich fürchte, es handelt sich um einen Besucher», sagte sie, «ich werde mich wohl anziehen müssen.»

Sie war damit noch nicht fertig, als es anklopfte und Jitka eintrat. Sie sah erregt aus.

«Ein Herr möchte Sie sprechen, Frau Gräfin», berichtete sie, «er wartet im großen Salon.»

«Wer ist es?», fragte Margaretha zurück.

«Er nennt sich Baron Belinsky.»

«Ich kenne niemanden, der so heißt. Ach», Margaretha wies ungeduldig auf den Kleiderschrank, «gib mir irgendein Kleid, Dana. Ich frage mich, wer das sein kann.»

«Jedenfalls», sagte Jitka spitz, «hat er mit Sicherheit seit Wochen kein Bad genommen.»

«Auch das noch! Sag ihm, dass ich sofort komme.»

Jitka ging, Margaretha zog sich schnell ein Kleid an und verließ dann ebenfalls das Zimmer. Sie war fest entschlossen, Gäste in Maurice' Abwesenheit würdig zu empfangen.

Im Salon saß der Mann, den sie von ihrem Fenster aus beobachtet hatten. Er stand auf, als Margaretha eintrat, und kam ihr einen Schritt entgegen. Obwohl er lächelte, fand Margaretha ihn auf den ersten Blick unsympathisch.

«Baron Belinsky?»

Er verbeugte sich, ohne dass sein Gesicht den lächelnden Ausdruck verlor.

«Sie sind die Gräfin Lavany, nehme ich an», meinte er. Mit anzüglichen Blicken musterte er sie.

«Wirklich, der Graf ist zu beneiden. Ich hörte bereits, dass er eine *sehr* junge Frau geheiratet hat, aber dass sie *so* jung ist ...» Er nickte anerkennend. Margaretha empfand dieses Kompliment weniger als charmant, denn als unverschämt vertraulich. Doch sie wollte höflich bleiben.

«Setzen Sie sich doch», bat sie und nahm selbst auf einem Sofa Platz. Belinsky ließ sich ihr gegenüber auf einen Sessel fallen. Er wandte seinen grinsenden Blick noch immer nicht von ihr ab, was Margaretha zunehmend erboste. Wie konnte er es wagen, so unhöflich aufzutreten? Sie fand, dass er aus den Nähe nicht mehr so gut aussah wie vom oberen Fenster aus und dass sein massiger Körper weniger der eines wohlgenährten Reichen als der eines Trinkers war. Sie kannte diese schwammigen roten Gesichter.

Weiß der Teufel, dachte sie, woher Maurice diesen Mann kennt!

«Ihnen ist bekannt, wer ich bin?», frage Belinsky. Margaretha schüttelte den Kopf.

«Nein, ich weiß es nicht. Ich nehme an, Sie sind ein Bekannter des Grafen. Allerdings ist mein Mann nicht zu Hause.»

«O ja, ja, das weiß ich», bestätigte Belinsky, «das ist mir klar. Es wäre sonst nicht so reizvoll, seiner jungen Frau einen Besuch abzustatten.»

«Ich finde Ihre Äußerungen überaus unpassend», erklärte Margaretha.

Belinsky lachte laut auf.

«So jung und so sittsam», sagte er, «der alte Herr ist wohl alles für Sie!?»

Margaretha stand auf. Die Äußerungen dieses Mannes gingen wesentlich weiter, als sie es sich gefallen lassen musste, auch wenn sie höflich bleiben wollte.

«Wenn Sie den Grafen beleidigen wollen», sagte sie, «dann tun Sie es doch bitte in seiner Gegenwart.»

«Ach, seien Sie mir nicht böse. Ich wollte Sie nicht kränken.»

«Weswegen sind Sie dann gekommen?»

«Nun», Belinsky lehnte sich behaglich zurück, «das führt wieder zu meiner ersten Frage. Wissen Sie, wer ich bin?»

«Ich habe doch schon gesagt, dass ich es nicht weiß.»

«Ja, das stimmt. Etwas sonderbar, aber der Graf wird seine Gründe haben, weshalb er mich nicht erwähnt. Denn sehen Sie, ich, Baron Belinsky, war bis vor wenigen Monaten der Besitzer Belefrings. Bevor man mir mein Gut fortgenommen hat!»

«Oh … Belefring gehörte Ihnen?»

«Ja. Bis es mir, wie gesagt, fortgenommen wurde!»

«Und warum kommen Sie hierher?»

Belinsky lächelte. Er hatte Margaretha für einen Moment aus der Fassung gebracht, und das gefiel ihm.

«Nun», fuhr er langsam fort, «vielleicht wollte ich mir die Leute ansehen, die mir mein Land gestohlen haben!»

«Gestohlen?», wiederholte Margaretha empört. «Wir haben Belefring gekauft!»

«Ach, kaufen nennen Sie das? Wenn Protestanten ihres Glaubens wegen enteignet werden und fortan als Bettler leben müssen?»

«Sie wurden nicht Ihres Glaubens, sondern Ihrer Schulden wegen enteignet!»

Belinskys Grinsen fror bei diesen Worten plötzlich ein.

«Hören Sie gut zu, junge Dame», sagte er, «ich lasse mich nicht beleidigen. Und das eben war eine Beleidigung, verstanden?» Er neigte sich etwas vor und fixierte Margaretha aus schwimmenden Augen. Diese bekam Angst und wich zurück.

«Wenn Sie nur gekommen sind, um Drohungen auszusprechen», sagte sie, «dann können Sie sofort wieder gehen!»

«Wollen Sie mich aus dem Haus weisen?»

«Ja, und wäre der Graf da, so hätte er es längst getan!»

«Aber ich bin ja gekommen, weil er nicht da ist!» Belinsky lächelte nun wieder. «Mit ihm wäre eine Verhandlung gefährlicher als mit Ihnen.»

Margaretha sah ihn verachtungsvoll an, erwiderte aber nichts. Sie fürchtete ihn nicht mehr, hoffte aber dennoch, er werde bald gehen. Er erregte tiefsten Widerwillen in ihr.

«Ich habe den Aufbruch des Grafen beobachtet», erklärte Belinsky und Stolz über diese Spionageleistung schwang in seiner Stimme, «schon seit Wochen halte ich mich nämlich in der Nähe auf.»

«Dann waren Sie also der Reiter auf dem Hügel?», fragte Margaretha. Ein Schauer lief durch ihren Körper. Sie musste erfahren, worin der Zweck seines Besuchs bestand.

«Wollen Sie mir nicht endlich sagen, warum Sie hier sind?»

«Aber ja doch!» Belinsky stand auf.

«Ich bin hier», sagte er, «weil ich Belefring wiederhaben möchte. Das Gut gehörte meiner Familie seit über dreihundert Jahren, und ich werde nicht derjenige sein, der es verliert. Ich hole es mir zurück!»

«Wirklich?» Um ihre Angst zu verbergen, sprach Margaretha mit spöttischer Stimme. «Wie wollen Sie das bewerkstelligen?»

«Ich bin nicht allein, Gräfin Lavany. Die Bauern, die auf Belefring arbeiten, stehen fast alle hinter mir. Sie sind nämlich Protestanten.»

«Und was sollen die Bauern Ihrer Meinung nach tun?» Belinsky grinste.

«Das würden Sie gern wissen», sagte er, «aber noch kann ich das nicht voraussehen! Es gibt viele Dinge, mit denen wir Ihnen das Leben schwer machen können.»

«Die Bauern werden alle gut behandelt, und ihnen ist Religionsfreiheit zugesichert. Es gibt keinen Grund, weswegen sie böse auf uns ein sollten.»

«Wir werden sehen!» Belinsky ging endlich zur Tür und öffnete sie.

«Es hat mich gefreut, Sie kennenzulernen, meine Liebe», verabschiedete er sich, «leben Sie nun wohl! Ich glaube, es wird ein hübscher Sommer für uns beide.» Er verschwand, und kurz darauf hörte Margaretha das Haustor ins Schloss fallen. Sie stand wie erstarrt, dann riss sie mit einem heftigen Ruck an der seidenen Schnur, mit der sie die Dienstboten herbeiklingeln konnte. Sofort stürzten Dana und Jitka ins Zimmer.

«Was ist los?», riefen sie gleichzeitig. «Was wollte der Herr von Ihnen?»

«Das war kein Herr», erwiderte Margaretha, «das war eine Bestie!» Sie berichtete von der Unterredung und fand, wie sie gehofft hatte, zwei unerschrockene, treue Verbündete.

«Wahrscheinlich war der Kerl betrunken», erklärte Jitka, «sonst hätte er nicht solchen Unsinn geredet!»

«Die Bauern wollen ihren Frieden und keinen Aufstand», meinte Dana, «wirklich, Frau Gräfin, Sie sollten sich keine Sorgen machen!»

«Nein, ihr habt sicher recht», gab Margaretha zu. Es war unsinnig, Angst zu haben, dachte sie. Aber dennoch wünschte sie sich plötzlich Maurice herbei, der mit unveränderlicher, ruhiger Selbstsicherheit alle Schwierigkeiten auf sich nehmen würde.

19

Den ganzen Sommer über geschah nichts Außergewöhnliches auf Belefring, eigentlich passierte überhaupt nichts. Margaretha kannte niemanden in der Gegend, daher wurde sie nicht besucht und musste selber keine Besuche machen. Die Außenwelt nahm sie nicht zur Kenntnis, was ihr ein tiefes Gefühl des Friedens gab. Gemeinsam mit Dana tat sie alles, was ihr Spaß machte. Das Wetter hielt sich so wunderbar sonnig und warm, dass allein dieser Umstand Margaretha schon heiter stimmte. Nur ein einziges Mal, in einer regnerischen, stürmischen Nacht hatte sie einen entsetzlichen Albtraum, von dem sie schreiend erwachte. Sie konnte sich nicht mehr besinnen, was sie geträumt hatte, aber sie zitterte unaufhörlich. Dana, die natürlich wach geworden war, zündete ein paar Kerzen an und nahm Margaretha in die Arme.

«Aber was ist denn?», fragte sie. «Was haben Sie geträumt?»

«Ich weiß es nicht mehr», sagte Margaretha und begann zu weinen. Aus all den wirren Empfindungen, die der Traum in ihr hervorgerufen hatte, blieb ein Gefühl lähmender Angst, Unsicherheit und Verzweiflung zurück. Sie sah plötzlich Julius vor sich, und darüber musste sie immer mehr weinen, sodass Dana ganz ratlos wurde und schon überlegte, ob sie Jitka wecken sollte. Doch schließlich beruhigte sich Margaretha, ohne dass sie ein Wort ihres Geheimnisses preisgegeben hatte. Den Rest der Nacht schlief sie sehr unruhig, und den folgenden Tag verlebte sie in tiefer Niedergeschlagenheit. Doch dann verblassten die dunklen Eindrücke und gerieten in Vergessenheit.

Vom Kriegsgeschehen erfuhren die Bewohner Belefrings wenig. Nur wenn einer der Diener hin und wieder nach Kolin kam, konnte er Neuigkeiten in Erfahrung bringen, so wussten sie, dass der aus Prag geflohene König Friedrich einen recht aussichtslosen Kampf um seine Pfalz führte. Anfang Mai war es Tilly gelungen, seine Truppen mit denen des Spaniers Cordoba zu vereinigen, und er versuchte nun seinerseits, Friedrichs Heer von dem Christians von Braunschweig abzuschneiden. In verlustreichen Kämpfen wurden die Kaiserlichen unter Tilly und Cordoba so geschwächt, dass sie General Mansfeld, der inzwischen angerückt war, nicht an einer Überschreitung des Neckars hindern konnten. Dieser versuchte nun, sich mit Christian von Braunschweig zusammenzuschließen und marschierte auf den Main zu, gefolgt von Tilly und Cordoba, die es tatsächlich schafften, vor ihm anzukommen.

«Die durchziehenden Heere plündern und morden ohne Gnade», sagte einer der Diener, «ach, heilige Maria, was soll aus uns allen noch werden!»

Immer wenn Margaretha die spärlichen Kriegsberichte zu hören bekam, dachte sie an Maurice. Die Trennung hatte nichts an ihren zwiespältigen Gefühlen für ihn geändert. Solange er fort war, konnte sie sorglos und bequem leben, doch sie wusste, wenn er wiederkehrte, würde ihr erneut umso schmerzlicher bewusst werden, dass sie jetzt mit ihm verheiratet war und Richard ein für alle Mal aufgeben musste. Trotzdem erschien ihr der Gedanke schrecklich, dass Maurice im Kampf fallen könnte. Sie würde sich ihrer bösen Gedanken wegen immer schuldig fühlen. Um ihr Gewissen zu beruhigen, kniete Margaretha jeden Abend in ihrem Zimmer mit dem Rosenkranz vor einer Kerze nieder. Maurice hatte sie wohlbehalten nach Prag gebracht und bot ihr nun eine gesicherte Zukunft, sodass sie wenigstens um Schutz für ihn beten wollte. Mehr konnte sie nicht tun.

Ereignislos, warm und faul ging der Sommer dahin, machte Menschen und Tiere, die in noch friedlichen Gegenden lebten, satt und schläfrig. Die Ernte auf Belefring würde gut sein in diesem Jahr, das konnte jeder sehen. Die Ähren standen dicht und leuchteten golden, die Obstbäume trugen überreiche Frucht. Margaretha wusste aber, dass es längst nicht überall so aussah. Im Reich zogen Söldnertruppen kreuz und quer durch das Land, und wo sie gewesen waren, hinterließen sie Verwüstung. Die Versorgung der Truppen war ein ständiges Problem für jeden Feldherrn, das sich am einfachsten durch die Erlaubnis zur Plünderung lösen ließ. Die Bevölkerung wurde dadurch der Barbarei ausgeliefert. Wer nicht gleich getötet wurde, starb später am Hunger oder an einer der zahlreichen sich ausbreitenden Seuchen. Viele blühende Dörfer lagen in Schutt und Asche, ihre Bewohner lebten nicht mehr. Es schauderte jeden, daran zu denken, wie viele Opfer dieser Krieg noch fordern würde.

Margaretha verfolgte die grausigen Nachrichten mit Entsetzen, jedoch fast ungläubig und ohne rechte Vorstellungskraft. Die warmen, hellen Sommernächte, die heißen Tage, die süße Luft, sie ließen Bilder von Blut und Leid kaum zu.

Da es in der ganzen Zeit zu keiner Bedrohung, weder durch die Bayern noch durch Belinsky kam, war Margaretha bereits geneigt, den widerlichen Baron zu vergessen. Vielleicht erlag er gerade irgendwo seiner Trunksucht, dachte sie teilnahmslos. Erst im Oktober wurde sie wieder an jenes Ereignis aus dem Frühjahr erinnert.

Es begann damit, dass Dana an einem regnerischen Nachmittag in Margarethas Zimmer stürzte, wo diese gerade einen Brief las, den sie von Luzia erhalten hatte. Bereits gestern hatte ein Diener ihn ihr aus Kolin mitgebracht, und seitdem las Margaretha die Zeilen immer wieder. Besonders jene Stelle, an der Luzia von Theresia schrieb, die im August eine Fehlgeburt erlitten hatte. Sie selbst hatte die Entbindung knapp überlebt, doch das Kind, ein Junge, wurde tot geboren. Luzia sagte sonst nichts dazu, aber Margaretha glaubte, dass sie ihr das absichtlich mitteilte, da sie von der unglücklichen Liebe wusste.

Margaretha empfand, trotz des natürlichen Mitgefühls für Theresia, einen leisen Triumph. Ich, dachte sie, ich hätte Richard lebende Kinder schenken können!

Dana nahm keine Rücksicht darauf, dass ihre Herrin tief in Gedanken versunken und der Gegenwart gänzlich entrückt war.

«Frau Gräfin», rief sie, «Sie müssen sofort herunterkommen!»

Margaretha schreckte auf.

«Ach, was ist denn?», fragte sie ärgerlich. «Ist etwas passiert?»

«Unten in der Eingangshalle sind fünf Männer. Tagelöhner, die hier auf Belefring arbeiten», erklärte Dana nervös. «Sie haben ein Mädchen bei sich, und sie behaupten, es sei eine Hexe. Eine gefährliche Hexe.»

«O Gott!» Margaretha stand schnell auf. Dieser Situation

fühlte sie sich ganz und gar nicht gewachsen. Eine Hexe! Was sollte sie denn da tun?

Sie folgte Dana die Treppe hinunter. Auf der untersten Stufe stand Jitka, breit und behäbig, mit der entschlossenen Miene eines Generals, der bereit ist, jedes Stück Boden mit seinem Leben zu verteidigen. Dicht vor ihr hatten sich fünf Männer aufgebaut, braun gebrannt, kräftige Bauern, die bedrohlich aussahen mit den zotteligen Schaffellen, die sie notdürftig gegen die einbrechende Herbstkälte schützen sollten. Einer von ihnen hielt ein Kind fest im Arm, obwohl es für das arme Geschöpf zweifellos nicht die geringste Möglichkeit gab zu entwischen. Das Mädchen schien kaum älter als zwölf Jahre, aber dieser Eindruck mochte wegen des kleinen, mageren Körpers und des spitzen Gesichtchens täuschen. Sie sah verwahrlost aus, bekleidet mit einem braunen Leinengewand, das in der Taille von einem Strick zusammengehalten wurde. Ungekämmte, dunkle Locken fielen ihr wirr über die Schultern und rutschten ihr immer wieder vor das Gesicht, sodass sie noch scheuer und angstvoller aussah. Sie wirkte hungrig, schwach und ohne Widerstandswillen. Grenzenlose Furcht spiegelte sich in ihren Augen.

Margaretha trat auf die Gruppe zu. Ihre eigene Angst verging beim Anblick des gehetzten Kindes. Ohne dass bisher auch nur ein Wort gesprochen worden war, hatte sie im Herzen bereits die Partei des Mädchens ergriffen.

«Was ist geschehen?», fragte sie ruhig. Hinter ihr schnaubte Jitka wütend.

«Die Leute behaupten, das arme kleine Ding sei eine Hexe», sagte sie, «ha, ich habe noch nie ein harmloseres Kind gesehen, bei Gott, wirklich nicht!»

«Jitka, lass die anderen sprechen», bat Margaretha. Abwartend sah sie die Männer an. Einer räusperte sich schließlich. «Frau Gräfin, wir sind ganz sicher, dass diese Hexe die Absicht hat, Unheil über Belefring zu bringen», erklärte er, «sie hat schon viel Schaden angerichtet. Daher fordern wir …»

«Woher wisst ihr, dass sie eine Hexe ist?», fragte Margaretha. Ihr Ton klang so unfreundlich, dass der Mann sie erstaunt ansah.

«Nun», meinte er schließlich, «jeder von uns und noch einige mehr können das bezeugen. Der hier», er wies auf einen kleinen, dunkelhaarigen Burschen, «hat sie bei Vollmond über die Hügel laufen sehen. Der hier ebenfalls. Und …»

«Vielleicht hat sie sich dort mit ihrem Liebsten getroffen», warf Dana spöttisch ein, «viele pflegen das in Vollmondnächten zu tun!»

Die Männer blickten sie wütend an.

«Wir haben noch mehr Beweise», sagte einer, «die Frau eines Nachbarn hatte zum dritten Mal eine Totgeburt, und jedes Mal war die Hexe am Tag zuvor im Haus gewesen. Zwei Kühe sind vor drei Nächten gestorben, nachdem die Hexe um den Stall geschlichen ist. Man hat auch gesehen, dass viele Nächte lang in ihrer Hütte Kerzen flackerten bis zum Morgen.»

«Ich bin sicher, dass es für alle diese Vorkommnisse Erklärungen gibt», entgegnete Margaretha. Sie neigte sich zu dem Mädchen hinab.

«Wie heißt du?», fragte sie freundlich. Die Kleine sah sie misstrauisch an.

«Anna», antwortete sie leise.

«Anna! Welch ein hübscher Name. Lebst du auch auf Belefring?»

«Ja.»

«Mit deiner Familie?»

Anna schüttelte den Kopf.

«Sie hat mit ihrer Großmutter gelebt», sagte ein Bauer, «einer sehr sonderbaren Alten. Vor zwei Wochen ist sie gestorben.»

«Und jetzt ist das Mädchen allein?»

«Ja.»

«Trotzdem schämt ihr euch nicht, ein wehrloses Kind auf diese Weise zu behandeln?», rief Margaretha aufgebracht. «Lasst sie jetzt endlich los!»

Sie zog Anna zu sich heran.

«Wie alt bist du?», erkundigte sie sich.

«Elf Jahre.»

«Elf Jahre. Sie kann doch gar keine Hexe sein!»

Die Männer schwiegen, aber sie strömten eine so ungeheure Feindseligkeit aus, dass jeder begreifen konnte, dass ihr Schweigen kein Nachgeben bedeutete.

«Anna», schaltete sich Dana ein, «erzähle uns, warum du nachts über die Hügel läufst. Ich bin sicher, du hast einen Grund dafür.»

Anna zögerte etwas, doch schien ihr Vertrauen zu Dana und Margaretha zu wachsen, und sie merkte wohl, dass sie hier Rettung finden würde.

«Ich gehe immer hinaus, wenn der Mond scheint», antwortete sie, «es ist so schön und so hell. Es ist herrlich, im Mondlicht auf den Hügeln zu sein.»

«Haben Sie so etwas schon einmal gehört?», fragte der kleine, dunkle Mann. «Nur eine Hexe kann solche Gefühle haben!»

«Gefühle, ja, die sind es», entgegnete Margaretha, «die Gefühle eines Kindes, das etwas wunderschön findet und es sich immer wieder ansehen möchte. Sie liebt den Mond, wie andere Blumen lieben oder einen plätschernden Bach!»

«Ich habe auch nichts mit den toten Kühen zu tun oder

mit der Frau, die kein lebendiges Kind kriegen kann», fuhr Anna etwas mutiger fort, «ich laufe so viel herum am Tag und deshalb war ich immer zufällig dort, als diese Dinge geschahen. Aber ich kann nicht zaubern, bitte, glauben Sie mir das. Ich bin keine Hexe!» In ihre dunklen Augen traten Tränen.

«Natürlich bist du keine Hexe, und wir glauben dir das», erwiderte Margaretha schnell. «Diese Männer haben sich schrecklich getäuscht. Aber erkläre uns doch, warum du um den Stall geschlichen bist und warum nachts bei dir immer eine Kerze brennt.»

Anna senkte den Kopf und ließ die dunklen Locken wie einen Vorhang vor ihr Gesicht fallen. Sie begann zu zittern. Margaretha strich ihr die Haare vorsichtig fort.

«Du kannst ruhig antworten», sagte sie, «niemand tut dir hier etwas.»

«Ich ging zu dem Stall», fing Anna stockend an, «weil ich ... ach, ich war so hungrig, und da habe ich dort irgendetwas zu essen gesucht. Ich weiß, das ist schlimm ... aber ich hatte solchen Hunger ...» Sie brach in Tränen aus.

«Da sehen Sie es», sagte einer der Männer, «sie ist nicht nur eine Hexe, sondern auch noch eine gewöhnliche Diebin.»

«Oh, wie zum Teufel soll sie denn sonst satt werden?», rief Dana. «Sie ist ganz allein, ihr alle wisst das, und niemand hilft ihr. Soll sie verhungern? Sie hat doch niemanden, der für sie sorgt!»

«Von heute an hat sie jemanden», erklärte Margaretha, «sie wird hier bleiben. Alles, was sie sagt, ist Beweis für ihre Unschuld. Und die Kerzen brannten vermutlich, weil sie Angst im Dunkeln hat.»

«Nein, ich habe keine Angst», erwiderte Anna. «Die Kerzen brannten nur in den Nächten, als Großmutter krank war. Da war ich immer wach, um ihr zu helfen. Sie sollte nicht im Dunkeln sterben.»

Jitka schluchzte hemmungslos: «Das arme Kind!»

Margaretha sah die Männer an. «Glaubt ihr immer noch, dass sie eine Hexe ist?» Die Bauern veränderten ihre grimmigen Gesichter nicht.

«Wir fordern, dass sie vor einen Richter gestellt wird», sagte der Wortführer. «Wenn sie unschuldig ist, wird er es herausfinden.»

«Vor Gericht wird heute jeder schuldig gesprochen, das wisst ihr genau», warf Dana ein. «Schaut euch doch das Kind an. Die Richter müssten nicht viel mit ihr machen, damit sie alles gesteht!»

«Sie wissen, dass sie eine Hexe ist, deshalb fürchten Sie den Richter. Doch wir haben einen mächtigen Mann auf unserer Seite, den Baron Belinsky, und er wird …»

«Oh, natürlich», unterbrach Margaretha, «ich hätte es mir denken sollen, dass Belinsky dahintersteckt. Er hat euch das Ganze wohl eingeredet!»

«Glauben Sie, was Sie wollen, Frau Gräfin», entgegnete der Wortführer finster, «wir werden mit dem Baron sprechen, und er wird entscheiden, was zu tun ist. Bis dahin …»

«Bis dahin bleibt das Kind bei uns im Schloss», vollendete Dana.

«Wie willst du das gegen uns durchsetzen? Wenn wir sie mitnehmen wollen, nehmen wir sie mit!»

«Wir haben Diener im Haus, die sich nicht scheuen würden, euch mit dem Säbel in die Flucht zu schlagen», drohte Margaretha, «also verschwindet!» Sie benutzte harte Worte, um ihre Gegner von ihrer Entschlossenheit zu überzeugen. Doch dabei war ihr bewusst, dass sie ihnen damit den Krieg erklärte, und sie verdrängte die Gedanken an das Unheil, dass ihr Handeln nach sich ziehen konnte. Wenigstens die unmittelbare Gefahr hatte sie abgewendet. Widerwillig und mürrisch verließen die Männer das Haus. Der letzte blieb in der Tür stehen.

«Wir werden wiederkommen», sagte er, «denn wir können nicht dulden, dass auf Belefring eine Hexe versteckt wird!» Er schlug das schwere Eichenholztor hinter sich zu. Die Bauern allein hätte Margaretha nicht allzu sehr gefürchtet, aber mit Belinsky an der Spitze wurden sie gefährlich. Schlau hatte er das angestellt! Seine persönlichen Rachegelüste wollte er befriedigen, aber mit Hilfe des Aberglaubens hatte er zu diesem Zweck die Bauern hinter sich gebracht. Trotz der Gefahr war Margaretha wild entschlossen, nicht nachzugeben und das Mädchen unter allen Umständen zu schützen.

Aus schaurigen Geschichten, die sich die Mädchen früher im Kloster leise flüsternd erzählt hatten, wusste sie, welch schreckliches Schicksal auf Anna wartete. Immer noch fanden überall Hexenprozesse statt, und schon der geringste Verdacht, jede üble Verleumdung konnten eine Frau vor den Richter bringen. Margaretha erinnerte sich an haarsträubende Schilderungen von bestialischen Folterungen. In finsteren Kellergewölben wurden die Opfer so sehr gequält, dass sie bereits nach kurzer Zeit schreiend nach dem Tod verlangten und jede nur denkbare Untat gestanden. Wer länger standhaft blieb, wurde zwischendurch immer wieder unter Schlafentzug in einen lichtlosen, feuchten Kerker geworfen, bis die Schmerzempfindlichkeit aufs äußerste gesteigert war. Margaretha hatte gehört, dass sich die Folterknechte meist nicht mit einem Schuldgeständnis des Opfers zufriedengaben, sondern mit Hilfe falscher Versprechungen weitere Namen erfahren wollten. Es gab kaum eine Frau, die schwieg, während sie gemartert wurde. Wahllos gaben die Geschundenen Namen von sich, ohne daran denken zu können, dass sie damit Unschuldige einem qualvollen Sterben auslieferten. Waren die vermeintlichen Hexen schließlich bis zur Unkenntlichkeit gefoltert, wurden sie auf den Scheiterhaufen geschleppt und verbrannt. Oft versuchten die Angehörigen dann noch, den Henker mit all ihrem Geld zu bestechen, dass er im Schutz des aufsteigenden Rauches die Unglücklichen rasch erdrosseln und ihnen das langsame Ersticken ersparen möge.

Margaretha hatte bereits früh die feste Gewissheit erlangt, dass keine lebende Kreatur gefoltert werden dürfe, um keines Zieles und Zweckes willen. Jetzt, in den letzten Minuten, als sie mit den Männern verhandelte und das kleine, zitternde Geschöpf an sich presste, war zudem ein lang vergessenes Bild vor ihren Augen aufgestiegen. Sie erinnerte sich an jenen Tag, als sie noch im Kloster lebte und mit ihren Freundinnen ins Dorf ging. Sie sah den gespenstischen Zug wieder vor sich, die johlenden Männer und keifenden Weiber. In ihrer Gewalt das zarte, großäugige Mädchen, ergeben und willenlos. Margaretha hatte damals den Wunsch gehabt, der Unglücklichen zu helfen, wusste aber, dass es keinen Weg gab. Heute war sie nicht so hilflos, wenn sie sich auch allein fühlte.

«Wäre nur der Graf hier», seufzte sie.

«Wir sind ja da», erwiderte Dana, «und vielleicht waren das sowieso nur leere Drohungen.»

20

Anna gewöhnte sich schnell im Schloss ein. Sie spielte stundenlang mit Lilli, nachts schlief sie in einer kleinen Kammer, die neben der Jitkas lag, was bewirkte, dass die Köchin für sie wie eine Mutter wurde. Dana war ihr eine Schwester, zu Margaretha hingegen verlor sie nie eine scheue Distanz. Niemals zuvor hatte sie mit einer adeligen Dame gesprochen.

Margaretha wagte kaum zu hoffen, dass die ganze Sache so glimpflich ablaufen würde, und ihr Gefühl täuschte sie nicht. Zwei Wochen, nachdem Anna zu ihnen gekommen war, wachte sie eines Nachts davon auf, dass sie Hufgetrappel, Pferdewiehern und verhaltene Stimmen vom Hof heraufklingen hörte. Sie setzte sich im Bett auf und lauschte nach draußen. Nein, sie hatte nicht geträumt. Schnell schlüpfte sie aus den Federn und eilte zum Fenster. Die Nacht war dunkel und stürmisch, der Himmel bedeckt von jagenden Wolken, die nur hin und wieder den Mond freigaben. Trotz der Dunkelheit konnte Margaretha vor dem Portal eine Ansammlung von Männern erkennen, teils zu Pferd und teils zu Fuß, einige mit Fackeln in den Händen, die die Szenerie in ein unheimliches Licht tauchten. Die Leute standen dicht beieinander, fast unbeweglich. Ganz zweifellos kamen sie nicht in freundlicher Absicht.

«O mein Gott», stöhnte Margaretha leise, «ich fürchte, der Machtkampf beginnt. Was soll ich jetzt nur tun?»

Sie tappte zum Bett zurück und rüttelte die schlafende Dana.

«Dana», flüsterte sie, «Dana, wach doch bitte auf!»

«Was ist denn?» Dana blinzelte sie verschlafen und widerwillig an.

«Dana, steh auf! Da draußen sind mindestens zwei Dutzend Männer. Ich glaube, sie kommen wegen Anna!»

Dana war im Nu auf den Beinen und stürzte ebenfalls zum Fenster.

«Das musste ja passieren», murmelte sie, «aber wir geben Anna nicht heraus, ganz gleich, was geschieht!»

«Natürlich nicht. Aber … sie werden versuchen, uns zu zwingen. Wir haben drei Diener im Haus, sonst nur noch Jitka und Anna.»

«Sie werden gar nicht erst hereinkommen. Solange sie …»

Dana wurde unterbrochen von einem dumpfen Dröhnen, das laut durch die Nacht hallte. Jemand betätigte den schweren Türklopfer am Hauptportal.

«Öffnet!», verlangte eine barsche Stimme. «Öffnet sofort!»

«Das ist Baron Belinsky», sagte Margaretha, «aber er wird lange warten müssen!» Entschlossen öffnete sie das Fenster und lehnte sich hinaus. Ein scharfer Wind schlug ihr entgegen und zerzauste ihre Haare.

«Baron Belinsky!», schrie sie. Der Mond kam gerade wieder zum Vorschein, beleuchtete den Platz vor dem Eingang und die starren Gesichter der Männer. Belinsky, der an der Tür gestanden hatte, trat einige Schritte zurück und sah hinauf.

«Oh, die verehrte Gräfin hat die Gnade, sich am Fenster ihres Gemaches zu zeigen!», rief er. «Ich grüße Sie, meine Schöne!»

«Was wollen Sie hier?», gab Margaretha zurück. «Es ist mitten in der Nacht!»

«Ja, ich weiß. Doch das stört mich nicht!»

«*Mich* stört es!», rief Margaretha erbost. Belinsky lachte.

«Das wird nicht zu ändern sein, Schätzchen. Diese Männer hier haben nun einmal beschlossen, dass wir uns in dieser Nacht an die Arbeit machen und», er hob bedauernd die Schultern, «was soll ich da tun?»

«Was soll denn das für eine Arbeit sein?», mischte sich Dana ein. «Offenbar eine sehr ehrenwerte, wenn sie nur bei Nacht durchzuführen ist!»

«Sie ist sehr ehrenwert. Denn es geht um die gerechte Bestrafung einer gefährlichen Übeltäterin. Um die Hexe, die in diesem Haus versteckt gehalten wird.»

«Verfluchte Bande!» Dana konnte sich sehr derb ausdrücken, wenn sie gereizt wurde. «Verschwindet! Hier gibt es keine Hexe!»

«Ihr werdet sie uns ausliefern», sagte Belinsky mit freundlicher Stimme, «denn ihr wollt euch doch keines Verbrechens schuldig machen!»

«Belinsky, Sie können völlig sicher sein, dass das Mädchen unser Haus nicht verlässt», schrie Margaretha, «und wenn sie noch eine ganze Woche da unten stehen!»

Unter den Männern erhob sich unwilliges Gemurmel. Belinsky brachte sie mit einem einzigen Wort zum Schweigen. Dann blickte er abermals nach oben, und plötzlich lag kein Lächeln mehr auf seinem Gesicht.

«Ich meine es verdammt ernst», sagte er, «die Kleine wird in den nächsten Minuten zu uns herauskommen oder dieses verfluchte Schloss wird bis auf seine Grundmauern niederbrennen!» Angesichts dieser Drohung hielten es Margaretha und Dana zunächst für ratsam, sich zurückzuziehen und das Fenster zu schließen. Ohnehin waren sie völlig durchgefroren in der kalten Herbstluft, die unbarmherzig durch ihre leichten Nachthemden gedrungen war. Margarethas Zähne klapperten hörbar, vor Kälte ebenso wie vor rasender Furcht.

«Ich fürchte, Belinsky wird ernst machen», sagte sie. «Du lieber Himmel, können wir denn gar nichts tun?»

Dana zerrte aus dem Schrank einen Morgenmantel und reichte ihn Margaretha.

«Ziehen Sie den erst mal an», befahl sie, «Sie holen sich sonst den Tod!»

«Den hole ich mir sowieso gleich», murmelte Margaretha. Warum musste ihr so etwas passieren? Warum musste ein trunksüchtiger, von Rachegelüsten getriebener Belinsky auftauchen, der auf raffinierte Weise auch noch die Bauern gegen sie aufhetzte und sie nun in einer dunklen Oktobernacht in eine so gefahrvolle Lage brachte?

Dana zündete einige Kerzen an. Im Licht war deutlich zu erkennen, wie blass sie geworden war. Sogar ihre Sommersprossen waren kaum noch zu sehen.

«Ich werde nach Jitka und Anna schauen», sagte sie, «sie werden bei dem Krach ohnehin aufgewacht sein!» Sie verließ das Zimmer, Margaretha ging noch einmal zum Fenster und lugte vorsichtig hinaus. Die Männer standen dicht beisammen und schienen zu beratschlagen, dann trennten sich einige von der Gruppe und gingen in entgegengesetzte Richtungen um das Haus herum.

Sie umstellen uns, dachte Margaretha, wie albern, wenn es nicht doch gefährlich werden könnte!

Belinsky blieb vorne stehen. Er zeigte keinerlei Anzeichen von Nervosität und Aufregung. Er blieb gelassen, denn sein erstes Ziel, Margaretha in Angst zu versetzen, hatte er erreicht.

Es dauerte nicht lange und Dana kehrte zurück, gefolgt von einer wütenden, verschlafenen Jitka und einer ängstlichen Anna.

«Was bilden sich die Kerle ein …», fing Jitka an, aber Margaretha fiel ihr ins Wort:

«Jitka, es ist wirklich ernst. Wir müssen überlegen, was wir tun können.»

«Bevor sie uns das Dach über dem Kopf anzünden», setzte Dana hinzu.

«Wenn wir nur Miliztruppen aus Kolin herbeiholen könnten», murmelte Jitka.

«Das geht nicht. Das Haus ist umstellt …»

«Diese Leute wollen mich haben, nicht wahr?», fragte Anna. Ihre Stimme klang verloren, und ihr spitzes Gesicht schimmerte grau im Kerzenlicht. Margaretha schlang beide Arme um sie.

«Hab keine Angst, Anna», tröstete sie, «dir wird nichts geschehen.»

«Aber Ihnen vielleicht, Frau Gräfin», erwiderte Anna, «es wäre mir lieber, ich ginge jetzt hinaus, ehe …»

«Rede keinen Unsinn», sagte Margaretha, «wir werfen dich nicht dieser Meute vor. Ich glaube sogar, dass das nicht einmal etwas nützen würde. Zumindest Belinsky geht es gar nicht um dich. Er will seine Rachegelüste befriedigen, und dich hat er nur als Vorwand benutzt, um die Bauern für sich zu gewinnen.»

«Gräfin Lavany», tönte es von draußen, «zeigen Sie sich am Fenster!»

Margaretha lehnte sich abermals hinaus. Belinsky blickte zu ihr hoch.

«Wo bleibt die Hexe?», fragte er.

«Ich habe Ihnen bereits gesagt, dass Sie sie nicht bekommen», sagte Margaretha.

«Dann zünden wir das Haus an!»

«Was hätten Sie davon? Ich dachte, Ihnen gehe es vor allem darum, Belefring zurückzugewinnen, und nun wollen Sie es zerstören!»

«Es geht um die Hexe!», schrie Belinsky wütend. Margaretha lachte bitter.

«Das ist eine Lüge, das wissen Sie genau!»

«Gut. Dann werden Sie jetzt sehen, wozu ich fähig bin!» Belinsky gab den Bauern verschiedene Zeichen.

«Heilige Madonna», stammelte Jitka, «nun sind wir verloren.»

«Gar nichts sind wir!» Margaretha nahm ihre letzte Kraft

zusammen. «Ein Haus wie dieses brennt nicht so schnell ab. Wir brauchen Wasser!»

«Wir kommen doch gar nicht an den Brunnen!»

«Nein, aber wir haben auch Wasser im Haus. Wasser zum Waschen, zum Trinken. Holt es zusammen und tragt es in die Halle.» Margaretha sah sich beunruhigt um. «Wo bleiben nur die Diener?»

Doch da tauchten sie bereits auf, schlaftrunken und verwirrt, der eine hatte seine Weste verkehrt herum angezogen, ein anderer trug seine Stiefel noch in der Hand.

«Ist etwas passiert?», fragte Johann, der Stallmeister, müde.

«Nein, wir werden nur ausgeräuchert», erklärte Dana spitz, «aber ihr könnt ruhig weiterschlafen!»

«Schluss damit, wir müssen uns beeilen», drängte Margaretha, «helft Wasser herbeitragen!»

Von unten war lautes Klirren zu hören.

«Sie schlagen die Fenster ein», rief Dana. Jeder wusste sofort, was das bedeutete. Zwar konnte niemand in das Innere des Schlosses eindringen, da sich vor den unteren Fenstern Eisengitter befanden, doch keine großen Schwierigkeiten erforderte es, brennende Fackeln hineinzuschleudern und so die Einrichtung in Brand zu setzen.

So schnell sie konnten, liefen alle hinunter und fanden ihre Vermutung bestätigt. In einem kleinen Salon nahe der Haustür lagen bereits zwei Fackeln, und ihr Feuer fraß sich gierig in den Teppich. Dana griff nach einer Decke und erstickte die Flammen.

«Diese Teufel», murmelte sie, «rasch, wir müssen uns verteilen. Sie werden es in jedem Zimmer versuchen.» Schon klirrten überall die Scheiben. Die Diener stoben auseinander, Jitka machte sich, gefolgt von Anna, auf die Suche nach Wasser, Margaretha und Dana eilten jede in ein anderes

Zimmer. Doch schon bald mussten sie feststellen, dass ihr Widerstand zum Scheitern verurteilt schien, Belefring hatte zu viele Räume im unteren Stockwerk. Sie waren nur zu siebt und standen etwa zwanzig Feinden gegenüber. So rasch wie die Männer draußen arbeiteten, konnten die Bewohner nicht sein, auch hatten sie kaum Wasser zu ihrer Verfügung und mussten die Flammen ersticken oder erschlagen.

Margaretha und Dana rannten hin und her und leisteten die meiste Arbeit. Jitka war zu schwerfällig, um eine wirkliche Hilfe zu sein, und die drei Diener schienen immer noch nicht ganz zu begreifen, was geschah. Für Anna musste das alles ein entsetzlicher Albtraum sein. Verstört eilte sie von einem Zimmer ins andere, und einmal fragte sie Margaretha:

«Soll ich nicht doch hinaus ...»

«Nein», sagte Margaretha bestimmt, «du bleibst hier und hilfst uns gegen das Feuer anzukämpfen!»

«Frau Gräfin!», schrie Jitka. «Der grüne Salon! Er steht in hellen Flammen!»

Margaretha schob Anna zur Seite und rannte los. Schon an der Tür des grünen Salons drang ihr Rauch entgegen. Sie sah entsetzt, dass der Teppich an mehreren Stellen brannte und zwei der langen Vorhänge bis oben hin in Flammen standen.

«Komm, Dana, schnell!», rief sie. «Wir müssen die Vorhänge herunterholen! Und ihr anderen löscht den Teppich!»

Eine Windböe fuhr durch das offene Fenster und ließ das Feuer lodern. Margaretha hustete gequält. Der Rauch kratzte im Hals und biss in den Augen. Die Vorhänge mussten herunter, bevor das Feuer auf die Holztäfelung übergriff: Mit allen Kräften zerrte sie an dem Stoff. Einmal fiel ein brennender Stofffetzen auf ihre Hand und ließ sie schmerzerfüllt aufschreien. Wenn nur ihre Kleidung kein Feuer fing! Sie sah hinüber zu Dana, die sich an dem anderen Vorhang festkrallte und zog.

«Wir schaffen es nicht», schrie sie ihr zu, «wir können es nicht schaffen!»

«Geben Sie nicht auf!», rief Dana zurück. «So schnell besiegen die uns nicht!»

In diesem Augenblick riss Margarethas Vorhang aus seiner Befestigung, so plötzlich, dass sie gerade noch zur Seite springen konnte, um nicht getroffen zu werden. Schnell griff sie nach einem kleinen Teppich und versuchte, damit die Flammen zu erschlagen. Ihr wurde heiß vor Angst und Anstrengung, sie wischte sich über die schweißnasse Stirn und schob die Haare zurück, die ihr wirr ins Gesicht hingen. Am liebsten hätte sie ihren Morgenmantel ausgezogen, doch das schien ihr zu gefährlich, da sie dann noch ungeschützter wäre. Alles schien so grauenhaft unwirklich: Der schwarze, bewegte Himmel draußen, das um sich greifende Feuer, die Lautlosigkeit, mit der die Feinde ihre Arbeit verrichteten. Die Flammen breiteten sich so schnell aus, dass es unmöglich war, sie rechtzeitig zu löschen. Der Brand im grünen Salon war besiegt, doch gleichzeitig brach er an zehn anderen Stellen aus.

Margaretha richtete sich erschöpft auf. Wenn doch Hilfe käme! Sie wusste wirklich nicht, wie lange sie noch aushalten konnten. Schon stand wieder einer der Diener untätig mitten im Zimmer. Am Ende ihrer Kräfte fuhr Margaretha ihn an: «Steh nicht herum! Wenn du jetzt nichts tust, verbrennst du auch!»

«Aber, Frau Gräfin, ich glaube, die Gefahr ist gebannt. Die Männer haben sich vor dem Haus versammelt, und niemand legt mehr Feuer!»

«Was sagst du?» Margaretha stieß ihn weg und eilte zum

nächsten Fenster. Undeutlich konnte sie erkennen, dass die Gruppe tatsächlich wieder vollzählig vor dem Portal stand.

Neben Margaretha fing eine Tischdecke erneut an zu brennen. Fluchend zerrte sie den Stoff zu Boden und trampelte darauf herum. Vermutlich war der Brand jetzt überall gelöscht, aber warum machten die Männer nicht weiter? Dies konnte nur eine neue Taktik sein, oder … Ein grässlicher Gedanke durchzuckte sie. Sie drehte sich zu den anderen um.

«Wo ist Anna?», fragte sie hastig.

Dana und Jitka sahen sich betroffen an.

«Ja, wo ist sie?», wiederholte Dana. «Eben habe ich sie doch noch …» Sie riss ihre Augen weit auf. «Glauben Sie, dass sie …?»

«Ich fürchte es», sagte Margaretha.

Im Nu drängten sich alle um das Flurfenster. Und diesmal blickte Margaretha schärfer hin und erkannte, dass Anna zwischen den Männern stand und dass diese offenbar mit Belinsky verhandelten. Es war deutlich zu sehen, dass dem Baron die neue Entwicklung der Geschehnisse ganz und gar nicht behagte. Ihm ging es um die Zerstörung des Hauses, an der die Bauern nun kein Interesse mehr hatten.

«Ich hätte es mir denken sollen», stöhnte Margaretha, «kaum war sie unbeobachtet, ist sie hinausgelaufen!»

«Sie müssen etwas tun, Frau Gräfin», bat Jitka weinend, «Sie dürfen die arme Kleine nicht im Stich lassen!»

«Ich bezweifle, dass ich etwas ändern kann», entgegnete Margaretha düster, «freiwillig geben die Bestien ihre Beute nicht wieder her.»

Sie lief zur Haustür. Dana hielt sie fest.

«Sie wollen hinausgehen, Frau Gräfin?», fragte sie.

«Ja, sie werden mir nichts tun, denn sie haben, was sie wollen. Und Belinsky kann sich nicht durchsetzen.» Sie schob den eisernen Riegel zurück und stieß die schwere Tür auf. Anna musste vorhin durch einen Hinterausgang ins Freie gelangt sein.

Die Männer fuhren herum, als sie ein Geräusch hörten und starrten Margaretha feindselig an, die, mit flatternden Haaren und eng um sich gezogenem Morgenmantel, einige Schritte hinaustrat. Belinskys Augen funkelten wütend.

«Nun haben Sie sie doch für Ihren Besitz geopfert», rief er höhnisch, «wirklich, Sie sind ungeheuer edel!»

«Sie ist ohne mein Wissen hinausgelaufen», entgegnete Margaretha, «und das ärgert Sie zutiefst, nicht wahr, Baron?»

«Sehen Sie sich vor», warnte Belinsky, «ich kann das Schloss immer noch niederbrennen!»

«Ich glaube, Sie werden keine Hilfe mehr finden!»

«Wir haben erreicht, was wir wollten», mischte sich ein Bauer ein, «wir gehen.»

«Zuvor werdet ihr das Mädchen freilassen», verlangte Margaretha.

«Nein, das werden wir ganz sicher nicht tun!»

«Ich warne euch alle. Was glaubt ihr, was geschieht, wenn der Graf zurückkehrt und erfährt, dass ihr mich in seiner Abwesenheit bedroht habt?»

«Diese Leute unterstehen nicht dem Grafen», schrie Belinsky, «sondern mir!»

«Sie wissen doch, dass das nicht stimmt! Der Herr auf Belefring ist Graf Lavany.»

«Der Graf wird unser Tun gutheißen. Denn auch er weiß, dass wir das Böse vernichten müssen», sagte ein Bauer.

Margaretha wurde immer verzweifelter. Die Männer schienen nicht im Geringsten geneigt, ihren Bitten nachzugeben. «Es ist eure letzte Gelegenheit», versuchte sie es noch einmal, «wenn ihr Anna jetzt freilasst, dann wird der Graf von der ganzen Sache nichts erfahren.»

Aber sie bekam keine Antwort. Die Männer wandten sich

um, zum Gehen entschlossen, und Anna würden sie mit sich nehmen. Belinsky blickte wütend zu Boden. Margaretha hob in einer hilflosen Geste die Arme, ließ sie dann wieder sinken. Sie konnte nichts tun. Sie sah zurück zum Haus und blickte in die verstörten Gesichter Danas und Jitkas, die dort blass und frierend standen.

Niemand kann jetzt helfen, dachte Margaretha in ohnmächtigem Zorn, und im gleichen Augenblick vernahm sie durch das Brausen des Windes hindurch das schnelle Näherkommen von Pferden, hörte ihr Schnauben und das Donnern ihrer Hufe. Margaretha war keine Sekunde lang im Zweifel, dass dort Hilfe nahte. Schon sprengten die Reiter heran, zehn Männer, und an ihrer Spitze Maurice. Belinsky zog sofort seinen Degen. Fluchend brüllte er den Bauern etwas zu, was diese offensichtlich in Unsicherheit versetzte. Ein paar machten sich sofort aus dem Staub, andere griffen nach den Waffen, die sie mitgebracht hatten, nach Heugabeln und Äxten. Keiner kümmerte sich mehr um Anna, und so tat Margaretha blitzschnell ein paar Schritte nach vorn, packte das Mädchen und zerrte es an sich. Anna machte sich los und rannte auf das Haus zu, wo sie von Jitkas Armen aufgefangen wurde.

Maurice zügelte sein Pferd. Obwohl ihm die Situation mehr als befremdlich vorkommen musste, bewahrte er seine Ruhe.

«Was geschieht hier?», fragte er.

«Eine Hexe!», schrie Belinsky. «Im Schloss wird eine Hexe versteckt!» Er hatte Angst, das verrieten seine hervortretenden Augen und seine im Mondlicht schweißnass glitzernde Stirn. Wild fuchtelte er mit dem Degen. Maurice erkannte ihn erst jetzt.

«Belinsky», sagte er scharf, «was, zum Teufel, haben Sie auf meinem Grund und Boden zu suchen?»

«Er wollte das Haus anzünden!», schrie Dana zur gleichen Zeit, als ein Bauer ansetzte: «Die Hexe …»

«Die angebliche Hexe ist ein armes kleines Kind», sagte Margaretha, «und keine Beschuldigung, die die Leute gegen sie erhoben haben, konnte bewiesen werden!»

«Ihr werdet sofort verschwinden», befahl Maurice, «was aus dieser Angelegenheit folgt, werde ich noch sehen. Und Sie», er sah auf Belinsky und den Degen in dessen Hand, «wenn Sie einen Zweikampf möchten, so bin ich dazu gern bereit.»

Doch Belinskys Widerstand war gebrochen. Mürrisch ließ er die Waffe sinken.

«Ich will Sie hier nie wieder sehen», sagte Maurice mit leiser, drohender Stimme, «haben Sie das begriffen, Belinsky?»

Der Baron nickte.

«Dann machen Sie, dass Sie fortkommen. Aber Ihren Degen lassen Sie hier!»

«Wie?» Belinsky sah empört auf. «Meine Waffe?»

«Ja», sagte Maurice kalt. Der Baron blickte ihn kurz an, doch dann schien es ihm ratsamer nachzugeben. Mit wütender Gebärde schleuderte er den Degen von sich. Er wollte noch etwas sagen, aber Maurice unterbrach ihn sofort: «Verschwinden Sie endlich. Und sollte ich Sie noch einmal hier antreffen, kommen Sie nicht so glimpflich davon!»

Stolpernd und keuchend rannte Belinsky vom Hof, ohne sich noch einmal umzudrehen. Maurice sprang vom Pferd und schloss Margaretha in die Arme.

«Liebling», sagte er zärtlich, «hier geschehen ja schreckliche Dinge, wenn ich fort bin!»

«Oh, Maurice, wie gut, dass du da bist!» Margaretha klammerte sich an ihn, während sich langsam wohltuende Erleichterung in ihr breitmachte.

«Ich hatte so furchtbare Angst. Wärest du nicht gekommen …»

«Nun, ich bin ja da. Du solltest wissen, dass ich dich nie im Stich lasse.» Er hob ihren Kopf und betrachtete ihr Gesicht.

«Du hast einen Rußfleck auf der Stirn und ganz blaue Lippen», stellte er fest, «und du fühlst dich kälter an als Eis. Wir müssen schnell ins Haus gehen.»

Margaretha bemerkte nun erst richtig, wie sehr sie fror. Rasch eilte sie zum Haus zurück, während Maurice noch kurz mit seinen Begleitern sprach. Dann erst folgte er seiner Frau und fand sie in ihrem Schlafzimmer, wo sie in eine Decke gehüllt auf dem Bett saß. Jitka hatte heißen, gewürzten Rotwein heraufgebracht, der durch das ganze Zimmer duftete. Maurice schnallte seinen Säbel ab und ließ sich schwer in einen Sessel fallen. Mit einer Hand fuhr er sich über das Gesicht. Er sah müde aus und ein wenig fremd mit seinen unrasierten Wangen.

«Das war ein langer Ritt», sagte er.

«Und ein hübscher Empfang!», ergänzte Margaretha. «Es tut mir so leid.»

«Ach, du bist es doch, die in Gefahr war. Was ist denn überhaupt geschehen?»

Margaretha berichtete von dem rachsüchtigen Baron und seinem hinterhältigen Plan. Maurice schüttelte den Kopf.

«Verdammter Kerl, dieser Belinsky», sagte er, «aber ich schwöre dir, wenn er noch einmal Ärger macht, dann töte ich ihn.»

«Bleibst du nun für einige Zeit hier?»

«Das ist durchaus möglich», entgegnete Maurice. Seine Stimme und sein Gesichtsausdruck wirkten plötzlich verbittert.

«Was ist denn?»

«Mein Herz. Diese verdammte Herzschwäche, die mir

schon im letzten Sommer so zu schaffen gemacht hat. In der Pfalz fing es wieder an, deshalb bin ich ja schon zurück.»

«War es sehr schlimm?», fragte Margaretha. Maurice zuckte mit den Schultern.

«Krämpfe», sagte er, «Schwindelanfälle. Ich kann gar nichts dagegen tun!» Er stand auf und trat neben den Kamin, um sich an den Flammen zu wärmen.

«Der Doktor sagt, wenn ich einen frühzeitigen Tod finde, dann wird es das Herz sein.»

«Aber vielleicht erholt es sich. Du bist einfach nach dem letzten Anfall zu früh wieder aufgebrochen!»

«Nun», Maurice lächelte mit einem Mal, «jedenfalls bin ich im Augenblick gesund!» Er wollte nicht länger über die Krankheit sprechen, die ihn immer wieder in Verzweiflung stürzte. Es geschah manchmal, dass er seinen Empfindungen nachgab und in düsteres Grübeln verfiel, aber mit eiserner Disziplin rief er sich dann selbst zur Ordnung. Über Monate hinweg konnte er die Furcht völlig bannen.

«Ich glaube, ich werde jetzt baden», meinte er, «ich habe seit Ewigkeiten kein Wasser mehr an mir gespürt. Geh du nur wieder ins Bett!»

«Gute Nacht, Maurice.» Sie sah ihm nach, wie er das Zimmer verließ, blies dann die Kerze neben sich aus und kuschelte sich in ihre Kissen. Langsam wurde ihr wieder warm und ein herrliches Gefühl der Sorglosigkeit und des Vertrauens erfüllte sie. Nach der harten Anspannung, die sie ganz und gar gefordert hatte, war es wie ein sanftes Zurückgleiten in ein fast kindliches Glück des völligen Beschütztwerdens. Es ist gut, dass er da ist, dachte sie beim Einschlafen, tatsächlich, es ist gut.

Schon kurz nach Maurice' Rückkehr brach der Winter herein. Obwohl es erst Mitte November war, bedeckte eine dichte Schneedecke das Land und von allen Dächern hingen Eiszapfen. Wenn Margaretha morgens ihr Fenster öffnete, lehnte sie sich jedes Mal weit hinaus, um die eisige Luft zu atmen, bevor sie sich wieder zurückzog und hinüber in Maurice' Zimmer schlich, um zu sehen, ob er schon wach war. Sie wäre gern vor dem Frühstück ausgeritten, doch allein wagte sie es nicht, solange Belinsky frei herumlief. Aber meist schlief Maurice noch. Er ging viel später zu Bett als seine Frau und stand daher nach ihr auf. Margaretha betrachtete ihn lange, wenn er schlafend dalag, ganz flach auf dem Rücken, einen gespannten Ausdruck auf dem Gesicht, selbst in dieser Situation den Mund fest geschlossen. Sie sah sein grau schimmerndes Haar, das heller geworden war seit dem Tag, da sie ihn das erste Mal getroffen hatte. Seine Narben traten im Winter deutlicher hervor als im Sommer. Maurice' Gesicht konnte Margaretha abwechselnd rühren und verärgern. Es bot das ausdrucksvolle Bild eines abenteuerlichen Lebens, aber es verriet wenig menschliche Regungen. Außerdem hasste sie den Anflug von Müdigkeit, der manchmal darüber hinwegging, ebenso wie sie das überlegene Lächeln verabscheute, mit dem er sie bedachte, wenn sie etwas in seinen Augen Kindisches oder Unbedachtes gesagt hatte. Ihre Empfindungen waren ungerecht, sagte sie sich immer, denn auch Richard hatte hin und wieder müde ausgesehen, und er hatte überlegener und spöttischer gelächelt als jeder andere Mann auf der Welt. Bei ihm hatte sie es anziehend gefunden, warum nicht auch bei Maurice?

Wofür mache ich ihn verantwortlich?, fragte sie sich. Sie fand nie eine Antwort. Vielleicht lag der Verlust, den er ihr zugefügt hatte, in dem Gefühl, dass ihre Jugend neben seiner Erfahrung an Zauber verlor und als Naivität erschien. Wenn sie vor dem Spiegel stand, genoss sie zu sehen, wie jung sie war. Und dass sie mit jedem Monat schöner wurde. Ihr neunzehnter Geburtstag stand kurz bevor, und wenn sie daran dachte, wie sie als Sechzehnjährige das Kloster verlassen hatte, lächelte sie nachsichtig. Wie viel reizvoller war ihre Figur seitdem geworden und reifer, wie viel erwachsener, klarer und schmaler ihr Gesicht. Entzückt betrachtete sie ihr eigenes Spiegelbild: Die großen grünblauen Augen mit den starken Brauen darüber, die langen Haare, dicht, glänzend und hellblond. Wenn sie sie ausgiebig kämmte, wurden sie noch voller und lagen wie ein Schleier um ihr Gesicht. Aber manchmal überfielen sie dabei Gewissensbisse. Eitelkeit war des Teufels, das hatte man sie stets gelehrt. Äußerlichkeiten, dachte sie, wie kann ich mich so an Äußerlichkeiten freuen? Warum sind sie mir so wichtig? Aber vielleicht ist es das, was mich bei Maurice besonders kränkt. Er hat eine junge, blühende Frau, um die ihn jeder Mann beneidet, und scheint ihre Attraktivität kaum zu bemerken. Richard liebt die Schönheit mehr als alles andere, er würde mich anbeten, er würde bemerken, wenn ich mich für ihn besonders hübsch gemacht habe, und ich könnte in jedem Blick lesen, in jedem Wort hören, in jedem Lächeln spüren, wie sehr er mich deswegen begehrt. Maurice, natürlich, er ist ein Mann, er bemerkt es auch. Aber es ist nicht wichtig für ihn!

Margaretha bemühte sich, ihre Launen zu verbergen. Wenn dennoch Anspannung in ihrem Wesen lag, so tat Maurice wenigstens so, als bemerke er nichts. Ohnehin schien er verschlossen und grüblerisch. Das Leid, das ihm in den vergangenen Monaten begegnet war, hatte all seine bisherigen Kriegserlebnisse übertroffen und seine Gefühle wurden von diesen Eindrücken überschattet. Er hatte gesehen, wie Städte mit bisher nicht gekannter Rücksichtslosigkeit geplündert, Dörfer niedergebrannt und ihre Bewohner bestialisch getötet wurden. Noch immer hatte er das angstvolle Brüllen des eingesperrten Viehs in den Ohren, die gellenden Schreie der Frauen und das erschütternde Weinen der Kinder. Maurice hatte ohnmächtig mitansehen müssen, wie einige Soldaten am Leid ihrer Opfer eine wilde, primitive Lust befriedigten. In seiner eigenen Truppe hatte er versucht, solche Ausschreitungen zu verhindern, aber er hatte dabei gemerkt, wie schwierig das war. Viele der Soldaten schienen mit diesen Grausamkeiten Vergeltung zu üben für die Strapazen, unter denen sie selbst litten. Obwohl Unschuldige unter den blutrünstigen, perversen Lüsten der Truppen zu leiden hatten, griffen die Offiziere nur selten ein. Jedes Verbot senkte die Kampfmoral, und auch Maurice musste sich daher oft vorsichtig verhalten, um Aufruhr und massenhafte Desertion zu verhindern. Als Berater des Kaisers erachtete er Kriegshandlungen als legitimes Mittel zur Durchsetzung von Macht, aber diese Ausschreitungen verschoben die Maßstäbe, nach denen er sein eigenes Leben beurteilte, und erzeugten bei ihm Schuldgefühle. Von all seinen Erlebnissen berichtete er Margaretha entgegen seiner früheren Gewohnheit kaum etwas. Die Begegnung mit Elend und abgründiger Gewissenlosigkeit war ihr bisher weitgehend erspart geblieben, und er hätte viel darum gegeben, sie weiterhin davor schützen zu können. Wenn sie neben ihm vor dem Kamin saß und in die Flammen sah, dann empfand er für sie eine seltsame Mischung aus begehrender Liebe zu einer Frau und dem Beschützerinstinkt für ein hilfloses Geschöpf. Ihr Profil mit der feinen, etwas spitzen Nase und den weich aufeinander liegenden Lippen schien ihm fast noch kindlich. Aber wenn sie sich plötzlich zum Feuer neigte und ihren Körper streckte, überraschte ihn die Sinnlichkeit ihrer Gebärden. Oft dachte Maurice in solchen Momenten, dass es vielleicht ein Fehler gewesen war, ein so junges Mädchen zu heiraten. Margarethas Jugend weckte zwiespältige Gefühle in ihm und machte ihm sein eigenes Alter bewusst, an das er früher keinen Gedanken verschwendet hatte. Er erinnerte sich an andere Frauen in seinem Leben, an kurze Affären, an leidenschaftliche Gefühle, die schnell kamen und ebenso schnell vergingen. Nie hatten ihn diese flüchtigen Verbindungen ernstlich bewegen und beeinflussen können. Natürlich dachte er auch an Elisabeth Katharina, seine verstorbene Ehefrau. Sie hatte ebenso wenig Anziehungskraft auf ihn ausüben können wie er auf sie. Das lag jedoch daran, dass Elisabeth Katharina Männer auf Grund ihrer puritanischen Erziehung verabscheute, und Maurice fühlte sich deshalb nicht persönlich gekränkt. Wohl aber durch Margaretha, die ihn mit ihrem schönen Körper verlockte und ihn mit ihrer Jugend verwirrte. Sie lehnte ihn ab, während er ihren Liebeshunger sehr wohl ahnte und sich heimlich Gedanken darüber machte, wem ihre Leidenschaft wohl gelten könne. Trotzdem hätte Maurice nie, weder vor sich noch vor anderen, zugegeben, dass Margarethas Sprödigkeit ihn in Eifersucht versetzte.

Das Weihnachtsfest verlief still und friedlich, und schließlich brach das Jahr 1623 an. Der Krieg breitete sich weiter aus, das Reich zitterte, und es bestand keine Aussicht auf einen Frieden. Maurice fühlte sich gesundheitlich sehr wohl, aber die politischen Geschehnisse betrachtete er mit großer Sorge. An einem kalten Januarabend saß er in seinem Zimmer und las in einem Buch. Leise trat Margaretha ein, was sie sonst nur selten tat, und sie schien auf den ersten Blick verändert.

«Ist etwas geschehen, Liebling?», fragte er. Margaretha nahm langsam auf einem Sessel Platz.

«Ich muss dir etwas sagen», begann sie.

«Ja?»

«Es kommt wahrscheinlich etwas unerwartet für dich, aber auch für mich ist es …»

«Hoffentlich nichts Schlimmes?»

«Nein, nein. Ich werde ein Baby bekommen, das ist alles.» Maurice brauchte einige Momente, um sich von seiner Überraschung zu erholen.

«Ist das wahr?», fragte er dann.

«Ich würde es ja wohl sonst kaum sagen», entgegnete Margaretha gereizt.

Die Nachricht kam für Maurice tatsächlich völlig unerwartet. Er hatte es für ziemlich unwahrscheinlich gehalten, dass Margaretha ein Kind bekommen würde, so selten waren sie seit seiner Rückkehr zusammen gewesen. Nun sah er sie unsicher an.

«Freust du dich darüber?»

«Du dich etwa nicht?», gab Margaretha angriffslustig zurück. Maurice legte sein Buch weg.

«Ich habe oft gedacht, wie schön es wäre, ein Kind zu haben», sagte er, «ich freue mich sehr. Nur habe ich den Eindruck, dass du …»

«Aber ich freue mich auch!» Margarethas Stimme wurde plötzlich warm und lebhaft, ihre Augen begannen zu glänzen.

«Es ist so wunderbar, dass ich ein Kind haben werde. Ich habe mir immer ein eigenes Kind gewünscht! Mein Kind!»

Es lag Maurice auf der Zunge zu bemerken, dass es sich ja auch um sein Kind handle, aber im gleichen Moment fragte er sich, ob er das denn wirklich mit völliger Sicherheit behaupten könne.

«Wann wird es so weit sein?», erkundigte er sich.

«Im August, wenn Dana und ich uns nicht verrechnet haben.»

Er atmete unhörbar auf, nachdem er eilig neun Monate zurückgerechnet hatte. Wenigstens seiner Vaterschaft konnte er sich wohl einigermaßen sicher sein.

«Dana weiß es also schon?»

«Ich musste sie fragen, allein hätte ich das alles gar nicht so genau gewusst ... Ach, Maurice, ist es nicht wunderbar?»

Er blickte in ihr leuchtendes Gesicht. Lange schon hatte er sie nicht mehr so glücklich gesehen. Vielleicht, so dachte er, würde das Kind manches in ihrer Beziehung ändern. Wenn es erst da wäre, gäbe es endlich etwas, das sie beide verbinden könnte.

21

Margarethas erstes Kind wurde tatsächlich im August 1623 geboren, fast zwei Jahre nach ihrer Hochzeit mit Maurice. Es kam an einem warmen Abend zur Welt, als die rotgoldene Spätsommersonne gerade unterging. Die Geburt dauerte fünf Stunden, ohne besonders qualvoll zu sein. Margaretha wurde mittags von den Wehen überrascht, als sie nach dem Essen in ihr Zimmer gehen und sich für einen Spaziergang leichter anziehen wollte. Auf der Treppe überfiel sie ein Schmerz, so heftig, dass sie sich am Geländer festkrallte und nach Luft schnappte. Ihr war klar, was das bedeutete, und voller Erleichterung dachte sie: Endlich! Nicht mehr lange und ich werde mein Kind in den Armen halten.

In den letzten Monaten war sie von grenzenloser Ungeduld erfüllt gewesen. Tag und Nacht kreisten ihre Gedanken nur um das Baby, das sie von dem Tag an, da sie von ihrer Schwangerschaft wusste, bereits mit wachsender Innigkeit liebte. Sie war so stolz darauf, dass es sie nicht einmal störte, äußerliche Veränderungen an sich selbst zu beobachten. Ihre Haare verloren an Glanz, sie sah oft müde und blass aus. Ebenso wenig litt sie beim Anblick anderer Frauen, die sie traf, als sie mit Maurice einigen Einladungen auf benachbarten Gütern und in Kolin nachkam. Ohne Neid blickte sie auf die schmalen Taillen der Damen, während sie selbst immer dicker wurde. Jitka kümmerte sich in all den Monaten rührend um sie und tat, was sie nur konnte, um Mutter und Kind vor Unheil zu schützen. Margaretha musste zu jeder Mahlzeit ganze Berge von Quitten essen, da man glaubte, dies lasse ein Kind besonders stark und klug zur Welt kommen. Im Schlafzimmer hängte die Köchin über dem Bett einen kleinen Stoffbeutel auf, den sie mit Estragon, Pfingstrosen und getrocknetem Zinnkraut füllte.

«Man kann nicht vorsichtig genug sein, Frau Gräfin», warnte sie, «die bösen Geister suchen sich oft gerade die ungeborenen Seelen, um in ihnen zu wohnen. Aber gegen diese Blüten sind sie machtlos.»

An Margarethas Beziehung zu Maurice änderten diese Monate nichts. Sie bereitete sich hingebungsvoll auf ihre Mutterrolle vor, während sie den Vater ihres Kindes zunehmend wie einen höflich geduldeten Fremden behandelte. Margaretha wollte ihre Gefühle, ihr Glück nicht teilen. Das Geschöpf, das sie zur Welt bringen würde, war ihr alleiniger Besitz, endlich ein Wesen, das ihr ganz und gar gehören würde.

Als nun die Wehen einsetzten, empfand sie mehr Freude als Angst. Dana und Jitka stürzten jede von einer anderen Seite herbei, als sie Margarethas Stöhnen hörten, und gemeinsam geleiteten sie sie ins Schlafzimmer hinauf. Vorsichtig wurde sie auf das Bett gelegt, wo der leichte Schwindel, der sie befallen hatte, sofort verschwand. Sie fühlte sich so wohl und frei von allen Schmerzen, dass sie schon glaubte, sie habe sich geirrt. Vor Enttäuschung begann sie zu weinen, doch Jitka beruhigte sie.

«Machen Sie sich keine Sorgen, Frau Gräfin, das Kind wird vor der Dunkelheit da sein!»

Leise jammernd durchlitt Margaretha die Wehen, aber die Schmerzen blieben erträglich. Im ganzen Zimmer herrschte eine atembeklemmende Hitze. Alle Fenster blieben geschlossen, und im Kamin brannte ein knisterndes Feuer, da Licht und frische Luft als schädlich für die Gebärende galten. Jitka hatte die meisten Möbel zur Seite geschoben, um sich frei bewegen zu können, nun huschte sie hin und her, brachte Tücher und heißes Wasser und flößte Margaretha ab und zu ein paar Schlucke von einem Tee aus zerstoßener Alraunenwurzel ein, der die Schmerzen betäuben sollte.

Einmal, es war schon spät am Nachmittag, erblickte sie Maurice, der neben ihrem Bett stand und sich besorgt zu ihr hinabbeugte.

«Liebling, wie geht es dir?», fragte er. Margaretha warf sich auf die andere Seite.

«Wie soll es mir schon gehen?», erwiderte sie. «Besonders angenehm ist das Kinderkriegen nicht!»

«Möchtest du, dass ich bei dir bleibe?»

Ein neuer Schmerz ergriff Besitz von ihr, und Margaretha biss die Zähne fest aufeinander.

«Nein», stieß sie hervor, «geh raus! Geh bitte sofort raus! Sofort! Ich kann das nicht, wenn du hier bist! Geh raus!»

Der Schmerz ebbte ab. Margaretha schloss erschöpft die Augen und hörte wie von fern das Geräusch der sich schließenden Tür. Maurice hatte das Zimmer verlassen. Sie konnte ruhiger atmen. Was dachte er sich eigentlich! Sollte sie vor seinen Augen ein Kind gebären, wo sie sonst so sorgfältig darauf achtete, dass er sie nie ohne Kleider zu sehen bekam? In ihrer jetzigen Lage fiel es ihr schon schwer, nur Dana und Jitka um sich zu wissen.

Aber dann kam die entscheidende Wehe, sie presste mit aller Kraft – und alles war überstanden.

«Was ist es?», fragte Margaretha heiser. Jitka strahlte.

«Ein Mädchen», sagte sie, «das hübscheste Mädchen auf der ganzen Welt. Ach Gott, so etwas Niedliches!»

«Wie klein sie ist!», rief Dana entzückt. «Sie hat sogar schon ein paar blonde Haare!»

Sie nahm Jitka das Baby ab, die es in eine Decke gehüllt hatte und legte es in Margarethas Arme. Vorsichtig schob Margaretha die Decke auseinander und betrachtete das winzige Gesicht.

«Mein Kleines», murmelte sie, «meine kleine, süße Angela. Sieht sie nicht wirklich aus wie ein Engel?»

Sie hatte sehr lange darüber nachgedacht, wie sie ihr Kind nennen könnte und schließlich für ein Mädchen den Namen Angela bestimmt. Es sollte eine Erinnerung sein an ihre beste und meistgeliebte Freundin, von der sie hoffte, sie könnte das Kind irgendwann einmal sehen.

Dana hatte das Zimmer verlassen und kehrte nun zurück, gefolgt von Maurice. Er sah sehr weich und ergriffen aus, als er das Kind betrachtete. Vorsichtig spielte er mit den winzig kleinen Fingern.

«Angela», sagte er, «der Name passt wunderbar zu ihr.»

Margaretha sah ihn eindringlich an. Sie war fest davon überzeugt, dass er sich einen Sohn gewünscht hatte. Bei all seinen Beteuerungen, das sei ihm völlig gleich, hatte sie es doch gespürt. Trotz ihrer Schwäche fühlte sie die Bereitschaft, ihn anzufallen, wenn sie auch nur geringste Anzeichen von Enttäuschung auf seinem Gesicht entdecken würde. Aber sie sah nur Freude und Rührung.

«Bist du glücklich?», fragte sie. Maurice nahm ihre Hände und küsste sacht ihre Fingerspitzen.

«Ich bin sehr glücklich», antwortete er, «und dankbar. Ich danke dir, meine Liebste, für das schönste Geschenk meines Lebens!»

Margaretha lächelte, ein wenig erstaunt darüber, dass sich ein Mann wie Maurice, der nichts anderes als Politik und Kriegführung im Kopf hatte, von der Geburt eines Kindes zu so überschwänglichen Gefühlen hinreißen ließ. In plötzlicher Zuneigung strich sie ihm übers Haar.

«Schau, Maurice, das ist also unser Kind», sagte sie, «ein Wesen, nur aus uns entstanden.» Sie sah ihn an und fühlte zum ersten Mal, seit sie verheiratet waren, die wirkliche Entschlossenheit, ihre Beziehung neu zu beginnen und zu retten. Matt und erleichtert, wie sie jetzt war, begehrte sie nichts anderes als andauernden Frieden.

Theresia von Tscharnini saß im Salon ihres Prager Hauses, dicht am Fenster, das zur Straße hinausführte. Sie hielt ein Deckchen in den Händen, in das sie mit bunten Seidenfäden Blumen, Bäume und Vögel einstickte. Sie arbeitete mit großer Kunstfertigkeit. Erst als sie den letzten Stich getan hatte, richtete sie sich auf. Sie stöhnte leise und griff sich ins Kreuz. Ihr Rücken schmerzte eigentlich ständig, aber besonders, wenn sie sich lange Zeit nicht bewegt hatte. Sie musste unbedingt aufstehen und ihre Glieder strecken.

Theresia erhob sich langsam, nahm das Deckchen und hielt es gegen das Licht. Sie nickte zufrieden, die Arbeit war gelungen. Sie verschloss ihr Werk in einem Schrank, denn es sollte ein Geschenk für ihre Schwiegermutter Caroline sein, die in wenigen Tagen ihren Geburtstag feiern würde. Ein fröhliches Fest konnte es aber kaum werden, dazu ging es der Familie zu schlecht. Von allen Seiten schien das Unglück über die Tscharninis hereinbrechen zu wollen. Es war merkwürdig, wie selten es dem Schicksal gelang, alles Leid, das es für einen Menschen bereithielt, gleichmäßig auf dessen Leben zu verteilen.

Am schwersten wog die Angst um den alten Baron. Seit Beginn des Jahres 1623 litt er unter dem raschen Verfall seiner Kräfte und verbrachte ganze Monate nur im Bett. Häufig verlor er für Stunden das Bewusstsein, und die Familie glaubte, er werde nicht mehr erwachen. In den heißen Wochen des Sommers hatte sich eine vorübergehende Besserung eingestellt, doch nun im September ging es ihm wieder schlechter. Vermutlich würde er das Ende des Jahres nicht mehr erleben, denn aller Lebensmut hatte ihn bereits verlassen. Weder Reichtum noch Ansehen waren ihm, dem protestantischen Adeligen, geblieben. Seine Zeit war vorüber, seine Welt zerstört, seine Heimat Böhmen wurde von Fremden in Besitz genommen.

Theresia ging wieder zum Fenster und blickte hinaus. Was sie sah, war so trostlos, dass sie unwillkürlich fröstelnd die Schultern hob. Ein feiner, stetiger Regen fiel vom Himmel und sammelte sich in flachen Pfützen zwischen den schiefen, schmutzigen Pflastersteinen. Ein trübes Bild, doch es konnte Theresia kaum berühren. Drückte es doch im Grunde nichts anderes aus als das, was sie selber ständig empfand. Sie war erst achtzehn Jahre alt und bereits eine tiefunglückliche Frau. Sie besaß nicht einmal mehr die Hoffnung auf bessere Tage, sondern betrachtete ihr Dasein nur noch als Qual. Ein Tag verlief wie der andere, für Veränderungen fühlte sie sich zu schwach. Theresia wusste selber nicht genau, wo der Zeitpunkt in ihrer Vergangenheit lag, an dem sie sich von dem heiteren, zuversichtlichen Mädchen verwandelt hatte in das Wesen, das sie heute war. Sicher hatte ihre erste Fehlgeburt im letzten Jahr etwas damit zu tun, konnte jedoch nicht die alleinige Ursache gewesen sein. Erst war ein so rasender Kummer über sie hereingebrochen, dass sie glaubte, sterben zu müssen. Dann kam der Zorn über die grausame Willkür des Lebens, über das Schicksal, das ihr diesen heißesten Wunsch verwehren wollte. Sie wünschte sich so sehr einen Sohn für Richard, denn ihn liebte sie mehr als alles andere auf der Welt, und sein Kummer traf sie noch mehr als ihr eigener. Dabei zeigte er ihn kaum, war voller Ruhe, Trost und Zuversicht. Aber er war enttäuscht, das spürte Theresia genau. Doch schließlich, nach vielen grauen Wochen, erwachte neuer Glaube in ihr, an dem sie sich festhielt. So viele Frauen verloren ihr erstes Baby und bekamen später noch viele Kinder, mehr als sie überhaupt wollten. Sie war sehr zart, und es war ihre erste Geburt gewesen, deshalb musste sie noch nicht jede Hoffnung aufgeben.

Tatsächlich wurde sie recht bald wieder schwanger. Es ging ihr viel besser als beim ersten Mal, und sie begann, sich sehr sicher zu fühlen. Aber im fünften Monat ihrer Schwangerschaft, im Mai des Jahres 1623, kam es wieder zu einer Frühgeburt. Das nicht lebensfähige Kind starb sofort, sie selber rang wochenlang mit dem Tod. Sie war noch geschwächt, als der Doktor an ihr Bett trat und sie ernst ansah.

«Nie wieder, Gnädigste», sagte er, «ein drittes Mal überleben Sie es nicht. Sie müssen sich damit abfinden, dass Sie keine Kinder haben können!»

Die Familie zeigte Verständnis und Anteilnahme, doch Caroline war anzumerken, welch ein Schlag sie damit traf. Die Geschicke der Familie Tscharnini liefen in ihren Händen zusammen, sie hatte geordnet, gestiftet, geplant, zusammengefügt. Mit Theresia war ihr ein Fehler von großer Tragweite unterlaufen, den zu verkraften eine fast übermenschliche Anstrengung für ihren Ehrgeiz bedeutete. Sie nahm es weit schwerer als Richard, der zunächst Mitgefühl für seine Frau empfand, alle Sorgen um die Zukunft dann aber beiseite schob. Nichts konnte ihm auf Dauer sein Leben vergällen.

Ach, aber Richard war es doch, der ihr das Leben zur Hölle machte! Theresia presste ihren Kopf gegen die Holztäfelung. Sie war so gutgläubig in diese Ehe gegangen. Sie hatte ihren Mann wegen seiner Schönheit und seines Charmes angebetet und war davon überzeugt gewesen, er liebe sie so heftig und ausschließlich wie sie ihn. Wie hatte sie nur so dumm sein können! Ausschließlich – als ob Richard in der Lage wäre, nur eine einzige Frau zu lieben. Er stieß auf so viel Bereitwilligkeit bei jeder Dame, die er traf, dass man ihm kaum einen echten Vorwurf für seinen Lebenswandel machen konnte. Aber mit der Zeit wurden Eifersucht und Trauer, Wut und Kummer zu einem beinahe körperlichen Schmerz, der ihr die Luft abschnürte. Was sie früher begehrenswert gemacht hatte, war ihr engelhafter Liebreiz gewesen. Davon war nichts geblieben. Seit ihrer ersten Fehlgeburt hatte sie eine knochige, unansehnliche Magerkeit nicht verloren, ihre Augen schienen übergroß, ihr Gesicht eingefallen und bleich. Vielleicht hätte sie sich erholen können ohne Richards beständige, zermürbende Kränkungen, die er ihr zufügte, indem er sie zwang, tatenlos und beherrscht seinen Liebschaften zuzusehen. Doch wahrscheinlich ahnte er nicht einmal, was sie alles wusste.

Theresia dachte manchmal darüber nach, ob sie ihm Vorwürfe machen, ihm ihre Angst und Traurigkeit ins Gesicht schreien sollte, doch immer wieder schreckte sie davor zurück. Sie wusste, dass Männer nichts so hassten wie die Vorwürfe ihrer Frauen, und sie würde ihn damit nur noch weiter von sich treiben. Zudem hätte sie bei allem Kummer kaum gewagt, Richard wirklich für sein Verhalten zu verurteilen. Hatte ihre Schwiegermutter nicht neulich noch gesagt, dass es letztlich immer an der Ehefrau läge, wenn ihr Mann Abenteuer mit anderen Frauen suchte? Billigte die vornehme Prager Gesellschaft die Seitensprünge der Männer nicht sogar, während untreue Ehefrauen als Sünderinnen galten?

Wenn Theresia die Ungerechtigkeit dieser Beurteilung auch ahnte, so besaß sie doch nicht die Kraft und den Mut, sich dagegen aufzulehnen.

Trotzdem ihre Schönheit so schnell verblasst war und sie ihm keine Kinder schenken konnte, wollte Theresia Richard weiter zur Seite stehen. Sie wollte ihn ihrer grenzenlosen Treue versichern, obwohl er sie betrog. Sie wollte ihm den festen Halt geben, den er in dieser schwierigen Zeit so dringend brauchte.

Wie für alle böhmischen Protestanten, brach für Richard in jenen Tagen eine Welt zusammen. Sie hatten geglaubt, nach den fürchterlichen Hinrichtungen auf dem Altstädter Ring habe die Not ein Ende, doch dem kurzen Aufatmen war neuer Druck gefolgt. Seit dem März des Jahres 1623 weilte Kaiser Ferdinand in der Stadt, entschlossen, jede neue Quelle des Widerstands in Prag für alle Zeiten zuzuschütten. Es wurde weiter enteignet und Familien, die schon geglaubt hatten, sich wieder sicher fühlen zu können, wurden über Nacht heimat- und besitzlos. Steuern und Abgaben für die Protestanten wurden willkürlich und hemmungslos erhöht, sie besaßen keine Rechte mehr, nicht einmal mehr über ihren Grund und Boden, wenn er ihnen überhaupt noch gehörte. Wenn es dem Kaiser gefiel, in einem alten Adelsschloss Soldaten einzuquartieren, so konnte er das ungehindert tun, und was die Männer an Schäden in Haus und Hof anrichteten, wurde von niemandem wieder gutgemacht. Gnadenlos sollten Protestantismus und böhmischer Nationalismus ausgerottet werden, rücksichtslos wollte der Kaiser mit dem Reichtum des uralten Adels seine Staatskasse auffüllen.

Theresia hätte in dieser Zeit so gern Trost gegeben und Trost gefunden in einer Familie, die dem Schicksal zum Trotz zusammenhielt. Bemerkten denn die anderen nicht, wie elend ihr zumute war? Sie war ein leichtlebiges, heiteres Mädchen gewesen, geborgen in Wohlstand, Gerechtigkeit, Liebe und dem gleichmäßigen Dahinplätschern sonniger, sorgloser Tage. Die zauberhafte Welt der glanzvollen Feste, der Bälle und Bankette, der gepflegten Geselligkeit hatte sie seit Kindertagen umgeben. Es erschien Theresia wie ein Traum, wenn sie an Sommerabende auf dem Schloss ihrer Familie zurückdachte, als sie, von ihrer Zofe gerufen, durch blaugraue Dämmerung über die Wiesen zum Haus lief, auf der Haut noch die Wärme der eben untergegangenen Sonne, in sich die Sicherheit, dass jedem dieser Tage unweigerlich der nächste folgte, dass sie am nächsten Morgen in demselben Glück erwachen würde, in dem sie eingeschlafen war. Heute, da es schien, als treibe die Welt ihrem rasenden Untergang entgegen, heute erkannte sie voller Schmerz die ganze Seligkeit dieser verlorenen Tage.

Theresia schreckte aus ihren Gedanken auf, als sich Schritte näherten und die Tür geöffnet wurde. Richard trat ein, er sah blass aus und lächelte müde, als er seine Frau erblickte.

«Hier bist du, Liebling», sagte er, «ich suchte dich schon.»

Wie immer, wenn sie ihn sah, überfiel Theresia ein Gefühl von Weichheit und der Gedanke: Ich könnte dir alles verzeihen. Alles, was du je getan hast, und alles, was du in Zukunft tun wirst.

«Vater ist tot», sagte Richard. «Seit wenigen Minuten erst. Er starb ganz sanft, und ich glaube, er musste nicht leiden.»

«Hat er noch etwas gesprochen?»

«Nein. Er war kaum bei Bewusstsein.»

«Vielleicht sollte ich zu deiner Mutter …» Theresia wollte schon zur Tür gehen, aber Richard hielt sie zurück.

«Nein, lass nur», sagte er, «Sophia und Marie sind bei ihr.» Er ging, wie vorher Theresia, zum Fenster und starrte auf die Straße hinaus.

«Wenn die Zeiten besser wären», meinte er, «könnte Vater noch leben. Aber die Angst, alles zu verlieren, die Demütigungen – das hat seine letzten Kräfte verbraucht.»

Theresia sah auf ihren Mann, der sich erschöpft auf das Fensterbrett stützte. Wie groß ist seine Trauer?, fragte sie sich. Wie nah geht ihm der Tod seines Vaters wirklich? Es ist so schwer, seine Gefühle zu erkennen. Schüchtern trat sie auf ihn zu.

«Wenn du weinen möchtest», sagte sie, «musst du dich vor mir nicht schämen!» Gleich darauf kam sie sich lächerlich vor, denn er drehte sich um und sah sie voller Erstaunen an.

«Mache ich den Eindruck, als müsse ich weinen?», fragte er.

«Nein, ich dachte nur …»

«Ach, ich wusste doch schon so lange, dass das passieren würde. Seit Wochen, seit Monaten … und jetzt ist es fast eine Erleichterung. Einen Mann wie Vater so elend zu sehen, das war schlimmer, als es nun sein Tod ist.»

«Ich verstehe dich.»

«Ja, du verstehst mich. Du verstehst mich immer.» Richard blickte sie ein wenig nachdenklich und fast zärtlich an. Vorsichtig strich er ihr über die Haare.

«Du bist eigentlich zu gut für mich», meinte er.

Theresia lächelte, und in ihre Augen traten Tränen. Richard, als wolle er unter keinen Umständen eine gefühlvolle Stimmung aufkommen lassen, sprach sofort von etwas anderem.

«Weißt du», sagte er, «es klingt vielleicht ein bisschen unpassend … aber vor wenigen Minuten bin ich Baron Tscharnini geworden. Ich habe mein Erbe angetreten.»

«Dann bin ich ja Baronin?!»

«Die schönste Baronin Böhmens!» Er küsste ihre schmalen, rauen Lippen, denen nichts von ihrer früheren Weichheit geblieben war. Theresia lächelte voll Spott und voll Traurigkeit.

«Du kannst so wunderbar reden», sagte sie. Seine erneute Zärtlichkeit hatte sie diesmal nicht verwirrt, so höhnisch klangen seine Worte in ihren Ohren.

«Du kannst so schön reden, dass man beinahe versucht ist, dir zu glauben. Aber ich weiß, dass ich hässlich bin. Nicht nur äußerlich!» Sie ließ sich in einen Sessel fallen.

«Der Baron und die Baronin Tscharnini!», sagte sie. «Was fehlt, ist nur der Sohn, der einmal bei deinem Tod sagen wird: Ich bin der neue Baron Tscharnini!»

Richard seufzte. Theresia war so sanft, doch immer wurde sie kalt und zynisch, wenn sie von ihrer Kinderlosigkeit sprach. Er setzte sich neben sie auf die Sessellehne und ergriff ihre Hände.

«Liebste», bat er, «gräme dich nicht wieder darum! Du willst dich ja nur quälen, indem du darüber nachdenkst. Dabei weißt du, dass ich dich dieses Schicksals wegen nicht weniger liebe und verehre. Wir werden einen Weg finden …»

«Es gibt keinen Weg. Und es hat keinen Sinn, auf ein Wunder zu hoffen, das niemals eintritt. Ach, Richard», sie sah ihn an und Tränen liefen über ihre Wangen, «wenn ich wüsste, ich könnte ein Kind zur Welt bringen, für das ich mit meinem Leben bezahlen müsste, ich täte es. Ich täte es sofort!»

«Glaubst du, das ließe ich zu?», fragte Richard. «Vielleicht würdest du dieses Opfer bringen, aber ich will es nicht. Ich will dich nicht verlieren.»

«Du redest wieder, als liebtest du mich!»

«Theresia, natürlich liebe ich dich.»

«Liebst du mich, oder kannst du es nicht mit ansehen, wenn ich weine? Tränen sind unangenehm für den, der sie trocknen muss! Und Unannehmlichkeiten hasst du am meisten auf dieser Welt!» Theresias Worte waren voll Bitterkeit und Verletztheit. Richard sah sie entgeistert an. Noch nie hatte sie so mit ihm gesprochen.

«Dass wir einen Streit über meine Charakterfehler führen müssen, kurz nachdem mein Vater gestorben ist, finde ich ein wenig taktlos von dir», meinte er. Aber Theresia bereute bereits zutiefst. Sie brach zum zweiten Mal in Tränen aus vor Entsetzen über ihre Angriffe. Sie hatte sich Streitgesprächen nie gewachsen gefühlt. Richard war so stark, besiegen konnte sie ihn nie, nur verlieren.

«Verzeih mir», bat sie leise, «verzeih mit bitte! Ich weiß nicht, warum ich das sagte. Ich habe es nicht so gemeint, glaub mir!»

«Natürlich nicht», entgegnete Richard erleichtert. Er stand auf, und Theresia erhob sich ebenfalls.

«Die lange Krankheit meines Vaters und die politischen Unruhen haben uns beide zermürbt», fuhr er fort, «wir sollten Prag für einige Zeit verlassen und uns auf Schloss Tscharnini erholen. Würde dir das gefallen?»

Theresias Augen leuchteten auf. Doch gleich darauf erlosch ihre Freude wieder …

«Wir können Prag ja gar nicht verlassen», sagte sie, «die Zeiten sind zu unsicher. Plötzlich werden wir enteignet und wissen nicht einmal etwas davon, können nichts retten und stehen bei unserer Rückkehr vor dem Nichts. Nein, das wäre zu gefährlich!» Sie reckte entschlossen den Kopf, um die Enttäuschung, die sie sich selbst bereitete, zu verbergen.

«Du siehst so kämpferisch aus», meinte Richard.

«Nur wachsam», berichtigte Theresia, «wir müssen jetzt aufpassen.»

«Meinst du, wenn wir auf ihren Angriff gefasst sind, können wir ihn zurückschlagen?», fragte Richard. «Ob jetzt oder später, wir sind ihnen hilflos ausgeliefert. Sie können uns alles nehmen!»

«Ja, ich weiß. Wenn es doch einen Weg gäbe, dem zu entkommen! Es ist so schrecklich, diese Angst, diese Ungewissheit, diese Rechtlosigkeit.»

Richard betrachtete Theresia nachdenklich. Dann nahm er ihre Hand.

«Liebling» sagte er, «du wünschst dir doch auch, wieder in Sicherheit zu leben, in der Ruhe und in dem Gleichmaß früherer Tage. Zurückzukehren in die Zeit, die wir beide gekannt und geliebt haben.»

«Natürlich, aber ...»

«Du fragst nach einem Weg dorthin. Theresia, es gibt ihn. Ich wollte dir den Vorschlag erst später machen, aber nun tue ich es jetzt!» Richard stockte, er schien nach den richtigen Worten zu suchen.

«Wir können retten, was man uns jetzt zu nehmen droht. Wir können es retten, indem wir – zum katholischen Glauben übertreten!»

«Nein!» Theresia riss die Augen weit auf, starrte ihren Mann ungläubig an. Was er gesagt hatte, ließ sie für einige Minuten in Fassungslosigkeit verharren.

«Du meinst das nicht ernst», brachte sie schließlich hervor. Richard fühlte Ärger in sich aufsteigen.

«Ich rede nicht nur so daher, wenn es um wichtige Dinge

geht», entgegnete er heftig, «ich habe mir schließlich alles vorher überlegt.»

Theresia sank abermals in ihren Sessel und schlug die Hände vors Gesicht. Sie begriff, dass dieser Vorschlag in Wahrheit beschlossene Sache war. Ihr Herz ging plötzlich rasend schnell, und sie hatte das Gefühl, ersticken zu müssen.

«Niemals», flüsterte sie, «niemals.»

«Warum denn nicht? Du benimmst dich, als wolle ich dich zum Heidentum bekehren. Die Katholiken sind Christen wie wir. Es ändert sich nichts für uns.»

«Niemals!», wiederholte Theresia. Richard zog ihr die Hände vom Gesicht.

«Theresia», sagte er eindringlich, «begreifst du denn nicht, dass es sich um einen rein äußerlichen Akt handelt? Wir gehen in die katholische Kirche, weil der Kaiser es so will, aber wir bleiben dabei überzeugte Protestanten. Sieh doch, wie viele das jetzt tun! Und die, die es nicht tun, die verlieren alles! In Armut verlassen sie ihre Häuser, gehen nach Brandenburg oder sonst wohin und leben als elende Flüchtlinge! Sie haben nichts mehr, gar nichts mehr auf der Welt!»

«Doch», erwiderte Theresia, «ihren Glauben. Den haben sie noch. Richard», ihre Stimme bebte vor Verzweiflung, «meinen Glauben verrate ich nicht! Und wenn ich in Armut und Elend leben, wenn ich betteln und heimatlos durch die Lande ziehen müsste, ich halte an meinem Glauben fest!» Sie begann zu weinen, entsetzt und verwirrt über die Situation, in die Richard sie gestellt hatte.

«Bitte», schluchzte sie, «sag, dass es nicht wahr ist! Sag, dass du dich nicht zwingen lassen wirst, diese Sünde zu begehen!»

Richard fuhr sich mit der Hand durch die Haare, mit einer erschöpften und gequälten Geste.

«Mein Vater ist soeben gestorben», sagte er, «und ich halte es nicht für richtig, in demselben Haus, in dem sein toter Körper liegt, einen Streit auszutragen. Aber du musst begreifen, dass ich jetzt der Baron Tscharnini bin und die Entscheidungen treffe.»

Aus geröteten Augen starrte Theresia ihn an.

«Dein toter Vater …», wiederholte sie. «Als hättest du nur darauf gewartet, dass er stirbt und du tun kannst, was du willst!»

Richard trat entschlossen auf sie zu, Theresia hatte ihn selten so aufgebracht gesehen.

«Verzeih mir», sagte sie schnell. Ihre Stimme klang heiser. Es erstaunte Theresia, dass sie überhaupt noch sprechen konnte.

«Weiß deine Mutter schon von dem Plan?», fragte sie. «Und deine Schwestern?»

«Meine Mutter wird zustimmen. Sie ist eine sehr kluge Frau. Und meine Schwestern müssen selbst entscheiden!»

«Wie kalt du bist, Richard! Du tust so, als sei es nichts Besonderes, was du vorhast. Dabei ist es noch nicht so lange her, da haben sich deine wie meine Vorfahren um Martin Luther versammelt und haben mit ihm …»

«Lass doch», unterbrach Richard, «was nützt uns das jetzt! In dieser Zeit bleibt uns nichts anderes übrig, als Luther wieder zu verlassen, wenn wir nicht zugrunde gehen wollen.»

«Gibt es irgendetwas», fragte Theresia, «was dir heilig ist? Wofür du alles, auch dein Leben, hingeben würdest? Ich meine, außer deinem Reichtum und deiner Macht?»

Richard blickte auf die schmale Gestalt herab, die dort verweint und bleich im Sessel saß und diese Worte sprach, und ein Hass stieg in ihm auf, so gewaltig, dass er glaubte, er müsse in seinen Augen zu lesen sein. Eine Erinnerung überfiel ihn: Das Bild eines blonden Mädchens in einem weißen Kleid auf einer weiten grünen Wiese, unter heißem Augusthimmel. Wie ein Blitz streifte ihn die Sehnsucht, aber das genügte, um ihm ein leises Stöhnen zu entlocken. Jetzt hätte er die Macht und die Freiheit, auch das Letzte, was er noch wollte zu bekommen, aber es war zu spät. Die weinende Frau dort gehörte zu ihm für alle Zeit.

«Theresia», sagte er, entschlossener als jemals zuvor, «ich habe bereits einmal alles geopfert, um meinen Reichtum und meinen Einfluss zu bewahren. Schon deshalb, damit dieses Opfer nicht umsonst war, werde ich jetzt alles tun, meinen Besitz weiterhin zu sichern.»

«Welches Opfer war das?», fragte Theresia.

«Es liegt lange zurück und es ist unwichtig für dich. Aber wir werden», seine Worte kamen schärfer, «wir werden zum katholischen Glauben übertreten. So schnell wie möglich!»

«Du willst mich zwingen?»

«Ich glaube, ich kann dich zwingen», entgegnete Richard hart. Es kostete ihn einige Mühe, so mit Theresia zu sprechen.

«Weil du ein Mann bist?»

«Weil du mich liebst, Theresia. Weil du mich so sehr liebst, dass du nicht ohne mich leben könntest. Und wenn du jetzt nicht zu mir stehst, dann, das schwöre ich, verlasse ich dich. Ich kann mich nicht von dir scheiden lassen. Aber auch wenn wir zusammenblieben, würde dir unsere Ehe nicht angenehmer sein als die Hölle.»

Theresia war noch weißer geworden.

«Du bringst mich um damit», flüsterte sie, aber er hörte es nicht, denn er verließ bereits das Zimmer und schlug die Tür hinter sich zu. Keinen Moment länger hätte er es ertragen, ihr in die Augen zu blicken.

22

Auf Schloss Belefring begann das Jahr 1624 ruhig. Der Zeit angemessen fand nur eine kleine Feier zum Jahreswechsel statt, dann kehrte sofort das alte Leben wieder ein. Doch mit ihm kamen neue Spannungen zwischen Margaretha und Maurice. Margaretha fiel häufig in trübe und kummervolle Gedanken, obwohl das Kind sie immer wieder ein wenig ablenkte. Sie beschäftigte sich so viel sie nur konnte mit der kleinen Angela, aber das meiste wurde ihr von den Dienstboten abgenommen. Die Amme, die sie angestellt hatte, Dana und Jitka rissen sich förmlich um das Kind, sodass Margaretha nur hin und wieder die Kleine auf den Arm nehmen und mit ihr spazieren gehen konnte. Maurice hatte sie dabei anfangs oft begleitet, wobei er eine rührende Liebe und Bewunderung für das winzige Wesen an den Tag legte. Aber bald merkte er, dass Margaretha lieber allein blieb. Sie sprach viel mit Angela oder sang ihr mit leiser Stimme Lieder vor, doch jedes Mal verstummte sie, wenn Maurice hinzutrat. Es tat ihr leid, ihn so deutlich zurückzuweisen, aber seine Gegenwart nahm ihr alle Unbefangenheit. Wann immer er bei ihr war, fühlte sie sich an Richard erinnert und Hoffnungslosigkeit und Ärger überfielen sie. Auch musste sie gerade in dieser Zeit viel an Julius denken.

Sein Tod lag nun schon beinahe drei Jahre zurück, aber als hätten die Angst und die Schuld nur tief in ihr geschlummert, stiegen sie nun wieder auf und bedrängten sie stärker als damals. Gleichzeitig empfand sie Zorn. Ein Gefühl, von dem sie nicht wusste, woher es kam und gegen wen es sich richtete. Doch da sie kaum anders konnte, als es auf irgendeine Weise auszuleben, kam es vor allem Maurice gegenüber zum Ausdruck.

Sie stritten beständig; den ganzen Winter hindurch, im Frühling und auch noch im Sommer. Ihren Schwur nach Angelas Geburt hatte Margaretha längst vergessen. Patzige, boshafte, verzweifelte Angriffe gingen von ihr aus, ohne dass sie Maurice dazu brachte, die Beherrschung zu verlieren. Er wurde eiskalt und verletzend sachlich, niemals laut oder gar ausfallend. Er legte eine Überlegenheit an den Tag, die Margaretha immer kleiner, hilfloser und wütender werden ließ.

«Du ahnst nicht», fuhr sie ihn einmal an, «wie grauenvoll es damals für mich war, entscheiden zu müssen, welchen der Gefangenen du rettest. Ist dir nie aufgegangen, in welche Lage du mich damit brachtest?»

«Du kamst zu mir, nicht ich zu dir. Du warst es, die mich in eine schwierige Lage brachte. Ich sagte gleich, ich könne nichts tun.»

«Aber dann konntest du es auf einmal doch! Warum bist du nicht hart geblieben?»

Maurice lachte auf.

«Sonderbar», meinte er, «wie viele Lebensweisheiten sich als letztlich wahr und richtig erweisen. Man sollte tatsächlich nie von Prinzipien abrücken, und genau das habe ich damals getan.»

«Und warum?», fragte Margaretha.

«Nun, es war ein Moment der Schwäche. Verursacht durch dich, mein Liebling. Ich hatte mich wohl bereits in dich verliebt, unseligerweise vielleicht, aber es war nun einmal so. Deswegen habe ich dich ja schließlich auch geheiratet.»

«Du hast mich dennoch vor die Wahl gestellt. Vor eine Wahl, die ich nicht treffen konnte, und das hättest du wissen müssen. Ich war siebzehn Jahre alt und du beinahe fünfzig!»

«Merke dir eines, Margaretha», sagte Maurice. Seine Augen wurden kalt, ein Ausdruck, den sie nun schon an ihm kannte. «Fehler, die du begangen hast, kannst du nicht auf andere Menschen abschieben. Damals, erinnere dich bitte, hattest du längst entschieden, als du zu mir kamst. Du warst entschlossen, Richard von Tscharnini zu retten, welche Gründe auch immer du dafür hattest.» Er hielt inne und betrachtete Margaretha aufmerksam. Leicht errötend senkte sie den Kopf.

«Ich war es», fuhr er fort, «der dann den anderen Mann erwähnte, und ich weiß noch, wie dich das erschreckte, denn du hattest ihn längst vergessen.»

«Und wenn es so war! Ach, Maurice, ich kann es nicht ertragen, daran zu denken. Ich kann es einfach nicht ertragen!» Sie schluchzte auf.

«Warum suchst du eine Schuld?», fragte Maurice. «Du hast schließlich einem Menschen das Leben gerettet ...»

«Ich habe dafür einen anderen verraten!»

«Nein, das hast du nicht. Du konntest zwischen zwei Möglichkeiten wählen, die dich gleichermaßen in Schuld gestürzt hätten. Und daher gibt es keine Schuld für dich.»

Margaretha wischte sich die Tränen mit einem Taschentuch ab.

«Du verstehst mich nicht», sagte sie trostlos.

«Könnte es sein», fragte Maurice, «dass ich nicht alles weiß? Dass es Dinge gibt, von denen du mir nichts erzählt hast?» Er sah sie abwartend an, aber Margaretha glaubte in seinen Augen bereits sehr viel mehr Wissen zu lesen, als er zugab. Der Hass verdichtete sich abermals, die Wut über seine Ruhe, seine Weisheit, seine grenzenlose, ewige Überlegenheit.

«Warum sollte ich dir irgendetwas über mich erzählen?», fragte sie hart.

«Wenn ich jetzt antworte: Weil wir verheiratet sind, so

dürfte dir das kaum als Grund ausreichen», erwiderte Maurice, «aber vielleicht kann ich dir einen besseren nennen.»

«Und welchen?»

«Weil du mich liebst.» Das war sehr viel mehr eine Frage als eine Feststellung. Maurice' Augen hatten einen klaren, abschätzenden Blick dabei.

«An deiner Stelle», sagte Margaretha, «würde ich das nicht mit Sicherheit annehmen.»

Er zog die Augenbrauen hoch. Wenn er verletzt war, so zeigte er es zumindest in keiner Weise.

«Das war die deutlichste Antwort, die ich je von dir erhalten habe», sagte er. «Dann bleibt mir wohl nur noch die Frage, warum du mich geheiratet hast. Weil es dir schlecht ging und du keinen Ausweg sahst? Weil du jemand anderen nicht bekommen konntest? Oder weil du unter allen Umständen ein Kind haben wolltest?»

Margaretha wurde übel. Schneeweiß im Gesicht, mit bebender Stimme erwiderte sie: «Ich habe immer darauf gewartet, dass du dich eines Tages fragen würdest, warum ich einen so viel älteren und zudem unerträglich selbstgerechten Mann geheiratet habe!»

Gleich darauf erschrak sie über ihre eigene Gehässigkeit.

«O Gott!», flüsterte sie. Fluchtartig verließ sie das Zimmer. Draußen stieß sie auf Dana, die an der Wand neben der Tür lehnte.

«Lauschst du etwa?», fuhr sie sie an.

«Ja», antwortete Dana. Sie versuchte nie Ausflüchte zu finden, wenn sie ertappt worden war.

«Wie interessant für dich!»

«Frau Gräfin», sagte Dana ernst, «fürchten Sie nicht, dass Sie das alles eines Tages entsetzlich bereuen werden?»

«Was geht dich das an?» Doch schon begann Margaretha zu weinen.

«Oh, Dana», schluchzte sie, «hilf mir doch! Ich weiß nicht, was mit mir geschehen ist. Ich fühle mich so schlecht, so abscheulich. Ich hasse mich! Ich möchte nicht weiterleben!»

«Beruhigen Sie sich», befahl Dana sanft, «Sie werden weiterleben, und Sie werden wieder glücklich sein. Im Augenblick befinden Sie sich in einer tiefen Krise, doch Sie werden sie überwinden.» Sie legte den Arm um Margaretha und nebeneinander stiegen sie die Treppe hinauf zu dem Zimmer, in dem die kleine Angela schlief. Aus Erfahrung wusste Dana, dass das Kind immer am beruhigendsten auf ihre Herrin wirkte.

Als Margaretha am nächsten Morgen zum Frühstück herunterkam, war Maurice schon fort. Er sei ausgeritten, berichtete Jitka, er wolle aber mittags zurück sein. Margaretha hatte Maurice seit dem Streit am Vortag nicht gesprochen. Den ganzen Abend war sie in ihrem Zimmer geblieben und lag nachts noch lange wach und grübelte über die vielen Vorwürfe nach, die in den letzten Stunden gefallen waren. Erst spät schlief sie ein.

Im Übrigen hatte sie Dana nun doch in alle Geheimnisse ihres Lebens eingeweiht und so wusste das Mädchen auch von Richard. Sie zeigte wie üblich Verständnis und Anteilnahme, rückte aber nicht im Geringsten von ihrer Ansicht ab, Margaretha versündige sich gegen Maurice.

«Du bist ja ganz vernarrt in ihn!», rief Margaretha beinahe ärgerlich. Dana zuckte mit den Schultern.

«Jedenfalls weiß ich, dass er der edelste und großartigste Mann ist, den ich je getroffen habe.» Es gelang ihr, Margaretha dazu zu überreden, sich am nächsten Tag bei Maurice zu entschuldigen. Vor diesem Schritt graute ihr. Am liebsten hätte sie ihn nie wieder gesehen und schon gar nicht mehr von dem Streit gesprochen, aber das war ausgeschlossen, da sie nun einmal hier zusammen lebten.

So trat Margaretha mittags zögernd vor die Haustür, als sie das Nahen eines Pferdes hörte. Maurice kam herangetrabt, sprang aus dem Sattel und warf einem herbeieilenden Diener die Zügel zu. Dann erst erblickte er Margaretha.

«Guten Tag», grüßte er.

«Guten Tag, Maurice.» Ängstlich suchte Margaretha in seinem Gesicht nach Hass, Zorn oder Verletztheit. Doch er sah aus wie immer, ein wenig undurchdringlicher, aber dabei freundlich, ruhig und gelassen. Seine grauen Haare klebten feucht an den Schläfen.

«Kommst du mit ins Haus?», fragte er.

«Ja, gleich», Margaretha wusste nicht genau, wie sie beginnen sollte. Sie hielt ihn am Arm fest.

«Maurice», sagte sie leise, «Maurice, bitte, ich möchte, dass du weißt, wie leid es mir tut. Ich wollte all diese Dinge gestern nicht sagen und es ist auch alles gar nicht wahr. Ich verstehe selbst nicht, wie ...» Sie brach hilflos ab. Doch Maurice verhielt sich großzügig wie immer.

«Es ist alles in Ordnung», erwiderte er, «wir waren beide überreizt in der letzten Zeit. Ich bin dir nicht böse.»

Es war erleichternd, diese Worte von ihm zu hören, aber trotzdem fühlte sich Margaretha in der nächsten Zeit nicht wohl. In seinem Verzeihen hatte eine Gleichgültigkeit gelegen, die sie verletzte. Sein Verhalten ihr gegenüber veränderte sich, er blieb freundlich, war aber so distanziert, als sei sie eine Fremde, ein Gast, nicht seine Frau. Er war von ihr abgerückt, doch offenbar nicht im Zorn, sondern ruhig, als sei dies die einzig mögliche Antwort auf ihr Benehmen. Er brachte ihr keine Zärtlichkeiten mehr entgegen, küsste sie nur kurz jeden Morgen mit einer Geste der Pflichtschuldigkeit.

Was sollte er auch anderes tun, fragte sich Margaretha manchmal. Nicht nur diesen letzten Höhepunkt in ihrem Streit, auch alle Auseinandersetzungen vorher, ihr angriffslustiges, einmal trauriges, dann zorniges Verhalten musste er als Zurückweisung empfinden, und er war viel zu unabhängig und stolz, um sich aufzudrängen. Durch seine Art ließ er Margaretha sich schlecht und böse fühlen, er selbst blieb unangreifbar. Margaretha wünschte nur, sie könnten sich wieder einmal für einige Zeit trennen, dann würde sich die Lage entspannen.

Bald zeichnete sich eine Gelegenheit ab, ihren Wunsch zu erfüllen. Der Krieg im Reich, der eine Weile nur hier und da schwach geflackert hatte, schien neu aufzuleben. Friedrich, der verjagte böhmische König, der entrechtete und mit der Reichsacht behaftete pfälzische Kurfürst, hatte seinen Kampf noch nicht aufgegeben und reiste durch Europa, um für seine Sache zu werben. In Ländern, die den deutschen Protestantismus stützen und das viel zu mächtige Haus Habsburg schwächen wollten, fand er Bündnispartner. Im Juni des Jahres 1624 unterzeichneten Frankreich, die vereinigten Niederlande, Schweden, Dänemark, Savoyen und Venedig einen Vertrag, der sie zu einer Allianz gegen Kaiser Ferdinand und seine Politik zusammenschloss. Ihre ersten Angriffe versetzten Ferdinand in heftige Nervosität. Er wandte sich an den Mann, von dem er sich in diesem Augenblick am meisten Hilfe erhoffen durfte, an Albrecht von Wallenstein. Dieser besaß Macht und Geld genug, ein Heer aufzustellen, mit dem er dem bedrängten Kaiser zur Hilfe eilen konnte. Wallenstein, der ehrgeizige, oft rücksichtslose Böhme, der während der Enteignungen Unmengen an Land aufgekauft hatte und mehr Vasallen sein Eigen nannte als irgendjemand sonst, versprach bis Ende des Jahres 1624 20 000 Soldaten anzuwerben.

Die Nachricht davon ließ Maurice unruhig werden und jeder, der ihn kannte, ahnte, was in ihm vorging. Über zwei Jahre lebte er nun schon auf Belefring, ein Gutsherr wie viele andere, aber die Ruhe behagte ihm nicht. Seine Herzschwäche hatte sich lange nicht mehr bemerkbar gemacht, und so fühlte er sich jetzt stark, zuversichtlich und tatendurstig.

Im Februar 1625 teilte er Margaretha seinen Plan mit, sich Wallenstein anzuschließen und wieder in den Krieg zu ziehen.

«Ich hoffe, du ängstigst dich nicht allein?», fragte er.

«O doch, Maurice, ich werde bestimmt schreckliche Angst haben!», rief Margaretha. Ihr war plötzlich der furchtbare Baron Belinsky eingefallen, und vor ihren Augen stand wieder jene kalte Oktobernacht, als die unteren Räume des Schlosses brannten und sie verzweifelt mit Jitka und Dana gegen die Flammen ankämpfte. Nie wieder wollte sie so etwas erleben.

«Ja», meinte Maurice zögernd, «nur weiß ich nicht, wie ...»

«Es gibt einen Ausweg», unterbrach Margaretha. Ihre Augen leuchteten, denn ein herrlicher Einfall war ihr gekommen, «ich könnte nach Prag gehen. Ich habe so viele Freunde dort, die ich seit über drei Jahren nicht gesehen habe. Es wäre schön, einmal wieder da zu sein.» Sehnsüchtige Gedanken schwirrten bereits durch ihren Kopf, die Vorfreude auf ein Wiedersehen mit Luzia und Friedrich, vielleicht sogar mit Sophia und, von fern, selbst mit Richard. Ihr Herz klopfte schneller. Sie war so unglücklich gewesen in der letzten Zeit, aber vielleicht kam das nur daher, dass die Abgeschiedenheit Belefrings sie bedrückte. Das ewige, enge Zusammenleben mit denselben Menschen. Auf einmal erschien es ihr als die Lösung all ihrer Probleme, wenn sie zurückginge in die schnelllebige, aufregende Stadt und sich ihr nun wieder stellte. Seltsam, dachte sie, dass sie einst erschöpft, mit wehem Herzen aus Prag geflohen war. Nicht schnell und nicht weit genug hatte sie fortkommen können, um alles zu vergessen, was geschehen war. Einen raschen Wandel vermochte der menschliche Geist zu vollziehen, oder zumindest ließ er sich vom Wechsel der Zeiten sehr schnell umstimmen. Und immer wieder gelang es den Menschen, an irgendeinem Ort Trost zu wittern und sich daran zu beleben.

«Wenn du gern möchtest», sagte Maurice, «kannst du selbstverständlich nach Prag gehen. Wirst du bei Luzia von Lekowsky wohnen?»

«Ja. Sie hat mich in jedem Brief zu sich eingeladen.»

Dana zeigte sich entzückt über die Vorstellung, nach Prag zu gehen.

«Wir werden die herrlichsten Dinge erleben!», rief sie, ohne sich genau vorstellen zu können, worin diese wundervollen Erlebnisse bestehen sollten. Dann wurde ihr Gesicht ernster. «So sollte ich nicht sprechen», meinte sie, «denn der Anlass dafür ist traurig. Der Herr Graf zieht in den Krieg und wer weiß, ob er …»

«Ach, sei still! Er war immerzu in irgendeinem Krieg und noch nie ist etwas geschehen.»

«Sie haben gar keine Angst um ihn, nicht wahr? Wäre es Ihnen gleichgültig, wenn er stürbe?»

«Ich weiß nicht, wer dir das Recht gibt, dich ununterbrochen in meine Angelegenheiten zu mischen», fuhr Margaretha ärgerlich auf, «außerdem ist es mir nicht gleichgültig, natürlich nicht! Aber ich habe sehr viel Vertrauen in seine Fähigkeiten. Im Grunde …» Sie machte eine nachdenkliche Pause, «ist er trotz allem der einzige Mensch, dem ich bedenkenlos vertraue, sowohl was mich, als auch was ihn selbst betrifft.»

«Umso mehr sollten Sie es zu schätzen wissen, dass er Ihnen gehört», sagte die offenherzige Dana. «Aber das ist ja allein Ihre Sache!», ergänzte sie achselzuckend.

Margaretha nickte. Es war ihre Sache, und alles, was sie gesagt hatte, stimmte. Der Gedanke, Maurice' könne im Kampf sterben, schien ihr tatsächlich völlig abwegig.

Ende März taute der letzte Schnee, und der Zeitpunkt für eine Reise war günstig. Maurice und einige Männer vom Gut, die ihm in den Krieg folgten, wollten die Kutsche mit Margaretha, Angela und Dana nach Prag begleiten, bevor sie sich Wallensteins Heer anschlossen. Jitka sollte mit Anna in Belefring zurückbleiben. Das Hexenmädchen hing mit seiner ganzen Liebe an der Köchin und hielt sich immer in ihrer Nähe auf. Alle Arbeit verrichteten sie zusammen, wobei sich die geschickte Anna als große Hilfe erwies. Sie war inzwischen vierzehn Jahre alt und sah ebenso gesund wie zufrieden aus. Margaretha hätte nie geglaubt, dass dieses Mädchen einmal so viel Mut und Lebensfreude ausstrahlen würde.

Als der Abschied herankam, musste Jitka weinen, denn obwohl sie Anna hatte, fiel ihr die Trennung von Angela sehr schwer.

Die Kleine war das entzückendste Kind, das man sich nur vorstellen konnte. Sie lief bereits recht gut, plauderte mit jedem, den sie traf, und summte lange Melodien vor sich hin. Ihre weichen Haare besaßen dieselbe Farbe wie die ihrer Mutter, doch ihre Augen waren schmaler und blauer – darin glich sie Maurice. Jeder war sicher, dass sie eines Tages bildschön sein würde.

Nach einer angenehm ruhigen Fahrt erreichten sie Prag an einem lauen, frühlingshaften Apriltag. Die warme Luft hatte die Menschen auf die Straßen getrieben, und so herrschte reges Leben in allen Gassen, ratterten Fuhrwerke, tauschten die Leute lauthals Neuigkeiten aus, schrien Kinder und bellten Hunde. Die Bettler krochen aus den Kellern hervor und baten weinerlich um Almosen. Die Edelleute ritten auf gepflegten Pferden an den Häusern vorüber und hielten Ausschau nach etwas Abwechslung. Dana hing weit aus dem Kutschenfenster und versuchte mit riesengroßen Augen all das aufzunehmen, was in rasanter Geschwindigkeit auf sie einstürmte. Sie war so fasziniert, dass Margaretha kopfschüttelnd lächelte. Sie kam sich überlegen vor, dabei erfüllte auch sie freudiges Staunen. Als sie Prag verlassen hatte, war es eine besiegte, niedergedrückte, geplünderte Stadt gewesen, albtraumhaft grau und leer. Nun erfüllte wieder Leben die Mauern, aber nicht das alte, wiedererstandene, sondern ein neues und fremdes. Viele Ausländer waren nach Prag gekommen, strenggläubige Katholiken aus den habsburgischen Ländern, die auf Gewinne hofften und sie im Zug der Enteignungen auch einstreichen konnten. Sie bauten neue Häuser und Kirchen im prunkvollen Barock des Südens, die sich wie seltsame Edelsteine in der mittelalterlichen Anlage der Stadt ausnahmen. Für Margaretha hatten all diese Menschen etwas Unmoralisches, denn sie fand, dass man mit der Niederlage anderer Menschen keine Geschäfte machen dürfte. Sie hatten Luzia zuvor nicht mitteilen können, dass sie kommen würden, aber diese war zu Hause und starrte ihnen fassungslos entgegen. Der Korb, den sie gerade in der Hand hielt, fiel zu Boden, als sie auf Margaretha zustürzte.

«Oh, liebste Margaretha!», rief sie und ohne ein Gefühl der Fremdheit aufkommen zu lassen, umarmte sie ihre Freundin. Dann erst, in plötzlicher Verlegenheit, trat sie einen Schritt zurück und lächelte zaghaft.

«Es ist so schön, dich wieder zu sehen!»

«Luzia, du glaubst nicht, wie sehr du mir gefehlt hast», sprudelte Margaretha heraus. Ihr Glück war nicht gespielt. Es kam ihr nun erst richtig zu Bewusstsein, wie sehr sie dieses sanfte Gesicht vermisst hatte. Ein Gefühl der Geborgenheit überkam sie, und mehr denn je beglückwünschte sie sich zu ihrem Entschluss, nach Prag zu gehen. Stolz stellte sie ihre Tochter vor. «Und dies ist also Angela!»

Luzia und Angela verliebten sich auf den ersten Blick ineinander. Schon deswegen lehnte Luzia Margarethas Anerbieten, in Maurice' Haus zu wohnen, empört ab.

«Ich will dich ganz für mich haben», sagte sie, «wir haben genügend Platz für euch alle. Friedrich möchte das sicher auch!»

Von diesem letzten Punkt war Margaretha nicht überzeugt. Seit sie Richard vor dem Henkersbeil rettete und Julius in den Tod gehen ließ, war Friedrichs Herzlichkeit ihr gegenüber sehr abgekühlt, und zum Schluss hatte er sie fast förmlich behandelt. Ihr war ein bisschen beklommen zumute bei dem Gedanken, ihm zu begegnen, aber dennoch nahm sie Luzias Angebot an. Und als sie dem Freund schließlich gegenüberstand, verhielt er sich liebenswürdig. Sie atmete erleichtert auf. Offenbar hatte er ihr alles verziehen.

Maurice blieb noch zwei Tage in Prag. Er traf ein paar Freunde, politisch einflussreiche Männer, von denen er einige überzeugen konnte, ihn in den Krieg zu begleiten. An einem dunklen und kalten Morgen kam er zu Luzias Haus, um sich von Margaretha zu verabschieden. Sie öffnete selbst die Tür, gehüllt in eine warme Decke, aus der sie sehr blass hervorsah.

«Du frierst», sagte Maurice, «wir hätten schon gestern Abend Lebewohl sagen sollen.»

«Nein, Abschied darf man erst im letzten Augenblick

nehmen», erwiderte Margaretha. Die Trennung berührte sie stärker, als sie vermutet hatte. Es war nicht leicht, einen Mann in den Krieg ziehen zu lassen und noch dazu an einem so grauen Morgen.

Ich sollte ihm jetzt sagen, dass ich ihn liebe, dachte sie. Sie legte beide Arme um seinen Hals und küsste ihn sanft.

«Komm bald zurück», bat sie leise, «weißt du, ich ... möchte so gern, dass vieles besser wird. Ich bin nicht kalt, auch wenn du allen Grund hast, das zu glauben!»

«Ich weiß doch», sagte Maurice. Er strich ihr kurz über die Wange.

«Leb wohl», sagte er, «ich werde jeden Tag an dich und an Angela denken. Begib dich nicht in Gefahr!»

«Natürlich nicht. Dich um dasselbe zu bitten, wäre wohl zwecklos», erwiderte Margaretha mit einem schwachen Lächeln, «aber sei dennoch vorsichtig!»

«Ja, ich will es versuchen.» Maurice schwang sich wieder auf sein Pferd, winkte noch einmal und schon trottete das Tier davon. Das Klappern der Hufe hallte zwischen den Häusern, wurde schwächer und schwächer, bis die Gasse so ruhig war wie zuvor und so leer, als würde niemand dort wohnen außer den schleichenden, aufmerksamen Katzen.

23

Schneller, als sie geglaubt hatte, lebte sich Margaretha wieder in Prag ein, und sie fühlte sich auch sofort wohl. Mit Begeisterung beobachtete sie alles, was um sie herum geschah, hielt Ausschau nach hübschen Männern und lauschte begierig dem neuesten Tratsch. Förmlich ausgehungert war sie nach diesem Leben und bereit, ihre Traurigkeit zu vergessen und keine Sorgen mehr an sich heranzulassen. Ihre Gedanken richteten sich jeden Tag mehr auf Richard, den sie hier in ihrer Nähe wusste. Sie hätte nie gewagt, ihn zu besuchen, aber auf der Straße hielt sie ständig Ausschau nach ihm und nutzte auch jede Gelegenheit, das Haus zu verlassen. Von Luzia hatte sie einige Neuigkeiten über die Tscharninis erfahren. Natürlich vor allem jene ungeheuerliche, dass der junge Baron und seine Gemahlin zum Katholizismus übergetreten waren.

«Wir konnten es nicht glauben», berichtete Luzia bekümmert. «Das ist doch Verrat! Es ist so schrecklich ...» Dann fiel ihr ein, dass Margaretha selbst katholisch war. Rasch meinte sie: «Es geht nicht so sehr darum, dass sie katholisch geworden sind, ich meine, diese Tatsache ist nicht so schlimm wie die, dass sie sich der Macht und der Gewalt gebeugt haben.»

Das passt wieder einmal zu Richard, dachte Margaretha. Laut sagte sie: «Aber offenbar wurde auch großer Druck auf die Tscharninis ausgeübt?»

«Nun ja, vielleicht bin ich ungerecht. Wir haben es leichter, weil wir weniger einflussreich und bedeutend sind!» Luzia lachte, es klang wehmütig und resigniert. «Manchmal ist auch das nützlich», sagte sie.

Sie erzählte außerdem vom langen Sterben des Barons und von der Baronin, die jetzt schwerer zu ertragen war als früher und ihre Schwiegertochter mit beleidigender Kälte behandelte. Margaretha wusste bereits von den beiden Fehlgeburten Theresias. Sie empfand darüber keinen Triumph, keine Genugtuung, außer gegenüber Caroline, die in ihren Hoffnungen enttäuscht worden war.

«Und wie geht es Sophia?», fragte sie schließlich. «Ist sie wieder verheiratet?»

«O nein, sie heiratet bestimmt nie wieder. Sie benimmt

sich ganz normal, freundlich oder spöttisch, wie ihr gerade zumute ist. Es ist schwer, ihre Gefühle zu durchschauen!»

Nach zwei Wochen hatte Margaretha noch niemanden von den Tscharninis gesehen, und sie begann ungeduldig zu werden. Es verlangte sie gleichermaßen nach Richard wie nach Sophia, nach dem Geliebten wie nach der Freundin. Dana, die unkomplizierte, riet ihr jeden Tag zu einem Besuch, doch wehrte Margaretha jedes Mal heftig ab. Dann plötzlich, in der ersten Maiwoche, bot sich eine Gelegenheit.

Luzia erschien eines Morgens etwas nachdenklich zum Frühstück, in der Hand einen Brief, den ein Bote soeben gebracht hatte.

«Schlechte Nachrichten?», erkundigte sich Friedrich. Luzia schüttelte den Kopf.

«Nein», antwortete sie, «ein Brief von Theresia von Tscharnini. Sie lädt uns beide für morgen Abend zum Essen ein.» Friedrich zog die Augenbrauen hoch.

«Die Dame möchte ihre Fühler wieder nach der anderen Seite ausstrecken», sagte er, «ein vorsichtiger Versuch, alte Freunde wiederzugewinnen. Aber ich jedenfalls bin fertig mit den Tscharninis!»

«Friedrich! Du weißt, dass Theresia diesen Glaubenswechsel nicht wollte. Richard hat ihr das Herz gebrochen, als er das von ihr verlangte. Dieser Brief ist eine verzweifelte Bitte von ihr, und wir können sie nun nicht auch noch kränken.»

«Aber es geht doch nicht nur um Theresia», erklärte Friedrich, «bei diesem Essen wird auch Richard anwesend sein. Und ich habe mir geschworen, ihm aus dem Weg zu gehen. Diesen Charakterzug, jede Schwierigkeit, auch um den Preis der Verleugnung, zu umgehen, hat er früher schon gezeigt», hier ruhten seine Augen einen Moment lang auf Margaretha, «und ich konnte das nie leiden. Aber der Übertritt zum Katholizismus – das war zu viel!»

«Du kommst also nicht mit?» Luzia hob energisch den Kopf. «Dann gehe ich eben allein. Ich werde es Theresia nicht antun abzusagen.» Ihr Blick streifte Margaretha.

«Du könntest mitkommen!», rief sie. «Ja, du wirst mich an Friedrichs Stelle begleiten!»

«Ich?» Margaretha ließ vor Verblüffung beinahe Angela fallen, die auf ihrem Schoß saß und am Daumen lutschte. «Aber das ist völlig unmöglich!»

«Warum? Du kennst die Familie gut. Es ist nur höflich, sie zu besuchen.»

«Du weißt genau, warum es nicht geht. Mit Richard bin ich im Streit auseinander gegangen, und Sophia wollte mich nie wiedersehen. Es wäre taktlos, sie jetzt mit einem Besuch zu überraschen.»

«Das finde ich auch», mischte sich Friedrich ein, «der Abend könnte sehr peinlich werden. Mir scheint, das ist keine gute Idee, Luzia.»

«Dann muss ich wohl allein gehen», seufzte Luzia, «aber überlege es dir noch einmal, Margaretha!»

Natürlich saß der Gedanke an die Einladung wie ein Stachel in Margarethas Herzen. Sie wusste, dass sie recht hatte mit ihrer ersten Eingebung, den Besuch abzulehnen, aber gleichzeitig dachte sie an ihren ständigen Wunsch, Richard und Sophia wieder zu sehen. Sie besprach sich mit Dana, obwohl sie bereits vorher wusste, was diese sagen würde.

«Natürlich gehen Sie hin!», rief sie, empört über Margarethas Zweifel.

«Aber wenn durch mich nun alles ganz schrecklich peinlich wird?»

«Nein, das dürfen Sie nicht denken. Grübeln Sie doch nicht so viel, tun Sie einfach, was Sie wollen. Wer nicht einmal das fertig bringt, erreicht nie etwas!»

«Was sollte ich denn erreichen wollen?»

«Warum fragen Sie mich das?» Dana lächelte liebevoll spöttisch. «Sie werden es selber am besten wissen.»

Danas Worte blieben nicht ohne Wirkung. Vielleicht hatte sie recht, und Margaretha sollte die Gelegenheit ergreifen, ohne ihr Gewissen lange zu befragen. Sie hatte schließlich nur ein Leben und könnte all seinen köstlichen Verlockungen nicht dauerhaft widerstehen. Es bereitete ihr Vergnügen, einmal eine Herausforderung anzunehmen, gerade im Wissen darum, dass es nicht sein sollte. Dieser Gedanke hatte beinahe etwas Berauschendes, und Margaretha warf entschlossen den Kopf zurück.

«Ich komme morgen Abend mit dir», verkündete sie Luzia, «ich freue mich sehr auf die Abwechslung!»

Luzia, die es hasste, allein fortzugehen, war sehr froh über die Entscheidung. Friedrich hingegen blieb stumm. Deutlich konnte Margaretha heftige Missbilligung in seinen Augen lesen. Das ärgerte sie, aber sie beschloss, sich nicht darum zu kümmern. Friedrich konnte so unerträglich belehrend und moralisch sein, aber schließlich, was hatte er schon vom Leben? Er bekam bereits altjüngferliche Züge, und das schien Margaretha bei einem Mann noch störender als bei einer Frau.

Am nächsten Nachmittag machte sich Margaretha besonders sorgfältig zurecht. Dank der Schneiderin, die einige Male in Belefring gewesen war, besaß sie eine reiche Auswahl an Kleidern, und sie nahm sich viel Zeit mit der Entscheidung. Schließlich zog sie ein feuerrotes Samtkleid an, mit enger Schneppentaille, bei der das Mieder in einer langen Spitze nach unten auslief, an beiden Seiten von der wogenden Fülle des weit ausgestellten Rockes umspielt, mit aufgeplusterten Ärmeln und einem tiefen Ausschnitt, der von einem hoch stehenden weißen Spitzenkragen umsäumt wurde. In die Haare ließ sie sich Ketten mit Rubinen flechten, legte auch Rubine an Ohren, Hals und Arme und bot endlich einen Anblick, der sie selbst erstaunte. Es hatte lange keinen Anlass mehr für sie gegeben, sich so festlich zu kleiden. Dennoch, und das mochte an ihrem schlechten Gewissen liegen, gelang es ihr nicht, sich so rückhaltlos zu bewundern wie vor jenem entscheidenden, lange zurückliegenden Neujahrsball.

Vielleicht werde ich älter, dachte sie, da wird das Gesicht härter. Ich bin zwar erst einundzwanzig, aber es ist eben nicht zu ändern!

Luzia bewunderte das Kleid ausgiebig, aber sie wirkte im ersten Moment sehr überrascht. Sie selbst hatte sich wesentlich dezenter gekleidet, hellblau und hochgeschlossen. Friedrich lächelte.

«Wie schön Sie aussehen, Margaretha», sagte er, doch es klang, als meine er in Wahrheit: Sie sind eine aufgeputzte, gefallsüchtige, geschmacklose Gans!

«Vielen Dank», erwiderte Margaretha hoheitsvoll, nahm ihren Mantel und verließ, gefolgt von Luzia, das Haus.

Es war fast dunkel, die Luft feucht und kühl. Mit Mühe konnte man die Häuserwände und Giebel erkennen, nur wenige flackernde Laternen beleuchteten die düsteren Gassen. Kaum ein Laut drang durch die Finsternis, so als schlucke der Nebel jedes Geräusch. Margaretha fühlte sich an jenen Abend vor vier Jahren erinnert, als sie an der Seite von Maurice zum ersten Mal nach Prag gekommen war. Dieselbe dumpfe Stille hatte damals über der Stadt gelastet.

Fröstelnd lehnte sie sich in die samtgepolsterten Sitze der Kutsche zurück. Sie hatte ein unsinniges Herzklopfen, und Furcht machte ihr das Schlucken schwer. Nicht mehr lange und sie würde Richard wieder sehen. Plötzlich empfand sie nur noch Angst und wäre am liebsten wieder ausgestiegen, aber sie ratterten bereits schwankend durch die Straßen. Durch das kleine Fenster erkannte sie vereinzelt die geschwungenen, eisernen Schilder, die vor den Wirts- und Handwerkshäusern hingen, dann und wann auch ein Licht, das aus einer Wohnung schimmerte. Luzia wirkte ruhig und sanft, aber das vermochte ihr heute keinen Trost zu geben. Margaretha lauschte dem gleichmäßigen Hufschlag der Pferde, die schneller trabten, als ihr lieb war. Ihre klammen Finger hielten krampfhaft den Fächer. Sie hätte wirklich besser überlegen sollen, was es bedeutete, Richard und Sophia wiederzutreffen, und auf einmal schien ihr auch ihr rotes Kleid gänzlich unpassend für diesen Anlass. Sophia würde sofort durchschauen, warum sie sich so aufgetakelt hatte. Hätte sie sich bloß nie auf dieses Abenteuer eingelassen! In diesem Moment hielt die Kutsche, der Kutscher öffnete und reichte ihnen die Hand, um ihnen beim Aussteigen zu helfen. Sie standen im Nebel vor dem Haus der Tscharninis, und es gab kein Zurück mehr.

«Du siehst blass aus», meinte Luzia besorgt, «fühlst du dich nicht wohl?»

«Mir ist nur kalt. Komm, wir gehen hinein!»

Ein Dienstmädchen ließ sie ein und bat sie, noch einen Augenblick zu warten, doch schon eilte Theresia herbei, rührend in ihrer Erleichterung, dass die Gäste gekommen waren. Dann hielt sie überrascht inne.

«Das ist doch die Gräfin Lavany!», rief sie. «Ich wusste gar nicht, dass Sie in Prag sind! Wie ich mich freue, Sie zu sehen! Seien Sie herzlich willkommen!» Theresias Freude war völlig echt und ungekünstelt, und mit einer Gebärde strahlender Herzlichkeit reichte sie ihrem Gast die Hand. Margaretha verbarg mühsam ihr Entsetzen. Wie unglaublich schlecht sah Theresia aus! Mager und eingefallen, bleich und wächsern das Gesicht, die Augen dunkel umschattet.

Ihr einst so schönes Haar hatte seinen Glanz verloren und hing stumpfbraun und strähnig herab.

Sie muss entweder sehr krank oder sehr unglücklich sein, dachte Margaretha. Ihr fielen die beiden Fehlgeburten ein und Luzias Worte:

«Richard hat ihr das Herz gebrochen, indem er sie zwang, zum katholischen Glauben überzutreten!»

Heftiges Mitleid stieg in ihr auf. Schon früher hatte sie diese Rivalin ihrer unschuldigen Lieblichkeit wegen nie hassen können, aber bei dieser kranken Frau war es ihr gänzlich unmöglich geworden.

Luzia murmelte verlegen eine Entschuldigung für Friedrichs Fernbleiben, es gehe ihm heute nicht besonders gut, und er bedaure sehr, nicht kommen zu können. Es war unwahrscheinlich, dass Theresia diese Ausrede nicht durchschaute, aber sie nickte höflich, als glaube sie jedes Wort.

«Kommen Sie doch bitte herein», bat sie. Luzia und Margaretha folgten ihr in den angrenzenden Salon, in dessen Mitte ein großer Tisch stand, mit einem Tuch aus weißem Leinen bedeckt, von Kerzenschein beleuchtet und beladen mit erlesenen Speisen. Theresias Stimme klang hell, als sie die Gäste ankündigte.

«Luzia von Lekowsky ist gekommen», rief sie, «und ihr erratet nie, wen sie mitgebracht hat!» Sie trat zur Seite, um Margaretha den Blicken aller zu offenbaren, und diese kam in den unwillkommenen Genuss eines großen Auftritts. In einer Ecke am Kamin saßen die auffallend gealterte Baronin, Sophia, Marie und Richard und starrten mit unverhohlener Überraschung auf die Eintretende.

«Margaretha von Ragnitz», japste Caroline.

«Verzeihung, Mutter, aber das ist die Gräfin Lavany!» Richard hatte sich schnell gefasst. Er stand auf, kam auf Margaretha zu und küsste ihre Hand.

«Es entzückt mich, Sie zu sehen, Gräfin», begrüßte er sie. Seiner Haltung und Sprache hätte niemand etwas angemerkt, doch Margaretha, die in seine Augen blickte, entdeckte ein ebenso spöttisches wie zärtliches Lächeln, eine Wiedersehensfreude, die echt schien, und Bewunderung für ihr gewagtes Kleid, ihren protzigen Schmuck und ihren Mut, der sie befähigt hatte, in dieses Zimmer zu schreiten wie ein langersehnter Gast.

Während er sich an Luzia wandte, kam Sophia heran. Margaretha, noch ganz verwirrt, bemerkte sie erst, als sie vor ihr stand.

«Willkommen, Margaretha», sagte sie mit einem freundlichen Lächeln, «wie lange habe ich Sie nicht mehr gesehen!»

Was sie wohl in diesem Moment von mir denkt?, überlegte Margaretha erschrocken. Oh, sie verachtet mich, ich fühle es, sie verachtet meine Taktlosigkeit und meinen völligen Mangel an Stolz. Sie sieht mich an mit einem Hochmut, der mehr schmerzt als Hass und Feindschaft. Ich kenne sie, ich kenne ihre Offenheit. Sie wäre in der Lage, eine Bemerkung zu machen, die mich in ihrer Eindeutigkeit und Schärfe bis ans Ende meiner Tage blamiert. Jeden Augenblick könnte sie etwas sagen, über mein Kleid, über mich …

«Guten Abend, Sophia», murmelte Margaretha und verharrte dann in der sicheren Erwartung einer wohldurchdachten, unmissverständlichen Bosheit.

Aber Sophia trug an diesem Abend eine Gewandtheit und einen Charme zur Schau, wie es keiner zuvor bei ihr erlebt hatte. Als sie später am Tisch saßen, war sie es, die immer wieder die Situation rettete. Scheinbar mühelos vermied sie jede Peinlichkeit, überspielte sie die gespannte Atmosphäre. Caroline starrte indigniert auf ihren Teller, Marie sprach kein Wort, sondern blickte Margaretha nur mit unverschämter Neugier an. Richard hatte ihr gegenüber Platz genommen. Sein Blick ließ sie keine Sekunde lang los, und er hatte ein Blitzen in den Augen, das Margaretha in Gegenwart seiner Frau schamlos fand. Luzia merkte inzwischen, wie recht ihr Bruder gehabt hatte mit seinen Bedenken, Margaretha mitzunehmen. Unbehaglich rutschte sie auf ihrem Stuhl hin und her. Theresia bemerkte von alldem nichts. Mit den glücklichen Augen eines Kindes saß sie vor ihrem fast unberührten Teller und fühlte sich sichtlich in alte Zeiten zurückversetzt. Endlich war wieder einmal ihre alte Freundin Luzia zu Gast und die hilfsbereite Margaretha. Die oft lauten und hochnäsigen katholischen Ausländer, mit denen Richard jetzt viel verkehrte, waren ihr zuwider. Theresia hielt den Abend für ganz und gar gelungen, weil Sophia ständig sprach und so viele lustige Dinge erzählte. Immer wieder sprach sie Margaretha an, plauderte fröhlich, stellte ihr höfliche, interessierte Fragen. Margaretha antwortete mit gekünstelter Lebhaftigkeit. Sie litt an diesem Abend am meisten unter Sophias Formvollendetheit. Unruhig stocherte sie in ihrem Essen herum, nagte widerwillig an einem fetten Schafsbrustknochen und kaute lustlos auf den gebackenen Bohnen und dem Gerstenbrot herum. Es gab Most und Whisky, auch Wein aus hohen Zinnkelchen, aber nichts mochte ihre innere Angespanntheit zu lösen.

Wäre sie doch allein mit Sophia gewesen, hätte sie nur mit ihr sprechen können! Sie hätte ihr erklärt, warum sie so aufgeputzt hier erschienen war, obwohl sie doch wusste, dass es Theresia gab und dass es dieser Frau wehtun musste, wenn eine Rivalin mit so unverhohlenen Absichten auftrat. Sie hätte Sophia erklärt, dass sie mit ihrer Liebe zu Richard nicht fertig werden konnte, und sie hätte ihr gesagt, dass sie sie noch immer als Freundin liebte und dass es für sie keinen Tag und keine Nacht gab, da sie nicht um Julius trauerte.

Doch sie musste schweigen und Sophias Spiel mitspielen,

dessen Vollkommenheit ihr ihre eigene Unzulänglichkeit immer deutlicher machte.

Einmal, während einer kurzen Gesprächspause, neigte sich Richard vor.

«Ihr Gatte hat sich wieder dem Kriegsgeschehen zugewandt?», fragte er. Seine Worte waren an Margaretha gerichtet, doch ehe sie antworten konnte, warf Theresia ein:

«Das muss schrecklich sein, nicht wahr? Welche Angst müssen Sie um ihn haben!»

«Ja», entgegnete Margaretha etwas schwach, «aber er ist ein sehr erfahrener Soldat.»

«Wie lange ist es nun her, dass Sie geheiratet haben?», erkundigte sich Richard. «Drei Jahre, nicht wahr?» Er blickte ihr direkt in die Augen. «Ich hoffe, Sie sind glücklich, Gräfin?»

Margaretha schluckte.

«Ja», sagte sie stockend und setzte dann trotzig hinzu: «Sehr glücklich sogar. Es ist, als hätte ich ein Leben lang nur auf ihn gewartet.»

Richards Lächeln war voller Mitleid und Spott.

«Das freut mich wirklich für Sie», sagte er sanft.

«Wussten Sie übrigens, dass die Gräfin seit über einem Jahr ein Kind hat?», warf Luzia ein. Caroline und Theresia zuckten zusammen.

«Wie wundervoll», meinte Theresia traurig. «Sie wissen wohl gar nicht, wie dankbar Sie sein dürfen!»

«Ein Erbe für Graf Lavany?», fragte Caroline mühsam. Margaretha sah sie mit kaum verhohlenem Hass an.

«Ein Mädchen», erwiderte sie hochmütig, «aber wir werden noch viele Kinder haben.»

«Ganz zweifellos», bemerkte Richard, «denn wir wünschen doch alle, dass Ihr werter Gatte wohlbehalten aus dem Kampf zurückkehrt.»

«O ja», sagte Margaretha, «das wünschen wir, Baron Tscharnini!»

Eine Weile herrschte Schweigen, nur das Klappern des Bestecks war zu vernehmen. Dann meinte Richard: «Ich habe gehört, dass mit dem Ende dieses Krieges noch lange nicht zu rechnen ist. Wie ich den heldenhaften Graf Lavany kenne, wird er bis zur letzten Schlacht aushalten.»

«Es kann sich ja auch nicht jeder ein so angenehmes Leben machen wie du», sagte Sophia spitz.

«Oh, ich dachte, ich hätte auf dem Weißen Berg genug für mein Vaterland getan! Für meine Treue zu Böhmen habe ich sogar im Gefängnis gesessen.»

«Aber wie immer hast du es verstanden, deinen Kopf rechtzeitig aus der Schlinge zu ziehen.»

«Willst du mir daraus einen Vorwurf machen?»

«Bitte, keinen Streit heute Abend», bat Caroline. Sie wirkte mitgenommen. Margarethas Anwesenheit bedeutete eine ziemliche Nervenbelastung für sie.

«Vielleicht ziehe auch ich eines Tages wieder ins Feld», meinte Richard lässig, «aber im Augenblick mag ich Prag einfach nicht verlassen. Nach langer Zeit erscheint es mir endlich wieder reizvoll – sollte ich da den Krieg vorziehen?» Er lächelte zu Margaretha hin, verführerisch und schmeichelnd. Es ist unglaublich, dachte sie zornig, er kann nicht so sprechen und gleichzeitig so lächeln! Wenn Theresia jetzt nichts gemerkt hat …

Aber Theresias Gesicht zeigte einen unbefangenen Ausdruck. Obwohl sie inzwischen jede Menge Hinweise auf Richards Untreue hatte, vermutete sie in Margaretha einfach keine Gefahr. Sie liebte diese Frau, die ihr einmal geholfen hatte.

«Ich weiß nicht», sagte sie, «ich finde Prag besonders im Winter eigentlich ganz reizlos.»

Außer ihr hatte jeder am Tisch Richards Worte verstanden. Einen Moment lang schwiegen alle betreten.

«Du hast vollkommen recht», sagte Sophia dann. Ihr Blick fiel auf Margaretha.

«Ganz und gar reizlos! Seit der Niederlage ist man verzweifelt bemüht, das Vergangene erneut heraufzubeschwören, dabei gerät aber alles nur schreiend bunt und vulgär. Prag ist schon lange nicht mehr das, was wir kannten und liebten!»

Caroline lächelte süffisant, Luzia sah hilflos in die Runde. Richards Blicke duellierten sich mit denen seiner Schwester. Margaretha senkte ihr brennendrotes Gesicht tief über den Teller. Niemals zuvor hatte sie sich von einem Ort so weit fortgewünscht wie jetzt.

Die Stimmung war endgültig verdorben, und bald brachen die Gäste auf. Obwohl Sophia sie so sehr beleidigt hatte, wusste Margaretha, dass sie unter allen Umständen noch einmal mit ihr sprechen musste. In der Eingangshalle gelang es ihr, einen Moment mit ihr allein zu sein.

«Sophia», sagte sie schnell, «es tut mir leid, dass ich hergekommen bin. Ich hätte das nicht tun sollen. Und du hast mir ja auch deutlich gezeigt, was du von mir hältst. Aber ich bin froh, dass du es vermieden hast, Theresia etwas merken zu lassen.»

Sophias Miene blieb unverändert.

«Ich tat es nur für sie», antwortete sie, «denn ich würde mir das Herz aus dem Leib reißen, um zu verhindern, dass dieser Frau noch mehr Leid geschieht. Es hätte sie in Verzweiflung gestürzt, zu erfahren, dass sie mit einer Frau am Tisch sitzt, die es auf ihren Mann abgesehen hat und möglicherweise Erfolg haben wird.»

Margaretha wollte sich verteidigen, doch da gesellte sich Theresia zu ihnen und sie mussten das Gespräch abbrechen.

In den nächsten Wochen gab Theresia noch drei weitere Gesellschaften, aber Margaretha blieb jedes Mal zu Hause und behauptete, sich krank zu fühlen. Sie hatte sich an jenem Abend so sehr vor Sophie geschämt, dass sie sich schwor, Richard nie wieder zu sehen.

Nach langen Vorbereitungen verließ Wallenstein Böhmen endgültig im Juni 1625, um mit seinen Truppen dem Kaiser im Reich zur Hilfe zu eilen. Er zog fort aus einem armen, hungrigen Land, das elend und trostlos auf bessere Zeiten wartete. Es herrschte einer der kältesten Sommer seit langem und er versprach eine so schlechte Ernte, dass unter den Menschen Panik auszubrechen drohte. Man hungerte und darbte schon zu lange, als dass man noch die Kraft besessen hätte, allen Widrigkeiten mutig entgegenzusehen. Und dann, als finde das Schicksal einen makabren Spaß daran, jede Prüfung mit einer noch schlimmeren zu übertrumpfen, brach in diesem Sommer plötzlich und fast überall in Europa die Pest aus und verbreitete sich mit gewaltiger Geschwindigkeit. Sie sprang von Dorf zu Dorf, von Stadt zu Stadt, raffte die Menschen ohne Unterschiede dahin. Sie flammte an einem Ort auf, erlosch wieder und suchte sich woanders ihre Opfer. Sie sandte Entsetzen, Furcht und namenlose Angst voraus, hielt mit noch größerem Schrecken Einzug und hinterließ bitteres Leid.

Es war Ende Juni, als die ersten Pestfälle in Prag bekannt wurden, und schon auf das bloße Gerücht hin setzte eine wilde Flucht ein. Die Straßen füllten sich im Nu mit Wagen, Pferden und Menschen, die alle den Toren zustrebten. Wer eine Möglichkeit hatte, außerhalb der Stadtmauern irgendwo unterzukommen, war entschlossen, sie zu nutzen.

Margaretha glaubte zunächst nicht an die Neuigkeiten, auch deshalb, weil sie sie nicht wahrhaben wollte. Es erschien ihr wenig verlockend, Prag wieder zu verlassen und zurück aufs Land zu gehen. Nach Belefring, in die Einsamkeit! Warum sollte auch stimmen, was geredet wurde. Immer wieder einmal kamen solche Gerüchte auf, und wer dann jedes Mal fliehen wollte, käme nie zur Ruhe.

So beruhigte sie sich und damit auch die anderen. Doch dann, einige Tage später, kam Friedrich von einem Besuch zurück, blass und nervös.

«Es ist wahr», sagte er, «die Pest ist in der Stadt. Ich weiß es jetzt genau. Die Kranken wurden zunächst verborgen gehalten, aber heute früh hat man drei Tote abgeholt.»

«O Gott!» Weiß vor Schreck krallte sich Margaretha an seinem Arm fest. Die Panik ließ sie für einen Moment erstarren.

«Wir müssen fort!», rief sie dann. «Wir müssen gleich fort! O Herr, lass es nicht zu spät sein!» Sie war außer sich. Friedrich hielt sie fest.

«Verlieren Sie nicht den Verstand!», befahl er. «Packen Sie die notwendigsten Sachen ein, und du, Luzia, auch. Ich werde mich um Pferd und Wagen kümmern.» Er verschwand. Margaretha lehnte sich gegen das Treppengeländer. Wie entsetzlich, wie grauenhaft! Das durfte nicht das Ende sein! Eingeschlossen in einer ummauerten Stadt und der fürchterlichsten Seuche der Menschheit ausgeliefert.

«Komm, wir müssen uns beeilen», drängte Luzia. Sie sah mitgenommen aus, gewann aber schnell ihre Fassung zurück. Rasch und überlegt machte sie sich an die Arbeit. Dana half ihr, während Margaretha die Katze Lilli in eine Tasche packte und Angela aus dem Bett hob, die diese Störung mit unwilligem Geschrei beantwortete.

«Ruhig, mein Liebling», tröstete Margaretha, «wir machen einen Ausflug.» Mit zitternden Händen zog sie das Kind an und vermummte es bis zu den Augen, damit die

Pest dem kleinen Körper nicht zu nahe kam. Wie gefährlich, jetzt das Haus zu verlassen, doch es gab keinen anderen Ausweg.

Als Friedrich mit der Kutsche erschien, hatten die Frauen bereits gepackt und warteten auf ihn. Er berichtete, es seien viele unterwegs, offenbar hätten sich die neuesten Nachrichten schnell herumgesprochen. Sie verloren nun keine Zeit mehr, stiegen rasch ein und fuhren ab. Margaretha traten die Tränen in die Augen. Luzia nahm ihre Hand.

«Wir fahren zu uns nach Lipan», sagte sie, «und dort bleiben wir zusammen.»

«Alles wird schnell vorübergehen», fügte Dana hinzu.

Nach einer Weile hielten sie, und der Kutscher rief in den Wagen: «Verdammt viele Leute hier! Und die Tore sehen verdammt geschlossen aus!»

«Was?» Margaretha blickte selbst hinaus. Tatsächlich war die Straße verstopft von Menschen, die sich vor dem Stadttor drängten. Viele gingen zu Fuß, in der Hand nichts weiter als ein unförmig zusammengeschnürtes Leinentuch, in dem sie ihre ganze Habe trugen, andere zogen kleine Handkarren hinter sich her, auf denen sich Stühle, Matratzen, Kochtöpfe und hölzerne Käfige mit zusammengepferchten Hühnern stapelten. Dazwischen verstellten sperrige Leiterwagen den Weg; die Pferde, von denen sie gezogen wurden, kamen weder vorwärts noch rückwärts, sosehr die Kutscher auch fluchten und tobten. Auf den Wagen hatten ganze Familien Platz gefunden, schreiende Kinder, kläffende kleine Hunde, schimpfende oder weinende Mütter. Sie saßen dicht gedrängt zwischen Kartoffelsäcken und Kisten und bemühten sich, so wenig wie möglich zu atmen. Eine weißhaarige Frau sank auf den schmutzigen Pflastersteinen in die Knie und flehte die heilige Madonna an, um Hilfe für die Stadt. Manche Leute reagierten regelrecht hysterisch.

Sie jammerten und klagten, als seien sie bereits unrettbar dem Tod geweiht.

«Wir alle können schon krank sein!», schrie eine Frau mit schneeweißem, von der Angst entstelltem Gesicht. «O Gott, spürt ihr denn nicht, wie die Seuche euch langsam von innen auffrisst?»

«Die verdammten Landstreicher haben sie uns gebracht!», rief ein Mann, der ein quiekendes Ferkel auf dem Arm trug. «Das fahrende Volk und die Hexen. Ich verwette meinen Kopf dafür, dass wir Hexen in der Stadt haben!»

«Man sollte sie endlich ein für alle Mal ausrotten!»

«Jawohl!»

«Recht hat er!»

«Ach, wenn ich nur wüsste, wo ich hin soll!», jammerte eine junge Frau, um die sich eine Horde verwahrloster Kinder drängte. «Vielleicht wäre es doch besser hier zu bleiben. In der Stadt haben wir wenigstens ein Dach über dem Kopf!»

«Ja, und ganz schnell die Pest im Haus!»

«Wir wissen auch nicht wohin», meinte eine dicke Alte, die auf einem Wagen thronte und in aller Gemütsruhe einen Apfel verzehrte, «aber ich sage mir, es findet sich immer ein Weg!»

«Sei mal nicht so sicher. Du siehst verdammt so aus, als hätte es dich schon erwischt!»

«Halt's Maul, du Lump!» Die Alte spuckte dem Sprecher ihre Apfelkerne ins Gesicht. «Wir verrecken sowieso alle. Du genauso wie ich!»

Im Innern der Kutsche tupfte sich Luzia mit ihrem Taschentuch den Schweiß von der Stirn.

«Sie werden hoffentlich gleich öffnen», meinte sie nervös, «ach, diese schrecklich vielen Menschen. Wie schnell kann man sich hier anstecken!»

Laute Rufe waren zu hören, Flüche und zorniges Gemurmel. Margaretha hielt es nicht länger aus. Ein Taschentuch vor den Mund gepresst, fragte sie eine vorübergehende Marktfrau: «Was ist los? Warum können wir nicht weiter?»

«Jesus und alle barmherzigen Engel im Himmel!», schrie die Frau. «Sie lassen uns nicht raus, die elenden Teufel! Jawohl, elende Teufel!» Sie spuckte aus. Margaretha zuckte zurück. Ein Mann trat an den Wagen heran.

«Böse Sache», sagte er, «die Tore bleiben zu. Die Seuche soll nicht aus der Stadt getragen werden. Später wollen sie für manche Passierscheine ausstellen.»

«Später?», wiederholte Margaretha schrill.

«Heißt das, wir können jetzt nicht fort?», fragte Friedrich.

«Vorerst nicht.»

«Also, das ist unglaublich!», rief Dana.

«Friedrich, du musst den Torwächtern Geld geben», flüsterte Luzia. Der Mann vor dem Wagen hatte ihre Worte gehört und lachte.

«Mit ihrem Geld werden Sie diesmal auch nichts ausrichten können, gnädiges Fräulein», sagte er, «die Wächter sind nicht zu bestechen. Die Meute würde sie zerreißen, ließen sie plötzlich ein paar vornehme Leute raus und andere nicht. Ja, ich sage es immer, die einzige, die auf dieser gottverdammten Welt keinen Unterschied zwischen Arm und Reich macht, ist die gute alte Pest!» Er lachte wieder, entzückt über seine intelligente Bemerkung. Angewidert wandte sich Margaretha ab.

«Wir sollten nach Hause zurück», sagte sie, «hier stecken wir uns zu leicht an!»

Die anderen stimmten ihr zu. Sie wendeten die Kutsche und fuhren zurück, in noch gedrückterer Stimmung als zuvor. Gott allein wusste, wann man Passierscheine bekommen konnte, und vielleicht würden sie bis dahin schon nicht mehr leben. Die Seuche breitete sich so rasend schnell aus.

Schaudernd erinnerte sich Margaretha an eine Erzählung von Schwester Gertrud, mit der sie die Mädchen immer wieder erschreckt hatte. Lange vor ihrer Zeit war einmal ein Pestkranker ins Kloster gekommen und hatte dort Aufnahme gefunden, weil im ersten Moment niemand seinen Zustand erkannt hatte. Dann war es zu spät, und innerhalb weniger Wochen lebten nur noch drei Schwestern im Haus.

Und so wird es dieser Stadt auch gehen, dachte Margaretha in rasender Furcht. Warum sind wir bloß nicht früher gegangen? Ach, das ist nur meine Schuld!

Zu Hause zogen sich alle sofort aus, verbrannten ihre Kleider, die sie draußen getragen hatten, und wuschen sich von Kopf bis Fuß. Dana hängte rechts und links von allen Fenstern und Türen große Büschel mit Rautenzweigen auf, die die Pest daran hindern sollten, in ein Haus einzudringen. Dann knieten die Frauen auf dem Boden nieder und beteten, ohne auch nur einmal aufzublicken, einen Rosenkranz nach dem anderen. Sie hatten wenig Ahnung, woher die furchtbare Seuche kam und wodurch sie verursacht wurde. Zwar glaubte man, die Pest werde durch «böse Luft» übertragen, und fürchtete, sich durch Atmen anzustecken, aber für die meisten Menschen galt sie als eine Strafe Gottes, mit der er in besonders sündhaften Zeiten besonders sündige Menschen belegte. Margaretha, deren Gewissen alles andere als rein war, hoffte voller Verzweiflung auf die Gnade Gottes. Wenn er sie verschone, so betete sie reuig, werde sie versuchen, von nun an gut und ehrfürchtig zu leben.

Am dritten Tag gab es immer noch keine Passierscheine, dafür die Nachricht, dass man auch auf dem Land kaum noch sicher sein konnte, da dort die Pest mit ebensolcher Gewalt tobte wie in Prag. Innerhalb der Stadtmauern starben täglich mehr Menschen. Wer erkrankte, durfte sein Haus nicht mehr verlassen und musste es zudem durch ein

Kreuz an der Tür kennzeichnen, doch es schien, als seien alle Vorsichtsmaßnahmen vergeblich. Oft traf man sogar auf eindeutig kranke Menschen, die sich durch die Straßen schleppten. Es waren Leute, die allein gelebt hatten und keine Pflege bekamen, oder solche, die von ihren Familien verstoßen worden waren, als ihre Krankheit offensichtlich wurde. Verzweifelt bettelten sie nun um Hilfe, versuchten oftmals, sich an den Vorübereilenden festzukrallen und versetzten diese damit in panischen Schrecken.

Niemand hielt sich mehr lange draußen auf. Mit Taschentüchern vor dem Mund lief man auf den Marktplatz, um das Nötigste einzukaufen. Wer konnte, griff auf Vorräte zurück, um sich nicht mit verseuchten Lebensmitteln anzustecken. Jeder kämpfte nur noch um das eigene Überleben, zur Erbarmungslosigkeit selbst gegen Freunde und Verwandte gezwungen. Karren rasselten durch die Straßen, um die Toten abzuholen und in rasch ausgehobenen Massengräbern zu verscharren. Manche verzweifelte Familie versuchte, ihre Kranken schon loszuwerden, bevor sie noch gestorben waren, indem sie sie mit einem Schlag auf den Kopf betäubten und den leblosen Körper zu den gestapelten Leichen auf den Karren luden. Barmherzigkeit, das wusste inzwischen jeder, konnte das Leben kosten.

Im Haus der Lekowskys war noch keiner der Bewohner krank geworden, doch sie schwebten in ständiger Gefahr, weil bei ihrem Lebensmittelbedarf immerzu jemand zum Einkaufen fortmusste. Sie wechselten einander ab, bis auf das Küchenmädchen, das jammernd hinter dem Herd saß, hin und wieder laut schreiend seine Sünden bekannte und alle Heiligen um Vergebung anflehte. Und dann, eines Tages, kam Dana vom Einkaufen zurück, und sie berichtete, was ihr eine Bekannte zugeraunt hatte: dass Theresia von Tscharnini an der Pest erkrankt sei.

24

Theresia fühlte sich eines Mittags plötzlich schwindlig, brach nach wenigen Minuten bewusstlos zusammen und erwachte dann wieder in ihrem Bett, geschüttelt von einem wilden Husten, der sich in einem Strom dunkelroten, bitter schmeckenden Bluts über ihre Decke ergoss. Das war zwei Tage her, und seitdem lag sie in glühendem Fieber, mal in halber Ohnmacht, dann wieder hellwach. Die Schmerzen ebbten ab, um sich gleich darauf ins Unerträgliche zu steigern. Nirgendwo an ihrem Körper war eine einzige Pestbeule zu sehen, was als schlechtes Zeichen gedeutet werden musste. Mit der Entwicklung einer Beule bestand eine gewisse Aussicht auf Rettung, ging die Krankheit aber mit so furchtbaren Schmerzen einher und mit starken Blutungen, dann galt der Patient von Anfang an als verloren.

Durch einen feinen, flimmernden Schleier hindurch konnte Theresia die ganze Zeit Sophia sehen, die neben ihrem Bett saß. Sie hatte sich ein mit Essig getränktes Tuch vor den Mund gebunden, um die Gefahr der Ansteckung zu mildern, aber Theresia empfand den scharfen Geruch als quälend, ohne genau zu wissen, woher er kam. Es fiel ihr schwer, klare Gedanken zu fassen, und oftmals rissen Sätze, die ihr durch den Kopf gingen, einfach ab. Dann wollte sie weinen, weil sie sie nicht zu Ende bringen konnte. Es gab auch Momente der völligen Klarheit, in denen sie lächelte und Sophia mit leiser Stimme für ihre Hilfe dankte. Sophia tat so viel! Sie kühlte ihr mit einem feuchten Tuch die Stirn, wischte ihr sanft das Blut vom Mund, wechselte unermüdlich die Bettwäsche. Manchmal bot sie ihr etwas zu essen an, doch das lehnte Theresia entsetzt ab. Durch das Husten und Würgen fühlte sich ihr Hals an, als sei er überall wund. Alles schmerzte und brannte so sehr, dass Theresia jedes Mal fast in Panik ausbrach, wenn sich eine neue Blutung ankündigte. Dennoch klagte und jammerte sie nicht, bis auf ein einziges Mal, als Sophia ihr die Haare kämmen wollte und diese plötzlich in dichten Büscheln ausfielen. Entsetzt starrte sie auf die dunklen Strähnen, und die Tränen schossen ihr in die Augen. Gleichzeitig erschien ihr dies so unsinnig, denn sie würde ohnehin sterben, und es gab grausamere Symptome bei dieser Krankheit als Haarausfall. Sie wusste genau, dass sie dem Tod schon sehr nahe stand, diese Tatsache erschreckte sie nicht besonders. Ihr Leben war schon lange nicht mehr von seinem einstigen warmen Glanz umgeben; die Schmerzen taten ein Übriges, ihren Lebensmut zu besiegen. Dass sie trotzdem Angst vor dem Tod hatte, lag an der Gewissheit, in Sünde zu sterben, als Verräterin ihres Glaubens, als Abtrünnige, die sich in Angst vor Besitzverlust einem weltlichen König gebeugt hatte und nun schaudernd vor dem allmächtigen Herrscher zurückwich. Nur ewige Verdammung konnte sie erwarten, eine endlose Hölle ohne Ruhe und Frieden.

Die Furcht vor dem Jenseits verlängerte Theresias Todeskampf. Ihr Gesicht nahm bereits eine dunkelgraue Farbe an, ihr Atem rasselte bei jedem Zug, jeder Knochen stand spitz hervor, aber sie lebte noch immer. Die Leintücher ihres Bettes blieben nach jedem Wechsel nur wenige Minuten trocken, dann waren sie bereits wieder durchgeschwitzt. Über ihr wölbte sich ein grünsamtener Baldachin auf vier Eichenholzsäulen – mal erschien er der Kranken als sanftgewellte Wiese, leuchtend und endlos wie die Landschaft um Schloss Tscharnini, dann wieder als tiefer Waldsee, unergründlich und von Schlingpflanzen durchzogen. Sie wünschte, sein dunkles Wasser würde auf sie herabfließen und ihr brennendes Fieber kühlen. Durch den Essiggeruch nahm Theresia das Aroma von Ingwer und Safran wahr, denn Sophia kaute diese Gewürze ständig, da sie vor Ansteckung schützen sollten. Im Ofen brannte nasses Wacholderholz und erfüllte den Raum mit beißendem Rauch, aber selbst dieser konnte den Gestank der Pest nicht überdecken. Wacholder sollte ebenfalls helfen, die todbringenden Keime zu vernichten, jedoch meinte Sophia manchmal, die quälende Hitze werde sie eher umbringen als die Seuche. Unablässig betete sie zu Gott um Gnade für die ganze Familie, und im Stillen bat sie ihn, Theresia von ihren Qualen zu erlösen. Sie begriff nicht, wie sie in diesem Zustand noch zu leben vermochte, wo doch fast kein Blut mehr in ihren Adern fließen konnte.

Einmal öffnete Theresia noch die Augen. Ihr Blick war klar, zum ersten Mal seit vielen Stunden.

«Wo ist Richard?», fragte sie.

«Vor der Tür. Ich habe ihn nicht hereingelassen, damit er sich nicht ansteckt. Möchtest du, dass er kommt?»

«Nein.» Theresia ließ erschöpft den Kopf zur Seite fallen. Sophia nahm ihre Hand.

«Wollen wir beten?», fragte sie.

«Es ist jetzt so weit, nicht?» In Theresias Augen stand eine wilde, unbeschreibliche Angst. Sophia schluckte. Richard, ich hasse dich, dachte sie, es wäre deine Aufgabe, jetzt hier zu sein, nicht meine. Und ich muss ihr Lügen erzählen, über Ansteckung und Gefahr, aber in Wahrheit bist du zu feige …

«Ja, Theresia, ich glaube, es ist so weit», antwortete sie so ruhig sie konnte. «Gleich hat dein Leid ein Ende …» Ihr kamen die Tränen, sie brauchte einen Moment, bis sie weitersprechen konnte. «Ob du zwanzig Jahre lebst oder sechzig», fuhr sie schleppend fort, «das ist gleichgültig. Ich glaube fest daran, dass jeder Mensch dann stirbt, wenn sein Leben erfüllt ist …» Sophia kämpfte abermals mit den Tränen. Diese klangvollen, tröstenden Worte schienen ihr plötzlich so hohl und leer. Leben und Tod waren doch am Ende in keine Philosophie zu bringen, durch nichts zu erklären. Sophia neigte sich tiefer hinab.

«Ich weiß, es muss schrecklich sein …», sagte sie mühsam.

«Nein» unterbrach Theresia, «der Tod ist nicht schrecklich.» Dann warf sie mit einer heftigen, zornigen Bewegung ihren Kopf zur Seite und schrie: «Nein, es ist nur traurig, dass ich das Paradies nie sehen werde!» Gleich darauf schnappte sie nach Luft, riss entsetzt die Augen auf, und ihr Gesicht färbte sich dunkelblau. Rasch richtete Sophia sie auf und neigte ihren Kopf nach vorn, damit sie beim Erbrechen nicht erstickte. Kraftlos sank sie zurück.

«Theresia!» Sophia umklammerte ihre knochigen Schultern. «Theresia, so darfst du nicht denken! Von allen Menschen bist du es, die Gnade und Erlösung finden wird. Bitte, Theresia, glaube mir doch!»

«Niemals», flüsterte Theresia, «nicht eine Sünderin wie ich …»

«Du hast bereut, jeden Tag hast du bereut und längst Vergebung erlangt!» Sophia schluchzte. «Ich will, dass du friedlich einschläfst», bettelte sie, «Theresia …»

Aber Theresias Augen blickten stumpf, sie fiel in eine Bewusstlosigkeit, aus der sie nicht wieder erwachte. Mit einem gequälten Seufzen starb sie.

Sophia richtete sich schwerfällig auf. Mit steifen Fingern zog sie ein Laken heran, um es über den Körper und das dunkle, verzerrte Gesicht der Toten zu breiten. Sie hatte in diesen letzten Minuten kein Essigtuch vor dem Mund gehabt, aber es war ihr jetzt beinahe gleich, ob sie sich angesteckt hatte oder nicht. Das Zimmer stank grauenhaft. Sie öffnete die Vorhänge ein wenig, und ein Sonnenstrahl schoss hinein. Es war Sommer, auch wenn sie es fast vergessen hatte.

Vor der Tür wartete Richard. Er sprang auf, als Sophia herauskam.

«Wie geht es?», fragte er.

«Sie ist tot», entgegnete Sophia. Sie fühlte eine unermessliche Bitterkeit beim Anblick von Richards blassem, angstvollem Gesicht. Kummer stand ihm so schlecht. Selbst wenn seine Empfindungen echt waren, passten sie doch nicht zu ihm. Er ist zu schwach, um wirklichen Schmerz ausdrücken zu können, dachte Sophia.

«Es ist gut, dass es zu Ende ist», murmelte Richard. Er sah Sophia bittend an. «Hat sie ... sehr gelitten zum Schluss?»

«O ja», entgegnete seine Schwester erbarmungslos. Er zuckte zusammen.

«War es die Krankheit?», fragte er. «Oder die Angst vor dem Tod?»

«Sie hat sich grausam gequält», Sophias Stimme bebte vor Zorn, «weil sie als Katholikin sterben musste!»

«Hat sie das so sehr bedrückt?», fragte Richard ungläubig. Sophia sah ihn verachtungsvoll an.

«Das hast du nie gemerkt, nicht? Außer dir selbst nimmst du ja niemanden zur Kenntnis. Du hast sie völlig zerstört, aber das ist dir nicht einmal aufgefallen!»

«Nein.»

«Weißt du», sagte Sophia kalt, «ich hasse dich. Ich könnte dir vieles verzeihen, deine Nachlässigkeit, deinen Egoismus, die Tatsache, dass du vielen Frauen aus einer Laune heraus das Herz gebrochen hast, sogar deine Betrügereien und Rücksichtslosigkeiten gegenüber Theresia. Aber ich werde dir nie verzeihen und dich ein Leben lang dafür hassen, dass diese Frau so sterben musste. Deine Eigenliebe und Besitzgier haben ihr den Frieden ihrer letzten Minuten genommen!» Sie warf den Kopf zurück und ging langsam davon. Richard sank auf einen Stuhl. Scham und Schuldgefühle überwältigten ihn; er sah Theresia vor sich, am Anfang ihrer Ehe, ihr fröhliches Gesicht, ihr sanftes Lächeln. Nun war sie tot. Qualvoll gestorben, ohne dass er ihr wenigstens die Hand gehalten hatte. Er hatte feige hier draußen gesessen und nicht gewagt, das Zimmer zu betreten. Richard barg den Kopf in seinen Händen.

«Mein Gott», murmelte er, «was habe ich nur getan! Nie wird es wieder eine Gelegenheit geben, das gutzumachen!» Er sprang auf. Nicht grübeln, nur nicht grübeln. Er brauchte einen Menschen, zu dem er fliehen konnte, einen Menschen, der ihn liebte und verstand, der ihn brauchte, ihm alles nachsah ... nicht die hasserfüllte Sophia, die dumme Marie, seine kalte, strenge Mutter. Seine jagenden Gedanken fanden rasch einen Halt. Margaretha! Sie war hier, sie war in Prag. Mit aller Macht verlangte es ihn nach ihr, wie nie zuvor brauchte er sie. Er wusste, sie war wie er, und sie liebte ihn, und er glaubte, er könne sie jederzeit haben. Er wollte in sein Zimmer gehen und für Theresias Seele beten und sich dann dem Ausweg zuwenden, der in Margarethas Verständnis enden sollte.

Da er aus einem Haus kam, in dem eine Pestkranke gestorben war, wartete Richard mit seinem Besuch bei Margaretha vier Tage. Doch weder er noch jemand sonst schien sich angesteckt zu haben, sodass er sich schließlich auf den Weg machte. Es war Anfang Juli, ein heißer, trockener Tag. Fast niemand hielt sich in den Straßen auf. Ein paar Frauen mit Einkaufskörben huschten um die Ecken, keine blieb stehen, um den üblichen Tratsch zu halten. Die ganze Stadt lag wie in unheimlichem Schlaf. Die Pest schien fürs Erste besiegt zu sein, und die Krankheitsfälle wurden seltener, doch sprach man davon, dass in Prag weit über tausend Menschen den Tod gefunden hatten.

Das Haus der Lekowskys lag wie verlassen in der Mittagssonne. Zögernd klopfte Richard an. Es war zurzeit wirklich nicht üblich, Besuche zu machen. Doch sein Verlangen nach Margaretha stieg ins Unermessliche, verstärkt durch den Hass, der ihm daheim entgegenschlug, wann immer er Sophia begegnete.

Nach einer Weile wurde die Tür vorsichtig geöffnet und Friedrich erschien. Er blickte sein Gegenüber erstaunt an.

«Richard», sagte er, «willst du uns besuchen?»

«Nein, nicht direkt», es war Richard äußerst unangenehm, ausgerechnet Friedrich zu treffen. Er wusste, was dieser über ihn dachte.

«Eigentlich», meinte er, «wollte ich zu Margaretha.»

Friedrich zog die Augenbrauen hoch.

«Darf ich dich nach dem Grund fragen?», erkundigte er sich.

«Nun, ich suche einen Menschen, der … ich weiß selber nicht genau. Es geht mir nicht gut. Vielleicht hast du gehört …»

«Ja», unterbrach Friedrich, «ich habe es gehört!» Mit einer Geste aufrichtiger Anteilnahme legte er kurz den Arm um den einstigen Freund.

«Es tut mit wirklich leid», sagte er, «du musst entsetzliche Tage hinter dir haben. Aber ich fürchte, du kannst nicht mit Margaretha sprechen. Du weißt wohl nicht …» Er zögerte. Richard fühlte, wie ihm plötzlich übel wurde.

«O Gott, was ist passiert?», flüsterte er. «Margaretha ist doch nicht krank?»

«Nein, nein, ihr ist nichts geschehen. Aber ihr Kind, Angela …»

«Was ist mir ihr?»

«Sie ist vorgestern gestorben. Zum Glück ging alles ganz schnell vorüber.»

Richard starrte ihn entsetzt an.

«Das Kind», murmelte er, «ach, Friedrich, dann muss ich doch erst recht zu ihr. Ich muss sie trösten. Ich weiß, dass ihr das Kind alles bedeutet hat!»

«Du kannst nicht zu ihr», wehrte Friedrich ab, «ich glaube, sie schläft jetzt endlich.»

«Gut», Richard wandte sich um, «aber ich komme wieder. So lange, bis sie mich empfängt.»

Er kam nach einer Woche, wurde abgewiesen, kam noch einmal umsonst, aber blieb unerschütterlich hartnäckig. Endlich stand er Margaretha gegenüber.

Er erschrak bei ihrem Anblick. Sie kam ihm entgegen, blass, mit roten, verquollenen Augen und aufgesprungenen Lippen. Ihre Hand zitterte, als sie sie ihm reichte.

«Guten Tag, Richard», sagte sie leise.

Verzweifelt suchte er nach tröstenden Worten. Zum ersten Mal erlebte Richard an Margaretha einen Kummer und eine Trauer, dessen Ursache nicht er selbst war, und er wollte ihr beistehen.

«Margaretha, Friedrich hat mir alles erzählt», sagte er, «es tut mir so leid. Meine arme, liebe Margaretha, ich wünschte so sehr, ich könnte dir irgendwie helfen!» Er trat noch näher an sie heran und legte beide Arme um sie. Im ersten Moment schien sie zurückweichen zu wollen, aber dann brach ihre mühsam aufrechterhaltene Tapferkeit zusammen und sie vergrub weinend ihr Gesicht an seiner Brust.

Richard streichelte sie sanft und sprach beruhigend auf sie ein. Er hatte bei Margaretha Trost finden wollen und sah sich selbst nun in der Rolle des Trösters. Aber gerade dies half ihm. Sie klammerten sich aneinander fest, auf ihrer Suche nach Geborgenheit unfähig, sich länger hinter Hochmut und Koketterie zu verbergen. Margarethas Widerstand war gebrochen.

Richard besuchte sie jeden Tag und ihre Vertrautheit wuchs, bis sie so unbefangen miteinander umgingen wie in der ersten Zeit ihrer Liebe. Sie konnte ihm alles erzählen, von ihrer kleinen Angela, von ihrer Liebe zu dem Kind, von seinem schrecklichen Tod, ihrem grenzenlosen Schmerz, ihrer Unfähigkeit, das Geschehene zu bewältigen. Sie berichtete schließlich auch von Maurice und von der Zwiespältigkeit ihrer Gefühle für ihn, ihren Streitereien, ihrer Gemeinheit, ihrer Reue. Er schien sie zu verstehen. Und dann wieder lauschte sie ihm, wenn er von Theresia erzählte. Sie fühlte, dass Theresia niemals wirklich zu einem Mann wie Richard gehören konnte, weil sie an seinem Wesen unweigerlich zerbrechen musste. Aber ich, dachte sie plötzlich wieder, ich passe zu ihm!

Der Gedanke erschreckte sie, denn er bewies, dass sie Richard nicht mehr nur als tröstenden Freund sah. Es waren fast vier Wochen vergangen seit Angelas Tod und der erste rasende, fassungslose Schmerz klang ab. Die Benommenheit wich, sodass Margaretha nun erst richtig begriff, was sich zwischen ihr und Richard entwickelt hatte. Verdrängte Gefühle erwachten in ihr und verwirrten sie. Sie merkte, dass sie an der Schwelle stand, eine drohende Gefahr noch abwenden zu können, dass diese Erkenntnis die letzte Gelegenheit dazu bot. Doch schien es ihr, als habe sie dazu nicht genügend Kraft. Richard war es, der jetzt wieder ihr ganzes Leben ausfüllte, an dessen Gegenwart sie sich fast süchtig gewöhnt hatte, nachdem ihr Kind gestorben war. Sie brauchte ihn, und er brauchte sie, und sie wollte ihn nicht aufgeben. Dass ihre Liebe keine Zukunft besaß, war ebenso unwichtig wie alles, was in der Vergangenheit lag. Ohne nachzudenken stürzte sich Margaretha in diesen einzigen vom Schicksal dargebotenen Weg des Vergessens, bereit, spätere Ausweglosigkeit auf sich zu nehmen.

Eines Tages sagte ihr Richard, dass er schwerlich länger in das Haus der Lekowskys kommen könne.

«Es gibt noch immer Pestfälle in der Stadt», erklärte er, «und Besuche sind daher unerwünscht. Außerdem sieht Friedrich mich jedes Mal so an, als ob ich –», er lachte etwas verlegen – «als ob ich heimlich meine Geliebte aufsuchte. Er missbilligt unsere Treffen.»

«Es gibt nichts, was er nicht missbilligt», murmelte Margaretha. Ihr selbst war Friedrichs Kälte schon seit langem aufgefallen. Jedes Mal, wenn Richard gegangen war und Margaretha in den Salon kam, beobachtete er sie. Selbst Luzia wirkte verändert.

«Bei uns können wir uns natürlich auch nicht treffen», meinte Richard, «der letzte Ausweg wäre also ...» Er zögerte. Ohne Zweifel stand sein Plan schon genau fest. «Es gibt noch Maurice' Haus», sagte er.

«Aber, Richard, das ist unmöglich», widersprach Margaretha, «wir können nicht in einem leer stehenden Haus zusammenkommen. Das wäre unschicklich.»

«Warum? Es ist das Haus deines Mannes, also ist es auch dein Haus. Warum solltest du dort keinen Besuch empfangen?»

«Nun, weil ... es geht einfach nicht.»

Richard zog die Augenbrauen hoch.

«Was meinst du denn, was wir dort tun würden?», fragte er. Margaretha errötete.

«Gar nichts meine ich», verteidigte sie sich ärgerlich, «aber du musst an das Gerede der Leute denken!»

«Sie werden nichts bemerken. Du hast das Recht, dort zu sein, und ich werde mich heimlich zu dir schleichen!»

«Trotzdem geht es nicht. Du bist seit vier Wochen Witwer, und ich habe mein Kind verloren. Es ist nicht die Zeit, an ... vergnügliche Dinge zu denken!»

Richard nahm ihre Hände.

«Willst du denn nie wieder leben? Ach, Margaretha, du brauchst mich doch. Was hättest du getan in den letzten Wochen ohne mich? Und was ich ohne dich? Wir verstehen einander. Wir lieben uns …»

«Nein», erwiderte Margaretha schnell und hart, aber sie fühlte bereits, dass sie nachgeben würde. In Richards Stimme schwang dieselbe sanfte Verlockung, bei der sie immer schon weich geworden war. Sie wollte ihn nicht verlieren und wenn sie dafür wieder einmal Anstand, Moral und ihren guten Ruf opfern musste.

Schon wenige Tage später trafen sie sich in Maurice' Haus. Margaretha hatte nur kurze Zeit hier gelebt, dennoch kam es ihr merkwürdig vor, nun mit Richard in den halbvertrauten Räumen zu sein, in denen sie Maurice geheiratet hatte, in denen sie einen Sommer lang so häufig sein Gast gewesen war und die auch miterlebt hatten, wie sie an einem dunklen Frühlingsabend verzweifelt um Richards Leben bettelte. Es waren vielleicht die Erinnerungen an Maurice, die Margaretha noch eine vorsichtige Distanz halten ließen. Es gab nichts als lange Gespräche zwischen ihr und Richard. Zum Essen tranken sie viel Wein, was sie gelöster und lustiger werden ließ, ohne die leise, spröde Abwehr zu erweichen. Manchmal gab es Momente, in denen der Schmerz um Angela sie erneut überwältigte, aber wenn Richard sie dann in die Arme schloss, geschah das nur freundschaftlich und tröstend. Und niemals würde sie mehr von ihm wollen! Richard war es gewesen, der ihr einst die bitterste Kränkung ihres Lebens zugefügt hatte, und es gab Maurice, der irgendwo im Reich für seinen Kaiser kämpfte. Ihr mühsam wiederhergestellter Stolz und ihre pflichtschuldige Treue hinderten sie daran nachzugeben.

An einem schönen Augustabend, als sie nach dem Essen

im hinteren Hof des Hauses in der Sonne saßen, sagte Richard: «Stell dir vor, mein Schatz, du hättest diesen Maurice Lavany nicht geheiratet. Dann wären wir jetzt frei füreinander. Mein Vater ist tot und kann mir nichts mehr verbieten, Theresia ist tot ...» Er lehnte sich mit einer etwas zu wohligen Gebärde zurück. Margaretha, noch blass und elend vom kaum überstandenen Leid, sah ihn angewidert an.

«Wie kannst du so sprechen?», fragte sie. «Als hättest du Hindernisse beiseite geräumt und blicktest nun einer schönen Zukunft entgegen!»

«So war es nicht gemeint», lenkte er ein, «und eine schöne Zukunft gibt es auch nicht. Denn schließlich existiert dein Gemahl ja und wird irgendwann zurückkehren.»

«O ja, das wird er!»

«Aber stell dir doch einmal vor, was ohne ihn wäre. Du könntest mich heiraten! Hättest du nur mein Angebot damals angenommen und als meine Geliebte gelebt, bis ich wieder frei bin. Jetzt tust du es ja auch!»

«Ich bin nicht deine Geliebte», gab Margaretha leise zurück, «und ich war es nie!»

«Warum nicht?»

«Was soll diese Frage?»

Richard stand auf, ging zu ihr und kniete neben ihrem Stuhl nieder.

«Liebling», sagte er weich, «warum lehnst du mich immer noch ab?»

«Ich habe dir nicht verziehen, dass du dich damals gegen mich entschieden hast», antwortete sie. Richard betrachtete sie aufmerksam.

«Du hast mir längst verziehen. Und wenn nicht –», er lachte und küsste sacht ihre Hände – «wenn nicht, dann knie ich jetzt vor dir und bitte dich um Vergebung!» Er sah zu ihr auf mit schmalen, dunklen Augen, den Mund verzogen zu einem leichtsinnigen, halben Lächeln. Gegen ihren Willen musste Margaretha lachen.

«Du bist unglaublich», meinte sie zärtlich, «warum sollte ich dir vergeben?»

«Weil du mich liebst!» Richards Gesicht wurde ernst. Mit einer heftigen Bewegung zog er sie näher an sich heran.

«Wenn du nur endlich deine Zurückhaltung aufgeben würdest», flüsterte er erregt, «dann würde ich dir zeigen, wie Liebe sein kann, und ich schwöre dir, du würdest es nie vergessen! Verlass dich darauf, ich würde dich glücklicher machen als dieser tugendsame Lavany!»

Margaretha machte sich frei und stand auf.

«Du sprichst von meinem Mann», sagte sie so kalt wie möglich, «und ich verbiete dir diesen Ton. Wir sollten dieses Gespräch vergessen. Ich gehe jetzt wieder zu Luzia und Friedrich!»

Richard hatte sich ebenfalls erhoben und stellte sich ihr in den Weg. Heftig fuhr sie ihn an:

«Lass mich vorbei!»

Er trat zur Seite.

«Du hast kein Glück, Schätzchen», sagte er spöttisch, «es liegt mir fern, dir die qualvolle Entscheidung zu einem Ehebruch einfach abzunehmen. Geh nur nach Hause, damit du wenigstens reinen Gewissens Friedrichs strafendem Blick begegnen kannst.»

«Du weißt genau, dass mir Friedrichs Meinung völlig gleichgültig ist», erwiderte Margaretha böse.

«So? Und warum möchtest du dann so schnell fort aus diesem Haus?»

«Weil ich selbst es so will! Weil ich meinen Mann nicht betrügen werde und schon gar nicht mit dir!»

«Schon gar nicht mit mir! Mit wem denn sonst? Ach,

kleine Margaretha, wenn du tätest, wonach du dich schon so lange sehnst, du würdest auf der Stelle in meine Arme sinken!»

«Du bist ziemlich eingebildet», entgegnete Margaretha ärgerlich.

«Nein, ich sage nur die Wahrheit», behauptete Richard. «Wir beide gehören zusammen. Du und ich, wir sind uns so ähnlich, auch wenn du es niemals zugeben würdest. Wir sind nicht nur schön und jung und stark, wir sind auch beide rücksichtslos bedacht auf ein angenehmes Leben. Wir lieben alles, was schön ist, und wir tun das einer der elendsten und dunkelsten Epochen der Menschheit zum Trotz!»

«Du beschreibst dich, Richard, aber nicht mich. Ich sehne mich nur danach, ein guter Mensch zu sein, nach nichts anderem. Ich will nur das Gute ...»

«Du willst, Margaretha, aber gerade darin liegt ja dein Kampf. Du ringst mit etwas, das du nicht erreichen kannst und das dich ständig in neue Schuldgefühle stürzt!»

Mit seinen letzten Worten berührte er sie. Tatsächlich war die Schuld ihre quälende Begleiterin geworden, jeden Tag und jede Nacht. Sie hätte ihre Familie nicht verlassen dürfen. Sie hätte Julius' Tod verhindern müssen, gegen Maurice hätte sie sich liebevoller benehmen sollen und schließlich hätte sie nicht zulassen dürfen, dass Angela länger als einen Tag in der pestverseuchten Stadt blieb, weil ihre Mutter aus Eigennutz und Gier nach Prag gereist war und dann trotz aller Anzeichen einer drohenden Gefahr die Abreise verzögert hatte.

«Meine Schuld», sagte sie leise, «ist unabänderlich.»

«Nein, das ist sie nicht!» Richard trat dichter an sie heran. «Wenn du nur begreifen könntest, wie herrlich es ist, Schuldgefühle zu überwinden und die falsche, zerstörende Moral, die man dir in deinem Kloster beigebracht hat. Warum fällt es dir so schwer einzugestehen, was du wünschst? Du liebst dich, und wenn du dazu stehst, dann wirst du sehen, welch unermessliche Kraft du daraus schöpfen kannst! Gib dich deinen eigenen Gelüsten hin!»

Margaretha lauschte ihm hingerissen. In ihre Erinnerung drängten Momente und Minuten größter Faszination, da sie in ihre eigenen funkelnden Augen geblickt, ihr schweres goldenes Haar auf den Schultern gespürt und ihren Körper gesehen hatte, in seiner ganzen Vollkommenheit. Und sie hatte sich dessen immer geschämt.

«Das ist einfach zu oberflächlich», murmelte sie schwach. Sie fühlte, wie Richard seinen Arm um sie legte.

«Wir sollten es uns erlauben», flüsterte er, «nur einen Sommer lang. Lass uns alles Hässliche vergessen, alle Bindungen und jeden Anstand. Lass uns alles nehmen, was wir voneinander bekommen können. Diese grauenhafte Zeit, Krieg und Krankheit, Leid und Tod – wir können alles vergessen!»

Seine Worte ergriffen Margaretha tief. Sie hatte sich so lange schlecht gefühlt, unglücklich und hoffnungslos, verfolgt von jeder nur denkbaren Heimtücke des Schicksals und immer nur als Verliererin im Kampf mit sich selbst und den Erwartungen der anderen. Erinnerungen an die Klosterschule, an die Ermahnungen der Schwestern kamen in ihr auf. Woher nahmen die Nonnen, nahm die Kirche ihre Weisheit? Etwa von Gott, der Menschen wie sie und Richard schließlich geschaffen hatte?

Ihre Gedanken hatten etwas Atemberaubendes. Erschreckend, weil sie die lasterhaften Empfindungen ihrer frühen Jugend in eine kühle Unerbittlichkeit führten, erregend, weil sie ihrem eigenen Geist entsprangen und die Anmaßung darstellten, sich einzig nach eigener Entscheidung zu verhalten. Wie leicht war plötzlich alles! Welch eine Wonne lag darin, sich ganz bewusst gegen die öffentliche Moral zu entscheiden! Es erschien ihr als der einzige Weg, sich von ihrer Vergangenheit zu befreien und sie zu vergessen.

Margaretha hatte kaum bemerkt, dass sie den Kopf erhoben hatte. Richard beugte sich hinab und küsste ihre Lippen. Es war wie einst, als sei die Zeit stehengeblieben seit jenem Septemberabend im Jahre 1619. Sie fühlte sich wieder wie das Mädchen, das sich verwirrt und arglos von einem fremden Mann auf einem dunklen Waldweg küssen ließ und dabei nichts als Seligkeit empfand.

«Du wirst sehen», murmelte Richard, «wie wunderbar Menschen wie wir leben können!»

Margaretha nickte mit geschlossenen Augen. Sie wollte vergessen, und sie begann bereits zu vergessen. Die Bilder verblassten in ihrem Geist, Maurice, Julius, Sophia, Angela, ihre Eltern, die Nonnen. Sie wurden ihr plötzlich gleichgültig und mit ihnen all die Zwänge, deren sie sich bedienten, um anderen das Leben zu vergällen. Aber es ist mein Leben, dachte sie, mein eigenes, einziges Leben! Ich bin mein Richter und außer mir nur noch Gott!

Ein heftiges Glücksgefühl über diese Erkenntnis erfüllte sie, und der letzte Kummer dabei war der Gedanke, dass sie einundzwanzig Jahre alt werden musste, ehe sie in diesen Genuss kam. Sie öffnete die Augen und bemerkte, dass die Sonne beinahe untergegangen war. Nur im Westen wurde der Himmel noch rötlich erhellt, die Häuser der Stadt aber lagen schon im Schatten. Hinter den Fenstern flammten die ersten Lichter auf.

«Wir sollten hineingehen», sagte sie, «hier auf dem Hof ist es so dunkel.»

«Du willst nicht nach Hause?», fragte Richard. Margaretha schüttelte den Kopf. Richard nahm ihre Hand, und nebeneinander gingen sie ins Haus, hinauf in das Schlafzimmer, das Margaretha in den ersten Nächten nach ihrer Hochzeit mit Maurice geteilt hatte. Sie erinnerte sich an den intensiven Duft, den Jitkas verschwenderisch verteilte Blüten und Parfums verströmt hatten. Jetzt war der Raum lange nicht benutzt worden und roch etwas verstaubt, doch diesmal überkamen Margaretha all die Gefühle, die sie damals vermisst hatte. Nie hätte sie geglaubt, dass sie so viel Liebe und Verlangen empfinden könnte. Und nie hätte sie gedacht, dass es einen Mann gab, der so zärtlich war wie Richard jetzt, als sie beide in dem dunklen Zimmer auf dem Bett lagen und ihre Gesichter sich so nah kamen. Daneben existierte nichts mehr, keine Skrupel, kein Gedanke an Maurice. Was bisher niemandem gelungen war, erreichte Richard in dieser Nacht: Margaretha vergaß ihre Kindheit, ihre Mutter, das Kloster und die Nonnen und gab sich ohne den leisesten Vorbehalt nur noch ihren eigenen Wünschen hin.

25

Schon früh am nächsten Morgen eilte Margaretha zum Haus der Lekowskys zurück, denn sie hoffte, dass sie zu so früher Stunde niemandem begegnen würde, der sie erkannte. Um den Kopf trug sie ein großes, dunkles Tuch geschlungen und ihre Augen hielt sie starr auf die Pflastersteine gerichtet. Sie begegnete nur einem Bauernmädchen, das einen Karren mit Milchkannen hinter sich herzog. Neugierig blickte es der elegant gekleideten Dame hinterher. Sie waren häufig morgens zu sehen, die vornehmen Frauen, die von ihren nächtlichen Liebesabenteuern zurückkehrten.

Zu Hause herrschte noch Ruhe, was Margaretha erleichterte. Ihre Unsicherheit Friedrich gegenüber kam ihr selbst lächerlich vor, dennoch war es natürlich einfacher, einer direkten Begegnung zu entgehen. Zum Glück fand sie die Haustür unverschlossen, da das Küchenmädchen schon die Milch hereingeholt hatte. Schnell huschte sie die knarrende Holztreppe hinauf. Es regte sich nichts, aber als sie den obersten Absatz erreichte, öffnete sich die gegenüberliegende Tür, und Luzia stand vor ihr. Sie trug einen hellen Morgenmantel, und ihre Haare waren zerwühlt. Sie sah jedoch nicht aus, als habe sie geschlafen.

«Oh», sagte Margaretha nach einer Schrecksekunde, «guten Morgen, Luzia.»

«Guten Morgen. Du kommst sehr spät. Oder sehr früh, wie immer man es sieht.»

«Ja … ich hoffe, du hast dich nicht gesorgt.»

«Aber nein. Ich wusste ja, wo du bist.»

Margaretha räusperte sich.

«Du siehst aus, als hättest du kein Auge zugetan», sagte sie, bereute es aber gleich darauf. Sie hätte sich jetzt nicht auf ein Gespräch einlassen dürfen, nicht am frühen Morgen und nicht mit einer gereizten, unausgeschlafenen Luzia.

Luzia hob die Augenbrauen.

«Ich nehme an, auch du hast kein Auge zugetan», meinte sie ungewohnt anzüglich.

Margaretha wurde zornig. Es hatte keinen Sinn, weiter so zu tun, als ob nichts sei. Entschlossen hob sie den Kopf.

«Was denkst du dir eigentlich?», fragte sie. «Wie kannst du hinter mir herspionieren? Hinter der Tür warten, bis ich heimkomme, und mich dann zur Rede stellen, als sei ich ein kleines Kind!»

Luzia ging auf ihre Worte gar nicht ein.

«Wenn du wüsstest», sagte sie, «wie du aussiehst!»

«Wie sehe ich denn aus?» Margaretha blickte an sich

hinunter. «Ich habe mein bestes Kleid an, meine Haare sind gekämmt, und übertrieben geschminkt bin ich auch nicht!»

«Das meine ich nicht. Es ist dein Gesichtsausdruck. Du siehst so … seltsam zufrieden aus!»

Du alte Jungfer, hätte Margaretha beinahe geantwortet, was verstehst du schon davon? Aber Luzia war ihre Freundin, und diese Kränkung schien ihr zu bitter, so wiederholte sie nur: «Seltsam zufrieden?»

«Wie jemand, der sein Ziel erreicht hat», erklärte Luzia. «Du hast letzte Nacht bekommen, was du schon lange wolltest, nicht?»

«Und wenn? Was geht es dich an?»

«Du lebst in meinem Haus.»

«Ich kann dich beruhigen. Ich werde meine Sachen packen und noch heute in unser Haus übersiedeln!»

«In Maurice' Haus», sagte Luzia langsam, «du schamlose Person!»

Wortlos wollte Margaretha in ihr Zimmer gehen, um nicht doch noch Dinge zu sagen, die sie später bereuen würde, aber da öffnete sich eine weitere Tür und Friedrich erschien.

«Was ist denn hier los?», fragte er.

«Das kann dir Margaretha erklären», antwortete Luzia. «Sie ist nämlich gerade nach Hause gekommen. Frag sie doch, wo und wie sie die Nacht verbracht hat!»

«Ich glaube, das geht uns wirklich nichts an», meinte Friedrich kalt.

«So ist es!», bestätigte Margaretha. «Kann ich jetzt vielleicht in mein Zimmer gehen?»

«Richard von Tscharnini», fuhr Luzia fort, «er ist es, mit dem du deinen Mann betrügst. Er ist es, den du immer und unter allen Umständen haben wolltest. Jetzt ist die Gelegenheit da – und wirklich, du nutzt sie gründlich. In einer Stadt, in der über Wochen der Tod wütete, in der Hunderte starben, in der Hunger und Elend herrschen, in dieser Stadt findet ihr einander. Er, dem die Pest die Frau genommen, und du, der sie das Kind genommen hat. Aber all das kann dich nicht zurückhalten in deiner unersättlichen Gier, mit der du ihn verfolgst!»

Margaretha presste die Lippen aufeinander. Sie musste sich beherrschen, um Luzia nicht zu schlagen. Das war ihre sanfte, verständnisvolle Freundin? Ganz benommen sah sie auf die gehässige, höhnische, zeternde Frau vor ihr.

«Ich habe es geahnt», sagte Luzia, «seit unserem Besuch bei den Tscharninis im Mai ahnte ich es. Ich begriff, dass du dich damals in der Neujahrsnacht nicht geschlagen gegeben hast und dass du seither deinen Plan, ihn eines Tages zu bekommen ...»

«So ist es nicht wahr, ich ...» Margaretha brach ab und sagte stattdessen: «Ich brauche mich vor dir nicht zu verteidigen!»

Luzias Augen wurden schmal.

«Du bist nicht besser als jede billige Mätresse», flüsterte sie.

«Luzia, das reicht», fuhr Friedrich sie an, «was Margaretha auch tut und wie immer wir darüber denken, es ist dennoch allein ihre Sache.»

«Es kann nicht nur ihre Sache sein. Sie war meine Freundin, ich habe ihr vertraut!»

«Warum», fragte Margaretha, «ist plötzlich diese merkwürdige Moral in dir erwacht? Ich dachte, du hättest für alles Verständnis, für wirklich alles!»

Luzia krallte ihre Finger ineinander. Ihr Gesicht nahm beinahe denselben grünlichen Farbton an wie die Ornamente auf der Tapete hinter ihr. «Für alles», erwiderte sie heiser, «aber nicht dafür, dass du Richards Geliebte wirst. Verstehst du, nicht Richards Geliebte!»

Plötzlich begriff Margaretha. Ihre Augen weiteten sich, ihr Mund blieb offen stehen. Dieses bleiche, spitze, zitternde Mädchen, das sie eben zum ersten Mal unbeherrscht und zornig erlebt hatte, es stand vor ihr mit dem ganzen Hass einer zutiefst verletzten, gekränkten und betrogenen Frau. Ereignisse fielen ihr ein, die lange zurücklagen und von ihr seinerzeit als bedeutungslos betrachtet wurden. Nun verstand sie kaum, warum sie sie nicht gleich richtig gedeutet hatte. Da war der Kampf am Weißen Berg, als sie nach langer, banger Nacht die Nachricht von Richards Heimkehr erhielten, und sie sah wieder die aufleuchtende Zärtlichkeit in Luzias Augen, die sie als Wissen und Verständnis zu erkennen geglaubt hatte. Dabei war es die unsagbare Erleichterung einer geängstigten Frau gewesen. Und später der Neujahrsball, als Luzia ohnmächtig zu Boden sank, weil Richards und Theresias Verlobung bekannt gegeben wurde. Später hatte sie, Margaretha, die schreckliche Entscheidung gefällt, Richard zu retten und Julius sterben zu lassen, und heute kam ihr die stillschweigende Zustimmung Luzias zu Bewusstsein. Luzia liebte Richard, seit vielen Jahren, aussichtslos und quälend. Margaretha hörte wieder ihre Stimme, wenn sie aus ihrer Kindheit erzählte: «… und Richard nahm mich vor sich auf sein Pferd, und wir ritten durch die Wälder, und ich wünschte, wir würden nie wieder stehenbleiben …»

Sie liebt ihn so, wie ich ihn die ganze Zeit über geliebt habe, dachte Margaretha, und in ihren Augen waren wir Verbündete, keine Rivalinnen, denn sie glaubte, auch ich hätte keine Chance. Nun bin ich einen Schritt weiter gegangen.

«Ach, Luzia», sagte sie hilflos, «ich wusste es wirklich nicht.»

Friedrich wandte sich ab, verschwand in seinem Zimmer und schlug die Tür hinter sich zu.

«Ich hasse dich!», stieß Luzia hervor. «Ich hasse dich, Margaretha von Ragnitz, mitsamt deinem blonden Haar und deinen blauen Augen. Um am meisten hasse ich dein Lächeln, dieses falsche, unnatürliche Lächeln, das du aufsetzt, sobald du einen Mann nur von fern siehst. Ich hasse es und all die anderen Künste, die Frauen wie du anwenden, um die Männer in ihre Netze zu locken!»

«Luzia, hör auf», bat Margaretha, «ich wusste doch nicht ... ich konnte doch wirklich nicht annehmen ...»

«Was konntest du dir nicht vorstellen? Dass die unscheinbare Luzia sich erdreisten würde, ihr Herz an einen Mann wie Richard zu hängen?» Luzia lachte höhnisch auf. «O Gott», sagte sie, «wenn du wüsstest, wie sehr ich ihn liebe.»

«Warum hast du dann nicht auch Theresia gehasst?»

«Es ist ein Unterschied zwischen einer Ehefrau und einer Geliebten. Außerdem war Theresia wie ich.»

Ja, dachte Margaretha, sie war wie du. Schwach und zart. Warum verfallen solche Frauen einem Mann wie Richard, wenn sie sein Wesen nicht ertragen können?

«Wenn ich das gewusst hätte», sagte sie, «dann wäre ich jetzt nicht so nach Hause gekommen. Ich wollte dich nicht verletzen, Luzia, glaub mir das!»

Luzia fischte ein Taschentuch hervor und putzte ihre Nase. Durch das kleine Flurfenster fiel jetzt die Morgensonne und beleuchtete ihr blasses Gesicht.

«Es ist gut», murmelte sie, «geh nur zu ihm!» Mit hängenden Schultern schlich sie in ihr Zimmer. Margaretha wusste, dass sie Richard in diesem Moment aufgab und alle Träume, die sie an ihn gebunden hatte. Sie wollte ihr folgen, doch die Tür wurde mit einem Ruck vor ihrer Nase geschlossen.

Nie hätte sie geglaubt, dass die sanfte Luzia so reagieren könnte. Sie hatte sich immer eingebildet, ihre Freundin sei aus irgendeinem Grund gegen die Liebe unempfindlich, aber das war wohl ein dummer Gedanke gewesen. Es schmerzte, sich zu überlegen, dass sie Luzia möglicherweise verloren hatte, doch sie beschloss, vorläufig nicht darüber nachzudenken. Sie wollte so rasch wie möglich fort von hier und sich erst wieder melden, wenn sich der Sturm gelegt haben würde.

Sie ging in ihr Zimmer, wo Dana am Frisiertisch stand und sich die Haare kämmte. Margaretha hatte sie im Verdacht, die ganze Zeit an der Tür gelauscht zu haben.

«Weißt du, was geschehen ist?», fragte sie.

«Ja», antwortete Dana, «und ich finde …»

«Bitte, verschone mich damit. Du weißt alles und das reicht. Du wirst nach Belefring zurückreisen.»

«Aber, Frau Gräfin», rief Dana empört, «das können sie mir nicht antun! Ich will nicht fort!»

«Es geht nicht anders!» Margaretha ging zu ihren Schränken und zerrte ihre Kleider heraus. «Ich werde von heute an im Haus des Grafen wohnen.»

«Zusammen mit Richard von Tscharnini?»

«Ja.»

«Und warum kann ich nicht bei Ihnen bleiben, als Ihre Zofe?»

«Ich will es nicht», erwiderte Margaretha kurz.

«Aber wer soll den Haushalt führen? Sie brauchen doch jemanden …?»

«Ich brauche niemanden. Ich schaffe das schon. Ich will mit Richard allein sein.»

«Und was sage ich in Belefring?»

«Das ist mir gleichgültig. Erzähle ihnen, dass jetzt noch andere Freundinnen von Luzia Lekowsky im Haus leben und es einfach keinen Platz mehr gibt und Luzia genug Dienstboten hat!»

Dana schüttelte den Kopf.

«Wirklich, Madame, Sie sollten …»

«Sieh mich nicht so empört an! Schließlich hast du mir auch geraten, Richard wieder aufzusuchen!»

«Als ich von Aufsuchen sprach, meinte ich natürlich nicht, dass Sie mit ihm … und dann noch im Haus des Grafen …»

«Ach, rede jetzt nicht mehr», unterbrach Margaretha, «pack deine Sachen. Du gehst nach Belefring!»

Dana schien ernstlich erzürnt, doch Margaretha kümmerte sich nicht darum. Der Streit mit Luzia hatte ihr den letzten Anstoß gegeben. Sie wollte fort, nur fort zu Richard und nichts sonst mehr sehen und hören.

Der August ging dahin, und sie verlebten ihn auf Schloss Tscharnini, tief im Wald, wie viele Jahre zuvor, doch diesmal blieben sie ganz allein. Abgeschieden von der Welt genossen sie Woche um Woche.

Gleichzeitig, aber getrennt waren Margaretha und Richard hierhergereist, denn in Prag zusammen zu leben wäre gefährlich geworden. Die Menschen achteten dort aufeinander und ließen niemanden zufrieden. Margaretha wollte sich nicht den verachtungsvollen Blicken der Bürgersfrauen aussetzen, und sie wollte weit fort von Luzia. In der Einsamkeit vergaßen sie alles Vergangene, sorgten sich nicht um die Zukunft, lebten einzig und allein für den Tag. Es war eine Zeit von unglaublicher Vollkommenheit. Sie gingen spazieren oder ritten, sie unterhielten sich, lachten, tranken Wein, sie pflückten Obst von den Bäumen, lagen im Gras und spürten die kitzelnden Grashalme unter ihren nackten Füßen. In einem kleinen See im Wald brachte Richard Margaretha das Schwimmen bei, und nachdem sie es einmal gelernt hatte, konnte sie kaum noch etwas anderes tun, als immer wieder in das kühle Wasser zu steigen und sich dann den Körper von der warmen Sonne trocknen zu lassen. Ganze Tage verbrachten sie am See, erst am Abend liefen sie durch den Wald zum Schloss zurück.

Einmal trafen sie dort den jungen Holzfäller, der seinerzeit im Herbst des Jahres 1620 Margaretha vor den herannahenden Bayern gewarnt hatte. Er erkannte sie sofort und kam auf sie zu.

«Guten Tag, Herr Baron, guten Tag, Frau Baronin», grüßte er ehrerbietig. Zweifellos hielt er Margaretha für Richards Frau. Diese fand nicht sofort eine Entgegnung, aber Richard überspielte ihre sekundenlange Verlegenheit.

«Schön, dich wieder zu sehen, Frantisek. Du hast den Krieg bis jetzt gut überstanden, wie es scheint.»

«Ja, Herr, das habe ich. Und ich freue mich, dass die Frau Baronin es damals geschafft hat, heil nach Prag zu kommen. Ich hätte das nicht gedacht, denn die alte Lioba haben sie ein paar Tage später im Wald gefunden, aufgehängt an einem Baum. Die Feinde haben sie in die Hände bekommen.»

«Wie schrecklich», rief Margaretha schaudernd, «das wusste ich nicht. Lioba und ich … verloren einander auf der Flucht aus den Augen …»

Sie plauderten noch eine Weile, Richard erzählte dem jungen Mann, dass der alte Baron gestorben sei, und Margaretha stand glücklich neben ihm. Es war so schön, wenigstens von einem einzigen Menschen als seine rechtmäßige Frau angesehen zu werden.

Das Leben im Schloss war wie früher, und es war zugleich ganz anders. Die Erinnerungen, die zwischen dem Damals und der Gegenwart lagen, schienen ausgelöscht. Margaretha war ein Kind gewesen, so erwachsen sie sich auch gedünkt hatte. Heute kam es ihr vor, als müsse jeder erkennen, wie sehr sie sich seitdem verändert hatte.

Am wundervollsten erschien ihr die Freiheit, die sie sich mit einem Mal nahm. An einem Nachmittag döste sie auf ihrem Bett, und sie lag dort, wie sie es nie getan hatte, wenn Maurice ihr zusah. Ihre lockigen Haare verteilten sich wirr über das ganze Kissen, aber ihr Gesicht hatte sie sorgfältig geschminkt, die Brauen mit Ruß geschwärzt und die Lippen dunkelrot gemalt. Auf dem rechten Wangenknochen klebte ein Schönheitspflaster aus schwarzem Samt, und an den Ohren funkelten rotgoldene Ringe. Sie trug nichts als einen hellgelben, seidenen Mantel, ihr linkes Bein hatte sie unter zerknäulten Leintüchern hervorgestreckt. Ihr linker Arm mit dem flachen goldenen Reif unterhalb der Schulter lag unter dem Kopf. Richard hatte ihr dieses Schmuckstück geschenkt, weil er fand, er passe zu ihnen beiden, und er mochte recht haben damit. Die eingesetzten Smaragde leuchteten provozierend und protzig auf dem Weiß ihres runden Oberarms.

Margaretha wandte langsam ihren Kopf, öffnete die Augen und blinzelte in das helle Sonnenlicht. Der Blick suchte Richard, der aufgestanden und an eines der Fenster getreten war.

«Richard», murmelte Margaretha halblaut. Er drehte sich zu ihr um.

«Hast du geschlafen?», fragte er.

«Ein bisschen. Kommst du wieder ins Bett?»

«Was sollen nur die Leute von uns denken!»

«Es gibt niemanden außer uns.» Margaretha streckte die Arme nach ihm aus und ließ den Morgenrock weiter auseinander gleiten. Nur lieben und faul sein, einen ganzen Tag lang, wenn sie wollte, auch eine ganze Woche lang. Sie reckte sich ein wenig, nahm eine Locke zwischen ihre Finger. Sie konnte sich endlich fallen lassen, und wenn auch alles, was sie tat, Unmoral und Sünde war, so schien es ihr doch das Schönste auf der Welt. Und seit Wochen hatte sie nicht mehr von Julius geträumt, hatte ohne Tränen an ihr totes Kind gedacht.

«Trotz der Zeit, in der wir leben», hatte Richard gesagt. Margaretha spürte einen Triumph, wenn ihr diese Worte in den Sinn kamen. Sie waren geflohen aus der pestverseuchten Stadt, vor dem Krieg, vor den verbitterten Menschen. Hier nahmen sie sich ihr Recht auf Jugend und Freude.

«Ich werde diese Zeit mit dir nie vergessen», sagte Margaretha versonnen. Richard trat näher und lehnte sich über die Pfosten am Fußende des Bettes.

«Keiner von uns beiden wird das vergessen», meinte er. «Du bist so schön.» Er berührte sacht mit dem Finger ihren Fuß. «Weißt du, dass ich dich stundenlang ansehen könnte?»

Margaretha lächelte ihm zärtlich zu. Das war ja das Herrliche an ihrem Zusammensein mit Richard, es bedurfte nie einer Anstrengung. Sie musste nicht ständig mit dem Gefühl der Unterlegenheit kämpfen wie bei Maurice. Richard war nicht mehr als sie. Er konnte manchmal seine männliche Überlegenheit herauskehren oder sie auslachen, doch das schien ihr nur wie ein Spiel, und sie ging kokett darauf ein.

«Denkst du auch manchmal an die Zeit», fragte sie, «in der du mich nicht einmal mehr ansehen darfst?»

«Ja, oft. Sie wird kommen, Margaretha. Maurice kehrt eines Tages zurück und schon vorher, wenn der Herbst kommt, muss ich wieder nach Prag.»

«Ich weiß.» Margaretha richtete sich auf und kuschelte sich gegen das Federkissen, das sie im Rücken hatte.

«Aber», fuhr sie fort, «ich werde deinetwegen nie wieder Schmerzen empfinden. Denn ich hatte dich und ich hatte diese Wochen, und die Erinnerung daran wird mir ewig bleiben. Das kann mir niemand wieder wegnehmen!»

«Es klingt schön, was du sagst», meinte Richard. Er ließ sich neben ihr auf dem Bett nieder und lächelte sie an.

«Trotzdem werden wir traurig sein», sagte er. «Sieh nur hinaus in den tiefblauen Himmel. Diese Farbe nimmt er an, wenn der Herbst schon beinahe da ist. Die Morgen und die Abende sind kühler geworden in der letzten Zeit, das Obst bald überreif, und die Spitzen der Blätter färben sich gelb. Unsere Zeit geht vorbei, Liebling, ohne dass wir es richtig bemerken.»

Margaretha sah ihn an, auf ihrem Gesicht lag eine sanfte, verständnisvolle Ruhe, die er nie an ihr gekannt hatte.

«Ich werde bestimmt darum weinen», sagte sie, «dass wir nicht festhalten können, was das Schönste und Wunderbarste in meinem Leben war.»

«Wir können niemals die Dinge zurückholen.»

«Nein, aber es ist auch nicht wirklich schlimm», sagte Margaretha. «Ich habe viel darüber nachgedacht. Weißt du, in jener Neujahrsnacht, als ich glaubte, dich endgültig zu verlieren, da weinte ich weniger um den augenblicklichen Verlust als um das, was ich nun niemals mehr erleben würde. Und ich glaube auch jetzt, dass das Verlieren nicht schlimm ist, trotzdem es schmerzt. Viel qualvoller ist eine nie gestillte Sehnsucht. Was wir erleben, und wenn es nur einen Augenblick dauert und dann bereits für immer vorüber ist, das gehört uns doch und wir werden es immer besitzen.»

Richard beugte sich über sie und küsste ihre Stirn.

«Wie weise du bist», flüsterte er lächelnd. «Wenn es wahr ist, was du sagst, dann sind wir die reichsten Menschen der Welt. Unser Reichtum ist der schönste Sommer, den je ein Mann und eine Frau miteinander verbracht haben. Denk nur immer daran, wenn du um mich weinst!»

Am 30. September 1625 musste Richard nach Prag zurück, da seine Familie ihn brauchte und er seine wichtigen Geschäfte nicht länger liegenlassen konnte. Margaretha ihrerseits wollte einige Tage später nach Belefring reisen. Es war unmöglich vorauszusehen, wann Maurice dort auftauchen würde, da sein schwankender Gesundheitszustand ihm jeden Tag die weitere Teilnahme an den kriegerischen Auseinandersetzungen verbieten konnte, je näher der Winter kam.

Sie nahmen Abschied an einem frühen Morgen, es war noch fast dunkel. Margaretha stand draußen an die Hauswand gelehnt, als Richard mit dem letzten Gepäck herauskam. Sein Gesicht war konzentriert, als sei er in Gedanken schon bei seiner Arbeit. Margaretha betrachtete ihn lächelnd. Es ging ihm nicht so schrecklich nah, dass sie sich trennen mussten, aber heute war sie bereit, das zu verzeihen. Sie nahm ihn hin mit all seinen Fehlern, diesen Mann, den sie vor dem Henker gerettet hatte und der deshalb ihr gehörte.

«Glaubst du, dass wir uns wieder sehen?», fragte sie. Richard nahm sie in die Arme.

«Ich weiß es nicht», sagte er, «ich wünsche es mir. Ich werde jedenfalls ständig nach dir Ausschau halten.»

«Ich werde immer für dich da sein», versprach Margaretha, aber da kamen ihr plötzlich doch die Tränen. «Ich will nicht, dass wir uns trennen», flüsterte sie schluchzend.

«Aber, Margaretha», sagte Richard und fing eine ihrer Tränen auf, «du weißt doch, dass du nichts verlierst, wenn ich jetzt gehe. Du hast es mir selbst erklärt.»

«Ich weiß», entgegnete Margaretha, doch es klang ein wenig jämmerlich.

«Na, siehst du. Ich reite jetzt am besten ab. Wir wollen den Abschied nicht zu lang werden lassen.»

«Richard!» Sie hielt seine Hand fest. «Wir müssen uns wiedersehen. Bitte!»

«Natürlich. Es wird noch viele Sommer für uns geben. Wenn der Krieg nur recht lange dauert und dein Mann immer beschäftigt ist!» Er küsste sie.

«Und jetzt hör auf zu weinen, Liebling!» Er schwang sich auf sein Pferd. Margaretha blickte ihm nach.

Wenn ich die nächsten Minuten überstehe, ohne zu verzweifeln, dann verletzt mich nie wieder etwas, dachte sie.

«Grüß Maurice von mir!», rief Richard lachend. Sein Lachen verschmolz mit dem schnellen Hufschlag; es verhallte in der Morgendämmerung, bis nur noch das Rauschen der Blätter zu hören war, an denen der Herbstwind zerrte. In einem der oberen Fenster stand eine Kerze und sandte Richard ihr sanftes goldenes Licht hinterher.

Zweites Buch

1

An einem heißen Hochsommertag des Jahres 1630 näherte sich eine kleine Gruppe von Reitern Schloss Belefring, das still und schläfrig in der drückenden Mittagssonne lag. Den Reitern konnte jeder gleich ansehen, dass sie einen langen Weg hinter sich hatten. Ihre einfache Kleidung war mit Staub bedeckt, die Pferde trotteten erschöpft die schmale Straße auf das Schloss zu. Dort waren alle Fensterladen geschlossen, um einen Rest von Kühle im Inneren der Räume zu bewahren, denn die Hitze war seit Tagen fast unerträglich. Alle Blumen vor dem Portal ließen ihre Köpfe hängen, sogar die Bienen schienen träge und brummten schwerfällig von einer welken Blüte zur nächsten. Es schien sich nichts zu rühren auf dem ganzen Anwesen, doch als die Männer näher kamen, sahen sie eine schwarzweiße Katze hinter einem Baum hervorkommen, gefolgt von einem spärlich gekleideten jungen Mädchen mit braunen Armen und einem frischen Gesicht. Sie sah die Männer zunächst nicht, wurde ihrer dann gewahr und blieb überrascht stehen. Der Vorderste von ihnen zog seinen Hut.

«Guten Tag!», rief er. «Wie schön, ein lebendes und zudem so reizendes Wesen zu treffen! Kannst du uns sagen, bezauberndes Kind, wo wir uns hier befinden?»

Die Arme in die Hüften gestützt, schlenderte das Mädchen lässig heran. Sie blieb dicht vor den Pferden stehen, warf ihre langen schwarzen Haare zurück und blickte die Männer aus großen, dunklen Augen ohne Scheu an.

«Auf Schloss Belefring», antwortete sie, «dem Besitz des Grafen Lavany.»

«Graf Lavany», wiederholte einer der Männer, «ich habe von ihm gehört. Ist er nicht Offizier im Heer des Generals Wallenstein?»

«So ist es, mein Herr», bestätigte das Mädchen. «Daher ist er auch nicht zu Hause!»

«Vielleicht wird er bald wiederkommen. Mit dem Generalissimus Seiner Majestät des Kaisers steht es nicht zum Besten …» Der Mann lachte und lehnte sich im Sattel ein wenig vor.

«Glaubst du, wir könnten hier etwas Wasser für uns und unsere Pferde bekommen?», fragte er.

«Das glaube ich sicher.»

«Gut. Die Frau Gräfin ist wohl zu Hause?»

«Ja – ich werde sie holen!» Das Mädchen wollte zum Haus, aber einer hielt sie mit der Frage zurück:

«Wie heißt du denn?»

«Anna. Ich bin …» Das Mädchen senkte die Stimme ein wenig, schlug geheimnisvoll die Augen nieder und öffnete sie langsam. «Ich bin Anna, die Hexe!»

«Oh!» Alle vier Männer mimten abergläubisches Staunen.

«Bei Gott!», rief einer. «Wären alle Hexen so schön, ich wünschte, es gäbe mehr von ihnen!»

«Lästerliche schwarze Augen hast du, kleine Hexe!»

Unter den vielen begehrlichen Blicken wurde Anna ein wenig unsicher, doch ihr lächelnder Mund und die glänzenden Augen verrieten auch, dass sie Gefallen an der Situation fand. Allzu schnell wurde das Spiel aber unterbrochen, denn die Haustür öffnete sich und zwei Frauen traten nacheinander heraus.

«Ich wollte die Männer gerade zum Haus bringen», sagte Anna etwas schuldbewusst.

Dana und Margaretha kamen näher. Die Fremden erkannten sofort, dass Margaretha die Gräfin Lavany sein musste. Sie sprangen von ihren Pferden und verbeugten sich.

«Frau Gräfin», sagte der Anführer, «wir sind Reisende auf dem Weg nach Kolin und bitten um etwas Wasser!»

«Natürlich», erwiderte Margaretha, «seid uns willkommen. Ein Diener wird sich um eure Pferde kümmern. Möchtet ihr hereinkommen?»

In der Eingangshalle konnten die Gäste auf einer Holzbank Platz nehmen. Jitka brachte große Krüge mit Wasser herbei, dazu Brot und Käse. Die Fremden machten sich mit großem Appetit darüber her. Die Frauen sahen ihnen zu und warteten darauf, dass der erste Hunger gestillt wäre. In der Einsamkeit des Schlosses war jeder Gast ein willkommener Nachrichtenbote. Beinahe nichts wurde in diesen Kriegsjahren so ersehnt wie die neuesten politischen und militärischen Meldungen. Als vom Essen nichts mehr übrig war, fragte Margaretha: «Kommt ihr von Prag her?»

«O ja, Frau Gräfin, wir kommen direkt aus Prag. Und interessante Dinge haben wir dort gehört.»

«Wirklich?»

«Nun, man munkelt … dass der Kaiser General Wallenstein entlassen hat.»

«Das ist doch nicht möglich!», rief Margaretha. «Wallenstein, seinen Generalissimus und Vertrauten?»

«Er musste dem Drängen der Kurfürsten nachgeben», erwiderte einer der Männer, «bei der Regensburger Versammlung haben sie ihn dazu gezwungen. Allen voran natürlich Maximilian von Bayern.»

«Wallenstein ist zu mächtig geworden», setzte ein anderer hinzu, «und deshalb konnte sich der Kaiser seiner Treue nicht mehr sicher sein.»

Margaretha dachte über diese Worte nach. In den vergangenen Jahren war kein Name so häufig genannt worden wie der des Herzogs von Friedland. Seit Wallenstein fünf Jahre zuvor im Frühjahr 1625 ein eigenes Heer aufgestellt hatte, um für den Kaiser zu kämpfen, war seine Macht unaufhaltsam gestiegen, zugleich sein Ruhm und sein Ansehen. Fast war er ein Mythos, und man ahnte, dass er einst zu den schillernden Figuren seiner Epoche gehören würde. Er ritt von Sieg zu Sieg, sein Heer wuchs, war ein Muster an Stärke, Disziplin und Loyalität. Er bestimmte die Politik des Kaisers und war in den Augen der Kurfürsten ein machthungriger, von rasendem Ehrgeiz getriebener Soldat, den niemand wirklich durchschauen konnte. Sie lauerten auf eine Gelegenheit, den ungeliebten Heerführer loswerden zu können. Diese bot sich, als der Kaiser im Jahre 1629 das Restitutionsedikt erließ, das einen Aufruhr im Reich hervorrief und entscheidend wurde für den weiteren Verlauf des Krieges. Der Kaiser wollte mit diesem Edikt sämtliche Klöster, die noch unter der Herrschaft eines protestantischen Reichsfürsten standen, wieder der Macht der katholischen Kirche unterstellen, was einen vernichtenden Schlag gegen den deutschen Protestantismus bedeutet hätte. Die Protestanten kündigten einen Widerstand bis zum Äußersten an. Wallenstein, im religiösen Bereich eher tolerant, sah blutrünstige Kämpfe voraus, die alle bisherigen Gräuel dieses Krieges übertreffen würden. Er wandte sich gegen das Edikt, was ihn in den Augen der Reichsfürsten noch gefährlicher erscheinen ließ. Jahrelang hatte er versucht, die Machtstellung des Kaisers zu festigen, was nur auf Kosten des hohen politischen Einflusses der Fürsten geschehen konnte. Sie nutzten den Kurfürstentag in Regensburg im Juli 1630, um den ungeliebten Feldherrn endlich loszuwerden. Der Kaiser, dessen größtes Problem in diesen Tagen darin bestand, wie er die Nachfolge auf dem Thron für seinen Sohn durchsetzen konnte, ließ sich erpressen. Er begriff, dass es für ihn gar keine Möglichkeit gab, sich seinen Herzenswunsch erfüllen zu lassen, wenn er der Forderung nach Entlassung Wallensteins nicht nachgab. Er sah sich nicht in der Lage, dem unerbittlich vorgetragenen Verlangen der Kurfürsten Widerstand entgegenzusetzen. Am 13. August 1630 gab er die Entlassung des Generalissimus bekannt.

«Wer wird nun das Kommando übernehmen?», erkundigte sich Dana.

«Freiherr von Tilly und Herzog Maximilian. Sie werden es nicht leicht haben. Schon jetzt haben viele Offiziere ihren Abschied genommen, und eine Menge Soldaten sind einfach desertiert. Sie wollen nur unter Wallenstein kämpfen.»

Margaretha lauschte voller Interesse. Wenn das Heer in seiner Auflösung begriffen war, konnte das auch Maurice' Heimkehr bedeuten. Sie wusste, dass er ein Gegner des Restitutionsedikts war und zudem die Absetzung Wallensteins als Verrat empfinden würde.

«Das Schreckliche ist», fuhr ein Mann fort, «dass am 4. Juli die Schweden in Usedom gelandet sind. Mit einem riesigen Heer.»

«Es ist eine Tollheit vom Kaiser, gerade jetzt Unsicherheit in der Armee zu verbreiten», meinte ein anderer.

«Die Schweden werden versuchen, bis weit ins Reich vorzudringen. Dann sei Gott uns gnädig!»

«Ich jedenfalls habe genug vom Krieg», sagte ein besonders ärmlich und zerlumpt aussehender Mann, «ich bin Bauer und seit Jahren fort von daheim. Meine Frau muss mit allem allein fertig werden, dazu hat sie noch die kleinen Kinder und meine alten Eltern, die auch keine Hilfe leisten können. Sie schafft es kaum, die vielen hungrigen Mäuler satt zu bekommen.»

«Ihr stammt alle aus Böhmen?», erkundigte sich Margaretha.

«Ja, aus der Gegend um Königgrätz. Fast alles Land dort gehört Wallenstein. Aber es ist kein schlechtes Leben da, wirklich nicht.»

«Aber wer weiß, wie es jetzt zu Hause aussieht», mischte sich ein anderer ein, «die Felder sind lange nicht mehr richtig bestellt worden. Während wir einen aussichtslosen Krieg führen, verödet unser Land.»

«Warum aussichtslos?»

«Er dauert zu lange, Frau Gräfin. Was soll denn noch dabei herauskommen? Ich will endlich wieder bei meiner Familie sein und leben wie früher.»

«Sie werden sich, mit Verlaub, nicht vorstellen können, was die letzten Jahre für uns einfache Leute gebracht haben. Wenn der Herr Graf in den Krieg zieht, dann lässt er Männer zurück, die sich um seinen Besitz kümmern, und in seinem Schloss geht alles so wie immer. Aber bei uns sind es nur die Frauen, die dableiben, und kein Mensch kann allein so viel arbeiten, wie es nötig wäre. Viele überstehen diese harten Jahre nicht.»

Margaretha sah betreten zu Boden. Sie schämte sich, über diese Seite des Krieges nie nachgedacht zu haben. In ihrem seidenen Kleid, mit den vielen Perlen um Hals und Arme fühlte sie sich plötzlich unwohl. Sie beschloss, für die Männer wenigstens so viel zu tun, wie sie konnte.

«Wollt ihr nicht ein wenig ausruhen und die Nacht hier im Schloss verbringen?», schlug sie vor. Ihr Angebot wurde mit großer Begeisterung angenommen. Jitka brachte Bier, und so wurde der Abend recht fröhlich. Am wohlsten fühlte sich Anna. Sie vergaß jede Hemmung und flirtete mit jedem Mann, so sehr, dass sie bald die ebenfalls nicht gerade zurückhaltende Dana aus dem Feld schlug. Ihre schwarzen Haare flogen, ihr Lachen klang hell durch den hohen Raum. Margaretha, die sich ein wenig abseits hielt, beobachtete sie amüsiert. Sie hatte noch immer das blasse, verängstigte Hexenkind vor Augen. Jetzt bewunderte sie Annas Kunstfertigkeit beim Flirten.

Immer wenn sie das Mädchen sah, kam sich Margaretha uralt vor. Sechsundzwanzig war sie und das in einer Zeit, die niemanden schonte und die Menschen früh altern ließ. Sie vermochte kaum zu begreifen, wie rasch die Jahre vergangen waren. Eben noch war sie als halbes Kind aus dem Kloster durchgebrannt, und nun stellte sie fest, dass das bereits zehn Jahre zurücklag. Zehn Jahre in Böhmen, zehn Jahre fort aus Bayern, ohne das geringste Wissen um ihre Familie und um ihre Freunde. Sie erinnerte sich an die Verzweiflung, die sie anfangs empfunden hatte und an ihr Verlangen zurückzukehren.

In den letzten fünf Jahren hatte sie Maurice viermal gesehen, wenn er für einige Wochen nach Hause kam. Erstaunlicherweise schien ihm der Krieg gut zu bekommen. Er war schmaler geworden und braun gebrannt, seine Haare mittlerweile vollständig grau. Er hatte sich Margaretha gegenüber eher wie ein Besucher und nicht wie ihr Mann benommen, er verhielt sich außerordentlich höflich und distanziert. Immerhin kam es zu keinem einzigen Streit. Und nun schien es, als kehre Maurice für längere Zeit zurück. In Margaretha keimte bereits ein Plan. Gäbe es irgendeine Möglichkeit, dann wollte sie ihn dazu bewegen, ihr ihren größten Wunsch zu erfüllen.

Neuigkeiten verbreiteten sich nur langsam im dünn besiedelten Böhmen, dem durch Pest und Krieg menschenarm gewordenen Land. Dennoch gelangte einige Tage, nachdem die fremden Reiter nach Belefring gekommen waren, die Bestätigung der schrecklichen Nachricht ins Schloss, dass die Schweden unter König Gustav Adolf tatsächlich immer weiter vordrangen. Gustav Adolf pries sich als Retter der durch das Restitutionsedikt in Bedrängnis geratenen Protestanten, doch bei vielen bestand die Vermutung, dass die Schweden in Wahrheit von politischen Motiven geleitet würden, nämlich von ihrem Interesse, gegen das mächtige Haus Österreich-Spanien vorzugehen.

In Margarethas Vorstellung war der Norden Deutschlands so weit von Böhmen entfernt, dass sie jeden Gedanken an die Schweden zurückdrängte. Sie war mit anderen Plänen beschäftigt und entschlossen, sie bei Maurice' Heimkehr zu verwirklichen.

Sie hatte sich nicht getäuscht. Ende August traf Maurice ein, angestrengt, müde und erbost über das Vorgehen des Kaisers. Margaretha hatte ihn nie so zornig erlebt. Er warf seinen Hut mit unbeherrschtem Schwung auf einen Sessel und stützte sich schwer atmend auf die Fensterbank.

«Ausgerechnet jetzt», sagte er, «haben wir niemanden, der das Heer befehligt, außer diesem unfähigen Tilly und Herzog Maximilian, der nur persönliche Machtinteressen im Kopf hat! Wie kann der Kaiser nur so dumm sein!»

Margaretha trat scheu einen Schritt näher. Maurice spürte ihre Bewegung und drehte sich um.

«Habe ich dich erschreckt?», fragte er. «Verzeih mir! Das ist nur der Ärger der letzten Wochen.»

«Ach, Maurice, ich verstehe deinen Zorn», sagte Margaretha. Sie trat dicht an ihn heran, nahm seinen Arm und schmiegte sich an ihn.

«Es war ein schwerer politischer und militärischer Fehler des Kaisers, den General zu entlassen», sagte sie mit so viel Verständnis wie möglich in der Stimme. Maurice blickte amüsiert in ihr ernsthaftes Gesicht.

«Liebling, du bist wahrscheinlich klüger als der Kaiser», meinte er.

«Ich besitze einen viel feineren Sinn für die Wirklichkeit, als du immer glaubst», antwortete Margaretha.

«Davon bin ich überzeugt!»

«Verlass dich darauf, Maurice, mit den Schweden werden wir auch noch fertig!» Das war so leicht dahingesagt, dass Maurice lachen musste.

«Nach zwölf Jahren Krieg bist du noch ziemlich ungebrochen», meinte er.

«Nicht immer. Aber heute. Weil du wieder da bist.» Margaretha lächelte sanft. Sie hatte erreicht, was sie wollte. Maurice war in guter Stimmung.

«Du wirst nun wohl einige Zeit bleiben?», fragte sie.

«Würde dich das erschrecken?», entgegnete Maurice. Gleich darauf tat es ihm leid.

Ich werde nicht von ihrer Kälte in der Vergangenheit sprechen, befahl er sich. Margaretha benahm sich heute so reizend. Natürlich ahnte er, dass sie damit irgendetwas erreichen wollte, aber er fand sie wirklich entzückend dabei. Sie gab sich kindlich und weich und hatte zudem ihr schönstes Kleid angezogen. Ihre Augen leuchteten. Kein Mann konnte dafür unempfänglich sein.

«Entschuldige», sagte Maurice daher, «ich bin abscheulich. Das hast du allein dem Kaiser zu verdanken. Dabei», er küsste ihre Haare, «bin ich so glücklich, zu Hause zu sein.»

Margaretha schmiegte sich enger an ihn. Er sollte unbedingt ihr Parfum riechen.

«Maurice», sagte sie leise, «nun, da du zurück bist, möchte ich dich um etwas bitten!» Ihre Worte kamen so ungeheuer erwartungsgemäß, dass Maurice beinahe gelacht hätte. Er fragte sich im Stillen, ob eigentlich alle Frauen in dem ewigen Glauben lebten, von Männern nie durchschaut zu werden.

«Und welchen Wunsch hast du?», fragte er zurück.

«Er wird dich vielleicht überraschen. Es ist … nun, ein sehr alter Traum von mir. Ich würde so gern …»

«Was denn?»

«Ich würde so gern meine Familie in Bayern wiedersehen», sagte Margaretha entschlossen.

«Oh!» Maurice wich erstaunt einen Schritt zurück. «Eine Reise nach Bayern? In dieser Zeit?»

«Ja. Ich weiß, es scheint verrückt. Aber ich habe sie seit zehn Jahren nicht gesehen.»

«Es ist wirklich ein bisschen verrückt. Die Schweden sind gerade im Reich eingefallen, und du willst ihnen entgegenreisen.»

«Aber sie sind noch weit fort. Vielleicht ist jetzt die letzte Gelegenheit für eine Reise!» Margaretha sah Maurice flehend an.

«Bitte», sagte sie, «bitte, Maurice!»

Maurice seufzte.

«Hast du denn solches Heimweh? Das habe ich ja gar nicht gewusst.»

Margaretha nickte heftig, und plötzlich traten ihr die Tränen in die Augen.

«Ja», sagte sie hastig, als werde sie sich dessen nun erst richtig bewusst, «ja, ganz furchtbares, schreckliches Heimweh! Ich kann nicht warten, bis der Krieg vorüber ist. Er dauert nun schon zwölf Jahre, und was weiß ich, wann all diese wahnsinnigen, dummen Männer eine Einigung finden!» Ihr Gesicht verriet die Empörung und den Trotz eines Menschen, der nicht begreifen kann, wie die Launen der Mächtigen rücksichtslos mit dem Leben ihrer Untertanen umspringen.

«Du weißt vielleicht nicht, worauf du dich einlässt», meinte Maurice, «du hast vom Krieg bisher nicht viel gesehen!»

«Ach, ich habe alles gesehen!»

«Nein, das hast du nicht. Dort, wo du jetzt hinwillst, brennen Häuser und Dörfer, die Menschen sind obdachlos und verhungern, Soldaten streunen herum, überfallen, stehlen und morden. Die Bäume können die Gehenkten kaum tragen …» An ihren Augen sah er, dass sie seinen Worten nicht folgte. Er gab es auf. «Wann möchtest du aufbrechen?», fragte er resigniert. Margaretha strahlte.

«Wir fahren wirklich? Oh, wie wundervoll! Wir müssen so bald wie möglich abreisen!»

«Und wer? Nur wir beide?»

«Nein. Dana muss mitkommen und Jitka und Anna, und einige Diener zu unserem Schutz!»

Maurice betrachtete ihr vor Freude glühendes Gesicht.

«Du willst daheim wohl alles vorführen, was du besitzt», sagte er.

«Ja, das ist doch ganz natürlich», entgegnete Margaretha, «es wäre nur schön …» Ihr Ton wurde plötzlich ernst und ihr Gesicht traurig. «Es wäre nur schön, wenn Angela noch bei uns wäre», beendete sie leise ihren Satz.

Maurice antwortete nicht, sondern blickte stumm zu Boden. Sie hatten nie mehr über ihr Kind gesprochen, seit dem nun schon vier Jahre zurückliegenden Tag, als Maurice zum ersten Mal für einen kurzen Urlaub nach Hause kam. Bis heute wusste sie nicht, was er in jenen Augenblicken gefühlt hatte. Die Nachricht traf ihn wie ein Blitz, minutenlang verharrte er regungslos. Erst nach einer Weile hatte er ihre Hand genommen und einen einzigen Satz gesprochen: «Mein Armes, du musst eine schreckliche Zeit hinter dir haben.»

Maurice blieb auch nach Angelas Tod der distanzierte Fremde, zu dem sie ihn mit ihrer Kälte gemacht hatte. Ihr Verhältnis wurde sogar noch gespannter als früher, denn seit ihrem Sommer mit Richard hatte Margaretha endgültig alle Unbefangenheit gegenüber ihrem Mann verloren. Zuerst hatte sie sogar Angst, er könne ihr diese Erlebnisse ansehen, denn sie fühlte sich selbst so verändert. Maurice schien jedoch nichts zu bemerken. Schließlich wirkte sie, wenn auch unsicher, so doch keineswegs schuldbewusst. Es gelang ihr einfach nicht, sich schuldig zu fühlen. Maurice kam ihr so fremd vor, dass sie das Wissen, in ihm ihren vor Gott angetrauten Ehemann betrogen zu haben, ganz leicht verdrängen konnte. Sie wusste zu wenig von ihm, sie konnte sein Wesen nicht ergründen. Sie konnte nur vermuten, dass er unter dem Tod seines Kindes ebenso litt, wie sie es getan hatte, dass ihn Sorgen um seine Gesundheit quälten und ihn Erinnerungen an grausame Kriegsgeschehnisse bedrängten. Er sprach in ihrer Gegenwart nicht von diesen Dingen, und sie wagte nicht, danach zu fragen. Es schien ihr auch unmöglich, ihm zu sagen, wie sehr sie sich wieder ein Kind und noch ein Dutzend mehr wünschte. Es kam ihr absurd vor, von einem Mann, mit dem sie so wenig verband, ein Kind haben zu wollen.

Auch jetzt lenkte Maurice das Gespräch von der kleinen Angela fort: «Wir können in einer Woche aufbrechen, doch wir müssen uns mit dem Packen beeilen.»

«Natürlich werde ich bis dahin fertig sein», erwiderte Margaretha eifrig. «Ich danke dir so sehr, Maurice!»

Sie reisten mit viel Gepäck, denn Margaretha wollte alles mitnehmen, was ihr wichtig war. Es schien ihr keineswegs sicher, dass sie jemals zurückkehren würde.

«Ich habe Böhmen nicht lieben gelernt», erklärte sie Dana, «ich habe wenig wirklich gute Erinnerungen an dieses Land.»

Dana, die Margarethas Verhältnis mit Richard in jenem Sommer zutiefst missbilligt hatte, fand es sehr beruhigend, dass ihre Herrin einen großen Abstand zwischen sich und diese Versuchung legte.

«Nun werden Sie Herrn von Tscharnini vermutlich nie wieder sehen», meinte sie, «und ich kann nur sagen, dass das äußerst vernünftig ist.»

«Aber nein!» Margaretha, die gerade ihren Schmuck verpackte, hielt in ihrer Bewegung inne. «Schloss Tscharnini ist der einzige Ort in Böhmen, von dem ich bestimmt weiß, dass ich irgendwann einmal dorthin zurückkommen werde, um Richard zu sehen. Irgendwann ...»

Dana schnappte nach Luft, zog ein ungläubiges Gesicht, sah aber, dass Margaretha sich nicht um sie kümmerte und verließ empört das Zimmer.

Anfang September brachen die Reisenden auf. Sie fuhren in zwei Kutschen, vorneweg Margaretha, Maurice, Dana und ein Diener, dahinter Jitka, Anna und zwei weitere Dienstboten. An der zweiten Kutsche war der alte Varus angebunden, dem Margaretha seit jener fürchterlichen Nacht in den böhmischen Wäldern die Treue hielt und den sie überall mit hinnahm. Ebenso hatte sie natürlich Lilli bei sich, die als schnurrende Pelzkugel in ihrem Körbchen lag.

Die Tage waren noch immer heiß und der Himmel fast wolkenlos. Sie fuhren durch ein Land, das überreiche Frucht trug. Hölzerne Leiterwagen schaukelten durch die Wiesen, durch ein Meer von Gräsern und Feldblumen. Bauern mit schweißglänzenden Gesichtern unter großen Strohhüten arbeiteten auf den Feldern oder machten ihre kurze Rast, Scharen von Kindern in jedem Alter aßen ihr trockenes Brot, tranken Wasser und beobachteten misstrauisch die vornehmen Kutschen. Sie ärgerten sich über den Staub, der vom Weg aufwirbelte, aber manchmal winkten sie auch, wenn Dana sich aus dem Fenster neigte und ihnen einen lebhaften Gruß zurief. Fast empfanden sie in diesen Zeiten schon Dankbarkeit, wenn jemand ihnen nichts zuleide tat. Plötzlich aus dem Wald herausbrechende Räuber, häufig vagabundierende Soldaten hatten schon so oft ganze Familien niedergemetzelt, nur um ihre wenigen Habseligkeiten zu erbeuten und dann wieder zu verschwinden. Der Anblick von geplünderten Toten bot sich an fast jeder Wegkreuzung.

Wegen der Hitze und der schlechten Straßen verlief die Fahrt äußerst anstrengend. Schon mittags hingen Dana und Margaretha nur noch erschöpft in einer Ecke des Wagens und fächelten sich mit ihren Taschentüchern Luft zu. Manchmal, wenn vom vielen Rütteln und Schütteln ihre Knochen schmerzten, stiegen sie aus und liefen ein Stück, doch die Sonne brannte zu heiß, als dass sie lange hätten durchhalten können. Dennoch jammerten die beiden nicht. Margaretha, getrieben von dem immer stärker werdenden Wunsch, nach Hause zu kommen, kämpfte jede Schwäche beharrlich nieder, und auch Dana, zäh und neugierig, erhielt sich ihre Fröhlichkeit. Nur Jitka stöhnte und seufzte und legte sich jammernd feuchte Tücher auf die Stirn. Abends in den kleinen, schmutzigen Gasthäusern war die Müdigkeit stärker als Hunger und Durst. Die Männer blieben oft noch etwas in der Schankstube sitzen, um durch den Genuss von Bier die Anstrengungen des Tages zu vergessen, die Frauen zogen sich schnell in die Zimmer zurück, um sich zu waschen und dann in die Betten zu sinken. In diesen engen Stuben mit ihren knarrenden Holzfußböden und den kleinen Fenstern, durch die Sommerduft und Vogelgezwitscher drangen, fühlte sich Margaretha an ihre Reise nach Böhmen zehn Jahre zuvor erinnert. Obwohl sie damals stundenlang geritten war und nicht selten vor Müdigkeit geweint hatte, meinte sie doch, heute erschöpfter und kraftloser zu sein. Die Erinnerung verklärte das Bild, das sie von sich als sechzehnjährige Ausreißerin hatte. Die vielen Jahre hatten die Angst aus ihrem Gedächtnis verbannt, das Heimweh und den Schmerz.

Endlich überquerten sie die Grenze nach Bayern, fuhren gen Südosten. Sie wollten nach München und von dort zum Schloss des Barons von Ragnitz. Das Bild der Landschaft veränderte sich, der Herbst hielt Einzug, viele Felder waren bereits kahl, viele Bäume gelb und rot geflammt. Die Sonne wärmte noch und tauchte das Land in friedvolles Licht. Der Krieg schien bis hierher nicht vorgedrungen zu sein. An einem Nachmittag jedoch fuhren die beiden Kutschen durch ein Dorf, das ihnen sofort unheimlich vorkam in seiner Stille. Die Luft war schwül wie kurz vor einem Gewitter. Nichts rührte sich, als die Räder über die staubige Dorfstraße rasselten. Dana schüttelte sich.

«Als sei nichts Lebendiges mehr in diesem Ort», meinte sie, «richtig grausig ist es hier!»

Maurice machte ein besorgtes Gesicht.

«Ich fürchte, du hast sogar recht», sagte er. Er sah zum Fenster hinaus, und als er sich wieder zurücklehnte, war sein Gesicht bleich.

«Schaut nicht hinaus», warnte er, doch zu spät. Schon schob Margaretha die kleine Gardine zur Seite, um gleich darauf gellend aufzuschreien. Unfähig, sich zu rühren oder die Augen zu schließen, starrte sie auf das schaurige Bild, das sich ihr bot. Am Ausgang des Dorfes stand eine uralte, gewaltige Eiche inmitten einer Wiese und blühender Blumen. Ein Ort, an dem die Bewohner des Dorfes an Sommerabenden zusammenkamen, um zu feiern und zu tanzen, und der nun zum Schauplatz des Schreckens geworden war. An den Ästen des riesigen Baumes hingen dicht nebeneinander wohl an die dreißig Menschen, baumelten schlaff herab mit dunklen, entstellten Gesichtern. Hängend verwesten sie unter der spätsommerlichen Sonne.

Eine Woge fauligen, süßlichen Aasgeruchs drang durch die Fenster, der ihnen fast die Besinnung raubte. Tausende von grün schillernden und schwarzen Fliegen, unzählige Insekten krochen über die toten Leiber und legten ihre Eier in die faulenden Körper, von denen ihre nimmersatten Maden bald nur mehr blanke Knochen zurückgelassen haben würden.

«Anhalten!», japste Margaretha. Sie stieß die Kutschentür auf, ließ sich hinaus auf den Weg fallen und erbrach sich in den Staub. Ekel und Entsetzen schüttelten sie so, dass ihr am ganzen Körper der Schweiß ausbrach. Stöhnend krümmte sie sich zusammen, da fühlte sie eine Hand auf ihrer Schulter, und ein parfümiertes Taschentuch wurde unter ihre Nase geschoben. Sie atmete keuchend. Vor sich sah sie das Gesicht von Maurice. Er blickte sie besorgt an.

«Geht es besser?», fragte er. Sie nickte, aber spürte, wie ihr Magen sich wieder hob. Sie neigte sich zur Seite, und während sie Maurice' Hand krampfhaft umklammerte, erbrach sie sich ein zweites Mal.

Als der Schwindel nachließ, bemerkte sie, dass sie in Maurice' Armen auf der Erde saß. Er hielt ihr noch immer das Taschentuch unter die Nase und hatte sie so gedreht, dass sie den schrecklichen Baum nicht mehr sehen musste. Die Kutschen warfen ihre Schatten über sie, und in ihren Fenstern waren die mitgenommenen Gesichter der übrigen Reisenden zu sehen.

«O Gott», murmelte Margaretha. Maurice tupfte ihr mit einem zweiten Taschentuch das nasse Gesicht ab.

«Du bekommst wieder ein bisschen Farbe», stellte er fest, «armes Kind, du hast so etwas noch nie gesehen, nicht wahr?»

«Wer hat das nur getan?», fragte sie mit schwacher Stimme.

«Deserteure vielleicht», meinte Maurice, «demoralisierte Truppen ohne Führung, abgesplitterte Soldaten von Wallensteins Heer – wer weiß es? Sie hatten Hunger, sie haben hemmungslos gebrandschatzt und geplündert. Das geschieht jetzt häufig.»

«Das meintest du, als du sagtest, ich hätte von diesem Krieg noch nicht alles gesehen», murmelte Margaretha. «Nie hätte ich gedacht, dass Menschen so grausam sein können.»

«Ein Krieg ist immer voller Grausamkeiten. Er bringt die dunkelsten Seiten in jedem Menschen hervor, denn das unaufhörliche Elend fordert jeden bis zum Äußersten, und die Moral gilt nicht mehr viel.»

Margaretha leckte sich über die trockenen Lippen. Sie hatte einen schlechten Geschmack im Mund und fühlte sich sterbenselend.

«Zwölf Jahre schon», meinte sie, «manchmal glaube ich, es grenzt an ein Wunder, dass überhaupt noch irgendjemand im Deutschen Reich lebt!»

«Aber ja, es leben noch viele. Und irgendwann wird sich das Land erholen.» Maurice richtete sich auf.

«Kannst du wieder einsteigen?», fragte er. «Wir sollten von hier fort, bevor uns die verseuchte Luft, die den toten Leibern entströmt, krank macht.»

Mit Maurice' Hilfe erhob sich Margaretha. Mit wackligen Knien kletterte sie in die Kutsche und nahm dankbar einen Schluck Wasser aus der Flasche, die Dana ihr reichte. Mit geschlossenen Augen lehnte sie sich in die Polster zurück. Mehr denn je sehnte sie sich nach den schützenden Mauern des Schlosses ihrer Eltern, um sich vor den Gräueln des Krieges zu verstecken.

«Ich habe genug gesehen, und ich will das alles so schnell wie möglich wieder vergessen. Ich kann es nicht ertragen», murmelte sie, aber niemand hörte es, denn die Räder rumpelten laut über die Steine.

2

Ohne einen weiteren Zwischenfall kamen sie voran. Das Land wurde immer vertrauter, sodass Margarethas Unruhe ständig stieg. Wenn ihr niemand gesagt hätte, wo sie war, sie hätte es dennoch gewusst. Bayern war unverwechselbar. Die sanft gewellten Hügel, deren Gras grüner zu sein schien als anderswo, die schwarzen Kiefernwälder, der tiefblaue Himmel, die klaren, glitzernden Seen und Bäche, über die einfache, moosbewachsene Steinbrücken führten, die zauberhaften Dörfer und Kirchen, eingebettet in die von steilen Hügeln umgebenen Täler. Jetzt im September sah die Landschaft aus wie ein Gemälde, nur aus roten und goldenen Tönen. Morgens war es schon sehr kalt. Wenn Margaretha aus der Tür des Gasthofes trat, in dem sie die Nacht verbracht hatten, griff sie jedes Mal rasch nach ihrem Wolltuch und schlang es sich um die Schultern. Sie blickte auf das taufeuchte Gras, die glitzernden Spinnweben überall, lauschte auf das Läuten der Kirchenglocken und auf das sanfte Muhen der braunen Bergkühe, die gerade gemolken worden waren. In solchen Momenten überkam sie ein Glücksgefühl, das sie lange nicht mehr gespürt hatte. Dies ist meine Heimat, dachte sie, warum bin ich nicht früher zurückgekehrt, allein, vor fünf Jahren nach dem wundervollen Sommer mit Richard?

Eines Abends schließlich rasteten sie in einem Wirtshaus,

das nur noch eine halbe Meile von ihrem Ziel entfernt lag. Es handelte sich um eine besonders verwahrloste Absteige, aber Pferde und Reisende waren zu erschöpft, um etwas anderes zu suchen. Mit dem Gedanken, dass sie morgen vielleicht schon nach Hause kam, ließ sich vieles ertragen. Margaretha fühlte, wie sie langsam ein wenig nervös wurde. All die Zeit hatte es nur zwei Vorstellungen für sie gegeben: Zum einen ihre eigene, ungehemmte Wiedersehensfreude, zum anderen das Glück ihrer Eltern, sie als reiche, ehrbare Gräfin wieder zu sehen. An diesem letzten Abend kam ihr zum ersten Mal der Gedanke, dass ihre Eltern sie vielleicht auch böse und verbittert, zermürbt von jahrelanger Sorge und Enttäuschung von sich weisen könnten. Die Unruhe wurde immer stärker, sodass Margaretha schließlich ihr Zimmer, das sie mit Dana und Anna teilte, verließ, die steile Treppe hinuntertappte und hinaus in die Dunkelheit lief. Es war kalt und ein wenig unheimlich, aber die frische Luft tat gut. Margaretha ging in den Garten des Gasthauses, sie hörte ein Käuzchen rufen, doch sonst blieb alles ruhig. Sie versuchte, sich das Gesicht ihrer Mutter vorzustellen, doch es gelang ihr kaum. Und wie sah wohl Bernada inzwischen aus und wie Adelheid? Es waren viele Jahre vergangen, so viel konnte geschehen sein.

Margaretha zuckte zusammen, als neben ihr aus dem Dunkeln eine Gestalt auftauchte. Es war Maurice.

«Ach, du bist es», sagte sie erleichtert.

«Ich habe noch einmal nach den Pferden gesehen», erklärte Maurice, «es geht ihnen nicht gut. Zum Glück haben wir es morgen geschafft.»

«Ja, hoffentlich.»

Maurice betrachtete sie aufmerksam. Im Mondlicht konnte er erkennen, wie blass und erschöpft sie aussah.

«Bist du aufgeregt?»

«Nein. Nicht sehr.»

«Jedenfalls konntest du nicht schlafen.»

«Ein wenig aufgeregt bin ich», gab Margaretha zu, «es ist alles so lange her!»

Maurice nickte verständnisvoll.

«Wenn man dann noch die Art deines damaligen Aufbruchs bedenkt», sagte er, scheinbar gleichgültig.

Margaretha begriff die Anzüglichkeit sofort.

«Was willst du damit sagen?», fragte sie angriffslustig.

«Meine Liebe», entgegnete Maurice, «findest du nicht auch, dass heute Abend endgültig der Zeitpunkt gekommen ist, an dem du mir die Wahrheit erzählen solltest?»

«Welche Wahrheit?»

«Darüber, was vor zehn Jahren geschehen ist. Du glaubst hoffentlich nicht, dass ich jemals annahm, du seist wirklich zu Besuch bei deinen Verwandten in Prag gewesen?»

Margaretha fühlte, wie ihre Wangen zu glühen begannen.

«Was fragst du danach? Wir sind seit neun Jahren verheiratet, und bisher hattest du nie das Bedürfnis, mehr über diese Sache zu erfahren.»

«Morgen werde ich deiner Familie gegenüberstehen. Dann erfahre ich ohnehin alles. Ich möchte es lieber von dir hören!»

«Neun Jahre lang hat es dich nicht interessiert», beharrte Margaretha empört, in der völligen Gewissheit, Maurice werde nun versichern, wie sehr er während dieser Zeit auf die Enthüllung ihrer Geheimnisse gewartet habe. Doch er lachte nur.

«Ja, neun Jahre lang hat es mich nicht interessiert. Anfangs mochte ich dich nicht drängen und später wurde es mir tatsächlich gleichgültig. Aber heute Abend möchte ich es wissen, denn ich habe den Verdacht, dass du morgen vor deiner Familie alles ein wenig verdrehen wirst, und ich wüsste gern, welche Rolle du mir in diesem Spiel zugedacht hast.» Seine Stimme klang hart, sein Lachen war alles andere als freundlich gemeint.

Er hat überhaupt keine Gefühle mehr für mich, schoss es Margaretha durch den Kopf. Seine Erbarmungslosigkeit ängstigte sie, und auf einmal fühlte sie sich sehr elend. Sie machte eine kurze Bewegung zur Seite, nicht, um fortzulaufen, aber schon packte Maurice mit hartem Griff ihren Arm.

«Du bleibst hier», befahl er, «wenn du schlafen gehen willst, musst du erst reden!»

Eingeschüchtert blieb Margaretha stehen.

«Gut», sagte sie, «du hast es sicher geahnt: Ich bin damals wegen eines Mannes aus dem Kloster davongelaufen.»

«In der Tat habe ich mir das bereits gedacht. Welchen anderen Grund könnte es für ein so gefühlvolles Mädchen wie dich sonst gegeben haben? Nur, wer war dieser Mann, dem du so hingebungsvoll zugetan warst?»

«Ist das wichtig?»

«Ja.»

«Es war … Richard von Tscharnini.»

Maurice lächelte.

«Ich bewundere meinen Scharfsinn, selbst das habe ich geahnt.»

Margaretha starrte ihn an.

«Du hast es geahnt?», wiederholte sie. «Aber warum hast du nie etwas gesagt oder unternommen? Du hast mich sogar in seiner Nähe gelassen, als du in den Krieg zogst!» Ihre Enttäuschung über seine mangelnde Eifersucht belustigte ihn.

«Ich scheine deinen Erwartungen auch in diesem Fall nicht gerecht geworden zu sein», sagte er, «und ich muss dich auch weiterhin enttäuschen: Ich will keine dramatischen Geständnisse im herbstlichen Mondschein. Ich weiß nicht, ob du meine lange Abwesenheit genutzt und mich mit Tscharnini betrogen hast, aber sei versichert: Ich will es auch gar nicht wissen!»

Seine Gleichgültigkeit traf sie härter als alle denkbaren Beschuldigungen. Er interessierte sich nicht mehr für sie, und das war die schwerste Kränkung, die sie sich vorstellen konnte. Ihre körperliche Nähe bedeutete ihm ohnehin seit langem nur noch wenig, da sie jede Annäherung widerwillig ertrug. Offenbar musste sie nun die bitteren Früchte ihrer ständigen Quälereien ernten.

«Du liebst mich überhaupt nicht», sagte sie nach einer Weile.

«Was, meinst du, sollte ich an dir lieben?»

Beide schwiegen eine Zeit. Leichter Nebel stieg aus den Wiesen und mit ihm der Geruch nach Pilzen und nassem Laub. Aus dem Wirtshaus drang kein einziger Lichtschein mehr herüber. Margaretha warf ihre langen Haare zurück.

«Ich bin jung», antwortete sie herausfordernd, «und schön!»

«Das sind andere auch», entgegnete er gelassen. Überrascht durch ihre eigene, unerwartet heftige Eifersucht fuhr sie ihn an:

«Hast du dich mit einer anderen …?»

«Nein. Ich habe keine Geliebte. Aber ich wundere mich über meine treu sorgende Ehefrau! Hängt sie etwa an dem alten, hässlichen Mann, den sie einst unfreiwillig, der Not gehorchend, geheiratet hat?»

Margaretha atmete schwer, dann stampfte sie heftig mit dem Fuß auf.

«Ich hasse dich, Maurice!», fauchte sie. «Du sollst es ruhig wissen, dass ich keinen so hasse wie dich! Ich hasse deine Kälte und deine Überlegenheit und deine Ruhe und … und …» Sie fand keine Worte mehr, aber Maurice hörte unbeweglich zu. «Du bist so hinterhältig», fuhr sie fort, «wochenlang bist du freundlich und lässt mich glauben, wir könnten in Frieden miteinander leben und dann plötzlich, wenn ich nicht darauf vorbereitet bin, greifst du mich an!» Sie war den Tränen nahe.

«Ich glaube nicht, dass ich dich angegriffen habe», sagte Maurice ruhig, «eher habe ich dir soeben Absolution für frühere und zukünftige Sünden erteilt. Das kann dich doch kaum erzürnen!»

Margaretha bebte vor Wut, erwiderte aber nichts, um nicht völlig die Beherrschung zu verlieren.

«Nun, wir wollten uns jetzt nicht streiten», lenkte Maurice ein. «Wie du vorhin sagtest: Wir können in Frieden leben, viele Jahre noch. Ich wollte mit dir nur über deine Familie sprechen. Du wirst ihnen morgen die Wahrheit sagen, nicht wahr?»

Sein Befehlston reizte sie bis aufs Blut. Seine Ruhe machte sie fast rasend. Er ließ sie spüren, dass sie für ihn als Frau ihre Faszination verloren hatte, und besaß die Frechheit, danach in der Unterhaltung fortzufahren, als sei nichts geschehen. Doch sie musste ihn um einen Gefallen bitten, wieder einmal, und konnte daher nicht anders, als ihren Grimm hinunterzuwürgen.

«Natürlich werde ich die Wahrheit sagen», entgegnete sie demütig, «aber, Maurice, ich würde so gerne Richard von Tscharnini unerwähnt lassen. Meine Familie würde mich wegen dieser ... Niederlage nur verspotten.» Sie hoffte, er habe bereits verstanden, was sie wollte.

«Wenn du ihnen Richard von Tscharnini unterschlägst», sagte Maurice belustigt, «kannst du kaum von Wahrheit sprechen. Er ist doch die entscheidende Figur in deiner Geschichte!»

«Nun, wenn du einverstanden bist, dann könnte ich behaupten, du seist damals jener Mann gewesen. Es würde sie alle viel gnädiger stimmen, weil wir ja wirklich geheiratet haben. Und es verändert die Geschichte nicht sehr!» Sie bemühte sich, ihrem Gesicht einen vertrauensvollen Zug zu geben, der es Maurice schwer machen sollte, ihre Bitte abzuschlagen. Sie hoffte, er habe ihren hasserfüllten Ausbruch bereits vergessen. Maurice aber blieb unbeeindruckt.

«Mein Liebling», sagte er, «das geht ein bisschen zu weit.»

«Warum?»

«Merkst du nicht, dass du dich damit als kleinen Engel, mich aber als gewissenlosen Abenteurer hinstellst? Ich würde einiges für dich tun, aber ich trete nicht vor deine Familie als der Mann, der sechzehnjährige Mädchen dazu verführt, mit ihm durchzubrennen!»

Margaretha begriff, dass Maurice nicht dazu zu bewegen sein würde, seine Meinung zu ändern. Sie presste die Lippen zusammen und starrte ihn böse an.

«Es wäre so nett gewesen», sagte sie schließlich, «und du hättest mir viel Ärger erspart. Aber das ist dir ja gleichgültig!»

«Immerhin kommst du als verheiratete Frau», meinte Maurice leichthin, «wenn du Glück hast, werden sie deine Geschicklichkeit bewundern, mit der du blitzschnell diese ehrenvolle Lösung eingefädelt hast!»

Ohne ein weiteres Wort zu sagen, drehte sich Margaretha um und lief ins Haus zurück. In ihrem Zimmer warf sie sich auf ihr Bett und biss in ihr Kissen, um nicht laut zu schreien. Wenn Dana und die anderen aufwachten, würden sie sofort merken, dass irgendetwas geschehen war, und ihr keine Ruhe mehr lassen.

Sie hätte nie geglaubt, dass Maurice so hart und grausam sein könnte. Bisher hatte sie doch immer noch alles bei ihm erreicht, was sie wollte. Gleichermaßen zornig und unglücklich starrte sie in die Dunkelheit. Morgen sollte sie also gestehen, dass der Mann, mit dem sie fortgelaufen war, sie betrogen und im Stich gelassen hatte. Alles nur wegen Maurice. Er behandelte sie wie ein Kind, wie ein kleines, unmündiges Mädchen. Doch schwerer als das traf sie die Erkenntnis, dass sie das, worauf sie sich im Innersten immer verlassen konnte, nämlich Maurice' Treue und Fürsorge, verloren hatte, und das offenbar schon seit recht langer Zeit. Ein Gefühl des Alleingelassenseins überkam sie, das sie krampfhaft zu bekämpfen versuchte. Sie war ja nicht mehr in der Fremde! Morgen würde sie wieder zu Hause sein, und trotz allem, was immer geschehen war, würde ihr Elternhaus immer noch ihre Heimat sein. Sie konnte es sich nicht anders denken, als dass die Menschen dort sie liebten wie eh und je. Auf Maurice wäre sie dann nicht mehr angewiesen!

Als sie am nächsten Abend auf Schloss Ragnitz ankamen, regnete es. Die Dunkelheit war früh hereingebrochen und alles schien kalt und unfreundlich. Das Schloss lag auf einer Anhöhe, die nur spärlich mit Bäumen bestanden war, im Sommer aber inmitten der grünen Hügellandschaft, mit den dunklen Wäldern und den weißen Alpen in der Ferne, sehr lieblich und einladend wirkte. Jetzt sah das alte Gemäuer fast bedrohlich aus, und der schwache Lichtschein, der aus einigen Fenstern kam, konnte diesen Eindruck nicht mildern. Margarethas Herz pochte laut, als die Kutschen auf dem gepflasterten Hof hielten.

«Gott sei Dank», sagte Dana, «ich hätte es keine halbe Stunde länger ausgehalten.» Ihre klare, unbekümmerte Stimme munterte Margaretha ein wenig auf. Maurice stieg aus und hob sie aus dem Wagen über eine tiefe Pfütze hinweg auf den Boden.

«Wir sollten schnell ins Haus gehen», meinte er, «bevor wir völlig durchnässt sind!»

Margaretha nickte und eilte neben ihm auf das Eingangsportal zu. Gerade wurde die Tür einen Spaltbreit geöffnet. Neugierig blickte das Gesicht eines Dienstmädchens heraus.

«Sind der Baron und die Baronin zu Hause?», erkundigte sich Margaretha. Das Mädchen nickte und verschwand. Glücklicherweise ließ es die Tür offen, sodass Maurice und Margaretha in die hohe, von wenigen Kerzen beleuchtete Eingangshalle treten konnten. Margaretha atmete plötzlich schwerer. Jahrelang hatte sie sich dieses Wiedersehen ausgemalt, aber nicht geglaubt, dass es sie so bewegen würde. Obwohl sie St. Benedicta stets als ihre eigentliche Heimat betrachtet hatte, so hatte sie in diesem Haus doch ihre früheste Kindheit verlebt. Und nichts hatte sich verändert! Nicht der feine Lavendelduft von Reginas Parfum, der in allen Räumen schwebte, nicht das goldgerahmte Porträt der geliebten Großmutter, das am Ende der Halle hing, die gewobenen Wandbehänge überall und der wie ein Schachbrett gemusterte schwarzweiße Marmorfußboden. Ihr Blick fiel auf die Treppe mit ihren breiten, flachen Stufen und auf die Galerie mit dem schön geschnitzten Geländer, über das vor vielen Jahren die kleine Bernada gestürzt war.

Als wäre kein Tag vergangen seitdem, dachte Margaretha. Ihre Knie zitterten, doch sie mochte sich jetzt nicht hinsetzen. Maurice bemerkte ihre Angst.

«Warum regst du dich so auf?», fragte er. «Du wirst nur deiner Familie begegnen und keiner feindlichen Armee.»

Margaretha atmete etwas ruhiger. So gnadenlos Maurice manchmal ist, dachte sie, ich kann nicht leugnen, dass eine wunderbare Sicherheit von ihm ausgeht. Wenn er jetzt nicht neben mir stünde …

Schritte näherten sich, eine Tür wurde geöffnet. Vor ihnen stand Regina.

Die ersten Sekunden des Wiedersehens verstrichen, ohne

dass jemand ein Wort sprach. Regina hatte wie erstarrt in ihren Bewegungen innegehalten und blickte nun mit grenzenlosem Erstaunen auf ihre Tochter. In den schmalen grünen Augen stand Überraschung, die Lippen glitten leicht auseinander, wie um vergeblich ein Wort zu formen.

Margaretha, obwohl auf diese Begegnung vorbereitet, kämpfte um ihre Fassung. Sie hatte ihre Mutter so schrecklich lange nicht gesehen, und doch war sie ihr so vertraut, als sei nur ein Tag seit ihrer Trennung vergangen. Regina gab sich ebenso würdevoll, wie sie das immer getan hatte. Sie trug ein langes, hochgeschlossenes dunkelblaues Wollkleid, dessen Mieder eng um die zerbrechlich wirkende Taille saß. Aus den gebauschten Ärmeln sahen ihre dünnen, dabei kräftigen Handgelenke hervor, und an den Händen, die so durchsichtig schienen wie altes Pergament, steckten lose ihre wuchtigen Granatringe. Ihr blondes Haar, in dem es keine einzige graue Strähne gab, lag, säuberlich von einem Netz gehalten, fest am Kopf, der schwere Knoten im Nacken ließ sie die Nase ein klein wenig in die Höhe recken. Um den weißen, dünnen Hals lag ihre mehr als hundert Jahre alte goldene Kette, die Regina getragen hatte, solange Margaretha nur denken konnte. Das Gesicht der Mutter sah aus, als lächle sie sehr wenig, weniger als früher. Aber dennoch war es das schöne, vertraute Gesicht, das Margaretha seit frühester Kindheit gefürchtet und dabei doch geliebt hatte. Sie trat einen Schritt vor.

«Mutter», sagte sie mit einer ihr selbst fremd klingenden Stimme. «Mutter, ich bin zurückgekommen!» Als Regina nichts erwiderte, wiederholte sie eindringlicher:

«Mutter, ich bin nach Hause gekommen. Ich bin es, Margaretha! Ich bin gekommen, um Sie wiederzusehen!»

Regina schluckte.

«Du bist sehr lange fortgewesen», sagte sie.

«Ja … zehn Jahre …» Margaretha ließ die halb erhobenen Hände wieder sinken. Ihr Drang, in Reginas Arme zu fallen, prallte an deren Kühle ab. Sie besann sich auf die gewohnten, höflichen Umgangsformen.

«O Mutter, verzeihen Sie, ich vergaß die Vorstellung», sagte sie hastig. «Mutter, dies ist …», sie machte eine kurze Pause und fuhr mit Stolz in der Stimme fort: «Dies ist mein Mann, Graf Lavany!»

Maurice verbeugte sich höflich.

«Maurice, dies also ist meine Mutter, die Baronin Ragnitz.»

«Madame, es freut mich, Sie endlich kennenzulernen», sagte Maurice und küsste ihr die Hand.

Regina lächelte gezwungen.

«Auch ich freue mich», entgegnete sie. Mit einer etwas hilflosen Bewegung strich sie ihr Haar zurück. Zu ihrem Glück erschien in diesem Moment ihr Mann hinter ihr, zur gleichen Zeit, als durch die andere Tür Dana, Jitka, Anna und die Diener drängten. Das Durcheinander nahm der Szene ihre Gespanntheit. Margaretha umarmte ihren Vater, noch ehe der sich von seiner Überraschung erholen konnte, Jitka schimpfte lautstark über den Regen, Dana strahlte die Baronin so herzlich an, dass diese unwillkürlich zurücklächelte. Dann besann sie sich auf ihre Pflichten als Gastgeberin.

«Es ist kühl hier», meinte sie, «wir sollten hineingehen. Margaretha, du kannst deinen Dienstboten zeigen, wo die Küche ist!»

Dana und die anderen stiegen die steilen Steinstufen zum Keller hinunter, während Margaretha und Maurice in den Salon geleitet wurden, in dessen gewaltigem Kamin ein Feuer brannte. Margaretha trat an die Flammen und hielt die Hände darüber.

«Wie wunderbar warm», sagte sie, dann drehte sie sich schnell um und lächelte. «Es ist alles wie früher. Nichts hat sich verändert!»

Regina, die mit starrem Blick jeder Bewegung ihrer Tochter folgte, bemerkte kühl: «Ob du dich verändert hast, kann ich so schnell leider nicht beurteilen.»

«Sie ist wunderschön geworden», mischte sich der Baron ein, «meine Tochter ist eine wunderschöne junge Frau!» Er betrachtete mit einigem Stolz das schwere, glänzende Haar und die schmale Gestalt Margarethas. Sie gab seinen Blick dankbar zurück. Sie hatte zu ihrem Vater nie ein inniges Verhältnis gehabt, aber nun, da er weißhaarig, elegant und beherrscht im Zimmer stand, durchflutete sie ein warmes Gefühl. Vor ihm musste sie keine Angst haben.

«Wir sollten weder über Margarethas Schönheit sprechen noch über den unveränderten Zustand dieses Hauses», sagte Regina. «Es ist lächerlich, wie wir versuchen, unsere Gleichmütigkeit zu bewahren. Margaretha ist uns vor zehn Jahren davongelaufen und nun kehrt sie plötzlich zurück und erwartet, dass wir sie gerührt in die Arme schließen!»

«Ich erwarte nichts ...», begann Margaretha, aber Regina trat bereits auf Maurice zu.

«Sie sind ihr Mann? Wir wissen nichts von Ihnen! Wer sind Sie, wo leben Sie? Wann haben Sie sie geheiratet?» Sie wartete seine Antwort nicht ab, sondern wandte sich wieder an Margaretha.

«Wo warst du die ganze Zeit? Was ist aus dir geworden in den letzten Jahren?» Die Fragen klangen fast hysterisch. «Was zum Teufel hast du dir gedacht», schrie sie plötzlich, «als du weggelaufen bist?»

Margaretha zuckte zusammen.

«Mutter, ich werde Ihnen alles erklären», erwiderte sie mit schwankender Stimme, «warum ich weggegangen bin und was danach geschah. Ich werde Ihnen nichts verschweigen.»

«Hast du einmal darüber nachgedacht, was das damals für mich bedeutet hat?», fauchte Regina. «Nicht nur die Sorge und Aufregung, auch die Schande! Monatelang konnten wir uns nirgendwo mehr sehen lassen. Du hast nicht nur deine Ehre beschmutzt, sondern auch die deiner Familie!»

Margaretha brach in Tränen aus.

«Ich bin müde», sagte Regina erschöpft, «ich will heute Abend nichts mehr hören und sehen. Nur eines noch: Wie lange wirst du bleiben?»

Margaretha hob die geröteten Augen. Sie war zutiefst verletzt. Mit weißem, sprödem Gesicht schwieg sie. Doch Maurice mischte sich gewandt in das Gespräch ein.

«Natürlich möchten wir Ihnen nicht zur Last fallen», sagte er, «in wenigen Tagen werden wir wieder abreisen.»

«Sie sind hier sehr willkommen», murmelte der Baron hastig.

«Margaretha, ihr könnt in deinem früheren Zimmer wohnen», schlug Regina vor, «ich denke, du wirst den Weg allein finden.»

«Ja.» Margaretha ging zur Tür.

«Gute Nacht», flüsterte sie.

«Gute Nacht», erwiderte ihr Vater gequält. So schnell wie möglich verließ sie, gefolgt von Maurice, das Zimmer. Draußen stützte sie sich auf das Treppengeländer und schluchzte laut auf.

«Oh, sie hasst mich», stieß sie hervor, «sie hasst mich wirklich! Ich bin für sie nicht mehr ihr Kind, weil sie sich schämt, meine Mutter zu sein!»

«Die Situation hat sie überfordert», sagte Maurice beruhigend, «heute Nacht wird sie über alles nachdenken und morgen schon ganz anders empfinden. Dann wird sie sich freuen, dass du gekommen bist.»

Langsam, mit den schleppenden Bewegungen einer alten Frau, stieg Margaretha die Treppe hinauf.

«Du kennst meine Mutter nicht», schluchzte sie, «keine Situation überfordert sie, und sie ändert ihre Ansicht nie! Sie wird mir niemals verzeihen, was ich ihr angetan habe! Ich hätte es wissen müssen. Wie konnte ich so dumm sein und glauben, hier sei meine Heimat, ganz gleich, was in der Vergangenheit geschehen ist. Oh, ich hasse sie! Sie ist kalt und herzlos. Wie kann sie ihr eigenes Kind so grausam behandeln! Wenn meine Angela noch lebte, sie könnte tun, was sie wollte, ich würde sie niemals verstoßen!»

«Liebling, reg dich doch nicht auf. Und außerdem wisch dir die Tränen ab, damit du wieder etwas siehst. Allein finde ich unser Zimmer nicht», sagte Maurice.

In diesem Moment stieß Margaretha schon eine Tür auf. Sie betraten einen großen, dunklen Raum. Maurice stellte den Leuchter, mit dem sie ihren Weg beleuchtet hatten, auf einen Tisch.

Margaretha sank kraftlos in einen Sessel und weinte hemmungslos. Sie suchte schniefend nach ihrem Taschentuch, ihr leises, gequältes Wimmern klang herzzerreißend.

«Du bist übermüdet», meinte Maurice. «Du solltest aufhören zu weinen und dich ausruhen. Morgen sieht die Welt schon anders aus!»

Es klopfte. Margaretha zuckte zusammen, aber es war nur der Diener, der das Gepäck brachte. Nachdem er wieder verschwunden war, fuhr Maurice fort: «Geh ins Bett, bitte. Du siehst furchtbar elend aus!»

Als sie endlich im Bett lag, konnte Margaretha nicht einschlafen. Sie lag ganz still und starrte mit weit offenen Augen in die Dunkelheit. Sie war so völlig verstört, verwirrt und hilflos, dass sie immer nur an ihre Mutter denken musste. Vor ihren Augen wiederholten sich Szenen aus ihrer Kinderzeit, Spiele mit ihrer Schwester Adelheid, Nachmittage vor dem Kamin. Regina, die ihr Geschichten erzählte, mit ihr spazieren ging oder ihr die langen blonden Haare kämmte. Es hatte ihrer Mutter immer Spaß gemacht, ihre hübsche Tochter so schön wie möglich herzurichten.

«Deine Haare haben die herrlichste Farbe der Welt», hatte sie manchmal gesagt, «du musst viel Rot tragen. Dunkles, warmes Rot steht dir wunderbar. Wenn du einmal heiratest, schenke ich dir das allerschönste rote Kleid.»

In allen Einzelheiten hatten sie es sich ausgemalt: Es sollte ein ganz tiefes Dekolleté haben, am Oberkörper eng anliegen, aber der Rock sollte sich so weit bauschen, dass er kaum noch durch eine Tür passte. Margaretha wollte eine lange Schleppe hinter sich herziehen, die am Ende mit Edelsteinen bestickt war, mit Saphiren und Smaragden. Am Hals musste das kostbare Gewand einen jener wundervollen steifen Spitzenkragen haben, der den Damen immer eine so vornehme Haltung verlieh.

Sie hatte das Kleid nie bekommen und weit fort in der Fremde geheiratet. Margaretha richtete sich auf und schwang die Beine aus dem Bett.

Nein, es war hoffnungslos, sie konnte nicht schlafen. Vielleicht lag es daran, dass ihr Zimmer nicht mehr vertraut, sondern modrig und staubig roch; sie war so lange fortgewesen. Leise tastete sich Margaretha über die knarrenden Bodenbretter zum Fenster und schob die seidenen Vorhänge zur Seite. Außer den schattenhaften schwarzen Umrissen der Bäume und vereinzelten sturmgetriebenen Wolken vor der schmalen Sichel des Mondes konnte sie kaum etwas erkennen. Der Regen schlug hart und schwer gegen die Fensterscheibe. Das Fenster … Margaretha erinnerte sich, dass sie manchmal an dem wilden Wein in den Garten hinuntergeklettert war, um einer besonders langweiligen Erzieherin und ihrem endlosen Unterricht zu entkommen. Solche Abenteuer waren die einzige Abwechslung in ihrem behüteten Dasein gewesen. Wenn sie damals geahnt hätte, dass dieser Raum sie einmal als unwillkommenen Gast in ihrem eigenen Elternhaus sehen sollte! Ach, es war zum Verzweifeln, und Maurice würde einmal nicht recht behalten. Sie konnte nicht schlafen und morgen würde alles noch grauer und trostloser aussehen. Sie musste sofort mit Regina sprechen.

Ganz vorsichtig schlich sie aus dem Zimmer, aber Maurice regte sich nicht. Aufatmend gelangte sie auf den schwach erleuchteten Flur. Wenn alles so war wie früher, dann schlief Regina in ihrem kleinen Salon im Südflügel des Hauses. Fröstelnd lief Margaretha durch die schmalen, hohen Flure, während sie ihre linke Hand schützend hinter die Flamme ihrer Kerze hielt. Sie klopfte an Reginas Tür und trat, ohne eine Antwort abzuwarten, in ein enges, ganz in dunklem Grün eingerichtetes Zimmer. Am Fenster, in einem tiefen Sessel, saß ihre Mutter.

«Komm nur herein, Margaretha», sagte sie, «ich habe dich fast erwartet!»

Margaretha schloss sorgfältig die Tür hinter sich.

«Ich konnte nicht schlafen», erwiderte sie, «nicht nach diesem Empfang.»

«Du hattest ihn dir anders vorgestellt?»

«O ja!»

Regina wies mit gebieterischer Gebärde auf einen Stuhl.

«Setz dich», befahl sie. Dann neigte sie sich ein wenig vor. «Wir sollten nicht lange darum herumreden», sagte sie. «Wenn du gekommen bist, um dein Gewissen zu entlasten und mit einer herzzerreißenden Wiedersehensszene alles vergessen zu machen, dann hegst du diese Hoffnung vergebens. Ich verzeihe dir nicht!»

«Sie meinen, mich durch mütterliche Strenge für meine Sünden bestrafen zu müssen?» Der Spott in Margarethas Stimme verbarg ihre Betroffenheit. «Ich frage mich, was ich Fürchterliches getan habe!»

«Meine Liebe, du hast das Schlimmste getan, was man mir zufügen kann: Du hast meine Erwartungen enttäuscht und mich zudem lächerlich gemacht!»

«So? Es tut mir zwar leid, dass ich Ihnen durch meinen überstürzten Aufbruch damals Ungelegenheiten gemacht habe und ich möchte Sie dafür um Verzeihung bitten. Aber Ihre Erwartungen – nun, die stimmten nicht mit den meinen überein. Auch wenn ich geblieben wäre, hätte ich mich sicherlich nicht Ihren Wünschen entsprechend betragen!»

«Welch große Worte!», sagte Regina lächelnd. «Seltsam, den gleichen Gesichtsausdruck wie jetzt hattest du, als ich dir im Kloster von unseren Heiratsplänen erzählte. Ich hätte etwas merken müssen! Das kleine Mädchen sah gar zu trotzig aus!»

«Eines bin ich heute aber gewiss nicht mehr: Ein kleines Mädchen», brauste Margaretha auf.

«Lieber Himmel, Schätzchen, nichts anderes bist du! Von Anfang an war ich erstaunt, wie wenig reifer du geworden bist. Du bist schöner und reizvoller als früher, aber deine Kindlichkeit hast du dir erstaunlich gut bewahrt. Nein, werde nicht gleich böse! Erzähle mir lieber, wo du die zehn Jahre verbracht hast, in denen wir uns um dich gesorgt haben!»

«In Böhmen. Zuerst in Prag, später in der Nähe von Kolin.» Regina nickte anerkennend.

«Böhmen», wiederholte sie, «ein hart umkämpftes Land. Du musst viel erlebt haben?»

«Ja.»

«Du bist jetzt ein bisschen schweigsam.»

«Mutter, die Jahre in Böhmen waren nicht sehr angenehm!»

«Wir haben Krieg. Niemand lebt angenehm. Warum solltest gerade du, das behütete Blümchen aus dem Kloster, verschont geblieben sein?» Regina stand auf und machte ein paar Schritte.

«Du bist damals mit einem Mann fortgelaufen», sagte sie, «wir erfuhren das von deiner Freundin Angela. Was wurde aus ihm?» Ihren klaren, wissenden Augen entging nichts. Sie hatte auf den ersten Blick erkannt, dass Maurice nicht der Mann sein konnte, der ein junges Mädchen dazu überredet, mit ihm durchzubrennen.

«Er konnte mich nicht heiraten», antwortete Margaretha.

«Nein? Auch wenn du das jetzt so obenhin sagst, es scheint dich mitgenommen zu haben. Und was ist mit dem Grafen, den du mir als deinen Mann vorgestellt hast?»

«Maurice? Ich musste doch irgendjemanden heiraten.»

Regina lächelte, es wirkte fast beeindruckt.

«Gut», meinte sie, «du lässt dich nicht unterkriegen. Im Übrigen gefällt er mir. Natürlich könnte er dein Vater sein, aber er gefällt mir.»

«Er ist ziemlich hässlich.»

«Aber reizvoll. Und der andere? Siehst du ihn noch?»

«Ich liebe ihn! Und ich habe einen ganzen Sommer mit ihm zusammengelebt. Als ich bereits verheiratet war ...», ergänzte Margaretha herausfordernd.

«Soll ich jetzt deine Schamlosigkeit bewundern?», fragte Regina spöttisch. «Ich tue es nicht, die Gewissheit hast du. Ohnehin bewundere ich nie Frauen, die unglücklich sind.»

«Ich bin doch nicht unglücklich!»

«Du bist eine unglückliche, unzufriedene Frau, die sich

mit letzter Kraft ihr naives Gemüt bewahrt, weil sie hofft, damit ein bisschen Glück zu ertrotzen!»

Margaretha wurde blass, ihre Augen blitzten zornig.

«Sie kennen mich nicht», fuhr sie ihre Mutter an. «Sie haben nie etwas von mir gewusst. Sie haben immer nur versucht, mich mit Ihrer Moral und Lebenserfahrung zu fesseln und einzuengen.»

«Und wenn ich das getan habe! Habe ich nicht wirklich mehr Lebenserfahrung als du? Was hast du denn erreicht mit deiner Abenteuerlust und deinem Streben nach Unabhängigkeit? Gib doch zu, dass du einen Fehler gemacht hast!»

«Ich bereue nichts! Ich habe viel Schlimmes erlebt, viel mehr, als Sie ahnen. Aber es gab auch Augenblicke des Glücks, die Sie gar nicht nachempfinden können. Und schon dafür hat sich alles gelohnt!»

«Wie wunderbar!», spottete Regina. «Glaube mir, nichts hat sich gelohnt! Nur weil du ein paar lustvolle Stunden mit diesem unsteten Verführer erlebt hast? Jedes Straßenmädchen hat die! Hättest du auf mich gehört, besäßest du heute ein Heim und Kinder und einen Mann, den du nicht in der Not geheiratet hättest. Irgendwann wärst du reif gewesen, diesen Mann zu lieben!»

«Ach, Mutter!» Margaretha stützte sich schwer auf die Lehne ihres Sessels. Sie sah ruhiger aus als zuvor, weil sie endgültig begriffen hatte, dass ihre Mutter für sie zu einer verständnislosen, unerreichbaren Fremden geworden war.

«Mutter, es ist vielleicht zwecklos, das zu sagen. Aber ich will es nicht anders, als es ist. Ich habe entsetzliche Dinge erlebt. Ich habe den Mann verloren, den ich liebe. Ich habe den Tod eines Freundes verschuldet, ich habe Menschen von mir getrieben, die mir in der Fremde den einzigen Halt bedeuteten. Mein Kind …»

«Dein Kind?»

«Ich hatte eine Tochter. Sie starb an der Pest. Ich habe Einsamkeit ertragen, Verlassenheit, Schuld und Trauer. Dennoch habe ich gelernt, damit zu leben und auch gut zu leben. Und ich habe ein Recht auf ein eigenes Leben und damit auch auf jeden Schmerz und jede Sünde dieses Lebens!»

Regina sah ihre Tochter mit leicht geöffnetem Mund, herabgezogenen Mundwinkeln und völlig fassungslos an.

«Du bist krank», sagte sie kalt, «ich habe noch niemanden gekannt, der das Unglück will!»

«Ich will das Glück! Natürlich will ich das Glück!», rief Margaretha. «Aber ich will es selbst finden und allein dorthin gelangen, und das kann ich nicht auf Ihren Wegen! Ich will ein eigenes Leben, und lieber will ich diesen Wunsch mit Unglück bezahlen, als ihn aufzugeben!»

Ganz grundlos, wie ihr schien, brach sie in Tränen aus.

«Sie und Ihr verdammtes, vollendetes Wissen. Ihr habt mich krank und unsicher gemacht! Sie wollten immer, dass wir, Ihre Kinder, so schön und klar und geradlinig sind wie Sie! Sie haben im Leben erreicht, was Sie wollten, und so sollte es nun auch weitergehen mit Ihren Kindern. Aber das Schicksal meinte es nicht besonders gut! Adelheid ist hässlich, anders kann man es kaum nennen, und Bernada ist gelähmt und damit nicht makellos. Ich habe Sie enttäuscht, Ihnen Kummer und Schande gemacht. Aber wie ich sagte: Ich bereue nichts, keinen Moment lang!» Sie starrte ihre Mutter an, bebend vor Erregung. Regina blieb beherrscht.

«Du armes Mädchen», entgegnete sie kalt, «du wirst dich am Ende deines Lebens fragen, welchen Sinn das alles überhaupt hatte. Und du wirst dahinter kommen, dass alles umsonst war. Du hast keine Heimat, du irrst hilflos herum und hofftest nun, hier einen Platz zu finden. Aber sei versichert, darin hast du dich getäuscht. Du hast ein ebenso unruhiges und unreifes wie schönes Gesicht. Du bist noch immer wie ein Kind, das sich treiben lässt und auf die Wunder des nächsten Tages wartet. Du bist unbeherrscht und völlig unfähig, ein eigenes Leben aufzubauen, also genau das zu tun, was du so gern möchtest. Ich empfinde Mitleid für dich!»

In Margaretha kroch eine seltsame starre Kälte hoch, die sie abschirmte gegen die furchtbaren Vorwürfe und sie ganz ruhig werden ließ.

«Wir reisen morgen ab», sagte sie, «ich glaube, ich möchte mich nicht länger wie ein unerwünschter Gast in meinem Elternhaus fühlen.»

«Ich werde mir von dir keine Unruhe in mein Leben bringen lassen», erwiderte Regina.

«Unruhe!», wiederholte Margaretha mit einem leisen Auflachen. «Das passt natürlich nicht zu Ihrer heiligen Vollkommenheit. Ich wünsche Ihnen eine gute Nacht!»

«Gute Nacht», sagte Regina spröde.

Margaretha drehte sich um und verließ das Zimmer. Sie begriff, während sie durch die dunklen Gänge des Schlosses zu ihrem Zimmer zurücklief, dass sie in den vergangenen Minuten auch das Letzte verloren hatte, dessen sie sich all die Jahre in Böhmen sicher geglaubt hatte: Die Liebe ihrer Eltern und deren Bereitschaft, ihr zu verzeihen und sie wieder bei sich aufzunehmen. Auch wenn sie sich oft Reginas Kummer und Zorn ausgemalt und sich davor gefürchtet hatte, so war sie doch immer davon überzeugt gewesen, sich in größter Not an sie wenden zu können. Diese Hoffnung musste sie nun begraben. Als sie in ihr Zimmer kam, brannte dort eine Kerze. Maurice war wach.

«Wo warst du?», fragte er.

Sie ließ sich auf das Bett fallen, zog die Beine eng an den Körper und stellte dabei erstaunt fest, dass sie zitterten.

«Ich war bei meiner Mutter», erklärte sie. Einen Augenblick lang lauschte sie auf den Regen und den Sturm. Die Tränen liefen über ihre Wangen, so sehr sie auch versuchte, sie zurückzuhalten.

«Ich habe meine Mutter verloren», flüsterte sie, «ich habe jetzt überhaupt nichts mehr, aber ich werde auch niemals wieder unfrei sein.» Zu ihrem Erstaunen spürte sie Maurice' Arm um ihre Schulter. Er zog sie an sich und trocknete sacht ihre Tränen. Er tut das nur aus Mitleid, dachte sie, aber es ist trotzdem gut.

Sein wortloser Trost half ihr, sich ein wenig zu beruhigen. Den Kopf an Maurice' Schulter geschmiegt, versuchte sie, ihre Gedanken zu ordnen.

«Morgen gehen wir fort», sagte sie.

3

In Kälte, Regen und Nebel brachen Margaretha und Maurice am nächsten Morgen auf, sehr zum Erstaunen und Ärger ihrer Dienstboten, die auf einen ruhigen und gemütlichen Winter gehofft hatten.

«Wir werden doch nicht gleich wieder nach Belefring zurückfahren?», fragte Dana entsetzt.

«Nein», erwiderte Margaretha kurz, «wir fahren zu meiner Schwester Adelheid!» Der Gedanke war ihr in der vergangenen Nacht gekommen und schien ihr augenblicklich der einzige Ausweg. Maurice zeigte sich davon nicht entzückt.

«Deine Schwester ist bestimmt nicht begeistert über unseren Besuch», meinte er. «Die Zeiten sind schwer genug, auch ohne so zahlreiche Gäste!»

«Wir können nichts anderes tun. Außerdem habe ich sie seit vielen Jahren nicht gesehen. Und Bernada wird auch da sein, meine jüngste Schwester.» Diese letzte Nachricht hatte Margaretha selbst sehr überrascht. Am Abend vorher war ihr in all dem Durcheinander nicht aufgefallen, dass ihre Schwester fehlte, zumal diese sowieso immer früh zu Bett ging. Aber am Morgen hatte sie sich erkundigt und ihr Vater berichtete, dass Bernada seit drei Jahren bei Adelheid lebte. Offenbar hatte es zuvor einen Streit zwischen ihr und Regina gegeben.

Der Abschied gestaltete sich kühl. Der Baron blickte unglücklich drein, doch er bemühte sich nicht, Margaretha zum Bleiben zu bewegen. Jeder längere Aufenthalt hätte die Auseinandersetzungen zwischen Mutter und Tochter nur verschlimmert.

Während der Fahrt rutschte Dana unruhig auf ihrem Sitz herum. Sie hätte zu gerne gewusst, was geschehen war, aber Maurice' Gegenwart lähmte ihre Zunge. So beobachtete sie nur aufmerksam und beunruhigt Margarethas Gesicht. Die ganze Reise über hatte ihre Herrin zwar nervös, doch dabei sehnsuchtsvoll und weich ausgesehen. Jetzt wirkte sie hart und auf eine verbissene Art entschlossen. Diesen Ausdruck hatte Dana erst ein einziges Mal an ihr erlebt, als sie sich durch nichts in der Welt davon abhalten ließ, einen unbesonnenen Sommer mit Richard von Tscharnini zu verbringen.

Adelheid lebte mit ihrem Mann, dem Baron Karl von Sarlach, auf dessen Gut bei Moorach, einem Dorf nahe Augsburg. Margaretha war erst einmal dort gewesen, bei der Hochzeit vor zwölf Jahren, und sie hatte die undeutliche Erinnerung an ein heruntergekommenes Anwesen sowie die sehr deutliche Erinnerung an einen abscheulichen, vulgären Mann. Wegen eines kleinen Zwischenfalls hatte er damals so abstoßend geflucht, dass es den Hochzeitsgästen die Sprache verschlagen hatte. Margaretha sah noch heute Adelheids blasses, verängstigtes Gesicht vor sich. Vorsichtshalber erzählte sie niemandem etwas von dem widerwärtigen Baron, um nicht von vornherein alle gegen ihn aufzubringen; vielleicht hatte er sich ja geändert. Margaretha selbst war es beinahe gleich, was sie in Moorach erwartete. Der Streit mit Regina und ihre hastig vollzogene Trennung beanspruchten ihre ganze Aufmerksamkeit und beherrschten ihre Gedanken. Nach und nach erst begriff sie wirklich, dass ihre letzte Hoffnung der vergangenen zehn Jahre ein Trugbild gewesen war und dass sie nie mehr würde erklären können: «Was macht mir das alles schon? Bald gehe ich nach Hause, und dort werde ich geborgen sein, und alle werden mich lieben und bewundern!»

Es gab kein Zuhause mehr, und es gab niemanden, der sie liebte. Zum ersten Mal in ihrem Leben kam ihr in den Sinn, dass es möglicherweise auf der ganzen Welt keinen Menschen gab, der sie liebte. Und angstvoll stellte sie sich selbst die Frage, mit der ihre Mutter sie schon gequält hatte: Würde irgendwann der Moment kommen, in dem sie erkennen müsste, dass ihr Leben ohne Sinn gewesen war? Schnell schob sie diese Gedanken wieder von sich und stellte sich vor, wie ihre Schwester wohl auf das Wiedersehen reagieren würde.

Nicht ganz ohne Schwierigkeiten fanden sie den Weg zu Adelheids Anwesen. In dem kleinen Dorf Moorach mussten sie um Hilfe bitten. Als die Kutschen mit dem fremden Wappen darauf vor dem Dorfbrunnen hielten, wurden sie sogleich von neugierigen Einwohnern umringt. Ein Bauer, der eine störrische Kuh hinter sich herzog, blieb stehen, zwei Frauen mit großen Binsenkörben in den Händen kamen heran, die Mädchen, die gerade Wasser holen wollten, hielten im Tratschen inne. Maurice lehnte sich hinaus.

«Könnt ihr mir sagen, wo ich das Gut des Baron Sarlach finde?», fragte er.

Die Mädchen stießen sich an und kicherten, der Bauer grinste.

«Ein Gut werden Sie kaum vorfinden, Herr!», rief er. «Aber was davon übrig ist, das liegt in dieser Richtung!» Er machte eine Bewegung nach Westen hin. In den Augen der beiden Frauen glomm ein verächtliches Funkeln auf, das Margaretha nicht entging. Wohl nur die offensichtliche Vornehmheit der Reisenden hielt die Dörfler von giftigen Bemerkungen ab. Sie bemerkte, dass die Mädchen am Brunnen die Köpfe dicht zusammengesteckt hatten und eifrig redeten.

«Lass uns weiterfahren, Maurice», bat sie leise.

Maurice gab dem Kutscher ein Zeichen, und sie rollten wieder an. Im Davonfahren sah Margaretha, wie die Bauern hinter ihnen herstarrten.

Das letzte Wegstück führte durch weite, nebelverhangene Wiesen, dunkle Wälder und an einem klaren Bach entlang. Die Landschaft war trotz des trüben Wetters so idyllisch anzusehen, dass Margaretha einen Augenblick lang die unsinnige Hoffnung hegte, das Anwesen werde in verändertem, gepflegtem Zustand vor ihr auftauchen. Dieser Wunsch sollte nicht in Erfüllung gehen. Auf einem kahlen Hügel, inmitten verschlammter Felder, erhob sich ein aus Feldsteinen gebautes Haus, schlecht verputzt und verwahrlost, umgeben von ein paar einzelnen kleinen Ställen und Scheunen, umrundet von einer zum größten Teil verfallenen Mauer. Im Näherkommen bemerkten sie den schmutzigen Hof, auf dem Gras und Moos wuchsen, und die ausgebrannte Ruine eines Turms an der Ostseite des Hauses. Totenstille lag über dem Grundstück, und nur der feine Rauch, der sich aus einem der Schornsteine in die nasse Luft drehte, wies auf Leben hin.

Maurice, Dana und Anna, mit denen Margaretha in einem Wagen saß, sahen gleichermaßen verstört drein.

«Das ist doch nicht das Haus Ihrer Schwester?», erkundigte sich Dana schließlich.

«Doch», murmelte Margaretha verlegen, «du musst wissen, ihr Mann ist ein … Taugenichts!»

«O nein, wie entsetzlich!», rief Anna entrüstet. «Hier können Sie doch nicht bleiben! Wie mag es erst *im* Haus aussehen!»

Anna verehrte Margaretha und konnte die Vorstellung kaum ertragen, dass diese als Gräfin in einem so heruntergekommenen Gebäude leben sollte. Der Graf musste doch auch merken, dass so etwas völlig unmöglich war! Sie warf ihm einen hilfesuchenden Blick zu, aber er reagierte nicht darauf. Erst als er Margaretha beim Aussteigen half, flüsterte er:

«Du hast mir ja nichts davon gesagt, wie es um die Familie deiner Schwester steht! Möchtest du wirklich bleiben?»

«Wohin sollte ich denn sonst?», fragte Margaretha heftig.

Er sah sie ruhig an.

«Nach Belefring», sagte er.

«Ach …» Sie wandte sich ab und raffte angewidert ihre Röcke, die im Schmutz schleiften. Abscheulich nass und dreckig war es hier! Vorsichtig balancierte sie zwischen den Pfützen hindurch. Dana, Anna und Jitka folgten ihr. Kichernd und schimpfend hüpften sie von einer trockenen Stelle zur nächsten. Plötzlich erblickte Margaretha eine schmale graue Gestalt, die in der Haustür lehnte. Obwohl so viele Jahre vergangen waren, erkannte sie ihre Schwester.

«Adelheid!», rief sie. Ohne auf ihren schleifenden Rocksaum zu achten, hastete sie über den aufgeweichten Hof auf den Hauseingang zu. Sie bemerkte Adelheids verwundertes Gesicht.

«Adelheid, erkennst du mich nicht mehr? Ich bin es, Margaretha!»

Adelheid kniff die hellen Augen zusammen und lächelte auf einmal.

«Oh wirklich, das ist Margaretha!», sagte sie. «Aber wo kommst du denn her?»

Margaretha blieb dicht vor ihr stehen, ein wenig scheu und fremd, aber Adelheid reichte ihr die Hand, und sie lächelten einander an. Beide konnten ihre Rührung kaum verbergen. Sie hatten sich so lange nicht gesehen.

Adelheid war einundreißig Jahre alt, doch der Krieg und ihr karges Leben hatten sie früh altern lassen. Hübsch war sie auch als junges Mädchen nicht gewesen, aber jetzt wirkte sie mager und knochig wie ein geschundenes Pferd. Ihre blassblonden, strohigen Haare umrahmten ein bleiches Gesicht mit schmalen, spröden Lippen und wässrigblauen Augen. Ihre Gesichtszüge ähnelten denen ihres Vaters, nur die schmale, sanft geschwungene Nase hatte sie von ihrer Mutter. Das zarte Profil, das sie Adelheid verlieh, passte wenig zu den ungraziösen Bewegungen ihrer großen Hände und Füße.

«Freust du dich denn, dass ich gekommen bin?», fragte Margaretha, und Adelheid antwortete überraschend lebhaft:

«Ja, natürlich. Ich bin so froh. Bitte, bleibt, solange ihr mögt!»

Margaretha nickte erleichtert. So unwirtlich dieses Haus aussah, hier fühlte sie sich doch wenigstens willkommen. Sie stellte Maurice vor, der nun herangekommen war, sowie ihre übrigen Begleiter. Sie merkte, dass Maurice sofort Adelheids Herz gewann, als er sie mit einem Handkuss begrüßte, eine Geste, die Adelheid offenbar selten erlebte. Maurice ließ sich seine Überraschung wegen des heruntergekommenen Anwesens und Adelheids völliger Unähnlichkeit mit ihrer Schwester nicht anmerken. Margaretha war ihm dankbar, dass er sie auch in dieser kritischen Situation nicht allein ließ.

Das Haus sah von innen ebenso verwahrlost aus wie von außen. In den meisten Räumen standen kaum Möbel, nur lange, flache Bänke an den Wänden, die aus dünnen Fichtenbrettern zusammengefügt waren. Der Rauchabzug der wuchtigen, gemauerten Öfen schien schlecht zu funktionieren, denn die Wände und Deckenbalken waren schwarz von Ruß. Nur hier und dort hing vor einem der kleinen, zugigen Fenster ein zerschlissener Vorhang, offensichtlich aus einem alten Seidenkleid genäht. Bilder konnte Margaretha kaum entdecken, ebenso wenig Teppiche. In den unteren Zimmern hatte Adelheid die alten, moosbewachsenen Fußbodenbretter notdürftig mit geflochtenen Binsenmatten bedeckt, wie es sonst nur die leibeigenen Tagelöhner in ihren armseligen Hütten taten. Margaretha sah es mit Entsetzen und versuchte, flacher zu atmen. Es stank schrecklich in diesen Räumen, und sie schüttelte sich vor Ekel, als sie in allen Ecken dicke braune Käfer entdeckte, die zwischen den Binsen herumkrochen. Sie beschloss im Stillen, die Beine ihres Bettes in Gefäße mit Wasser stellen zu lassen, damit sie so wenig wie möglich mit dem Ungeziefer in Berührung käme. Jedenfalls nicht mehr als unbedingt unvermeidlich, dachte sie schaudernd.

«Wir wurden vor einem Jahr von einem Trupp desertierter Soldaten überfallen», erklärte Adelheid. «Deshalb sieht alles so verwüstet aus. Im Ostflügel haben sie sogar Feuer gelegt und alles niedergebrannt.»

Über eine enge, steile Treppe gelangten sie zu den oberen Zimmern, die noch ärmlicher wirkten als das Erdgeschoss. In vielen fand sich außer einigen aufgebrochenen Schränken kein einziges Möbelstück, und oftmals waren die Fenster nur mit davor genagelten Brettern verschlossen, durch die der Wind pfiff.

Margaretha versuchte, Jitkas und Annas empörten Blicken auszuweichen, während sie ihrer Schwester über die Gänge folgte. Dieses Haus war so schrecklich groß! Schaudernd vergewisserte sie sich, dass Maurice noch hinter ihr ging. Schließlich kamen sie zu einigen behaglicheren Räumen, in denen die Gäste untergebracht wurden. Ein Zimmer bezogen Margaretha und Maurice, ein weiteres, das unter dem Dach lag und über die finsterste aller Treppen zu erreichen war, Dana, Anna und Jitka.

«Seit dem Überfall …», setzte Adelheid abermals zu einer Erklärung an, doch Margaretha wusste genau, dass es hier nie anders ausgesehen hatte. Schaudernd blickte sie aus dem Fenster ihres Zimmers über die graue, verregnete Moorlandschaft. In der Ferne erkannte sie im Dunst einen Kiefernwald. Dann aber, um die beklommene Stimmung etwas aufzumuntern, wandte sie sich wieder ihrer Schwester zu und sagte betont heiter:

«Jetzt musst du uns aber ganz schnell dem Baron vorstellen und zu Bernada bringen!»

Während sich die Dienstboten um das Gepäck kümmerten, führte Adelheid ihre Gäste in den Salon, der allerdings kaum als ein solcher zu bezeichnen war.

«Karl», sagte sie vorsichtig, «wir haben Besuch.»

Aus einem verschlissenen Sessel erhob sich ein kleiner, dicklicher Mann. Er hatte ein aufgedunsenes rotes Gesicht, dünne, blonde Haare und dunkle Augen. Er lächelte, ohne den Anschein von Freundlichkeit zu erwecken.

«Bei allen Teufeln», sagte er, «das ist doch Margaretha von Ragnitz!»

«Sie kennen mich noch?», fragte Margaretha erstaunt.

«Eine Frau wie Sie vergisst man nicht so schnell», erwiderte Karl mit einem unangenehmen Grinsen, «auch wenn Sie bei unserer letzten Begegnung noch ein sehr junges Mädchen waren. Ich muss sagen ...» Mit anzüglichen Blicken musterte er seine Schwägerin, bis eine scharfe Stimme ihm Einhalt gebot.

«Ich bin Maurice Graf Lavany. Und dies ist meine Frau, Gräfin Margaretha.»

Erschrocken machte Karl von Sarlach eine fahrige Verbeugung.

«Ich kann gar nicht sagen, wie froh wir sind, Sie hier zu haben!», rief er überschwänglich. «Wir werden ...» Eine klare, helle Stimme unterbrach ihn plötzlich:

«Margaretha!»

Margaretha sah sich um und entdeckte in einer düsteren Ecke eine zarte Frauengestalt, die dort auf einem hochlehnigen Stuhl saß. Es war Bernada, ihre kleine Schwester, die sie zuletzt als Kind gesehen hatte. Inzwischen war sie erwachsen geworden, aber sie besaß dasselbe liebliche, feine Gesicht wie früher. Aus großen blauen Augen lächelte sie Margaretha an.

«Nun sind wir alle drei wieder zusammen», sagte sie, während Margaretha sich zu ihr hinabbeugte und sie umarmte. «Wir werden eine wundervolle Zeit haben. Du musst mir alles von dir erzählen! Aber du siehst müde aus und solltest zunächst einmal ausruhen!»

Erst jetzt merkte Margaretha, wie erschöpft sie sich fühlte. Sie fror und sehnte sich nach einer langen, ruhigen Nacht in einem weichen Bett. Morgen würde alles ganz anders aussehen.

Maurice ging, wie gewöhnlich, noch einmal zu den Pferden, während sie bereits mit einer Kerze in der Hand ihr Zimmer suchte. Dieses schreckliche, unheimliche Haus! Hinter jeder Ecke vermutete sie Geister und schrie deshalb auf, als eine Hand ihre Schulter berührte. Doch es war nur Adelheid.

«Entschuldige», bat sie, «ich wollte dich nicht erschrecken. Aber Karl soll nicht merken, dass ich dir nachgegangen bin. Ich wollte dir nur sagen –», sie blickte sich unruhig in dem düsteren Treppenhaus um –, «dass du hier bleiben sollst. Bitte, Margaretha! Ich kann hier nicht länger allein leben. Ich habe Angst vor Karl, und ich fürchte mich vor dem Moor und der Einsamkeit. Der Winter kommt, und alles wird noch trostloser. Bernada kann mich nicht schützen. Bitte bleib, Margaretha!»

Margaretha sah voller Mitleid in das angstvolle Gesicht ihrer Schwester.

«Natürlich bleibe ich hier», versicherte sie, «und wir werden viel Spaß haben. Mach dir keine Sorgen.»

Sie ging in ihr Zimmer, und während sie sich auszog, machte sie bereits Pläne. Sie könnte versuchen, ihre Freundin Angela wieder zu finden. Sie und Angela, Bernada und Adelheid … vielleicht könnten sie es schaffen, dieses Haus in Ordnung zu bringen und würden dann zusammen einen herrlichen Sommer verleben.

Am nächsten Morgen lernten die Gäste beim Frühstück Adelheids Kinder kennen. Margaretha erfuhr, dass ihre Schwester neun Kinder geboren hatte, dass davon aber nur vier am Leben geblieben waren. Die älteste Tochter, Cäcilie, war zwölf Jahre alt, dann folgten der achtjährige Karl und der fünfjährige Christian und schließlich die jüngste, die kleine Emiliana, die am vorletzten Weihnachtsfest geboren worden war. Margaretha schloss das kleine Mädchen sofort in ihr Herz, während sie für die anderen drei nur Mitleid empfand, denn sie wirkten bleich und unscheinbar, schwächlich und unterernährt. Margaretha bemerkte, dass Cäcilie nur schwarze Zähne im Mund hatte und dass der kleine Karl sich deutlich geistesgestört verhielt. Immerhin verfügte er über bessere Tischmanieren als sein Vater. Dieser nämlich schmatzte lauter, als es zehn Menschen zusammen vermocht hätten, hustete und schniefte ständig, und schließlich ergriff er eine Ecke des schmuddeligen Tischtuches und schnäuzte kräftig hinein. Margaretha sah angewidert weg. Sie war froh, diese durchaus übliche Sitte nicht allzu häufig ertragen zu müssen. Zumindest in der feineren Gesellschaft galt es mittlerweile als unfein, das Tischtuch für die Nase zu benutzen. Offenbar aber hatte Karl davon noch nichts gehört.

Nach dem Frühstück wollte sich Margaretha draußen ein wenig umsehen. Es hatte zu regnen aufgehört, aber die Pfützen waren noch nicht verschwunden. Fassungslos betrachtete Margaretha den Unrat, der sich in allen Ecken des Hofes angesammelt hatte. Vor dem Pferdestall traf sie Maurice.

«Abscheulich, nicht?», sagte sie, während sie auf die trostlose Gegend wies. Maurice nickte.

«Wusstest du, wie deine Schwester hier lebt?», fragte er.

«Nun …», entgegnete Margaretha zögernd. «Ja, ich wusste es wohl.»

«Und du willst wirklich hier bleiben?»

Sie sah ihn erstaunt an.

«Natürlich. Ich habe diese weite Reise nicht unternommen, um gleich wieder zurückzufahren.»

«Deine Schwester lebt in sehr einfachen Verhältnissen», sagte Maurice vorsichtig, «und ich kann mir nicht vorstellen, dass Baron Sarlach gern Gäste hat.»

«Adelheid hat mich angefleht, nicht fortzugehen. Ich möchte einige Monate mit ihr und Bernada verbringen.»

«Nun gut», Maurice sah an ihr vorbei über das Moor, «du sollst selber entscheiden, was du tust. Ich werde noch in der nächsten Woche nach Böhmen zurückreisen.»

«Ist das dein Ernst?»

«Du kannst nicht von mir verlangen, hier auf unabsehbare Zeit zu leben. Ich wüsste nicht, was ich hier tun sollte, und du wirst nicht erwarten, dass ich mit dem Baron Freundschaft schließe. Außerdem möchte ich in Kontakt mit General Wallenstein treten.»

«Hätten wir bei meinen Eltern gewohnt, wärst du auch geblieben!»

«Ich wäre dazu verpflichtet gewesen, schließlich bin ich ihr Schwiegersohn – auch wenn sie mich nicht so behandelt haben. Aber hier hält mich nichts.»

Margaretha fühlte sich verletzt.

«Ich danke dir für deine Offenheit, Maurice. Wie konnte ich annehmen, dass du meinetwegen bleiben würdest!»

«Ich würde dich gern mitnehmen!»

Margaretha schüttelte den Kopf.

«Ich muss bleiben. Und ich finde es richtig, dass du gehst. Vielleicht sollten wir uns damit abfinden, dass wir uns am wohlsten fühlen, wenn wir voneinander getrennt sind. Du lebst dein Leben und ich meines!» Sie sah ihn herausfordernd an, und Maurice lächelte.

«Schön, mein Schatz», sagte er, «machen wir es so. Aber wenn die Schweden zu nahe rücken, dann machst du dich auf den Weg nach Böhmen!»

«Du und General Wallenstein, ihr werdet sie nicht allzu weit kommen lassen», erwiderte Margaretha ironisch. Maurice verbeugte sich leicht.

«Ich danke dir für dein Vertrauen. Ich werde mich bemühen, es nicht zu enttäuschen. Komm jetzt, es ist kalt hier, wir gehen ins Haus.»

Eine Woche später brach Maurice auf, um nicht von einem frühen Wintereinbruch überrascht zu werden. Am Morgen seiner Abreise gab er Margaretha einen kleinen, fest verschnürten Beutel.

«Hier ist eine große Summe Geld», erklärte er ihr, «du sollst für einen Notfall gut versorgt sein, zum Beispiel, um dir eine Kutsche zu mieten. Aber erwähne das Geld nicht gegenüber dem Baron. Überhaupt – vertraue ihm nicht zu sehr!»

«Ich verstecke es», versprach Margaretha, «danke, Maurice!»

Mit Maurice reisten auch die Diener und Jitka ab. Letztere fand den Hof so abscheulich, dass sie lieber alle Reisestrapazen auf sich nahm, als länger zu bleiben. Anna schwankte lange, ob sie sie begleiten solle, entschied sich aber schließlich dagegen. In Belefring würde sie unter Jitkas strenger Aufsicht keinen unbewachten Schritt tun können, Margaretha passte weniger auf und würde ihrer Abenteuerlust kaum im Weg stehen.

Schon bald stellte Margaretha fest, dass sich ihr Besuch nicht so unbeschwert und fröhlich gestalten würde, wie sie erhofft hatte. Ihre Schwestern verhielten sich reizend, aber es gelang Adelheid nicht, ihre bittere Armut zu verbergen. Es war schlimmer, als Margaretha zunächst geglaubt hatte. Karl arbeitete selbst überhaupt nicht, sondern lebte von den Abgaben einiger weniger Pächter, und was er bekam, musste meist zur Abzahlung seiner nie versiegenden Schulden verwandt werden. Es gab nur ein Dienstmädchen im Haus, ein ebenso schlampiges wie begriffsstutziges Geschöpf, das sich durch nichts zur Arbeit antreiben ließ. Die niedrigsten Verrichtungen blieben an Adelheid hängen. Sie wischte den Fußboden auf, wusch im eiskalten Wasser die Wäsche, fütterte die Hühner und die Kühe. Es schockierte Margaretha zutiefst, als sie an einem nebligen Novembertag ihre Schwester hinter dem Haus beim Holzhacken traf. Adelheid kämpfte mit der schweren Axt und sah mit ihrem weißen Gesicht und den dunkel umränderten Augen zu Tode erschöpft aus.

«Warum, um Himmels willen, tust du das?», fragte Margaretha empört. «Wenigstens *das* könnte dein Mann dir abnehmen!»

«Bitte, nicht so laut!», flüsterte Adelheid erschrocken. «Es geht schon.»

«Es geht nicht! Ich werde Karl holen!» Sie wollte sich umdrehen, doch Adelheid hielt sie fest.

«Bitte nicht, Margaretha. Er würde toben vor Wut!»

«Und wenn er es täte? Ich bin hier und Dana und Anna, dir kann nichts geschehen.»

«Das verstehst du nicht. Ich muss mit ihm auskommen, ein Leben lang, auch wenn ihr wieder fort seid.»

«Du musst wissen, was du tust», sagte Margaretha mit zornigem Gesicht, «aber dieses Holz wirst du nicht hacken!» Sie nahm ihrer Schwester die Axt aus der Hand.

«Das darfst du nicht tun!», protestierte Adelheid. «Du bist es nicht gewöhnt! Du hast viel zu zarte Hände!»

«Du ahnst nicht, wie stark ich bin», entgegnete Margaretha. Der Gedanke an den dicken Baron, der jetzt in seinem Sessel neben dem Kamin döste, versetzte sie in maßlose Wut und gab ihr ungeahnte Kräfte. Schwungvoll und nicht ohne überraschende Geschicklichkeit spaltete sie das Holz.

«So», sagte sie zufrieden, als sie den ersten Korb mit Scheiten gefüllt hatte. «Ich werde dir jetzt Dana und Anna schicken, damit sie dir bei der Arbeit helfen. Und warum nicht auch deine widerspenstige Tochter Cäcilie?»

Sie ging ins Haus und traf auf eine willige Dana und eine wenig begeisterte Anna. Es gelang ihr sogar, das Dienstmädchen zu einigen einfachen Verrichtungen zu bewegen. Cäcilie war leider nicht zu finden und Karl saß schnarchend in seiner Ecke. Margaretha ließ ihn schlafen, weil sie es Adelheid versprochen hatte, aber sie beschloss, ihre Schwester dazu anzuhalten, die Pachtzinsen selber einzunehmen. Solange Karl das Geld verwaltete, würde das Anwesen immer mehr verkommen.

Der Winter kam früher als erwartet, und die Kälte machte ihnen allen das Leben noch schwerer. Wenn Margaretha morgens das Haus verließ, um das Vieh in den Ställen zu füttern, musste sie sich durch hohen Schnee kämpfen, und der eisige Nordostwind trieb ihr die Tränen in die Augen. Trotzdem machte es ihr nichts aus, Adelheid zu helfen. Sie fühlte sich gesund und kräftig, und der sorgsam gehütete Beutel verlieh ihr Sicherheit.

Manchmal, wenn sie ihre Schwester mit verweintem Gesicht am Küchentisch sitzen und verzweifelt ihr knappes Geld zählen sah, war Margaretha drauf und dran hinaufzulaufen und die fehlenden Beträge aus ihrem Versteck zu holen. Eine innere Stimme hielt sie dann aber warnend zurück. Adelheid war zu schwach, um irgendetwas vor Karl geheim zu halten. Was sie ihr zusteckte, würde in seinen Taschen landen. Mehr als einen kleinen Betrag zum Einkauf von Nahrungsmitteln konnte Margaretha ihrer Schwester nicht zukommen lassen.

In diesem Winter bemerkte Margaretha, dass eine Veränderung mit ihr vorging. Eigentlich hatte diese Wandlung bereits in jener Nacht begonnen, als sie von ihrer Mutter so hart zurückgewiesen worden war. Mit der Erkenntnis, plötzlich kein Elternhaus mehr als letzte Sicherheit zu haben, wuchs in ihr eine neue Härte gegenüber sich selbst und den Ereignissen um sie herum. Sie wappnete sich gegen ihre Empfindsamkeit, von der sie glaubte, dass sie ihr immer nur Kummer bereitet hatte. Alle sanften und überschwänglichen, traurigen und glücklichen, liebevollen und wütenden Gefühle, denen sie sich früher widerstandslos hingegeben hatte, versuchte sie nun, von sich fernzuhalten. Sie wollte nicht mehr nach Liebe und Glück streben, um den Enttäuschungen, die sie in den letzten Jahren erleben musste, zukünftig zu entgehen.

Margarethas Ton wurde scharf in diesen Wintermonaten. Wenn sie Cäcilie zur Arbeit antrieb, Dana einen Auftrag erteilte oder Anna verbot, ins Dorf zum Tanzen zu gehen, dann tat sie das mit einer Strenge, die alle Menschen in ihrer Umgebung erstaunte. Bisher hatte sie sich selten zu einer schroffen Äußerung hinreißen lassen.

«Aber, gnädige Frau», versuchte Dana anfangs immer noch zu protestieren, doch Margaretha fuhr sie an:

«Tu, was ich dir sage! Und widersprich mir nicht immer!»

Ihr Ton erschien ihr oft selbst übertrieben, denn diese Menschen hatten ihr schließlich nichts getan. Aber gleichzeitig merkte sie, wie die Ausbrüche sie erleichterten und stärkten. Dinge, die sie früher entsetzt hätten, machten ihr heute nichts mehr aus. Nicht einmal die Tatsache, dass der unangenehme Baron ihr nachzustellen begann, ihr in dunklen Ecken des Hauses auflauerte und sie bei den Mahlzeiten nicht aus den Augen ließ, konnte sie erschüttern. Sie begegnete ihm kalt und voller Verachtung. Es passt vielleicht nicht zu mir, dachte sie, aber, zum Teufel, irgendetwas muss ich doch aus meinen schlechten Erfahrungen gelernt haben.

4

Im Januar 1631 hatte der Schwedenkönig Gustav Adolf ganz Pommern besetzt und schien entschlossen, auch weitere Teile des in dreizehn Kriegsjahren ausgebluteten Reiches einzunehmen. In Bayern fühlten sich viele, darunter Margaretha, in Sicherheit, weil sie überzeugt waren, die Schweden würden niemals so weit in den Süden vordringen. Auch wenn nicht mehr General Wallenstein den Oberbefehl hatte, besaß Tilly, der schon vor längerer Zeit in den Grafenstand erhoben worden war, doch genug Kriegserfahrung, um mit den Gegnern fertig zu werden.

In dem langen, harten Winter gab es wenig Abwechslung für die Bewohner des Sarlach-Hofes. Es fanden zwei Hexenprozesse in Moorach statt, die ausgerechnet von Anna mit großer Spannung verfolgt wurden. Sie lernte dort einen jungen Mann kennen, einen Bauernsohn, der ihr gut gefiel und mit dem sie sich häufig traf.

«Seine ganze Familie ist gegen mich», berichtete sie Margaretha eines Tages empört, «weil ich bei Baron Sarlach lebe. Aber uns macht das natürlich nichts aus!» Ihr Gesicht bekam, wie so oft, einen trotzigen Ausdruck, und Margaretha zog es vor zu schweigen. Annas Lebenshunger würde durch nichts anderes zu stillen sein, als durch eigene Erfahrungen.

Im April begann Margaretha, sich ernsthaft zu bemühen, ihre Freundin Angela wieder zu finden. Sie hatte lange überlegt, was sie tun könnte und schließlich nur den Ausweg gesehen, sich mit dem Kloster in Verbindung zu setzen, um von dort etwas zu erfahren. Da es ihr unangenehm war, selbst in Erscheinung zu treten, bat sie Bernada, die Oberin in einem Brief um Auskunft zu bitten, was aus Angela geworden sei. Bernada tat ihrer Schwester diesen Gefallen gern. Sie und Margaretha hatten in der kurzen Zeit ihres Zusammenseins festgestellt, wie gut sie miteinander auskamen. Bernada bewunderte Margarethas Bereitschaft, mit der sie sich dem kargen Leben anpasste, und die scheinbare Abgeklärtheit, mit der sie über ihre Vergangenheit sprach. Margaretha liebte Bernadas Gutherzigkeit und ihre Hilfsbereitschaft.

Der erste Brief an Schwester Gertrud blieb unbeantwortet. Sie vermuteten, dass er das Kloster gar nicht erreicht hatte. Bernada schrieb ein zweites Mal, und diesmal kam einige Wochen später ein Brief von einer Schwester, die Margaretha nicht kannte. Sie schrieb, Angela habe den Freiherrn von Calici geheiratet, der einer seit über hundert Jahren in Bayern ansässigen italienischen Adelsfamilie entstamme. Da die Calicis vor den Toren Augsburgs lebten, konnte Margaretha es gar nicht abwarten, möglichst schnell dorthin aufzubrechen. Anna, die inzwischen das ganze Dorf kannte, besorgte einen Wagen samt Kutscher. Margaretha war sehr dankbar für das Geld, das Maurice ihr dagelassen hatte, doch sie bemerkte Karls lauernden Blick, als von der Bezahlung der Kutsche die Rede war. Sie würde den Beutel auf die Reise mitnehmen müssen.

Dana und Anna blieben zurück, weil Margaretha dieses Wiedersehen allein mit Angela feiern wollte. Sie freute sich unbändig und hatte gleichzeitig Angst vor einer Enttäuschung. Vielleicht lebte Angela längst nicht mehr im Schloss der Calicis! Die letzten Jahre hatten viele Familien aus dem Reich vertrieben, die sich auf ihren französischen oder italienischen Besitzungen sicherer fühlten.

Margarethas Sorge erwies sich als unbegründet. Als sie in dem alten Schloss ankam, gab es ein so überschwängliches

Wiedersehen, wie sie es nicht einmal zu träumen gewagt hätte. Es war keine Fremdheit zwischen den Freundinnen, und Angela umarmte Margaretha so stürmisch, als seien sie noch Klosterschülerinnen in St. Benedicta und nicht zwei verheiratete Frauen, die einander seit über zehn Jahren nicht gesehen hatten.

Gleich nach der ersten Begrüßung lernte Margaretha auch den Freiherrn Leopold von Calici kennen. Er faszinierte sie vom ersten Moment an, und sie fand, er sähe fast noch besser aus als Richard. Er war sehr groß, seine Augen glänzten so dunkel wie seine Haare, und Margaretha war hingerissen von seinem Lächeln. Er und Angela, die in einem tiefausgeschnittenen dunkelgrünen Kleid und mit ihren gelockten rotblonden Haaren, in denen Smaragde funkelten, entzückend aussah, passten schon äußerlich wunderbar zusammen.

In einem kleinen Salon trug ein Dienstmädchen das Essen auf, ein aufwendiges Mahl aus sauer eingemachtem Schweinefleisch, Sulzerfleisch, Bohnen und dem Hippokras, einem stark gewürzten, zimtig schmeckenden Wein. An der Wand gegenüber dem Eingang hing ein goldgerahmtes Porträt der schönen Angela, das sie als einen beinahe nackten, höchst verführerischen Engel darstellte. Über ihre schneeweiße Brust fielen ihre roten Haare, um die Hüften trug sie ein Tuch geschlungen. Margaretha hatte in Prag schon manchmal davon gehört, dass solche Darstellungen unter den reichen Damen jetzt große Mode seien, aber sie hatte sich nie recht vorstellen können, dass jemand den Mut besaß, so ein Bild wirklich aufzuhängen. Es passte zu Angela, dass sie es tat, und dann auch noch in einem Raum, in dem sie Gäste empfing.

Angela sah Margaretha strahlend an und sagte: «Du musst mir alles erzählen, was geschehen ist!»

Sie war die Erste, die nicht hinzufügte: «... seitdem du

uns damals verlassen hast!» Kein Vorwurf klang in ihrer Stimme, nur brennende Neugier und die Bereitschaft zur Anteilnahme.

Margaretha erzählte in wenigen Sätzen, was sie seit der Trennung von Angela erlebt hatte. Die Einzelheiten wollte sie der Freundin lieber später und allein anvertrauen. Manches wäre ihr vor Leopold peinlich gewesen, so sehr sie ihn auch schon in ihr Herz geschlossen hatte. Er strahlte Ruhe und Gelassenheit aus und besaß ein unerschütterliches Selbstvertrauen, das niemals überheblich wirkte. Er und Angela begegneten sich mit so viel Vertrautheit und gegenseitiger Verehrung, dass sie ein Bild der vollkommenen Übereinstimmung boten.

Nachdem Margaretha auch von Adelheid und ihrer Familie berichtet hatte, begann Angela zu erzählen.

«Bevor du es von anderer Seite erfährst», meinte sie belustigt, «sage ich es dir am besten gleich selbst: Du bist bei schrecklich unmoralischen Menschen zu Gast!»

Leopold lachte unbekümmert.

«Du musst wissen», fuhr Angela fort, «dass Leopold verheiratet war, als ich ihn kennenlernte. Aber wir verliebten uns ineinander, und damit ich in seiner Nähe sein konnte, trat ich in die Dienste seiner Frau. Ich änderte meinen Namen und lebte hier als ihre Zofe. Irgendwann allerdings hat sie etwas bemerkt und jagte mich in Schimpf und Schande aus dem Haus. Ich lebte im Dorf in einem Gasthof, aber natürlich hat Leopold mich auch dort besucht.»

«Oh», sagte Margaretha hilflos. Sie fand, dass Angela reichlich offen sprach.

«Vor drei Jahren starb Susanna von Calici. Ein halbes Jahr nach ihrem Tod heirateten Leopold und ich.»

«Woran starb sie denn so plötzlich?», fragte Margaretha entsetzt.

«Ihr Herz hörte auf zu schlagen, aber du kannst sicher sein, Liebste, dass wir nichts dazu getan haben. Ihr Herz war schon immer schwach gewesen. In den Augen der Leute heirateten wir natürlich viel zu schnell und sowieso wusste man längst alles und verurteilte uns. Doch die Calicis sind zu reich, um sie für lange Zeit ausstoßen zu können. Nach und nach kamen alle wieder angekrochen und suchten unsere Gunst.» Sie griff nach dem irdenen Weinkrug und schenkte sich erneut ein. Margaretha beobachtete sie fasziniert. Sie wunderte sich, dass sie sich durch Angelas lockere Worte nicht abgestoßen fühlte. Wahrscheinlich wurden Sünden einfach umso verzeihlicher, je schöner die Frau war, die sie beging. Und Angela besaß mehr, als bloß körperliche Schönheit. Der Reiz, den sie auf ihre Mitmenschen und besonders auf Margaretha ausübte, beruhte auf ihrer gänzlichen Unbekümmertheit gegenüber der Obrigkeit, dem Gesetz und der Moral. Wenn der Mann, den sie liebte, verheiratet war, so lebte sie eben als seine Geliebte und wartete, bis er frei wurde, ganz gleich, ob sich ihre Umgebung den Mund über sie zerriss oder nicht. Schon früher in St. Benedicta hatte sie nur getan, was sie wollte und nichts anderes. Margaretha dachte, dass es eigentlich nichts Erstrebenswerteres gab, als diese so ganz und gar gelassene Unabhängigkeit.

Sie blieb drei Tage bei den Calicis, und in dieser Zeit fragte sie Angela, ob sie mit ihr kommen und einige Monate bei Adelheid leben wolle. Angela schien zunächst unsicher, doch auch Leopold riet ihr dazu.

«Seit Monaten überlege ich, dass ich eigentlich mit Tilly gegen die Schweden ziehen müsste», erklärte er, «aber ich wollte Angela nicht allein zurücklassen. Doch wenn sie mit Ihnen geht, Margaretha, werde ich beruhigt sein.»

«Musst du unbedingt in den Krieg?», fragte Angela.

«Keiner könnte mich zwingen», entgegnete Leopold, «aber ich will es!»

«Dann komme ich mit dir, Margaretha, und es wird sein wie früher. Ich werde deiner Schwester natürlich Geld für meine Unterbringung geben. Hoffentlich ist sie nicht zu stolz, es anzunehmen.»

Die Reisevorbereitungen nahmen noch einige Tage in Anspruch. Margaretha erfuhr währenddessen von Angela, dass ihre gemeinsame Freundin Clara noch immer in St. Benedicta lebte, nun selbst als Nonne.

«Die liebe, empfindliche Clara», sagte Angela, «nun entsagt sie einfach dem weltlichen Leben!»

«Es ist schade, denn so werde ich sie nie besuchen können», meinte Margaretha. «Ich werde dieses Kloster nie wieder betreten!»

«Hast du ein schlechtes Gewissen?»

«Jedenfalls wäre es mir schrecklich unangenehm, den Schwestern wieder zu begegnen.»

Im Mai traten die beiden Freundinnen den Rückweg an. Angela und Leopold trennten sich sichtlich schweren Herzens voneinander, aber Margaretha fand es bewundernswert, wie gut Angela Angst und Sorge zu verbergen wusste. Sie hatte sie schonungslos auf die Zustände in Adelheids Haus vorbereitet, eine Umsicht, die sich als nützlich erwies. Zwar sah die Landschaft durch die grünen Bäume weniger kahl aus, doch über die Unordnung auf dem Gehöft konnte auch die warme Frühlingssonne nicht hinwegtäuschen. Die Felder lagen noch brach, nichts keimte, nichts wuchs dort, und die meisten Ställe standen leer.

Immerhin verlief der Empfang freundlich. Dana und Anna freuten sich, Margaretha wieder bei sich zu haben und endlich ihre vielbeschriebene Freundin Angela kennenzulernen. Lilli schnurrte, Bernadas Augen leuchteten und sogar Adelheid lächelte. Sie sah entsetzlich schlecht aus, mit umschatteten Augen und müden, kraftlosen Bewegungen. Im Umgang mit ihren Kindern war sie streng und unduldsam geworden. Einmal verlor sie ihre Beherrschung und schrie Cäcilie an, die mit herabgezogenen Mundwinkeln und halbgeschlossenenen Lidern in der Gegend herumstand und keine der ihr zugewiesenen Arbeiten verrichtet hatte.

«Du bist ein faules, dummes, unansehnliches Mädchen», sagte Adelheid scharf, «aus dir wird nie etwas werden!»

Cäcilie öffnete erschrocken die Augen.

«Aus dir ist auch nichts geworden», erwiderte sie schließlich mit ihrer schleppenden Stimme. Adelheid wandte sich abrupt ab und verließ den Raum.

Karl verhielt sich in den ersten Tagen sehr freundlich. Er wandte seine Aufmerksamkeit und seinen zweifelhaften Charme nun Angela zu, die ihn vom ersten Moment an beeindruckt hatte. Natürlich wies auch Angela ihn zurück, aber sie tat es nicht so arrogant wie Margaretha, sondern eher spielerisch. Zunächst hielt Karl das für Koketterie, und Angela schien ihn doppelt zu reizen. Er zeigte seine Vorliebe sehr offen, sodass Margaretha mehr als einmal erschrocken zu Adelheid hinübersah. Diese schien die unschicklichen Bemerkungen ihres Mannes gar nicht zu hören, oder sie waren ihr zumindest gleichgültig. Oft starrte sie mit brennenden Augen aus dem Fenster und zuckte zusammen, wenn sie angesprochen wurde.

Nach einer Woche kam es zu einem Ereignis, das das bisher freundliche Verhalten des Barons gegenüber seinen Gästen veränderte. Am späten Nachmittag kehrten Margaretha und Angela von einem weiten Spaziergang zurück. Sie waren schnell gelaufen und daher müde und hungrig. Eilig liefen sie die Treppe hinauf, um sich in dem Zimmer, das sie teilten, für das Abendessen umzuziehen. Auf der Schwelle blieben sie entsetzt stehen.

In dem kleinen Raum herrschte eine entsetzliche Unordnung. Alle Schränke und Kommodenschubladen standen offen, Kleider und Wäsche lagen auf dem Fußboden, das Bettzeug war auseinander gezerrt, Teppiche zusammengeschoben, Kisten und Körbe umgestülpt. Inmitten des Chaos kniete Karl und tastete gierig den Saum eines vor ihm liegenden Kleides ab. Er war so beschäftigt, dass er die beiden Frauen noch nicht bemerkt hatte. Angela schnappte einen Moment lang nach Luft, während Margaretha ihn anfuhr:

«Was, um Himmels willen, tun Sie da?»

Karl zuckte zusammen und drehte sich erschrocken um. Doch schon im nächsten Augenblick begann er unverschämt zu grinsen.

«Dies ist mein Haus. Ich kann hier tun, was ich will!»

«Nicht in unserem Zimmer», widersprach Margaretha. «Sie haben kein Recht, unsere Sachen zu durchsuchen!»

«Nein? Habe ich das nicht?» Karl stand mühsam auf. Er war völlig betrunken.

«Ich will Ihn mal was sagen», murmelte er, «was ich in dem Zimmer hier tu, is verdammt meine Sache. Da lass ich mich nich von zwei d... dummen Weibern ärgern!» Sein Blick verschwamm und wurde nur mühsam wieder gerade. Angela zog ihre Augenbrauen hoch.

«Wir sind Ihre Gäste, Baron», erinnerte sie.

«Und wenn Sie das zehnmal sind! Es is mein verdammtes Recht, Sie je... jederzeit rauszuschm...eißen!»

«Oh, selbstverständlich können Sie das», entgegnete Angela, «aber Sie wissen, dass Sie an unserem Aufenthalt einiges verdienen, nicht wahr?» Sie betrat das Zimmer und blickte verächtlich auf das grauenvolle Durcheinander.

«Ich weiß genau, was Sie gesucht haben!», sagte sie. «Geld! Sie brauchen sehr dringend Geld für Ihren Schnaps und Ihre Schulden! Für Ihren Branntwein bestehlen Sie sogar Ihre Gäste!» Angelas Stimme klang angewidert. Das Gesicht des Barons verfärbte sich vor Zorn.

«Vornehmes Pack», stieß er hervor, «gottverdammte Weiber mit viel Geld und edlen Seelen! Bleibt nur hier! Ich jag euch nicht fort! Aber nehmt euch in Acht!» Er spuckte auf den Boden, bevor er taumelnd den Raum verließ. Angela hob ein paar völlig zerknautschte Kleider auf.

«Ich habe noch nie einen verkommeneren Menschen gesehen. Ich verstehe nicht, wie deine Schwester das aushalten kann.»

«Das Schlimme ist, dass er uns jetzt hasst», meinte Margaretha. «Er ist dumm und brutal, und solche Leute sind gefährlich. Aber ich kann Adelheid nicht allein lassen. Sie sieht in der letzten Zeit besonders bedrückt und krank aus!»

«Ja, sie sieht sehr schlecht aus. Du solltest einmal mit ihr sprechen. Sieh mal», Angela griff hinter ein lockeres Brett in der Wandtäfelung unter der Fensterbank und zog mit einem triumphierenden Lächeln zwei Beutel hervor, «unser Geld! Er hat es nicht gefunden!»

«Gott sei Dank! Steck es schnell wieder weg. Und lass alles liegen, Dana und Anna sollen aufräumen!»

Die beiden zogen sich um und gingen dann hinunter zum Essen. Es herrschte eine ungemütliche Atmosphäre. Margaretha beobachtete Adelheid. Sie war weiß wie die Wand und als sie die Suppe austeilte, zitterten ihre Hände. Anna, die abends immer so lange quengelte, bis man ihr erlaubte, ins Dorf zu gehen, wirkte schrecklich übernächtigt. Cäcilie kaute verstohlen an ihren Fingernägeln und spuckte aus, was sie abgebissen hatte. Draußen zog ein Unwetter herauf, es begann zu stürmen und zu regnen. Irgendwo schlug ein

Scheunentor quietschend auf und zu. Margaretha hob fröstelnd die Schultern.

Dieser Hof und dieses Moor machen mich noch wahnsinnig, dachte sie. Sie bemühte sich, die furchtsamen, unheilvollen Gefühle zu verdrängen, die sie befielen. Sie selbst hatte hierher kommen wollen, nun durfte sie nicht jammern. Vielmehr musste sie dankbar sein, dass es dieses Zuhause für sie gab, denn ein anderes hatte sie nicht mehr. Und schließlich ging es ihr gut, sie lebte mit ihren Schwestern zusammen, mit Angela, und der Krieg berührte sie im Augenblick nicht. Wenn nur diese Unsicherheit nicht wäre, die Angst, dass sich auch noch dieses letzte bisschen Geborgenheit durch den Krieg auflösen könnte. Margaretha holte tief Luft und verscheuchte die trüben Gedanken. Es wird an dem scheußlichen Wetter und dem Zusammenstoß mit dem Baron liegen, dachte sie und versuchte, sich an ihren altbewährten Trost zu erinnern: Wenn der Frühling käme, würde sie sich bestimmt wieder besser fühlen!

5

An einem sonnigen, warmen Tag im Mai stand Adelheid in der kleinen, kahlen Küche ihres Hauses und starrte trübe durch die Fenster hinaus auf die weiten grünen Wiesen. Nach dem langen Winter wurde es nun endlich warm und alles blühte in den schönsten Farben, aber Adelheid nahm heute weder den blauen Himmel noch die rosa-weißen Blüten der Apfelbäume wahr. Sie stand nur da, rührte in einer Suppe, die vor ihr auf dem Herd kochte, und fühlte sich noch elender als sonst.

Ihr Leben bestand aus einem nicht enden wollenden

Kreislauf von Arbeit und Pflichten, der ihr kaum Zeit für eine Atempause ließ. Wenn sie frühmorgens als Erste aufstand, dann erwarteten sie hungrige Hühner, hungrige Kühe, hungrige Kinder und das Kopfzerbrechen, wie sie diese vielen Mäuler stopfen sollte. Sie besaßen ja fast nichts! Die fruchtbaren Äcker hatten sie verpachtet und die Pachtzinsen … Bei dem Gedanken daran lächelte sie bitter und entdeckte gleich darauf Karl, der auf unsicheren Beinen über den Hof schwankte. Dieser Mann würde sie eines Tages alle in den Untergang treiben! Außer, dass er sich ständig betrank und ihr ein Kind nach dem anderen anhängte, tat er überhaupt nichts. Bis heute begriff sie nicht, wie ihrer Mutter der Fehler unterlaufen konnte, sie in eine Ehe mit diesem vollkommen haltlosen, degenerierten Überbleibsel einer einstmals angesehenen Adelsfamilie zu treiben. Wenn er auch damals stattlicher und gesünder als jetzt gewirkt hatte, so ließen sich die wahren Züge seines Wesens doch bereits erkennen. Besonders einer allwissenden Frau wie Regina konnte seine Haltlosigkeit nicht verborgen geblieben sein. Adelheid lächelte erneut, ironisch und kalt. Aber natürlich, man hatte ja froh sein müssen, für sie überhaupt einen Mann zu finden. Ihre Mutter hatte nie einen Hehl daraus gemacht, dass sie ihre älteste Tochter für ein ungelenkes, ungewandtes und unschönes Geschöpf hielt, das keine Ansprüche stellen durfte. Ihre ganze Kindheit und Jugend hindurch hatte sie gelitten, unter der Herrschsucht ihrer Mutter und unter der Schönheit ihrer Schwestern. Sie durfte nicht vergessen, dass sie wenigstens diesen Qualen mit ihrer Heirat entronnen war. Adelheid empfand es als eine Ironie des Schicksals, dass ein Teil ihrer Vergangenheit sie hier wieder einholen musste. Beide Schwestern lebten nun bei ihr, die liebliche, kluge Bernada und die schöne Margaretha, die als Frau eines reichen, böhmischen Grafen hereinspaziert gekommen war. Dazu noch Angela, die mit ihrer faszinierenden Sinnlichkeit Karl vollends um den Verstand zu bringen schien. Zu meinem ganzen Glück, dachte Adelheid bitter, fehlte mir jetzt bloß noch Mutter!

Sie hatte Margaretha angefleht, bei ihr zu bleiben, und sie wünschte sich dies noch immer. Margaretha brachte Leben, Unruhe und Trost in die Einsamkeit, mit der sich Adelheid seit Jahren umgab. Aber sie und ihre Freundin Angela zeigten ihr, wie anders ein Leben verlaufen konnte als das ihre. Selbst wenn Angela Angst um ihren Mann hatte und auch Margaretha sich nicht wirklich glücklich zu fühlen schien, so beneidete Adelheid sie doch um jede aufregende Begebenheit, die sich in ihrer Nähe zugetragen hatte und um jene glücklichen, liebevollen Momente, die sie selbst nie erleben durfte.

Zu allem Überfluss aber, und das empfand sie als das schlimmste Unglück, wusste sie seit Januar, dass sie im August wieder ein Kind bekommen würde.

Noch nie hatte sie sich gegen diese Erkenntnis so gesträubt wie diesmal. Vielleicht lag es daran, dass die Anwesenheit ihrer Schwestern ihren eigenen Willen stärkte. Sie hatte kein Kind mehr gewollt und Karl wusste das, aber er scherte sich nicht darum. Mit jeder Woche der Schwangerschaft hasste sie ihn mehr – und ebenso das Kind.

Adelheid hatte eine Weile nur in die Luft gestarrt, ohne irgendetwas wahrzunehmen, aber jetzt erblickte sie Margaretha und Angela, die sich über einen Feldweg dem Hof näherten. Im Gehen schwenkten sie einen Einkaufskorb zwischen sich hin und her. In ihren bunten Sommerkleidern und mit den offenen Haaren sahen sie aus wie junge Mädchen. Abermals stieg Bitterkeit in Adelheid auf. Woher nahmen diese beiden nur die Kraft, sich ihre Fröhlichkeit und Zuversicht zu bewahren? Wie gelang es ihnen bloß, trotz der Zeit, in der sie lebten, diesen Eindruck von Unverwüstlichkeit zu vermitteln?

Die Küchentür wurde schwungvoll geöffnet, und Margaretha und Angela traten ein. Sie wirkten aufgeregt.

«Oh, Adelheid, weißt du, was passiert ist?», rief Margaretha. «Graf Tilly hat Magdeburg endlich erobert!»

«Wirklich? Dann ist es ihm also doch noch geglückt.»

Die protestantische Festung Magdeburg hatte sich bereits kurz nach Erlass des Restitutionsedikts hart gegen den Kaiser gestellt und sich gegen die habsburgische Politik heftig gewehrt. Beim Heranrücken Gustav Adolfs erklärte sie sich für die Schweden, seitdem war die Stadt ein Dorn in Graf Tillys Augen, den er zu beseitigen gedachte.

«Das Heer muss grauenhaft gewütet haben», berichtete Angela, «die Hälfte der Stadtbevölkerung soll getötet worden sein.» Adelheid seufzte. Diese Gräueltaten waren nichts Neues mehr, sie wurden seit Beginn des Krieges verübt, aber nun, seit der Invasion der Schweden, mehr denn je. Nachdem Graf Tilly im März das besetzte Neubrandenburg zurückerobert und die Besatzungsarmee schonungslos bis auf den letzten Mann niedergemacht hatte, drohten die Schweden blutige Vergeltung an, die sie mit ihrer Eroberung der Stadt Frankfurt an der Oder begannen. Auf die Verwüstungen in Magdeburg waren nun ebenfalls Vergeltungsmaßnahmen zu erwarten.

«Dieser Krieg wird hundert Jahre dauern», prophezeite Dana, die hinzugekommen war, düster.

«Für uns nicht», behauptete Angela, «Gustav Adolf kommt nicht bis Bayern!»

«Ich bin da nicht sicher», meinte Margaretha, «vergiss nicht, was wir im Dorf gehört haben! Das Heer soll unter Tilly entsetzlich verwahrlost sein. Wer weiß, ob es genug Widerstand leisten kann.»

«Nun, man sagt, der Kaiser habe bereits wieder geheime Beziehungen zu Wallenstein aufgenommen. Er wird seinen Generalissimus wohl zurückholen müssen.» Angelas Ton war unvermindert sorglos.

«Wenigstens weiß ich jetzt ungefähr, wo Leopold ist», sagte sie, «nämlich wahrscheinlich in Magdeburg.»

«Haben Sie nicht große Sorge um ihn?», erkundigte sich Dana neugierig. Angela, die überall Bewunderung erweckte, weil sie keine Angst zu kennen schien, zuckte mit den Schultern.

«Ich verlasse mich auf seine Geschicklichkeit und seine Erfahrung», erklärte sie. «Ich glaube fest daran, dass ihm nichts geschehen wird!»

Margaretha beobachtete ihre Freundin nachdenklich. Sie empfand ähnlich wie Angela, wenn sie an Maurice dachte. Er war kein Mensch, der das Unglück anzog.

Dana und Angela verließen die Küche wieder, aber Margaretha blieb zurück. Sie hatte sich bereits lange mit dem Gedanken getragen, Adelheid auf ihren geheimen Kummer anzusprechen und jetzt schien sich eine günstige Gelegenheit zu bieten. «Du siehst schlecht aus, Adelheid», begann sie unvermittelt.

«So?»

«Ja. Du bist mager und blass und merkwürdig geistesabwesend.»

«Das ist der Frühling. Vielen Menschen macht der Frühling zu schaffen.» Adelheid rührte verbissen weiter. Margaretha trat an den Herd und nahm ihr den Löffel aus der Hand.

«Ich will dich nicht kränken», sagte sie sanft, «aber ich mache mir Sorgen um dich. Erzähl mir, was los ist!»

«Warum sollte ich das tun?», fragte Adelheid böse. «Du bist nicht meine Mutter!»

«Nein. Ich würde auch nicht erwarten, dass du es unserer Mutter sagst. Aber mir kannst du vertrauen.»

Adelheid blickte in das freundliche, besorgte Gesicht ihrer Schwester. Sie wandte sich ab und sagte leise: «Alles ist so furchtbar. Ich kann es dir gar nicht genau erklären. Aber das Schlimmste … das Allerschlimmste …»

«Was denn?»

«Ach, Margaretha», Adelheid stützte sich schwer auf den Küchentisch, «ich werde in drei Monaten wieder ein Kind bekommen!»

«Oh», erwiderte Margaretha unsicher, ihr Blick glitt über den Bauch ihrer Schwester, «aber man sieht gar nichts!»

«Ich bin nie besonders dick dabei geworden. Diese winzigen, halb toten Würmer, die ich zur Welt bringe, haben meine Figur nie sehr verändert. Sieh mein altes, schlabberiges Kleid an – das überdeckt doch sowieso alles.»

«Aber», Margaretha erholte sich schnell von ihrer Überraschung, «es ist doch keine Tragödie, wenn du noch ein Kind bekommst!»

«Doch. Ich will kein Kind mehr!»

«Warum denn nicht?»

«Muss ich dir das erklären?» Adelheid machte eine Handbewegung, die die enge Küche und den unordentlichen Hof vor dem Fenster umschrieb. «Sieh dir doch an, wie ich lebe! Soll in diesem Elend noch ein Kind mehr herumkrabbeln?»

«Ist es nur das? Ist es nur deine Angst, ein weiteres Kind durchfüttern zu müssen?»

Adelheid antwortete nicht.

«Du solltest dir darum keine Sorgen machen», fuhr Margaretha fort, «ich werde dich unterstützen!»

«Danke für diese Gnade», gab Adelheid bitter zurück.

«Warum Gnade?», fragte Margaretha verletzt. «Ich bin

deine Schwester! Ich kann dir doch helfen, ohne dass du dich in deinem Stolz verletzt fühlst.»

«Ach, sei still!» Adelheid fuhr herum, ihre blassblauen Augen funkelten. «Du hast doch keine Ahnung …!»

«Was ist nur los, Adelheid?»

«Ich weiß nicht, ich weiß es wirklich nicht. Ich fühle mich entsetzlich, und ich will dieses Kind nicht!»

«Wie soll ich dir helfen, wenn ich nicht weiß, was wirklich los ist?»

«Du sollst mir nicht helfen. Ich habe dich nicht darum gebeten. Es geht nicht um das Kind, es geht um mein Leben. Und ich will endlich selbst entscheiden, was geschieht!»

«Was wirst du entscheiden?», fragte Margaretha beunruhigt.

«Ich werde über mein Leben entscheiden. Darüber, wie es weitergehen soll.»

«Aber was hat das mit dem Kind zu tun? Das musst du zur Welt bringen, ob du willst oder nicht. Ich an deiner Stelle wäre froh darüber. Mein Gott, Adelheid, ich habe mein einziges Kind sterben sehen. Das war das Schlimmste, was ich in meinem Leben erfahren musste. Ich gäbe alles darum, wieder ein Kind zu haben!»

Adelheid musterte sie kühl.

«Das glaube ich dir», meinte sie, «du hast ja sonst nichts. Außer deiner Freiheit – und die weißt du nicht zu schätzen.»

«Woher willst du wissen, dass ich frei bin?»

«Willst du es bestreiten? Du bist in einer unglaublich beneidenswerten Lage. Du bist Gräfin, hast einen guten Namen, ein Vermögen – und dein Mann, der in solchen Fällen gewöhnlich die bittere Dreingabe ist, lässt dich auch noch in Ruhe. Du hast dein Leben verteufelt geschickt angefangen, das muss man dir lassen!»

«Verteufelt geschickt», wiederholte Margaretha. «Ich habe nicht geahnt, wie viel Bitterkeit und Neid in dir schlummert. Ich kann dir nur deine eigenen Worte entgegenhalten: Was weißt du denn? Um die chaotischen, leeren und sinnlosen Jahre, die hinter mir liegen, würdest du mich nämlich bestimmt nicht beneiden!»

«Was immer du erlebt hast, so sinnlos kann es nicht gewesen sein. Heute bist du doch da, wo du sein wolltest. Du müsstest doch zufrieden sein.»

Margaretha sah geistesabwesend aus dem Fenster. Wie zu sich selbst sagte sie: «Wenn ich an das Mädchen zurückdenke, das damals aus dem Kloster fortlief, dann weiß ich eines ganz sicher: von einem Leben, wie ich es heute führe, habe ich bestimmt nicht geträumt!»

Adelheid wirkte erstaunt.

«Seltsam», meinte sie, «ich hatte den Eindruck, du seist geradlinig und unbeirrt auf dieses Ziel zugegangen. Aber was kümmert mich das. Ich habe mich in ein Leben hineinstoßen lassen, das mir nur Qual bereitet hat. Alles, was ich bisher gemacht habe, war doch sinnlos.»

«Ja, aber glaubst du denn, dass ich das bei mir nicht auch manchmal denke? Was habe ich schon erreicht? Ich bin nicht immer glücklich und zufrieden gewesen! Ich bin von Menschen enttäuscht und verlassen und zurückgewiesen worden, und ich musste das hinnehmen, wie weh es mir auch getan hat.»

«Aber dein Leben …»

«Mein Leben ist nicht besser und nicht schlechter als irgendein anderes. Du kannst dir das nur nicht vorstellen. Jeder glaubt immer, sein Leben sei schlechter oder ungerechter als das eines anderen. Aber das stimmt gar nicht!»

«Wie weise», sagte Adelheid, «dann scheitern wir eben alle.»

«Ja», meinte Margaretha gedankenverloren, «wir können so wenig erzwingen.»

«Manches Vorherbestimmte können wir aber vielleicht selbst in die Hand nehmen.»

«Ach ja? Und was soll das sein?»

«Das ist meine Sache!» Adelheid nahm endlich die schon fast verkochte Suppe vom Feuer.

«Sei so lieb und gib mir einen Teller», bat sie. «Kannst du Emiliana suchen und sie füttern?»

«Ja.» Margaretha nahm den Teller und ging zur Tür.

«Ich vermute», sagte sie, «es soll noch niemand etwas von dem Kind erfahren. Karl sicher auch nicht?»

«Jesus im Himmel!», rief Adelheid. «Karl am allerwenigsten. Und sonst auch niemand. Du wirst den Mund halten, Margaretha.»

«Ja, ja», erwiderte Margaretha schnell, «ich bin kein Klatschweib. Aber ich mache mir Sorgen um dich!»

«Das ist unnötig. Ich bin einige Jahre älter als du und besitze ziemlich viel Lebenserfahrung. So, und nun muss ich die Hühner füttern.» Die Tür zum Hof klappte heftig zu.

Margaretha setzte mit einer wütenden Bewegung den Teller auf den Tisch, dass die Suppe überschwappte. Diese entsetzliche Adelheid! Was sie wohl vorhatte?

Ich werde sie ständig beobachten, beschloss Margaretha, sie wird keinen Schritt tun, von dem ich nichts weiß.

Sie ging hinaus, um Emiliana zu suchen und stieß auf Anna und Cäcilie. Beide unterhielten sich kichernd, brachen aber ihr Gespräch sofort ab, als sie Margaretha erblickten. Diese wusste, dass sie wie eine alte, strenge Tante wirken musste, aber sie konnte sich dennoch nicht enthalten zu fragen:

«Habt ihr eure Arbeit für heute schon getan?»

Cäcilie, die weniger Respekt vor Margaretha hatte als

Anna, erwiderte frech: «Der Tag ist noch lange nicht vorbei, warum sollten wir fertig sein?»

Margaretha sah sie angewidert an. Cäcilie hatte sich in der letzten Zeit verändert. Sie verlor ihre langsame, träge Art, wurde schnippisch und aggressiv. Sie hatte plötzlich ein gehässiges Funkeln in den Augen und entwickelte die abstoßende Angewohnheit, jeden Gesprächspartner mit halbgesenktem Kopf von unten lauernd anzublicken. Sie himmelte Anna an, die sich geschmeichelt fühlte und sie überallhin mitnahm, sodass beide oft ganze Tage verschwunden waren. Cäcilie war wild darauf aus, junge Männer auf sich aufmerksam zu machen. In Annas geliehenen Kleidern wirkte sie lächerlich unförmig, da sie in letzter Zeit immer dicker wurde. Mit ihren strähnigen Haaren und übertrieben geschminkt sah sie alles andere als hübsch aus, fand Margaretha, aber die Burschen im Dorf würden das vielleicht anders empfinden.

«Statt dich ständig draußen herumzutreiben, Cäcilie, solltest du deiner Mutter mehr helfen!», meinte sie. «Du amüsierst dich, während sie sich für dich abrackert!»

«Oh, Tante Margaretha, Sie machen mich krank! Sie sind ja nur neidisch auf unsere Jugend – so wie alle alternden Frauen!»

«Ich fürchte, es wird nie so weit kommen, dass ich auf dich neidisch bin», antwortete Margaretha mit herablassendem Lächeln.

Anna ergriff hastig Cäcilies Arm. «Wir werden jetzt unsere Arbeit machen, gnädige Frau», versprach sie und zog Cäcilie mit sich fort. Margaretha hörte noch, wie sie ihr wütend zuzischte: «Du bist unmöglich! Wie kannst du die Gräfin so beleidigen?»

«Alternde Frau!», wiederholte Margaretha und trat vor einen kleinen Spiegel. Ihr Haar glänzte, und ihr Gesicht war glatt und ebenmäßig, aber ihre Augen strahlten nicht mehr wie früher. Ein wenig sehnsüchtig dachte sie an prunkvolle Kleider und hellerleuchtete Schlösser, an Ballsäle und Musik. Lange schon gehörte das nicht mehr zu ihrem Leben, und für einen Moment dachte sie erschreckt, ob am Ende das Leben an ihr vorüberging, ob irgendwo weit hinter diesen Wiesen und Wäldern seidene Kleider raschelten, Kerzen brannten, schöne Frauen mit lachenden jungen Männern tanzten. Und sie war nicht bei ihnen.

Doch dann lächelte sie ihrem Spiegelbild zu. Solche Gedanken konnten sie nicht unterkriegen. Dort draußen tobte einer der scheußlichsten Kriege, die es jemals gegeben hatte, und schon lange tanzte niemand mehr im Deutschen Reich.

6

Der vierzehnte Kriegssommer brachte kühle Tage, aber auch zu viel Hitze, Seuchen, Hunger und die Aussicht auf eine magere Ernte. Das Land wirkte wie eine riesige, qualmende Ruine, an vielen Orten bereits nahezu leblos. Und durch diese trostlose Einöde marschierte die kaiserliche Armee, ein kranker, hungernder, verwahrloster Haufen, dem die Läuse, das Fieber und die Erschöpfung die letzte Moral aus den Knochen gezogen hatten. Ihr Weg führte über niedergetrampelte Felder, kahle Äcker, durch abgebrannte Dörfer, an verendeten Viehherden vorbei und an den entstellten Leichen grausam zu Tode gefolterter Menschen. Mit letzter Kraft schleppten sie sich voran. Unter den Soldaten erzählte man sich, dass Graf Tilly selbst es für unwahrscheinlich hielt, die Schweden zurückdrängen zu können, und dass er den Oberbefehl nur zu gern abgegeben hätte. Es gab Gerüchte, nach denen der Kaiser verzweifelte Bitten an Wallenstein entsandte, abermals ein Heer aufzustellen und Tilly zu Hilfe zu kommen. Angeblich lehnte Wallenstein alle Gesuche ab, woraufhin ihn viele eines geheimen Pakts mit den Schweden verdächtigten.

Der Gedanke an eine Allianz mit dem Schwedenkönig erschien vielen als denkbarer Ausweg aus der Not. Georg Wilhelm von Brandenburg sowie der Kurfürst von Sachsen gaben als Erste nach und verbündeten sich mit Gustav Adolf. Selten zuvor war die kaiserliche Macht im Reich so bedroht gewesen. In Bayern wurde diese Entwicklung mit Besorgnis beobachtet. Langsam kamen Zweifel auf, ob es den Schweden nicht doch gelingen würde, bis in den Süden vorzudringen.

Angela und Margaretha hatten lange nichts mehr von ihren Männern gehört, doch kurz nacheinander bekam jede einen Brief. Dies war in den letzten Jahren zu einem seltenen Ereignis geworden, denn nur die wenigsten Sendungen erreichten ihre Empfänger.

Leopold hatte seinen Brief kurz nach der Eroberung Magdeburgs geschrieben. Trotzdem war sein Ton fast heiter, er äußerte Siegesgewissheit und die Hoffnung auf ein baldiges Ende aller Kriege in Deutschland. Der größte Teil des Briefes handelte von seiner Freude auf ein Wiedersehen mit Angela und von allerlei Plänen für ihre gemeinsame Zukunft. Mit zärtlichen, verliebten Worten schrieb Leopold, wie sehr er seine Frau in den vergangenen Monaten vermisst habe.

Maurice' Brief klang kühler. Er schilderte den bitterkalten, stürmischen Winter in Belefring, den er aber sehr gesellig mit anderen Offizieren verbracht habe. Einige Male sei er auch mit Wallenstein zusammengetroffen. Es mache ihn bereits nervös, so schrieb er, den Krieg nur aus der Ferne mitzuerleben. Sollte Wallenstein doch noch den Bitten des Kaisers folgen, werde er ihn sofort begleiten, und wenn er dabei einmal nach Bayern komme, werde er Margaretha gern besuchen.

Angela, von Margaretha rückhaltlos über ihre Ehe aufgeklärt, las den Brief und machte ein betrübtes Gesicht.

«Das klingt wirklich nicht sehr sehnsüchtig», sagte sie, «es sei denn, dein Mann versteckt seine verletzten Gefühle hinter dieser Gleichgültigkeit.»

«Unsinn», entgegnete Margaretha, «wir empfinden nichts mehr füreinander. Er ist mir gleichgültig und ich ihm auch.»

«Na schön», meinte Angela friedfertig, «da ich ihn nicht kenne, kann ich dazu sowieso nichts sagen. Aber was ist eigentlich mit diesem Richard? Liebst du ihn noch?»

Margaretha seufzte.

«Wenn ich das wüsste! Immer wenn ich an ihn denke und an den Sommer vor sechs Jahren, dann überkommt mich eine ganz unbestimmte Sehnsucht, aber ob sie wirklich ihm gilt oder nur der Zeit, in der ich so viel Neues für mich und mein Leben entdeckte, das weiß ich nicht. Ich habe mich verändert, Angela. Ich war immer so empfindsam und voller Gefühle, und das ist nun vorbei. Manchmal denke ich sogar, ich könnte überhaupt nicht mehr lieben.»

«Oh, ich glaube, da irrst du dich. Du willst vielleicht bloß nicht mehr lieben, damit du auch nicht enttäuscht werden kannst.»

«Aber es endet doch auch immer alles mit einer Ernüchterung!»

Angela lächelte und strich Margaretha sanft über den Arm.

«Deine Mutter ist eine kalte und harte Person», sagte sie, «und dieser Richard offenbar ein Abenteurer. Aber es sind nicht alle Menschen so. Ich glaube, dass Maurice, so wie du ihn beschreibst, dich wahrscheinlich nie enttäuschen würde, aber du ...»

«Bitte», sagte Margaretha entnervt, «fang du jetzt nicht auch noch so wie Dana an! Meine Beziehung zu Maurice könnt ihr alle nicht verstehen.»

«In der Tat, das können wir wirklich nicht!»

«Wir sprechen nicht mehr darüber, ja?»

Angela nickte bereitwillig; in den folgenden Wochen erwähnte sie Maurice mit keinem Wort mehr.

Natürlich musste Adelheids Plan, ihre Schwangerschaft bis zur Geburt des Kindes geheim zu halten, fehlschlagen. Im Juli konnte sie niemanden im Haus länger über ihren Zustand täuschen. Als Karl an einem Abend dahinterkam, erfuhren es auch alle anderen. Sein unbeherrschtes Brüllen war bis über den Hof zu hören.

«Schon wieder ein verdammtes Balg, das den Mund nur zum Fressen und Schreien aufmacht! Und warum sagst du mir nichts davon, he?»

Adelheid schien leise zu antworten. Angela, die mit Margaretha und Bernada in der Küche saß, ballte die Fäuste.

«Männer wie ihn sollte man ausrotten», sagte sie wütend, «aber, du lieber Himmel, warum wehrt sich denn Adelheid auch nicht?»

«Sie hat sich nie gewehrt», entgegnete Margaretha, «und ich hoffe, dass sie nicht stattdessen irgendwann einmal etwas ganz Dummes tut.»

Adelheid sah in diesen Wochen noch schlechter aus als früher. Sie litt unter der sengenden Hitze, vor der sich niemand schützen konnte, und die nun seit fast einem Monat von keinem Regenguss unterbrochen worden war. Selbst im Haus konnte man kaum noch einen kühlen Winkel finden, alle Nahrungsmittel verdarben schnell, die Milch wurde sauer, die Eier faul, in einem geschlachteten Huhn tummelten sich schon nach wenigen Stunden die Maden, da es außerdem eine Fliegenplage gab. Adelheid arbeitete verbissen in der Küche und auf dem Hof, so sehr Margaretha und Angela sie auch bedrängten, sich zu schonen. Doch eines Abends hielt sie plötzlich beim Kneten des Brotteigs inne und griff sich stöhnend ins Kreuz.

«Ich glaube, das Kind kommt», murmelte sie.

Entgegen allen Erwartungen verlief die Geburt ziemlich glatt. Adelheid sah mit ihren eingefallenen Wangen und den dunklen Schatten unter den Augen zwar mehr tot als lebendig aus, aber sie brachte in den Morgenstunden des nächsten Tages eine gesunde Tochter zur Welt und schien danach selber ein wenig aufzuleben. Angela nahm die Kleine auf den Arm, trug sie hinauf ins Schlafzimmer des Barons, weckte ihn unbekümmert auf und hielt ihm das Neugeborene direkt unter die Nase.

«Ihre Tochter, Herr Baron», stellte sie fröhlich vor, «ist sie nicht entzückend?»

Karl blinzelte sie unwillig an.

«Verdammt, auch das noch», knurrte er, «ein Mädchen! Ach, lasst mich doch bloß alle in Ruhe!»

Immerhin ließ er sich einige Tage später dazu herab, einen Namen für das Mädchen zu bestimmen. In betrunkenem Zustand wurde er leicht sentimental, und in einem solchen Moment sprach er mit Tränen in den Augen über den tapferen Grafen Tilly.

«Unser aller Hoffnung ruht auf ihm!», rief er pathetisch. «Und ich weiß, dass dieser edle Mann uns nicht enttäuschen wird!» Ein angestrengter Blick trat in seine Augen.

«Wie ist der Vorname des Grafen?», erkundigte er sich.

«Johann», antwortete Angela.

«Gut. So wird meine Tochter Johanna heißen.»

Adelheid konnte in dieser Frage kaum zu Rate gezogen werden, denn es zeigte sich, dass Arbeit, Aufregung und Kummer sie mehr geschwächt hatten, als sie je zugegeben hätte. Sie erholte sich nur langsam von der Geburt, blieb matt und kraftlos im Bett liegen und bekam schließlich auch noch hohes Fieber. Ihre Gedanken verwirrten sich. Sie jammerte und weinte leise vor sich hin, dann wieder schrie sie, dass sie das Kind nicht haben wolle und stieß es weg, wenn Margaretha es ihr in die Arme legen wollte. Angela und Margaretha verzweifelten fast bei ihren Bemühungen, frische Milch für Johanna aufzutreiben, denn dies bedeutete in dieser Hitze beinahe eine Unmöglichkeit.

«Wie kann sie dieses reizende kleine Ding nur so ablehnen?», meinte Angela hilflos. «Arme kleine Johanna. Ihr Vater kann sie nicht ausstehen und ihre Mutter auch nicht.»

«Sie wollte das Kind nicht», sagte Margaretha, «und es macht sie rasend, dass Karl ihr das immer und immer wieder antut.»

«Dann soll sie das mit ihm ausfechten. Das Kind kann jedenfalls nichts dafür!»

«Ja, so vernünftig kannst du jetzt aber nicht mit ihr reden. Wir sollten lieber ein bisschen aufpassen. Ich würde sie nicht mit Johanna allein lassen.»

«Du meinst doch nicht, dass sie ihr etwas antun könnte?»

«Sie hat hohes Fieber. Wir sollten nicht leichtsinnig sein.»

Seit Johannas Geburt lag Adelheid im oberen Stockwerk des Hauses, gleich neben dem Zimmer von Margaretha und Angela, damit diese hören konnten, wenn sie Hilfe brauchte. Nachts nahm meist Dana das Kind zu sich. Eine Woche nach der Geburt verlangte Adelheid eines Abends, Johanna solle in dieser Nacht bei ihr bleiben.

«Es ist mein Kind», sagte sie, «warum sollt ihr euch ständig darum kümmern? Heute Nacht schläft sie bei mir.»

Angela, selig über die endlich erwachenden Mutterinstinkte, stimmte sogleich zu.

«Natürlich schläft sie bei Ihnen», meinte sie, «da gehört sie doch auch hin, nicht? Dana wird gleich die Wiege herüberbringen.»

«Ich weiß nicht, ob das richtig ist», sagte Margaretha, die in der Tür lehnte, unbehaglich, «Johanna schreit nachts oft, und Adelheid braucht doch ihren Schlaf. Wenn sie sich erst erholt hat …»

«Nein», unterbrach Adelheid scharf, «du hast doch gehört: Es ist mein Kind!»

Ihr Fieber schien an diesem Abend gesunken zu sein, genug jedenfalls, um sie klar sprechen zu lassen, aber Margaretha hatte den Eindruck, dass Adelheid nicht völlig bei sich war. Ihre Augen glänzten noch immer unnatürlich, auf ihrem Gesicht lag ein eigentümlich gespannter Ausdruck. Margaretha beschloss sofort, in dieser Nacht kein Auge zuzutun.

Später, als sie im Bett lag, kämpfte sie tapfer gegen ihre Müdigkeit. Sie war den ganzen Tag auf den Beinen gewesen und ihre Knochen fühlten sich schwer an, ihre Augenlider brannten vor Erschöpfung. Sie starrte ins Dunkel und lauschte auf jedes Geräusch, aber nebenan schien sich nichts zu regen. Nur Angelas gleichmäßiges Atmen war zu hören und ließ Margaretha immer wieder einnicken, bis der Schlaf sie schließlich übermannte. Als sie aufschreckte, wusste sie nicht, wie lange sie geschlafen und was sie schließlich geweckt hatte. Draußen herrschte noch immer Dunkelheit, und durch das geöffnete Fenster drang nichts als das sanfte Zirpen der Grillen. Mit einem Ruck setzte sich Margaretha auf, sie konnte nichts Verdächtiges wahrnehmen. Der klare

Himmel stand voller Sterne, über den halb eingestürzten Scheunen und Ställen hing eine schmale Mondsichel, die den Hof matt beleuchtete. Die Luft war mild und duftete nach Heu und Blumen. Kein Bild hätte friedlicher sein können als diese nächtliche Landschaft, aber Margaretha stand unruhig auf. Irgendetwas musste sie geweckt haben.

Rasch schlüpfte sie in ihre Schuhe, nahm sich aber nicht die Zeit, ihren Morgenrock anzuziehen, sondern lief, wie sie war, auf den Flur. Als sie Adelheids Zimmer betrat, erkannte sie auf den ersten Blick, dass deren Bett leer stand und auch Johanna nicht mehr in ihrer Wiege lag. Sie wollte Angela wecken, entschied aber, dass ihr dazu keine Zeit mehr blieb und lief durch die dunklen Gänge, die steile Treppe hinunter und in die Küche. Hier stand die Tür offen. Margaretha schlüpfte hinaus und sah sich um. Bei Nacht war der Hof so voller Schatten, dass sie einen Moment brauchte, um sich zu orientieren.

«Adelheid!», rief sie leise. «Adelheid, wo bist du?» Sie wollte nicht das ganze Haus, auf keinen Fall aber Karl aufwecken. Vorsichtig lief sie weiter. Bei jedem Schritt trat sie auf Steine, Holzscheite und nicht näher auszumachenden Abfall. Sie spähte in zwei Scheunen, doch außer ein paar Mäusen, die raschelnd im Stroh verschwanden, konnte sie nichts entdecken. Sie durchquerte Adelheids kümmerlichen Gemüsegarten, wobei sie trotz der Aufregung darauf bedacht war, nichts zu zertreten, und eilte um das Haus herum. Wie erstarrt blieb sie stehen.

Nur wenige Schritte entfernt befand sich der tiefe, steinerne Brunnen mit seinem Holzdach, aus dem sie jeden Tag ihr Wasser heraufschöpften. Davor stand eine schmale Gestalt im weißen Nachthemd, barfuß, mit wirren, offenen Haaren. Sie drehte Margaretha den Rücken zu.

«Adelheid!», stieß Margaretha atemlos hervor.

Adelheid fuhr herum. Sie hielt Johanna auf dem Arm, das Gesicht des Kindes so fest an ihre Brust gedrückt, dass es keinen Laut von sich geben konnte. Ihr Gesicht glänzte schweißnass, ihre Augen glitzerten fiebrig.

«Was willst du hier?», fragte sie mit zitternder Stimme. Margaretha trat vorsichtig einen Schritt näher. Adelheid wich sofort zurück.

«Komm nicht näher! Ich warne dich. Verschwinde!»

«Adelheid, was tust du hier mitten in der Nacht?»

«Verschwinde!»

«Warum hast du das Kind bei dir?»

«Ich will, dass du gehst!» Adelheid schwankte vor Erschöpfung. Sie stand so dicht am Brunnen, dass sich Margaretha ihr nicht weiter zu nähern wagte.

«Adelheid, du darfst doch nicht aufstehen», sagte sie so ruhig wie möglich, «du bist krank, du musst im Bett bleiben.»

«Ich bin nicht krank.»

«Doch, du hast Fieber. Du musst in dein Bett zurück. Und Johanna auch. Komm, gib sie mir!» Sie streckte die Hände aus, aber sofort zischte Adelheid:

«Mach, dass du fortkommst! Du hast hier nichts zu suchen.»

«Ich gehe nicht fort, bis du mir das Kind gegeben hast. Adelheid, ich weiß genau, was du vorhast. Ich verstehe nicht, warum du das tun willst, und ich lasse es nicht zu. Gib mir Johanna!» Die Szene erschien ihr gespenstisch und unwirklich, dabei wusste sie, dass viele Leute so handelten wie Adelheid. Die Verzweiflung über Hunger und Elend besiegte sogar jede Mutterliebe und so gab es viele Frauen, die ihren Neugeborenen ersparen wollten, worunter sie selbst so litten. Kindesmörderinnen wurden mit dem Ertränken bestraft, doch das wirkte nur auf wenige abschreckend. In ihrer Not, ihrer Armut wussten sie keinen anderen Ausweg.

Aber Johanna konnte am Leben bleiben, sie selbst wollte für sie sorgen. Der Gedanke, dieses hilflose Geschöpf könnte in den tiefen Brunnenschacht geworfen werden und dort unten ertrinken, machte Margaretha rasend. Sie trat noch näher an Adelheid heran.

«Du kannst das nicht tun», sagte sie beschwörend.

«Ich werde es tun, Margaretha! Was erwartet Johanna denn schon, was erwartet mich? Ich erspare ihr diese verdammte Hölle, die ihr Reichen Leben nennen könnt.»

«Du bringst sie um, Adelheid. Du hast kein Recht, darüber zu entscheiden, ob ein Mensch leben darf oder nicht. Es ist Johannas Leben ...»

Margaretha war inzwischen dicht an Adelheid herangekommen, aber sie konnte das Kind noch nicht erreichen. Sie wusste, dass es gefährlich war, was sie tat, aber sie riskierte es und sagte mit ruhiger Stimme: «Erzähl mir nichts, Adelheid! Du bringst es nicht übers Herz. Du hättest es sonst längst getan. Warum stehst du hier, lässt mich immer näher kommen und verteidigst dich? Ich kann dich nicht hindern, deine Tochter jetzt auf der Stelle umzubringen!»

Adelheid starrte sie an und zitterte am ganzen Körper. In ihren heißen, geröteten Augen begann es zu glitzern. Auf einmal liefen ihr Tränen über die Wangen. Sie rutschte an der steinernen Brunnenmauer zu Boden, ließ das Kind neben sich ins Gras gleiten und barg ihren Kopf in den Händen. Margaretha griff nach Johanna, nahm sie auf ihren Arm und trat einige Schritte zurück. Sie atmete tief.

«Du lieber Himmel», murmelte sie, «das hätte so furchtbar ausgehen können. Komm, Adelheid, wir gehen zurück ins Haus.»

Adelheid rührte sich nicht. Margaretha wartete einen Moment, dann beschloss sie, erst das Kind in Sicherheit zu bringen.

Mühsam schleppte sie die Wiege hinüber in ihr eigenes Zimmer. Johanna, die bis dahin erstaunlich still gehalten hatte, fing an zu schreien. Während Margaretha sie mit liebevollen Worten zu beruhigen versuchte, erwachte Angela.

«Was hat denn die Kleine?», fragte sie müde. Margaretha gab ein verächtliches Geräusch von sich.

«Johanna ist soeben dem Tod entronnen», erklärte sie. «Ich habe die liebende Mutter unten am Brunnen erwischt, als sie sie gerade ertränken wollte!»

«Was ist los?»

«Ja, es ist genauso gekommen, wie ich dachte. Adelheid hat Fieber. Sie ist nicht zurechnungsfähig. Gott sei Dank war ich auf der Hut.»

«Das darf doch nicht wahr sein», murmelte Angela erschüttert. «Bist du sicher, dass sie Johanna ertränken wollte?»

«Da gibt es wohl keinen Zweifel. Hier», Margaretha reichte ihrer Freundin das Kind, «kümmere du dich bitte um sie. Ich muss nach Adelheid sehen. Sie sitzt noch unten am Brunnen.»

«Wenn du Johanna nicht gerettet hättest ...»

«Irgendwie habe ich einen Hang dazu, Kinder zu retten. Erst Anna und jetzt dies hier. Wohl ein Ausgleich dafür, dass ich selber keine ...» Sie brach ab, denn vom Flur hörten sie ein schlurfendes Geräusch. Adelheid tastete sich mühsam an der Wand entlang, weil sie vor Schwäche kaum noch stehen konnte. Margaretha eilte rasch zu ihr und stützte sie. Willig ließ sich Adelheid in ihr Zimmer führen und ins Bett legen. Margaretha setzte sich neben sie und ergriff ihre Hand.

«Wir sagen Karl nichts davon, meinst du nicht auch?», fragte sie. Adelheid nickte mit geschlossenen Augen. Margaretha befühlte vorsichtig ihre Stirn.

«Du hast ziemlich hohes Fieber», sagte sie, «aber du verstehst, was ich sage, oder?»

Adelheid öffnete die Augen.

«Ich wollte das Kind nicht», murmelte sie.

«Das weiß ich doch. Aber so geht das nicht. Ob du ein Kind haben willst oder nicht, musst du entscheiden, bevor es in dir ist.»

«Karl …»

«Karl ist ein feiger Lump. Zeig ihm die Zähne, und er wird sich fügen müssen.»

Adelheid lächelte mühsam und traurig.

«Ich habe es … nicht gelernt, meine Zähne zu zeigen. Mutter …»

«Ja, Mutter», erwiderte Margaretha grimmig, «Mutter hat dich unterdrückt. Geduckt und verunsichert. Das konnte sie großartig. Glaub nicht, dass sie mit mir anders umgegangen wäre!»

«Du bist schön. Und selbständig.»

«Der Schein trügt, auch mich hat sie krank gemacht. Es ist merkwürdig, mir fällt erst heute auf, dass auch Richard so eine Mutter hatte wie ich. Aber wir sind auf sehr unterschiedliche Weise von ihnen beeinflusst worden. Ich habe so sehr meine Freiheit gesucht, dass ich jedem Mann auf den Leim gehen musste, der sie mir versprach, und Richard kann sich einfach nicht aus der Umklammerung lösen. Weißt du …» Sie brach ab, als sie merkte, dass Adelheid ihre Augen wieder geschlossen hatte und in ihre fiebrigen Träume versank.

«Na ja», meinte sie, «Richard wird dich auch nicht sehr interessieren. Du hast eigene Sorgen.» Sie stand auf, zog der Schlafenden sorgfältig die Decke bis zum Hals und verließ auf Zehenspitzen das Zimmer. Draußen wartete Angela, die noch ganz verstört wirkte.

«Schläft sie?», erkundigte sie sich. Margaretha nickte.

«Ja, sie schläft. Geh du auch wieder ins Bett. Ich kümmere mich schon um Johanna.» Sie begaben sich zurück in ihr Zimmer und Margaretha schaukelte sacht die Wiege. Sie hoffte, dass diese Nacht, wie so vieles andere auch, eines Tages nur noch ein blasser, ferner Albtraum in ihrer Erinnerung sein würde.

Adelheid erholte sich langsam, aber es ging ihr mit jedem Tag ein wenig besser. Das Fieber schwand, bis sie schließlich das Bett verlassen konnte. Sie kümmerte sich um Johanna, wie sie sich um jedes ihrer Kinder gekümmert hatte, gab ihr zu essen und zu trinken und verscheuchte die Fliegen, wenn sie sie zu sehr belästigten.

Sie sprach mit Margaretha niemals wieder über jene Nacht und auch diese wagte nicht, die Wunde wieder aufzureißen. Die beiden gingen vorsichtig miteinander um, aber schließlich glaubte Margaretha nicht mehr, dass Adelheid ihrer Tochter noch einmal nach dem Leben trachten würde. Und sie mochte auch nicht mehr darüber nachdenken. Die Aufregungen und das karge Leben auf dem Hof, die Hitze und die schwelende Furcht vor den Schweden hatten sie an den Rand ihrer Kräfte gebracht. Sie sehnte sich nach den Monaten ruhigen Gleichmaßes auf Belefring zurück und, worüber sie sich selbst wunderte, nach Maurice mit seiner Verlässlichkeit und seinem Gleichmut. Sie hätte es sich selbst niemals eingestanden, aber wäre er in diesen Tagen plötzlich erschienen und hätte ihr gesagt, dass er wieder für sie sorgen würde, sie hätte ihn mit offenen Armen empfangen und kein böses Wort wäre über ihre Lippen gekommen.

7

In der letzten Augustwoche wurde es so heiß, dass es fast schwerfiel, sich zum Atemholen aufzuraffen. Alle taten ihre Arbeit langsam, unter Aufbietung aller Kräfte, immer ausgerüstet mit einem Taschentuch oder einem Stück Papier, um sich Luft zuzufächeln. Die Kinder quengelten von früh bis spät und plärrten nur noch lauter, wenn jemand sie beruhigen wollte. Sie verlangten nach kalter Milch, doch jeder Tropfen Milch war längst verdorben und es blieb nur das Brunnenwasser, das angewärmt, aber nicht faulig schmeckte. Margaretha war unermüdlich damit beschäftigt. Varus und die letzte Kuh zu tränken, damit sie nur nicht verdursteten. Sie achtete bei der Arbeit wenig auf sich, trug ihr ältestes Kleid und auf dem Kopf einen Strohhut. Immer wenn sie durch die Küche kam, machte sie neben der Schüssel mit Wasser halt, nahm einige gierige Schlucke aus der Schöpfkelle und wischte sich dann mit dem Handrücken über den Mund. Was nützte es, in dieser erbärmlichen Hitze damenhaft zu sein?

Das Essen wurde immer miserabler, denn sie kochten nur noch mit ranzigem Fett. Meist gab es unansehnliches, schrumpeliges Gemüse und an Sonntagen pappige Pfannkuchen, bei deren Zubereitung es turbulent zuging. Immer wieder gelang es den Mäusen, sich Zugang zu den Mehlkästen zu verschaffen, aus denen sie dann beim Öffnen hervorsprangen.

Karl hatte sich in einem weiter entfernt liegenden kleinen Schuppen in einem großen Holzfass Bier gebraut, welches ihn zusammen mit der Hitze nun endgültig außer Gefecht setzte. Cäcilie allerdings wurde von Margaretha unbarmherzig zur Arbeit angetrieben. Sie ließ ihr keinen

Moment Ruhe, was ihr abgrundtiefen Hass eintrug, aber immerhin bewirkte, dass das Mädchen ein wenig schlanker und ansehnlicher wurde. Sie war zornig, weil sie ihren Vergnügungen nicht mehr nachgehen konnte.

«Es ist so ungerecht», nörgelte sie, «Anna darf überall hin, aber ich werde wie eine Magd behandelt!»

«Du bist dreizehn Jahre alt und hast zu tun, was andere dir sagen», erwiderte Margaretha mitleidslos. «Anna ist zwanzig und erwachsen. Außerdem tut sie immer erst ihre Arbeit, bevor sie geht!»

Insgeheim gestand sich Margaretha ein, dass sie einfach nicht den Wunsch hatte, Anna ans Haus zu fesseln. Das Mädchen war so wunderschön und von einer so strahlenden, lebhaften Natur, dass jeder ihr einen amüsanten Lebenswandel zubilligte und neidlos gönnte. Niemand konnte bei ihr den Eindruck gewinnen, dass sie ihre Pflicht deswegen vernachlässigte, während man beim Anblick von Cäcilies trägen Bewegungen unwillkürlich glaubte, sie drücke sich vor irgendetwas, selbst wenn sie tatsächlich arbeitete.

Eines Morgens erschien Anna blass und später als sonst zum Frühstück. Ächzend ließ sie sich auf einen Stuhl fallen und starrte widerwillig auf das Brot, das vor ihr lag.

«Ich kann nichts essen», murmelte sie. Margaretha, die gerade Emiliana fütterte, sah auf.

«Bist du krank?», fragte sie.

«Ich weiß auch nicht», erwiderte Anna mit kläglicher Stimme. Dana legte ihr die Hand auf die Stirn.

«Ein bisschen heiß», bemerkte sie.

«Deine Augen glänzen so», sagte Angela, «bestimmt hast du Fieber.»

«Auch das noch», murrte Karl. Er saß am Kopfende des Tisches und war äußerst schlechter Laune. Sein Alkoholvorrat ging zur Neige, und er zerbrach sich den Kopf, wie er zu Geld kommen sollte.

«Wenn sie was Ansteckendes hat, verschwindet sie», drohte er.

«Ach was», sagte Angela, «sie wird sich erkältet haben. Das kann auch im Sommer passieren.»

«Mir ist wirklich elend», jammerte Anna und legte den Kopf in den Nacken. «Ich habe solche Kopfschmerzen, und alles tut mir weh. Mir ist so schrecklich schwindlig!»

Anna klagte selten, deshalb reagierten die Frauen ernstlich besorgt.

«Du solltest dich ins Bett legen», meinte Adelheid, «vielleicht geht es dann vorüber.»

Margaretha setzte Emiliana auf den Boden.

«Soll ich dich nach oben bringen?», fragte sie. «Du wirst sehen, sobald du liegst, ist alles besser.»

«Aber es war schon die ganze Nacht über so schlimm. Und da habe ich doch auch gelegen.»

«Ich weiß, was sie hat!», rief Cäcilie. Sie sah sehr ängstlich aus. «Du musst alles erzählen, was geschehen ist», drängte sie die Kranke. «Du weißt doch, was ich meine!»

Anna wurde noch blasser und ihre Augen dunkel vor Zorn.

«Halt deinen Mund, du kleines Biest», fuhr sie Cäcilie an. «Das hat mit meiner Krankheit nichts zu tun!»

Alle waren aufmerksam geworden.

«Worüber sprecht ihr?», fragte Margaretha.

«Cäcilie redet dummes Zeug!»

«Weich mir nicht aus, Anna. Ich möchte, dass du antwortest.»

«Oh, bitte, es ist wirklich nichts Besonderes!» Anna legte den Kopf auf die verschränkten Arme und begann zu weinen. Die anderen sahen sich ratlos an.

«Cäcilie, dann sag du uns die Wahrheit», verlangte Angela. Sie konnte ihrer Stimme einen sehr strengen Ton geben.

Cäcilie begann zögernd: «Anna hat vor drei Wochen neue Freunde kennengelernt ... Sie war häufig dort ...»

«Was waren das für Leute?»

Anna hob langsam den Kopf.

«Zigeuner. Sie sind sehr nett», sagte sie leise.

Alle am Tisch erstarrten, Karl vergaß vor Schreck weiter zu essen. «Mit wem hast du dich eingelassen? Mit Zigeunern?», fragte er keuchend.

Angela fiel ihm ins Wort: «Anna, nun rede doch, um Gottes willen. War dort jemand krank?»

Cäcilie begann zu schluchzen.

«Sei still!», herrschte Margaretha sie an. Sie rüttelte Anna unsanft.

«Anna, wirst du uns nun endlich sagen, was los ist? Verdammt noch mal, ich will wissen, ob die Zigeuner krank waren!»

«Sie waren nicht krank, als ich bei ihnen war», entgegnete Anna.

«Aber? So rede doch!»

«Wir haben es erst vor drei Tagen gehört», weinte Cäcilie, «nachdem sie schon weitergezogen waren. Ein Mann dort bekam ... die Pocken.»

Ungläubiges, entsetztes Schweigen breitete sich aus, unterbrochen nur von dem leisen, vergnügten Geplapper der kleinen Emiliana. Ein dumpfer Laut folgte, als dem Baron der Löffel aus der Hand fiel.

«Das kann nicht wahr sein», flüsterte er heiser.

«Um Gottes willen», stieß Dana hervor. Ihr war anzumerken, dass sie sich bemühte, nicht auch noch zu weinen.

«Wann», fragte Margaretha, «warst du zuletzt bei diesen Leuten?»

«Vor zwei Wochen ungefähr.»

«Zwei Wochen», wiederholte Dana verzweifelt, «man sagt, es dauert zwei Wochen, bis die ersten Anzeichen kommen, genau zwei Wochen. Wir werden alle ...» Ihre Stimme schnappte beinahe über.

«Ruhig», sagte Margaretha, «noch wissen wir nicht, ob es wirklich die Pocken sind.»

«Was gibt es daran noch zu zweifeln?», rief Karl. «Himmel», er stand schwankend auf, «ich werde suchen, ob ich doch noch etwas Branntwein finde. Das halte ich nicht aus!» An der Tür drehte er sich noch einmal um. «Diese Person», sagte er, «verlässt auf der Stelle mein Haus.»

Angela funkelte ihn feindselig an.

«Das wird sie nicht tun! Anna bleibt hier, auch wenn sie krank ist.»

«Was bilden Sie sich ein?», fragte Karl wütend. «Sie haben nicht über mein Haus zu verfügen!»

«Ihre Frau und wir alle halten zu Anna. Sie sind machtlos, Baron», erwiderte Angela kalt. Karl verfärbte sich vor Zorn.

«Sehen Sie sich vor, Sie giftige kleine Schlange», warnte er, «Sie werden das alles bitter bereuen!» Er verließ den Raum.

Adelheid nahm ihr Baby auf den Arm und Emiliana an die Hand.

«Ich bringe die beiden Kleinen in ihr Zimmer», sagte sie. «Wo sind die Jungen?»

«Draußen», antwortete Dana. «Soll ich sie holen?»

«Nein, es ist warm, sie sollen in der nächsten Zeit in der Scheune leben und sich vom Haus fern halten. Cäcilie, kommst du bitte?»

Cäcilie erhob sich.

«Oh, Mutter, nicht wahr, wir werden alle sterben», jammerte sie.

Anna, die auf ihrem Stuhl zusammengesunken war, richtete sich halb auf und fauchte Cäcilie an: «Dumme Gans! Du bist genauso dorthin gegangen wie ich. Es hätte auch dir passieren können!»

«Aber es hat nur dich getroffen! Du Schlampe! Weil du von diesen schmutzigen Kerlen nicht genug bekommen konntest …» Cäcilie verlor jede Beherrschung.

«Verschwinde!», befahl Margaretha. Cäcilie stürzte aus der Tür nach draußen. Bernada, die die ganze Zeit ruhig geblieben war, rollte in ihrem Stuhl ein Stück vom Tisch fort.

«Angela und ich werden abräumen», sagte sie. «Margaretha, bring du Anna ins Giebelzimmer. Wir sollten uns alle frische Kleider anziehen, und wenn wir zu Anna gehen, dann nur mit einem Essigtuch vor dem Mund.»

Anna begann zu weinen.

«Es darf nicht wahr sein», schluchzte sie. «Was soll ich nur tun?»

«Wir müssen abwarten, was geschieht, Anna. Vielleicht ist alles ganz harmlos!»

Margaretha nahm sie am Arm, und langsam stiegen sie die Treppen hinauf.

Vor Margarethas Augen stiegen die Wochen in Prag auf, als die Pest in der Stadt wütete und die Angst sich lähmend breit machte. Das konnte doch alles nicht noch einmal geschehen!

Oben im Dachzimmer sprang ihnen die Katze Lilli entgegen. Vertrauensvoll schnurrend strich sie um Annas Beine. Diese hob sie auf und legte ihre Wange auf das weiche Fell.

«Du bist die Einzige, die nicht vor mir davonläuft», flüsterte sie. Sie trat vor den Spiegel.

«Ich bin schön, nicht wahr? Sie müssen zugeben, dass ich sehr schön bin!»

Margaretha schluckte.

«Ja, du bist sehr schön, Anna!»

«Und ich bin jung. Ich lebe so gern, so entsetzlich gern! Frau Gräfin, Sie wissen, wie herrlich es ist, schön zu sein. Alles ist möglich … alles ist erreichbar …» Plötzlich schossen Tränen aus ihren Augen, und mit verzerrtem Gesicht schrie sie: «Haben Sie Menschen gesehen, die die Pocken überlebt haben? Haben Sie ihre Gesichter gesehen? Ich werde hässlich sein, hässlich, hässlich!» Sie ging zwei Schritte auf Margaretha zu, als wolle sie sich in ihre Arme werfen, doch unwillkürlich trat diese zurück. Anna erstarrte.

«Verzeihen Sie, ich vergaß …» Weinend brach sie auf ihrem Bett zusammen. Der verschwenderisch üppige Stoff ihres roten Kleids breitete sich um sie herum aus, darüber die lockige Fülle ihres schwarzen Haares. Selbst in ihrer tiefen Verzweiflung sah sie noch hinreißend aus, aber wie lange würde es dauern, bis die Pocken ihr zerstörerisches Werk begannen! Margaretha trat an die Kranke heran und griff nach ihrer Hand.

«Anna, Liebes, vielleicht ist …», sagte sie, aber Anna entzog ihr die Hand.

«Gehen Sie weg, Sie stecken sich an!»

«Wenn ich mich anstecken sollte, habe ich es längst getan.»

«Warum muss es mich treffen? Ich bin doch erst am Anfang meines Lebens! Warum trifft es nicht den nichtsnutzigen, ewig betrunkenen Baron oder die hässliche Cäcilie?»

Margaretha strich sacht über die zuckenden Schultern des Mädchens. Sie konnte Anna ihren Zorn nicht übel nehmen. Sie verstand, was sie jetzt fühlte, und an ihrem eigenen heftigen Mitleid erkannte sie, wie sehr sie Anna mochte. Sie hatte zu ihr nie eine sehr innige Beziehung entwickeln können, denn das einstige Hexenkind bewahrte sich trotz der Freundlichkeit, die ihm entgegengebracht wurde, eine leise Scheu vor der Gräfin und schien sich in Danas oder Jitkas Gesellschaft wohler zu fühlen. Aber die Nacht, in der sie gemeinsam in Belefring gegen die Flammen und gegen Baron Belinsky gekämpft hatten, blieb wie ein festes Band zwischen ihnen. Annas Dankbarkeit würde sich durch nichts und niemanden erschüttern lassen, ebenso wenig wie Margarethas Gefühl von Verantwortung und Zuneigung. Sie merkte, dass sie heute genauso wie damals alles für das Mädchen tun würde.

«Vielleicht geht es an dir vorüber», meinte sie, «du darfst die Hoffnung doch nicht aufgeben.»

«Ach, gnädige Frau, es *darf* mir nichts passieren! Wie soll ich denn als hässliche Frau leben, vor der sich jeder graust! Kein Mann wird mich je wieder ansehen, mich küssen und berühren. Ich werde keine Kinder haben, und was mir bleibt ist höchstens noch ein Kloster!» Sie schluchzte laut auf. Margaretha reichte ihr ihren Rosenkranz.

«Komm, wir beten», sagte sie, «vielleicht bleibst du verschont.»

Bis zum Mittag schöpften alle im Haus Hoffnung, denn Anna fühlte sich wohler. Sie blieb in ihrem Zimmer, aber sie legte sich nicht hin, sondern stand entweder vor dem Spiegel oder lehnte sich aus dem Fenster, blinzelte in die Sonne und sah den Kindern auf dem Hof beim Spielen zu. Sie verspürte schließlich sogar Hunger und aß etwas, aber von diesem Moment an wurde alles schlimmer. Erst musste sie sich übergeben, dann wurde ihr so schwindlig, dass sie halb bewusstlos zusammenbrach. Das Fieber stieg stetig. Margaretha war oft bei ihr, um ihr wenigstens das Gesicht mit Wasser zu kühlen. Sie hatte sich ein essiggetränktes Tuch vor Mund und Nase gebunden, ohne recht an die Wirkung dieser Schutzmaßnahme zu glauben. Sie fürchtete sich ohnehin nicht allzu sehr vor einer Ansteckung, denn nach all den Gefahren, die sie schon überstanden hatte, fühlte sie sich unverwundbar. Es machte ihr nichts aus, Annas Hand zu halten, ihr die brennende Stirn zu kühlen und ihr den Kopf zu stützen, wenn sie trank. Dana und Angela halfen ihr, zuverlässig wie immer. Einmal sagte Margaretha leise zu Angela:

«Wenn du gern nach Hause möchtest, dann verstehe ich das. Es ist unnötig, dass wir uns alle der Gefahr aussetzen.»

«Aber, Liebste, ich bleibe auch in schlechten Zeiten bei dir», erwiderte Angela. «Ich stecke mich nicht an. Ich bin unverwüstlich!»

«Ich auch», pflichtete Dana bei. Margaretha lachte. «Nun gut», meinte sie, «wir werden es schon überstehen.»

Ihnen allen war klar, dass ihre Zuversichtlichkeit auf eine harte Probe gestellt werden würde. Es ging Anna sehr schlecht. Am nächsten Tag stieg ihr Fieber noch weiter und am ganzen Körper und im Gesicht zeigten sich verschwommene rötliche Flecken. Sie klagte weniger über Kopfschmerzen als zu Beginn, doch wurde sie von heftigen Fieberkrämpfen befallen. Margaretha und Angela hatten im Kloster glücklicherweise viele Kenntnisse erworben, die sich jetzt als nützlich erwiesen. Sie wussten Kräutertees zu bereiten, die das Fieber ein wenig senkten, und leichte, aber kräftespendende Nahrung zu kochen. Beide verwünschten das heiße Wetter. Ein abkühlender Sommerregen wäre für das Befinden der Kranken am besten gewesen, aber die Augustsonne strahlte vom frühen Morgen bis zum Abend vom blauen Himmel, im hohen, trockenen Gras zirpten die Grillen, in allen Zweigen zwitscherten die Vögel. Es herrschte eine schier unerträgliche Hitze in der Dachkammer, doch man wollte Anna nicht in die Nähe der anderen bringen. Margaretha und ihre beiden Helferinnen liefen längst barfuß durch die Zimmer, das war die einzige Möglichkeit, die Hitze auszuhalten.

Das Haus stand wie ausgestorben in der heiteren Sommerlandschaft. Die Kinder, bis auf das Baby, waren in die Scheune verbannt worden, wo sie trübsinnig herumsaßen. Cäcilie lag auf dem Bauch im Heu und schluchzte ohne Unterbrechung.

Im Haus arbeitete Adelheid still in der Küche, unterstützt von Bernada. Nur ab und zu wechselten sie leise ein paar Worte. Den Baron hatten sie zum Schweigen gebracht, indem sie ihn reichlich mit Branntwein eindeckten, den Angela besorgt hatte.

«Natürlich fällt es mir schwer, das zu tun», erklärte sie, «aber wenn er nüchtern bleibt, werden wir alle wahnsinnig.»

Den Branntwein zu bekommen war nicht leicht gewesen. In Moorach hatte man ihnen keinen verkauft. Annas Erkrankung musste sich auf unerklärliche Weise herumgesprochen haben, denn als Angela und Dana im Dorf auftauchten, wurden ihnen alle Türen vor der Nase zugeschlagen, und ein paar Mägde verschwanden kreischend in der Kirche. Die beiden Frauen mussten den mühsamen Weg zum nächsten Dorf zurücklegen, um dort für viel Geld zwei Flaschen billigen Fusel zu bekommen. In ihrer Gegend waren sie nun Ausgestoßene, ihr Hof, durch seine Unordnung ohnehin in Verruf geraten, wurde nun erst recht gemieden. Adelheid wusste um dieses Gerede, und sie ahnte auch, dass sie und ihre Familie noch jahrelang unter diesem Krankheitsfall zu leiden haben würden. Sie nahm das mit derselben Gleichgültigkeit hin wie alles in ihrem Leben.

Nicht zum Hinnehmen bereit war Anna. Am vierten Tag ihrer Erkrankung erwachte frühmorgens das ganze Haus von einem lauten, schrillen Schrei, begleitet von Poltern und Klirren. So schnell wie noch nie jagten Margaretha,

Dana und Angela die steile Treppe zum Dachgeschoss hinauf. In der Tür blieben sie entsetzt stehen.

Anna hatte das Bett verlassen und sich durch das Zimmer geschleppt. Sie stützte sich heftig atmend auf die hölzerne Kommode, ihre Haare fielen wie ein Vorhang über ihr Gesicht, die rechte Hand blutete aus mehreren Schnittwunden. Offenbar hatte sie in den Spiegel geschlagen, denn das Glas lag in tausend kleinen Stücken über den Fußboden verstreut.

«Anna!», rief Margaretha erschrocken.

Langsam hob die Kranke den Kopf. Angela und Margaretha hielten die Luft an, Dana konnte einen erschrockenen Ausruf nicht unterdrücken.

Dem typischen Krankheitsbild folgend, hatte bei Anna an diesem vierten Tag der eigentliche Pockenausschlag begonnen, und die dicken roten Beulen breiteten sich über ihr angeschwollenes Gesicht und über den Hals aus, sie waren auch auf den Händen zu sehen und auf den Fußknöcheln. Ein grauenhaft entstelltes Wesen blickte ihnen entgegen, mit einem vor Entsetzen und Verzweiflung erstarrten Gesichtsausdruck.

«Anna», sagte Margaretha noch einmal. Mühsam öffnete Anna den Mund und ballte die Fäuste.

«Nein!» Sie schrie so unvermutet laut, dass alle zusammenfuhren. «Nein!» Sie schlug die Hände vor das Gesicht. «Nein! Bei allen Teufeln, ich verfluche und verdamme dich, Gott, ich hasse dich! Ich hasse dich! Hörst du es, ich hasse dich!» Ihre Schreie gingen über in ein schrilles, unverständliches Wimmern. Ehe jemand bei ihr sein und sie festhalten konnte, brach sie zusammen, fiel zu Boden und blieb dort besinnungslos liegen.

8

Für ihr ganzes weiteres Leben blieben Margaretha diese Spätsommertage des Jahres 1631 als dunkle, unheilvolle Schatten im Gedächtnis. Unvergesslich schienen ihr die stickige Dachkammer mit ihren schrägen Wänden, der Apfelbaum, dessen verlockende Früchte bis ins Fenster hineinwuchsen, der widerliche Essiggeruch, die Schüssel mit lauwarmem Wasser auf der Kommode, Angelas und Danas blasse Gesichter, ihre eigene Müdigkeit, der schmerzende Rücken. Vor allem Annas Anblick brannte sich in ihre Erinnerung ein, wie sie auf dem Bett lag und den Kopf in ein fleckiges Kissen presste. Sie sah grauenhaft aus. Die Pocken bedeckten ihren ganzen Körper, bis zu den Haarwurzeln reichte der Ausschlag, wucherte selbst auf den Augenlidern, in den Ohren und um die Lippen herum. Im Mund hatten sich große Blasen gebildet, die ihr das Schlucken schwer machten. Sie bekam sowieso nur flüssige Nahrung, doch selbst diese war ihr kaum einzuflößen. Im Delirium murmelte sie unverständliche Worte, krallte die Finger in das hölzerne Bettgestell oder versuchte sogar, sich das Gesicht aufzukratzen. Sie entwickelte in diesen Momenten eine ungeheure Kraft, sodass Angela und Margaretha sie kaum festhalten konnten. Wenn das Fieber ein wenig sank und sie zu sich kam, weinte sie heftig. Es gab Stunden, in denen Margaretha überzeugt war, Anna werde sterben. Das Fieber schien die Kranke fast zu verbrennen, und Margaretha wünschte mehr als einmal, der Tod möge das Mädchen von ihren Qualen erlösen. Sie selbst wurde zwei- oder dreimal von Panik befallen, sich anzustecken. Wenn Dana oder Angela die Nachtwache übernommen hatten und Margaretha todmüde in ihr Zimmer schlich, dann stellte sie oft einige

Kerzen vor den Spiegel, lehnte sich dicht an das Glas und musterte angstvoll ihr Gesicht.

Am elften Tag schien der Höhepunkt der Krankheit erreicht. Annas Atem war kaum noch hörbar, ihr Mund stand offen, sie hatte die Oberlippe hochgezogen wie ein Tier, das die Zähne fletscht.

«Wenn sie die Nacht übersteht, hat sie es geschafft», sagte Angela ohne Überzeugung in der Stimme.

Gegen Abend zogen geballte, blauschwarze Wolken am Himmel auf, ein mächtiger Wind fuhr durch die Bäume und ließ alle Blätter rauschen. Die Vögel waren verstummt. Nach wochenlanger Hitze kündigte sich das langersehnte Gewitter an. Keine der drei Frauen, die Anna in den letzten Tagen gepflegt hatten, mochte in dieser Nacht schlafen. Der Wind trug süßen Blütenduft von den Wiesen herauf in das Krankenzimmer. Margaretha, Angela und Dana befiel ein unheimliches Gefühl, als sie die Wolken über den violetten Himmel jagen sahen. Dann, ganz plötzlich, zuckte ein schwefelgelber Blitz durch die Nacht, und das Donnerkrachen ließ das Haus erzittern. Der Himmel öffnete sich von einem Moment zum anderen, langsam platschten dicke Tropfen auf das Dach, verwandelten sich rasch in einen dichten Schauer und wurden zu einer rauschenden grauen Regenwand.

«Endlich», seufzte Angela.

Anna bewegte sich stöhnend. Wieder flammte ein Blitz auf, tauchte das Zimmer in taghelles Licht und beleuchtete ihr grausam zugerichtetes Gesicht.

Das Gewitter tobte stundenlang. Erstaunlicherweise gelang es Dana, trotz des tosenden Unwetters einzuschlafen. Angela und Margaretha unterhielten sich leise, um sich ein wenig aufzumuntern, aber schließlich kämpfte jede allein gegen den Schlaf. Plötzlich war es taghell im Zimmer, fast gleichzeitig erschütterte ohrenbetäubender Donner das ganze Gebäude. Der Blitz musste in unmittelbarer Nähe eingeschlagen haben. Anna fuhr mit einem lauten Schrei in die Höhe. Aufrecht saß sie in ihrem Bett und blickte mit weit aufgerissenen Augen aus dem Fenster. Ein seltsamer Wandel schien sich vollzogen zu haben, denn zum ersten Mal seit langem war ihr Blick wieder klar und nicht mehr fiebrig verhangen.

«Anna!» Margaretha griff nach ihren Händen und sah sie scharf an. «Anna, du erkennst mich, nicht wahr?»

Anna sank in ihre Kissen zurück.

«Ja», murmelte sie, «ja … Sie sind die Gräfin Lavany!» Dann schloss sie erschöpft die Augen. Beim Einschlafen ging ihr Atem ruhiger, und die Fieberkrämpfe ließen nach.

«Gott sei Dank», sagte Angela, «jetzt wird sie gesund.»

Margaretha durchströmte eine tiefe Erleichterung. Anna blieb am Leben! Unter schweren Lidern sah sie hinaus in die Nacht. Mochte das Unwetter da draußen ruhig weiter toben, hier drinnen würde eine Kranke dank ihrer Pflege gesund werden.

Am nächsten Morgen ging es Anna tatsächlich viel besser. Sie hatte kein Fieber mehr, aber fühlte sich noch sehr geschwächt. Ihr Gesicht sah verheerend aus, doch man konnte bereits erkennen, dass die Pocken einzutrocknen begannen.

Margaretha war schließlich doch eingeschlafen und erst davon erwacht, dass sie fror. Durch das Fenster zog nun kühle Luft ins Zimmer. In einer Nacht hatte das Gewitter den Sommer verbannt.

Margaretha trat an das Bett der Kranken. Anna lag mit weit geöffneten Augen da und wandte den Kopf, als sie Margarethas Bewegungen hörte.

«Frau Gräfin», sagte sie leise, «ich glaube, ich werde gesund!»

«Ja, Anna, das glaube ich auch. Noch ein paar Tage und alles wird sein wie früher.»

«Wie früher?», wiederholte Anna. «Nein, so wird es niemals wieder.» Sie richtete sich halb auf. «Können Sie mir einen Spiegel geben. Bitte!»

Margaretha zögerte.

«Nein», sagte sie dann, «noch nicht. Du würdest dich unnötig aufregen, dabei heilt doch alles noch. Wenn es gut ist, kannst du dich sehen.»

«Ach, hören Sie auf! Ich weiß, dass es aus ist! Ich werde mich nie wieder draußen zeigen können!» Anna warf sich auf den Bauch und vergrub ihr Gesicht in den Kissen.

«Ich wollte, ich wäre tot!», stieß sie hervor. «Warum habt ihr mich nicht sterben lassen? Ich kann das alles nicht ertragen, ich kann es nicht ertragen!»

Weder Margaretha noch Angela gelang es, sie zu beruhigen. Erst als Schwäche sie überwältigte, schlief Anna ein.

Im Laufe der nächsten Wochen stellten die drei Pflegerinnen mit Schrecken fest, dass die Pocken nur langsam abheilten. Tiefe, dunkle Narben würden zurückbleiben. Nachdem Anna acht Tage nur geweint und geschlafen hatte, erinnerte sie Margaretha an ihr Versprechen. Schweren Herzens brachte diese ihr einen Spiegel. Aber diesmal war dem Mädchen keine Regung anzumerken. Sie starrte sich eine Weile an, dann senkte sie langsam die Augen. Als habe sie sich in den letzten Tagen im Weinen erschöpft, kam ihr nun keine einzige Träne. Mit einer müden, kraftlosen Bewegung wandte sie sich an Dana und bat sie, ihr schwarzes Spitzenkleid und eine Schere zu holen. Sie schnitt sich daraus einen großen Schleier, unter dem sie ihr Gesicht versteckte.

Von jenem Tag an erlebte kein Mensch Anna jemals wieder ohne diesen Schleier. Sie wurde schweigsam, eigenbrötlerisch, launisch und undurchschaubar. Sie ging nicht mehr ins Dorf, sah den Bauernjungen, mit dem sie sich angefreundet hatte, nie wieder. Wurde sie angesprochen, dann antwortete sie mit leiser, höflicher Stimme, aber selten richtete sie von sich aus das Wort an jemanden. Die immer heitere, strahlende Anna hatte sich in ein stummes, in sich gekehrtes Wesen verwandelt, das ebenso geheimnisvoll wie abweisend wirkte.

Der fortschreitende September brachte die Neuigkeit von einer Schlacht zwischen den Schweden und den kaiserlichen Truppen bei Leipzig. Gustav Adolf erkämpfte einen überragenden Sieg, und zum ersten Mal zeigte Angela nun eine leichte Nervosität.

«Wenn nur Leopold nichts geschehen ist», sagte sie immer häufiger, «aber das kann ja gar nicht sein!»

Margaretha sprach ihrer Freundin Mut zu. Sie selbst fühlte sich langsam besser. Offenbar hatte sich niemand im Haus bei Anna angesteckt, was ihr vorkam wie ein Wunder. Margaretha war sicher, dass sie nun auch noch die Schweden überstehen würde, wenn sie tatsächlich nach Bayern kommen sollten.

Doch manchmal, wenn sie mit einem Arm voll schlechtem Brennholz über den aufgeweichten Hof in das kalte, ungemütliche Haus zurücklief, überkam sie ein Wunsch, den sie sich kaum eingestehen mochte: Sie hoffte, Maurice würde wiederkommen.

An einem nebligen Novembermorgen, Margaretha schlug gerade die Binsenmatte an der Hauswand aus, sah sie in einiger Entfernung einen Reiter. Das Pferd schien sehr müde, die Gestalt im Sattel konnte sich kaum noch aufrecht halten. Neugierig versuchte Margaretha zu erkennen, wer da käme, denn selten fand jemand aus dem Dorf den Weg zum Hof des Baron Sarlach. Plötzlich klappte sie entgeistert den Mund auf. Sie ließ alle Matten fallen und schrie: «Angela! Komm schnell!»

Angela war, wie üblich, gerade erst aufgestanden und kämmte sich gemütlich die Haare. Etwas unwirsch öffnete sie das Fenster und blickte auf den Hof hinunter.

«Warum schreist du denn so?», rief sie. «Wenn du mir klarmachen möchtest, dass ich verschlafen habe …»

«Leopold», unterbrach Margaretha atemlos. «Leopold ist da!»

«Was sagst du da?»

«Komm doch!»

Angela nahm sich nicht einmal mehr die Zeit, das Fenster zu schließen, sondern stürzte die Treppe hinunter.

«Wo ist er?», fragte sie an der Haustür.

«Da drüben, er kommt über den Bach!»

Doch Angela hatte ihn bereits entdeckt. Sie rannte los, patschte in ihren dünnen Schuhen über den schlammigen Hof und sauste über die nasse Wiese den Hang hinauf. Margaretha sah, wie Leopold vom Pferd glitt, direkt in Angelas Arme. Die beiden blieben eng umschlungen stehen, als hätten sie die Kälte und den unermüdlichen Nieselregen vergessen. Margaretha lächelte. Die starke Angela, da klammerte sie sich nun an einen Mann wie eine Ertrinkende. Vielleicht war ihre Freundin weniger kühl, als sie immer geglaubt hatte?

Margaretha sammelte die Matten ein und ging ins Haus. Sie begab sich ins Esszimmer und, wie sie erwartet hatte, erschienen dort nach einer Weile auch Angela und Leopold. Leopold sah erschreckend schlecht aus, ungepflegt, müde und krank. Nur sein Lächeln hatte den alten Charme nicht verloren.

«Margaretha», rief er, «ich freue mich, Sie wiederzusehen!»

Margaretha reichte ihm die Hand.

«Ich bin sehr froh, dass Sie zurück sind, Leopold!»

«Stell dir vor, er wurde bei Leipzig verwundet», sagte Angela aufgeregt. «Sie haben ihn für ein halbes Jahr entlassen.»

«Nun ja, so ein verdammter schwedischer Säbel hatte sich etwas zu dicht an mein Herz gewagt», erklärte Leopold mit gekonnter Nachlässigkeit. «Dadurch verlor ich ein bisschen zu viel Blut. Dann bekam ich auch noch eine Lungenentzündung.» Wie zufällig setzte er sich auf einen Stuhl, doch beide Frauen durchschauten, dass im nächsten Moment seine Beine versagt hätten.

«Essen sie erst einmal», sagte Margaretha schnell, «Sie müssen sehr hungrig sein.»

Leopold zeigte tatsächlich großen Appetit. Er schlang wahllos in sich hinein, was auf dem Tisch stand. Aufmerksam, glücklich und ein bisschen sorgenvoll verfolgte Angela jede seiner Bewegungen. Unterdessen schlurfte Karl ins Zimmer, nüchtern und daher schlecht gelaunt.

«Teufel, noch ein Gast!», brummte er.

«Mein Mann», sagte Angela eisig.

«So? Na, und wo kommen Sie her?»

«Ich wurde bei Leipzig verwundet», erklärte Leopold.

Karl lachte hämisch.

«Tillys Dreckshaufen», sagte er, «ihr lasst die Schweden aber verdammt weit ins Land kommen, wie? Oder ist das eine besonders raffinierte Taktik? Müssen ja bald hier sein, die Krieger aus dem Norden!» Er fand sich äußerst witzig und lachte noch lauter. Leopold erhob sich.

«Mein Herr», begann er wütend, «an Ihrer Stelle …»

Angela legte ihm besänftigend eine Hand auf seinen Arm.

«Es hat keinen Sinn», sagte sie, «er weiß nicht, was er sagt.

Er hat mal wieder kein Geld für seinen Schnaps, und dann redet er immer wirres Zeug. Wenn er getrunken hat, ist er ruhig.»

Karl keuchte vor Wut.

«Eines Tages wird dieses Weib ein furchtbares Ende finden», drohte er und schwankte zur Tür. «Verdammt, ihr widert mich alle an», murmelte er, bevor er verschwand.

Leopold schüttelte den Kopf.

«Ich glaube, wir reisen bald ab», meinte er zu Angela. «Was für ein abscheulicher Kerl!»

«Aber nein, ihr müsst noch etwas bleiben!», rief Margaretha. «Ich bin so gern mit Angela zusammen! Und Sie habe ich auch noch nicht richtig kennengelernt, Leopold!»

«Wir bleiben noch», beruhigte Angela. «Eines Tages geht Margaretha wieder nach Böhmen, und dann bin ich traurig, dass ich nicht länger bei ihr war!»

Leopold nickte. Er fühlte sich zu müde, um Pläne zu fassen. Sollte Angela für sie beide entscheiden, er brauchte nur Ruhe und Schlaf. Alles andere war ihm im Augenblick egal.

Das Leben auf dem Hof änderte sich kaum durch Leopolds Anwesenheit, außer dass Karl eine heftige Abneigung gegen ihn entwickelte. Mehr noch als die vorlaute Angela hasste er Leopold, vielleicht weil der junge, gut aussehende, wohlhabende Mann Neidgefühle in ihm erweckte. Er stichelte an ihm herum, beleidigte ihn oder bat ihn scheinheilig, einen Schluck mit ihm zu trinken. Er wusste, dass Leopold seinen Branntwein ablehnen würde und er sich nachher umso ausfallender benehmen konnte. Leopold blieb gelassen, aber Margaretha ahnte, dass er gern nach Hause fahren würde. Er blieb Angela zuliebe, die sich große Mühe gab, heiter und gut gelaunt zu scheinen. Das fiel nicht leicht in diesem Winter. Das Wetter war kalt und feucht, die Schweden rückten näher. Eine ängstliche, missmutige, gereizte Stimmung machte sich auf dem Sarlach-Hof breit. Sie bekamen wenig neue Nachrichten, sodass sie das beklemmende Gefühl haben mussten, in einer Einsiedelei zu leben. Einmal hörte Margaretha, dass die Sachsen, die jetzt auf der Seite der Schweden kämpften, bereits im November in Böhmen eingefallen waren und nun Prag erreicht hatten. Angeblich holten sie als Erstes die aufgespießten Köpfe der zehn Jahre zuvor hingerichteten Aufständischen von der Mauer des Altstädter Rings und beerdigten sie ehrenvoll. Margaretha dachte kurz daran, ob Richard nun wohl abermals seinen Glauben wechseln würde, da sein Katholizismus ihn jetzt in Schwierigkeiten bringen konnte. Es war ihm zuzutrauen. Auf irgendeine Weise würde er seine Lage jedenfalls so angenehm wie möglich gestalten.

In der ersten Dezemberwoche starb der alte Varus, Margarethas treuer Begleiter seit ihrer Flucht nach Prag. In den letzten Jahren war er alt und grau geworden und seine Augen trüb, aber noch immer wieherte er freudig, wenn seine Herrin den Stall betrat. Eines Morgens jedoch stand er nicht auf, blieb den ganzen Tag liegen, und gegen Abend ging sein Atem schwer. Margaretha war sicher, dass er sterben würde. Während alle schliefen, saß sie bei ihm im Stroh, gegen seinen warmen Leib gelehnt, und ihre Hände streichelten seinen großen Kopf, spielten mit den weichen Ohren. Hinter dem Stallfenster sah sie Schneeflocken wirbeln.

«Varus, mein Liebster», murmelte sie, «willst du nicht noch ein bisschen bei mir bleiben? Weißt du noch, wie du mich gerettet hast? Ein kleines Mädchen war ich, allein auf Schloss Tscharnini, weinend und hilflos. Nur du warst da … und dann Lilli … und dann kam Maurice.» Sie fühlte einen brennenden Kloß im Hals und wollte doch nicht weinen.

Warum fällt mir das alles wieder ein? Warum fällt mir Maurice ein?

Kurz nach Mitternacht starb Varus. Er hob nur noch einmal kurz den Kopf, aber Margaretha wusste nicht sicher, ob seine Augen sie angesehen hatten, dann ließ er ihn schwer ins Stroh sinken. Der Tod war schnell und sanft gekommen.

9

Margaretha saß noch eine Weile bei Varus, bis sie die Kraft fand aufzustehen und sich von dem toten Pferd zu trennen. Sie hob die Laterne und sah auf den eingesunkenen Körper. Sie ließ die Decke, die um ihre Schultern lag, herabgleiten und breitete sie über Varus. In diesem Moment knarrte die Stalltür. Leopold trat leise ein.

«Ich konnte nicht schlafen und dachte, Sie würden sich vielleicht über etwas Gesellschaft freuen.» Er sah auf Varus.

«Es tut mir so leid», sagte er. «Wann ist es geschehen?»

«Es ist noch nicht lange her – das heißt, ich weiß es nicht genau. Im Augenblick habe ich gar kein Zeitempfinden.»

«Wenn ich Sie allein lassen soll …»

«Nein, nein, bleiben Sie bitte. Es tut gut, ein bisschen sprechen zu können. Und Sie müssen auch nicht fürchten, dass ich mich weinend in Ihre Arme werfe», setzte sie schwach lächelnd hinzu.

«Das habe ich von Ihnen auch bestimmt nicht erwartet.» Leopold sah ihr lange ins Gesicht.

«Trotzdem sollten Sie Ihre Tränen nicht aus Stolz zurückhalten», meinte er. «Sie sehen ziemlich mitgenommen aus. Das Pferd hat Ihnen viel bedeutet, nicht wahr?»

«Ja. Varus war ein treuer Freund und meine Erinnerung

an eine Zeit, die weit zurückliegt.» Margaretha setzte sich auf ein Bündel Stroh. «Ich weiß auch nicht, warum ich jetzt so sentimental werde. Wissen Sie, das war damals keine schöne Zeit, und im Grunde hatte ich gerade alles verloren ... aber meine Hoffnung auf die Zukunft war fast grenzenlos. Und heute ...?»

Leopold fühlte sich betroffen. Er hatte erwartet, Margaretha über den Tod ihres Pferdes hinwegtrösten zu müssen, doch ihr blasses, elendes Gesicht verriet ihm, dass sie um mehr trauerte, als um den treuen Varus. Wie konnte er ihr helfen, da er sie doch kaum kannte? Trotzdem ließ er sich neben ihr nieder.

«Heute haben Sie keine Hoffnung mehr? Haben Sie denn wirklich alles verloren? Gibt es denn niemanden, der Ihnen Rückhalt gibt? Vielleicht Ihre Familie?»

«Meine Familie? Nein, ganz bestimmt nicht.»

«Nun, aber ich weiß, dass Sie verheiratet sind. Was ist mit Ihrem Mann, warum ist er nicht bei Ihnen?»

«Er ist in Böhmen. In Kolin oder in Prag oder sonst irgendwo. Wahrscheinlich verbringt er seine Zeit mit General Wallenstein, und die beiden plaudern über den Krieg.»

Leopold lachte.

«So bitter?», fragte er. «Fühlen Sie sich von ihm im Stich gelassen?» Da Margaretha nicht sofort antwortete, fügte er schnell hinzu: «Verzeihen Sie, wenn ich zu aufdringlich bin. Wenn Sie nicht sprechen möchten, dann sagen Sie es nur.»

«Aber nein. Ich empfinde Sie nicht als aufdringlich!» Margaretha nahm gedankenverloren ein paar Strohhalme auf. «Mein Mann», fuhr sie fort, «hat mich niemals im Stich gelassen. Ich ... habe ihn vertrieben. Ich war kalt und gehässig und böse. Sie ahnen überhaupt nicht, wie grausam ich sein kann!»

«Nun, ich kann es mir vorstellen.»

Erschrocken sah Margaretha ihn an.

«Merkt man das?», fragte sie.

«Ein bisschen», antwortete Leopold und lächelte dabei, «aber vielleicht bin ich als Mann in diesen Dingen besonders empfindlich. Wir glauben immer gern, dass die Frauen uns schlecht behandeln.»

«Spotten Sie nicht», bat Margaretha.

Leopold nickte.

«Gut, aber verlangen Sie nicht, dass ich Ihnen nun ein Bild Ihres Wesens zeichne. Ich kenne Sie ja kaum. Ich habe nur den Eindruck, als verleugneten Sie sich selbst. Ich denke, Sie eifern einem Traumbild von sich nach, das Ihnen nicht entspricht und das Sie nicht erfüllen können. Sie wollen so gern stark sein, ein Fels in der Brandung, aber das sind Sie nicht. Sie wirken entsetzlich gehetzt.»

Margaretha stützte den Kopf in die Hände.

«Ja», murmelte sie, «was Sie sagen, ist gar nicht falsch. Das Schlimme ist bloß, dass ich nicht einmal weiß, was ich überhaupt will! Und früher, als ich es wusste, als ich einen ... bestimmten Menschen für mich haben wollte, da habe ich alles genauso falsch gemacht. Wenn Sie ahnten, wie viel Schuld ich bereits auf mich geladen habe, dann würden Sie furchtbar erschrecken!»

«So schlimm kann es doch nicht sein», meinte Leopold, aber Margaretha senkte ihren Kopf noch tiefer.

«Wenn ich nur wüsste», flüsterte sie, «welches der entscheidende Fehler meines Lebens war? Irgendetwas muss doch geschehen sein, dass sich alles gegen mich wandte.» Sie sah verzweifelt aus, doch Leopold war eher gerührt über die reumütige Ernsthaftigkeit, die so wenig zu dem jungen Gesicht zu passen schien. Er legte einen Finger unter ihr Kinn und hob sacht ihren Kopf, bis er ihr ins Gesicht sehen konnte.

«Wenn Sie sich mit siebenundzwanzig Jahren die Frage nach dem Fehler ihres Lebens stellen, ist es, weiß Gott, noch nicht zu spät!»

«Vielleicht war es meine Auflehnung, mein Bruch mit der Familie, mit Tradition und Moral», fuhr sie fort, ohne seinen leisen Spott bemerkt zu haben. Er begriff, dass er mit ihr jetzt nicht unernst reden konnte. Dort hinten lag noch immer das tote Pferd, und Margaretha sah wirklich sehr mitgenommen aus.

«Margaretha», entgegnete Leopold ruhig, «ich weiß ja nicht, was Sie alles getan haben. Sie sprechen von Ihrer Auflehnung – vielleicht sind Sie einfach in Ihrem Wunsch nach Unabhängigkeit zu weit gegangen.»

Margaretha antwortete nicht, und er sprach weiter.

«Aber deshalb haben Sie doch noch lange nicht Ihr Leben verfehlt. Warum gehen Sie nicht zu Ihrem Mann zurück?»

«Nein!»

«Sie tun so, als sei er der Teufel in Person – und gleichzeitig, meine Liebe, fiebern Sie förmlich vor Verlangen nach Liebe und Geborgenheit!»

«Reden Sie keinen Unsinn», warf Margaretha patzig ein, doch Leopold fuhr unbeirrt fort:

«Und wissen Sie auch, wie Sie dieses Verlangen im Augenblick zu befriedigen versuchen? Sie wollen, dass alles so friedlich und beschützt ist wie im Kloster! Ja, so weit kehren Sie zurück. Damals war das Leben leicht, gerade wegen der strengen moralischen Grenzen, die man Ihnen setzte. Im Gefängnis lässt es sich gut aushalten, wenn man sich mit den Mauern erst abgefunden hat. Es gibt ja keine Verantwortung. Mit der haben Sie sich nämlich draußen übernommen, Margaretha, und deshalb wollen Sie zurück.»

Margaretha stand auf.

«Sie reden sehr klug», sagte sie böse, «aber wie Sie schon richtig feststellten: Sie haben gar keine Ahnung! Ich verstehe nicht, woher Sie all diese Erkenntnisse nehmen …»

Auch Leopold hatte sich erhoben und unterbrach sie: «Und warum klammern Sie sich so an Angela? Warum darf sie nicht fort von hier? Angela bedeutet für Sie die alte, lustige Zeit Ihrer unbeschwerten, verantwortungsfreien Jugend. Aber alles ist anders geworden. Angela hat ihre Erfahrungen gemacht und sich verändert und Sie auch. Nichts bleibt, wie es war, Margaretha. Angela gehört Ihnen nicht mehr. Sie gehört jetzt zu mir!»

Margaretha wandte sich ab.

«Lassen Sie mich allein», bat sie mit spröder Stimme.

«Natürlich.» Leopold nickte. Er lächelte ihr zu und verließ ohne ein weiteres Wort den Stall.

Ein scharfer Windstoß fuhr durch die Tür, und ein paar Schneeflocken wirbelten herein. Margaretha fühlte sich sehr elend. Sie kauerte neben Varus nieder, starrte auf die Decke, die sie über ihn gebreitet hatte, lehnte dann den Kopf zurück gegen die harte Wand. Erst nach langer Zeit begab sie sich frierend, mit steifen Gliedern ins Haus und hinauf in ihr Bett.

In den nächsten Wochen gingen Margaretha und Leopold einander meist aus dem Weg. Margaretha schämte sich ein wenig, weil sie in jener Nacht zum Schluss so patzig reagiert hatte, und zudem fühlte sie sich von ihm zumindest in einigen Punkten durchschaut. Die leichte Spannung zwischen den beiden fiel jedoch kaum auf, da der Hass des Barons auf Leopold weit auffälliger war.

Am Heiligen Abend kam es zu einem lautstarken Streit. Im ganzen Haus fand sich kein Tropfen Alkohol mehr, doch Karl schwor, es sei noch etwas da gewesen. Unter wüsten

Beschimpfungen verdächtigte er schließlich Leopold, den Vorrat angerührt zu haben. Um den Frieden des Abends zu wahren, reagierte Leopold auf diese Kränkung mit bewunderswerter Gelassenheit. Adelheid sah ihn dankbar an. Alle hatten sich heute Mühe gegeben, ihre übliche Gereiztheit zu unterdrücken, und in seltener Harmonie saßen sie beisammen, nicht gerade heiter, aber einander zumindest freundlich gesonnen. Nur die schwarzverschleierte Anna hielt sich abseits. Sie stand am Fenster und blickte in die verschneite Nacht.

«Verdammtes Weihnachten», röhrte Karl, «verdammt trockene Weihnachten!»

Adelheid warf Leopold einen bittenden Blick zu, und dieser nickte beruhigend. Er war entschlossen, den Abend nicht zu verderben, ebenso entschlossen allerdings zeigte sich Karl, seinen ungeliebten Gast zu reizen.

«Wenn *Sie* meinen Schnaps nicht gestohlen haben», sagte er zu Leopold, «dann vielleicht diese ... Person dort in der Ecke!» Seine böse funkelnden Augen glitten zu Angela hinüber. Diese verzog sofort den Mund zu ihrem unnachahmlich verachtungsvollen Lächeln, das jeden Gegner zur Raserei bringen musste.

«Meine Frau lassen Sie gefälligst aus dem Spiel», sagte Leopold in scharfem Ton. Angela lachte auf.

«Lass nur», beschwichtigte sie, «mich kann er mit diesen ungehobelten Pöbeleien nicht treffen!» Ebenso kalt wie amüsiert betrachtete sie ihr Gegenüber. Natürlich geriet Karl außer sich.

«Wenn dieses rothaarige Luder noch einmal ...», drohte er, aber er kam nicht weiter, denn Leopold sprang auf und packte ihn mit hartem Griff am Arm.

«Nie wieder will ich aus Ihrem Mund eine Beleidigung gegen meine Frau hören», warnte er mit leiser Stimme.

Cäcilie schrie erschrocken auf, Adelheid zog Emiliana näher zu sich heran. Alle waren auf eine Schlägerei gefasst. Doch Karl besaß immerhin so viel Verstand, um zu erkennen, dass sein Angreifer kräftiger war als er. Zappelnd befreite er sich.

«Irgendwann töte ich Sie», prophezeite er wutentbrannt, «oh, verflucht, wenn Ihr Geld nicht wäre, dann hätte ich Sie schon längst hinausgeworfen!» Er verschwand und warf die Tür mit lautem Krach hinter sich zu. Leopold blieb mitten im Zimmer stehen.

«Mein Gott», sagte er wütend zu Angela, «ich sehe wirklich nicht ein, warum wir unbedingt hier bleiben müssen!»

«Liebling, nimm ihn doch nicht ernst», erwiderte Angela fröhlich, «komm, setz dich wieder. Heute ist schließlich Weihnachten!»

Doch allen war die Stimmung verdorben. Adelheids Gesicht verriet ihren Wunsch, sich irgendwo im Dunkeln verkriechen zu können. Schließlich sagte Bernada:

«Ich glaube, wir sind müde. Wollen wir nicht ins Bett gehen?» Erleichtert stimmten ihr die anderen zu.

Später, als Margaretha die Treppe zu ihrem Zimmer hinaufstieg, fühlte sie sich sehr elend. Der Abend hatte ihr deutlich gezeigt, wie ausgelaugt und erschöpft sie alle waren. Ein Haus voller Gespenster schien ihr stimmungsvoller als diese Ansammlung trübsinniger Gestalten, die dumpf nebeneinander her lebten. Weihnachten! Das war ja noch schlimmer als alle übrigen Abende. Ach, sie hätte am liebsten laut geflucht, wenn ihr das nicht in dieser Nacht besonders sündhaft erschienen wäre. Warum blieb sie eigentlich noch hier? Adelheid bedurfte keiner Unterstützung mehr, denn aus ihrer verworrenen Traurigkeit konnte niemand sie befreien, wenn sie es selbst nicht tat. Anna reagierte kaum auf eine Ansprache, Bernada lebte ihr eigenes Leben, und Dana – sie benahm sich reizend wie immer, und doch gab es eine Distanz zwischen ihr und Margaretha. Sie verzieh ihrer Herrin bis heute nicht, wie sie Maurice behandelt hatte, und außerdem plagte sie das Heimweh nach Böhmen. Nur ihre Treue hinderte sie daran fortzugehen.

Als ob ich das verdient hätte, dachte Margaretha. Ich zwinge andere, mit mir ein Leben zu führen, das keinem gefällt – selbst mir nicht.

Sie wollte gerade die Stufen hinaufsteigen, als sie plötzlich innehielt. Auf dem oberen Treppenabsatz sah sie zwei Gestalten, einen Mann und eine Frau, die in inniger Umarmung an der Wand lehnten. Der Mann flüsterte etwas, die Frau lachte. Dieses dunkle, kehlige Lachen, dem unweigerlich ein ordinärer Hauch anhaftete, gehörte Angela. Verärgert blieb Margaretha stehen. Mussten die beiden ihre Zärtlichkeiten hier austragen und damit das Schamgefühl der übrigen Hausbewohner verletzen? Doch schon stieß Leopold die Tür zu ihrem Zimmer auf und aneinandergeschmiegt verschwanden die beiden. Bevor die Tür hinter ihnen zufiel, hörte Margaretha sie noch einmal lachen. Es klang so verliebt, so wunderbar glücklich. Margaretha, die im Dunkel der Treppe kauerte, wurde von einem heftigen Gefühl überwältigt, das sie zunächst nicht zu deuten wusste. Doch dann begriff sie: Es war Neid. Sie wusste, was es bedeutet zu lieben und ahnte, was die beiden fühlten. Sie kannte diese Harmonie, diese Momente vollkommenen Verständnisses füreinander und ihr wurde schmerzlich bewusst, dass sie seit fast sieben Jahren ohne Liebe lebte. Seit jenen Sommerwochen mit Richard hatte sie mit niemandem so gelacht, wie Angela und Leopold eben.

Rasch eilte sie hinauf in ihr Zimmer, wie in eine Höhle, in der sie sich verkriechen wollte. Sie öffnete das Fenster und lehnte sich hinaus in die eiskalte Nacht. Langsam beruhigte sie sich wieder. Wie überspannt und übertrieben sie reagiert hatte. Als sei das einzig erstrebenswerte Ziel, in die Arme eines Mannes zu sinken! Sie lächelte verächtlich. Schließlich war sie nicht mehr das sechzehnjährige Mädchen, das mit einem dunkeläugigen Abenteurer durchbrannte. Und die Liebe war sowieso nur ein Rauschmittel – nichts sonst! Wundervoll geeignet, die Eintönigkeit des Daseins zu vergessen, um sie später umso schmerzlicher zu spüren. Immerhin aber, das musste sie zugeben, genug, um nach Jahren der Entbehrung beim Anblick eines turtelnden Paares Neid zu empfinden.

Margaretha schloss energisch das Fenster. Sie verstand sich selber nicht, so rasch wechselten ihre Stimmungen. Doch sie wollte nicht nachdenken. Morgen würde das Leben wie gewöhnlich weitergehen, und es würde ihr den Weg schon weisen.

Am ersten Weihnachtstag gingen die Bewohner des Sarlach-Hofes nicht, wie bisher jedes Jahr, in die Kirche. Seit Annas Erkrankung behandelte man sie im Dorf noch abweisender als sonst. Margaretha beschloss, bis zum Mittag im Bett zu bleiben. Im ganzen Haus regte sich nichts, niemand schien Lust zu haben, früh aufzustehen. Es wurde auch kaum hell draußen, der Himmel kündigte Schnee an, die dunklen Kiefern jenseits des Moors ragten schmal und einsam in die grauen Wolken. Margaretha stand am Fenster, betrachtete die verschneiten Felder und kuschelte sich dann schnell wieder in ihr Bett. Sie spürte plötzlich, dass es für sie alle am besten wäre, von hier fortzugehen. Diese trostlose Umgebung musste selbst lebensfrohen Menschen die Zuversicht rauben. Doch was wäre, wenn Maurice plötzlich käme? Angeblich hatte General Wallenstein den Bitten des Kaisers endlich nachgegeben und stellte ein Heer gegen Gustav Adolf auf. Maurice würde dann vergeblich auf dem Sarlach-Hof nach ihr suchen.

Es wurde schon dunkel, als Margaretha endlich aufstand

und sich anzog. Sie trat vor den Spiegel und versuchte gerade ihr müdes Gesicht mit ein paar Spritzern Wasser aus ihrer Waschschüssel zu beleben, als im Treppenhaus ein gellender Schrei ertönte. Margaretha meinte, Bernadas Stimme erkannt zu haben. Am Ende war sie mit ihrem Rollstuhl gestürzt!

Schnell eilte sie aus dem Zimmer, den Gang entlang und die Treppe hinunter. Auf dem letzten Treppenabsatz blieb sie entsetzt stehen.

Zuerst sah sie Bernada, die am Fuß der Treppe in ihrem Rollstuhl saß, die Hände um die Armlehnen geklammert, wie gebannt vor Schreck mit weit aufgerissenen Augen. Direkt vor ihr kämpften zwei Männer. Es waren Leopold und Karl, die sich keuchend umschlungen hielten und sich gegenseitig zu Fall bringen wollten. Margaretha fühlte sich vor Entsetzen wie gelähmt. Warum wurde Leopold mit seinem Gegner nicht fertig? Er war hundertmal stärker, doch er bewegte sich mühsam und ungewandt. Zutiefst erschrocken erkannte sie plötzlich den Grund: Leopold kämpfte nur mit den Fäusten, Karl aber hielt ein Messer in der Hand, mit dem er immer wieder auf seinen Widersacher einstach. An mehreren Stellen färbte sich Leopolds weißes Hemd rot, und die Flecken vergrößerten sich mit beängstigender Schnelligkeit. Margaretha schrie auf die Kämpfenden ein. Bernada flehte sie an:

«Lieber Gott, Margaretha, tu doch etwas! Er tötet ihn!»

Aber Margaretha konnte sich nicht rühren.

Ein lautes Poltern erklang auf der Treppe, dann tauchte Angela auf. Sie zögerte keinen Moment, begriff die Situation und stürzte auf die kämpfenden Männer zu.

«Hört auf!», schrie sie. «Hört auf. Leopold, lass ihn! Er ist verrückt!»

Aber die beiden hörten sie nicht. Angela versuchte, Karl von hinten festzuhalten, doch seine Bewegungen erwiesen sich als erstaunlich kraftvoll. Es gelang ihm, die Hand mit dem Messer freizubekommen. Ehe Leopold ausweichen konnte, stieß er erneut zu, und diesmal traf er das Herz. Mit einem leisen Seufzer sank Leopold zu Boden.

Margaretha klammerte sich am Geländer fest, lautlos betete sie: «Lieber Gott, lass mich bitte einmal in meinem Leben ohnmächtig werden!»

Doch dieser Wunsch erfüllte sich nicht, und plötzlich sah sie alles glasklar und unbarmherzig deutlich. Aus Leopolds Wunde floss pulsierend hellrotes Blut. Angela war auf die Knie gefallen und presste ihre Hände darauf, doch das Blut quoll zwischen ihren Fingern hervor und bildete eine Lache auf dem Fußboden. Margaretha konnte das Gesicht der Freundin nicht erkennen, denn sie hielt es tief über den verletzten Körper gesenkt und die wirren roten Haare fielen darüber. Karl starrte fassungslos auf den Verwundeten. Die Tür zum Hof öffnete sich, und Cäcilie trat ein. Es dauerte eine ganze Weile, bis sie begriff, was ihre Augen wahrnahmen, doch dann schrie sie:

«Mutter, Mutter, komm schnell! Vater hat Herrn von Calici umgebracht!»

«Schweig, verdammte Kröte!», rief Karl. Er zitterte und war schneeweiß im Gesicht.

«Calici ist ja gar nicht tot!»

Adelheid erschien aus der Küche.

Angela richtete sich auf und warf die Haare zurück. Langsam nahm sie die Hände von Leopolds Herz.

«Er ist tot», sagte Angela mit fremder Stimme. Sie drehte sich zu Karl um. «Doch, Herr Baron, er ist tot. Er ist gerade gestorben.»

«Angela», flüsterte Margaretha. Angela ballte ihr blutüberströmte Hand zur Faust.

«Sie haben ihn getötet», sagte sie zu Karl und von einer

Sekunde zur anderen fiel die Betäubung von ihr ab. Ihr Gesicht verzerrte sich.

«Mörder!», schrie sie. Ihre Stimme überschlug sich beinahe. «Verfluchter, versoffener Halunke, du hast meinen Mann getötet! Weißt du, was du da getan hast? Du Satan, in der Hölle sollst du dafür büßen, du elendes Scheusal!»

Ihr heiseres Geschrei, die rachsüchtig blitzenden Augen ließen Karl ängstlich zurückweichen.

«Aber ich wollte es nicht», stammelte er, «nein, glauben Sie mir, es war Notwehr. Er griff mich an, ja, er wollte mich töten! So war es. Jemand muss es doch gesehen haben.» Sein flackernder Blick blieb flehend an Bernada hängen.

«Fräulein von Ragnitz, Sie waren doch hier! Er hat mich angegriffen! Bitte, Sie waren doch dabei!»

«Ich war im Nebenzimmer, als der Kampf begann», entgegnete Bernada, «aber ich hörte, dass Sie Herrn von Calici beleidigten. Sie machten wieder eine Bemerkung über seine Frau. Ich nehme an, dass er sie daraufhin angriff.»

«Und das wollten Sie auch», mischte sich Margaretha ein, «denn Sie hatten sich bereits mit einem Messer bewaffnet!»

Karl brach beinahe in Tränen aus unter den vielen Anklagen. Mit weinerlichem Gesicht wankte er auf seine Frau zu. Cäcilie nahm kreischend Reißaus. Adelheid aber blieb stehen.

«Du glaubst mir, dass ich es nicht tun wollte», bettelte Karl, «Adelheid, bitte, du glaubst mir doch!» Adelheid setzte sich den ungläubigen Blicken ihrer Schwestern aus.

«Komm mit», sagte sie leise zu Karl, «du weißt, dass ich zu dir halten werde!» Sie schob ihn in die Küche. Margaretha wollte ihnen folgen, aber Bernada hielt sie zurück.

«Versuche, Adelheid zu verstehen», bat sie. Angela erhob sich. Wortlos und ohne sich einmal umzudrehen ging sie die Treppe hinauf.

10

Ganz früh am nächsten Morgen kam Margaretha die Treppe herunter, fröstelnd, müde und mit rotgeränderten Augen. Es kam ihr alles so unwirklich, so weit entfernt vor, dabei hatte Karl erst gestern in diesem Haus Leopold von Calici erstochen, im Zweikampf getötet, vor den Augen fast aller Bewohner des Hofes.

Margaretha erreichte den Flur, sie stand auf derselben Stufe, von der aus sie die Tat beobachtet hatte. Irgendjemand musste bei Tagesanbruch schon zu den Ställen gegangen sein, denn die Haustür stand offen.

In Margaretha stieg wieder die Erinnerung an den gestrigen Abend auf. Erst lange nachdem Angela die Tür zu ihrem Zimmer hinter sich zugeschlagen hatte, war sie allmählich zu sich gekommen. Der Tote lag noch immer am Fuß der Treppe, und sie begriff, dass es außer ihr wohl niemanden gab, der ihn wegschaffen würde. Sie holte Dana und Anna, und gemeinsam gingen sie schweigend hinaus. Sie suchten sich Hacken und Schaufeln, gruben hinter dem Ziegenstall ein tiefes Loch in die gefrorene Erde. Ihre Hände taten so weh in der eisigen Luft und begannen zu bluten, doch sie arbeiteten immer schneller, als die Dunkelheit hereinbrach und es wieder zu schneien anfing. Weinend vor Kälte und Schmerz liefen die Frauen schließlich ins Haus und trugen Leopolds Leiche gemeinsam über den finsteren Hof. Morgen wollten sie ihm ein Kreuz bauen.

Den ganzen Abend über rüttelte Margaretha an Angelas Zimmertür und flehte die Freundin an, sie einzulassen. Schließlich gab sie auf, schlich in ihr eigenes Zimmer, hielt die Hände über das Kaminfeuer und versuchte, ihre Gefühle zu ordnen. Sie sehnte sich danach einzuschlafen und alles zu vergessen, aber erst in den frühen Morgenstunden fiel sie in einen unruhigen Schlummer. Und nun stand sie hier auf der Treppe.

Vor sich auf dem Fußboden und an den Wänden entdeckte sie Blutspritzer. Sie musste sie unbedingt entfernen, bevor Angela herunterkäme. Aus der Küche holte sie einen nassen Lappen und machte sich an die Arbeit. Noch während sie kniete, hörte sie ein leises Geräusch. Ein paar Treppenstufen über ihr stand Angela.

Ganz sicher hatte sie in dieser Nacht nicht geschlafen, denn sie sah verheerend aus. Ihr Gesicht war kalkweiß, die Augen dunkel umschattet. Die Lippen bluteten, als hätte sie sie aufgebissen, und über ihre Wange lief ein blutiger Kratzer. Sie hatte sich die Haare streng zurückgekämmt und trug ihren langen, pelzbesetzten Mantel. In der Hand hielt sie eine Tasche.

«Du bist schon wach?», fragte Margaretha unbeholfen.

«Ich habe nicht geschlafen. Was tust du da?»

«Ich … äh …»

«Lass nur, ich weiß ja. Danke. Du hast wohl auch die Leiche fortgeschafft?»

«Dana, Anna und ich haben … Leopold beerdigt.» Margaretha erhob sich und trat einen Schritt auf Angela zu.

«Angela», sagte sie, «es tut mir so leid. Es tut mir so entsetzlich leid, was geschehen ist. Ich habe die ganze Nacht daran gedacht …» Mit einer unsicheren Bewegung streckte sie die Hände aus, als wolle sie Angela an sich ziehen. Doch diese kam ihr nicht entgegen.

«Ich bin sicher, es tut dir leid», antwortete sie, «aber, bitte, könntest du erst einmal die Haustür zumachen? Es ist kalt und außerdem», sie griff sich an den Kopf, «außerdem ist es zu hell!»

Bei diesen Worten bemerkte Margaretha den starken

Alkoholgeruch, den ihre Freundin verströmte. Fassungslos wich sie zurück.

«Bist du betrunken?», fragte sie.

Angela verzog den Mund.

«Ich wollte, ich wäre es», erwiderte sie, «aber der Alkohol hat mich nicht betäuben können. Gestern Abend habe ich getrunken, und jetzt ist mir nur noch übel. Ich glaube, mein Kopf zerspringt.»

Schweigend schloss Margaretha die Haustür.

«Woher hattest du Alkohol?», fragte sie.

«Ach, ich hatte ein paar Flaschen für den Notfall besorgt und sicher vor dem Baron versteckt.» Sie stieg die Treppe weiter hinunter, die Tasche schleifte hinter ihr her.

«Du willst doch nicht fort?», fragte Margaretha verwirrt.

«Doch. Ich gehe fort. Jetzt gleich.»

«Aber, Angela, das kannst du nicht tun! Du bist doch gar nicht ganz bei Sinnen!» Margaretha trat vor die Freundin und griff beschwörend nach ihren Händen. «Angela, sei vernünftig! Ich verstehe deinen Schmerz, bitte, glaub mir, aber du wirst davor nicht weglaufen können. Hier nicht und nirgendwo anders …» Plötzlich hielt sie erschrocken inne.

«Vor mir läufst du fort, nicht wahr?», flüsterte sie. «Du kannst mich nicht länger ertragen. Ich habe Leopold gezwungen hierzubleiben, ich habe gebettelt und gejammert, obwohl ich wusste …»

«Hör auf.»

«Nein, nein, ich weiß, dass ich schuld bin an Leopolds Tod. Ich …»

Angela befreite ihre Hände grob aus denen Margarethas.

«Sei endlich still!», fuhr sie sie an. «Du wolltest nie etwas Böses für Leopold. Er selbst hätte wissen müssen, wie unberechenbar dieser Kerl ist!»

«Wenn du mich nicht hasst», fragte Margaretha, «warum gehst du dann?»

Angela stöhnte.

«Verstehst du das nicht? Glaubst du, ich könnte in diesem Haus länger leben?»

«Aber wo willst du hin?»

«Ich weiß nicht. Ich werde schon sehen.»

«Du bist so merkwürdig, Angela, wie betäubt. Ich bin sicher, du kannst jetzt keine Entschlüsse fassen. Bleib doch hier, und ich werde dich trösten. Für immer!»

«Nein, ich bleibe nicht. Versuch nicht, mich zu halten, Margaretha. Ich bin betäubt, da hast du recht, aber die Wirkung des Branntweins wird nachlassen, und dann will ich schon fort sein, ganz weit fort.»

«Aber warum denn? Warum denn fort von mir? Wer soll dich trösten und für dich da sein?»

«Mich kann niemand trösten, begreif das doch! Mein Gott, Margaretha, ich habe Leopold geliebt, und seit gestern ist er tot, und wenn ich noch einen Augenblick in diesem verfluchten Haus bleibe, sterbe ich gleich hinterher!»

Margaretha merkte, wie ihr die Tränen in die Augen traten.

«Aber das kannst du mir doch nicht antun», schluchzte sie, «du kannst mich doch hier nicht allein lassen!»

Angela öffnete die Tür und trat in den Schnee hinaus.

«Ich gehe ins Dorf und miete mir einen Schlitten», erklärte sie mit rauer Stimme. «Ich muss irgendwo anders ein neues Leben beginnen. Mit ganz neuen Menschen.»

«Angela!»

«Tut mir leid. Ich kann nicht anders. Du verstehst es vielleicht nicht, weil du nicht weißt, wie sehr Leopold und ich uns geliebt haben. Ich kann womöglich vor dem Schmerz nicht davonlaufen, aber in meinem Leid erstarren, das kann ich auch nicht.»

Margaretha streckte die Hände nach ihr aus.

«Bitte, Angela», rief sie, «wirf nicht alles weg, unsere Jugend in St. Benedicta, die vielen Stunden, die wir …»

«Das ist alles so lange her. Lieber Himmel, Margaretha, wenn du hier noch lange stehst und weinst, fang ich damit auch noch an!» Angela griff sich an den Kopf. «Ich habe solche Kopfschmerzen», murmelte sie, «bitte, lass mich jetzt gehen!»

Margaretha wich zurück. Sie fühlte sich zu elend und zu verletzt, um noch länger zu betteln. Fassungslos und ungläubig blickte sie Angela nach, die, ohne sich noch einmal umzudrehen, über die verschneiten Wiesen davonstapfte, eine immer kleiner werdende, dunkle, schmale Gestalt. Margaretha sank auf eine Treppenstufe. Wie konnte Angela ihr das antun? Wie konnte sie sie hier allein lassen, in dieser Einöde, in der sie es doch selber kaum aushielt. Angela hatte sie verlassen, so wie alle Menschen, die sie bisher geliebt hatte, sie immer verlassen hatten. Wieder war sie den Tränen nahe, aber da entdeckte sie Karl. Er wirkte sehr mitgenommen und war völlig nüchtern.

«Frau von Calici ist fort?», fragte er zitternd. «Sie geht doch nicht zum Richter?»

Margaretha starrte den blassen Baron voll Abscheu an.

«Nein», erwiderte sie kurz, «bestimmt nicht.»

Karl seufzte erleichtert.

«Ich wollte ihn ja nicht töten», begann er weinerlich.

«Herrje, halten Sie bloß den Mund», schnaubte Margaretha, «Sie werden sich vor keinem Richter verteidigen müssen. Was hätte Angela davon? Vielleicht hätte sie Sie gestern Abend am liebsten selbst erstochen, doch da sie es nicht getan hat …»

«So eine schreckliche Bluttat in meinem Haus», begann Karl erneut. «Wenn er mich nicht angegriffen hätte, wäre nichts geschehen. Aber ich musste mich doch verteidigen, nicht wahr? Ich schwöre ...»

Margaretha stand auf und ging weg. Sie konnte Karls Anblick und seine Stimme jetzt nicht ertragen.

Das Jahr 1632 begann finster und traurig. Jeder rechnete damit, dass die Schweden das bayrische Land nun doch noch einnehmen würden. Nicht einmal General Wallenstein traute man zu, das verhindern zu können. Wie versteinert warteten die Menschen auf die kommenden Ereignisse. Mochte das Ende heute kommen oder morgen, es schien unentrinnbar bevorzustehen, und warum sollten sie sich noch auflehnen! Auf dem einsamen Hof des Baron Sarlach herrschte bedrückende Stille, nur hin und wieder unterbrochen von Cäcilies Gequengel, die schier hysterisch wurde in ihrer Angst vor den Schweden. Sie drängte ihre Eltern zu fliehen, doch Adelheid weigerte sich. Seit einiger Zeit trat sie mit erstaunlicher Bestimmtheit auf. Karl ordnete sich ihr völlig unter, rührte keinen Alkohol mehr an und schien sich kaum von dem Schock zu erholen, unter dem er seit Leopolds Tod stand. Margaretha kam nun erst der Gedanke, dass Karl seit jener Bluttat furchtbare Stunden verlebt haben musste. Offenbar hatte er tatsächlich geglaubt, man werde ihn vor den Richter bringen und aufhängen. Margaretha selbst schlich wie ein Schatten durch das Haus und wurde immer dünner und stiller. Seitdem Angela fortgegangen war, wusste sie überhaupt nicht mehr, was sie hier noch sollte. Sie hatte nicht das Gefühl, dass es irgendjemanden auf diesem Hof gab, der sie brauchte. Adelheid lebte ihr eigenes Leben, in das sie sich nicht mehr einmischen durfte. Bernada war stark genug, für sich selber zu sorgen. Und beide Schwestern konnten Margaretha keine Geborgenheit geben.

Sie sehnte sich so sehr nach Geborgenheit in diesem Winter wie noch niemals vorher in ihrem Leben. Diese Einsamkeit musste bald ein Ende finden. Am liebsten hätte sie auf der Stelle eine Kutsche gemietet und wäre durch Eis und Schnee nach Böhmen gereist. Wenn sie an Belefring dachte, wurde ihr seltsam warm ums Herz. Aber ihr Stolz hielt sie jedes Mal im letzten Moment zurück. Nach allem, was zwischen ihr und Maurice vorgefallen war, konnte sie einfach nicht reumütig in sein Schloss und in seine Arme zurückkehren. Er war ihr Mann und er konnte sie nicht so einfach verlassen, er musste für sie sorgen, aber sie hätte es nie fertig gebracht, ihn darum zu bitten. Sie wusste nicht, ob sie ihn liebte, aber sie hatte trotzdem Sehnsucht nach ihm. Was immer sie in seiner Nähe empfunden hatte, allein und schutzlos hatte sie sich jedenfalls nie gefühlt.

Aber inzwischen quälte sie nicht nur die Einsamkeit, sondern auch die Angst um ihr Leben. Sie hatte immer zu denen gehört, die unerschütterlich an die Stärke des kaiserlichen Heeres glaubten, aber das konnte sie jetzt nicht mehr. Gustav Adolf und seine Soldaten drangen mit jedem Tag weiter in den Süden vor, und Margaretha gelangte zu der verzweifelten Erkenntnis, dass sie, wenn nicht ein Wunder geschähe, auf diesem verhassten Hof auch noch sterben würde.

Es war der 20. Januar, ein eiskalter, klarer, windstiller Tag. Margaretha saß in ihrem Zimmer am Feuer, so dicht wie möglich, um ein wenig warm zu werden. Die Katze Lilli lag auf ihrem Schoß und schnurrte. Margaretha blickte ins Feuer, melancholisch wie so oft in der letzten Zeit, da vernahm sie eilige Schritte auf der Treppe, und ohne anzuklopfen, stürzte Dana ins Zimmer, rotwangig und atemlos. Lilli sprang erschreckt auf und verschwand unter dem Schrank.

«Frau Gräfin», stieß Dana hervor, «Sie ahnen nicht, wer gerade gekommen ist!»

«Wer denn? Doch nicht die Schweden?»

«Der Herr Graf, gnädige Frau. Der Herr Graf ist gekommen!» Margaretha starrte das Mädchen einen Moment lang ungläubig an. Mit weichen Knien erhob sie sich.

«Mein Mann?» Ihre Stimme klang rau.

«Ja, Graf Lavany! Darf er heraufkommen?»

«Natürlich … bitte …»

Sie stand noch unbeweglich an derselben Stelle, als Maurice eintrat. Er kam zögernd ins Zimmer, doch er lächelte, als er sie erblickte. Er trug einen langen schwarzen Mantel, schwarze Stiefel und schwarze Handschuhe, auf dem Kopf einen schwarzen Federhut, und als er ihn nun abnahm, sah Margaretha, dass seine dunklen Haare ganz grau geworden waren.

«Maurice», sagte sie, «du bist hier?» Die alberne Frage schien ihn nicht zu irritieren.

«Ja», erwiderte er, «ein wenig plötzlich, nicht? Aber du bist ja ganz blass!»

«Ich habe nicht mit dir gerechnet. Ich dachte, du seist noch in Böhmen und würdest dich Wallensteins neuem Heer anschließen.»

«Ja, das wollte ich auch», gab Maurice zu. Er beugte sich zu Lilli hinab, die um seine Beine strich, und streichelte sie. Dann fuhr er fort: «Bei meinem Abschied vor über einem Jahr bat ich dich, du mögest nach Prag kommen, wenn die Schweden Bayern zu nahe rücken. Inzwischen sind sie schon fast hier – doch da du nicht kamst, beschloss ich, dich zu suchen.»

«Warum?» Margaretha bemerkte, dass alles, was sie sagte, nicht sehr geistreich klang, und sie fühlte sich sehr unsicher.

«Weißt du», Maurice blickte sie nicht an, «du hattest mir zwar vor meiner Abreise sehr deutlich erklärt, unser Leben solle von nun an getrennt verlaufen, aber aus irgendeinem Grund konnte ich mich damit nicht abfinden. Seit ich wieder in Böhmen war, machte ich mir schreckliche Sorgen um dich!» Er lächelte etwas hilflos. «Natürlich», meinte er in leichterem Ton, «weiß ich, wie tapfer und selbständig du bist. Aber dann, von Zeit zu Zeit, musste ich daran denken, wie du damals auf der Flucht nach Prag so unvernünftig laut im Wald nach deinem Pferd riefst, obwohl die ganze Gegend voller Feinde war – und ich dachte, du könntest mich vielleicht doch brauchen ...»

Sie blickte ihn immer noch schweigend an, und so fragte er leiser:

«Bist du sehr erschrocken, weil ich hier bin?»

Entsetzt bemerkte Margaretha, wie ihr Tränen in die Augen stiegen. Monatelang hatte sie doch nicht mehr geweint, warum jetzt, warum ausgerechnet jetzt? Ihre so lange aufrechterhaltene Selbstbeherrschung brach zusammen, denn sie erkannte in Maurice' Augen nur Liebe und Besorgnis und wusste, dass sie keinen Spott von ihm zu erwarten hatte. Sie trat ihm entgegen, und er zog sie ruhig und selbstverständlich in seine Arme. Sie legte den Kopf an seine Schulter, und während sie noch weinte, stieg eine sanfte Ruhe in ihr auf.

«Oh, Maurice», flüsterte sie, «es ist so gut, dass du gekommen bist. Ich brauche dich so sehr, Maurice.»

Nun, da sie dies sagte, begriff sie nicht mehr, warum sie das früher nie wirklich erkannt hatte. Sie brauchte Maurice, und das hätte sie von Anfang an wissen müssen. Und irgendwo, ganz tief in ihrem Inneren, hatte sie es auch immer geahnt, und vielleicht hatte sie diese Tatsache so gegen ihn aufgebracht. Dennoch hatte er sie niemals enttäuscht. Es schien ihr, als habe sie irgendwann vor vielen Jahren, in einer kalten Nacht in den Wäldern zwischen Schloss Tscharnini und Prag, ihr Schicksal in seine Hände gelegt, und seitdem hatte er sie nicht verlassen. Er war da, als Belefring brannte und sie verzweifelt um Annas Leben kämpfte, er brachte sie nach Bayern, als ihr Heimweh übermächtig wurde, er nahm sie in die Arme, als ihre Mutter sie verstieß. Und nun erschien er abermals, in einem Augenblick, da sie sich von aller Welt verlassen glaubte, und meinte, auf diesem trostlosen Hof wie in einer Falle zu sitzen.

Sie hob den Kopf und sah Maurice an. Jahrelang hatte sie diese Augen gehasst. Wie schrecklich dumm war sie gewesen. Obwohl sie noch weinte, lächelte sie bei diesem Gedanken ein wenig.

Ich werde mit ihm sprechen, beschloss sie, ich werde ihm alles sagen. Er wird mir zuhören und vielleicht wird er mich verstehen. Mein Gott, wie sehr muss er mich lieben, dass er immer noch bereit ist, mir zu verzeihen!

Über Maurice' Schulter hinweg sah Margaretha zur Tür und entdeckte Dana, die sich wie üblich zur interessierten Zeugin des Geschehens gemacht hatte. Mit den Augen gab sie ihr ein Zeichen, und Dana verschwand mit einer Miene, die ebenso viel Bedauern wie Verständnis zeigte.

11

Sie verließen das Haus, das ihnen plötzlich zu eng schien. Ungesehen gelangten sie durch eine Hintertür hinaus und liefen querfeldein über die verschneiten Wiesen. Maurice hatte Margarethas rechte Hand genommen, die andere brauchte sie, um ihren langen Mantel ein wenig hochzuraffen. Es war nicht einfach, durch den hohen Schnee zu stapfen, aber sie bemerkte es kaum. Sie nahm auch nicht die schneidende Kälte wahr, sie sah nur den leuchtendblauen Himmel, die helle Sonne und die glitzernden, weiten Flächen, und sie spürte Maurice neben sich.

Der Hof lag schon weit hinter ihnen, als Margaretha stehen blieb.

«Maurice», sagte sie, «ich muss dir so vieles sagen, ich weiß nur nicht, wo ich beginnen soll.»

«Mir geht es genauso. Ich ...»

«Bitte, lass mich zuerst reden. Ich möchte dich um Entschuldigung bitten. Dass du gekommen bist, kann ich beinahe nicht glauben. Ich habe dich so furchtbar schlecht behandelt, all die Jahre hindurch, dabei warst du der Einzige, der immer zu mir hielt.»

«Margaretha, nimm nicht alle Schuld auf dich. Auch ich ...»

«Du warst gut und zuverlässig und geduldig. Wenn ich mich gemein und gehässig verhielt, hast du mir das nie heimgezahlt.»

Maurice lächelte.

«Gemein war ich vielleicht nicht», gab er zu, «aber entsetzlich verständnislos. Ich habe zu wenig über dich nachgedacht. Immer und immer kreisten meine Gedanken um Krieg und Politik und um nichts sonst.»

«Trotzdem hast du dir so viel Mühe mit mir gegeben, immer wieder!»

«Ja, aber ich habe nie wirklich über dich nachgedacht. Ich habe nicht begriffen, was du alles hinter dir hattest. Du hast deine Familie und deine Heimat über Nacht verlassen, hast einem leichtsinnigen Mann vertraut und bist von ihm betrogen worden. Du hattest Heimweh und konntest nicht nach Hause, du suchtest verzweifelt nach einem Ausweg aus dieser fast aussichtslosen Lage …»

«Maurice, das entschuldigt mich doch nicht!» Margaretha stapfte weiter durch den Schnee. Das Sprechen fiel ihr leichter, wenn sie einander nicht gegenüberstanden.

«Alles, was damals geschah und was seither geschehen ist», sagte sie, «habe ich mir selber zuzuschreiben. Du hast mir einmal gesagt, seine Fehler könne man nicht auf andere abschieben. Anstatt mit mir selber ins Reine zu kommen, habe ich dich gehasst und …»

«Du hast mich wirklich gehasst?»

Sie wagte nicht, ihn anzusehen.

«Ja», murmelte sie, «dich habe ich gehasst. Richard, den Schuft, habe ich angebetet und begehrt, obwohl er mich im Stich gelassen hat. Ich habe ihm das Leben gerettet und einen Menschen, der mein Freund war, tatenlos in den Tod gehen lassen!» Wieder schossen Margaretha Tränen in die Augen.

«O Gott, wie mich das gequält hat all die Jahre», schluchzte sie, «solange ich lebe, werde ich nie vergessen, dass Julius sterben musste, obwohl ich ihn hätte retten können. Und, Maurice», sie sah ihn weinend an, «Maurice, unser Kind, weißt du, warum es krank wurde und starb? Nur weil ich Prag nicht rechtzeitig verließ. Ich blieb, obwohl ich wusste, dass die Pest ausgebrochen war. Und ich blieb wegen Richard. Er war in der Stadt …»

«Hör doch bitte auf, Margaretha …»

«Er war in der Stadt und lieber riskierte ich unser aller Leben, als dass ich von ihm fortgegangen wäre. Mein eigenes Kind habe ich ihm geopfert! Ich habe immer nur an mich gedacht und wollte meine kindischen Träume unter allen Umständen verwirklichen!»

Maurice nahm Margarethas Hände und zog sie dicht an sich.

«War Tscharnini denn ein kindischer Traum?», fragte er.

Margaretha hörte auf zu schluchzen. Sie nickte heftig mit dem Kopf.

«Ob kindisch oder nicht», erwiderte sie, «jedenfalls war er ein Traum. Mein Traum. Ich liebte seine Schönheit, seine Jugend, seine … Zärtlichkeit. Und ich liebte den Ungestüm, mit dem er mich aus einem Leben befreite, das bis ins Kleinste von meiner Mutter und den Nonnen vorherbestimmt war.»

Maurice lächelte.

«Das war nicht gerade wenig, was du an ihm liebtest. Es reicht, um …»

«Nein! Nein, es reicht nicht! Denn, weißt du, mehr als das, mehr als Jugend und Schönheit und Unbekümmertheit hatte Richard dann auch nicht zu bieten. Ich wollte den schönsten und besten Mann der Welt, und das war er nicht. Ich …» Sie zögerte einen Moment.

«Maurice, ich habe Richard nicht mit dem Tag unserer Hochzeit aufgegeben», fuhr sie unsicher fort, «es gab danach eine Zeit …»

Maurice nickte langsam.

«Das ahnte ich», sagte er mit unbewegter Miene, «irgendwann begriff ich, dass du nie mit ihm abgeschlossen hattest. Und ich verschaffte euch wohl durch meine Abwesenheit genug Gelegenheiten.»

«Ja, und ich … nutzte sie. Ich verbrachte einen Sommer mit Richard. Aber seitdem, seit sieben Jahren, habe ich ihn nicht mehr gesehen. Maurice, heute weiß ich, warum ich ihn irgendwann auch gar nicht mehr wiedersehen wollte: Ich hatte in jenem Sommer alles bekommen, was Richard mir bieten konnte. Mehr kann man von ihm nicht erwarten, und das muss ich gespürt haben.»

«Jetzt lässt du aber wirklich kein gutes Haar mehr an ihm», meinte Maurice. Margaretha antwortete gleichgültig:

«Das ist dann seine Schuld.»

«Aber seine Schönheit, sein Körper? Hat dich das plötzlich nicht mehr gereizt?»

«Diese Äußerlichkeiten waren mir irgendwann nicht mehr so wichtig. Ich hätte mich meiner Leidenschaft von Anfang an nicht so ausliefern dürfen. Wo war denn mein Stolz, dass ich hinter ihm herlief, obwohl er mich so schmählich behandelt hatte!»

«Wenn man liebt, Margaretha, kommt man manchmal wieder, auch wenn man weggeschickt wurde.»

Margaretha sah gedankenverloren ihrem weißen Atem in der kalten Luft nach.

«So wie du», sagte sie leise. Sie gingen eine Weile schweigend nebeneinander her, dann sprach sie weiter: «Ich war so verzweifelt in der letzten Zeit. Immerzu musste ich darüber nachdenken, welcher Fehler in meinem Leben mich in diese trostlose Lage bringen konnte ... auf diesen schrecklichen Hof, von allen vertrauten, geliebten Menschen verlassen. Ich dachte, das sei alles geschehen, weil ich damals fortgelaufen bin, weil ich mich weigerte, länger zu tun, was man mir zu Hause und im Kloster befahl. Ich meinte, das Leben in dieser Einöde sei die Strafe dafür!»

«Das glaube ich nicht.»

«Nein, ich auch nicht mehr. Ich hatte ja recht, dass ich weglief. Jeder muss über sich und sein Leben selbst bestimmen können. Aber mit meiner Flucht aus dem Kloster bin ich letztlich doch nur von einer Abhängigkeit in die nächste gerutscht, ohne es zu erkennen. Richard hat meine Abhängigkeit genauso genossen und ausgenutzt wie vorher meine Mutter.»

Sie lachte zaghaft.

«So einfach ist das», sagte sie. «Der Fehler in meinem Leben war Richard und nicht die Tatsache, dass ich von zu Hause fortgelaufen bin.»

«Aber musst du dich denn von mir nicht viel abhängiger fühlen? Schließlich hast du mich aus Not geheiratet und nicht, weil du besonders viel für mich empfandest.»

«Rede doch keinen Unsinn, Maurice. Bei dir ist das etwas ganz anderes. Du hast nie versucht, mich zu beherrschen und für deine Zwecke zu benutzen. Dich brauche ich einfach so, wie jeder Mensch einen anderen braucht, dem er vertrauen kann.»

«Du brauchst mich», wiederholte Maurice, «aber ich würde gerne wissen ... vielleicht kommt diese Frage zu schnell, aber sag mir, Margaretha: Glaubst du, dass du mich irgendwann einmal lieben wirst?»

Nur aus Überraschung zögerte Margaretha.

«Aber ich liebe dich doch, Maurice», antwortete sie leise. «Vielleicht glaubst du es mir nicht, aber es ist wahr.»

Maurice beobachtete sie aufmerksam und liebevoll.

«Doch», sagte er dann, «ich glaube dir. Ich weiß inzwischen, wie du aussiehst, wenn du nicht aufrichtig bist.»

«Hast du mir das immer angemerkt?»

«Ja. Vom Tag unserer Hochzeit an wusste ich, dass du mich hasst. Selbst wenn du freundlich mit mir sprachst, stand die Abneigung in deinen Augen.» Seine Stimme klang so unbeteiligt, wie sie immer geklungen hatte, als sei er unverletzlich bis ins Innerste seines Wesens. Zum ersten Mal bemerkte Margaretha heute den Schmerz, der sich hinter Maurice' Gleichmut verbarg. Sie war zutiefst entsetzt über ihre eigene Grausamkeit.

«Du musst mich für ein gefühlskaltes Scheusal gehalten haben», flüsterte sie.

«Nein», erwiderte Maurice, «ich wusste meine Empfindungen für dich gar nicht zu deuten. Ich spürte deine Härte und Kälte, aber nie konnte ich mir erklären, warum ich dich trotzdem liebte.»

«Du liebtest mich? Die ganze Zeit?»

«Ja. Bei aller Mühe, die ich mir gab, es nicht zu tun!»

«Wirklich immer? Auch wenn du mir mit hartem Lächeln erklärtest, ich sei dir vollkommen gleichgültig?»

«In diesen Augenblicken», sagte Maurice, «liebte ich dich am meisten.»

Margaretha blickte an ihm vorbei über den Schnee, der im Licht der untergehenden Sonne glitzerte.

«Maurice», sagte sie leise, «wer gibt uns all die vertanen Jahre zurück?»

«Es ist nicht zu spät, Margaretha. Du lieber Himmel, ich war ein solcher Dummkopf!» Er zog sie zu sich heran und schlang seine Arme um sie. «Ich habe es diesem Tscharnini so verdammt leicht gemacht. Ich habe ihm kampflos das Feld überlassen, mich würdevoll zurückgezogen und mich im Geheimen in Eifersucht und Begehren verzehrt. Margaretha, mein Engel, du bist für mich die wundervollste Frau der Welt, und ich bin ein feiger Narr, den das schlechte Gewissen plagte, weil er ein viel zu junges Mädchen geheiratet hatte. Ich wusste einfach nicht, wie ich mit dieser Situation zurechtkommen sollte. Von Anfang an hätte ich wissen müssen, dass du die einzige Frau bist, die ich je geliebt habe, und ich hätte mich Tscharnini stellen und um dich kämpfen müssen!»

Margaretha sah in sein Gesicht und entdeckte eine nie gekannte Leidenschaft in seinen Zügen. Gebannt lauschte sie seiner veränderten Stimme.

«Ich liebe dich so sehr», fuhr Maurice fort, «ich liebe

deinen Eigensinn, mit dem du dir dein eigenes Leben erkämpfst, ich liebe deinen Mut – und ich liebe dich als erwachsene Frau, Margaretha, nie wieder als das kleine, hilflose Mädchen, das ich damals in den böhmischen Wäldern fand.»

Eine Weile blieben sie schweigend stehen und beobachteten, wie die Sonne langsam hinter dem Horizont verschwand und die frühe Winterdämmerung begann.

«Es wird kalt», meinte Maurice schließlich, «wollen wir zurückgehen?»

Der Heimweg dauerte viel länger, als sie gedacht hatten. Hand in Hand wanderten sie zum Hof zurück, über dem schon die ersten Sterne blitzten, als sie durch die Hintertür hineinhuschten. Leise und heimlich schlichen sie die Treppe hinauf in Margarethas Zimmer. Das Feuer im Kamin war verloschen, keine einzige Kerze brannte. Hinter dem Fenster lag schweigend die Winternacht, doch sie wussten, dass jenseits der Wälder Krieg, Leid, Tod und Verderben herrschten. Margaretha wurde plötzlich bewusst, in welch unmittelbarer Gefahr sie schwebten. Im Mondlicht las sie in Maurice' Augen das gleiche Wissen, die gleiche Angst, aber auch die gleiche wilde Wut gegen das Schicksal, das ihnen ihr unverhofftes Glück wieder nehmen könnte.

Nicht einmal mit Richard hatte Margaretha empfunden, was sie jetzt fühlte, als Maurice ihr den weiten Umhang von den Schultern löste, als sie einander ihre schwere Winterkleidung vom Leib streiften, als seine Hände über ihren Körper glitten und als sie sich küssten, als könnten sie niemals wieder damit aufhören. Nie zuvor hatte sie einen Menschen so begehrt wie ihn. Sie klammerte sich an ihn, gab sich seinen Zärtlichkeiten hin, die ihr Verlangen und ihre Sehnsucht entfachten, bis sie meinte, die Besinnung zu verlieren. Nur einmal schreckte Maurice' Zorn sie auf, als er entdeckte, was an einer Kette um ihren Hals hing. Es war jener Ring, den Richard ihr vor zwölf Jahren auf Schloss Tscharnini geschenkte hatte, bevor er sie verließ. Sie hatte ihn stets getragen, und Maurice musste ihn oft bemerkt haben, ohne etwas zu sagen. Heute griff er danach und riss Margaretha die Kette so gewaltsam vom Hals, dass sie aufschrie.

«Nie wieder!», flüsterte er. «Ich schwöre dir, dass ich es nie wieder zulasse!»

Sie hielten einander umschlungen, bis der Morgen graute. Sie hatten so lange viel zu unbedacht gelebt, ihre Jahre verschwendet, und es schien, als wollten sie in dieser einen Nacht die verlorene Zeit nachholen. Wer wusste, wie lange ihr Glück währen durfte?

Völlig übermüdet gingen Margaretha und Maurice am nächsten Morgen zusammen zum Frühstück hinunter. Dana hatte den übrigen Hausbewohnern bereits erzählt, dass Graf Lavany am Vortag angekommen war, und so wurde er ohne großes Erstaunen begrüßt. Margaretha erschien allen, die sie in den letzten Monaten erlebt hatten, völlig verändert. Sie lächelte sanft, ihre Augen leuchteten, und sie wirkte so jung wie seit langem nicht mehr. Zwischen ihr und Maurice herrschte eine für jeden spürbare, ausstrahlende Harmonie. Keinen Moment lang wandten sie sich voneinander ab.

Karl begegnete dem Gast mit demütiger Freundlichkeit und warf ihm hin und wieder einen unsicheren Blick zu. Maurice wusste von Margaretha, was zwischen ihm und Leopold geschehen war, doch er erwähnte es nicht. Die meiste Zeit sprach er mit Anna, die neben ihm saß und seinen Worten teilnahmslos folgte. Margaretha hielt Emiliana auf dem Schoß und fütterte sie, dabei glitten ihre Augen immer wieder zu ihrem Mann hinüber.

Nach dieser Nacht, dessen war sie gewiss, konnte nichts und niemand auf der Welt sie je wieder trennen.

Maurice blieb drei Tage auf dem Hof. Dann musste er Abschied nehmen, denn er wollte sich mit der kaiserlichen Armee den Schweden entgegenstellen.

«Ich halte Tilly zwar für unfähig», erklärte er, «aber andererseits kann er das, was man von ihm fordert, auch nicht leisten. Jedenfalls will ich dabei sein, wenn Gustav Adolf endlich zum Teufel gejagt wird.»

«Kommst du dann wieder hierher?»

«Ich komme, sobald die Lage für dich gefährlich wird. Du bleibst auf dem Hof, und was auch geschieht, ich werde da sein, bevor die Schweden euch erreicht haben.»

Im März 1632 nahm Gustav Adolf die großen befestigten Städte Nürnberg und Donauwörth ein. Seine Truppen rückten bedrohlich auf Augsburg zu, und schon überschwemmten Gerüchte von fürchterlichen Plünderungen und Ausschreitungen das Münchner Land. Die wild kursierenden Geschichten reichten aus, jeden Menschen in Schrecken zu versetzen. Viele Familien, die bislang gezögert hatte, packten nun Hals über Kopf ihre Sachen und flohen nach Süden. Die Wege waren durch die Schneeschmelze völlig aufgeweicht, und die Pferde kamen schwer vorwärts. Tag für Tag rumpelten vollbeladene Karren am Sarlach-Hof vorüber, gefolgt von mageren, kränklichen Kindern und verhärmten Frauen, geführt von Männern mit starren Gesichtern. Der Anblick eines jeden Wagens entfachte erneut den Streit in Adelheids Familie. Cäcilie und Karl wollten den Hof sofort verlassen, Adelheid widersetzte sich aber, denn sie fürchtete um Gesundheit und Leben ihres jüngsten, sehr zarten Kindes. Margaretha bestand darauf zu bleiben.

«Ihr alle könnt ruhig gehen», sagte sie, «aber ich warte hier auf Maurice.»

«Die Schweden werden kommen, sonst niemand!», rief Cäcilie. «Oh, Mutter, Vater, bitte, ich will hier fort!»

«Ja, ich weiß nicht ... wohin sollen wir dann ... vielleicht wird alles nur noch schlimmer ... aber wenn sie nun wirklich kommen ...» Karls wirres Jammern und Klagen kostete die Familie beinahe mehr Nerven als der Gedanke an die Schweden. Ruhig blieben nur Margaretha und Anna. Margaretha vertraute unverbrüchlich auf Maurice, und Anna kannte keine Furcht mehr.

In der dritten Aprilwoche langte eine weitere Flüchtlingsfamilie auf dem Hof an, ein blasser, dünner Mann und eine abgekämpfte Frau, die ein halbes Dutzend Kinder hinter sich herzerrten. Sie kamen zu Fuß, beladen mit allerlei Hausrat, von dem ihnen jedoch unterwegs bereits die Hälfte gestohlen worden war. Trotz der knappen Nahrungsvorräte führte Adelheid alle in die Küche, wo sie Essen bekamen und Wasser zum Waschen. Die Hausbewohner scharten sich um sie, um Neuigkeiten zu erfahren. Die Flüchtlinge berichteten, sie hätten auf einem kleinen Hof dicht am Donau-Ufer gelebt.

«Fast unmittelbar an der Stelle, an der die Schweden vor zwei Wochen übersetzten», erzählte der Mann. «Es kam zu einer furchtbaren Schlacht, eine Nacht lang schien der Himmel zu brennen, und wir hörten die Schreie der Verwundeten. Unsere Truppen wurden hoffnungslos geschlagen. Graf Tilly soll schwer verwundet worden sein, und Herzog Maximilian ist geflohen.» Die Frauen blickten ihn erschrocken an, Karl stöhnte auf.

«Der Schwedenkönig wird Augsburg besetzen», fuhr der Mann fort, «und dann kommt München an die Reihe. Gnade Gott dem Land, das dazwischen liegt!»

«Stimmt denn wirklich alles, was über die Schweden erzählt wird? All diese grausamen Geschichten ...» Margaretha hoffte, der Mann würde sie beruhigen, aber er nickte bloß.

«Sie sind alle wahr», behauptete er, «die Schweden sind durch ganz Deutschland gezogen und haben hart gekämpft, sie sind wütend und rachsüchtig. Sie plündern und stehlen und machen ganze Gehöfte dem Erdboden gleich. Keine Frau ist vor ihnen sicher, und Männer werden sofort umgebracht!»

Karl geriet in Bewegung.

«Adelheid», rief er, «ich kann es nicht länger verantworten, dich und unsere Kinder diesen Gefahren auszusetzen. Wir fliehen noch heute!»

«Margaretha», Adelheid wandte sich an ihre Schwester, «Karl hat recht. Die Lage ist wirklich ernst!»

«Du und Karl und die Kinder, ihr müsst gehen», entgegnete Margaretha, «aber ich bleibe. Maurice wird mich hier suchen.»

«Nimm Vernunft an, bitte!»

«Ich bleibe. Außerdem, hast du bedacht, was aus Bernada werden soll?»

Adelheid wurde blass.

«Wir haben keinen Wagen», sagte sie.

«Im Dorf gibt es Wagen!», rief Karl dazwischen.

«Ach was», fuhr Margaretha ihn an, «ich schwöre Ihnen, dass Sie nicht einmal mehr einen zweirädrigen Karren finden!»

«Aber ich kann sie doch nicht tragen», jammerte Karl, der ungeahnte Zumutungen für sich voraussah. «Sie ist zu schwer, und ich muss schon Emiliana tragen, wenn Adelheid Johanna nimmt!»

«Selbst ein Pferd wird nicht zu bekommen sein», meinte der fremde Mann bekümmert.

«Bitte, nehmt doch keine Rücksicht auf mich», bat Bernada, «ich fühle mich ohnehin zu schwach für eine Flucht. Lasst mich zurück. Selbst die Schweden werden einer gelähmten Frau nichts antun.»

«Du bleibst ja nicht allein», erwiderte Margaretha. «Wir warten hier auf Maurice!»

Sofort erklärten auch Dana und Anna, sie wollten bleiben. Adelheid fand sich schließlich ihrer Kinder wegen bereit, den Hof zu verlassen.

«Vielleicht werden wir beide nun für alle Zeiten auseinander gerissen», sagte sie traurig zu Margaretha.

«Aber nein. Irgendwann treffen wir uns wieder. Dieser Krieg kann nicht ewig dauern, und wir werden ihn überstehen.»

Adelheid lächelte ohne rechte Zuversicht. Sie und ihre Schwester hatten einander nie richtig verstanden, doch Adelheid bewunderte Margaretha und fühlte sich in ihrer Nähe geborgen. Am Morgen des 23. April brach Adelheids Familie zusammen mit dem Küchenmädchen und den Flüchtlingen von der Donau auf. Sie führten nur wenige Habseligkeiten mit sich. Sie trugen ihre jüngsten Kinder und hatten sich Körbe mit Nahrungsmitteln, mit Decken und Kleidern auf den Rücken geschnallt. Karl trug sein letztes Geld im Saum seiner Jacke eingenäht und hatte ein scharfes Messer bei sich, um sich gegen Überfälle verteidigen zu können. In einem langen, schwer beladenen Zug stapften sie davon. Es regnete, die Kinder weinten und niemand wusste, welche ungewisse Zukunft vor ihnen liegen mochte.

12

Es wurde sehr einsam und still auf dem Sarlach-Hof, nachdem dort keine Kinder mehr spielten, Adelheid nicht mehr schimpfte und Karl seine Wut nicht mehr durch das Haus brüllte. Es lebte niemand mehr dort als vier Frauen, eine Katze und drei Hühner. Dass der Frühling kam, die Bäume wieder grün wurden und die Vögel zwitscherten, vermochte nichts an der ausgestorbenen Stille zu ändern, die über dem alten Gemäuer lastete.

Bernada und Anna saßen von morgens bis abends auf der schmalen Bank neben der Haustür, die von der Sonne beschienen wurde. Margaretha und Dana kümmerten sich um alles im Haus, hielten die Fußböden sauber, versorgten die Hühner und kochten aus den kärglichen Vorräten, die sich schon bedenklich ihrem Ende zuneigten, armselige Mahlzeiten. Margaretha bemühte sich, ständig beschäftigt zu sein, doch zwischen ihren Arbeiten rannte sie oft die steilen Treppen bis zur Dachkammer hinauf, um von dort aus das Land zu überblicken.

Einmal gingen Margaretha und Dana ins Dorf, aber sie trafen niemanden auf der Straße und sahen nur in zwei Häusern hinter den Fenstern misstrauische Gesichter. Der größte Teil der Einwohner war bereits geflohen. Margaretha fand es schrecklich, dass sie auf dem Hof so völlig abgeschnitten von der Außenwelt lebten.

An einem Abend im Mai begannen die Geschehnisse sich zu überstürzen. Margaretha kam gerade aus dem Hühnerstall, als sie einige Gestalten über die Wiesen auf den Hof zurennen sah. Sie erkannte drei Frauen und zwei Männer, alle ganz außer Atem und sichtlich am Ende ihrer Kräfte. Sie liefen auf Margaretha zu, die im letzten Moment eine der

Frauen, die ohnmächtig zu werden drohte, in ihren Armen auffangen konnte. Die Gesichter dieser Menschen waren entstellt von Angst und Erschöpfung.

«Die Schweden», stieß der jüngere der beiden Männer hervor, «die Schweden sind da!»

«Wo sind sie?», fragte Margaretha bebend.

Der Mann wies hinter sich.

«In unserem Dorf sind sie. Wir konnten als Einzige entkommen. Sie foltern die anderen zu Tode!»

Die Frau, die beinahe ohnmächtig geworden wäre, stieß einen klagenden Laut aus: «Mein Mann, meine Kinder!», rief sie. «Ich habe sie verbrennen sehen!»

«Viele haben sie aufgehängt», flüsterte die zweite Frau heiser. Ihre Augen glänzten fiebrig. «Und im Brunnen ertränken sie die Kinder …»

«Aus den Häusern haben wir Schreie gehört», fuhr ein Mann fort, «das klang nicht mehr, als seien es Menschen, die dort gequält wurden. Die Soldaten haben …»

«Nein, hören Sie auf!» Margaretha fuhr sich mit der Hand über die schweißnasse Stirn. Die Frau mit den fiebrigen Augen fiel bewusstlos zu Boden. Der ältere Mann kauerte neben ihr nieder.

«Wir haben die Hölle gesehen», murmelte er. «Hören Sie», er sah zu Margaretha auf, «ich beschwöre Sie: Fliehen Sie, fliehen Sie, solange noch ein Funken Leben in Ihnen ist! Sie sterben tausend Tode, wenn Sie bleiben!»

«Kommen Sie erst einmal ins Haus», sagte Margaretha, «Sie müssen sich stärken!»

In der Küche kam die ohnmächtige Frau wieder zu sich. Sie und die anderen wurden mit kaltem Wasser und mit Brot bewirtet, aber sie aßen kaum etwas, sondern blickten unruhig um sich und zuckten bei jedem fremden Geräusch zusammen. Besonders die drei Frauen drängten immer wieder zum Aufbruch. Obwohl sie jetzt schon am Ende ihrer Kräfte waren, wollten sie nicht länger verweilen.

Margaretha erfuhr, dass das überfallene Dorf noch einige Meilen vom Sarlach-Hof entfernt lag. Sie rechnete aus, dass sie noch etwa zwei Tage in Sicherheit sein könnten. Nach wie vor war sie entschlossen zu warten, aber sie drängte Dana, mit den Bauersleuten fortzugehen. Doch diese weigerte sich.

«Ich bleibe hier», sagte sie, «ich habe schon andere Sachen mit Ihnen durchgestanden, Frau Gräfin.»

Der alte Mann schlug hastig ein Kreuz.

«Heilige Mutter Gottes», murmelte er, «schütze das unwissende Kind vor diesem grausamen Tod!»

Die Flüchtlinge brachen gleich nach dem Essen wieder auf. Sie legten Margaretha noch einmal nahe mitzukommen, aber diese schüttelte den Kopf. Das Entsetzen in den Augen der Bauern schnürte auch ihr die Kehle zu, aber sie wollte nicht gehen. Sie blieb, wegen Bernada und wegen Maurice.

Wieder senkte sich Stille über den Hof, noch unheimlicher jetzt, da sie die Feinde so nah wussten. Am Abend rückte Margaretha drei Betten in ihr Zimmer, damit sie auch nachts beieinander wären. Sie sprachen kaum, doch jede lag wach und lauschte hinaus. Aber alles blieb ruhig.

Am nächsten Morgen ging Margaretha immer wieder an der verfallenen Hofmauer auf und ab, um Ausschau zu halten. Nach jeder erfolglosen Patrouille kehrte sie mit zusammengebissenen Zähnen ins Haus zurück. Ihre Nerven wurden deutlich schlechter. Im Spiegel sah sie ihr blasses, erschöpftes Gesicht, und als sie in der Küche das Mittagessen zubereiten wollte, merkte sie, dass ihre Hände zitterten. Leise fluchend warf sie das Messer fort und stützte sich schwer auf den Tisch.

Ach, Maurice, dachte sie, komm doch bitte bald! Ich habe so schreckliche Angst!

Wieder wurde es Abend. Bernada, Anna und Dana gingen schlafen, Margaretha machte noch eine Runde durchs Haus, um sich zu vergewissern, dass alle Türen verriegelt waren. Gerade rief sie lockend nach Lilli, als sie ein leises Pochen an der Haustür hörte. Im ersten Augenblick glaubte sie an eine Einbildung, doch dann wiederholte sich das Geräusch, etwas lauter und drängender diesmal. Eine Gänsehaut überlief Margarethas ganzen Körper. Bewegungslos vor Entsetzen blieb sie stehen, in ihren Ohren summte es, die Kerze, die sie in der Hand hielt, flackerte bei jedem Atemzug. Dann vernahm sie leise Schritte auf der Treppe. Sie fuhr herum, doch es war nur Anna. Trotz der Aufregung hatte sie nicht vergessen, ihren Schleier anzulegen.

«Jemand ist an der Tür», flüsterte sie.

«Ja.» Margaretha bemühte sich, nicht hysterisch zu werden. Sie zitterte erbärmlich.

«Schweden», sagte sie. Anna schüttelte den Kopf.

«Die würden nicht so zaghaft anklopfen», meinte sie. Wieder erklang das Pochen. Margaretha starrte Anna an.

«Natürlich nicht», sagte sie mit vor Erleichterung bebender Stimme, «natürlich sind das keine Schweden. Dann kann es nur ...»

Sie machte kehrt und rannte, gefolgt von Anna, den Gang entlang. An der Tür blieb sie stehen.

«Wer ist da?», flüsterte sie. Eine gedämpfte Stimme antwortete ihr:

«Margaretha? Mach schnell auf!»

Es musste Maurice sein! Mit ungeschickten Fingern hantierte sie an dem eisernen Riegel. Endlich gab er nach, sie riss die Tür auf, trat einen Schritt vor und zuckte gleich darauf zurück.

Vor ihr stand Richard!

Beide sahen sich einen Augenblick lang wie gebannt an, dann zog Richard seinen Hut und verbeugte sich tief.

«Meine Verehrung, Frau Gräfin», sagte er, «darf ich eintreten?»

Margaretha machte ihm Platz, und Richard schloss die Tür hinter sich. Er wartete einen Moment, doch Margaretha war sprachlos vor Überraschung.

«Nun», meinte er schließlich, «eine so stürmische Begrüßung hatte ich gar nicht zu erhoffen gewagt!»

«Oh, entschuldige», entgegnete Margaretha, «aber ich begreife wirklich nicht, wie du ... ich meine, ich habe dich überhaupt nicht erwartet!»

«Natürlich nicht. Ich hatte auch nicht geplant, hierherzukommen. Aber meine Lage wurde kritisch, und ich brauchte ein Versteck.»

«Du ... bist doch nicht in Graf Tillys Heer?»

«Nein, aber ich sollte ihm eine Botschaft überbringen. Ich fand ihn jedoch sterbend. Er wurde bei Augsburg verwundet.»

«Er ist jetzt tot?»

«Ja. Und ich stecke hier im Schlamassel. Fast hätte mich ein Schwedentrupp erwischt!»

«Seit wann kämpfst du aufseiten der Katholischen Liga und des Kaisers?»

Richard lächelte ironisch.

«Ich bin ein Überläufer, das weißt du doch», erwiderte er, «ich wurde katholisch und kaisertreu. Ob das so geschickt war, bezweifle ich allerdings mittlerweile.»

Er legte seinen Hut auf einen Stuhl und nahm seinen Mantel ab, unter dem er einen eisernen Brustpanzer trug.

«Margaretha», sagte er zärtlich, «langsam könntest du wieder zu dir kommen. Ich bin da, und du stehst wie erstarrt und stellst belanglose Fragen!»

«Entschuldige», entgegnete Margaretha und drehte sich zu Anna um. «Anna, Baron Tscharnini ist ein Bekannter aus Prag. Bitte, sieh nach, ob noch etwas zu essen da ist!»

Anna verschwand. Richard blickte ihr interessiert nach. Ihre zarte Gestalt und der Spitzenschleier erregten seine Aufmerksamkeit. Mit seinem untrüglichen Gespür für alles, was Frauen betraf, vermutete er eine Schönheit hinter der Maske. Unwillkürlich setzte er sein Verführerlächeln auf. Er hat sich nicht verändert, dachte Margaretha. Seit dreizehn Jahren nicht. Er ahnt natürlich nichts von Annas Krankheit. Er sieht alle Frauen an, als würde er am liebsten noch dieselbe Nacht in ihrem Bett verbringen.

Sie erwartete, Eifersucht und Kränkung zu fühlen, aber verwundert bemerkte sie, dass ihr Herz kein bisschen schneller schlug. Voller Erstaunen begriff sie, dass er wirklich keinen Reiz mehr auf sie ausübte.

Natürlich wusste sie noch genau, wie viel sie für ihn empfunden hatte, aber sie betrachtete ihre Gefühle inzwischen mit lächelnder Überlegenheit. Richard sah wunderbar aus, an diesem Abend fast noch besser als früher. Jede einzelne seiner Gesten, jedes Wort, jeder Blick wirkten verführerisch. Aber zum ersten Mal empfand Margaretha den schönen Mund als unangenehm, ebenso wie sein Lächeln und seine blitzenden Augen. Alles an ihm erschien ihr unecht und übertrieben. Richard liebt sich selbst weit mehr, als es einem Menschen gut tun konnte, und das war ihm anzusehen. Merkwürdig, dass sie das bisher nie bemerkt hatte.

«Sind die Schweden schon nah?», fragte sie. Sie lächelte jetzt, und ein Gefühl der Stärke durchflutete sie. Diese Begegnung, die ihr früher unendlich viel bedeutet hätte, blieb heute bedeutungslos.

«Ein großer Trupp lagert zwei Dörfer weiter», antwortete Richard, «aber ich fürchte, dass der Weg nach München abgeschnitten ist. Irgendwie muss es mir gelingen, an ihnen vorbeizukommen.»

«Aber erst morgen», sagte Margaretha, «du bist sicher sehr müde.»

Richard sah sie nachdenklich an.

«Du hast dich verändert», meinte er, «du bist so erwachsen geworden.»

«Es sind sieben Jahre vergangen, seit wir uns zuletzt sahen. Woher wusstest du, wo ich bin?»

«Von Luzia. Du erinnerst dich an sie? Und sie wusste es von Lavany, den sie irgendwann einmal traf.»

«Luzia! Natürlich erinnere ich mich! Wie geht es ihr?»

«Sie hat vor fünf Jahren geheiratet und lebt immer noch in Prag.»

«Wirklich? Wen hat sie geheiratet?»

«Ach, du kennst ihn nicht. Einen adeligen Langweiler, dem es aber immerhin gelungen ist, seinen Besitz durch Aufstand und Niederlage hindurch zu retten. Ich glaube, sie ist glücklich mit ihm.»

«Wie schön! Und Friedrich?»

«Er lebt bei den beiden. Er wird wohl nie heiraten. Eine Zeit lang hatte ich den Eindruck, er würde dich verehren, aber als du Lavany heiratetest … Wo ist er überhaupt? Noch in Belefring?»

«Nein. Er ist ganz in der Nähe. Eigentlich kann er jeden Augenblick hier auftauchen!»

Richard verzog spöttisch die Lippen.

«Wie unangenehm», meinte er. «Im Ernst, er ist in Bayern?»

«Ja. Ich warte auf ihn, und dann gehen wir fort.»

«Nun, diese Entwicklung muss recht neu sein. Früher hast du auf alles Mögliche gewartet, aber nie auf Maurice Lavany!»

«Richard, ich will mit dir nicht über Maurice sprechen. Sag mir lieber, wie es Sophia geht!»

Richard seufzte.

«Es geht ihr gut», antwortete er ungeduldig. Er ging an Margaretha vorbei und spähte in den Salon.

«Müssen wir hier im Gang stehen bleiben?»

«Nein.» Margaretha zündete mit ihrer Kerze einige Lichter an und setzte sich auf ein Sofa. Richard sank in einen Sessel.

«Mein Gott, war das ein Tag», murmelte er. «Liebste, du begreifst wohl nicht, dass ich heute knapp dem Tode entronnen bin!»

«Wirklich? War es so schlimm?», fragte Margaretha. Sie bemerkte selbst, wie uninteressiert das klang und nahm sich zusammen.

«Entschuldige», sagte sie, «ich bin nicht sehr freundlich.»

Richard musterte sie schweigend.

«Du warst früher so leicht zu durchschauen», meinte er dann, «aber jetzt bist du es nicht mehr. Im Augenblick komme ich nicht dahinter, ob du mühsam die Aufregung verbirgst, die mein Besuch dir bereitet, oder ob du wirklich … gleichgültig bist!»

«Ach, Richard», Margaretha lächelte müde und sanft, «Richard, ich fürchte, es ist Gleichgültigkeit. Du hast recht, ich habe mich verändert. Ich bin älter geworden. Und ich liebe dich heute nicht mehr!»

«Aha», antwortete Richard. Er fühlte sich sichtlich gedemütigt.

«Ich erinnere mich an eine Zeit», sagte er böse, «da konntest du es kaum erwarten, von mir in die Arme genommen zu werden. Du hast damals allen Anstand über Bord geworfen …»

«Über den Sommer auf Schloss Tscharnini solltest du nicht in diesem Ton sprechen», entgegnete Margaretha, «denn er war schön. Aber ich betrachte ihn als eine Episode in meinem Leben, die vorbei ist. Ach, Richard», sie stand mit einer heftigen Bewegung auf, «warum bist du gekommen? Was willst du denn noch von mir?»

Auch Richard erhob sich.

«Es tut mir leid», sagte er mit veränderter Stimme, «ich habe wohl einiges falsch eingeschätzt. Ich dachte, deine Gefühle seien dieselben wie früher.»

«Wie kannst du das denken? Wie kannst du glauben, ich sei eine beliebig benutzbare Sache, bereit, dir zu gehören, wenn du es willst und ebenso bereit zurückzutreten, wenn du es dir einmal anders überlegst! Worauf baust du dieses Bewusstsein? Auf deine Schönheit? Du bist ein unglaublich gut aussehender, starker, aufregender Mann, aber ich, und das wirst du nun begreifen müssen, ich bin nicht ewig das kleine Mädchen, das sich von schwarzen Augen um den Verstand bringen lässt!»

«Ja, das merke ich», erwiderte Richard. Er sah überraschend erschöpft und angegriffen aus. «Du rächst dich grausam», sagte er, «denn ich liebe dich wirklich, Margaretha.»

Margaretha empfand keinen Triumph. Der Tag lag viele Jahre zurück, an dem sie schluchzend, gedemütigt, wütend und todtraurig auf ihrem Bett lag und nur dachte: Ich will es ihm heimzahlen! Eines Tages soll er kommen und mich wollen, und dann werde ich ihn von mir weisen!

Zwölf Jahre später konnte sie es ihm nun heimzahlen, aber sie fühlte keine Freude dabei, sondern nur einen Anflug von Mitleid.

«Ich darf aber bis morgen hier bleiben?», fragte Richard. «Ich kann heute keinen Schritt mehr gehen.»

«Natürlich», antwortete Margaretha, «du kannst bleiben, so lange du möchtest.»

Richard trat zum Fenster.

«Es ist nicht weit von hier», meinte er, «wo wir uns zum ersten Mal trafen. Ein Augustnachmittag, und wir waren beide sehr jung. Wir waren überwältigt und wollten nur …»

«Sei ruhig, bitte. Versuch nicht, mich traurig zu stimmen. Wir gehören nicht zusammen, Richard. Du hattest nur das Glück, mich in einer Zeit zu treffen, da ich mich gegen alles und jeden auflehnte und zugleich so unsicher fühlte. Ich wollte jahrelang so sein wie du. So rücksichtslos, frech, schön und beherrschend, so fähig zum Verdrängen, ganz gleich, ob ringsum die Welt untergeht. Aber so bin ich nicht. Und ich werde nie so sein.»

Richard nickte langsam. Die Kerzen beleuchteten zuckend sein Gesicht. Margaretha schloss für einen Moment die Augen.

Sie fand in dieser Nacht wenig Schlaf und stand schon früh wieder auf. Im grauen Morgennebel sah die Welt trostlos und gefährlich aus. Margaretha fror, als sie in die Küche ging. Ein nervöses Kribbeln erfüllte ihren Körper, eine Mischung aus Spannung und Angst, hervorgerufen durch die bedrohliche Lage, in der sie sich befand und durch die Aufregung wegen Richard. Später gesellte sich Dana zu ihr. Ihr war nichts mehr von ihrer Munterkeit anzumerken.

«Ich habe schreckliche Angst», gestand sie, «Frau Gräfin, wir sollten fliehen. Anna hat mir erzählt, dass Herr von Tscharnini hier ist. Er könnte Ihre Schwester tragen, und wir anderen …»

«Geht ihr nur, Dana. Aber ich bleibe. Ohnehin ist es für mich unmöglich, jetzt ausgerechnet mit Richard zu fliehen. Maurice müsste doch glauben …»

Dana sah sie neugierig an.

«Was empfinden Sie denn?», fragte sie. «Nun, wo er da ist?»

Margaretha lachte auf.

«Ob du es mir glaubst oder nicht», sagte sie, «ich fühle nichts mehr für ihn. Wirklich», sie erhob sich schwungvoll, «ich warte nur auf Maurice!»

Richard schlief bis in den Nachmittag. Als er endlich herunterkam, sah er wesentlich erholter aus als am Abend zuvor, wirkte aber sehr nervös.

«Ich habe zu lange geschlafen», sagte er, «zum Teufel, ich sollte längst fort sein!»

«Vielleicht ist es besser, im Dunkeln zu fliehen», antwortete Margaretha. Richard starrte sie an.

«Ich hätte nicht herkommen dürfen», sagte er heftig. Margaretha brauchte ihm nicht zu antworten, denn Anna kam herbei.

«Gnädige Frau», sagte sie teilnahmslos, «Sie sollten einmal aus dem Giebelfenster sehen, um uns herum brennt es überall.»

«Was sagst du da?» Nebeneinander jagten Margaretha und Richard die Treppen hinauf. Entsetzt blickten sie hinaus. In drei Himmelsrichtungen färbte sich der Himmel hinter den Wäldern glutrot, stieg grauschwarzer Rauch zu den Wolken auf. Ganze Dörfer, Wiesen und Felder mussten dort in Flammen aufgehen. Margaretha schnappte nach Luft.

«O nein!», schrie sie. «O nein, die Schweden. Sie brandschatzen und morden! Sie sind überall, Richard, sie sind vor uns und hinter uns und neben uns! Um Gottes willen, es gibt keinen Weg mehr!»

«Verdammt», sagte Richard, «verdammt! Mein Fluchtweg nach Süden ist abgeschnitten. Oh, verflucht», er schlug die Hände vors Gesicht, «warum bin ich nicht heute Nacht geflohen?» Er sah auf. «Nur deinetwegen. Um dich zu sehen und wiederzufinden. Und ich habe nur eine Fremde angetroffen, meine Margaretha als Fremde …»

«Gib mir nicht die Schuld», fuhr Margaretha ihn an, «ich wollte nicht, dass du kommst! Und darüber sollten wir jetzt auch nicht sprechen. Da draußen geht die Welt unter, und Maurice», sie schluchzte plötzlich auf, «Maurice kann nicht zu mir gelangen. Sie werden ihn töten!»

Richard ließ einen schnellen Blick nach draußen gleiten. «Nach Westen ist der Weg frei», sagte er, «in einem großen Bogen könnten wir nach Süden kommen!»

«Der Weg führt aber durch das Moor», erwiderte Margaretha verzweifelt.

«Kennst du dich dort aus?», fragte Richard.

«Ein bisschen. Vielleicht könnte ich dir einen Weg zeigen.»

«Margaretha», Richard packte sie an beiden Schultern, «du zeigst mir nicht nur den Weg, du kommst mit. Und die anderen auch. Ihr könnt nicht länger bleiben!»

«Doch.»

Er schüttelte sie heftig.

«Du hast selber gesagt, dass Maurice nicht mehr kommen kann. Die Feinde haben den Hof fast völlig umzingelt. Du stirbst, wenn du bleibst!»

«Lass mich los!»

«Ich werde dich notfalls mit Gewalt fortschleppen. Aber ich lasse dich hier nicht zurück!»

«Du hast mich doch oft genug verlassen», schrie sie, «warum nicht auch jetzt? Geh doch und begreife endlich, dass mir nichts mehr an dir liegt. Und dass ich lieber hier sterbe, als Maurice noch einmal zu verraten!»

Richard wich zurück. In ihrem schneeweißen Gesicht, an ihren bebenden Lippen erkannte er eine unbesiegbare Entschlossenheit.

Ich liebe sie, dachte er, sie würde es mir nie glauben, aber von allen Frauen, die ich kannte, liebe ich nur sie. Ich gäbe alles dafür, sie jetzt haben zu können.

Eine solche Sicherheit lag in dieser Erkenntnis, dass sie ihn mit Schmerz erfüllte. Erst jetzt, da Margaretha für ihn unerreichbar war und er dem Tod so nahe stand wie nie zuvor, begriff er, was sie ihm wirklich bedeutete.

Er richtete sich auf. Sie sollte sein Leid nicht sehen.

«Du würdest mir trotz allem den Weg zeigen?», fragte er.

«Ja», entgegnete Margaretha, «komm mit.»

Sie gingen wieder hinunter, wo Dana mit erschrockenen Augen stand.

«Sind wir verloren?», wollte sie wissen.

«Keine Angst», meinte Richard leichthin, «ihr habt noch ein wenig Zeit.»

«Dana, ich werde Richard den Weg durch das Moor zeigen», sagte Margaretha und griff nach ihrem Mantel, «ich bin bald zurück. Ihr wartet hier.»

«Ja, Frau Gräfin. Seien ... Sie vorsichtig, bitte.» Dana schlotterte vor Angst, aber sie versuchte, es tapfer zu verbergen. Margaretha lächelte ihr zu. Dann verließ sie, gefolgt von Richard, das Haus.

13

Es wurde viel schneller dunkel, als sie erwartet hatten. Erst die halbe Strecke des Weges durch das Moor hatten sie zurückgelegt, da fiel es ihnen schon schwer, den Boden unter ihren Füßen zu erkennen. Glücklicherweise hatten sich die Wolken verzogen, sodass der Mond sichtbar wurde und die Nacht erhellte.

Margaretha lief voran. Hinter sich hörte sie Richards Schritte und das leise Klirren seines Degens. Hin und wieder wandte sie sich zu ihm um, dann sah sie den Himmel hinter dem Sarlach-Hof gespenstisch dunkelrot erleuchtet. Vor ihnen breitete sich die Finsternis aus. Der schmale Pfad schlängelte sich zwischen Weiden, wuchernden Schlingpflanzen und dem braungrünen, schilfigen Sumpf hindurch, in dem es gluckerte, und dem ein modriger, feuchtwarmer Geruch entstieg. Margaretha spürte keine Unsicherheit, denn sie hatte diese unheimliche Gegend einmal mit Angela erkundet. Sie kannte den Weg, obwohl er sich immer wieder in viele Abzweigungen teilte. Richard hätte sich allein unweigerlich verlaufen müssen. Margaretha dachte, wie seltsam es sei, dass oft das Schicksal, das zwei Menschen verband, einem gleich bleibenden Gesetz folgte. Heute wie einst geriet sie, und diesmal willenlos, in die Lage, für Richard das Leben anderer aufs Spiel zu setzen. Wie ihm dies jedes Mal gelang, wusste sie nicht, aber genauso war es gewesen, als sie gegen Julius entschied und als ihr Kind starb. Gerade jetzt brachte sie abermals Menschen, die sie liebte, in Gefahr, denn während sie hier lief, erreichte Maurice vielleicht gerade den Hof, und er und die anderen waren gezwungen zu warten, obwohl keine Sekunde Zeit blieb. Sie musste sich beeilen, sie musste die letzte Kraft aus ihrem Körper herausholen.

Richard von Tscharninis Retterin, dachte sie, und die ersten Seitenstiche verliehen ihr noch mehr Entschlossenheit. Ohne mich hätte er schon 1621 auf dem Altstädter Ring sein Leben gelassen. Aber heute ist es das letzte Mal, mein Liebling!

Endlich erreichten sie das Ende des Moors, der Boden wurde sandiger und fester, vor ihnen lag ein trockener Kiefernwald. Margaretha blieb stehen. Ihr Atem raste, ihr Herz hämmerte. Die Hände in die schmerzenden Seiten gestützt, wartete sie ein paar Augenblicke darauf, wieder sprechen zu können.

«Jetzt musst du allein weiter», sagte sie schließlich, «ich glaube, es wird nun nicht mehr gefährlich.»

«Für mich nicht», erwiderte Richard, «aber für dich, wenn du zurückgehst. Das ist jetzt deine letzte Gelegenheit, Liebste. Wenn du mit mir kommst, werden wir das herrlichste Leben führen!»

Sie schüttelte den Kopf.

«Ich gehe zu Maurice. Für immer.»

«Du wählst das Alter und vielleicht sogar den Tod ...»

«Ich wähle Maurice. Es gibt nichts anderes für mich. Und ehe ich es vergesse ...» Sie griff in den Ausschnitt ihres Kleids und zog die Schnur mit dem Ring daran hervor.

«Hier. Ich gebe ihn dir zurück.»

Richard starrte den Ring an.

«Du hast ihn all die Jahre um deinen Hals getragen?»

«Jeden Tag und jede Nacht. Es ist keine Woche her, dass ich ihn ablegte. Und heute nahm ich ihn nur mit, um ihn dir zu geben.»

«Maurice hat nie etwas bemerkt?»

«Maurice wusste immer mehr, als ich dachte. Eigentlich wusste er alles. Aber gesagt hat er nichts.»

«Margaretha», sagte Richard, «ich werde dich nie vergessen, das schwöre ich. Ich werde dich immer vor mir sehen, wie du warst an dem Sommertag, als ich dich auf der blühenden Wiese traf ... du trugst dieses weiße Kleid, und dein blondes Haar fiel offen ...»

«Das ist alles lange her», entgegnete Margaretha, «seitdem ist alles anders geworden.»

«Ich wünschte, ich könnte mein Leben von jenem Tag an noch einmal beginnen. Ich würde nicht mehr so handeln, wie ich es tat.»

«Nun», sagte Margaretha lächelnd, «das beweist, dass du dich jedenfalls gebessert hast. Leb wohl, Richard. Ich wünsche dir alles Glück!» Sie küsste flüchtig seine Wange, und er schlang die Arme um sie und wollte sie an sich ziehen, doch sie machte sich frei und verschwand in der Dunkelheit. Es zuckte ihm in den Füßen, ihr nachzulaufen, sie nicht allein zu lassen. Mit ihr gemeinsam die Feinde und den Tod erwarten – ein heroischer Gedanke, doch er schob ihn beiseite. Margaretha hatte entschieden. Vor ihm lag sein eigenes Leben, und dies zu erhalten hatte er vorläufig genug zu tun, wenn er sich nach Böhmen durchschlagen wollte. Mit eiligen Schritten setzte er seinen Weg fort.

Margaretha rannte auf dem Rückweg schneller als zuvor. Eine noch stärkere Unruhe hatte sie ergriffen, die sie jede Vorsicht wegen des unsicheren Weges durch das Moor vergessen ließ. Die Strecke kam ihr viel länger vor, aber das mochte daran liegen, dass sie nun allein war und dass sie den Feuerschein vor Augen hatte, der von der Gnadenlosigkeit der Feinde kündete. Wenn sie nach Hause käme und Maurice wäre noch nicht da, was sollte sie dann bloß tun? Die anderen gingen nicht ohne sie, durfte sie dann noch länger zögern? Ach, wenn nur endlich der Hof in Sicht käme! Sie konnte doch kaum noch weiter. Sie bekam fast keine Luft mehr, zwischen den Rippen stach es höllisch, oft stolperte sie über ihre langen Röcke.

Bis zur Morgendämmerung, bis zur Morgendämmerung … wenn Maurice dann nicht da ist, brechen wir auf …

Die letzten Schritte aus dem Moor heraus legte Margaretha taumelnd zurück, dann stand sie am Fuß des Hügels, auf dem der Hof lag. Margaretha starrte zum Haus hin, zu dem riesigen schwarzen Gemäuer. In einem der Fenster flackerte eine Kerze. Mit letzter Kraft stieg sie den Hügel hinauf, und sie betete dabei: Lieber Gott, lass Maurice da sein, lass ihn bitte da sein!

Alle Türen waren verschlossen. Margaretha schlug mit der flachen Hand gegen die Haustür, bis sie endlich Schritte hörte. Dana erschien auf der Schwelle, mit lächelndem Gesicht. «Endlich, gnädige Frau», sagte sie, «wie gut, dass sie da sind. Graf Lavany wartet im Salon.»

«Dana, ist das wahr?» Schluchzend stolperte Margaretha an dem Mädchen vorbei ins Zimmer, wo Maurice am Kamin stand. Er drehte sich um, kam ihr entgegen, so ruhig und selbstverständlich, als habe es für niemanden je einen Zweifel geben können, dass er rechtzeitig da sein würde. Er nahm Margaretha in die Arme und wartete, bis sie sich ein wenig beruhigt hatte.

«Aber, Liebste», sagte er leise, «du rennst einfach irgendwo durch die Nacht, wenn ich komme, um dich zu holen?»

«Richard …», murmelte Margaretha. Maurice nickte.

«Ich weiß», entgegnete er, «Dana sagte es mir.»

«Ich musste ihm helfen. Ich konnte ihn einfach nicht im Stich lassen.» Margaretha hatte den Eindruck, als ahne Maurice, was seit gestern Abend geschehen war.

«Natürlich», sagte er, «du hast richtig gehandelt. Hör mir zu, leider müssen wir sofort aufbrechen und wieder über das Moor. Hältst du noch durch?»

«Mit dir noch eine Ewigkeit, wenn es sein muss!»

«Gut. Dann mach alles fertig.»

Kurz darauf verließen sie das Haus. Bernada wurde auf Maurice' Pferd gehoben und bekam den Hühnerkorb auf den Schoß. Margaretha wollte den Feinden nichts Lebendes ausliefern. Sie selber trug eine Tasche mit Kleidung und eine, in der Lilli saß. Auch Dana, Anna und Maurice hatten sich mit den notwendigsten Dingen beladen. In einem kleinen, eiligen Zug bewegten sie sich fort. Margaretha empfand keine Angst mehr.

«Ich weiß noch nicht ganz genau wie», sagte Maurice, «aber wir werden Böhmen erreichen und spätestens im Herbst sind wir in Belefring!»

Jeder glaubte dieser Prophezeiung.

Sie wichen den Schweden in einem weiten, südlichen Bogen aus. Es war keine leichte Reise, denn der Mai wurde plötzlich sehr heiß und trocken. Sie schleppten sich über die Feldwege, atmeten auf, wenn ein Waldstück vor ihnen auftauchte und schlossen in sekundenlanger Verzweiflung die Augen, wenn sich weite, baumlose Wiesen vor ihnen dehnten. Ständig trafen sie auf andere Flüchtlinge, es war, als sei das ganze Land in panischem Aufbruch. Überall rollten hochbeladene Wagen, wurden sogar Herden von Kühen, Schafen und Schweinen nach Süden getrieben. Am unangenehmsten fand Margaretha die Übernachtungen in den völlig überfüllten Wirtshäusern. Mit einem Dutzend fremder Frauen musste sie in einem viel zu kleinen, verwahrlosten Zimmer schlafen, eingequetscht zwischen Dana, Anna und Bernada, die verängstigte Lilli an sich gepresst, gestört von ständigem Wispern, Schimpfen und Streiten. Maurice verbrachte die Nächte im Stall, denn das Pferd und die Hühner durften keinen Moment allein gelassen werden, sonst wären sie sofort gestohlen worden. Margaretha wäre gerne bei ihm gewesen, aber es gab ohnehin zu wenig Stallraum, sodass die Wirte selbst Maurice dort nur brummend duldeten. Zum Schlafen hatte er bestimmt den besseren Ort gewählt; kein Pferd und kein Huhn konnte so andauernd kreischen wie die Frauen, wenn sie sich um die guten Schlafplätze zankten. Dabei war es ihnen ganz gleich, ob sie eine Gräfin Lavany beschimpften oder eine Magd. In diesen Zeiten zählten nur noch körperliche Kraft und Schlagfertigkeit. Auf die gelähmte Bernada wenigstens nahmen sie Rücksicht, Anna mit ihrem schwarzen Schleier wurde jedoch unverhohlen angestarrt. Eines Abends trat eine der Frauen auf sie zu.

«Ich will doch mal sehen, mein Täubchen, was du Hübsches hinter diesen Spitzen verbirgst», sagte sie und riss auch schon den Schleier herab.

Anna schlug zwar sofort die Hände vors Gesicht, doch die Alte hatte genug gesehen.

«Ha!», schrie sie. «Seht nur, seht nur, die Pocken! Die Pocken hat sie gehabt, das kleine Ding, die Pocken!»

Die übrigen Frauen kreischten auf. Dana erhob sich und ohrfeigte die Bäuerin, woraufhin sich beinahe ein Zweikampf entsponnen hätte, wenn nicht die Wirtin ins Zimmer gestürzt und dazwischengetreten wäre. Anna verkroch sich von diesem Abend an noch mehr, und Margaretha sehnte sich nach der Ruhe Belefrings. Niemals hätte sie geglaubt, einmal solches Heimweh nach Böhmen zu haben und nach den freundlichen, gelassenen Menschen, die dort lebten.

Sie näherten sich bereits Regensburg, als sie in einem Wirtshaus hörten, Herzog Maximilian halte sich in dieser Stadt auf.

Maurice wurde sehr unruhig.

«Maximilian in Regensburg», sagte er, «ich würde ihn gerne treffen. Wir haben schon viel zusammen durchgestanden, und er ist in einer schwierigen Lage. Vielleicht braucht er Hilfe.»

«Du kannst ihn ja aufsuchen, wenn wir Regensburg erreichen», meinte Margaretha.

«Wir werden nicht nach Regensburg kommen», erklärte Maurice, «wir halten uns vorher schon scharf nach Osten. Gar nicht weit von hier wimmelt es von Schweden, denn Gustav Adolf hat Landshut gekreuzt.»

«Musst du den Herzog unbedingt sehen?»

«Ich gehörte zu seinen engsten Vertrauten. Ich möchte mich nicht davonstehlen, ohne ihm noch einmal meine Dienste anzubieten. Verstehst du das?»

«Ja, natürlich. Aber …»

Maurice verfolgte offenbar schon einen genauen Plan.

«Wenn ihr hier wartet», sagte er, «in diesem Wirtshaus, dann kann euch nichts geschehen: Es wird nicht lange dauern, bis ich in Regensburg und wieder zurück bin. Oder hast du Angst?»

«Nein», erwiderte Margaretha, «um mich nicht. Aber um dich. Du musst doch irgendwie an den Schweden vorbeikommen.»

«Ich werde schon vorsichtig sein. Mich kriegen sie nicht. Aber wenn du Angst hast, musst du es mir wirklich sagen!» Er sah sie ernst an. «Du bist mir wichtiger als alles andere. Wenn du es nicht willst, dann gehe ich nicht!»

Margaretha bemühte sich, ein nicht allzu verzagtes Gesicht zu machen.

«Natürlich wünschte ich, du bliebest», sagte sie, «aber ich verstehe, weshalb du fort willst. Versprich mir nur, dass du gut auf dich achtgibst!»

Schon am nächsten Tag brach Maurice auf. Er wusste um die Gefahren dieser Reise, aber er konnte seine Freundschaft und Loyalität zu Herzog Maximilian nicht einfach vergessen. Zu lange hatte er am Krieg und an der Politik teilgenommen, um nun heimlich und leise zu verschwinden.

Margaretha blieb mit Dana, Bernada und Anna in einem hübschen Wirtshaus zurück, in dem sie sich fast wohl fühlten, da nur wenige Flüchtlinge in diese Gegend geflohen waren. Der freundliche Wirt stellte ihnen sein schönstes Zimmer zur Verfügung. Margaretha merkte, wie gut ihnen allen diese Reiseunterbrechung bekam. Am erschöpftesten sah Bernada aus, die nie geklagt hatte, nun aber zwei Tage hintereinander schlief. Auch die anderen erholten sich, brachten ihre Kleider in Ordnung und schliefen morgens lange. Margaretha aber fühlte die ganze Zeit eine ständige Unruhe. Sie versuchte sich einzureden, dass sie sich keine Sorgen zu machen brauchte. Maurice hatte bisher jede Notlage und Gefahr gut überstanden. Er war jetzt neunundfünfzig Jahre alt und wie lange dieser elende Krieg auch noch dauern würde, Maurice wäre kaum noch daran beteiligt. Mit ihrer Rückkehr nach Böhmen würde für ihn ein neues Leben beginnen. Diese Zukunft sah Margaretha mit einem Mal ganz deutlich vor sich: Endlose, glückerfüllte Sommer auf Belefring mit Maurice, Winterwochen in Prag mit ihren Freunden, die wie sie selbst älter geworden waren und ihr verzeihen würden. Und sie würde Kinder haben, endlich viele Kinder, die Belefring bevölkerten, bewacht von Dana und Anna. Ihr Leben sollte nach achtundzwanzig Jahren erst wirklich beginnen.

Margaretha besprach ihre Träume oft mit Bernada, denn diese, so hatte sie beschlossen, sollte mitkommen nach Böhmen. Die Schwester freute sich darüber.

«Das wird viel lustiger als bei Adelheid», sagte sie, «aber irgendwann einmal müssen wir sie besuchen und sehen, ob sie gesund auf ihren Hof zurückkehren konnte.»

Dazu war auch Margaretha entschlossen. Sie fühlte sich so stark und bereit, für jeden zu sorgen. Nur Maurice musste bald kommen! Sie wartete und wartete, Stunde um Stunde am Fenster ihres Zimmers oder auf der Wiese hinter dem Haus unter einem schattigen Baum. Die Tage verrannen, diese sommerlich heißen Maitage, in denen General Wallenstein Prag von den Sachsen befreite, der größte Teil des bayerischen Landes verwüstet unter der Sonne lag und der schwedische König seinen triumphalen Einzug in München hielt. Die zweite Woche bereits war seit Maurice' Abreise vergangen, und in Margaretha breitete sich eine kalte Angst aus, gegen die sie sich verzweifelt wehrte. Bernada und Dana versuchten sie abzulenken, doch das gelang ihnen immer schlechter. Vom ersten bis zum letzten Sonnenstrahl blieb Margaretha draußen und hielt Ausschau. Nach drei Wochen, Anfang Juni, begann sie panisch zu werden.

«Ich muss nach Regensburg», sagte sie verzweifelt. «Dana, er braucht mich. Irgendetwas ist nicht in Ordnung!»

Das glaubte Dana inzwischen auch, aber sie hielt eine Reise für zu gefährlich. Jeden Tag hielt sie ihre Herrin erneut zurück, stritt und kämpfte mit ihr. An einem Sonntag, es war noch sehr früh, vernahm Margaretha plötzlich Hufgetrappel. Schnell trat sie zum Fenster, doch sie sah nicht Maurice, sondern einen sehr jungen Mann, der von seinem Pferd sprang und im Inneren des Gasthauses verschwand. Margaretha kümmerte sich nicht weiter darum, sie hielt ihn für einen Reisenden, bis sie plötzlich Danas Stimme vernahm, die laut und aufgeregt nach ihr rief. Schnell angelte sie nach ihren Schuhen, eilte aus dem Zimmer und die Treppe hinunter. In der niedrigen Schankstube standen der Wirt, Dana und der junge Mann.

«Gnädige Frau, er kommt vom Grafen!», rief Dana schrill.

«Sie bringen Nachricht von Graf Lavany?», fragte Margaretha aufgeregt.

«Ja. Sind Sie die Gräfin Lavany?»

«Die bin ich. Schnell, reden Sie! Ist etwas geschehen?»

«Nun, der Graf schickt mich», begann der Mann zögernd, «er liegt in Landshut ...»

«Liegt?», riefen Margaretha und Dana gleichzeitig. Der Mann trat verlegen von einem Bein auf das andere.

«Ja ... er gab mir Goldstücke, damit ich hierherreite. Er lässt Ihnen sagen ...»

«Berichten Sie doch erst, was mit ihm los ist!», fuhr Dana ihn an.

«Es ist das Herz. Er hat Schmerzen und Fieber, und oft redet er wirr. Er liegt in dem Gasthaus meines Vaters, und deshalb hat er mich zu Ihnen geschickt.»

«O Gott, nein!» Margaretha schlug beide Hände vor das Gesicht und sank auf einen Stuhl, den ihr der Wirt rasch zuschob. «Ich wusste, dass etwas passiert ist. Oh, Dana, Dana, was soll ich tun? Was soll ich denn nur tun? Ach, ich muss sofort zu ihm!» Sie sprang auf. Ihre Hände zitterten, aber sie versuchte, wenigstens ihre Stimme zu beherrschen.

«Sie müssen mich zu ihm bringen», sagte sie zu dem Mann. Dieser zögerte.

«Der Herr Graf wollte das nicht», meinte er, «ich sollte Ihnen sagen, Sie möchten weiterreisen, und er käme nach, sobald es ihm besser gehe.»

«Weiterreisen? O nein, da irrt er sich. Ich werde noch heute zu ihm aufbrechen.»

«Aber ich weiß nicht ...», murmelte der Mann wieder. Margaretha sah ihn zornig an.

«Sie bringen mich zu ihm», verlangte sie heftig, «ich gebe Ihnen, was Sie wollen ... hier», sie streifte ihr Armband ab und drückte es dem Mann in die Hand, «nehmen Sie das. Sie kriegen noch tausendmal mehr, aber führen Sie mich zu Graf Lavany!»

Der Mann nickte, überwältigt von dem kostbaren Geschenk. Dana griff nach Margarethas Hand.

«Überstürzen Sie nichts», bat sie, «warum tun Sie nicht, was der Graf möchte? Vielleicht geht es ihm gar nicht so schlecht!»

«Aber, Dana», Margaretha riss sich los, «natürlich muss ich zu ihm! Sein Herz ... er braucht jemanden, der für ihn sorgt!»

«Aber die Schweden!»

«Zum Teufel mit ihnen! Ich reise und wenn ich am Satan selbst vorüber müsste. Du kannst ja hier bleiben!»

Schon eilte sie aus dem Zimmer, unfähig, sich länger zusammenzunehmen. Im Gang blieb sie einen Moment stehen und krümmte sich weinend zusammen. Es durfte nicht wahr sein! Maurice' Satz kam ihr in den Sinn: Wenn ich frühzeitig sterbe, dann daran! Nur diesen Gedanken nicht zu Ende denken! Maurice, der es wieder einmal geschafft hatte, an den Schweden und allen Gefahren vorüberzukommen, durfte nicht an einem elenden Herzversagen sterben! So unvorstellbar grausam konnte das Schicksal einfach nicht sein!

Die Entschlossenheit, die sich Margaretha in den vergangenen Jahren angeeignet hatte, bewährte sich jetzt. Es gelang ihr, innerhalb kürzester Zeit eine Kutsche und zwei Pferde im Dorf aufzutreiben. Der Sohn des Wirts erklärte sich bereit, den Wagen zu lenken, und der Bote, der die schreckliche Nachricht gebracht hatte, wollte vorausreiten und den Weg zeigen. Anna blieb mit Bernada zurück, Dana begleitete Margaretha. Das Mädchen zitterte, wenn es an die Schweden dachte, aber Margaretha schien diese Gefahr überhaupt nicht zu sehen. Sie brachen schon früh am nächsten Morgen auf, um unterwegs nicht übernachten zu müssen. Ab und zu lehnte sich Margaretha aus dem Fenster und fragte den Kutscher, ob er nicht ein bisschen schneller vorankommen könne.

«Zu heiß, Frau Gräfin», kam die gleichmütige Antwort, «die Pferde brechen sonst noch zusammen.»

«Ja, natürlich.» Margaretha ließ sich in ihren Sitz zurückfallen. Dana fächelte ihr Luft zu.

«Regen Sie sich nicht auf», bat sie, «Sie werden sehen, wenn wir in Landshut sind, kommt Ihnen der Herr Graf ganz munter entgegen, und er wird nur böse sein, weil Sie gegen seinen Wunsch zu ihm gereist sind!»

Margaretha zeigte sich für einen Moment getröstet und blickte wieder hinaus in die dichten, sonnenbeschienenen Laubwälder, die am Kutschenfenster vorbeizogen. Aber plötzlich setzte sie sich wieder aufrecht hin, und ihre Augen begannen zu flackern.

«Ich bin schuld», stöhnte sie, «Dana, ich hielt ihn nicht von dieser Reise ab. Wenn ich ihm meine Angst gezeigt hätte, wäre er nicht fortgeritten. Aber ich wollte wieder mal tapfer sein. Ach», sie presste ihre Handflächen gegen die Schläfen, «wie dumm, wie schrecklich dumm von mir! Ich sollte allmählich wissen, dass dieser Krieg die Vorsichtigen eher schont als die allzu Mutigen!»

«Aber Sie reden ja Unsinn. Der Graf wurde nicht angegriffen, sondern erlitt eine Herzattacke, und das wäre überall geschehen!»

«Aber wir hätten vielleicht sofort einen Doktor gehabt!»

«Woher wollen Sie das wissen? Wahrscheinlich hatte er in Landshut einen viel besseren Doktor!» Dana redete und redete, aber nach einer Weile berührten ihre Worte Margaretha nicht mehr. So schwieg schließlich auch Dana und fächelte sich nur müde Luft zu. Diese Hitze! Wie wundervoll wäre es, wieder einmal in Belefring zu sein!

Gegen Abend wurden die Reisenden von einer Wegkontrolle der Schweden gestoppt. Der Führer, der Kutscher und Dana verloren beinahe die Nerven vor Angst, Margaretha wurde von einem fürchterlichen Zorn ergriffen, weil diese Kerle ihre Fahrt verzögerten und sie plötzlich auf einem dunklen Waldweg herumstehen musste, während Maurice wenige Meilen von hier mit dem Tode rang. Die Schweden, schwerbewaffnete, bärtige Männer, zeigten weder Mordlust noch Beutegier. Sie hatten das ganze Land geplündert, im Augenblick aber offenbar den Befehl, Kutschen ungehindert passieren zu lassen. Sie befahlen den Insassen auszusteigen und durchsuchten alles, wobei sie sich in ihrer unverständlichen Sprache unterhielten und laut lachten. Margaretha vibrierte vor Aufregung. Wenn sie ihnen die Kutsche wegnahmen … Doch es geschah nichts, und nach einer Weile durften sie ihre Fahrt fortsetzen.

Es war bereits dunkel, als sie Landshut erreichten. Sie konnten nicht viel erkennen, doch sie empfanden die trostlose, öde Leere, die ihnen aus der Stadt entgegenschlug. Viele Menschen waren geflohen, die anderen in ihren Häusern ausgeplündert worden. Trotz der warmen Nacht hielt sich niemand in den Straßen auf. Margaretha hörte nichts außer dem Rattern ihrer Kutsche auf dem Pflaster und dem Schnauben der Pferde. Jetzt hatte sie wirklich Angst. Sie verkrampfte die Hände und starrte regungslos aus dem Fenster, damit Dana ihre Tränen nicht sah.

Endlich hielt der Wagen, und der Kutscher öffnete die Tür. Mit steifen Bewegungen kletterten Margaretha und Dana hinaus. Sie standen in einer engen Gasse vor einem baufälligen, schiefen Haus, vor dessen Eingang ein rostiges Wirtshausschild baumelte. Der Bote sprang von seinem Pferd.

«Hier ist es», sagte er. In seiner trägen Art blieb er unentschlossen stehen.

Ohne ein weiteres Wort eilte Margaretha an ihm vorbei und klopfte so heftig an, dass es durch die ganze Straße hallte. Sofort wurde ihr von einem älteren Mann geöffnet, der eine fleckige Schürze trug und offensichtlich der Wirt war. Auf seiner hohen Stirn glitzerten Schweißperlen.

«Jesus im Himmel», schnaufte er, «so laut wie das klang, dachte ich, es seien wieder die Schweden!» Er betrachtete den späten Gast neugierig. Margaretha trug ein altes Kleid, dessen feinen Stoff man trotz des Staubes erkennen konnte. Auch mit ihrem gehetzten Gesichtsausdruck wirkte sie damenhaft. Der Wirt verneigte sich.

«Sie suchen eine Unterkunft?», fragte er.

«Ich bin die Gräfin Lavany», entgegnete Margaretha, «ich möchte bitte sofort zum Grafen!»

«Oh», der Wirt zuckte zurück.

Margaretha drängte an ihm vorbei ins Haus.

«Wo ist er? Führen Sie mich zu ihm!»

Sie stand in dem kahlen, engen Flur, bebend vor Aufregung. Der Wirt öffnete eine Seitentür.

«Lisbeth!», rief er. Sofort erschien eine kleine, grauhaarige Frau. «Lisbeth, dies ist die Gräfin Lavany.»

Dasselbe Erschrecken wie zuvor beim Wirt nun auch auf dem Gesicht seiner Frau. In Margarethas Ohren begann es zu brausen. Mit der einen Hand stützte sie sich gegen die Wand, weil sie plötzlich das Gefühl hatte, ihre Beine versagten ihren Dienst.

«Weiß sie schon ...» Scheu flüsterte Lisbeth ihrem Mann eine unausgesprochene Frage zu. Margaretha wurde übel. Sie schluckte krampfhaft und merkte, wie ihr am ganzen Körper der Schweiß ausbrach. Vor ihren Augen flimmerte es, und sie wusste, dass sich der Anblick des dicken, verlegenen Mannes und der abgekämpften Frau in dem engen Gang für immer in ihr Gedächtnis einbrannte, so undeutlich sie beide auch wahrnahm.

«Was ist mit ihm?», fragte sie mühsam, mit fremder Stimme.

Die Frau trat dicht an sie heran und ergriff ihre Hände.

«Meine Liebe», sagte sie sanft, «wir alle stehen in Gottes Hand. Sein Wille ist unerforschlich und doch ...»

«Was ist mit meinem Mann?»

«Der Herr hat ihn zu sich genommen. Schon gestern in

den späten Morgenstunden durfte er nach seiner schweren Krankheit sanft entschlafen.»

Margaretha drehte ihren Kopf zur Seite, weil sie den milden, mitleidigen Augen nicht standhalten konnte. Ihr Mund fühlte sich trocken und pelzig an, sie rang nach Luft, weil der Schmerz ihr den Atem abschnürte.

«Kann ich ihn sehen?», fragte sie nach einer Weile.

«Es tut uns leid», entgegnete Lisbeth. «Wir mussten ihn bereits der Erde übergeben. Die Hitze …»

Margaretha nickte schwerfällig.

«Wenn Sie sein Zimmer sehen möchten?»

Willenlos schlich Margaretha hinter Lisbeth die Treppe hinauf. Oben traten sie in einen engen, dunklen Raum, in dem es heiß und stickig war. Nur ein Bett stand hier und eine Waschschüssel auf einem Schemel. Am Fußende des Bettes hatte der Wirt Maurice' Stiefel aufgestellt, daneben lagen sein Degen und der Sattel seines Pferdes. Gegen die flache Zimmerdecke surrte unaufhörlich eine Fliege. Lisbeth hielt eine Kerze in der Hand.

«Hier ist er gestorben», flüsterte sie, «er kam von Regensburg, vor einer Woche. Er wollte bei uns übernachten. Doch gegen Morgen befielen Krämpfe sein Herz und er bekam Fieber und musste bleiben. Er hat nicht sehr gelitten, er schlief viel …»

Margaretha vernahm die Stimme nur als leises Rauschen im Hintergrund. Ihr Blick glitt von den Stiefeln zum Bett. Hier hatte er gelegen, todkrank und allein, hier war er gestorben. Gestern erst. Als man ihr die Nachricht von seiner Erkrankung gebracht hatte, stand sein Ende schon kurz bevor. Sie hatte es geahnt, den ganzen Tag über, dass sie zu spät kommen musste. Das hier war ihre Strafe für ihre Bosheit, ihren Ärger und ihren Sommer mit Richard. Hier, in diesem Bett, war Maurice gestorben, der einzige

Mann, den sie liebte. Ihr Mann, ihr Geliebter, der sie in den Armen gehalten hatte, er war tot, er war fort von ihr für immer.

«O nein, es kann nicht sein!» Sie schluchzte auf, ihre Hände pressten sich ineinander. «Es kann nicht sein! Es kann doch nicht sein!» Jetzt durfte ihn ihr doch niemand wegnehmen! Sie konnte bitten und betteln, sich auf die Knie werfen und alle Heiligen um Gnade anflehen, es würde keine Antwort kommen. Nun war sie allein. Maurice hatte sie verlassen, und damit hatte sie ihren wirklich letzten Halt verloren. Die Welt schien im Begriff, sich aufzulösen, und plötzlich verspürte sie nur den Wunsch, in ohnmächtiger Verzweiflung wie ein Kind zu schreien, so laut es ihre Stimme zuließe, und irgendjemand sollte herbeikommen und sie in die Arme nehmen, weil sie das alles allein nicht ertrug. Sie wandte sich um und sah Dana, die hereingekommen war und nun hinter ihr stand. Dieses liebe, vertraute Gesicht!

Margaretha fiel ihr in die Arme. Sie schrie nicht, sondern weinte nur leise, und roch dabei das Rosenparfum, das Dana wieder einmal heimlich von ihrer Herrin genommen und verschwenderisch über ihr Kleid verteilt hatte.

«Dana», murmelte sie, «Dana, weißt du, ich habe ihn so sehr geliebt.» Sie schloss die Augen. Dana konnte jetzt nur erwidern:

«Wirklich, Frau Gräfin? Das haben Sie aber jahrelang sehr geschickt verborgen!»

Aber Dana schwieg, strich ihr über die Haare, und erst nach einer Weile sagte sie leise: «Ja, das weiß ich, Madame, das weiß ich doch.»

Lisbeth verließ das Zimmer. In der Tür blieb sie stehen.

«Wenn Sie etwas brauchen, dann rufen Sie mich!»

Dana nickte ihr zu. Von der Straße tönte die Stimme des

Wirts herauf, der dem Kutscher zuschrie, er solle die Pferde ausspannen und in den Stall führen. Die Frau Gräfin verbringe die Nacht hier.

14

Februar 1649. Über dem bayerischen Land hingen tiefe graue Wolken, trafen am Horizont auf die schneebedeckten Felder, verhüllten die Berge, waren trüber Hintergrund für dunkle, zerzauste Nadelbäume und kahle Wälder. Kaum merklich neigte sich der kalte Winter seinem Ende zu, über den Bächen brach hier und dort das Eis auf, und von den Ästen tropfte schmelzender Schnee.

Margaretha Lavany stapfte mühsam durch den hohen Schnee über die hügeligen Wiesen, die sich um St. Benedicta herum erstreckten. Sie hatte ihre wärmsten Kleider angezogen und fror dennoch, und sie wusste, dass ihr am Abend die Knochen wehtun würden. Fünfundvierzig Jahre war sie jetzt alt, aber ihre Haare hatten noch das gleiche warme Blond wie früher, und um die Augen waren noch kaum Falten zu entdecken. Nur von der Nase zu den Mundwinkeln liefen zwei scharfe, tiefe Linien, die ihr Gesicht strenger machten. Doch ihr Blick war sanft, sehr klar und ruhig.

Es erfüllte Margaretha mit Zufriedenheit, über diese Wiesen zu gehen, die sich seit ihrer Kindheit nicht verändert hatten, auf denen sie jeden Pfad, jeden Bach und jeden Baum kannte. Jeden Tag ging sie hier spazieren, seit siebzehn Jahren, seit sie nach St. Benedicta zurückgekehrt war. Seit 1632, dem Jahr, in dem Maurice starb und es Margaretha nicht mehr möglich schien, an eine eigene Zukunft zu denken. Sie besaß nicht die Kraft, nach Böhmen zu gehen, in *sein* Land zu gehen und dort zu leben, wo sie mit ihm einen neuen Anfang versuchen wollte. Sie flüchtete sich nach St. Benedicta, den einzigen Ort, den sie meinte ertragen zu können. Sie schickte Dana, Bernada und Anna nach Belefring, mochten sie dort tun, was sie wollten – das Gut halten oder nicht –, es war ihr gleich. Starr vor Verzweiflung kam sie ins Kloster und wurde von ihrer Freundin Clara, die dort inzwischen als Oberin lebte, ganz selbstverständlich aufgenommen. Clara, längst nicht mehr das wehleidige, etwas einfältige Mädchen von früher, half ihr, langsam aus ihrer Betäubung aufzutauchen. Margaretha kehrte in die Wirklichkeit zurück, doch die Zeit, da sie leidenschaftlich und hoffnungsfroh am Leben teilgenommen hatte, war vorüber. Sie hielt sich in einer seltsamen Distanz zu allen Geschehnissen, obwohl der Krieg in jenen Jahren noch grausamer und zerstörerischer wütete als zuvor. Nach der Ermordung Wallensteins im Jahre 1634 zersplitterte das Heer. Teils unfähige, teils intrigante Generale traten an seine Spitze. An zahlreichen, nicht überschaubaren Fronten wurde gekämpft, zugleich fanden sich im ganzen Reich streunende Räuberbanden aus desertierten Soldaten, verarmten Bauern und heimatlosen Flüchtlingen zusammen. Sie ließen Gehöfte und Dörfer in Flammen aufgehen, folterten und ermordeten die Bewohner, plünderten Reisende und erhängten sie an Ort und Stelle. Im ganzen Reich tobten Hungersnöte und Seuchen, Bayern blieb nicht verschont. Zweimal mussten die Schwestern von St. Benedicta in die Wälder flüchten, zweimal wurden Teile des Klosters niedergebrannt, und Horden von Flüchtlingen, Scharen von Kranken baten in jedem Jahr um Aufnahme. Gemeinsam mit Clara stand Margaretha diese Jahre durch, und im Angesicht des Elends erwachten in ihr neue Widerstandskraft und Überlebenswillen. 1640 erfuhr sie, dass ihre

Eltern kurz nacheinander an den Pocken gestorben waren. Einmal besuchte sie Adelheid und Karl, die wieder auf dem Sarlach-Hof lebten. Auf der Flucht, acht Jahre zuvor, waren Emiliana und Johanna gestorben, und Margaretha empfand Bitterkeit, wenn sie daran dachte, dass sie um das Leben des jüngsten Kindes gekämpft hatte, damit es dann ein Jahr alt werden konnte. Sie und Adelheid hatten einander nicht viel zu sagen. Margaretha verließ den Hof schnell wieder, er weckte zu viele quälende Erinnerungen in ihr, und sie konnte den Stumpfsinn ihrer Schwester nicht ertragen. Als wenig später ihre Katze Lilli starb, traf sie das tiefer als der Tod ihrer Eltern. Dennoch regte sich gerade in dieser Zeit wieder eine zaghafte Teilnahmebereitschaft in ihr. Mit allen anderen Menschen wartete sie sehnsüchtig auf das Ende des Krieges.

Und der Friede kam, aber nicht als ein Ergebnis der Vernunft, sondern erst, als niemand in Deutschland noch länger zu kämpfen vermochte. Der neue Kaiser Ferdinand III. zählte zu denen, die im Westfälischen Frieden von 1648 den Dreißigjährigen Krieg beendeten, nachdem alles im Reich hoffnungslos zerstört, niedergebrannt und ausgerottet war. Es gab Menschen, die von Geburt an nichts als Krieg gekannt hatten. Margaretha hatte ihre ganze Jugend an ihn verloren, doch der Gedanke daran bereitete ihr keinen Kummer. Sie war nie ein Mensch gewesen, der sich mit Gegebenheiten abfand, doch mit zunehmendem Alter verstärkte sich die Bereitschaft, ihr Leben mit großzügigem Einverständnis zu betrachten. Sie hatte intensiv gelebt, und vielleicht zählte nur das. Es schien ihr nicht wichtig, ob ein Mensch für sich oder mit anderen lebte, im Krieg oder Frieden, in Reichtum oder Armut, wichtig war nur, sich niemals der Gleichgültigkeit zu überlassen. Und sie wusste, dass sie nie, in keinem Moment ihres Lebens, gleichgültig gewesen war.

Es erstaunte Margaretha daher nicht, dass sie sich nun, nach dem Ende des Krieges, trotz der Verwüstung um sie herum, wieder Gedanken um ihre Zukunft machte. Vielleicht tat sie es deshalb an diesem Tag, als sie allein über die Felder ging, weil sie in der kalten Februarluft schon wieder den nahenden Frühling ahnen konnte. Sie blieb auf einem Hügel stehen, die Mauern des Klosters waren ihrer Sicht bereits entschwunden. Merkwürdig, dass sie immer und immer wieder hierher kam, auf diese Wiese, auf der ihr abenteuerliches Leben begonnen hatte, als sie Richard von Tscharnini begegnete. Doch so stark wie heute hatte die Erinnerung noch nie von ihr Besitz ergriffen. Sie stand neben dem kahlen Apfelbaum, unter dem die drei Mädchen an jenem fernen, ereignisreichen Nachmittag schläfrig im Gras gelegen hatten. Margaretha meinte auf einmal, den süßen Geschmack der Äpfel auf ihrer Zunge zu spüren und die sorglose, warme Mattigkeit des Augusttages in ihren Gliedern. Eilig lief sie durch den tiefen Schnee hinab zum Bach. Eine dünne Eisschicht bedeckte ihn, aber als sie die kristallene Fläche sacht mit dem Fuß berührte, knisterte sie und bekam Sprünge, und darunter glitzerte das Wasser. Margaretha sah sich um. Das musste die Stelle sein, an der sie damals barfuß über die Kieselsteine gewatet waren. Sie sah Clara vor sich, die schluchzend im Wasser saß und einen so jämmerlichen Anblick bot, und dahinter stand Angela. Hoch aufgerichtet warf sie das lockige rote Haar zurück und lachte ... Margaretha klang es noch jetzt im Ohr. Dieses unglaublich unanständige Lachen! Und dieses wunderschöne Gesicht. Auch sich selbst sah sie, die junge Margaretha, die mit geschlossenen Augen im schmalen Bachbett stand und sich wünschte, ihr Leben möge immer so sein wie an jenem Tag.

Margaretha lächelte in der Erinnerung daran, nahm wieder den Schnee wahr und das gefrorene Wasser. Natürlich hatte sich ihr Wunsch nicht erfüllt, aber sie glaubte heute nicht mehr, dass irgendetwas von dem, was ihr widerfahren war, ohne Sinn gewesen war.

Als Margaretha zum Kloster zurückging, wurde ihr auf einmal ganz deutlich, was sie als Nächstes tun wollte. Während die Erinnerungen an jenen August des Jahres 1619 in ihr verblassten, drängten sich andere in den Vordergrund: ein hügeliges, bewaldetes Land im Osten, Maurice' Land. Ein altes graues Schloss mit weit offenen Fenstern, die Stadt an der Moldau, die Gesichter von Menschen, die sie geliebt und verlassen hatte. Sie wollte zu ihnen zurück, zu Sophia, zu Luzia und zu Richard. Sie wollte nach Böhmen und nach Belefring. Wenn der Frühling kam und der Schnee taute, konnte sie aufbrechen.

Margaretha begann, ihre Reise vorzubereiten, doch sie musste sich noch gedulden, so hartnäckig verzögerte der Winter seinen Abschied. Aber eines Tages im März verabschiedete sie mit Clara in den frühen Morgenstunden vor den Pforten des Klosters einen Reisenden, der in St. Benedicta gerastet hatte. Als Margaretha hinaustrat, spürte sie, dass die eisige Luft sich in einen stürmischen, warmen Westwind verwandelt hatte. Unter ihren Füßen taute der Schnee, und der Bach trug rauschend das Schmelzwasser zu Tal.

«Hör nur», sagte Clara, «jetzt wird es wirklich Frühling.» Sie hob ihre Laterne und leuchtete zum Dach des Klosters hinauf, von dem matschiger Schnee herabglitt. Am Himmel wurden die Wolken auseinandergerissen und an einigen Stellen blitzten die Sterne hindurch.

«Dann wirst du mich also bald verlassen», meinte Clara wehmütig. Margaretha blickte auf die kleine, runde Gestalt in dem schwarzen Klostergewand.

«Du hast mir so sehr geholfen», sagte sie leise, «sei ganz

sicher, ich werde immer wiederkommen. Zu dir und nach St. Benedicta. Aber …»

«Ich verstehe dich. Du gehörst nach Belefring. Böhmen ist deine Heimat geworden. Aber bei deinem zweiten Aufbruch dorthin ist wenigstens kein skrupelloses Abenteuer im Spiel. Wenn ich denke, was er dir alles eingebrockt hat …»

«Ja, aber Maurice hätte es ohne ihn für mich auch nicht gegeben. Den verdanke ich Richard von Tscharnini.» Margaretha lächelte und strich sich die Haare zurück, die ihr der Wind ins Gesicht wehte.

«Pass nur auf, Clara», sagte sie, «es wird am Ende noch so kommen, dass ich mit dem letzten Atemzug meines Lebens freundlich an diesen schönen Lumpen denke.»